# PROLOG



*Piep … Piep … Piep …*

Nur das leise, rhythmische Piepen des Monitors durchbrach die Stille in dem privaten Krankenzimmer auf der Intensivstation des Laurelton General Hospital. Schwester Alice Song trat ein und richtete den Blick auf ihren Patienten, der an einem Beatmungsgerät hing. Sein Zustand war unverändert. Sie hatte den drei Frauen Anfang dreißig widerwillig erlaubt, ihm einen Besuch abzustatten, wider besseres Wissen. Sie traute ihnen nicht. Jemand hatte wiederholt auf Dr. Tanner Stahd eingestochen, und vielleicht war eine der Besucherinnen die Täterin. Trotzdem hatte der mit der Bewachung des Patienten beauftragte Officer eine Ausnahme bei den strengen Besuchsregeln gemacht, wohl auf Druck von Dr. Stahds Vater, Lester Stahd, ebenfalls Arzt – *ehemaliger* Arzt – und der selbstherrlichste Egoist auf Erden. Les Stahd, der vor dem Verlust seiner Zulassung eine leitende Funktion in der Klinik von West Knoll bekleidete, hatte offenbar nicht nur hervorragende Kontakte zu ehemaligen Kollegen, sondern auch zur Polizei.

Die drei Frauen, die dicht zusammengedrängt an der hinteren Wand des kleinen Intensivzimmers standen, waren hübsch, eine wie die andere, und offenbar seit der Highschool mit dem Opfer befreundet.

Alice überprüfte Dr. Stahds Vitalwerte.

»Ist alles in Ordnung mit ihm?«, fragte eine der Frauen ängstlich.

»Er ist stabil«, erwiderte Alice knapp.

»Er wird doch wieder, oder?«

Alice musterte sie misstrauisch. Machte sie sich wirklich Sorgen um den Patienten, oder tat sie nur so? Sie war zierlich, hatte hellbraunes Haar mit blonden Highlights und derart vergrößerte Brüste, dass man befürchten musste, sie würde vornüberkippen, sollte ihr jemand einen ordentlichen Klaps auf den Rücken verpassen. Der Diamantring an ihrer linken Hand kostete bestimmt ein kleines Vermögen, und auch die Louis-Vuitton-Handtasche und die High Heels von Christian Louboutin schrien nach Geld. Alice hatte die roten Sohlen bemerkt, als die Frau durch den Gang gestöckelt war. Nein, Understatement war offenbar nicht ihre Sache.

»Da hörst du es, sein Zustand ist stabil«, sagte die große Blonde zu der kleineren besorgten Prestigehyäne. »Das ist um einiges besser als kritisch.« Sie war der Inbegriff eines eiskalten Miststücks und von Beruf Anwältin, hatte Alice gehört.

»Wer hat ihm das angetan?«, fragte die Prestigehyäne.

Die dritte Frau, die etwas abseits von den anderen beiden stand, verkündete mit Nachdruck: »Das wird die Polizei herausfinden.« Sie hatte rote Haare, Sommersprossen und blassblaue Augen. Sie kam Alice bekannt vor, doch sie konnte sie nicht recht zuordnen.

»Ja … ja …« Die Prestigehyäne nickte, obwohl sie nicht überzeugt klang.

Schwester Alice warf dem Officer, der in der offenen Tür stand und zu ihnen hereinschaute, einen Blick zu. Er nickte, als wollte er ihr versichern, dass er alles unter Kontrolle hatte.

Sie erwiderte sein Nicken und ging hinaus. Sie war noch nicht weit gekommen, als plötzlich ein dringliches *PIEP! PIEP! PIEP!* die Aufmerksamkeit der gesamten medizinischen Belegschaft erweckte.

Alice rief nach dem Notfallwagen und sah, wie eine andere Schwester bereits darauf zurannte.

»Mist …«, murmelte die große Blonde, als Alice zurück ins Krankenzimmer stürmte.

Prestigehyäne plapperte: »Was ist passiert? Was ist passiert?«, dann schlug sie die Hand vor den Mund und verstummte. Alice beugte sich über den Mann im Bett.

»Verlassen Sie das Zimmer!«, blaffte sie. »Raus hier, sofort!«

Alle drei trippelten auf die Tür zu, sprangen aber zur Seite, als Dr. Evanston hereinkam, gefolgt von der Schwester mit dem Notfallwagen.

Dr. Stahd kam zu Bewusstsein, öffnete die flatternden Lider und schnappte nach Luft. »D!«, krächzte er, dann verdrehte er die Augen und wurde erneut ohnmächtig.

»O mein Gott!«, wisperte eine der Frauen. Anscheinend der Rotschopf. Alice war zu beschäftigt, um hinzusehen.

»Er wird doch wieder?«, fragte die Prestigehyäne erneut.

*PIIIIIIEP.*

Herzstillstand.

Alice zog scharf die Luft ein, als Dr. Evanston, sechsundfünfzig und hart wie Granit von seinen rigorosen täglichen Work-outs, die Defibrillator-Pads bereitmachte und bellte: »Schaffen Sie diese Frauen raus!« Alice wirbelte herum und funkelte die drei an, die sich bereits zurückzogen. Der Officer breitete die Arme aus und scheuchte sie den Gang entlang, so eilig, dass sie beinahe ins Stolpern gerieten.

Als sie weg waren, konzentrierte Alice sich wieder auf den Mann im Krankenbett. Er war totenblass, seine Haut eiskalt.

Er hat nicht mehr lange, dachte Alice. Mitunter konnte sie einen silbrigen, hauchzarten Todesschleier sehen, der sich auf einen Patienten herabsenkte. Es war eine Gabe, über die sie nicht mit anderen Menschen sprach.

Dr. Stahds gut aussehendes Gesicht fing an zu zucken.

Ein Vorbote des Todes.

»Weg vom Bett!«, rief Dr. Evanston und beugte sich vor, um dem Patienten die Pads aufzusetzen.

Ellie O'Brien stand vor der Tür von Tanners Krankenzimmer. Sie würde erst dann gehen, wenn man sie mit Gewalt dazu zwang. Ihre Ohren klingelten noch immer, so laut hatte sie das »D!« aus seinem Mund vernommen. Glockenklar. Eine Schuldzuweisung, jede Wette.

Doch natürlich war *D* nicht hier. Wieso sollte sie auch? D war in Polizeigewahrsam oder wurde von der Polizei befragt, vielleicht war ihr das Schicksal ihres Ehemannes auch einfach egal. D hatte sich nie wirklich für Tanner interessiert. Ihr war es immer nur wichtig gewesen, sich in seinem Glanz zu sonnen. Ellies Meinung nach war es nur eine Frage der Zeit, bis man ihr nachweisen konnte, dass sie ihn angegriffen und immer wieder mit dem Messer auf ihn eingestochen hatte. Er hatte verdammtes Glück, dass er noch am Leben war.

Doch wie lange würde dieses Glück anhalten?

*PIIIIIEP!*

Ihr Herz hämmerte schmerzhaft. Er durfte nicht sterben. Nicht Tanner. Der coolste Typ der ganzen Highschool.

Wie durch einen Filter nahm sie die Szene wahr, die sich vor ihren Augen im Krankenzimmer abspielte: das Team von Intensivschwestern, die um Tanner herumschwirrten, den mittelalten Arzt mit den silbergrauen Haaren, der sein Bestes gab, um ihn zurückzuholen, die Schläuche, Kabel, Monitore …

Würde es so enden? *Wäre es damit tatsächlich vorbei?*

Sie spürte einen kalten Knoten der Gewissheit. »D« stand für Delta, Tanners Ehefrau. Ihre Freundinnen nannten sie so, die Mitglieder ihrer berühmten Clique namens die Fantastischen Fünf. Amanda, »A«, und Zora, »Z«, standen ein Stück von ihr entfernt im Gang und warteten darauf, dass Ellie sich wieder zu ihnen gesellte, obwohl sie eher eine »Freindin« war als eine Freundin. Man hatte sie nicht dazu eingeladen, das »E« bei den Fantastischen Fünf zu werden.

Ellie riss den Blick von dem Schreckensszenario in Tanners Krankenzimmer los und blickte an dem Officer vorbei zu Amanda und Zora. »Sie hat versucht, ihn umzubringen«, sagte sie im Brustton der Überzeugung.

Zora schüttelte den Kopf. Ihre Augen waren weit aufgerissen. »Das wissen wir nicht.«

Amanda sagte kein Wort. Sie war der starke, besonnene Typ. Eine Sphinx. Immer schon gewesen.

Kurz wanderten Ellies Gedanken zu Carmen und Bailey, seit der Grundschule das »B« und das »C« der Gruppe. Auf der West Knoll High School hatten diese fünf Mädchen all die Jahre über den Ton angegeben. Sie waren die beliebteste Clique, die über die Schule hereinbrach wie ein Tsunami, der jeden verschluckte, der es wagte, sich ihm entgegenzustellen. Wen der Tsunami wieder ausspuckte, war versehrt an Leib und Seele, entblößt bis auf die Knochen und für lange Zeit gebrochen, so wie Ellie selbst. Es war ihr gelungen, sich von der miesen Abfuhr zu erholen, sie hatte ihren Weg gemacht und sich den ihr gebührenden Respekt verschafft, doch sie würde niemals vergessen, was damals geschehen war.

»Wirst du darüber berichten?«, wollte Zora wissen.

»Nein«, entgegnete Ellie brüsk. Nein, sie würde nicht darüber berichten. Allerdings würde sie Ermittlungen anstellen, auf eigene Faust. Und sie würde bei D beginnen.

»Ich dachte bloß …«

»Nun warten wir doch erst einmal ab, was passiert«, fiel Amanda ihr ins Wort.

Und so verharrten die drei schweigend im Flur des Laurelton General Hospital, jede in ihre Gedanken versunken.

Doch alles, was sie außer den fieberhaften Versuchen des Intensivteams, Dr. Tanner Stahds Leben zu retten, hören konnten, war das unheilvolle, monotone Piepen des Elektrokardiografen, das anzeigte, dass sein Herz nicht mehr schlug.

## TEIL EINS

# DIE FANTASTISCHEN FÜNF

# KAPITEL 1

## *West Knoll High School*
## *Fünfzehn Jahre zuvor*

Delta Smith warf die Metalltür ihres Spinds so energisch zu, dass der Knall wie ein Pistolenschuss durch den leeren Schulflur hallte. Sie schlug sie zu, obwohl ihre Bücher und die anderen Sachen noch im Spind lagen. Hätte sie nicht noch einmal die Zahlenkombination eingeben müssen, hätte sie die Tür erneut aufgerissen und zugeknallt, womöglich noch heftiger. Sie war so wütend, dass sie am liebsten um sich geschlagen hätte. Oder einen Urschrei ausgestoßen. Zora hatte es ihr gerade in der Pause erzählt – keine Ahnung, warum sie so lange damit hinterm Berg gehalten hatte. Amanda, dieses verfluchte Miststück! Diese eingebildete, treulose Schlampe. Ihre *Freundin.* Eine ihrer *besten Freundinnen!* Nun, jetzt nicht mehr. Man spannte seiner Freundin nicht den Freund aus und tat dann auch noch so, als wollte man weiterhin mit ihr befreundet bleiben. Als ob das funktionieren würde. *Niemals!*

Frustriert schlug sie mit der flachen Hand gegen die Metalltür und heulte auf vor Zorn.

Wie hatte es dazu kommen können? Wie? Amanda wusste, dass Tanner ihr gehörte. Sie *wusste* es. Alle wussten es. Es gab Regeln. Regeln, gegen die man besser nicht verstieß.

Delta atmete tief durch und gab sich alle Mühe, sich zu beruhigen, dann stellte sie die Zahlenkombi ein und öffnete den Spind erneut. Ihr Herz raste, ihr Atem ging schnell, ihr Gesicht brannte. Sie konnte es einfach nicht ertragen. Wollte sich gar nicht erst vorstellen, wie es wohl sein mochte, auf den

Schulhof zu gehen und den anderen ins Gesicht zu blicken, denn jeder – die ganze Schule – wusste davon. Sie wussten es vermutlich schon seit dem letzten Wochenende, aber niemand hatte ihr etwas gesagt. Bis Zora sich verplappert und Delta sie gezwungen hatte, ihr reinen Wein einzuschenken. Und das wussten jetzt auch alle. Sie wussten, dass sie es wusste.

*Alle wussten es! Alle!*

Delta nahm Bücher, Handtasche und Handy – das von ihrer Mom, denn ihre Eltern kauften ihr kein eigenes. Handys waren teuer, und die beiden trauten ihr offenbar nicht zu, sorgfältig genug damit umzugehen. »Gib gut darauf acht«, hatte ihre Mutter sie ermahnt.

Sie schaltete das Mobiltelefon ein und rief zu Hause an. »Kann mich jemand abholen?«, bat sie ihre Mutter mit erstickter Stimme. Draußen, vor dem Fenster am Ende des Flurs, das auf den Parkplatz hinausging, sah Delta Gruppen von Kids, die zu ihren Autos oder den wartenden Eltern gingen; manche, die in der Nähe wohnten, machten sich zu Fuß auf den Heimweg.

»Ich dachte, Tanner würde dich nach Hause bringen.«

*Tanner.*

»Nein«, sagte Delta und gab sich alle Mühe, ruhig zu sprechen. Sie wollte nicht, dass ihre Mutter das Zittern in ihrer Stimme bemerkte.

»Nun, ich habe noch ein paar Dinge zu erledigen, deshalb kann ich frühestens in einer halben Stunde da sein. Könnte dich nicht jemand anderes fahren?«

Der hoffnungsvolle Unterton in der Stimme ihrer Mutter war der Tropfen, der das Fass zum Überlaufen brachte. »Ich warte!«, stieß Delta hervor und legte auf, dann brach sie in zornige Tränen aus.

Blind tastete sie sich zur Mädchentoilette vor, wo sie sich in eine der Kabinen einschloss, um unbemerkt die halbe

Stunde zu verbringen, bis ihre Mom sie abholte. Hoffentlich waren die anderen Kids bis dahin fort!

Ein paar Minuten weinte sie leise weiter, dann wischte sie sich mit dem rechten Zeigefinger die Tränen ab. Aus dem Augenwinkel bemerkte sie die winzige rot-goldene Blume auf dem Fingernagel, die genauso aussah wie Amandas. Und Carmens. Und Baileys. Und Zoras. Sie alle gehörten zu den Fantastischen Fünf, der beliebtesten Clique der ganzen Highschool. Sie alle trugen die kleine rot-goldene Blume auf dem Nagel des rechten Zeigefingers, ihre Farben – die Farben der West-Knoll-Grundschule, wo sie einander kennengelernt und festgestellt hatten, dass ihre Initialen A, B, C und D waren. Sie hatten sich auch mit Ellie angefreundet, aber die war eine schrecklich selbstgerechte Heulsuse, und so hatte Amanda vorgeschlagen, die Clique mit einem Z wie Zora anstelle mit einem E wie Ellie zu komplettieren. Bailey, die Friedensstifterin, hatte vorgeschlagen, Ellie als sechstes Mitglied aufzunehmen – aber die Fantastischen Sechs? Die Alliteration war ja gerade das Besondere an ihrem Namen, und Amanda sagte auch prompt Nein. Und wenn Amanda Nein sagte, wagte niemand zu widersprechen, denn ihre Familie war reich. Sogar reicher als die Familie von Zora. Die Forsythes besaßen die protzige Villa oberhalb des West Knoll River und das gesamte, sich meilenweit ringsherum erstreckende Gelände, mehrere Hektar. Nächsten Monat war ihre Abschlussklasse eingeladen, einen Tag dort zu verbringen. Am Abend stand ein gemeinsames Barbecue – ein Spanferkelgrillen – auf dem Programm, vielleicht durften sie sogar über Nacht bleiben, wenn die Eltern zustimmten und sich einige der Lehrer als Aufsichtspersonen zur Verfügung stellten.

Delta schluchzte erneut auf. Wie konnte sie dorthin gehen, jetzt, da sie von Tanner und Amanda wusste? Zora hatte die beiden am vergangenen Wochenende erwischt, wie sie bei ihr zu Hause bei einer spontanen Party *rumgemacht* hatten. Delta war früh gegangen, da sie am nächsten Morgen vor der Schule ihrer Mom im Laden helfen musste.

Sie hasste den Lebensmittelmarkt – Smith & Jones, zusammengesetzt aus den Nachnamen ihrer Eltern –, ein kleiner Familienbetrieb, den sich die beiden in West Knoll aufgebaut hatten. Es war ihr peinlich, dass ihre Eltern es nicht weiter gebracht hatten, auch wenn all ihre Freundinnen liebend gern vorbeikamen und mit ihrem Vater plauderten. Dad gab ihnen immer irgendetwas umsonst mit, obwohl Mom hinterher mit ihm schimpfte. »Du verschenkst die Ausbildung deiner Tochter«, pflegte sie zu sagen, aber das war Delta ohnehin herzlich egal. Sie hatte fest vor, so bald wie möglich Tanner zu heiraten. Sie waren sich auf der Highschool begegnet. Alle Mädchen hatten sich Hals über Kopf in ihn verliebt, doch er hatte *sie* auserwählt, Delta Smith! Sie erstrahlte förmlich im Licht seiner Aufmerksamkeit, vor allem wenn sie die missgünstigen Blicke der anderen Mädchen bemerkte, die diese ihr zuwarfen, wenn sie dachten, sie würde nicht hinsehen. Es war einfach perfekt. Tanner war perfekt. Tanner Stahd – der Kapitän der Footballmannschaft. Quarterback *und* Teamkapitän mit einem Stipendium für die University of Oregon. Delta gab sich alle Mühe, gute Noten zu schreiben und Geld zu sparen, damit sie ebenfalls nach Oregon gehen konnte.

Doch jetzt ... jetzt waren all ihre Träume geplatzt.

Waren die dreißig Minuten schon vorüber? Wahrscheinlich nicht. Widerwillig verließ sie die WC-Kabine und betrachtete ihr fleckiges, verweintes Gesicht im Spiegel. Am liebsten wäre sie erneut in Tränen ausgebrochen. Im Waschraum drehte sie den Wasserhahn auf, hielt ihre Hände unter den Strahl und tupfte sich kaltes Wasser auf die heißen Wangen.

Gerade als sie sich wappnete, in den Flur und zum Parkplatz zu gehen, flog die Tür auf, und Zora kam herein … zusammen mit Bailey und Carmen, die sich aufführten, als wären sie siamesische Zwillinge. Sie waren immer zusammen. Die Art beste Freundinnen, bei denen man nur schwer dazwischenkam. Sie gehörten zwar zu den Fantastischen Fünf, aber man hätte Bailey und Carmen genauso gut als die Unzertrennlichen Zwei bezeichnen können.

»Da bist du ja!«, rief Zora. »Mein Gott, wir haben überall nach dir gesucht und dachten schon, du wärst mit jemand anderem nach Hause gefahren.«

»Tanner hat ebenfalls nach dir Ausschau gehalten«, sagte Bailey.

Delta konnte den verzweifelten Aufschrei nicht unterdrücken, der ihr unweigerlich über die Lippen kam. »Darauf wette ich«, entgegnete sie mit bitterer Stimme.

»Doch, hat er«, beharrte Bailey. »Ich habe keine Ahnung, was genau passiert ist, aber er wollte dich unbedingt finden.«

*Als ob du nicht längst Bescheid wüsstest!*

»Oh, du weißt genau, was passiert ist.« Die Worte wollten kaum aus Deltas Mund kommen. »Was macht ihr denn noch in der Schule?«

»Dich *suchen*«, antwortete Carmen. »Und Amanda. Aber offenbar ist sie mit ihrem Bruder Thom nach Hause gefahren.«

Delta hob abwehrend die Hände. »Ich will nichts von Amanda hören!«

Zora, Bailey und Carmen sahen einander an, als fragten sie sich stumm, wie sie weiter vorgehen sollten. Delta wandte sich verärgert ab. Sie hörte, wie Zora sagte: »Vermutlich hätte ich dir nichts von ihnen erzählen sollen. Dabei war es echt keine große Sache.«

»Keine große Sache?« Delta wirbelte herum. »Wolltest du es mir etwa verheimlichen?«

»Natürlich nicht. Ich meine nur, dass es kein Wahnsinnsding war. Sie haben bloß ein bisschen rumgeknutscht.«

»Auf dem Billardtisch deiner Eltern!«

»Na ja, sie haben … Pool gespielt«, murmelte Zora.

»Das klang bisher aber ganz anders. Du hast von ›auf dem Billardtisch rummachen‹ gesprochen!«

»Sie haben Pool gespielt, *auf* dem Billardtisch. Herrgott, Delta, es war nicht so, wie du denkst!«

»Was denke ich denn?«

»Keine Ahnung. Aber so war's nicht. Schluss. Aus. Ende.«

Delta wollte ihr glauben. Wirklich. Zora versuchte, zurückzurudern, das war offensichtlich, doch zuvor hatte sie sich glasklar ausgedrückt. Sie scheute bloß den Konflikt.

»Ich weiß nur, dass Tanner nach dir Ausschau gehalten hat«, unterbrach Bailey die Debatte.

»Ich wette, es tut Amanda leid«, fügte Carmen hinzu.

Die drei Mädchen drehten sich zu ihr um. Alle wussten, dass Carmens Behauptung eine Lüge war. Amanda Forsythe tat – wenn überhaupt – nur selten etwas leid. Sie war die ungekrönte Anführerin der Clique. Was sie sagte, wurde getan. Wenn ihr etwas nicht gefiel, lehnten die anderen es ebenfalls ab. Ganz bestimmt würde sie sich nicht von Reuegefühlen den Tag vermiesen lassen. Die blonde, majestätische Amanda war tough, clever und rücksichtslos.

Delta hätte sie gern gehasst, aber ihr war klar, dass die Fantastischen Fünf ohne Amanda nicht die beliebteste Mädchenclique der Schule gewesen wären. Alle wollten mit ihnen abhängen. Wenn Delta Amanda herausforderte, wären die Folgen unabsehbar. Womöglich würden die Fantastischen Fünf sie abservieren – Amanda hatte die Macht, dies durchzusetzen. Daher schwieg sie lieber.

»Es war nichts«, sagte Zora noch einmal, drängender nun. »Die zwei waren betrunken, und sie hat ihm einen Abschiedskuss gegeben.«

»So hast du mir das aber nicht erzählt«, beharrte Delta.

»Ich hatte selbst zu viel getrunken, okay? Aber jetzt bin ich nüchtern.«

»Vielleicht solltest du mit Tanner reden«, schlug Bailey vor.

»Oh, dafür bin ich viel zu wütend.« Delta schüttelte finster den Kopf, obwohl sie nicht annähernd so wütend auf Tanner war wie auf Amanda. Sie *liebte* ihn. Ohne Tanner hatte sie keine Träume. Keine Zukunft. Es war beängstigend, sich vorzustellen, was sie ohne ihn anfangen würde. »Meine Mom holt mich ab. Ich muss los.« Delta drängte sich an den anderen vorbei zu Tür. Sie folgten ihr.

Als sie auf den hinteren Parkplatz traten, sah Delta die roten Haare von Ellie O'Brien ... und dann Tanners lange, blond gesträhnte Surferlocken. Sie lehnten an Tanners dunkelblauem Chevy Trailblazer, hatten die Köpfe zusammengesteckt, redeten und lachten und merkten nicht, dass sich seine Freundin näherte. Vielleicht war es ihnen auch egal. Deltas Herz machte einen schmerzhaften Satz.

Ihr Zorn sprang augenblicklich von Amanda auf Ellie über.

»Was zum Teufel ...?«, fragte Zora, womit sie Deltas Gedanken laut aussprach.

In Tanners Gegenwart kehrte Ellie ihre charmante Seite heraus. Für jemanden, der sich normalerweise so zurückhaltend und kontrolliert gab, grinste sie wie eine Katze, die aus dem Sahnetopf geschleckt hatte, fand Delta. Sie sah nicht einmal auf, konnte den Blick nicht von Tanner abwenden, obwohl Delta kurz vor den beiden so abrupt stehen blieb, dass Carmen, Bailey und Zora beinahe gegen sie geprallt wären.

Moms Volvo-Kombi wartete mit laufendem Motor einige Parkplätze von Tanners Wagen entfernt. Als sie ihre Tochter erblickte, reckte Karen Smith den Arm aus dem Fenster und winkte Delta zu sich.

»He!«, rief Tanner plötzlich. Sein Blick schweifte von Ellie zu den vier Mädchen. Er stieß sich von seinem Trailblazer ab, umrundete Ellie, die zwischen ihm und der Clique stand, und ging auf Delta zu.

Delta wollte ihn anschreien, wollte ihm wie eine Xanthippe entgegenschleudern, dass er ihr gehörte und nicht mit anderen Mädchen flirten durfte. Am liebsten hätte sie ihm eine Megaszene gemacht, aber sie wusste, dass das zu nichts führte. Sie musste cool bleiben. Ruhig. Beherrscht. Das lustige Mädchen, nicht der zähnefletschende Drache, bei dessen Anblick jeder die Augenbrauen hochzog und sich im Stillen fragte: Was will Tanner denn mit *der?*

Wenn sie ehrlich war, wünschte sie sich nichts lieber, als dass er sie in seine Arme zog und ihr beteuerte, dass er sie liebte. Sie schluckte, unsicher, wie sie mit der Situation umgehen sollte, während sie inständig hoffte, dass sie gut aussah und ihr Make-up den Tränenausbruch unversehrt überstanden hatte. Da sie nicht davon ausgegangen war, dass er tatsächlich auf sie wartete, hatte sie sich nicht extra frisch gemacht.

Sie zwang sich zu einem grimmigen Lächeln und sagte: »Meine Mom ist hier.«

Tanner blieb stehen, sah sich um und nickte ihrer Mutter zu, die seinen Gruß knapp erwiderte. Karen Smith teilte Deltas Vernarrtheit in Tanner nicht. Sie wollte, dass ihre Tochter, ihr einziges Kind, aufs College ging und Karriere machte. Sowohl sie als auch Deltas Vater redeten permanent darüber, wie wichtig es war, im Leben erfolgreich zu sein. Smith & Jones war ja so ein Erfolg! Sie waren erfolgreiche Geschäftsleute, und genau das wünschten sie sich für ihre Tochter. Delta kam sich kleinmütig vor, wenn sie sich fragte, wie erfolgreich die zwei tatsächlich waren.

Ihr Vater stammte aus ärmlichen Verhältnissen, und er hatte es geschafft, ein eigenes Geschäft aufzubauen, was sicher eine Leistung war. Doch in der Welt, nach der Delta sich sehnte, musste man auf der sozialen Leiter schon einige Stufen mehr emporsteigen. Ein Laden, der gerade mal drei Leute ernährte, genügte da nicht. Smith & Jones war okay, aber Delta sehnte sich danach, in einer anderen Liga zu spielen.

»Kann ich nachher vorbeikommen?«, fragte Tanner. Der schuldbewusste Ausdruck auf seinem Gesicht sagte ihr mehr, als sie wissen wollte. Fast hätte sie Nein gesagt.

Dabei wollte sie ihn unbedingt sehen. Zora, Bailey und Carmen warteten mit angehaltenem Atem auf ihre Reaktion. Ellies lebhafter Gesichtsausdruck war schlagartig der Verschlossenheit gewichen, als hätte sie die Schotten dicht gemacht. Auch sie schien gespannt darauf zu sein, wie Delta mit der Situation umging.

»Klar«, erwiderte sie daher leichthin, obwohl ihr Lächeln zu einem ziemlich schiefen Grinsen geriet.

»Dann bin ich in einer Stunde bei dir, okay?«

*Wieso erst in einer Stunde? Was hast du bis dahin vor?* Es konnte alles sein, rief sie sich zur Ruhe. Wahrscheinlich wollte er noch trainieren, er war nahezu besessen von seinem Work-out. »Bis später!«

»Was ist mit Tanner?«, fragte ihre Mom, als sie auf den Beifahrersitz rutschte, während ihre Freundinnen in Zoras weißen Mazda stiegen. Delta kam sich ein bisschen albern vor, weil sie sich von ihrer Mutter abholen ließ.

»Keine Ahnung.«

»Stimmt etwas nicht?«

»Doch, doch, alles okay«, versicherte Delta kurz angebunden. Moms Stimme hatte neutral geklungen, aber vermutlich hoffte sie, dass Ärger im Paradies herrschte. Sie war der festen Überzeugung, dass Deltas Besessenheit von Tanner nicht unbedingt das Beste für ihre Tochter war.

»Warum bist du nicht mit ihm gefahren?«, bohrte Mom jetzt nach.

»Er hat noch etwas zu erledigen.«

»Ah.«

Delta hasste das allwissende »Ah«, aber sie schaffte es, den Mund zu halten. Es hatte noch nie etwas gebracht, ihre Mutter anzuschnauzen.

Sie schwiegen während der Heimfahrt, und als sie in die Einfahrt des kleinen weißen Schindelhauses einbogen, das Deltas Urgroßvater erbaut hatte, wurde ihr wieder einmal bewusst, wie armselig es wirkte im Vergleich mit den Palästen von Amandas und Zoras Eltern. Es war erstaunlich, dass Tanner sie überhaupt ansah. Seine Familie war vielleicht nicht so vermögend wie die von Amanda und Zora und hatte so einige Turbulenzen aushalten müssen, dennoch stand sie um einiges höher auf der sozialen Leiter als ihre. Gemessen an den anderen Mitgliedern der Fantastischen Fünf kam Delta aus der am wenigsten vermögenden Familie. Nicht dass das von Bedeutung gewesen wäre, aber irgendwie spielte es doch eine Rolle.

Und zwar keine geringe. Delta hatte gelernt, ihren Charme und ihre Persönlichkeit gezielt einzusetzen, um ihre niedrigere soziale Stellung auszugleichen, was größtenteils funktionierte. Sie war beliebt, und sie gab die Zuneigung zurück, die man ihr entgegenbrachte. Vielleicht hatte sie Tanner deshalb für sich gewinnen können. Ihre Freundinnen konnten mitunter biestige, kalte Bitches sein, aber Delta blieb stets nett und freundlich, war immer gut drauf.

Nun, zumindest bemühte sie sich darum. Mitunter wäre sie am liebsten so fies und gemein gewesen wie Amanda, aber sie konnte sich besser beherrschen.

Amanda sollte sich ein Beispiel an Ellie O'Brien nehmen, dachte Delta naserümpfend. Ellie war zwar die ganze Zeit über selbstgerecht und schulmeisterlich, die geborene Klugscheißerin, und wenn sie den Mund aufmachte, sprach sie ausschließlich über den bevorstehenden Abschluss und darüber, was sie dann Tolles mit ihrem Leben anfangen wollte – irgendwas mit Journalismus –, aber sie hatte sich unter Kontrolle.

Meistens ... Immerhin hatte sie gerade mit Tanner geflirtet. Allerdings war es *Amanda* gewesen, die versucht hatte, Delta den Freund auszuspannen, nicht Ellie.

Zu Hause angekommen, rannte Delta in ihr Zimmer und knallte die Tür zu, bevor ihre Mutter sie bitten konnte, ihr mit dem Abendessen zu helfen oder das Wohnzimmer aufzuräumen. Sie brauchte einen Moment für sich, musste sich sammeln, bevor Tanner kam.

Würden sie über Amanda reden? Nervös überlegte Delta, ob sie neuen Lippenstift auftragen und den verschmierten Eyeliner nachziehen sollte. Wie lange war der schwarze Fleck schon unter ihrem Auge? Den ganzen Tag? Sie schauderte bei der Vorstellung, dass Amanda und die anderen sich heimlich über sie lustig gemacht hatten, anstatt sie darauf hinzuweisen.

*Freundinnen.*

Tanner tauchte etwa fünfundvierzig Minuten später auf. Sie hörte, wie der Trailblazer dröhnend in ihre Einfahrt bog. Er hatte irgendetwas mit dem Motor gemacht, damit er noch lauter wurde. Delta strich ihre Bluse glatt. Sie war rosa, was gut mit ihren haselnussbraunen Augen und den dunklen Haaren korrespondierte.

Vorsichtig verteilte sie etwas Rouge auf ihren Wangenknochen, dann setzte sie ein Lächeln auf und ging zur Haustür. Tanner kam die Einfahrt hoch auf sie zu. Als er sie sah, hellte sich sein Gesicht auf. Trotz ihrer gezwungenen Heiterkeit war ihr klar, dass sie den ganzen Tag über genauso düster und langweilig gewesen war wie Ellie – bis jetzt. Also gut. Showtime.

»Hallöchen!«, begrüßte sie ihn.

»Hi.« Ein einziges Wort. Voller Erleichterung.

»Komm rein.« Sie hielt die Tür auf, und er folgte ihr ins Haus. Sie hätte ihn liebend gern mit in ihr Zimmer genommen, wo sie allein sein konnten, aber das hätte Mom niemals erlaubt. Dad war sogar noch schlimmer, doch zum Glück arbeitete er noch im Laden.

»Sollen wir uns auf die Terrasse setzen?«, fragte sie. Es war Ende April. Zu dieser Jahreszeit konnte das Wetter ziemlich unbeständig sein, aber Oregon war bekannt dafür, dass im Frühling meist ein, zwei Wochen ausgesprochen milde Temperaturen herrschten. Diese Woche war ein Tag schöner als der andere gewesen. Es war zwar noch kühl, doch wenigstens schien die Sonne.

Sie gingen zusammen durchs Haus auf die Terrasse. Die ergrauten Teakholzmöbel waren größtenteils trocken, nur ein paar Latten waren noch nass vom nächtlichen Regen. Delta setzte sich auf eine Stuhlkante. Sie hatte überlegt, ob sie ihre gute weiße Hose anziehen sollte, doch dann hatte sie sich für die blaue Jeans entschieden – wie sich herausstellte, die bessere Wahl.

Tanner trug ebenfalls Jeans und den grauen Kapuzenpulli, den Delta ihm gekauft hatte, eine angesagte Marke, auf die sie gespart hatte. Das ganze Geld, das sie im Laden verdiente, hatte sie dafür beiseitegelegt. Der Pulli war teuer gewesen, aber er stand ihm ausgezeichnet und ließ seine blauen Augen noch blauer aussehen.

»Ich muss gleich wieder los, mit den Jungs trainieren«, sagte er entschuldigend.

»Es ist Freitagabend. Eigentlich ist das … unsere Zeit.«

Sie sprach mit einem Lächeln, als hätten ihre Worte nicht die Bedeutung, die sie tatsächlich für sie hatten. *Unsere Zeit.* Ein Witz in Anbetracht dessen, was zwischen ihm und Amanda vorgefallen war.

Tanner nannte ihr all die Gründe, warum er für seine Footballkarriere trainieren musste, Freitagabend hin oder her. Obwohl er es nicht aussprach, wusste sie, dass er fürchtete, nicht gut genug für einen wirklich überragenden Quarterback zu sein. Er zählte andere kleinere Quarterbacks auf, die ihre Sache gut machten, aber mit seinen knapp eins achtzig war er größeren Spielern gegenüber definitiv im Hintertreffen. Trotzdem hatte man ihm ein Stipendium angeboten, und genau deshalb wünschte sich Delta, er würde seine Footballobsession ein klein wenig zurückfahren, wenigstens heute Abend.

Nach einer Weile holte sie ihnen zwei Sprite, doch sie rührte ihre kaum an, während Tanner seine durstig in sich hineinschüttete. Sie achtete auf ihr Gewicht und hatte sich vorgenommen, wenn möglich keine flüssigen Kalorien zu sich zu nehmen.

Als er ausgetrunken hatte, wischte er sich den Mund mit dem Handrücken ab und sagte: »Okay … Ich geh dann mal besser. Sehen wir uns später?«

Deltas Herz hämmerte. Ihre Hände zitterten leicht, als sie überlegte, ob sie auf Amanda zu sprechen kommen sollte. Was, wenn er ungehalten auf ihre Fragen reagierte oder gar wütend wurde? Aber sie musste es einfach wissen.

Sie durchquerten das Haus und traten durch die Eingangstür auf die Einfahrt. Als sie bei seinem Wagen ankamen, holte sie tief Luft und stieß eilig hervor: »Hast du Amanda geküsst?«

Er zuckte zusammen, als hätte sie ihm einen Tritt verpasst. Seine Hand verharrte über dem Türgriff in der Luft. »Ähm … nein …«

»Nicht?«

»Nein.« Dann murmelte er: »Nicht wirklich«, als dämmerte ihm, dass er den heißen Gerüchten um Amanda und ihn nicht entkommen konnte.

»Was bedeutet ›nicht wirklich‹?«, fragte sie scharf.

»Es bedeutet, dass nichts passiert ist.«

»Komm schon, Tanner.«

»Amanda hat herumgealbert, und dann haben wir miteinander gerungen.«

»Gerungen?«

»Du weißt schon … im Spaß.« Er klang beinahe sauer.

»Hast du sie geküsst?«

»Ich hab dir doch gerade gesagt: So war es nicht.«

»Hast du sie geküsst oder nicht?«, bohrte Delta.

»Hat das irgendwer behauptet?«, wollte er wissen, begierig darauf, dem Boten die Schuld in die Schuhe zu schieben.

»Ich habe gehört, ihr hättet auf dem Billardtisch rumgemacht.«

»Wie bitte? Nein! Wir haben bloß ... So war das nicht ... Wer sagt denn so was? Zora? Sie war nicht mal im Zimmer!«

Zora hatte zwei Versionen erzählt. Zunächst die Story, die beiden hätten knutschend auf dem Billardtisch gelegen, dann, dass sie sich einen Abschiedskuss gegeben hätten. Die zweite Version klang in Deltas Ohren so, als hätte Amanda mit Zora geredet und verlangt, die Geschichte abzuändern. Aber das war egal. Was zählte, war, dass Amanda und Tanner sich geküsst hatten.

Und das war Amandas Schuld. Sie war diejenige, auf die Delta sauer sein sollte, nicht auf Tanner.

»Hat Zora das behauptet?«, fragte er noch einmal. In seiner Stimme schwang Entrüstung mit.

»Hast du eine Ahnung, wie ich mich fühle, wenn die ganze Schule weiß, dass zwischen euch etwas gelaufen ist?«

»Zwischen uns ist nichts gelaufen! Das versuche ich doch die ganze Zeit, dir zu sagen!«

»Doch, da war was.«

»Herrgott noch mal, Delta.« Er riss die Autotür auf und sprang in den Trailblazer, dann knallte er die Tür zu und funkelte sie durch die Scheibe an.

Am liebsten hätte sie alles zurückgenommen. So getan, als wäre nichts passiert. Wäre vor ihm auf die Knie gegangen und hätte ihn gebeten, ihr zu verzeihen. Es fehlte nicht viel, und sie wäre zu ihm ins Auto gestiegen, um Versöhnungspetting mit ihm zu machen, gleich hier, vor dem Haus ihrer Eltern.

Sie tat nichts von alldem. Stattdessen blieb sie allein und unglücklich zurück, während er aufs Gas trat und mit dröhnendem Motor und quietschenden Reifen aus ihrer Einfahrt setzte.

# KAPITEL 2

Zora DeMarco fuhr erst Bailey und anschließend Carmen nach Hause, wo sie ihre Schulbücher ablegten und versprachen, gleich morgen früh ihre Hausaufgaben zu erledigen. Dann sprangen sie wieder in Zoras Mazda. Carmen setzte sich auf den Beifahrersitz, während die kleinere Bailey wie immer hinten Platz nehmen musste, aber das schien ihr nichts auszumachen. Carmen und sie waren viel zu einträchtig, als dass sie wegen einer solchen Belanglosigkeit gestritten hätten. Einmal hatte Zora ihnen ins Gesicht gesagt, dass sie sie für Lesben hielt, aber sie hatten nur glacht. In Wahrheit stand Carmen auf Tanner Stahd – taten sie das nicht alle? Sobald sie in seiner Nähe war, wurde ihr Blick verträumt, was den Rest der Fantastischen Fünf wahnsinnig machte, auch wenn Delta nur nachsichtig lächelte, als wüsste sie, dass Tanner ihr allein gehörte.

»Meine Eltern haben Verdacht geschöpft, es ist besser, wenn wir uns nicht mehr an ihrem Barschrank bedienen. Sie haben mir mein Handy weggenommen«, sagte Zora.

»Schon okay«, beschwichtigte Carmen. »Ich darf eh nichts trinken. Mein Dad riecht das.«

»Wodka kann man nicht riechen«, entgegnete Zora.

»Er riecht alles«, behauptete Carmen.

Zora hätte gern widersprochen, aber Carmens Dad war Reverend Proffitt – der *hochheilige* Reverend Esau Proffitt, wie ihr Vater mit einem ironischen Grinsen hinzufügte, wann immer der Name des Geistlichen fiel. DeMarco hielt *den* Reverend Esau Proffitt für einen scheinheiligen Heuchler. Anscheinend war etwas zwischen dem Geistlichen und einem Gemeindemitglied vorgefallen, doch die Erwachsenen sprachen nicht darüber. Zora hatte Carmen einmal gefragt, worum alle so ein Riesengeheimnis machten, aber Carmen sprach nicht über ihre Familie. Sie hatte einen jüngeren, sportbesessenen Bruder und eine engelsgleiche ältere Schwester und galt anscheinend als das schwarze Schaf, weil sie nicht ganz so gute Noten nach Hause brachte wie ihre Geschwister. Carmen war clever, aber sie bemühte sich nicht, brachte sich nicht richtig ein. Der Beratungslehrer meinte, sie sei sportlich genug für ein Volleyballstipendium – was Zoras Ansicht nach stimmte –, aber anders als bei Tanner war kein College an Carmen herangetreten. Carmen behauptete, sie »prüfe ihre Möglichkeiten«, was im Klartext bedeutete, dass sie genau wie die übrigen Mitglieder der Fantastischen Fünf keine konkreten Collegepläne hatte.

»Ich dachte, du hättest dein Handy kaputt gemacht«, sagte Bailey.

Zora und Amanda waren die Einzigen in der Gruppe, denen von den Eltern eigene Mobiltelefone zugestanden wurden.

»Hab ich auch. Deshalb haben sie es mir ja weggenommen. Was einfach nicht fair ist.«

»Dann kann jetzt keine von uns telefonieren, und erreichbar sind wir auch nicht.« Bailey seufzte.

Sie schwiegen für einen Moment, dann sagte Carmen: »Ich kenne Tanners Nummer auswendig.«

»Was nützt uns das, wenn wir ihn nicht anrufen können?«, fragte Zora.

»Warum um alles auf der Welt sollten wir ihn anrufen wollen? Er ist doch Deltas Freund«, warf Bailey ein.

Zora schnaubte. *Na ja.* Mit einem Anflug von Schuldbewusstsein sagte sie: »Also, was machen wir jetzt?« Dieser Freitagabend erwies sich als riesiger Reinfall, noch bevor er überhaupt begonnen hatte.

»Lasst uns zu Amanda fahren«, schlug Carmen vor. »Wir könnten uns anschauen, wo die Zelte aufgeschlagen werden.«

Die Eltern und Lehrkräfte hatten eine beaufsichtigte Party für den bevorstehenden Abschluss geplant, die ein paar Wochen vor der Schulentlassung auf dem Anwesen der Familie Forsythe stattfinden sollte. Die Jugendlichen waren eingeladen, dort über Nacht zu kampieren. Amanda war nicht sonderlich begeistert darüber, dass ihre Eltern angeboten hatten, die Veranstaltung auf ihrem Grundstück stattfinden zu lassen.

»Ich schlafe mit dir in einem Zelt, Carmen«, zwitscherte Bailey.

Baileys Vater, Bob Quintar, war Officer bei der Polizei von West Knoll. Alle nannten ihn »Quin«. Ein paar von den Kids aus der Schule hatten versucht, Bailey denselben Spitznamen aufzudrücken, aber sie weigerte sich, darauf zu hören. »Wenn ihr mich so nennt, drehe ich mich automatisch nach meinem Dad um«, hatte sie ihnen erklärt.

Bob Quintar war nicht begeistert darüber, dass seine Tochter an der Übernachtungsparty teilnahm. Reverend Proffitt hatte Carmen sogar verboten, hinzugehen, doch dann hatte er erfahren, dass auch Lehrkräfte anwesend waren, außerdem die Klassenstreber Rhonda Clanton und Trent Collingsworth, was dazu führte, dass er nachgab. Widerwillig. Und nur für tagsüber.

»Ich soll bei Amanda und Delta schlafen, aber ich weiß nicht recht …«, sagte Zora.

»Wenn die zwei in einem Zelt sind, bringen sie sich um«, überlegte Bailey.

»Es wäre definitiv besser, die beiden in verschiedenen Zelten unterzubringen«, pflichtete Carmen ihr bei.

»Amanda wird wohl kaum in einem Zelt schlafen«, behauptete Zora.

»Auch nicht, wenn Tanner sich zu ihr schleicht?«, frotzelte Bailey.

»Niemand schleicht sich zu irgendwem«, sagte Carmen, bevor ihre Freundin diesen Gedankengang weiterspinnen konnte.

»Wie willst du es anstellen, dass du über Nacht bleiben kannst?«, fragte Zora, an Carmen gewandt. »Ich dachte, dein Dad hätte es dir verboten.«

»Mir fällt schon was ein«, behauptete Carmen entschlossen.

Zora zuckte die Achseln. Bestimmt würde sich Carmen etwas einfallen lassen. Sie stand auf Tanner, das wusste Zora, und ihre Vernarrtheit in ihn grenzte mittlerweile nahezu an Besessenheit.

»Sprechen wir mit Amanda«, schlug Bailey vor. »Ich find's auch nicht toll, dass sie Tanner geküsst hat oder was auch immer zwischen den beiden gelaufen ist.«

»Es ist ja nicht so, als würde Delta Tanner besitzen«, wandte Carmen ein, den Blick nach vorn durch die Windschutzscheibe gerichtet.

»Sie ist seine Freundin, und er hat sie mit einer ihrer Freundinnen betrogen, noch dazu mit einer der Fantastischen Fünf. Das ist nicht in Ordnung«, entgegnete B prompt.

Im Rückspiegel sah Zora, wie unwohl sich Bailey nach Carmens Bemerkung fühlte. Sie bezweifelte, dass sie vom Rücksitz aus sehen konnte, wie sich Cs Wangen röteten, aber Zora entging es nicht. Bailey gefiel Carmens Tanner-Obsession gar nicht – keine von ihnen war darüber begeistert –, aber meistens behielt sie ihre Gedanken für sich. Dies war der erste Disput zwischen den beiden Freundinnen, den Zora seit Langem mitbekommen hatte.

»Ich meine ja nur, dass sie sich so … besitzergreifend verhält«, murmelte Carmen.

Bailey verkniff sich einen Kommentar. Sie wusste vermutlich, dass sie besser nicht weiter insistierte, wenn sie Carmen nicht auf die Palme bringen wollte. Genau wie C hatte B keine Pläne für die Zeit nach dem Highschool-Abschluss geschmiedet. Zora nahm an, dass Bailey einfach dasselbe machen würde wie Carmen.

Nachdem sie eine Weile geschwiegen hatten, sagte Zora in die unangenehme Stille hinein: »Wir haben Delta vorhin versichert, dass wir auf ihrer Seite stehen, die Sache zwischen Tanner und Amanda betreffend. Und was sagen wir nun zu Amanda?«

»Keine Ahnung.« Carmen lehnte sich auf dem Beifahrersitz zurück.

Zora warf ihr einen weiteren Seitenblick zu. Carmen überragte sie um einiges, und sie war megasportlich, aber leider nicht besonders ehrgeizig. Ohne Stipendium würde sie es kaum an ein richtiges College schaffen – die Proffitts hatten nicht genug Geld, um alle drei Kinder studieren zu lassen. Blieb wohl nur das Community College, wo sie sich auf irgendeinen langweiligen Beruf vorbereiten konnte …

Zora dagegen verfügte über die finanziellen Möglichkeiten, jede Universität zu besuchen, die sie wollte – bei ihr haperte es an den Noten und, genau wie bei Carmen, am nötigen Ehrgeiz. Vielleicht würde sie es an die University of Oregon oder – wenn sie riesiges Glück hatte – an die Oregon State University schaffen, aber am liebsten wäre sie an die University of Arizona in Tucson gegangen. Heiße, trockene

Wüste, endlich raus aus diesem Regen. Leider hatte sie den SAT-Test vermasselt, der Voraussetzung für die Zulassung an amerikanischen Universitäten war, und wiederholen wollte sie ihn nicht. Wahrscheinlich würde sie ebenfalls am Community College enden, dachte sie missmutig.

Ihre Gedanken schweiften zurück zu der geplanten Abschlussparty bei den Forsythes. Sie war mit ihrer Cousine bei ein paar Raves gewesen und hatte die eine oder andere Ecstasy-Pille eingeschmissen, aber hauptsächlich hatte sie es auf Alkohol abgesehen. Und sie war noch nie die ganze Nacht über weg gewesen, das war schon ein echter Kick …

Hoffentlich machten ihre Eltern ihr keinen Strich durch die Rechnung, nachdem sie mitbekommen hatten, dass die Alkoholvorräte in ihrem Barschrank so rapide schwanden.

Ihre Eltern, die selbst zu viel tranken.

Ihre Eltern, die sich die ganze Zeit über stritten.

Zora knabberte an ihrem Daumen. Sie hatte gehört, wie ihr Dad über »den Eastside-Deal« gesprochen hatte, ein Immobiliengeschäft, das richtig viel Geld bringen würde, aber auch ein großes Risiko bedeutete. Anscheinend zogen dunkle Wolken am Horizont auf, doch sie wollte lieber nicht weiter darüber nachdenken. Alles war in Ordnung, rundherum in Ordnung.

»Was glaubt ihr, warum Ellie mit Tanner gesprochen hat?«, fragte Zora, um die beunruhigenden Gedanken beiseitezuschieben.

»Sie hilft ihm beim Lernen«, erwiderte Carmen mit einem leichten Kopfschütteln.

»Ellie? Ich dachte, Delta hilft ihm«, sagte Bailey und sah ihre Freundin stirnrunzelnd an.

»Ellie ist ein echter Mathe-Crack«, entgegnete Carmen.

»Tatsächlich?« Zora warf Carmen einen Seitenblick zu.

»Hätte es Ellie nicht gegeben, wäre ich in Algebra durchgefallen. Der Stoff war total schwer.«

Zora ließ die Information sacken. Sie konnte ebenfalls Hilfe in Mathe gebrauchen. Wenn sie gewusst hätte, dass Ellie Nachhilfe gab, hätte sie sie vermutlich ebenfalls darauf angesprochen. Oder auch nicht, denn Ellie schien Zora nicht sonderlich zu mögen. Wahrscheinlich deshalb, weil Zora Ellie den Platz bei den Fantastischen Fünf weggenommen hatte, auch wenn Zora gar nichts dafür konnte – es war Amandas Entscheidung gewesen. A war zu ihr gekommen und hatte sie gefragt, ob sie mitmachen wolle, immerhin würde sie viel besser zu der Clique passen als Ellie O'Brien, Delta sei der gleichen Ansicht. Zora hatte geschmeichelt zugestimmt.

Nun versetzte sie sich für einen Moment in Ellie hinein. Die Abfuhr musste sie sehr verletzt haben.

Egal. Es war nicht ihre Schuld, dass Ellie ihretwegen hatte zurückstecken müssen. Es war Amandas Schuld.

Zora setzte den Blinker und bog in die lange, gerade Asphaltstraße zu Amandas Villa ein, ein zweigeschossiges Gebäude im georgianischen Stil auf einem Hügel mit einer separaten Doppelgarage an der Seite, damit sie nicht die Aussicht versperrte. Hinter dem Haus erstreckte sich das Grundstück hektarweit, durchzogen von der tiefen, schroffen Schlucht, auf deren Grund der West Knoll River floss, mal langsam und träge, mal gefährlich reißend mit weiß gekrönten Stromschnellen. Das Organisationskomitee für die Abschlussparty wollte einen Teil des Geländes abstecken, in dem sich die Schüler während der Veranstaltung aufhalten durften, und es hatte bereits erbitterte Diskussionen darüber gegeben, ob es sicher war, die Zelte so nahe am Steilhang aufzubauen. Die Forsythes hätten ihre Einladung beinahe zurückgezogen, aber Mr. Timmons, der Fachschaftsleiter

Mathematik, und Ms. Billings, eine der Beratungslehrinnen, hatten sie überredet, dies nicht zu tun, auch wenn die Schule klargemacht hatte, dass die West Knoll High weder für die Beaufsichtigung zuständig war noch die Haftung für die Veranstaltung übernahm.

Vorschriften über Vorschriften. Alles musste genauestens geregelt werden. Zora war froh, wenn die Schule vorbei war … oder auch nicht. Die Ungewissheit, was danach auf sie zukommen würde, ließ sie schaudern.

*Noch ist es nicht so weit, also denk einfach nicht daran.*

»Wie bitte?«, fragte Bailey, und Zora wurde klar, dass die beiden anderen Mädchen sie skeptisch beäugten. Anscheinend hatte sie laut gesprochen.

»Nichts.«

Sie hielten auf dem gepflasterten Parkplatz hinter dem Haus der Familie Forsythe an. Hier fanden mindestens sechs Fahrzeuge Platz. Amandas Vater war Anwalt. Er scheffelte tonnenweise Kohle, offenbar noch weit mehr als Zoras Vater. Zoras Eltern gaben sich eher bedeckt, ihr Vermögen und ihre soziale Stellung betreffend, Amandas Dad dagegen zählte zu den Menschen, die stolz auf das Erreichte waren und damit nicht hinter dem Berg hielten. Einmal hatte er mit einer riesigen Flasche Champagner – irgendeine besonders teure Marke – herumgefuchtelt und Amanda und den Rest der Fantastischen Fünf eingeladen, mit ihm auf einen gewonnenen Prozess anzustoßen, aber Amandas Mom war eingeschritten und hatte sie alle aus dem riesigen Arbeitszimmer mit der Bar aus schwarzem Leder gescheucht. Amanda nahm all das gelassen hin. Sie neigte ohnehin dazu, sich zurückzuhalten und stillschweigend zu beobachten – eine Charaktereigenschaft, so behauptete Zoras Mutter, von der Zora sich getrost eine Scheibe abschneiden könne.

»Amanda Forsythe weiß, wann sie reden und wann sie den Mund halten muss«, hatte Mom mehr als einmal gesagt. »Du solltest dir ein Beispiel an ihr nehmen.«

Zora war sauer gewesen, zumal sie wusste, dass ihre Mutter nur ihr Bestes wollte, aber Zora war nun einmal Zora. Sie liebte es zu feiern, außerdem hatte sie mehr als einmal erlebt, wie Amanda ihre disziplinierte, kühle Persönlichkeit ablegte, um sich in die durchtriebene Blondine zu verwandeln, die sie in Wirklichkeit war. Sie konnte flirten wie eine geile Schlampe. Hatte sie nicht genau das bei Tanner getan?

*Tanner Stahd …*

Zora biss sich auf die Lippe, wie jedes Mal, wenn sie an ihn dachte.

Als hätte sie ihre Gedanken gelesen, meldete sich Bailey zu Wort. »Tanner ist nicht der einzige heiße Typ in der Klasse.« Sie stiegen aus dem Wagen und gingen auf die Haustür der Forsythes zu. »McCrae ist scharf, genau wie Justin Penske und Brad Sumpter …«

»Brad Sumpter?«, schnaubte Zora.

»Er ist nicht so heiß wie Tanner«, befand Carmen.

»Tanner Stahd, der Gott aller weiblichen Teenager«, murmelte Zora, womit sie exakt die ironischen Worte ihrer Mutter wiederholte.

»Nun, zumindest hält er sich dafür«, pflichtete Bailey ihr mit einem kurzen Lachen bei.

»Immerhin ist er längst nicht so ein Egomane wie McCrae«, brachte Carmen zu Tanners Verteidigung an.

»Okay, Chris McCrae und Tanner Stahd haben beide ein überzogenes Selbstwertgefühl«, räumte Zora ein. »Das bedeutet aber nicht, dass sie nicht heiß sind.«

Amandas Mutter öffnete die Tür. Marilyn Forsythe war spindeldürr, ihr Gesicht geliftet. Gut geliftet, das musste man zugeben. Auch Zoras Mutter hatte sich die Haut straffen lassen, aber die OP war nicht ganz gelungen. Außerdem war Mom eher etwas pummelig und hatte lockige, braune Haare – gefärbt. An die kühle Eleganz von Marilyn, die ihre glatten, blonden Haare im Nacken zu einem Pferdeschwanz zusammengebunden hatte, kam sie nicht heran.

Amandas Mutter trug eine cremefarbene Hose und eine dazu passende Bluse. Sie war sorgfältig zurechtgemacht, ihr Make-up tadellos. Ein Hauch Rouge betonte ihre ausgeprägten Wangenknochen. Sie schenkte ihnen ein leicht angespanntes Lächeln und teilte ihnen mit, dass Amanda in ihrem Zimmer sei. Einst ein separates Herrenzimmer, untergebracht in einem Türmchen, gelangte man nur über eine schmiedeeiserne Wendeltreppe in Amandas verspielt eingerichtetes privates Reich.

Die drei Mädchen stiegen die Stufen hinauf, ihre Schritte hallten durch das riesige Haus. Oben angekommen, wurden sie von Amanda empfangen, die sie leicht widerwillig hineinbat. Zora ging hinüber zu den bodentiefen Fenstern. Unter ihnen lag das Esszimmer, das den gleichen fantastischen Ausblick bot.

»Von hier aus kann ich den Fluss sehen«, sagte Zora.

»Nein, kannst du nicht«, widersprach Amanda. »Er verläuft unten, am Grund der Schlucht.«

»Doch. Ich meine, ich sehe, wo er fließt. Und ich sehe die Joggingstrecke am Rand des Steilhangs.« Zora errötete. Amanda konnte manchmal so gemein sein, auch wenn sie es offenbar nicht einmal absichtlich war.

»Tatsächlich?«, fragte Bailey.

»Du musst ausgezeichnete Augen haben«, sagte Carmen und spähte blinzelnd in die Ferne.

Zora erwiderte nichts. In Wirklichkeit hatte sie bloß versucht, Konversation zu betreiben.

Auch Amanda hatte die blauen Augen aufs Fenster gerichtet, aber sie wirkte abwesend, als sei sie in Gedanken ganz woanders. Auch gut, Zora hatte ohnehin keine Lust, jedes ihrer Worte von Amanda auf die Goldwaage legen zu lassen.

»Woran denkst du?«, fragte sie.

»Ach nichts«, erwiderte Amanda zerstreut.

Bei Amanda wusste man nie genau, woran man war, und vermutlich buhlte die Clique genau aus diesem Grund ständig um ihre Aufmerksamkeit. Nun, alle außer Delta, die sich schon immer ein wenig von der Gruppe absentiert und ihr eigenes Ding gemacht hatte, auch vor dem Kuss. Zora hatte dies insgeheim bewundert, zumal Deltas Eltern sehr viel weniger Geld hatten als die Eltern der übrigen Fantastischen Fünf, zumindest hatte Amanda das behauptet. Und weder Baileys noch Carmens Familie war sonderlich vermögend.

Es geht nicht immer nur ums Geld, rief sich Zora vor Augen. Manchmal waren ihr ihre eigenen Gedanken beinahe ein bisschen peinlich. Eilig warf sie einen Blick in die Runde, als fürchtete sie, die anderen könnten in sie hineinblicken, aber Bailey und Carmen redeten bereits eifrig auf Amanda ein und machten Vorschläge, wie sich die Fantastischen Fünf auf die Zelte verteilen sollten. Amanda hörte zu, ohne etwas zu erwidern, vermutlich interessierte sie sich nicht im Geringsten für das Geplapper der beiden.

Es war Bailey, die schließlich auf den Kuss zu sprechen kam, indem sie unbeholfen fragte, ob Delta und Tanner wohl noch ein Paar seien.

»Warum nicht?«, fragte Amanda provokant zurück.

»Weil du mit ihm bei Zora auf dem Billardtisch rumgemacht hast«, platzte Bailey heraus.

Zora hielt die Luft an, Carmen legte besorgt die Stirn in Falten. Es war gar nicht klug, Amanda zu verärgern.

Amanda begegnete Baileys Blick nicht sofort, schien noch immer in ihrem Tagtraum gefangen zu sein, doch dann sah sie zu Boden, verharrte einen Moment und hob schließlich den Kopf, um dem kleineren, drahtigen Mädchen in die Augen zu schauen. »Herrgott, Bailey«, sagte sie. »Die Leute bauschen immer alles so dramatisch auf. Tanner ist Deltas Freund. Wir hatten nur ein bisschen Spaß, das ist alles.«

»Genau, das ist alles.« Carmen wirkte erleichtert, sie wollte dieses Gespräch offensichtlich nicht weiterführen.

»Weiß Delta das auch?«, hakte Zora nach.

»Ich habe noch nicht mit ihr gesprochen.« Amanda seufzte genervt. »Sie ist stinksauer auf mich, und das kann ich verstehen. Ich wäre auch sauer. Aber da war nichts zwischen uns. Tanner weiß das. Und ihr wisst es auch, richtig?«

»Richtig«, sagten die drei wie aus einem Mund.

Zora wollte ihr glauben. Wirklich. Amanda war ihre Anführerin ... Aber Delta irgendwie auch. Sie wollte nicht, dass es in der Gruppe zu Querelen kam.

»Amanda!«

Die vier wandten sich um. Amanda ging zur Zimmertür. »Was ist denn?«, rief sie etwas schroff nach unten.

»Denk an den Termin! Wir müssen los, bevor dein Bruder vom Training kommt. Zack, zack!«

»Oh, Mist«, murmelte Amanda. »Das hab ich ganz vergessen. Ich muss zu einem Casting für einen Werbedreh.«

»Am Freitagabend?«, fragte Bailey.

»Ja, komisch.« Amanda gab ein mürrisches Knurren von sich.

»Wofür?«, fragte Zora. Sie wusste, dass Amanda versuchte, auf diese Art an Schauspieljobs zu kommen, und sie hätte es ebenfalls gern probiert.

»Die nehmen mich eh nicht. Es ist bloß ein kleiner Spot für eine Immobilienfirma aus der Gegend, und die wollen immer nur Kinder und junge Eltern – ich bin da sowieso fehl am Platz. Ich hab's satt, Dinge zu tun, die ohnehin keinen Sinn ergeben.«

»Am Freitagabend?«, wiederholte Bailey.

Ohne ihr eine Antwort zu geben, stapfte Amanda aus dem Zimmer. Kurz darauf folgten Zora, Carmen und Bailey ihr die Wendeltreppe hinunter. Für einen Moment drückten sie sich noch an der Haustür herum und hörten, wie sich Amanda mit ihrer Mutter wegen des Castings stritt, doch am Ende scheuchte Mrs. Forsythe die Mädchen hinaus und wies Amanda an, ins Auto zu steigen. Ohne Amanda hatte Zora keine Lust, mit den anderen abzuhängen, da wäre es fast weniger langweilig, sich ein Glas Bourbon von dem Lieblingswhiskey ihres Dads zu klauen und fernzusehen – Handyverbot wegen unerlaubten Alkoholkonsums hin oder her.

»Ich bring euch dann mal nach Hause«, sagte sie daher zu Carmen und Bailey.

»Ich fahre mit zu Carmen«, beschloss Bailey, die kein Hehl aus ihrer Enttäuschung machte. »Mein Mom ist wahrscheinlich auch da.«

Joyce Quintar und Elena Proffitt hatten sich beim Geburtsvorbereitungskurs kennengelernt und waren seitdem gute Freundinnen. Ihre Töchter waren ihrem Beispiel gefolgt. Die Freundschaft hatte sogar die Scheidung von Baileys Eltern überstanden, obwohl der Reverend gar nicht begeistert darüber war. Er gehörte der alten Schule an – eine Scheidung war für ihn undenkbar.

Nachdem Zora die beiden bei Carmen abgesetzt hatte, kehrte sie nach Hause zurück. Sie wohnte mit ihren Eltern in einem Tudorhaus mit Bleiglasfenstern und einer großen Eingangshalle. Auch sie war enttäuscht. Es war Amandas Schuld, dass ihr Freitagabend geplatzt war. Hätte sie doch bloß nicht mit Tanner herumgemacht – und was sollten diese ständigen Castings? Glaubte sie wirklich, eines Tages würde eine große Schauspielerin aus ihr werden? Dazu bräuchte es doch sicher mehr als blonde Haare und die Beziehungen ihrer Eltern.

*Tanner …*

Jetzt, da sie allein war, durfte sie in aller Seelenruhe von ihm träumen. Er hatte eine so offene, lebensfrohe Art. Ein, zwei Mal hatte er Zora länger angeblickt als nötig, und jedes Mal hatte ihr Herz ein bisschen schneller geschlagen. Tanner gehörte zu den angesagten, coolen Jungs, und es fühlte sich gut an, von ihm bemerkt zu werden. Tanner war heiß, und auch wenn es nicht richtig von Amanda war, sich an ihn heranzuschmeißen, bedeutete das nicht, dass er für alle Ewigkeit an Delta gebunden war. Die beiden waren schließlich nicht verheiratet.

Vielleicht war es an der Zeit für einen Neuanfang. Wenn Tanner plötzlich frei wäre …

*Frei …*

Zora stellte den Wagen auf den dritten Platz in der Garage, dann drückte sie die Hintertür auf und ging durch den Windfang in die Küche. Sofort schlugen ihr die lauten Stimmen ihrer Eltern entgegen, die einander die übelsten Schimpfwörter an den Kopf warfen. Wie erstarrt blieb sie stehen. Das war ihre neue Realität. Mom und Dad kamen nicht mehr miteinander klar. Würden sie sich auch scheiden lassen, so wie die Eltern von Bailey?

Lautlos huschte sie die Hintertreppe hinauf in ihr Zimmer, wo sie sich ihren iPod schnappte und die Earbuds in die Ohren steckte, um den Lärm auszublenden. Trotz der lauten

Musik hörte sie ihre Eltern weiterstreiten und erinnerte sich an Baileys Worte: »Meine Eltern haben sich jahrelang gezofft, bevor sie sich endlich scheiden ließen. Es hat meinem Dad das Herz gebrochen, aber Mom wollte einfach nicht länger die Frau eines Polizisten sein. Sie hat einen anderen gefunden, irgendeine alte Highschool-Liebe. Meine Schwester ist mit ihr gegangen, aber ich bin bei Dad geblieben.«

*Ist es das, was mir bevorsteht?*, überlegte Zora verzweifelt. Muss ich einen Elternteil wählen, bei dem ich leben möchte? Sicher, in ein paar Monaten würde sie ihren achtzehnten Geburtstag feiern, aber abhängig von Mom und Dad wäre sie immer noch.

Baileys Vater war Officer bei der Polizei von West Knoll, und anders als ihre große Schwester Lill hatte Bailey sich für ihn entschieden, als ihre Mom ihr neues Leben begonnen hatte. Inzwischen sah Bailey sie nur noch, wenn sie bei Carmen war. Früher war Joyce Quintar jeden Freitagabend dort gewesen, doch ihre Besuche wurden immer sporadischer. Zumindest hatte Bailey das behauptet, als Zora sie einmal darauf angesprach.

Zora wollte nicht in eine ähnliche Situation geraten. *Bitte, bitte, bitte. Bitte mach, dass sie sich nicht scheiden lassen, das Haus verkaufen und wegziehen. Bitte …*

# KAPITEL 3

Ellie saß mit ihrer Mutter, ihrem Stiefvater Oliver Delaney und ihren beiden Halbbrüdern, den Zwillingen Michael und Joey, beim Abendbrot. Oliver, der von Beruf Anwalt war, ließ sich über seinen jüngsten Fall aus: Trunkenheit am Steuer – der Fahrer hatte sich selbst und sein Date in den Tod gerissen. Nun klagte die Familie auf Millionen, angeblich war der Fahrer vermögend gewesen. Er hatte aber auch neun Kinder, und die vertrat Oliver.

»Schluss jetzt!«, sagte Ellies Mutter zu den Zwillingen und wedelte mit der Hand in Richtung der beiden Sechsjährigen, die miteinander rangelten und lachend auf ihren Stühlen herumrutschten. Ein Glas Milch schwappte über, die weiße Flüssigkeit ergoss sich auf den Tisch.

Ellie nahm Joeys Hand, damit er aufhörte zu zappeln. Er versuchte, sich loszumachen, und sie zischte ihm zu: »Willst du in dein Zimmer gehen?«

»Ellie, ich kümmere mich um die Jungs«, sagte Mom, während Oliver Michaels Hand ergriff und so fest drückte, dass der Kleine nach Luft schnappte.

»Hör auf!« Ellies Ton war scharf, ihre Worte an Oliver gerichtet, dem es gar nicht gefiel, wenn sein Verhalten infrage gestellt wurde.

»Ich habe ihm nicht wehgetan«, entgegnete er kühl.

Michael, dem schlagartig bewusst wurde, dass die Aufmerksamkeit ihm galt, hielt sich wimmernd das Handgelenk, als wäre er schwer verwundet. Joey, der ihm das Gejammer nicht abkaufte, versetzte ihm einen Stoß. Sofort schubste Michael zurück, und die Rangelei begann von Neuem. Mom stand auf und brachte die zwei schimpfend in ihr Zimmer. Beide heulten und schoben sich gegenseitig die Schuld zu. Ellie blieb allein mit ihrem Stiefvater zurück, den sie nicht ausstehen konnte.

»Wie war es heute in der Schule?«, fragte er sie, als sich das Schweigen unangenehm dehnte. Bislang waren fast all ihre Gespräche auf diese eine Frage beschränkt geblieben.

»Gut«, antwortete sie einsilbig.

»Noch sechs Wochen bis zum Schulabschluss«, sagte er.

»Hm.«

»Deine Mutter und ich haben über diese Übernachtungsparty bei den Forsythes gesprochen. Wir sind beide der Ansicht, du solltest nicht teilnehmen.«

»Oh, ich werde hingehen«, entgegnete Ellie mit fester Stimme. Ihr leiblicher Vater mochte zwar an einem Herzinfarkt gestorben sein, als sie erst elf war, aber alle behaupteten, die Sturheit habe sie von ihm geerbt. Sie würde sich von Oliver Delaney ganz bestimmt nichts vorschreiben lassen … niemals.

Er wurde rot, seine dunklen Augen blitzten. Er hasste sie, das wusste Ellie. Was er nicht wusste, war, dass sie das Gleiche für ihn empfand. Sie hasste ihn, genau wie die Jungs aus ihrer Klasse, mit Ausnahme von Tanner … und vielleicht Chris McCrae. Auf die zwei stand sie, und sie war fest entschlossen, noch vor Schuljahresende mit einem von beiden ins Bett zu gehen, vorzugsweise mit Tanner. Ellie konnte nicht glauben, dass Amanda ihr zuvorgekommen war. Ob sie tatsächlich mit ihm geschlafen hatte, wusste Ellie nicht, aber sie hatte auf dem Billardtisch von Zoras Eltern mit ihm rumgemacht, und zwar schamlos. Petting war das mindestens gewesen.

Sie dachte an Delta, wie hübsch sie war mit ihren dunklen Haaren, dem leicht gebräunten Teint und dem strahlenden Lächeln. Ja, sie sah toll aus, trotzdem hatte sich Ellie stets gefragt, wie es Delta gelungen war, Tanner so zu verzaubern, dass er fast die ganze Higschool-Zeit über ihr fester Freund gewesen war. Nun jedoch sah es so aus, als sei der Bann gebrochen. Wenn Tanner etwas mit Amanda angefangen hatte, ganz gleich wie unbedeutend es sein mochte, würde er auch sie nicht zurückstoßen, wenn sie ihm signalisierte, dass sie etwas von ihm wollte.

Delta konnte sie mal kreuzweise.

Auf die schöne Delta würde sie bestimmt keine Rücksicht nehmen.

»Du gehst nicht zu dieser Übernachtungsparty, und damit basta«, sagte Oliver und spießte ein blutiges Stück Steak mit der Gabel auf.

Ellie stand wortlos auf, stellte ihren halb geleerten Teller ins Spülbecken und folgte ihrer Mutter und den Halbbrüdern. Während der vergangenen zwei Jahre hatte sie als Serviererin im Commons, einer Seniorenresidenz, gearbeitet, um Geld fürs College zu sparen, und im letzten Jahr hatte sie zusätzlich Kurse am hiesigen Community College belegt, da sie plante, an der University of Oregon zu studieren, wo Tanner ein Footballstipendium in Aussicht hatte. Sie würde gern Journalistin werden und schrieb schon seit Jahren Artikel für die Schülerzeitung der West Knoll High.

»Wohin gehst du?«, rief Oliver ihr mit dröhnender Stimme nach.

*In mein Zimmer, du Arschloch.* Normalerweise arbeitete sie um diese Uhrzeit, aber der Freitag war ihr freier Tag, und da sie nichts Besseres vorhatte, war sie nach Hause gekommen und hatte sich auf ihre Hausaufgaben gestürzt. Was leider bedeutete, dass sie zum Abendessen da war und Olivers Tyrannei über sich ergehen lassen musste.

Sie schloss ihre Zimmertür hinter sich, was ihn ebenfalls auf die Palme bringen würde. »Keine geschlossenen Türen« lautete sein Credo. Er lebte in ständiger Angst, sie könnte Drogen konsumieren. Nicht dass es ihm dabei um ihr Wohlergehen ging – es würde einfach nicht gut aussehen. Er war ein solcher Heuchler.

Aber es gab noch ein anderes Problem. Auch wenn er es niemals zugeben und ihre Mutter ihr niemals glauben würde, hatte Ellie doch bemerkt, wie er sie musterte, wenn er sich unbeobachtet fühlte – lüstern und keineswegs väterlich. Wäre sie mutiger und er nicht so ein Ekel, hätte sie es vielleicht darauf ankommen lassen. Vielleicht hätte es Mom die Augen geöffnet. Aber da gab es noch die Zwillinge, und sosehr sie Ellie auch in den Wahnsinn trieben, sie waren ihre Brüder, und sie liebte sie, deshalb durfte sie nicht der Grund für eine Trennung sein. Warum Mom bei Oliver blieb und noch dazu zu ihm stand, ihn sogar zu lieben schien, war Ellie ein Rätsel, das sie während der letzten acht Jahre vergeblich zu lösen versucht hatte. Nein, das Beste, was sie tun konnte, war, den Sommer über durchzuhalten und anschließend nach Eugene zu ziehen, sich eine Mitbewohnerin zu suchen und auf die U of O zu gehen. Sie glaubte nicht, dass Delta Tanner nach Eugene folgen würde. Zum einen könnten ihre Eltern wohl kaum das Geld für ein Studium aufbringen, und zum anderen hatte die Sache mit Amanda einen dunklen Schatten auf ihre Beziehung geworfen – hoffentlich.

*Ausgerechnet dieser eiskalte, seelenlose blonde Roboter …*

Ellie schmiss sich aufs Bett, drehte sich auf den Rücken und starrte an die Decke.

Es hatte eine Zeit gegeben, in der sie das dritte Mitglied der Gruppe gewesen war: Amanda, Delta und Ellie. Von der dritten bis zur vierten Klasse. Damals waren sie noch unzertrennlich gewesen. Ellie hatte die Fotos aufbewahrt: Sie alle trugen einen kinnlangen Bob und die gleichen schwarzen Stiefeletten. Alle drei besaßen ein Armband mit eingraviertem Namen, das sie untereinander tauschten. Manchmal trug Ellie Deltas, manchmal Amandas. Irgendwann kamen Bailey und Carmen in ihre Klasse – nicht gleichzeitig, auch wenn es sich für Ellie so anfühlte – und wurden Teil ihrer Gruppe. Ellie hatte protestiert und sowohl Bailey als auch Carmen die kalte Schulter gezeigt. So ging das bis Ende der sechsten, Anfang der siebten Klasse, und plötzlich war Ellie draußen, und Zora DeMarco, deren Vater in Immobilien machte, als das Geschäft gerade richtig zu boomen begann, trat an ihre Stelle. Kurz darauf starb Ellies Vater, und sie hatte anderes zu tun, als ihren treulosen Freundinnen hinterherzulaufen, und dann … war sie endgültig raus bei den Fantastischen Fünf.

Ellie stieg aus dem Bett und ging zum Kleiderschrank. Sie nahm den Schmuckkasten mit dem Scottish Terrier aus »Edelsteinen« auf dem Deckel vom oberen Regalbrett und öffnete ihn. »You're the One That I Want« aus *Grease* ertönte, als sie sich durch die verknoteten Ketten wühlte und schließlich auf das Silberarmband mit ihrem eingravierten Namen stieß. Sie hatte es aufgehoben. Wie lustig.

Ellie legte es an und drehte den Arm so, dass es im Licht der Deckenlampe glänzte.

Vielleicht würde sie es tragen, wenn sie Sex mit Tanner hatte.

Vielleicht in der Nacht der Abschlussparty.

Bailey saß neben Carmen an der Kücheninsel und aß einen Haferkeks, während Carmens Mutter und ihre eigene Mom eine Tasse Kaffee mit Schuss tranken und plauderten. Bailey war nicht überrascht gewesen, Joyce bei den Proffitts anzutreffen, auch wenn der einst heilige Freitagnachmittag der beiden Frauen nicht mehr ganz so heilig war, seit Joyce sich von Baileys Dad getrennt hatte und mit einem ehemaligen Highschool-Freund durchgebrannt war. Als ihre Mom sie vorhin an sich gedrückt hatte, hatte Bailey ihre Umarmung erwidert, auch wenn sie in Wirklichkeit immer noch wütend auf Joyce war. Ihre Mutter wohnte in Vancouver, Washington, bis nach Portland war es mit dem Auto bloß eine Dreiviertelstunde, und dennoch hatte sie es bislang kaum geschafft, ihre Tochter zu besuchen.

»Ihr seid ja schon wieder da«, hatte Elena die beiden Mädchen vorhin erstaunt begrüßt.

»Wie lang deine Haare geworden sind …«, stellte Joyce jetzt fest, nahm einen Schluck Kaffee und stellte die Tasse anschließend auf den Couchtisch.

»Haare wachsen nun mal«, erwiderte Bailey und würgte den zerkauten Bissen Haferkeks hinunter.

»Sei nicht so fies zu mir!« Ihre Mutter lächelte sie nachsichtig an, dann wandte sie sich Elena zu. »Wieso ist mein kleines Mädchen so gemein?«

Elena, die nicht so blind war wie Joyce, warf Bailey einen entschuldigenden Blick zu.

»Bailey ist nicht gemein«, verteidigte Carmen ihre Freundin. »Ihr solltet ein bisschen Verständnis für uns zeigen. Wir stehen kurz vor dem Schulabschluss und damit vor einer ganz neuen Welt. Das ist ziemlich furchteinflößend.«

»Oh, ich mache doch nur Spaß!« Joyce schmunzelte.

*Wer's glaubt,* dachte Bailey.

»Wolltet ihr nicht zu Zora?«, fragte Elena, während Joyce die leere Tasse hob und damit auf die Bourbonflasche deutete.

»Zu Amanda«, korrigierte Carmen. »Zora hat uns hingefahren, aber Amanda musste zu einem Casting, und weil wir keine anderen Pläne hatten, sind wir hergekommen. Wenn ihr lieber allein sein wollt, können wir gern wieder gehen.«

»Sei nicht albern«, sagte Elena, nahm den Bourbon und schenkte Joyce großzügig ein.

»Ich muss sowieso nach Hause«, log Bailey.

»Unsinn«, entgegnete Joyce. »Du bist doch erwachsen!«

»Ich werde erst im August achtzehn«, betonte Bailey.

»Aber du bist hier in Obhut deiner Mom«, zwitscherte ihre Mutter.

*Die sich mit ihrer Freundin betrinkt und einen Scheiß um ihre Tochter kümmert.*

Die Worte lagen Bailey auf der Zunge, aber sie schluckte sie hinunter. Es brachte nichts, mit ihrer Mutter zu streiten, genauso wenig wie es etwas brachte, mit ihrem Dad zu diskutieren, allerdings war Bob Quintar um einiges zugänglicher, wenn es um die Belange seiner jüngeren Tochter ging. Joyce dagegen schien gar nichts zu kapieren, aber das war schon okay. Bailey war daran gewöhnt. Sie stand auf und warf den beiden Frauen auf dem Sofa einen Blick zu. Kurz schweiften ihre Gedanken zu Lill, ihrer großen Schwester. Bailey hatte sie gewarnt, aber Lill hatte nicht auf sie gehört und musste nun mit den ständigen Enttäuschungen klarkommen, die das Zusammenleben mit ihrer Mutter mit sich brachte.

»Was für ein Casting?«, fragte Joyce.

»Mom!«, stieß Bailey gequält hervor.

»Was denn?« Ihre Mutter warf theatralisch die Hände in die Luft. »Darf ich denn *gar nichts mehr* fragen?«

»Ich will doch bloß …« Für einen entsetzlichen Augenblick fürchtete Bailey, sie würde in Tränen ausbrechen, dabei war sie so stolz darauf, ihre Emotionen stets im Griff zu haben.

»He, komm«, sagte Carmen und rutschte von dem Barhocker vor der Kücheninsel. »Gehen wir in mein Zimmer.«

»Das Internet ist tabu, verstanden?«, rief Elena ihr nach.

Carmen schnaubte genervt und verdrehte die Augen, dann ging sie Bailey voran die Treppe hinauf. Die Proffitts überwachten die Onlinezeiten ihrer Kinder mit Argusaugen, was Carmen schier wahnsinnig machte, doch Reverend Proffitt war zutiefst besorgt wegen des zunehmenden Werteverfalls bei den Jugendlichen und wollte sichergehen, dass zumindest seine Kinder nicht auf die schiefe Bahn gerieten.

*Alter Heuchler.*

Bailey war dankbar, dass ihre Freundin sich eingemischt und die Initiative zur Flucht ergriffen hatte. Joyce versuchte noch, die beiden aufzuhalten, aber Bailey verschloss die Ohren vor ihrem »Ich bekomme dich ja gar nicht mehr zu Gesicht«-Gejammer. Daran war ihre Mutter nun wahrhaftig selbst schuld.

»Ich ertrage das nicht«, sagte sie, nachdem Carmen ihre Zimmertür geschlossen hatte.

Carmen ging nicht darauf ein. »Momentan will ich an nichts anderes denken als an die Abschlussparty«, wechselte sie das Thema und warf sich aufs Bett. Bailey zog sich den Sitzsack heran. Carmens Tagesdecke war rosa-weiß kariert und mit Rüschen versehen – ein Überbleibsel aus ihrer Kindheit, über das sich Carmen immer wieder beschwerte, bislang ohne Erfolg. Der Reverend und seine Frau hatten keinen blassen Schimmer, wie es im Kopf ihrer Tochter aussah. Selbst wenn Bailey ihnen erzählt hätte, dass Carmen bis zur

Besessenheit von Tanner schwärmte, wären sie nicht darauf eingegangen, denn sie leugneten alles, was nicht in ihr Weltbild passte. Vor allem Esau Proffitt tat dies. Bailey wusste, wie sehr Carmen auf Deltas Freund stand, und sie fand Tanner ebenfalls süß, aber den Wirbel, den alle um ihn machten, konnte sie nicht nachvollziehen. Ihr war außerdem klar, dass Carmen der Party auf dem Grundstück der Forsythes nur deshalb entgegenfieberte, weil sie ihm auf diese Weise näher sein konnte – vielleicht sogar die ganze Nacht.

Als hätte Carmen ihre Gedanken gelesen, fragte sie: »Glaubst du, Tanner und Delta trennen sich?«

»Fändest du das gut?«

»Keine Ahnung. Sie sind ja schon seit einer Ewigkeit zusammen. Ich frage mich bloß ... Glaubst du ernsthaft, er würde sich mit Amanda zusammentun?«

Verzweiflung schwang in ihrer Stimme mit, als könnte sie damit leben, dass Tanner und Delta ein Paar waren, wohingegen ihr die Vorstellung von Amanda und ihm unerträglich erschien.

»Nein. Amanda meint es doch nie ernst mit einem Jungen.« In Wahrheit hatte Bailey keinen blassen Schimmer, worauf Amanda aus war. Das Mädchen war ihr ein Rätsel, es gab nur von sich preis, was die anderen sehen sollten.

»Amanda wird nicht nach Oregon gehen«, überlegte Carmen. »Ich wette, sie studiert irgendwo an der Ostküste. An einer coolen, prestigeträchtigen Uni.«

Bailey sagte nichts darauf. Sie wollte ihrer Freundin keine falschen Hoffnungen machen, aber sie wollte auch nicht, dass sie sich in realitätsfernen Träumereien verlor. Carmen hatte bei Tanner keine Chance. Er war einfach zu beliebt, und obwohl sie zu den Fantastischen Fünf gehörte, zählte Carmen nicht unbedingt zu den It-Girls, und dass ihr Dad der Reverend war, machte es nicht besser. Keiner von den Jungs wollte mit ihr zusammen sein, obwohl sie es sich so sehr wünschte – oder vielleicht gerade deshalb. Alle standen auf Amanda oder Delta, vielleicht auch noch auf Zora … Sogar Ellie kam besser bei ihnen an als Carmen. Bailey wusste, wie sehr Carmen sich danach sehnte, die Begehrteste der Mädchenclique zu sein, und auch wenn sie sich insgeheim dafür schämte, war Bailey froh, dass sie es nicht war. Bailey selbst interessierte sich für keinen ihrer Mitschüler von der Highschool, und es störte sie nicht sonderlich, dass manche behaupteten, Carmen und sie wären lesbisch, weil sie ständig zusammensteckten und nie einen Freund hatten. Es war nicht so, dass sie keinen von ihnen heiß fand, aber als Tochter eines Officers vom WKPD war es besser, wenn sie sich anderswo die Hörner abstieß.

»Willst du nicht, dass endlich mal etwas passiert? Irgendetwas Gutes?«, fragte Carmen.

Die Worte schienen aus tiefster Seele zu kommen.

»Nun … ja, ich …«

»Ich habe das Gefühl, wir würden immer nur warten. Verstehst du, was ich meine? Immer nur warten und warten und warten. Dabei will ich *jetzt* leben. Du nicht?«

»Kommt darauf an, was du unter ›leben‹ verstehst«, erwiderte Bailey vorsichtig.

»Es ist Freitagabend, und wir betrinken uns nicht. Wir gehen nicht mit unseren Freundinnen aus. Wir treffen uns nicht mit den Jungs.«

*Wir treffen uns nicht mit den Jungs* bedeutete *Wir treffen uns nicht mit Tanner.*

»Wir *warten* einfach für den Rest unseres Lebens darauf, endlich durchzustarten. Mein Dad flippt ja schon aus, weil ich zu Amandas Party gehen möchte!«

»Es ist nicht ›Amandas Party‹. Zu der Feier ist der ganze Abschlussjahrgang eingeladen, außerdem …«

»Ich weiß, ich weiß. Coach Sutton, Mr. Timmons, Ms. Reade und ein paar andere haben sich bereit erklärt, die Aufsicht zu führen. Das habe ich meinem Dad auch gesagt, aber er will trotzdem nicht, dass ich über Nacht bleibe. Dein Vater lässt dir wenigstens ein bisschen Freiraum. Mom würde es mir wahrscheinlich erlauben, aber gegen meinen Vater kommt sie nicht an.«

»Mehrere Kids werden nur tagsüber da sein …«

»Ja, aber zu denen möchte ich nicht gehören.« Sie sprang vom Bett und tigerte durchs Zimmer, dann blieb sie vor dem Fenster stehen und zog die Vorhänge zurück. Es wurde langsam dunkel, der Himmel färbte sich tiefviolett, am Horizont war eine silbrige Mondsichel zu erkennen. »Ich möchte die Nacht mit den Jungs verbringen. Es muss ja nicht gleich eine Sexorgie sein, wovon mein Dad natürlich ausgeht. Ich möchte einfach nur zelten. Würstchen und Marshmallows grillen und bei Mondschein im Fluss schwimmen. Ich weiß«, sagte sie eilig, als sie sah, wie Bailey den Mund aufklappte. »Der Fluss ist im Frühling zu reißend. Es wäre nicht sicher. Ist ja auch egal.«

»Das wollte ich gar nicht sagen.« Bailey legte sich im Sitzsack zurück. »Ich fürchte nur, es wird schwierig, über den Steilhang hinunter zum Wasser zu gelangen. Ich weiß, dass dort Stufen sind, eine Art Treppe, aber im Dunklen …«

»Ich will einfach nur mal hier raus«, seufzte Carmen. »Und ich möchte … mit einem Jungen zusammen sein.«

So offen hatte Carmen ihren Wunsch noch nie ausgesprochen. Es fehlte nicht viel, dachte Bailey, und sie würde endlich zugeben, dass sie sich in Tanner Stahd verliebt hatte.

»Ich kann nicht glauben, dass Zora nach Hause gefahren ist. Wahrscheinlich sind wir ihr nicht cool genug. Vielleicht sollten wir einfach die Jungs anrufen?«, schlug sie vor, obwohl es das Letzte war, wozu sie momentan Lust hatte. Aber es war das, was Carmen sich wünschte, und Bailey wollte ihr eine gute Freundin sein.

»Glaubst du nicht, dass Tanner bei Delta ist?«

»Ich dachte eher an Chris McCrae oder Justin Penske oder …« Carmen schnaubte, und Bailey verstummte. Carmen kehrte zum Bett zurück, warf sich auf den Rücken und starrte wieder die Decke an.

»Wie es wohl mit Delta und Amanda weitergeht?«, überlegte sie laut.

»Keine Ahnung«, erwiderte Bailey seufzend.

»Vielleicht beschließt Tanner, dass er keine von beiden mehr will.«

»Möglich.«

»Ich hab mich an der University of Oregon beworben«, sagte Carmen unvermittelt.

Bailey schaute überrascht auf. Sie hatten vorgehabt, sich am Portland Community College einzuschreiben und Teilzeit zu arbeiten.

»Tatsächlich? Oh. Genau wie Tanner …« Wie hatte sie nur vergessen können, dass der Teeniegott dort womöglich ein Stipendium bekam?

»Er ist wirklich klug«, sagte Carmen, als fühlte sie sich gezwungen, nicht nur ihre Entscheidung, sondern auch Tanners Stipendium verteidigen zu müssen. »Nur weil er ein Footballspieler ist …«

»Habe ich etwas anderes behauptet?«, fiel Bailey ihr ins Wort.

»Sein Dad ist Mediziner, und seine Mom hat Jura studiert.«

Bailey nickte bedächtig. Tanners Vater war Arzt gewesen, bevor er in einen Medikamentenskandal geriet und seine Zulassung verlor – er hatte sich anscheinend mehr als einmal dazu breitschlagen lassen, gegen Bezahlung großzügig Rezepte für gewisse aufputschende und betäubende Arzneimittel auszustellen, zumindest erzählte man sich das in West Knoll. Die leitende Position an der Klinik von West Knoll war er damit ebenfalls los gewesen. Tanners Eltern hatten sich scheiden lassen, seine Mutter fing in einer Anwaltskanzlei an. Der ehemalige Herr Doktor hatte sein Leben umgekrempelt und verordnete jetzt zusammen mit seiner neuen, jungen Vorzeigefrau frei verkäufliche homöopathische Mittel und Nahrungsergänzungsprodukte, die er nach eigenen Rezepturen zusammenbrauen ließ.

»Tanner will ebenfalls Arzt werden«, sagte Carmen.

»Ich weiß.«

»Bailey? Schätzchen? Ich muss los und möchte nur kurz Auf Wiedersehen sagen.« Die Stimme ihrer Mutter hallte die Treppe herauf.

»Warte kurz, Mom. Kannst du mich bei Dad absetzen?« Ausnahmsweise wollte Bailey lieber nach Hause, als bei ihrer besten Freundin zu bleiben. Sie hatte gehofft, dass Carmens Besessenheit von Tanner irgendwann nachlassen würde, vorzugsweise noch vor Schuljahresende, aber aus irgendeinem Grund schien sie immer schlimmer zu werden.

»Ich *werde* die Partynacht bei Amanda verbringen«, erklärte Carmen mit Nachdruck, als Bailey sich schon zum Gehen wandte. »Mein Vater kann es mir ruhig verbieten, ich lasse mich nicht einsperren. Ich bin fast achtzehn. Soll er mich doch vor die Tür setzen, es ist mir egal. Ich gehe zu dieser Party, komme, was wolle.«

# KAPITEL 4

Die Party bei Amanda fand drei Wochen vor dem Abschluss statt. Delta stand an einer Seite der Grillstelle, die Coach Dean Sutton zusammen mit der Beratungslehrerin Clarice Billings errichtet hatte. Auch Tanner hatte mitgeholfen, die Feuergrube auszuheben. Es war ungewöhnlich warm an diesem Maitag, und er hatte sein Shirt ausgezogen, was bei den Mädchen für großen Aufruhr sorgte. Sie pfiffen und jubelten, als wäre er ein Chippendales-Tänzer.

Delta hatte gegrinst, bis ihre Wangen schmerzten, und so getan, als hätte sie jede Menge Spaß, während sie sich in Wirklichkeit am liebsten auf die Decke im Gras geworfen und die Augen ausgeheult hätte.

Es war nicht besser geworden mit Tanner. Vielleicht hätte sie ihn nicht so leicht davonkommen lassen sollen. Er hatte aufgehört, mit ihr über Amanda zu reden, und was noch viel schlimmer war: Er benahm sich so, als hätte sie ihm einen Freifahrtschein gegeben, mit ihrer früheren Freundin abzuhängen, als wäre der Kuss keine große Sache gewesen, als wolle er auf Teufel komm heraus seine Unabhängigkeit von Delta demonstrieren.

Die letzten Wochen waren furchtbar gewesen. Wie hatte dieser Betrug zu ihrem Problem werden können anstatt zu seinem?

Und wie verhielt sich Amanda? Genau wie Tanner tat sie so, als wäre nichts passiert. Sie behandelte Delta, als wären sie immer noch Freundinnen, wenngleich sie sich ein klein wenig distanzierter gab. Auch der Rest der Fantastischen Fünf schien die Episode auf dem Billardtisch auszublenden. Es war mehr gewesen als ein unschuldiger Kuss, davon war Delta überzeugt. Sie spürte die Spannung, die neugierigen Blicke der anderen, hörte die vielsagenden Bemerkungen.

Es war eine Qual. Ihr Herz zog sich schmerzhaft zusammen, wie so oft in der letzten Zeit. Sie hatte Tanner so gut wie verloren, das wusste sie. Es war vorbei. Ihre Träume, ihre Liebe, alles.

Und das war Amandas Schuld.

Delta wurde klar, dass sie sich während der letzten Wochen wie in einem Nebel bewegt hatte, und strengte sich an, daraus aufzutauchen. Sie hob den Blick und ließ ihn über das Gelände schweifen. Mehrere Zelte standen auf der Wiese, aber die Eltern hatten sich zusammengetan und ein großes Übernachtungslager verboten. Die Zelte gehörten Amandas Familie, doch anstelle von Pritschen mit Schlafsäcken standen nun Tische und Bänke darin, damit die Jugendlichen Schatten hatten und sich die Zeit mit Brettspielen vertreiben konnten. Außerdem hatte man ein Badmintonnetz aufgebaut und ein Krocketfeld errichtet. Coach Sutton hatte seinen Plan umgesetzt, ein Spanferkel zu grillen. Er stand schon seit Stunden an der Barbecuestelle und würde vermutlich auch noch weitere Stunden dort verharren.

Es gab also keine Übernachtungsparty, was Delta gerade recht kam. Die Vorstellung, dass sie womöglich einschlafen würde, während Tanner und Amanda noch wach waren und sich klammheimlich in das Waldstück auf der nördlichen Seite des Grundstücks schlichen, war mehr, als sie ertragen konnte.

Sie atmete tief durch. Carmen und Bailey spielten Badminton mit Chris McCrae und Justin Penske. Anscheinend amüsierten sie sich prächtig, wenn Delta das Lachen und Kreischen, das in regelmäßigen Abständen zu ihr herüberschallte, richtig deutete. Wie nicht anders zu erwarten, stand Ellie an der Grillstelle und schleimte sich bei Ms. Billings und Coach Sutton ein. Bei ihnen war ein Lehrassistent, dessen Namen Delta nicht kannte. Er schien sich jedoch mehr für Ms. Billings zu interessieren als für alles andere.

Amanda fuhr mit einem Golfkart zwischen dem Haus und der Partystelle oberhalb des Flusses hin und her und brachte Limo, Wasser, Pappteller und andere Sachen aus der Küche. Jetzt sprang Tanner zu ihr auf den Vordersitz, und Delta sah, wie die beiden einander angrinsten.

Sollte sie gehen? Einfach kehrtmachen und die Party verlassen? Sie schirmte ihre Augen vor der grellen Frühlingssonne ab und blickte in den strahlend blauen Himmel. Es war ein herrlicher Tag, wie gemacht für ein Picknick, aber das interessierte sie kaum.

Sie schloss die Augen, und als sie sie wieder öffnete, saß Clarice Billings in einem Liegestuhl in der Nähe der Grillstelle und lächelte Coach Sutton an, der wieder einmal das Spanferkel drehte. Delta fühlte sich elend. Überall schien die Luft zu knistern, nur für sie interessierte sich niemand. *Tanner …*

Auf einmal bemerkte sie, dass jemand dicht hinter ihrer linken Schulter stand, und drehte sich um. Woody Deavers lächelte und warf ihr ein verschmitztes Grinsen zu. Eilig wandte sie sich ab. Woody versuchte ständig, witzig zu sein, häufig auf Kosten anderer. Seine Haare waren zu lang – um einiges länger als Tanners –, und seine Jeans war so verwaschen, dass sie fast weiß war und sich jeden Moment in Baumwollfetzen aufzulösen drohte. Er hatte sein T-Shirt ausgezogen und es sich über die Schultern gelegt, sodass alle seinen gestählten, tief gebräunten Oberkörper sehen konnten. Auf seiner Schulter prangte das Tattoo eines landenden Adlers, die Krallen ausgestreckt, die Flügel so weit ausgebreitet, dass sie bis zum Schlüsselbein reichten.

Delta hasste Tätowierungen.

»He, Ms. Smith«, sagte er träge, »warum sitzt dein Mann in diesem Golfkart?«

Sie antwortete nicht.

»Ist er jetzt mit der Eiskönigin zusammen?«

»Sie holen bloß ein paar Sachen aus dem Haus«, erwiderte Delta kurz angebunden.

Woody trat in ihr Blickfeld, steckte die Fäuste in die Hosentaschen und musterte sie durchdringend. Er strahlte eine aggressive Männlichkeit aus. Sie hatte ihn bei einem Sketch auf der Bühne erlebt, und er war nicht schlecht gewesen, aber er gehörte nicht zu den coolen Kids. Delta selbst hatte jede Menge Zeit damit verbracht, an ihrer eigenen Coolness zu arbeiten, deshalb war es gar nicht gut, wenn die anderen mitbekamen, dass sie mit ihm redete.

»Wo ist Crystal?«, erkundigte sie sich daher. Crystal Gilles war seine Freundin, und sie hatte weit mehr als nur ein Tattoo. Soweit Delta wusste, mindestens ein Dutzend.

»Crystal würde sich um nichts auf der Welt bei einer Klassenparty erwischen lassen.« Er entblößte seine strahlend weißen Zähne. »Keine Ahnung, was *ich* hier mache. Nein, das stimmt nicht. Ich bin wegen des Spanferkels hier. Crystal ist Vegetarierin, damit konnte ich sie also auch nicht herlocken.«

Delta zwang sich zu einem schmalen Lächeln.

»Im Ernst, was läuft da zwischen Tanner und Amanda?«, bohrte er.

»Was geht dich das an?«

»Gar nichts. Dich dagegen schon.«

»Sie sind bloß Freunde. Wir alle sind schon seit Jahren eine große Clique.« Sie rückte ein Stück von ihm ab und überlegte wieder einmal, ob sie einfach nach Hause gehen sollte.

»Klar. Deshalb bist du ja auch so mies drauf.«

»Ich bin nicht mies drauf. Ich bin bloß müde.«

»Bleibst du über Nacht?«

»Die Übernachtung ist abgesagt. Hast du die Nachricht nicht bekommen?«

»Möglich, dass die Erwachsenen sich verabschieden«, sagte er und warf einen Blick auf den Coach, die Beratungslehrerin und den Lehrassistenten, »aber das bedeutet doch noch lange nicht, dass wir das ebenfalls tun, oder?«

»Die Forsythes werden uns kaum bleiben lassen«, widersprach Delta ihm schnippisch.

»Die Eltern der Eiskönigin müssen ja nichts davon erfahren.«

Allein die Vorstellung, Tanner und Amanda könnten es miteinander treiben, während sie tief und fest in ihrem Bett zu Hause schlief, ließ sie erschaudern. Vielleicht hätte sie seinem Drängen nachgeben sollen. Ja, sie hatten Petting gemacht und waren mehr als einmal kurz davor gewesen, aufs Ganze zu gehen, aber Delta war dann doch jedes Mal davor zurückgeschreckt. Nicht weil sie nicht wollte, sondern weil sie davon träumte, sich aufzuheben. Viele ihrer Klassenkameradinnen gingen mit einem Jungen ins Bett, wurden abserviert und hatten kurz darauf mit dem nächsten Sex. Genau das war Zora mit zwei Typen von der Schule passiert. Beide waren älter und hatten inzwischen ihren Abschluss gemacht. Zora hatte so getan, als wäre das keine große Sache, aber Delta konnte sie nichts vormachen. Jetzt stand Zora in dem Ruf, leichte Beute zu sein. Auch das schien sie nicht zu stören, Delta dagegen hätte es sehr wohl etwas ausgemacht.

Dennoch ... War das der Grund dafür, dass Tanner sich zu Amanda hingezogen fühlte? Soweit Delta wusste, hatte Amanda bislang nicht mal einen festen Freund gehabt. Sie war, wie Woody es ausdrückte, eine Eiskönigin, die die Jungs auf Armeslänge von sich entfernt hielt – zumindest war es bislang so gewesen. Doch wenn es stimmte, dass das, was sie mit Tanner auf dem Billardtisch getrieben hatte, einfach nur schamlos gewesen war, ging sie vielleicht doch aufs Ganze – und sie hängte es nur nicht an die große Glocke.

*Du hättest mit Tanner schlafen sollen. Tu es heute Nacht!*

»Entschuldige mich«, sagte sie brüsk und ließ Woody stehen. Es war recht weit bis zum Haus, und wenn sie dort ankam, hätten Tanner und Amanda den Golfkart vermutlich längst beladen und den Rückweg angetreten.

Sie zögerte und überlegte, ob sie auf die beiden warten sollte. Am besten lockte sie Tanner von der Party weg. Sie brauchten einen Ort, an dem sie allein sein konnten.

»Hast du Amanda gesehen?«, fragte Ellie Delta. Sie hatte mit McCrae geredet, mit ihm geflirtet, doch nun sah sie Delta auf die für sie typische, durchdringende Art an.

»Sie ist mit Tanner zum Haus gefahren, um Sachen für das Barbecue zu holen«, antwortete Delta leichthin.

»Ach ja, mit dem Golfkart ...« Ellie blickte in Richtung Haus.

»Es wird ganz schön heiß«, sagte McCrae und blinzelte in die Sonne. »Mann, ist das herrlich!« Er hatte sein Hemd aufgeknöpft. Delta stellte fest, dass auch er einen Waschbrettbauch hatte, genau wie Woody, doch McCraes Jeans war nicht ganz so abgewetzt wie seine. Er schlug sich mit den Handflächen auf die Oberschenkel. »Ich ziehe die hier kurz aus«, verkündete er und steuerte auf den großen Haufen Taschen und Rucksäcke zu, die die Kids mitgebracht hatten.

»Kommst du mit zum Haus?«, fragte Ellie, an Delta gewandt. »Ich würde mir gern meinen Badeanzug anziehen, aber ganz bestimmt nicht in einem der Zelte.«

»Ich gehe nicht schwimmen.«

»Ich wollte meine Badesachen erst auch nicht mitnehmen, aber bei dem herrlichen Wetter …«

»Das Wasser ist eiskalt im Frühling. Ich hab keine Lust zu erfrieren«, gab Delta zu bedenken.

»So schlimm ist es gar nicht. Ich war schon unten am Fluss.«

Delta hatte keine Lust, die steilen Stufen zum sandigen Flussufer hinunterzusteigen, wo einige von den Jugendlichen ein Zelt aufgebaut hatten. Der Coach und Ms. Billings waren zunächst dagegen gewesen, dass sich ihre Schützlinge am Wasser aufhielten, doch dann hatten sie nachgegeben und den Lehrassistenten mit der Aufsicht beauftragt, der seinen Platz am Grill gegen einen Platz am Flussufer eingetauscht hatte. Viele waren ohnehin nicht dort unten, doch nun, da die Sonne den Zenit überschritten hatte, wurde es immer wärmer und eine Abkühlung immer verlockender.

»Ich habe keine Schwimmsachen mitgebracht«, gab Delta zu.

»Schade«, sagte Ellie.

War das sarkastisch gemeint?, überlegte Delta, als Ellie sich in Bewegung setzte und entschlossen dem unbefestigten Weg zum Anwesen der Forsythes folgte. Delta hatte mitbekommen, wie sie der Streberin Rhonda erzählte, sie habe ihren Stiefvater und ihre Mom »angeflunkert«, sie müsse heute in der Seniorenresidenz arbeiten. Anscheinend hatten die beiden ihr verboten, an der Party teilzunehmen. Rhonda hatte sie besorgt angesehen und erwidert, die Lehrer würden schon dafür sorgen, dass ihnen nichts passierte, Ellie hätte ruhig die Wahrheit sagen können. Sogar Reverend Proffitt hätte Carmen erlaubt, ein bisschen zu feiern.

Ellie hatte nur die Achseln gezuckt und sich abgewandt.

Eine Stunde später war Delta immer noch unentschlossen, ob sie die Party verlassen sollte oder nicht. Sie brachte es einfach nicht übers Herz, Tanner mit Amanda allein zu lassen. Das Spanferkel würde nicht mehr lange brauchen, bis es endlich gar war, die Vorbereitungen für das große Festessen liefen auf Hochtouren. Immer mehr Abschlussklässler trudelten ein, auch ein paar Lehrer gesellten sich zu der Runde, darunter Anne Reade, die Englisch unterrichtete, und Mathelehrer Brian Timmons. Es hatten das ganze Jahr über Gerüchte kursiert, dass Ms. Reade und Mr. Timmons ein Paar waren, aber Delta war sich da nicht so sicher, auch wenn sie sich gut zu verstehen schienen.

Endlich riss sich Tanner von Amanda los. Delta sah, wie er auf sie zuschlenderte. Bei ihr angekommen, blieb er stehen und musterte sie mit einem dümmlichen Grinsen. »Es ist toll hier, findest du nicht?«, fragte er, dann fing er ein Gespräch mit den umstehenden Jugendlichen an und plauderte sogar mit den Lehrern. Delta merkte, dass er betrunken war. Aber woher hatte er das Zeug? Es gab nirgendwo Alkohol, und sie bezweifelte, dass irgendwer Hochprozentiges in den Zelten versteckt hatte. Sie hatte gesehen, dass er ein, zwei Mal mit ein paar Jungs im Wald verschwunden war, und nicht nur er: Immer mehr Abschlussklässler stahlen sich davon, weg von den Blicken der Aufsichtspersonen, um etwas Verbotenes zu tun, aber sie wurde nicht dazu aufgefordert.

Verletzt wandte sie sich ab. Glaubten sie etwa, sie würde sie bei den Lehrern verpetzen, oder wollten sie sie einfach nicht dabeihaben?

Ihr Verdacht wurde bestätigt, als Woody auftauchte und sich wieder neben sie stellte. Er roch nach Skunk. Cannabis.

Mist.

Am liebsten hätte sie Tanner gepackt und ihn weggeschleift. Er konnte sich keinen Fehltritt leisten, wenn er sein Stipendium antreten und für das Footballteam der University of Oregon spielen wollte.

»Wer geht mit schwimmen?«, rief Chris McCrae.

»Ich!«, brüllte Tanner und trommelte sich auf die Brust. Auch er hatte den schlanken, muskulösen Oberkörper eines Sportlers.

»Bin dabei!« Woody streifte seine Jeans ab. Darunter kam eine knappe Badehose zum Vorschein, die sein bestes Stück zur Geltung brachte, auf das Woody offenbar sehr stolz war. Die Mädchen schnappten nach Luft und lachten.

»Ich komme auch mit!«, rief Carmen plötzlich. Sie hatte sich umgezogen und trug nun Shorts und ein Tanktop, das sie mit einer schnellen Handbewegung abstreifte. Darunter sah man ein schwarzes Bikinioberteil. »He, wartet!«, rief sie und rannte Tanner, McCrae und Woody nach zu den Stufen. Ihre langen braunen Haare flatterten hinter ihr her.

»Herrje«, sagte Zora, die endlich die »Amanda-Fraktion« der Fantastischen Fünf verlassen und sich zu Delta gesellt hatte. »Ich werde mir nicht den Hintern abfrieren.«

»Ich habe keinen Badeanzug dabei«, sagte Delta.

Bailey war Carmen gefolgt und stand zusammen mit den anderen Kids vor der steilen Treppe an.

»Wartet mal! Moment!«, bellte Coach Sutton. »Gebt acht auf die Strudel!«

»Die Stromschnellen fangen erst ein ganzes Stück flussabwärts an, Coach«, wandte sich Amanda an den Trainer. »Die Schwimmstelle unten am Ufer ist ungefährlich und mit einem Seil abgegrenzt.«

»Glaubst du, die Kerle achten darauf?«, knurrte er.

»Sie wissen Bescheid. Außerdem haben Sie ihnen doch immer wieder eingetrichtert, den Bereich nicht zu verlassen.«

»Deine Eltern haben mir die Verantwortung übertragen, und die nehme ich sehr ernst, das kannst du mir glauben.«

Amanda verdrehte die Augen. Ihre Eltern waren verreist und hatten die Beaufsichtigung der Party den Lehrkräften überlassen, allerdings fand sie, dass Coach Sutton gehörig übertrieb.

Ms. Billings sagte: »Freddie passt an der Schwimmstelle auf, dass keiner hinter die Absperrung schwimmt.«

Freddie. So hieß der Lehrassistent, jetzt fiel es Delta wieder ein. Freddie Mouton.

Der Trainer schnaubte. Delta fand, dass er recht hatte: Freddie konnte sich seine Energie getrost sparen – sollten Jungs wie Woody, Penske und McCrae beschließen, sich flussabwärts treiben zu lassen, hätte er eh keine Chance. Die Stromschnellen waren gefährlich, aber richtig heftig wurde der Sog dort, wo der Fluss in den Grimm's Pond überging, ein breites Becken mit einer heimtückischen Unterströmung in der Nähe des Highways, gefürchtet von den Eltern, geliebt von den Wagemutigen.

Ms. Billings stand aus ihrem Liegestuhl auf, ging zum Steilhang hinüber und machte sich daran, die Stufen hinabzusteigen. Amanda folgte ihr.

Delta sah den beiden nach und beschloss, ebenfalls zu dem kleinen Sandstrand hinunterzuklettern, was mit der engen schwarzen Caprihose, die sie zu einem roten, kurzärmeligen Oberteil trug, und den Flipflops gar nicht so einfach war. Unten angekommen, sah sie Tanner, McCrae, Carmen und andere Abschlussklässler, darunter Bailey und Amanda, im Fluss planschen und wünschte sich erneut, sie hätte ihren Badeanzug eingepackt. Die Beratungslehrerin stellte sich zu einer Gruppe von Kids an den Strand und beobachtete sie. Das Wasser musste eiskalt sein, doch offenbar machte es ihnen nichts aus.

Der West Knoll River floss träge an dem schmalen, sandigen Uferstreifen entlang, bevor er an Geschwindigkeit zunahm und durch einen engen Canyon schoss. Entlang der schroffen Felswand führte ein schmaler Pfad, der in etwa denselben Verlauf nahm wie die Joggingstrecke oben am Steilhang. Der Pfad stieg nach und nach an, dann verschwand er hinter einer Biegung, genau wie der Fluss, der immer mehr an Fließgeschwindigkeit zulegte und über eine Reihe von Stromschnellen in den Grimm's Pond führte. Als sie jünger gewesen war, hatte Delta einmal Amanda und ihren Dad begleitet, die diese gefährliche Strecke in einem Gummiboot zurücklegten, eine aufregende, angsteinflößende Fahrt, die sie nicht wiederholen wollte. Auch Amanda hatte sich geweigert, und ihr Dad hatte sie gnadenlos damit aufgezogen, bis sie den Tränen nahe war.

Delta blickte in Richtung des Canyons. Das Wasser schäumte vor der scharfen Biegung weiß. Um diese Jahreszeit war es besonders reißend, erst später, im Sommer, wenn es nicht mehr so wild war, würden die River-Rafter kommen, um die Stromschnellen zu bezwingen.

Ms. Billings ermahnte sie erneut, vorsichtig zu sein. Freddie hatte den sicheren Bereich abgegrenzt und ein Plastikseil mit rot-weißen Schwimmern gespannt. Er trug eine Schwimmweste und wedelte mit einer zweiten in der Luft herum, als wollte er die Jugendlichen auffordern, ebenfalls eine anzulegen. Niemand beachtete ihn.

»Kommt alle rauf!«, dröhnte Coach Suttons Stimme in die Schlucht hinunter. »Das Spanferkel ist fertig! Dazu gibt es Maiskolben!«

Delta streckte ihren Fuß ins Wasser. Es war kalt, aber erträglich. Amanda stand bis zu den Knien darin und versuchte vergeblich, Tanners Aufmerksamkeit zu erwecken, der sich eine Wasserschlacht mit Carmen lieferte. Carmen war gut, durch ihre Größe und den vom Volleyballspielen trainierten Körper den Jungs ebenbürtig.

»Wir können essen!«, rief auch die Beratungslehrerin und winkte sie aus dem Schwimmbereich.

Zögernd verließ einer nach dem anderen das Wasser und tappte bibbernd ans Ufer. Woody blieb neben Delta stehen und schüttelte sich wie ein nasser Hund. Tropfen prasselten auf ihr rotes Oberteil.

»Woody!«, rief sie empört.

»Entschuldige«, sagte er mit einem breiten Grinsen, dann stieg er johlend den Steilhang hinauf, wobei er sich mit den anderen Jungs eine Art Wettklettern auf den schmalen Stufen lieferte, die nun noch rutschiger sein würden als zuvor.

Carmen rannte ihnen nach wie ein anhängliches Hündchen. Bailey und Amanda waren bei Delta stehen geblieben. Bailey schaute ihrer Freundin kopfschüttelnd nach, dann machte sie sich ebenfalls auf den Weg nach oben.

Amanda sah Delta an. Delta sah Amanda an. »Nach dir«, sagte Amanda.

»Nein, geh du ruhig zuerst. Ich bleibe noch ein Weilchen hier unten.«

Amanda klappte den Mund auf, als wollte sie etwas entgegnen, aber dann bremste sie sich und folgte achselzuckend den anderen.

Chris McCrae saß auf einem Baumstamm am Ufer und sah zu Delta hinüber. Seine abgeschnittene Jeans war nass, sein Oberkörper ebenfalls, aber in der warmen Sonne wurde alles schnell wieder trocken. »Gehst du nicht hoch?«, rief er.

»Nein.«

Er stand auf und fuhr sich mit der Hand durch die Haare, um das Wasser herauszustreichen. »Willst du für den Rest deines Lebens hier unten bleiben?«

»Vielleicht«, antwortete Delta. Sie hörte selbst, wie streitlustig sie klang, ganz anders als die fröhliche, hinreißende Delta, die alle kannten.

»Er interessiert sich einen Scheiß für sie.«

»Wer?«, fragte Delta automatisch.

McCrae zog die Augenbrauen in die Höhe und warf ihr einen »Müssen wir dieses dämliche Spiel wirklich spielen?«-Blick zu.

»Solltest du Tanner meinen, möchte ich lieber nicht darüber reden.«

Er schnaubte. »Wer bist du – Ellie?«

»Wie meinst du das?«

»Hör dir doch nur mal zu: Du klingst genauso selbstgerecht wie sie.«

Delta wandte ihm den Rücken zu. Sie wollte weder über Ellie noch über Tanner noch über sonst wen reden.

»Er interessiert sich für niemanden«, fuhr McCrae fort. »Sorry, ich versuche nicht, Tanner zu dissen. Es ist bloß die Wahrheit.«

»Es stimmt aber nicht«, hielt sie dagegen.

»Er interessiert sich nur für einen einzigen Menschen: ihn selbst. Dich mag er, weil du das hübscheste Mädchen der ganzen Schule bist. Er schmückt sich mit dir.«

Delta war halb wütend, halb geschmeichelt. Sie drehte sich wieder um und sah ihn an. McCrae konnte einen echt auf die Palme bringen. »Ich bin nicht das hübscheste …«

»Doch, bist du. Und versteh das nicht als blödes Kompliment.« Seine blauen Augen funkelten in einer Mischung aus Amüsement und Verärgerung. »Er hat dich ausgewählt, weil du toll aussiehst und beliebt bist. Er geht dir nur fremd, weil es ihm alle so leicht machen und weil er sich etwas beweisen will. Amanda … Carmen … Ellie … Sie alle würden sich liebend gern von ihm flachlegen lassen oder haben es längst getan.«

»Ellie?«, fragte Delta schockiert und schnappte nach Luft. Plötzlich fiel ihr das Atmen schwer.

»Sei doch nicht so naiv. Wir machen alle unseren Abschluss, und danach trennen sich unsere Wege. Tanner will sich die Hörner abstoßen, und du zierst dich.«

Delta zuckte zusammen. »Hat er das gesagt?«

McCrae nickte.

»Und ich würde ihn zurückbekommen, wenn ich mich nicht länger *ziere?*«, fragte sie voller Bitterkeit.

»Für eine kurze Zeit bestimmt.«

»Was soll das heißen?«

Er stand von dem Baumstamm auf und ging zu den Stufen, dann drehte er sich noch einmal zu ihr um. »Die Highschool ist vorbei. All dies zählt nicht mehr. Du und deine Freundinnen, die *Fantastischen Fünf* …« Sein Ton wurde spöttisch. »Aus und vorbei. Du solltest nach vorn blicken.«

Delta blieb wie angewurzelt stehen und ließ seine Worte einsickern, dann folgte sie ihm langsam die Treppe hinauf.

Bailey hielt einen Teller mit Spanferkel, Mais und einem verbrannten Brötchen in der Hand. Während sich die Jungs die Mägen vollschlugen wie die Wölfe, brachte sie kaum einen

Bissen hinunter. Immer wieder sah sie Mitschüler in das Waldstück schleichen und betrunken oder high wieder herauskommen. Anscheinend wollten die Aufsichtspersonen nichts dagegen unternehmen, denn auch wenn Ms. Billings, Freddie Mouton und Coach Sutton zwischendurch immer wieder einen nachdenklichen Blick in die entsprechende Richtung warfen, schritten sie nicht ein.

Carmen hing immer noch mit den Jungs ab. Es war ihr irgendwie gelungen, den Reverend zu überzeugen, dass die Party eine Schulveranstaltung war, auf der strikte Regeln befolgt werden mussten. Sie hatte sich schon immer gegen ihren Vater aufgelehnt, aber so weit war sie noch nie gegangen. In ihren Augen lag ein Funkeln, das verriet, dass sie bereit war, gegen die Konventionen zu verstoßen, aber wollte sie wirklich ein Bad Girl werden, sie, die Tochter des Geistlichen? Hoffentlich nicht. Denn das würde Probleme mit sich bringen, und darauf hatte Bailey keine Lust.

Sie wusste, dass sie die Bravste aus der Clique war, und sie wusste auch, dass die Fantastischen Fünf sie aus genau diesem Grund am liebsten rausgeworfen hätten – mehr als einmal. Ja, das würde sicherlich wehtun, aber im Grunde war es okay. Es kümmerte sie nicht mehr. Was sie einst für lebenswichtig gehalten hatte, kam ihr nun irgendwie albern vor.

*Die Highschool ist bald vorbei. Was willst du, Bailey?*

Sie wollte mit Carmen zusammen sein. Nur mit Carmen … okay, vielleicht auch mit Carmens Familie. So streng die Proffitts auch waren, so liebevoll waren sie gleichzeitig. Für Bailey war ihre Liebe wie eine weiche, kuschelige Decke. Ihr Dad vermittelte ihr ein ähnliches Gefühl, aber er war immer beschäftigt und konnte seine Liebe nicht so ausdrücken wie Carmens Eltern. Lill war bei Mom. Die beiden waren ein Zweiergespann. Und Mom war …

Ihr wollte nicht das richtige Wort einfallen. Selbstsüchtig? Narzisstisch? Nein, diese Bezeichnungen waren zu schroff. Mom wollte einfach nur ein neues Leben führen, ein unbeschwertes Leben ohne allzu viele Regeln, ohne allzu viel Verantwortung, ohne ihren Polizistenehemann. Bailey hatte einmal mitbekommen, wie sie sich beschwerte, dass Dad ihr ein bisschen zu viel für Recht und Ordnung sorgte. Sie war fest entschlossen gewesen, die Familie zu verlassen, und das hatte sie auch getan.

Bailey hatte ihrem Vater erzählt, dass sie ihrer Mutter bei Carmen begegnet war. Dad hatte kein Wort dazu gesagt, so wie er nie etwas sagte, wenn sie auf Mom zu sprechen kam, aber es war besser, ehrlich zu sein, denn wenn er hintenrum davon erfuhr, wäre er womöglich gekränkt, und das wollte Bailey unbedingt verhindern. Sie wusste, dass er die Trennung noch nicht verwunden hatte, auch wenn er das ihr gegenüber niemals zugegeben hätte. Wahrscheinlich nähme er Mom sogar zurück, wenn sie es denn wollte, aber das Vertrauen zwischen ihnen war so tief erschüttert, dass es Baileys Meinung nach ohnehin nicht mehr funktionieren würde.

In diesem Augenblick kam Carmen mit ein paar anderen Jugendlichen zwischen den Bäumen hervor und schlenderte zur Grillstelle, um sich etwas zu essen zu holen. Bailey trat zu ihr.

»Was geht hier vor?«, flüsterte sie und beäugte Tanner Stahd, der sich alle Mühe zu geben schien, sich unauffällig zu bewegen, dabei war es offensichtlich, dass er seine Gliedmaßen kaum noch unter Kontrolle hatte. Er war total betrunken. Hoffentlich bekamen der Coach, Ms. Billings und Freddie nichts davon mit!

Auch Carmen schaute nun in Tanners Richtung. Bailey spürte ihre Nervosität, sah, wie sie die Stirn in Falten legte und die Hände zu Fäusten ballte, auch wenn sie nichts sagte.

»Alles okay?«, fragte Bailey.

»Ja.«

»Tanner ist ziemlich neben der Spur.«

»Ja.« Diesmal klang sie angespannt.

»Was habt ihr im Wald gemacht? Es riecht irgendwie nach Gras ...«

»Ähm ... nein. Penske hatte Wodka dabei und irgendein ... braunes Zeug.«

»Carmen Proffitt, du hast doch nicht etwa getrunken?« Bailey gab sich Mühe, belustigt zu klingen, doch in Wirklichkeit war sie besorgt.

»Nein.« Carmen sah ihr direkt ins Gesicht. In ihren Augen lag ein seltsamer Ausdruck.

»Was ist mit dir?«, fragte Bailey. Ihr Herz fing an zu hämmern. Carmens merkwürdiges Benehmen bereitete ihr Sorge.

Obwohl sie Bailey anschaute, sah Carmen zweifelsohne etwas anderes.

»Es ist doch etwas passiert, oder?«, hakte Bailey mit ernster Stimme nach.

Carmen antwortete nicht sofort. Ihre Haut war fahl. Irgendetwas schien sie aufzuwühlen, aus der Bahn zu werfen.

»Was? Nun sag schon«, drängte Bailey.

Carmen schaute wieder zu Tanner und den Jungs, dann ließ sie den Blick über die Zelte schweifen. Sie wirkte leicht panisch. »Ich habe etwas gesehen«, wisperte sie schließlich.

»Was denn?«

»Tanner war mit ... Er war nicht der Einzige. Sie haben alles Mögliche ... miteinander ...«

Bailey, die sich keinen Reim auf Carmens Andeutungen machen konnte, spürte, wie sich ein mulmiges Gefühl in ihrer Magengrube ausbreitete. »Du hast Tanner gesehen?«, half sie Carmen auf die Sprünge.

»Ich habe sie alle gesehen.« Carmen sprach so leise, dass Bailey die Ohren spitzen musste, um sie zu verstehen. »Sie wussten nicht, dass ich da bin …«

»Wer?«

»Die Jungs … ein paar von den Jungs und … Sie haben Dope geraucht und getrunken und …« Sie hob den Blick. In ihren Augen flackerte Panik auf. »Ich sollte nicht dort sein. Ich hab mich zu ihnen geschlichen, und dann haben sie mich gesehen …«

»Carmen!«

Es klang wie eine scharfe Zurechtweisung. Carmen zuckte zusammen, und auch Bailey wirbelte erschrocken herum. Amanda stand hinter ihnen, breitbeinig, mit blitzenden Augen, als wäre sie bereit für einen Kampf.

Carmen schnappte nach Luft. »Amanda?«

Der Moment dehnte sich, dann wich Amandas zorniger Gesichtsausdruck einem breiten Lächeln. Sie lachte und fasste Carmen am Arm. »Ich mache nur Spaß. Du hast so … ach, ich weiß nicht, so seltsam ausgesehen. Komm, holen wir uns etwas zu essen.«

Bailey wollte ihnen folgen, aber sie hielt bereits einen Teller in der Hand. Ihr war nicht ganz klar, was gerade passiert war. Normalerweise fiel Amanda niemandem so barsch ins Wort wie Carmen. Hatte sie sie absichtlich unterbrochen? Egal. Sobald sie ihre Freundin für sich hätte, würde Bailey herausfinden, was Carmen so sehr zu schaffen machte.

# KAPITEL 5

Als die Dämmerung anbrach, packten alle ihre Sachen zusammen und machten sich bereit zum Aufbruch. Delta trat tatenlos von einem Fuß auf den anderen, während Coach Sutton, Ms. Billings und Freddie Mouton zusammen mit Mr. Timmons, Ms. Reade und den Strebern Rhonda und Trent das Gelände aufräumten. Amanda, Bailey und Carmen brachen die Zelte ab. Delta hatte ihre Hilfe angeboten, die Amanda höflich, aber bestimmt zurückwies. Sie kämen auch ohne sie klar, hatte sie behauptet.

Plötzlich war Delta zur Außenseiterin geworden, genau wie Ellie, die ebenfalls mit anfassen wollte und wie Delta ein entschiedenes »Nein, danke« kassiert hatte. Delta, weil die Anführerin der Fantastischen Fünf ihr den Freund ausgespannt hatte, wodurch sie unversehens zur Persona non grata geworden war. Ellie, weil sie mit ihrer selbstgerechten, überheblichen Art allen auf die Nerven ging. Sie hätten den Strebern und Lehrern helfen können, aber dazu hatten sie keine Lust. Außerdem hätte Rhonda sie ebenfalls zurückgewiesen. Delta wusste, dass sie auf ihre Art und Weise genauso autokratisch war wie Amanda.

*Amanda* ... Uneingeschränkte Herrscherin ihrer Highschool-Mädchenclique. Früher hatte Delta gedacht, Ellies Überheblichkeit rühre daher, dass sie nicht länger zu den Fantastischen Fünf zählte, doch inzwischen war sie sich da nicht mehr so sicher. Vielleicht war Ellies Desinteresse an der Gruppe mittlerweile echt.

Die *Fantastischen Fünf* … Vielleicht hatte McCrae recht mit seinen abschätzigen Bemerkungen, und ihre Zeit war wirklich vorbei. Ihre Clique war kindisch, ein Relikt aus Grundschule und Junior High, nicht auszuschließen, dass sich einige bereits darüber lustig machten.

Delta spähte angestrengt in die Dämmerung, um Ausschau nach Tanner zu halten. In seinem Zustand würde sie ihn bestimmt nicht mit zu sich nach Hause nehmen, und Amandas schmalen Lippen nach zu urteilen, würde er die Nacht auch nicht bei ihr verbringen.

Gut.

»So«, verkündete Coach Sutton und blickte in die Runde. Er hatte seinen Pick-up geholt, und sie hatten die Grillsachen zusammen mit dem übrig gebliebenen Essen auf der Ladefläche verstaut. Anschließend hatten sie die Kohlen mit Flusswasser übergossen, die noch ungefähr zwanzig Minuten lang gedampft hatten. Der Trainer hatte die nasse Asche durchgeharkt, um auszuschließen, dass sie ein Glutnest übersahen.

Nach McCraes Bemerkung, sie solle sich nicht so selbstgerecht aufführen wie Ellie, war Delta mehrmals zwischen den Bäumen verschwunden und hatte ein paar Schlucke von Penskes Wodka genommen. Wodka, damit die Lehrer den Alkohol nicht rochen, aber die bekamen sowieso gar nichts mit. Vielleicht hatten sie auch beschlossen, keinen Wirbel zu veranstalten, solange die Dinge nicht aus dem Ruder liefen.

Der Trainer stieg in die Fahrerkabine seines Pick-ups und knallte die Tür zu. Mr. Timmons und Ms. Reade hatten sich zu Fuß auf den Rückweg zum Haus gemacht. Jetzt lehnte sich Coach Sutton aus dem Fenster und sagte: »Ich bin gleich wieder da, und dann brechen wir gemeinsam auf, okay? Wir hatten eine schöne Zeit, doch leider ist alles Schöne irgendwann vorbei.«

Die Jugendlichen reckten die Daumen in die Höhe und schauten ihm nach, wie er mit seinem Pick-up über die unebene Wiese holperte. Als er kaum noch zu sehen war, rief Tanner plötzlich: »Ein letztes Mal!«, und rannte in Richtung Steilhang.

Alle erstarrten. Delta zog scharf die Luft ein. Dann liefen die Jungs ihm nach, die Mädchen folgten nur eine Sekunde später.

»Wartet! So wartet doch!«, rief Delta ihnen hinterher.

»Bleibt stehen!«, schrie jemand anderes, wahrscheinlich Amanda. Delta stolperte auf den Steilhang zu und sah, wie die Jungs und Mädchen die Stufen hinuntersprangen und über den schmalen Sandstreifen zum Wasser rannten. Ein paar von ihnen stürzten sich in die Fluten und tauchten unter. Die Sonne war hinter dem Wald verschwunden, die Schlucht war schattig und dunkel.

Auch Freddie und Ms. Billings waren zur Treppe gestürmt und blickten fassungslos auf die Schüler. Delta überlegte, ob sie ebenfalls zum Strand hinuntersteigen sollte. Ellie hatte gezögert, dann hatte sie sich der Gruppe angeschlossen, riss sich das T-Shirt vom Leib und lief auf den Fluss zu. Carmen und Bailey tauchten neben Delta auf, Carmen kletterte eilig die Stufen hinunter.

»Was machst du da?«, rief Bailey.

»Es könnte jemand verletzt werden!«, rief Carmen zurück.

»Ja, und zwar du!«

»Es reicht! Ich gehe jetzt runter.« Ms. Billings klang wütend. Freddie nickte aufgebracht und schloss sich ihr an. Nun setzte sich auch Amanda in Bewegung.

*Verdammt. Das darf doch nicht wahr sein!*

Mit einem unbehaglichen Gefühl stieg Delta die schmale Treppe hinunter und sprang über die letzten Stufen auf den

Uferstreifen. In ihren Flipflops konnte sie den Sand zwischen den Zehen spüren. Mittlerweile war kaum noch zu erkennen, wessen dunkler Haarschopf auf der Wasseroberfläche auf und ab hüpfte. War es Tanners? McCraes? Woodys? Oder hatte sich einer der Streber in den Fluss gewagt? Wer auch immer sich in die Fluten gestürzt hatte – es war eine dumme Idee gewesen.

»Wir müssen sie da rausholen«, sagte die Beratungslehrerin angespannt.

»Da ist Tanner«, flüsterte Carmen, die ein paar Schritte von Delta entfernt stand. Delta spürte, wie sie sauer wurde. Allerdings nicht so sauer wie Amanda, die ihre blauen Laseraugen auf Carmen heftete, nicht auf die Idioten im Wasser.

Delta fragte sich, ob sie ebenfalls hineinspringen würde, aber würde das etwas nützen? Die Schwachköpfe im Wasser mussten aufwachen und begreifen, in welcher Gefahr sie schwebten.

»Das ist nicht witzig!«, rief Amanda. »Meine Eltern werden ausflippen!«

Zora ließ sich neben Delta in den Sand fallen und wimmerte angstvoll, den Blick auf die Kids im Wasser geheftet. Delta merkte, dass sie randvoll war. Warum war sie in ihrem Zustand nicht einfach oben geblieben?

Carmen watete ins Wasser.

»Carmen!«, schrie Bailey.

»Keine Sorge. Ich weiß, was ich tue.«

Freddie folgte ihr. »Bleib hier, Carmen. Du brauchst eine Schwimmweste.«

»Ich tue nichts Unüberlegtes«, versicherte sie ihm und ging noch ein paar Schritte weiter. Das Wasser reichte ihr jetzt bis zur Hüfte. »Komm zu mir, Tanner«, beschwor sie ihn, als wäre er ein kleines, bockiges Kind.

»Was zum Teufel soll das?«, stieß Amanda empört hervor.

Tanner grinste Carmen dümmlich an, dann ließ er den Blick über die anderen am Ufer schweifen. Für einen Moment sah es so aus, als würde er tatsächlich auf Carmen hören, doch im nächsten Moment duckte er sich unter dem Plastikseil hindurch und ließ sich mit ausgestreckten Armen auf dem Rücken flussabwärts treiben, den Blick in den immer dunkler werdenden Himmel gerichtet. Delta stieß einen Schrei aus. Sie meinte, Clarice Billings »Scheiße« murmeln zu hören. Mehrere Jungs zögerten, dann tauchten sie ebenfalls unter der Absperrung hindurch. Bailey oder Carmen oder wer auch immer schrie. Carmen stürzte sich ins Wasser und schwamm Tanner nach.

Delta rannte am Ufer entlang, wobei sie sich die nackten Zehen an den scharfkantigen Steinen aufschürfte und einen Flipflop verlor. Endlich erreichte sie den schmalen Pfad entlang des Felsens, doch sie wurde beinahe überrannt von Ms. Billings und Freddie, die die Schwimmer ebenfalls einholen wollten. Jemand packte Deltas Arm und zerrte sie zurück.

Amanda.

Delta starrte sie benommen an.

»Herrgott noch mal!«, schrie Amanda ihr ins Gesicht.

Hinter ihnen schluchzte Zora, die Hand vor den Mund gepresst.

Bailey setzte sich ebenfalls in Bewegung und folgte den Lehrkräften, barfuß. Anscheinend hatte sie am Strand ihre Schuhe abgestreift. Die restlichen Jungs kamen aus dem Wasser und starrten denen nach, die unter dem Seil hindurchgetaucht waren, dann hefteten sie die Blicke auf die kleine Gruppe auf dem schmalen Felsenweg. Kurz vor der Biegung stürzte Freddie ins Wasser, vielleicht sprang er auch.

»Hol deinen Dad, Bailey!«, schrie McCrae.

»Meinen Dad?«, fragte sie über die Schulter und blieb stehen.

»Die Polizei!«, stellte er klar.

»Die Polizei?«, kreischte Amanda. »Keine Polizei! Meine Eltern …«

»Verdammt noch mal, Amanda!«, blaffte McCrae. »Hier geht es um Menschenleben!«

»Hol doch selbst die Polizei!«, schrie Bailey. »Ich rette Carmen!«

McCrae zögerte nicht lange, rannte zur Treppe und stieg eilig hinauf. Amanda lief ihm hinterher, Delta bildete die Nachhut. Ihr Gesicht war nass, und sie stellte fest, dass sie lautlos weinte. Sie warf einen letzten Blick auf die Schwimmer, die beinahe die Biegung erreicht hatten, hinter der die reißenden Stromschnellen begannen, bevor sie im Grimm's Pond mit seiner gefährlichen Unterströmung landeten. Einmal in ihrem Sog gefangen, kam man nicht mehr heraus.

Delta hatte schreckliche Angst. Tanner durfte nicht sterben, und er würde auch nicht sterben, oder? Er war ein guter Schwimmer. Ein Sportler, auch wenn er beeinträchtigt war durch den Alkohol und das Kiffen. Ein herausragender Sportler. Genau wie Carmen. Sie würden sich einfach durch die Stromschnellen treiben lassen und wohlbehalten im Grimm's Pond landen.

Delta schluckte. Es würde ihnen nichts passieren, ganz bestimmt nicht.

Weit mehr Sorgen bereitete ihr, dass McCrae die Polizei rufen wollte. Was, wenn aufflog, dass Tanner Drogen konsumiert hatte? Das konnte ihn alles kosten, was er sich so mühsam erarbeitet hatte. Er würde ausflippen, wenn er nicht an die U of O gehen und Football spielen konnte.

Was für ein Dummkopf! Er wollte Arzt werden, wie sein Dad, und man wusste ja, welchen Preis der Herr Doktor für seinen Leichtsinn bezahlt hatte. Versuchte er etwa, sich sein Studium absichtlich zu verbauen? Am liebsten hätte sie ihn angeschrien, er solle endlich aufwachen und über seine Zukunft nachdenken, eine Zukunft mit ihr …

Und wenn das nichts nutzte, wollte sie ihn in den Arm nehmen, ihn liebkosen und küssen, endlich mit dem Mann schlafen, den sie über alles liebte.

»Mein Dad wird ausrasten«, stöhnte Amanda, als sie oben angekommen waren.

McCrae rannte zum Golfkart. »Hast du den Zündschlüssel für das Ding hier?«

Amanda lief ihm nach und startete den Kart.

Delta wollte hinterher, aber sie konnte kaum gehen. Ihre Zehen bluteten, der zweite Flipflop fiel ebenfalls auseinander.

Zora tauchte neben ihr auf. Zähneklappernd murmelte sie »O Gott, o Gott … O Gott, o Gott« vor sich hin.

»Schscht«, versuchte Delta sie zu beruhigen, dann riss sie sich zusammen und dachte nach. Sie durfte nicht einfach herumstehen, sie musste etwas unternehmen. Was, wenn sich ihre Zuversicht, Tanner würde nichts geschehen, als falsch erwies? Sie musste ihm helfen, unbedingt!

Der Golfkart setzte sich in Bewegung. »Wartet!«, rief Delta, aber Amanda hörte nicht auf sie. Entschlossen hakte Delta Zora unter und humpelte mit ihr zusammen Richtung Haus. Sie hatte aufgehört zu jammern, aber sie schluchzte leise und zog immer wieder die Nase hoch. Sie brauchten über zwanzig Minuten. Inzwischen war es dunkel. Auf der hell erleuchteten Terrasse blieben die beiden Mädchen stehen. Delta ließ Zora los.

»Du bist verletzt«, stellte Zora fest, den Blick auf Deltas blutende Zehen gerichtet.

»Wo mögen die beiden wohl sein?«, überlegte Delta, ohne auf ihre Worte einzugehen, und spähte durch eine der Terrassentüren, die in die Küche führte. Der Raum war leer, obwohl auch hier alle Lichter brannten.

Zora drückte gegen die Tür, die nach innen aufschwang. Sie trat ein, doch sie blieb stehen, als Delta ihr nicht folgte.

»Ich möchte keine Blutspur durchs Haus ziehen. Geh du rein und such Amanda und McCrae.«

»Ich … ich habe Dope geraucht. Denkst du, das fliegt auf?« Zoras Stimme bebte.

»Herrgott, Zora! Das ist im Augenblick völlig egal! Geh rein und hol Hilfe!«

Delta spürte, dass sie jeden Moment in hysterisches Schluchzen ausbrechen würde. Ihr Fuß pochte, aber es war ihr Herz, das am meisten schmerzte.

Zora tappte ins Hausinnere, während sich Delta auf einen Terrassenstuhl fallen ließ. Wo blieben die Polizisten? Die Rettungskräfte? Sie lauschte angestrengt in die Dunkelheit, doch sie hörte nichts. Keine dröhnenden Motoren, keine Sirenen.

Warum um alles in der Welt hatte Tanner das getan? Es war, als hätte er ihnen allen den Mittelfinger gezeigt.

»Delta?«, fragte jemand aus der Dunkelheit.

Sie schnappte erschrocken nach Luft.

Ellie O'Brien trat ins Licht der Terrassenlampen. Sie war nass und zitterte unkontrolliert.

Zorn kochte in Delta hoch. »Du bist auch ins Wasser gesprungen!«

»Wo sind die anderen?«

»Was ist da unten passiert? Warum hast du das getan?«, fragte Delta hektisch. Ihre Stimme überschlug sich vor Aufregung und Wut. »Wo ist Tanner? Wo sind die anderen?«

»Sie haben sich durch die Stromschnellen treiben lassen. Ich hab's vor der Biegung aus dem Fluss geschafft. Ms. Billings hat mir geholfen. Freddie ist reingesprungen, um den anderen beizustehen, und Bailey ist Carmen auf dem Felsenpfad gefolgt und ausgerutscht …«

»*Wie bitte?*«, schrie Delta entsetzt.

»Coach Sutton ist zum Grimm's Pond gefahren, um auf sie zu warten.«

Grimm's Pond. Hoffentlich würden sie alle wohlbehalten dort ankommen, ohne dass jemand von der Unterströmung erfasst und in einen lebensgefährlichen Sog gezogen wurde. »McCrae wollte die Polizei rufen«, sagte sie, »deshalb ist er mit Amanda zum Haus gefahren. Zora ist drinnen und sucht die beiden. Vielleicht haben sie es sich anders überlegt und sind ebenfalls auf dem Weg zum Grimm's Pond.«

»Der Coach hat ein Handy. Er wird die Polizei längst informiert haben.«

In diesem Moment klingelte im Haus der Forsythes das Festnetztelefon. Delta rappelte sich hoch, doch Ellie stürmte bereits durch die Küche in den Flur. Die nasse Kleidung klebte an ihrem Körper, ihre langen Haare tropften. Das Klingeln verstummte. Die Stille dröhnte in Deltas Ohren. Sie konnte nicht klar denken.

Sie hielt den Atem an. Ihr Herz hämmerte. *Das ist alles nur ein schlechter Traum … Das ist alles nur ein schlechter Traum …*

In Wirklichkeit war gar nichts Schlimmes geschehen. Schlimme Dinge passierten immer nur den anderen, nicht den Fantastischen Fünf und ihren Freunden.

In diesem Augenblick hörte Delta aus dem Haus einen entsetzten Aufschrei und erstarrte. Zora.

Delta humpelte zur Tür und betrat die Küche. Ihr Herz hämmerte schmerzhaft gegen ihren Brustkorb. Eilig hinkte sie weiter in den Flur. Inzwischen war es ihr gleich, dass sie den Fußboden mit Blut verschmierte. Zora klammerte sich schluchzend an Ellie, die wie erstarrt dastand, den Hörer des Festnetztelefons in der Hand.

»Was ist?«, schrie Delta. »*Was?*«

Der Hörer glitt aus Ellies Fingern.

»Ist was mit Tanner?«, kreischte sie. »Ist Tanner verletzt? Tot? O Gott! Nun redet doch! O Gott, o Gott!«

»Es geht um Carmen. Amanda sagt ...« Ellie verstummte, beugte sich vornüber und würgte.

»*WAS?*«

Zoras Schluchzen wurde lauter.

»Sie ist nicht im Grimm's Pond angekommen ...«, stieß Ellie hervor. »Sie haben schreckliche Angst, dass sie gegen einen der Felsen geprallt und ertrunken ist oder irgendwo festhängt ...«

Zora gab einen weiteren schrillen Schrei von sich.

Delta hielt sich die Ohren zu. In ihrem Kopf kreiste nur ein Gedanke: *Tanner.*

»Die anderen wurden gerettet«, hörte sie Ellies Stimme wie aus weiter Ferne. »Freddie hat sich in den Stromschnellen das Bein gebrochen. Keine Ahnung, was sonst noch passiert ist ...«

Sie müsste doch etwas fühlen, dachte Delta, irgendetwas ... nicht nur diese entsetzliche Taubheit. »Wo ist Bailey?«, flüsterte sie.

»Sie sind alle am Grimm's Pond, denke ich. Laut Amanda ist nur Carmen nicht da.«

In diesem Moment hörte Delta fernes Sirenengeheul. Die Polizei, Rettungskräfte – doch für eine von ihnen war es vielleicht zu spät.

Bailey saß bibbernd am felsigen Ufer an der Westseite des Grimm's Pond. Jemand hatte ihr eine Decke umgelegt. Ihr Vater war bei ihr. Um sie herum blinkten rote, blaue und weiße Lichter. Quin war nass bis auf die Knochen, weil er ins Wasser gesprungen war und Tanner und Freddie gerettet hatte, die beide unter die Oberfläche gezogen wurden. McCrae war ebenfalls vor Ort. Er hatte Brad Sumpter herausgeholt, während Justin Penske es aus eigener Kraft ans Ufer schaffte. Woody Deavers hatte versucht, McCrae zu helfen, aber er war gegen einen schroffen Felsvorsprung geprallt und hatte sich mehrere Rippen gebrochen. Es war ihm gelungen, an Land zu kriechen, nun befand er sich auf dem Weg ins Krankenhaus. Tanner hatte eine Platzwunde an der Stirn davongetragen, und aus dem seltsam verdrehten Bein des Lehrassistenten ragte ein weißer Knochen, bei dessen Anblick Bailey schwindelig wurde.

Auf dem Felsenweg hatte sie Ms. Billings überholt, die versuchte, sie aufzuhalten. Fast wäre sie ins Wasser gesprungen, aber sie war weitergelaufen, hatte nach Carmen Ausschau gehalten, während die Beratungslehrerin Ellie aus dem Wasser half, nur ein kleines Stück vor der Biegung, hinter der die Stromschnellen begannen. Auf einmal meinte sie, einen dunklen Haarschopf auf der Wasseroberfläche tanzen zu sehen, und rannte noch schneller. Carmen? Vielleicht konnte sie ihre Freundin packen, wenn es denn Carmen war, die da durch die Stromschnellen trieb. Es war einfach zu dunkel, um wirklich etwas erkennen zu können … Ihr Fuß traf auf eine vom aufspritzenden Wasser glitschige Stelle, sie rutschte aus, verlor das Gleichgewicht und stürzte in eines der tieferen Becken. Das Wasser war so kalt, dass es wie tausend kleine Nadelspitzen in ihre Haut stach, doch die Kälte war ihr geringstes Problem: Die Strömung riss sie mit sich wie eine willenlose Gliederpuppe, immer wieder geriet sie mit dem Kopf unter das weiß schäumende Wasser und tauchte ein kurzes Stück später spuckend und nach Luft schnappend wieder auf. Einmal stieß sie sich schmerzhaft das Knie an einem Felsen an und war froh, dass es nicht ihren Kopf erwischt hatte. Nach einer scheinbaren Ewigkeit spuckte der Fluss sie im Grimm's Pond aus, wo sie von der Unterströmung erfasst und strudelnd in die Tiefe gezogen wurde. Kurz bevor sie das Bewusstsein verlor, hatte sie plötzlich eine Hand an ihrem Oberarm gespürt. Mr. Timmons hatte sie aus dem Wasser gezogen – ein unerwarteter Retter. Zusammen mit ihrer Englischlehrerin Anne Reade war der Mathelehrer noch beim Haus gewesen, als McCrae und Amanda mit dem Golfkart eintrafen. Alle vier waren in ihre Autos gesprungen und zum Grimm's Pond gerast.

Carmen war noch nicht angekommen, vermutlich hatte Bailey nicht sie, sondern einen ihrer Mitschüler durch die Stromschnellen treiben sehen. Vielleicht hatte die Strömung Carmen zunächst in Richtung des gegenüberliegenden Ufers getrieben, bevor sie kurz vor der Biegung in den alles verschlingenden Sog des Wildwassers geraten war. Bailey betete inständig, dass Ms. Billings sie aus dem Wasser gezogen hatte wie zuvor Ellie. Auch die Beratungslehrerin war bislang nicht am Grimm's Pond erschienen. Vielleicht war sie mit Ellie zum Haus zurückgekehrt? Aber warum meldeten sie sich nicht bei Coach Sutton oder bei ihrem Vater?

Wie betäubt sah sie zu, wie Tanner und Freddie auf zwei Tragen geschnallt und in den Rettungswagen geschoben wurden. Als der Wagen mit blinkenden Lichtern davonfuhr, richtete sie den Blick auf ihr Knie, das anschwoll und sich lila verfärbte. Brad Sumpter hatte eine blutende Verletzung an der Schläfe, doch ansonsten schien es ihm gut zu gehen. Justin Penske war unversehrt, obwohl ihm der Schreck ins Gesicht geschrieben stand.

Coach Sutton redete auf ihre Klassenkameraden ein. Bailey merkte ihm an, wie aufgeregt er war, außer sich vor Sorge und mühsam beherrschtem Zorn. Sie hatten genau das Gegenteil von dem getan, worum er sie gebeten hatte, und sie konnten alle von Glück sagen, dass sie noch lebten.

Aber wo war Carmen?

Bailey betete inständig, dass ihr nichts passiert war. Sie war eine gute Schwimmerin, und womöglich hatte die Beratungslehrerin sie tatsächlich gerettet. Ihr Blick schweifte wieder zu dem Felsenweg, auf dem jetzt eine einsame Gestalt auftauchte. Ms. Billings. Endlich. »Wo ist Carmen?«, rief sie schon von Weitem.

Bailey zuckte zusammen. Beinahe wäre ihr das Herz stehen geblieben. Sie öffnete den Mund, um zu antworten, doch Amanda rief bereits zurück: »Hier ist sie nicht, wir dachten, sie wäre bei Ihnen!«

»Haben Sie sie denn nicht gesehen?«, fragte McCrae.

»Doch«, antwortete Ms. Billings gequält, die nun bei der Gruppe stehen blieb. »Ich konnte Ellie aus dem Wasser ziehen, und kurz darauf kam Carmen. Ich habe sie zu fassen bekommen, aber sie … sie hat mich einfach weggestoßen. Beinahe wäre ich selbst im Wasser gelandet.« Ihre Augen zuckten über die Gruppe und blieben an Bailey hängen. »Sie hat ›Bailey‹ gesagt, dann war sie weg …«

*O Gott! Carmen hat mich fallen sehen und ist im Fluss geblieben, um mich zu retten …*

Bailey beugte sich vor und erbrach sich. Quin legte ihr beruhigend die Hand auf den Rücken.

McCrae, der wie Bailey und die anderen Jugendlichen in eine Decke gehüllt war, stand vom Boden auf und fragte: »Wo ist Delta?«

»Sie ist mit Zora im Haus. Ellie ist ebenfalls dort. Ich habe vor ein paar Minuten dort angerufen und mich vergewissert, dass es ihnen gut geht«, sagte Amanda. »Vielleicht ist Carmen mittlerweile ebenfalls auf dem Weg dorthin.«

»Hoffentlich.« Ms. Billings schlug die Hand vor den Mund. Sie sah aus, als würde sie jeden Moment in Tränen ausbrechen.

»Ich würde gern ins Krankenhaus fahren«, sagte Amanda. »Kannst du mich hinbringen?«, fragte sie McCrae.

»*Ich* fahre dich hin«, bot Mr. Timmons an, dann warf er Ms. Reade einen Blick zu. »Möchtest du noch bleiben, oder soll ich dich ebenfalls mitnehmen?«

»Ich komme mit euch«, sagte sie und wandte sich zum Gehen.

»Wir werden sie schon finden«, versicherte Quin Bailey.

Sie nickte.

Plötzlich hörten sie jemanden aufgeregt rufen. Einer der Jungs stand am Ufer des Grimm's Pond und deutete panisch aufs Wasser.

Dort, wo der Fluss in das breite Becken überging, trieb etwas im Wasser.

Ein regloser Körper.

»Ach du Scheiße ...« Mc Crae rannte los, dicht gefolgt von Quin.

*Carmen.*

Nein! Bailey warf die Decke ab und wollte sich ins Wasser stürzen, doch ihre Knie gaben nach. Mit einem leisen Aufschrei fiel sie vornüber und schrammte sich die Handflächen auf.

Es geht ihr gut. Es geht ihr gut.

*Ich habe etwas gesehen …*

Es ist alles in Ordnung. Es geht ihr gut.

*Sie wussten nicht, dass ich da bin …*

McCrae bekam Carmens Arm zu fassen und zog sie zu sich heran, bevor sie in die Mitte des Beckens treiben konnte. Bailey richtete sich auf und trat näher. Sie konnte sehen, dass Carmens Augen geöffnet waren, doch ihre Freundin regte sich nicht.

*Es geht ihr gut, es geht ihr gut, es geht ihr gut …*

»Geh zurück, Bailey«, hörte sie ihren Vater sagen. Seine Stimme klang belegt.

»Nein … nein … nein!«

»Sie ist tot, Bailey.«

Sie presste die Hände auf die Ohren, wollte nicht hören, was er sagte, wollte nicht wahrhaben, was sie sah.

*Ich habe etwas gesehen.*

»Was hast du gesehen, Carmen?«, fragte sie laut schluchzend.

»Was meinst du, Liebes?«, wollte Quin wissen. Er war an ihre Seite getreten und schlang die Arme um sie. Ihr war kalt, so schrecklich kalt.

»Sie hatte etwas gesehen, Dad! Etwas, das sie nicht hätte sehen sollen. Und das hat sie umgebracht.«

Quin musterte sie zutiefst besorgt. »Es war ein tragischer Unfall, Schätzchen.«

Alle starrten zu ihnen herüber.

»Ich bringe dich jetzt nach Hause«, sagte Quin leise und führte sie zum Wagen, dann wechselte er ein paar Worte mit Coach Sutton, Ms. Billings und den Sanitätern und fuhr los.

Später, als sie schlaflos im Bett lag und an die weiße Zimmerdecke starrte, sah sie immer wieder den leblosen Körper ihrer besten Freundin im dunklen Wasser des Grimm's Pond treiben. Die weit aufgerissenen, blicklosen Augen verfolgten sie und ließen sie nicht zur Ruhe kommen. Irgendwann stand sie auf und nahm ihr Tagebuch zur Hand – ein Geschenk ihrer Mutter –, in das sie bislang kaum ein Wort geschrieben hatte.

Was hatte Carmen gesagt?

*Ich habe etwas gesehen … Ich habe sie gesehen … Sie wussten nicht, dass ich da bin …*

Sie hatte auch Tanner erwähnt.

*Tanner war mit …*

Bailey schrieb seinen Namen in Großbuchstaben auf die leere Tagebuchseite – TANNER – und umkreiste ihn.

Tränen traten in ihre Augen.

»Was hat Tanner getan?«, fragte sie laut in die Stille ihres Schlafzimmers hinein.

# KAPITEL 6

Letzter Schultag.

Ellie betrachtete sich in dem vergoldeten Prinzessinnenspiegel über ihrer Frisierkommode. Sie war sechs gewesen, als ihre Eltern ihn für sie gekauft hatten, zusammen mit den anderen Möbeln, die sie mittlerweile aus tiefstem Herzen hasste.

Doch das war momentan egal.

Mit zittrigen Fingern öffnete sie den Reißverschluss ihres Schminktäschchens. Bis auf den in Toilettenpapier eingewickelten Schwangerschaftstest, auf den sie gepinkelt hatte, war es leer. Sie hatte nicht den Mut aufgebracht, sofort einen Blick auf die Testanzeige zu werfen, und wäre beinahe aus der Haut gefahren, als die Zwillinge an der Badezimmertür rüttelten und riefen, sie müssten aufs Klo, und zwar jetzt.

Sie hatte zurückgebrüllt, sie sollten gefälligst das Bad unten benutzen, dann hatte sie den Test mit Papier umhüllt und wieder in das Schminktäschchen gesteckt, das sie eigens zu diesem Zweck aus ihrem Zimmer mitgebracht hatte.

Ihre Tür ließ sich nicht abschließen, deshalb schob sie einen Stuhl unter den Türknauf und hoffte inständig, dass ihr dieser eine kurze Moment der Privatsphäre vergönnt wäre.

Ihre Hände zitterten. Ihre Periode war zu spät, dabei kam sie sonst immer pünktlich.

Ihr Wunsch war in Erfüllung gegangen. Sie hatte Sex mit einem Jungen gehabt. Nicht mit Tanner, aber mit McCrae. Sie war ihm und ein paar anderen Jungs in den Wald gefolgt und hatte Wodka getrunken. Jemand hatte ihr einen Joint angeboten, doch als sie daran zog, bekam sie einen Hustenanfall, weil sie sonst nicht rauchte. Also hatte sie stattdessen McCraes Hand genommen und ihn tiefer in den Wald gezogen. Hinter ein paar dicht zusammenstehenden Bäumen war sie stehen geblieben und hatte ihn geküsst. »Ich glaube, das ist keine gute Idee«, hatte er gesagt, aber er hatte sich nicht gesträubt. Stattdessen hatte er ihre Lippen mit der Zunge geteilt und mit einem leisen Stöhnen ihren Mund erkundet. Ellie hatte schon einmal französisch geküsst, aber dieser Kuss elektrisierte all ihre Sinne. Sie hatte sich geschworen, an diesem Tag entweder mit Tanner oder mit McCrae Sex zu haben, am liebsten mit Tanner. Der hatte sich jedoch komplett zugedröhnt, außerdem schwirrten ständig irgendwelche Mädchen um ihn herum, vorzugsweise die Fantastischen Fünf – wie sie diesen dämlichen Cliquennamen hasste! –, und zu denen wollte sie nicht gehören.

Und dann hatte sie McCraes Waschbrettbauch gesehen und eine Entscheidung getroffen. Es war ein Anblick, bei dem man dahinschmelzen musste, ob man wollte oder nicht. Klar, McCrae war nicht Tanner, aber er sah verdammt gut aus, und er würde es weit bringen. Genau wie Tanner. Tanner wollte Arzt werden, wie sein Vater. McCraes Dad war ein Geschäftsmann, irgendwas mit Immobilien, und McCrae … *Chris,* ermahnte sie sich. Sie konnte ihn wohl kaum beim Nachnamen nennen, wenn sie ein Paar waren. Chris würde vermutlich ebenfalls in die Fußstapfen seines Vaters treten. Wie auch immer, sie hatte ihren Schwur eingelöst, und nun starrte sie zitternd auf den mit Klopapier umhüllten Schwangerschaftstest in ihrer Hand.

Langsam wickelte sie ihn aus. Das Zittern wurde noch heftiger.

*Mrs. Christopher McCrae.* Wow, das klang gut.

Nur eine rosa Linie. Sie kniff die Augen zusammen, öffnete sie wieder und starrte erneut auf den Test.

Negativ.

Ellie warf sich aufs Bett, den Test in der Hand, und starrte auf den schmalen Strich. Nicht schwanger.

Sollte sie nicht vor Erleichterung einen Luftsprung machen? Stattdessen fühlte sie sich wie am Boden zerstört.

»Ellie?«

Rasch steckte sie den Schwangerschaftstest in das Schminktäschchen und zog den Reißverschluss zu. »Was ist?«, rief sie ärgerlich. »Kann ich denn nicht mal eine Sekunde für mich sein?«

»Beeil dich. Wir wollen Fotos machen.«

Ihre Mutter klang fröhlich. Es war ein großer Tag. Morgen war die Schulentlassung. Und dann wäre alles vorbei.

Ellie schob das Schminktäschchen in den mittelgroßen Koffer ihres dreiteiligen Sets und schloss ihn mit einem Zahlencode ab – drei Nullen. Sie hätte den Code ändern sollen, nachdem sie die Koffer gekauft hatte, aber das hatte sie nicht getan. Nun blieb ihr nicht mehr genügend Zeit dafür, aber sie wusste, dass niemand ihre Sachen durchwühlen würde. Außerdem war es egal. Sie war nicht schwanger. Hatte sich ganz umsonst Gedanken gemacht.

*Oder Hoffnung?*

Seufzend verließ sie das Zimmer und ging zu ihrer Familie.

Es dauerte ganze fünfzehn Minuten, bis sie ein Foto gemacht hatten, mit dem ihre Mutter zufrieden war. Dann brachte Oliver Ellie zur Schule. Sie hasste es, mit ihm allein zu sein, also kauerte sie sich auf dem Beifahrersitz zusammen und starrte aus dem Fenster, wie sie es jeden Morgen tat, wenn er sie fuhr.

»Letzter Schultag, hm?«, sagte er.

Sie antwortete nicht.

»Wie geht es den anderen? Besser?«

Abermals erwiderte sie nichts, obwohl diese Frage definitiv freundlich gemeint war. Seit Carmens Tod und den teils schwerwiegenden Verletzungen von Lehrassistent Freddie und mehreren ihrer Mitschüler stand die ganze Schule unter Schock, vor allem der Abschlussjahrgang.

Ellie dachte daran, wie ihre Mutter sie an jenem Abend vor drei Wochen von Amandas Haus abgeholt hatte. Auf Bob Quintars Anweisung hatte Coach Sutton zusammen mit mehreren Polizisten die Eltern informiert, die die Kids, die nicht von den Rettungskräften ins Krankenhaus gebracht worden waren, vom Grimm's Pond beziehungsweise vom Anwesen der Forsythes abholten. Mom war in Tränen ausgebrochen, als sie ihre klatschnasse, bibbernde Tochter ins Auto verfrachtete. Heilfroh, dass ihre Ellie noch lebte, hatte sie sogar darauf verzichtet, sie wegen der Lüge, sie müsse am Abend der Party in der Seniorenresidenz arbeiten, zurechtzuweisen.

Carmens Tod war in Moms und Olivers Augen eine »schreckliche Tragödie«, aber mindestens genauso schrecklich für Oliver war, dass seine Stieftochter trotz seines Verbots zu den Forsythes gegangen war – und das ließ er sie Tag für Tag spüren.

Doch sein Unmut prallte an Ellie ab, und immer wenn er ihr zusetzte, dachte sie daran, wie sie mit McCrae im Wald Sex gehabt hatte. Sie wusste nicht, ob es ihm genauso ging wie ihr, zumal er zuvor einiges getrunken und mehrfach am Joint gezogen hatte, aber sie hatte jede Sekunde genossen.

»Ellie …«, hatte er in ihren Mund gekeucht und sie zu sich auf den weichen Waldboden gezogen. Ohne seinen Kuss zu unterbrechen, hatte er seine Jeans aufgeknöpft, während sie ihre Hose auszog und zur Seite kickte.

»Ellie …«, sagte er noch einmal, und plötzlich klang er nüchtern. Zu nüchtern für ihren Geschmack. Da sie fürchtete, er könne einen Rückzieher machen, streifte sie eilig ihr Bikinihöschen ab und zog ihn auf sich. Im Rückblick war es ihr unbegreiflich, wie sie den Mut dazu aufgebracht hatte.

Sie waren kaum zu den anderen an die Grillstelle zurückgekehrt, als Tanner brüllte, er würde noch einmal in den Fluss springen. Ellie hatte keine Lust, erneut die Stufen zum Strand hinunterzuklettern, aber da alle Tanner nachliefen, gab sie sich einen Ruck. Es wäre seltsam gewesen, wenn sie als Einzige oben blieb.

Sie sah, wie McCrae Tanner ins Wasser folgte, dann hob Tanner das Seil mit den rot-weißen Schwimmern und tauchte darunter hindurch. Was zum Teufel stimmte nicht mit ihm? Musste er unbedingt jetzt so eine Show abziehen?

Ellie rannte ins Wasser, getrieben von dem albernen Gedanken, die zwei zu retten.

Als hätte er ihre Gedanken gelesen, sagte Oliver nun zum wohl fünfzigsten Male: »Zum Glück hat diese junge Lehrerin dich rechtzeitig aus dem Wasser gezogen.«

Ellie biss die Zähne zusammen. Ms. Billings war ihr keine große Hilfe gewesen, auch wenn sie liebend gern die Lorbeeren dafür einstrich, eine ihrer Schülerinnen gerettet zu haben. Highschool-Direktor Kiefer war ausgesprochen stolz auf sie, und obwohl sie sich verlegen und bescheiden gab, hatte sich die Beratungslehrerin während der letzten Wochen in der allgemeinen Anerkennung gesonnt.

»Carmen hat sie nicht gerettet«, gab Ellie tonlos zurück.

»Ellie«, ermahnte Oliver sie streng.

Ellie rutschte noch tiefer in den Beifahrersitz. Sie trauerte um Carmen, fühlte den Schmerz des Verlusts, aber es wollte ihr einfach nicht gelingen, so untröstlich zu sein wie die anderen, vor allem Bailey. Die restliche Schulzeit bis zur Entlassung war geprägt gewesen von Gesprächen mit Psychologen, die den Kids helfen sollten, ihre Trauer zu bewältigen, mit Lehrern, Eltern und der Polizei … ein einziger, nicht enden wollender Albtraum. Die Clique der Fantastischen Fünf war auseinanderbrochen wie ein zerschlagenes Ei. Amanda und Delta redeten nicht mehr miteinander wegen Tanner, der ein paar Tage im Krankenhaus hatte bleiben müssen, mittlerweile aber wiederhergestellt war. Bailey war am Boden zerstört, weil sie ihre beste Freundin und vermutlich heimliche Liebe verloren hatte – Ellie ging schon länger davon aus, dass Bailey lesbisch war –, außerdem hatte sie sich mit Carmens Familie überworfen, die ihr einen schlechten Einfluss auf ihre Tochter unterstellte und sie indirekt für Carmens Tod verantwortlich machte. Dies wiederum führte dazu, dass Bailey mit ihrer Mutter Joyce in Konflikt geriet, aber die hatte der Familie ohnehin längst den Rücken gekehrt. Zusammen mit ihrem Vater hatte sie eine Gedenkveranstaltung für Carmen organisiert und beschlossen, nach der Highschool wie er in den Polizeidienst zu treten.

Zoras Eltern ließen sich scheiden, vermutlich würde es hässlich werden. Trotzdem war Ellie beinahe neidisch – sie wäre froh gewesen, wenn ihre Mom und Oliver sich trennten.

In der Schule hatten sie sich zu einer Kerzenmahnwache versammelt, bevor sie alle gemeinsam zur Beerdigung gingen. Reverend Proffitt hatte über sein kleines Mädchen gesprochen, das so rein, so unschuldig gewesen war und sich deshalb so leicht hatte ausnutzen lassen. Bei diesen Worten hatte er Bailey angesehen, was schrecklich unfair gewesen war und Bailey nur noch tiefer in die Trauer um ihre beste Freundin stürzte.

Aber all das lag hinter ihnen, und nun mussten sie die Schule nur noch einmal betreten, dann war dieser Abschnitt ihres Lebens vorüber. Hoffentlich ging ihr Plan auf, und sie schaffte es an eine gute Uni, damit sie Journalistin werden konnte – es musste ja nicht unbedingt die University of Oregon sein. Sie hatte die Kids von der Party interviewt, darunter auch die, die Tanner ins Wasser gefolgt waren – Woody Deavers, Justin Penske und Brad Sumpter –, außerdem hatte sie mit mehreren Schulpsychologen, Ms. Billings, Coach Sutton und Lehrassistent Freddie gesprochen und einen Artikel geschrieben – in erster Linie, um die schrecklichen Ereignisse des Abends zu verarbeiten. Doch dann hatte sie angeboten, ihn in der Schülerzeitung zu veröffentlichen. Allerdings war Direktor Kiefer strikt dagegen gewesen, da es zunächst galt, die rechtliche Situation zu prüfen. Angeblich hatten irgendwelche Eltern juristische Schritte gegen die Forsythes und die Schule eingeleitet.

Schließlich war ihr ein anderer Gedanke gekommen, und sie hatte den Artikel als Aufhänger für ein Gespräch mit McCrae benutzt, der ihr seit dem Abend im Wald aus dem Weg zu gehen schien. Sie hatte ihm den Ausdruck förmlich in die Hand drücken müssen, doch als er ihn schließlich nahm und überflog, war sie überrascht: Er zeigte sich begeistert und schlug ihr vor, ihn an die Lokalzeitung zu schicken, die einmal pro Woche erschien. Der *West Knoll Sentinel* veröffentlichte ihn ohne Bedenken und verhalf Ellie dadurch zu einer gewissen Berühmtheit, was wiederum die Wogen bei Mom und Oliver glättete.

Auch Bailey hatte angefangen, die Ereignisse aufzuschreiben – eine Trittbrettfahrerin, wie hätte es anders sein können? Ellie war sauer, selbst wenn ihr klar war, dass Bailey ebenfalls nach einer Möglichkeit suchte, die Tragödie zu verarbeiten. Sie würde ihre Aufzeichnungen bestimmt nicht der Lokalzeitung anbieten.

Oliver hielt vor der Schule an. Ellie stieg aus und knallte die Autotür zu. »Genieß deinen letzten Tag!«, rief ihr Stiefvater ihr durch das heruntergelassene Beifahrerfenster nach, was in Anbetracht der Umstände durchaus ein wenig seltsam klang.

Delta hatte das Gefühl, als wäre sie auf Drogen … oder in einem Traum. Es kam ihr nicht echt vor, als sie die Stufen zur Bühne in der großen Aula hinaufstieg, um ihr Abschlusszeugnis von Direktor Kiefer entgegenzunehmen.

Einer nach dem anderen erklommen sie die Treppe und ließen sich von dem kleinen, drahtigen, grauhaarigen Schulleiter mit dem breiten Lächeln die Hand schütteln, ein Lächeln, das Delta irgendwie unheimlich war. Sie hatte Kiefer noch nie wirklich leiden können, wenngleich sie nicht genau sagen konnte, warum.

Vielleicht drehte sie einfach nur durch. Die Ereignisse der vergangenen Wochen hatten ihr zugesetzt.

Benommen kehrte sie zu ihrem Platz zurück, das ledergebundene Zeugnis in den Händen, den Blick auf das Meer aus weinroten Talaren und Absolventenhüten mit gelben Quasten gerichtet. Das Wappentier der West Knoll High war der Puma, und über der Bühne war ein zähnefletschendes Exemplar auf die Wand gemalt, das sie mit seinen kalten gelben Augen anstarrte. Die Farbe blätterte ab, doch das ließ den Puma nur noch furchteinflößender erscheinen. Delta hatte nie gern hier, unter dem starren Blick des Raubtiers, gesessen, und heute ging es ihr nicht anders. *Du bist neurotisch. Ständig misstrauisch. Hast einfach zu viel Fantasie.* Dann fiel ihr ein, dass Amanda das Bild ebenso wenig leiden konnte wie sie.

»Ich hasse diese Raubkatze«, hatte sie irgendwann einmal gesagt.

»Tatsächlich?« Delta hatte sie neugierig angesehen, erstaunt und gleichzeitig heilfroh, dass die ungekrönte Königin der Fantastischen Fünf so empfand wie sie.

»Ich hasse diese Schule. Ich hasse die Lehrer. Ich hasse das ganze Drumherum.« Amanda spie die Worte förmlich aus. »Meine Eltern wollten mich auf die Jesuitenschule oder die Catlin Gabel schicken«, sagte sie, »aber ich wollte mich nicht von den Fantastischen Fünf trennen.«

»Zum Glück hast du es nicht getan.«

Amanda schnaubte. »Wenigstens kann ich zu den Castings gehen, ohne Sorgen haben zu müssen, in der Schule etwas zu verpassen. Der Stoff ist ein Kinderspiel.«

Delta hatte dies anders gesehen. Sicher, einige Fächer waren wirklich einfach. Sie war gut in Englisch, Geschichte und Erdkunde, Mathe dagegen fiel ihr eher schwer, weshalb sie sich mehrfach von Bailey hatte helfen lassen.

Amanda war clever, aber so gut wie Ellie, der alles leichtfiel, war sie noch lange nicht.

Delta zwang sich, in die Gegenwart zurückzukehren, und hielt Ausschau nach Tanner. Seit er aus dem Krankenhaus zurück war, hatte er kaum noch mit ihr geredet. Unweigerlich schweiften ihre Gedanken zurück zu jenem entsetzlichen Abend der Abschlussparty. Kurz nachdem Ellie abgeholt worden war, kehrten die Forsythes, die einen Anruf von ihrer aufgelösten Tochter erhalten hatten, nach Hause zurück und wurden von einem Officer über die tragischen Ereignisse informiert. Mr. Forsythe machte seiner Frau schwere Vorwürfe, weil sie der Abschlussparty zugestimmt hatte, nur um »die coolste Mom der Highschool« zu sein. »Man wird uns verklagen!«, hatte er sie angeschnauzt, woraufhin Mrs. Forsythe hysterisch in Tränen ausgebrochen war.

Delta und Zora waren fast gleichzeitig abgeholt worden, Delta von ihrem Vater, Zora von ihrer Mutter. Sie, Delta, hatte gleich ins Krankenhaus zu Tanner gebracht werden wollen, aber ihr Vater fuhr sie schweigend nach Hause, wo Mom die Schnitte an ihren Zehen verarztet hatte. »Was habt ihr euch bloß dabei gedacht?«, fragte er, als sie mit einem dicken Mullverband auf dem Sofa saß. Delta hatte keine Antwort auf seine Frage, stattdessen flehte sie ihn an, ihr das Auto zu geben, damit sie Tanner in der Klinik besuchen konnte, aber ihre Eltern erlaubten es nicht. Immerhin riefen sie die Stahds an und erkundigten sich, wie es ihm ging. Tanners Stiefmutter konnte ihnen nichts Genaues sagen, doch sie versprach, sich zu melden, sobald sie mehr wusste.

Was sie nie getan hatte.

Am nächsten Morgen war Delta voller Panik aufgewacht. Sie musste Tanner sehen, auf der Stelle, musste sich vergewissern, dass ihm nichts allzu Schlimmes passiert war. Sie konnte keinen Schuh anziehen, also humpelte sie auf dem Mullverband zum Auto und fuhr los, ohne zuvor die Erlaubnis ihrer Eltern einzuholen. Die freundliche Schwester an der Anmeldung nannte ihr Tanners Zimmernummer.

Als sie anklopfte und eintrat, fiel ihr Blick auf Amanda, die mit Tanners Dad und seiner Stiefmutter sprach. Verblüfft machte sie einen Schritt zurück. Tanners Mutter, die in Seattle lebte und die Delta vor einiger Zeit kennengelernt hatte, schickte sich gerade an, das Krankenzimmer zu verlassen. Sie nickte Delta zu, schien sie jedoch nicht wiederzuerkennen. Ihr Gesicht war angespannt, und sie sah älter aus, als sie vermutlich war. Die aktuelle Mrs. Stahd dagegen war mindestens zehn Jahre jünger als ihre Vorgängerin und trug ein eng anliegendes blaues Kleid mit dazu passenden High Heels. Sie würdigte Delta keines Blickes.

Als Delta feststellte, dass Tanner offenbar keine sichtbaren Verletzungen davongetragen hatte, von der Platzwunde an der Stirn unter dem dicken Kopfverband einmal abgesehen, stieß sie einen erleichterten Seufzer aus.

Als hätten sie sie erst jetzt bemerkt, drehten sich alle zu ihr um. Scheinbar erwarteten sie, dass sie irgendetwas sagte.

»Ich bin so froh, dass es nicht noch schlimmer gekommen ist«, stieß sie angespannt hervor. »Du siehst doch ganz gut aus, Tanner, Gott sei Dank.«

»Ach, findest du?«, fragte seine Stiefmutter sarkastisch.

»Mit Kopfverletzungen ist nicht zu spaßen«, sagte Lester Stahd streng, ganz der studierte Mediziner.

»Das sehe ich genauso«, pflichtete Amanda ihm bei und warf Tanner einen liebevollen Blick zu. »Dein Vater weiß es am besten.«

Seit wann gingen sie so plump-vertraulich miteinander um?

»Es tut scheißweh«, sagte Tanner zu Delta und fasste sich an die Stirn.

»Finger weg«, wies sein Dad ihn an. »Du bleibst so lange hier, bis sämtliche Untersuchungen abgeschlossen sind.« Sein Blick schweifte zu Amanda. Delta versuchte, seinen Gesichtsausdruck zu deuten. Er wirkte verärgert, fand sie, was an und für sich kein Wunder war: Der Unfall hatte auf dem Grundstück ihrer Eltern stattgefunden.

*Man wird uns verklagen!,* hatte Amandas Vater seiner Frau entgegengeschleudert.

Trotz all ihrer Cleverness schien Amanda in dieser Hinsicht blind zu sein, aber Delta sah es kommen … und fühlte sich gleich ein wenig besser.

Und jetzt saßen sie alle zusammen in der Aula und feierten die Schulentlassung, die auf Delta wirkte wie ein Punkt am Ende eines langen, komplizierten Satzes. Eine weitere Party würde nicht stattfinden, das Debakel bei den Forsythes war mehr als genug gewesen. Delta war zu Ohren gekommen, dass Coach Suttons Job auf dem Spiel stand, doch heute war er hier, in einem festlichen Anzug, der etwas zu klein wirkte für seinen immer größer werdenden Bauch, der Hemdkragen schnitt in die Haut an seinem Hals. Stocksteif saß er da, und er wirkte erschöpft, als hätte er jegliche Kraft eingebüßt. Beratungslehrerin Billings dagegen war ganz in ihrem Element. Sie trug ein schmeichelhaftes grünes Kleid und hatte die blonden Haare hochgesteckt, was ihre eleganten Perlenohrhänger zur Geltung brachte, ihr Teint war frisch und jugendlich. Voller Stolz verfolgte sie, wie die Abschlussschüler ihre Zeugnisse entgegennahmen. Mr. Timmons war ebenfalls anwesend, neben ihm stand Ms. Reade.

Deltas Blick fiel auf Justin Penske. Automatisch suchte sie nach seinem Kumpel Brad Sumpter, beides nette Jungs, wenn sie sich nicht von den anderen »Bros« beeinflussen ließen.

Brad drehte sich zu ihr um, vielleicht hatte er ihre Augen in seinem Rücken bemerkt.

Jetzt sah sie, wie Tanner die Stufen hinaufstieg. Seit seiner Kopfverletzung, die anscheinend doch nicht nur eine Platzwunde gewesen war, hatte er mitunter leichte Gleichgewichtsprobleme, aber die behandelnden Ärzte hatten ihm versichert, dass er mit der Zeit wieder ganz der Alte sein würde. Sie drehte den Kopf in Amandas Richtung und sah, dass diese jeder von Tanners Bewegungen folgte, als würde sie nahezu magnetisch von ihm angezogen. Nach ihrem Besuch im Krankenhaus hatte sie gehofft, Amanda wäre nur dort gewesen, um die Stahds davon abzuhalten, ihre Familie zu verklagen, doch sie durfte sich nicht länger etwas vormachen: Amanda war hinter Tanner her. Delta wünschte sich inständig, sie würde sich spontan in Luft auflösen und von diesem Planeten verschwinden, doch diesen Gefallen tat Amanda ihr nicht.

*Verrecke, Miststück,* versuchte sie es mit Telepathie, doch sofort ruderte sie zurück und betete stumm: *Lieber Gott, ich möchte einfach nur, dass sie Tanner in Ruhe lässt, sie muss ja nicht gleich sterben.*

Und dann war die Entlassungsfeier vorbei, und alle strömten nach draußen auf den Rasen. Am Vormittag war es wundervoll warm gewesen, doch nun wehte ein frischer Juniwind, der Delta in ihrem dünnen Kleid frösteln ließ.

Mr. Timmons stand mit Ms. Reade zusammen, und wieder einmal grübelte Delta, ob die beiden unverheirateten Lehrkräfte tatsächlich etwas miteinander hatten. Beide waren Anfang, Mitte dreißig, Ms. Reade schlank und muskulös, als würde sie regelmäßig trainieren. Sie hatte ein offenes, freundliches Gesicht, das ihre toughe Art Lügen strafte. Mr. Timmons war nicht so sportlich wie Ms. Reade, er wirkte insgesamt sanfter mit seinen blauen Augen und dem strahlenden Lächeln. Beide schauten zu Ms. Billings hinüber, die mit Direktor Kiefer sprach – Mr. Timmons voller Bewunderung, Ms. Reade eher nachdenklich. Plötzlich bemerkte der Mathelehrer Deltas Blick und kam in ihre Richtung.

*Mist,* dachte sie. Sie hatte keine Lust, mit den Lehrern zu reden, sie wollte Tanner abfangen. Wo war er eigentlich? Suchend ließ sie den Blick über die Menge gleiten, doch dann stand Mr. Timmons auch schon vor ihr und verstellte ihr den Weg zum Parkplatz, wohin die meisten Schüler strebten.

»Gratuliere, Delta. Was hast du jetzt vor? Ich hab gehört, du möchtest aufs Community College in Rock Creek gehen?«

»Wahrscheinlich. Ich bin mir noch nicht ganz sicher.«

»Nimmst du heute Abend am Gedenkgottesdienst teil?«

In der Kirche von Reverend Proffitt sollte ein Gottesdienst für Carmen abgehalten werden. Anstelle von ausgelassenen Partys, wie sie sonst von Highschool-Absolventen gefeiert wurden, fanden jede Menge Veranstaltungen zum Gedenken an die verstorbene Mitschülerin statt, und Delta fiel die Teilnahme mit jedem Mal schwerer. Sie redete sich ein, es sei das Mindeste, was sie tun konnte, doch sie wollte nicht mehr weinen, wollte sich nicht mehr schlecht fühlen, wollte Amanda nicht mehr neben Tanner sitzen sehen, denn so war es jedes Mal gewesen: Amanda und Tanner steckten die Köpfe zusammen und gaben vor, um Carmen zu trauern. Am liebsten wäre Delta zu ihnen gegangen und hätte sie Heuchler geschimpft, denn sie wusste, dass sich keiner von beiden sonderlich viel aus der Tochter des Reverends gemacht hatte, obwohl sie ein Mitglied der Fantastischen Fünf gewesen war. Nur Bailey hatte sie wirklich etwas bedeutet, und ausgerechnet sie musste sich Esau Proffitts Vorwürfe gefallen lassen.

»Ist Bailey ebenfalls eingeladen?«, fragte sie streitlustig.

Mr. Timmons sah sie leicht verwundert an. »Nun, ich denke, jeder ist herzlich willkommen.«

»Tatsächlich? Ich dachte, Reverend Proffitt würde Bailey die Schuld am Tod seiner Tochter geben.«

Der Mathelehrer schüttelte den Kopf. »Nein, das glaube ich nicht«, sagte er, dann klopfte er ihr aufmunternd auf die Schulter und ging weiter.

Delta setzte sich in Bewegung. Auf den Betonstufen zum oberen Bereich des Schulparkplatzes hörte sie Schritte hinter sich und drehte sich um. Zora schloss zu ihr auf. »Herrgott, ich brauche was zu trinken«, sagte sie. »Ich hasse es hier! Ich hasse diese Schule. Ich hasse all die Lügen.«

»Lügen?«, fragte Delta.

»Wusstest du, dass meine Eltern unser Haus verkauft haben? Ich habe die Wahl zwischen Mom und Dad. Sie ziehen beide in *Apartments*. Etwas anderes können sie sich nicht leisten, behaupten sie.«

»Was ist passiert?«, wollte Delta wissen.

»Keine Ahnung. Fehlinvestitionen? Sie erwarten, dass ich eine Entscheidung für meine Zukunft treffe. Das will ich aber nicht!«

»Wir müssen alle irgendeine Entscheidung treffen«, erwiderte Delta.

»Warum ziehen wir nicht zusammen?«, schlug Zora vor. »Lass uns ans PCC gehen. Hauptsache, weg von hier. Noch sind meine Eltern nicht völlig pleite.«

Das Portland Community College hatte mehrere Standorte, darunter auch in Rock Creek, zwölf Meilen westlich der Innenstadt. Aber Delta wollte nicht ans PCC, sie brannte darauf, in Eugene an der University of Oregon zu studieren. »Das PCC ist nicht weit genug weg«, sagte sie daher.

»Wohin gehst du denn?«, wollte Zora wissen.

Nirgendwohin. Ihre Eltern würden die Kosten für die U of O niemals aufbringen können. Außerdem wusste sie nicht, ob ihre Noten gut genug waren. Vielleicht war Zoras Plan gar nicht so schlecht. Bestimmt würden die DeMarcos für die Wohnung ihrer Tochter aufkommen, und Delta könnte sich einen Job suchen, um ihren Lebensunterhalt zu bestreiten.

Aber dann wäre sie nicht bei Tanner.

In diesem Moment fiel ihr Blick auf ihn und Amanda. Hand in Hand schlenderten sie über den unteren Parkplatz zu Tanners Trailblazer.

Delta zog scharf die Luft ein.

»Oh«, sagte Zora. »Es ist wohl wirklich Schluss zwischen euch.«

*Ich wünschte, sie wären tot. Beide.*

»Das meinst du doch nicht ernst!« Zora schnappte nach Luft.

Delta wurde klar, dass sie laut gedacht hatte.

»Nein, nein, natürlich nicht«, murmelte sie und setzte sich wieder in Bewegung, blind vor Tränen. Irgendwie schaffte sie es, ihre Eltern auf dem oberen Parkdeck zu finden, die am Auto auf sie warteten. Sie sahen ihre Tränen, doch sie sagten nichts, wahrscheinlich dachten sie, es ginge um Carmen. Schweigend glitt Delta auf die Rückbank, hörte dem betont munteren Geplapper ihrer Eltern zu und beschloss, am Gedenkgottesdienst für ihre tote Freundin teilzunehmen. Sie würde Tanner nicht kampflos aufgeben, da konnte Amanda sicher sein!

Bailey stand bereits vor der Kirche, als Delta eintraf, anscheinend kämpfte sie noch mit sich, ob sie die sprichwörtliche Höhle des Löwen tatsächlich betreten sollte. Sie hatte dem Reverend sein ungebührliches Benehmen nicht verziehen, wofür Delta vollstes Verständnis hatte.

»He«, sagte Delta zu ihr.

»He«, erwiderte Bailey. »Der Reverend ist nicht da. Er hat sein Amt abgegeben. Eine Pastorin übernimmt jetzt seine

Stelle.« Sie trug ein schlichtes, knielanges schwarzes Keid und einen locker gebundenen Pferdeschwanz. Delta fiel auf, wie blass sie war, doch nun reckte sie das Kinn vor und straffte die Schultern.

Delta spähte durch das offene Portal ins Innere der Kirche. Die Bänke füllten sich mit ehemaligen Klassenkameraden und anderen Schülerinnen und Schülern, auch viele Eltern waren gekommen.

»Sie verlassen West Knoll«, fuhr Bailey fort. »Woanders lässt sich der Verlust ihrer Tochter wohl besser ertragen.«

»Sie hätten dir niemals die Schuld geben dürfen«, sagte Delta.

»Es hat ihnen nicht gefallen, was ich zu sagen hatte. Es hat sie zu sehr verletzt.«

»Was meinst du?«

»Ich glaube nicht, dass Carmens Tod ein Unfall war. Ich habe mich für eine Obduktion eingesetzt, aber der Reverend hielt das für Blasphemie.«

»Bailey ... Du warst doch dabei! Carmen ist ertrunken!«

»Tatsächlich? Irgendetwas ist vorher passiert. Sie war bei den Jungs, ist Tanner in den Wald nachgeschlichen ...« Sie winkte ab. Dass Carmen auf Tanner gestanden hatte, war allgemein bekannt. »Ich glaube nicht, dass Carmen getrunken oder Drogen genommen hat, aber sie hat etwas gesehen. Sie wollte mir nicht sagen, was, hat sich gesträubt, als hätte sie Angst ... Ich hatte sie fast so weit, dass sie mit der Sprache rausrückte, aber dann wurden wir gestört, und ich habe nie erfahren, worum es ging und was ihr so sehr zu schaffen machte.«

»Hm.«

»Es ging definitiv um Tanner und um einige der anderen Kids, aber ihr Fokus lag auf ihm. Es machte ihr zu schaffen, was *er* getan hatte. Vielleicht ist ihm klar geworden, was sie da mitbekommen hat, und er hat ihr etwas ins Glas getan, was sie ausgeknockt hat, und sie ist deshalb ertrunken …«

»Tanner hätte ihr niemals etwas ins Glas getan!«, wies Delta den Vorwurf entrüstet zurück.

»Irgendetwas ist passiert! Jemand hat ihr etwas angetan. Sie war eine gute Schwimmerin. Die anderen haben es doch auch geschafft!«

»Du suchst bloß einen Schuldigen!«, empörte sich Delta. »Ja, Tanner hat Mist gebaut, als er unter dem Seil durchgetaucht ist. Sie haben alle Mist gebaut. Carmens Tod ist eine furchtbare Tragödie, aber er war ein Unfall, das solltest du akzeptieren, Bailey, wenn du nicht noch andere unglücklich machen willst!«

»Ich weiß, dass du Tanner liebst«, sagte Bailey ruhig. »Aber Tanner ist ein Arschloch, Delta. Er hat dich wegen Amanda sitzen lassen, weil sie sich von ihm vögeln lässt, und das weißt du.«

Delta schluckte. »Ich weiß«, flüsterte sie und räusperte gegen den Kloß in ihrer Kehle an, der sie beinahe erstickte. »Manchmal wünsche ich mir, Tanner und Amanda wären ertrunken, nicht Carmen.«

»So weit, ihnen den Tod zu wünschen, musst du ja nicht gehen. Es genügt doch, wenn du den Scheißkerl zum Teufel jagst.« Damit ließ Bailey Delta stehen und betrat die Kirche.

Delta folgte ihr, doch sie setzte sich nicht neben Bailey, sondern suchte sich einen Platz weit von ihr entfernt. Was war nur aus den Fantastischen Fünf geworden? Hatten sie sich nicht irgendwann auf der Junior High ewige Freundschaft geschworen? Und nun war Carmen tot, Amanda hatte ihr Tanner ausgespannt, und Bailey unterstellte Tanner, ein Mörder zu sein …

Apropos Tanner: Sie sah ihn in einer der vorderen Kirchenbänke sitzen, zwischen McCrae und Justin Penske. Neben Penske saß Brad Sumpter, dann kamen die Streber Trent und Rhonda. Ein paar Reihen hinter ihnen, auf ungefähr gleicher Höhe mit ihr, entdeckte Delta Amanda und Zora. Als Zora sie bemerkte, bedeutete sie ihr, sich zu ihnen zu setzen. Delta stand auf, drängte sich, Entschuldigungen murmelnd, an den anderen Schülern vorbei und nahm neben Zora Platz. Kurz darauf trat eine dicke, freundlich dreinblickende Frau mittleren Alters mit grauen Haaren auf das Podium vor dem Altar und stellte sich als Pastorin Stevens vor. Sie lächelte die versammelten Trauernden an und faltete die Hände zum Gebet. Als sie anschließend zu einer Gedenkrede für Carmen ansetzte, beugte sich Zora zu Delta hinüber und flüsterte: »Ich habe gehört, dass der Reverend mit seiner Familie nach Colorado zurückgekehrt ist, woher er ursprünglich stammt. Seine Frau war eng mit Baileys Mom befreundet, aber das ist jetzt wohl ebenfalls vorbei.«

»Pst«, zischte Amanda und warf ihnen einen finsteren Blick zu.

Als Nächstes forderte Pastorin Stevens die Schüler aus Carmens ehemaliger Klasse dazu auf, über Carmen zu sprechen – eine Geschichte zu erzählen, eine Erinnerung, alles, was sie wollten. Delta rechnete nicht damit, dass irgendwer aufstehen und nach vorn gehen würde, und zuckte schockiert zusammen, als sie sah, dass der Erste, der die Stufen zum Altar hinaufstieg und auf das Podium trat, Tanner war.

# KAPITEL 7

Tanner blickte in das Meer von Gesichtern. Er wusste, dass er jede Menge wiedergutzumachen hatte wegen seiner halsbrecherischen Aktion bei der Abschlussparty, die einen so tragischen Ausgang genommen hatte.

»Ähm …«, begann er und räusperte sich. »Ich nehme an, ihr alle wisst, was mir passiert ist. Ich erhole mich noch immer von meiner Kopfverletzung, die ich mir zugezogen habe, als ich im Fluss gegen einen Felsen geprallt bin. Ich danke Ihnen aus tiefstem Herzen, Freddie. Sie haben mir das Leben gerettet.« Er deutete auf den Lehrassistenten, der Tanners Kopf über Wasser gehalten hatte, als er für kurze Zeit bewusstlos gewesen war – er wäre sonst ertrunken, genau wie Carmen. Freddie Mouton stützte sich auf seine Krücken und stand auf. Applaus brandete auf. Schon jetzt war zu spüren, dass Reverend Proffitt den Platz geräumt hatte, mit seiner Nachfolgerin schien ein frischerer, emotionalerer Geist Einzug in die Kirche zu halten.

Tanner warf Pastorin Stevens einen Blick zu. Sie lächelte ihn aufmunternd an. Er schluckte. Auch wenn er in der Schule stets einer der Anführer gewesen war, fiel es ihm schwer, vor versammeltem Publikum zu sprechen. Dennoch, er musste seine Geschichte erzählen, damit man ihm sein Handeln womöglich verzieh. Er sah Brad an, der aufgestanden und mit seiner Videokamera in den Mittelgang getreten war, um diesen Augenblick festzuhalten.

»Wir haben uns bereits von Carmen verabschiedet, aber ich möchte ihrer Familie und ihren Freunden sagen, wie leid es mir tut. Ich hatte das, was passiert ist, niemals beabsichtigt.«

Sein Herz hämmerte. Er senkte den Blick, wollte nicht in die Kamera schauen. Er fühlte sich schrecklich wegen Carmen, obwohl er sie nicht sonderlich gut gekannt hatte. Dass sie auf ihn stand – mehr als das: dass sie nahezu besessen von ihm war –, war ihm jedoch nicht entgangen. Jedes Mal wenn er im Unterricht aufsah, starrte sie ihn an, genau wie in der Freizeit, wenn die Jungsclique freitagabends mit den Fantastischen Fünf abhing, und obwohl er es niemals zugegeben hätte, war es ihm beinahe unheimlich gewesen. Es fehlte nicht viel, und er hätte sie als Stalkerin bezeichnet.

Trotzdem hätte er niemals damit gerechnet, dass sie ihm unter dem Seil hindurch folgen würde. Dass sie sterben würde. Herrgott, er hatte wirklich eine Riesenscheiße gebaut. Das Schreiben wegen seines Stipendiums von der University of Oregon, auf das er so lange gewartet hatte, war heute eingetroffen und hatte all seine Träume zerstört. Er hatte es nicht ins Footballteam der Uni geschafft. Seinem Dad war das egal. Er interessierte sich nicht für Football, und ein Stipendium war für seinen Sohn nicht wichtig, er hatte genug Geld, um ihm ein angemessenes Studium zu finanzieren.

Tanner atmete tief durch und schaute auf. Er sah, dass die versammelten Trauergäste seine Entschuldigung positiv aufnahmen, manche nickten zustimmend, andere wischten sich Tränen von den Wangen. Etwas entspannter suchte er nach Delta, Buchstabe Nummer vier bei den Fantastischen Fünf. Mit ihren dunklen Haaren, den haselnussbraunen Augen und dem wundervollen, leicht gebräunten Teint war sie das schönste Mädchen der ganzen Stufe. Seine Stiefmutter Lori hatte anerkennend gelächelt, als sie Delta das erste Mal sah, und ihm »Lecker!« zugeflüstert, was er ziemlich schräg fand, aber so war sie nun mal.

Sein Blick blieb an Amanda hängen, dem Buchstaben Nummer eins. Kurz musste er daran denken, wie ihr blonder Schopf auf seinem Bauch gelegen hatte, wie ihre Zunge eine feuchte Spur auf seiner Haut hinterlassen hatte, immer tiefer, während sie sich an seinem Gürtel zu schaffen machte.

»Ich denke oft an die Carmen, die ich in der Fünften kennengelernt habe«, fuhr er fort und schob die gefährliche Erinnerung an Amanda entschlossen beiseite. »Sie war die beste Fußballspielerin der ganzen Mannschaft. Die Mädchen waren in jenem Jahr unbesiegbar.«

Ein Raunen ging durch die Menge, manche lachten, einige seiner Mitschülerinnen reckten die Faust in die Luft.

Nun sah Tanner Bailey Quintar, und seine Stimmung, die sich gerade ein wenig gebessert hatte, setzte zum Sturzflug an. Bailey machte ihn für Carmens Tod verantwortlich. Er hatte versucht, ihr klarzumachen, dass es sich um einen tragischen Unfall handelte, aber darauf war sie nicht eingegangen.

»Leider hat Carmen ihre Fußballschuhe an den Nagel gehängt und stattdessen Volleyball gespielt«, fuhr er fort.

»Und Softball!«, rief jemand in einer der hinteren Reihen. Trent Collingsworth. Früher waren Tanner und er gute Freunde gewesen, doch ihre Wege hatten sich auf der Junior High getrennt. Trent, der aus einer noch gläubigeren Familie stammte als Carmen, war zu den Strebern übergewechselt, worunter ihre Freundschaft gelitten hatte.

»Ja«, pflichtete Tanner ihm bei. »Und Softball.« Er sah Zora an, die zwischen Delta und Amanda saß. Sie war süß und zierlich, und er war sich sicher, dass sie jederzeit mit ihm ins Bett steigen würde. Einmal wäre es fast so weit gewesen:

Sie hatten heftig miteinander rumgemacht, und er hatte ihr schwören müssen, niemals, unter keinen Umständen jemandem etwas zu verraten, da man sie sonst hochkant aus der Clique geworfen hätte – die Fantastischen Fünf spannten einander nicht die Freunde aus –, und das Wichtigste für sie war, dazuzugehören.

Ganz in der Nähe saßen die Lehrer. Direktor Kiefer, Ms. Reade und Mr. Timmons – waren die zwei wirklich ein Paar? –, dann kamen Beratungslehrerin Billings mit ihren hellblonden Haaren und dem rosa Pullover, der ihre Brüste so stark betonte, und Coach Sutton, der dreinblickte wie ein geprügelter Hund …

Seine Freunde sahen ihn an, gespannt, wie er fortfahren würde. Penske mit seinen Sommersprossen und der Schmachtlocke, Sumpter, der Muskelprotz. Auch McCrae und Woody Deavers waren gekommen, aber selbst wenn er oft mit ihnen abhing, waren sie nie wirklich Freunde geworden.

Sein Vater hatte die Truppe als »Abschaum« abgetan; er sah es nicht gern, wenn Tanner sich mit ihnen abgab. Tanner hatte widersprochen und sich für die Jungs eingesetzt, aber am Ende hatte er aufgegeben. Er spürte, dass sein Vater recht hatte: Er, Tanner, würde Medizin studieren, genau wie sein alter Herr. Ja, der gute, alte Les Stahd hatte Mist gebaut und seine Zulassung verloren, doch genau das hatte sich im Nachhinein als Segen herausgestellt. Als finanzieller Segen. Die Produkte seines Vaters – homöopathische Sachen, Nahrungsergänzungsmittel, Vitamine und Ähnliches, alles »ganz natürlich« – fanden reißenden Absatz.

»Ich möchte bloß sagen, dass wir sie alle vermissen«, brachte er seine Rede zu Ende. »Sie war eine von uns, und das, was passiert ist, hätte niemals geschehen dürfen.«

Er spürte Baileys Augen auf sich. Schlagartig wurde sein Mund trocken, und er wandte den Blick ab. Sie wusste etwas, und sie gab ihm die Schuld. Was wusste sie? Hatte Carmen ihr etwas erzählt? Carmen hätte ihm niemals in den Wald folgen dürfen ... Zorn stieg in ihm auf. Auf Carmen und auf Bailey. Es war nicht seine Schuld, und es sollte verdammt noch mal nicht zu seinem Problem werden.

»Danke«, sagte er etwas abrupt, verließ das Podium und stieg die Stufen vor dem Altar hinab. Aus dem Augenwinkel sah er, wie Ellie O'Brien aufstand und seinen Platz einnahm. Er mochte ihre roten Haare, und sie mochte ihn, das spürte er. Mit Sicherheit hätte er sie ebenfalls rumgekriegt. Ob sie beim Sex so feurig war, wie ihre roten Haare nahelegten? Sein Schwanz zuckte. Eilig zwang er sich, an etwas anderes zu denken.

Er drängte sich wieder in die Bankreihe und stellte fest, dass McCrae halb auf seinem Platz saß.

»Rutsch rüber«, knurrte er.

Grummelnd machte McCrae ihm Platz.

»Alle mochten Carmen«, schallte nun Ellies Stimme durch die Kirche. »Sie hatte viele Freunde.«

*Ja klar. Wenn du das sagst ...*

Er sah, wie sie Amanda, Delta und Zora vorwurfsvoll anblickte. »Sie kam gut mit allen aus, doch ihre beste Freundin war Bailey Quintar. Ich erinnere mich daran, wie ich mit Carmen beim Reiten war. Wir waren beide blutige Anfängerinnen, aber ich weiß noch genau, wie Carmen mir geholfen hat, mich oben zu halten, denn das Pferd hat die ganze Zeit über versucht, mich abzuwerfen. Tanner hat es schon gesagt: Sie war die geborene Sportlerin.«

Tanners Gedanken schweiften erneut ab. Ellie war für seinen Geschmack zu dünn und zu ernst, aber sie konnte die

Menge für sich einnehmen, das musste er ihr lassen. Mit ihren netten Anekdoten brachte sie die ganze Kirche zum Lachen und zum Weinen. Endlich war sie fertig, und Bailey übernahm das Mikrofon.

Tanner wappnete sich.

»Nur die Guten sterben jung«, begann Bailey ihre Rede ausdruckslos, den Blick so durchdringend auf Tanner geheftet, dass sein Herz zu rasen anfing.

Er konnte ihren Hass förmlich spüren.

»Verfluchte Sch…«, murmelte er und verstummte.

McCrae sah ihn von der Seite an, aber Woody beugte sich ein Stück vor und flüsterte: »Mit Lesben ist nicht zu spaßen. Autsch!«

McCrae hatte ihm seinen Ellbogen in die Rippen gerammt. Tanner war froh darüber. Er wollte nicht, dass Woody noch mehr Öl ins Feuer goss.

Crystal Gilles, Woodys Freundin, die vor Kurzem ihren Gothic-Look geändert hatte und nun aussah wie ein Hippie – »Das nennt man Boheme, Tanner«, hatte Delta ihn aufgeklärt –, suchte Tanners Blick. »Wie wär's, wenn wir versuchen, uns wie Erwachsene zu benehmen?«, schlug sie mit vernünftiger Stimme vor, was Tanner tierisch auf den Geist ging. Sie gehörte zu keiner der angesagten Cliquen, und Tanner vermutete, dass Woody nur mit ihr zusammen war, weil er kein anderes Mädchen kriegen konnte. Er hoffte, dass sein Kumpel ihr bald den Laufpass gab.

Die Fantastischen Fünf fanden Woody nervtötend, und ja, Tanner musste ihnen recht geben. Aber Woody war lustig, es machte Spaß, mit ihm abzuhängen. Crystal war das Problem.

Er nickte McCrae zu. Alle dachten, sie wären gute Freunde, dabei ging ihm McCrae schrecklich auf den Keks. Zu ernst. Zu korrekt. Zu bemüht, stets »das Richtige« zu tun.

Tanner musste zugeben, dass er ohne McCrae schon öfter in echte Schwierigkeiten geraten wäre, aber warum vermasselte ihm der Typ ständig den Spaß?

*Am Fluss hättest du besser auf ihn hören sollen …*

Das stimmte, aber Carmen hatte ihre eigene Wahl getroffen. Es war nicht seine Schuld.

*Und damit bist du aus dem Schneider?*

Nein, das war eine Frage, die er ausblenden musste. *Ich bin einer von den Guten,* rief er sich vor Augen. *Daran gibt es nichts zu rütteln.*

Baileys Hommage an Carmen war halb ein auf die Tränendrüse drückender Rückblick, halb Kampfansage. Sie schloss mit: »Ich habe Carmen versprochen, alles in meiner Macht Stehende zu tun, um herauszufinden, wie es dazu kommen konnte. Viele Leute behaupten, es sei Gottes Wille, und wenn das so ist, werde ich es akzeptieren. Doch wenn nicht, wenn etwas anderes hinter ihrem Tod steckt, werde ich es herausfinden, darauf kann sich Carmen verlassen.«

Als sie den Altarraum verließ, hätte man in der Kirche eine Stecknadel fallen hören können. Laut hallten ihre Schritte von dem alten Steinboden wider.

Tanner wandte den Blick ab, als Bailey an ihm vorbei und schnurstracks aus der Kirche hinaus ins Freie ging.

McCrae stieß die Luft aus.

»Das war ja wohl völlig daneben«, murmelte Tanner.

Woody beugte sich vor und sah ihn an. »Findest du?«

»Ich kann sie verstehen«, sagte Crystal seufzend.

Als kein anderer der Anwesenden aufstand und aufs Podium trat, eilte Pastorin Stevens nach oben und setzte wieder ihr freundliches Lächeln auf.

»Da offenbar niemand mehr etwas sagen möchte, würde ich gern ein Lied singen und anschließend beten.«

Tanner starrte stur geradeaus und bewegte stumm die Lippen zu dem Kirchenlied, das er nicht kannte. Plötzlich trat ihm Carmens Bild vor Augen, Carmen, die im Wald vor ihm stand und ihn ansah, mit verletztem, vorwurfsvollem Blick. Er hörte wieder das leise Lachen der anderen, spürte die warmen Lippen, die seinen Schwanz umschlossen ... Spürte Carmens Augen, die ihn anstarrten, als würde er sie betrügen.

Sie hatte ihn gesehen. Sie hatte ihn mit ihr gesehen ... hatte ihn erwischt ...

*Ich könnte sie nehmen, jetzt auf der Stelle,* hatte er mit seinem alkohol- und drogenvernebelten Hirn gedacht, *könnte sie noch an diesem Abend entjungfern.*

Dazu war es allerdings nicht gekommen. Er war unter dem Seil hindurchgetaucht, und Carmen war ihm gefolgt, aber nur er hatte überlebt.

*Bailey weiß es.*

Nein. Bailey konnte nichts wissen, sonst hätte sie etwas gesagt.

Die Pastorin sprach noch ein paar salbungsvolle Worte zum Abschied, dann verließen die Trauergäste langsam die Kirche. Auf dem Weg nach draußen schloss Penske zu ihm auf. Bei den Mädchen kam Penske gar nicht gut an. Er war einfach zu unbeholfen, aber er war ein guter Freund.

»He, Mann«, sagte Tanner. »Behalte Bailey im Auge, okay?«

»Wieso?«, wollte Penske wissen.

Sie sahen einander an.

»Ist sie ein Problem?«

Tanner schüttelte den Kopf. »Ich möchte nicht, dass sie eins wird.«

»Klar.«

Sumpter trat zu ihnen, ein großer, gutmütiger Junge, der ziemlich aufbrausen konnte. Steroide, vermutete Tanner. Er hatte selbst überlegt, Anabolika zu nehmen, doch dann hatte er sich dagegen entschieden, nicht zuletzt, weil er Mediziner werden wollte.

»Was geht ab?«, fragte Sumpter.

Tanner schlug ihm auf die Schulter. »Lasst uns zu mir gehen, zocken. Wir sollten dieses verdammte Kapitel endlich hinter uns lassen.«

Drei Wochen später stand Delta an der Kasse im Laden ihrer Eltern, während Mom im Hinterzimmer mit Dad Pause machte. Sie hörte, wie sich die beiden unterhielten, aber sie konnte sie nicht verstehen. Sie wusste, dass sie über sie sprachen, über ihren Wunsch, sich mit Zora eine Wohnung zu teilen. Wenn Tanner nach Oregon ziehen würde, musste sie ihn wenigstens besuchen können, ohne dass ihre Eltern jede Nacht so lange aufblieben, bis sie nach Hause kam. Sie hatte sie um finanzielle Unterstützung gebeten, nicht viel, da Zoras Eltern den Großteil der Miete übernehmen wollten. Sie selbst hatte Geld zurückgelegt, das sie für Studiengebühren, Bücher und einen Teil der Lebenskosten verwenden würde.

Seit dem Gedenkgottesdienst für Carmen hatte sie Tanner genau einmal gesehen. Er hatte eigene Pläne für diesen Sommer gemacht, arbeitete für seinen Vater und sparte fürs College im Herbst. Außerdem versuchte er, damit klarzukommen, dass man ihn nicht ins Footballteam aufgenommen hatte. Wenn er wollte, hätte er sich erneut darum bewerben können, aber Les Stahd hielt Football für reine Zeitverschwendung und unterstützte Tanners Leidenschaft nur, solange sie nicht seinen eigenen Zielen für seinen Sohn in die Quere kam. Und für Les stand fest, dass Tanner lieber studieren sollte, anstatt Football zu spielen, auch wenn er dann die Gebühren für die Uni selbst bestreiten musste.

An dem einzigen Abend, an dem Tanner bei ihr vorbeigeschaut hatte, hatte Delta ihre beste Jeans und eine hellblaue Seidenbluse angezogen, dazu schwarze Ballerinas, in denen sie ohne Zehenverband laufen konnte. Die mittlerweile verheilten Schnitte taten noch immer bei jedem Schritt weh und erinnerten sie unablässig an die Ereignisse jenes schicksalhaften Abends im Mai. Aber sie hatte unbedingt umwerfend aussehen wollen, denn Tanner entfremdete sich immer mehr von ihr.

Sie hatte befürchtet, dass er endgültig mit ihr Schluss machen, sie wegen Amanda verlassen wollte, und er sollte erkennen, was er dafür aufgab. Mit diesem grimmigen Wunsch hatte sie ihre Haare gewaschen und lufttrocknen lassen, dann hatte sie sich frisiert und Smokey Eyes geschminkt. Als sie fertig war, fand sie, dass das Augen-Make-up übertrieben wirkte, wischte alles wieder ab und machte sich erneut ans Werk. Am Ende legte sie zartrosa Lippenstift mit einem satten Lipgloss auf. Die Nägel lackierte sie mit glänzendem Klarlack.

Als sie fertig war, stand sie auf und betrachtete sich kritisch im Spiegel. Versuchte zu lächeln, was jedoch misslang. Sie konnte nicht vortäuschen, glücklich zu sein, wenn sie nicht glücklich war. Die Schule war vorbei. Die Fantastischen Fünf gab es nicht mehr. Carmen war tot. Und um noch eins draufzusetzen, stand auch ihr Glück mit Tanner auf der Kippe, wenn es eh nicht längst aus und vorbei war.

Ihr Herz fühlte sich an, als wöge es mindestens eine Tonne. Ganz gleich wie viel Mühe sie sich gab, so zu tun, als freute sie sich darauf, mit Zora zusammenzuziehen – vorausgesetzt ihre Eltern unterstützten diesen Plan –, die Wahrheit war, dass Delta sich nichts mehr wünschte als eine Zukunft mit Tanner Stahd.

Als sie das vertraute Dröhnen des sich nähernden Chevy Trailblazer hörte, schnellte ihr Pulsschlag in die Höhe. Es war

Donnerstagabend. Nicht Freitag. Nicht *ihr* Abend. Das war vorbei: Er hatte ihr gesagt, dass er an den Wochenenden arbeiten musste, und sie hatte dasselbe von sich behauptet … obwohl ihre Arbeitszeiten äußerst flexibel waren und sie Himmel und Hölle in Bewegung gesetzt hätte, um für ihn frei zu sein.

Eilig lief sie zur Haustür, wobei sie darauf achtete, nicht die Aufmerksamkeit ihrer Mutter in der Küche zu erwecken. Ihr Vater war noch im Geschäft. Sie öffnete die Fliegengittertür und trat hinaus in den kühlen Juniabend. Der längste Tag des Jahres, stellte sie fest, als Tanner, der herzzerreißend gut aussah, über den Gehsteig auf sie zukam. Etwa zehn Schritte vor ihr blieb er stehen und sah sie einfach nur an. Sein ernster Gesichtsausdruck ließ sie den Atem anhalten. Plötzlich wollte sie gar nicht mehr wissen, warum er gekommen war. Irgendetwas stimmte nicht. Und zwar ganz und gar nicht.

»Delta, ich …« Er schluckte.

»Möchtest du reinkommen? Etwas trinken? Es müssten auch noch Chips da sein. Jalapeño, deine Lieblingssorte. Wir haben immer welche im Haus.«

Sie plapperte absichtlich, weil sie nicht wollte, dass er redete. *Sag nichts. Sag nichts. Sag nur ja nichts, was ich nicht hören möchte.*

»Du siehst großartig aus. Wunderschön.«

Seine bewundernden Worte ließen sie verstummen. Warum sah er so … so traurig aus? Besorgt? »Du siehst ebenfalls gut aus.«

»Ich habe dich vermisst.«

»Tanner … O mein Gott! Ich habe *dich* vermisst! Die letzten Wochen waren schrecklich. Die schlimmste Zeit meines Lebens!«

Sie rannte auf ihn zu und er auf sie. Dann zog er sie in seine Arme und drückte sie an sich, als wollte er sie nie wieder loslassen. Ihr Herz schlug einen Purzelbaum. Tränen traten in ihre Augen. Sie wollte ihn küssen, liebkosen, wollte sich ihm hingeben, wie sie es sich vorgenommen hatte, ohne dann die Chance dazu zu bekommen.

Nach einer Weile schob er sie ein Stück fort, legte die Hände auf ihre Schultern und hielt sie auf Armeslänge von sich fern.

»Ich hab echt Mist gebaut«, sagte er.

»Du darfst dir nicht die Schuld an Carmens Tod geben.«

»Darum geht es nicht. Mit der Aktion am Fluss hat es nichts zu tun. Das war dumm von mir, aber …«

»Worum geht es dann?«

»Es ist noch etwas anderes passiert.«

Sie zog scharf die Luft ein. »Bei der Abschlussparty?«

Er zuckte zusammen, als hätte sie ihn geschlagen. »Ich wollte immer nur Football spielen, zumindest eine Zeit lang. Am College. Es in die Profiliga schaffen, aber diesen Wunschtraum hegen viele, ich weiß.«

»Ich dachte, du wolltest Arzt werden.«

Er nickte. »Das war von Anfang an der Plan. Mein Dad will das unbedingt, weil er es in den Sand gesetzt hat, und nun soll ich ihm diesen Traum erfüllen.«

»Du klingst nicht überzeugt.« Sie hatte keine Ahnung, wohin dieses Gespräch führen würde.

»Aber darum geht es auch nicht. Ich hab's vermasselt. *Ich. Habe. Es. Vermasselt.* Glaubst du mir, wenn ich dir sage, dass ich dich liebe?« Bevor sie antworten konnte, fügte er voller Inbrunst hinzu: »Ich liebe dich, Delta. Ja, das tue ich.«

»Oh, Tanner! Ich liebe dich auch!«

»Ich möchte mit dir zusammen sein. Dich heiraten. Niemand bedeutet mir so viel wie du.«

Das war mehr, als sie sich je erhofft hatte. »Ich würde dich gern heiraten …«

Tränen traten in seine Augen. In Deltas überschäumende Freude mischte sich noch etwas anderes: Furcht.

*Es ist noch etwas anderes passiert.*

Ihm schienen die Worte zu fehlen. Zitternd nahm er die Hände von ihren Schultern und trat einen Schritt zurück. Tränen strömten aus seinen Augen.

»Amanda ist schwanger«, sagte er, als er endlich wieder sprechen konnte. »Ich hätte ein Kondom benutzen sollen, aber das habe ich nicht getan. Es ist bei der Abschlussparty passiert. Volltreffer, sozusagen.« Er schnitt eine Grimasse. »Du solltest es von mir erfahren. Du kannst mir gern eine reinhauen, wenn du möchtest. Box mir in den Magen oder sonst was. Das hier ist der beschissenste Moment meines Lebens, und er wird immer beschissener. Ich liebe *dich*. Nicht sie. Anscheinend habe ich zu lange gebraucht, um das zu erkennen.«

Er hatte sie hoffnungsvoll angesehen, als wünschte er sich, sie würde ihm die Absolution erteilen. Sein Blick war flehend geworden.

*Amanda ist schwanger.*

Delta hatte krampfhaft nach einer Erwiderung gesucht, doch ihr hatten schlichtweg die Worte gefehlt. Anstelle einer Antwort hatte sie sich umgedreht und war die Stufen zur Haustür hinaufgestiegen, bevor sie die Tür hinter sich schloss, ohne ihn eines weiteren Blickes zu würdigen.

Jetzt sah sie auf die Uhr, die hinter ihr an der Wand hing. Fast fünf. Vor drei Tagen hatte sie mit ihren Eltern den Vierten Juli am Willamette River gefeiert, meilenweit entfernt vom West Knoll River. Früher hatte sie sich immer mit ihren Freunden von der Highschool getroffen, aber das war vor Carmens Tod gewesen. Bevor Tanner sie verlassen hatte. Bevor Amanda schwanger geworden war.

Mom und Dad kamen aus der Pause zurück und bedachten sie mit einem Grinsen, das Delta an eine Katze erinnerte, die soeben einen Kanarienvogel verspeist hatte. Das taten sie immer, wenn sie kurz davorstanden, ein wohlgehütetes Geheimnis zu lüften. »Wir haben einen Notgroschen für dich zurückgelegt«, sagte Mom. »Es ist keine große Summe, aber sie sollte dir helfen, deinen Mietanteil für das Apartment mit Zora zu bestreiten.«

Delta war überwältigt. Sie hatte gar nicht mehr daran gedacht, zumal sie davon überzeugt war, dass es ohne Tanner ohnehin keine Zukunft für sie gab. Sie hatte ihren Eltern nichts von Amandas Schwangerschaft erzählt, aber ihnen war gewiss nicht entgangen, wie elend sie sich fühlte.

»Danke«, brachte sie erstickt heraus.

»Wir wünschten, wir könnten dich nach Oregon schicken«, sagte ihr Vater. »Aber wir haben im Moment einfach nicht genug Geld, und wir möchten nicht, dass du einen zu hohen Studienkredit aufnimmst.«

»Das ist schon in Ordnung. Danke, Mom und Dad, ehrlich. Euer Angebot ist mehr als großzügig. Vielen Dank!«

Sie streckte die Arme nach den beiden aus und drückte sie an sich.

Als sie sich wieder voneinander lösten, sagte ihr Dad: »Ich habe keine Ahnung, was zwischen dir und Tanner vorgefallen ist, aber du weißt, wie ich darüber denke.«

Delta spürte, wie sich Widerstand in ihr regte, doch sie wollte nicht schon wieder mit ihrem Vater wegen Tanner streiten. Ihre Eltern hatten die Beziehung stets mit gemischten Gefühlen betrachtet, konnten nicht recht verstehen, was sie in ihm sah und warum er ihr so viel bedeutete.

Als sie nichts erwiderte, fuhr er fort: »Highschool-Liebschaften sollten in der Highschool bleiben.«

»Ich weiß, Dad«, entgegnete sie kurz angebunden.

»Wir wollen nur, dass du glücklich und erfolgreich bist«, betonte ihre Mom, was ihr Vater mit einem Nicken bestätigte.

Delta lächelte. Zum Glück öffnete sich in diesem Augenblick die Tür, und eine Familie mit vier Kindern trat in den Laden, wodurch das Gespräch ein abruptes Ende fand.

Um siebzehn Uhr hatte Delta Feierabend, also verabschiedete sie sich von ihren Eltern und fuhr mit Moms altem Volvo nach Hause. Die beiden würden nach Ladenschluss mit Dads Wagen heimkehren.

Daheim angekommen, sperrte Delta die Tür auf, trat ein und sah sich in dem Haus um, in dem sie seit ihrer Geburt gelebt hatte. Sie hatte sich immer etwas Besseres gewünscht, und das tat sie nach wie vor, genau wie ihre Eltern, die wollten, dass sie erfolgreich im Leben war. Delta, die den Erfolg der beiden stets infrage gestellt hatte, gewann plötzlich eine andere Sicht auf die Dinge. Ihre Eltern führten ein glückliches Leben, und sie hatten heimlich Geld für ihre Tochter gespart. Sie waren zufrieden, während sich die Eltern ihrer Freundinnen beinahe ausnahmslos trennten oder mit furchtbaren Tragödien fertigwerden mussten. Sie dagegen war egoistisch und nur an ihrem eigenen Leben interessiert gewesen.

*Trotzdem würde ich mit Tanner durchbrennen, ohne mit der Wimper zu zucken.*

Nachdenklich ging sie in die Küche, machte sich eine Nudelsuppe aus der Dose warm und aß einen fast abgelaufenen Caesarsalat aus der Tüte. Etwa eine Stunde später hörte sie das vertraute Dröhnen eines Motors.

*Tanner?*

Sie stürmte zum Fenster. Ja! Vor dem Haus parkte sein Trailblazer!

Sie stieß die Haustür auf, so glücklich, ihn zu sehen, dass sie am ganzen Körper bebte. Was lächerlich war. Und dumm. Das wusste sie, und es war ihr egal.

Im Laufschritt eilte er auf sie zu in Richtung Haustür, wo sie wie erstarrt stehen geblieben war. »Was machst du hier?«, stieß sie angespannt hervor.

»Sie hatte einen Abgang. Amanda ist nicht mehr schwanger!« Er lachte. »Ich werde diesen Fehler nie wieder machen. Ich habe tonnenweise Kondome dabei, und bitte, lieber Gott, mach, dass sie nicht reißen!«

»Oh …« Delta war überwältigt. Amanda konnte nun keinerlei Ansprüche auf ihn erheben, und er war *zu ihr* gekommen. Dennoch blieb ein schaler Beigeschmack …

»Möchtest du, dass wir eins benutzen?«, fragte er vielsagend.

»Bist du dir sicher, dass sie … einen Abgang hatte?«

»Das hat sie zumindest gesagt. Ach Delta, ich habe mich nie für sie interessiert, das weißt du. Für mich hat es immer nur dich gegeben.«

*Trotzdem hast du mit ihr geschlafen.*

»Ich liebe dich, Delta, und ich möchte dich heiraten.«

*Er geht davon aus, dass du das Gleiche für ihn empfindest. Tust du das? Selbstverständlich – oder etwa nicht?*

»Zunächst einmal sollten wir an unsere Ausbildung denken.«

»Unsere Ausbildung, ja«, pflichtete er ihr bei und schloss sie in die Arme. »Aber du liebst mich, und ich liebe dich. Was sollte sonst zählen?«

»Vermutlich nichts.«

»Aber?«

»Warum Amanda? Ich meine, warum überhaupt?« *Du wusstest doch, wie sehr du mich damit verletzt.*

Er zuckte die Achseln. »Keine Ahnung.«

»Das ist keine Antwort.«

Plötzlich grinste er. »Okay. Der Teufel hat mich geritten.«

»Tanner«, sagte sie gequält.

»Schluss jetzt mit dem Kopfzerbrechen.« Er drückte sie an sich. »Wir sind zusammen, das ist alles, was zählt.«

Sie liebte seinen Duft, liebte es, sich an ihn zu schmiegen. »Ja«, bestätigte sie, »wir sind zusammen.« Dann: »Ich kann kaum glauben, dass du zu mir zurückgekommen bist.«

»Oh, jetzt wirst du mich nicht mehr los«, sagte er mit einem leisen Lachen, dann küsste er sie, und sie erwiderte seinen Kuss, und sie lachten und taumelten rückwärts ins Haus. Hinter ihnen fiel mit einem leisen Knall die Haustür ins Schloss.

TEIL ZWEI

# DIE MESSERATTACKE

# KAPITEL 8

*Jetzt*

Delta fuhr von Portland zurück nach West Knoll zur Stahd-Klinik. Als Gastroenterologe hatte Dr. Tanner Stahd diese Tagesklinik gegründet, nicht zuletzt, um übergewichtigen Bürgern aus dem ganzen Land beim Abnehmen zu helfen. Ihr Kinn war nach vorn gereckt, das Haar im Nacken zu einem Pferdeschwanz gebunden, ihr Make-up tadellos. Ihre Haut war leicht gebräunt, geküsst von der Sonne, das weiße Kleid mit den schwarzen Paspeln und die schwarzen Pumps waren neu. Sie kam direkt von einer Informationsveranstaltung im Bengal Room in der Innenstadt von Portland, ein Nachmittagstee, der in eine Cocktailparty mit Horsd'œuvres übergegangen war. Also hatte sie ihre Mutter angerufen und sie gebeten, noch zu bleiben und auf Owen aufzupassen, der ständig darum bettelte, länger aufbleiben zu dürfen, und doch jeden Abend um spätestens 18.30 Uhr einschlief, ganz gleich, wie sehr er sich bemühte, wach zu bleiben. Der Fluch eines aktiven Sechsjährigen.

Sie lächelte bei dem Gedanken an ihren Sohn, dann dachte sie wieder an die Informationsveranstaltung – ein Treffen von Eltern, deren Kinder nach der Vorschule die Englewood Academy besuchen sollten, eine der angesehensten Grundschulen der ganzen Gegend. Owen war angenommen worden, und Delta platzte förmlich vor Stolz. Wenn es einen Nachteil gab, dann den, dass alle Schüler aus megareichen Familien stammten. Jemand aus der oberen Mittelschicht würde es vermutlich schwer haben, von diesen verhätschelten Schätzchen akzeptiert zu werden.

»Ich bin mir nicht sicher, ob wir das Richtige tun«, hatte sie daher immer wieder zu bedenken gegeben, obwohl sich ein Teil von ihr nichts sehnlicher wünschte, als dass die Wahl auf Owen fallen würde. Ihrem Sohn war es gleich. Im Augenblick war er überall glücklich, wo man ihn willkommen hieß, zumal er in seinem Alter noch keinen Blick für soziale Stigmatisierung hatte.

Ach, zum Teufel. Er würde schon klarkommen, und genau deshalb hatte sie die Teeveranstaltung im Bengal Room besucht. Wenn sie aussteigen wollte, konnte sie das immer noch tun, doch bis dahin würde sie es genießen, dazuzugehören. Die anderen Eltern hatten sich zuvorkommend gegeben. Sie trug nicht das teuerste Kleid, die teuerste Handtasche, die teuersten Schuhe, und doch hatte sie den perfekten Auftritt hingelegt. Hatte die anderen Teilnehmer mit ihrem Charme für sich eingenommen, und irgendwann hatte ein gut aussehender, alleinerziehender Vater sie beim Ellbogen gefasst und in eine ruhige Ecke geführt, um ungehemmt mit ihr zu flirten. Delta hatte bei seinen verwegenen Andeutungen nur gelacht und leichthin erwidert: »Ich sehe schon, Sie sind ein ganz Schlimmer.«

»Ein ganz Schlimmer? *Moi?*«, fragte er gespielt verletzt.

»Ich werde mich jetzt verabschieden.«

»Nicht bevor Sie mir einen Gutenachtkuss gegeben haben.«

»Auf gar keinen Fall.«

»Ach, nun haben Sie sich doch nicht so. Bleiben Sie. Ich hole uns noch etwas zu trinken. Auf meine Rechnung, versteht sich.«

»Von der MeToo-Bewegung haben Sie noch nie etwas gehört, oder?«

Ihr Lächeln nahm ihren Worten die Schärfe, doch er achtete ohnehin nicht darauf. Stattdessen sagte er: »Ich war zehn Jahre verheiratet, neun davon glücklich. Das letzte Jahr war die Hölle. Ich habe so lange durchgehalten, wie ich konnte, sogar als sie sich mit jedem anderen Mann traf, der ein dickeres Portemonnaie hatte als ich. Einen dieser Männer hat sie schließlich geheiratet. Ich habe mich mit schönen Frauen getröstet, um über sie hinwegzukommen.«

»Und, ist es Ihnen gelungen? Sind Sie über sie hinweg?«

»Eine schöne Frau wie Sie könnte mir mit Sicherheit endgültig über den Berg helfen«, säuselte er.

Delta hatte gelacht. Sein Annäherungsversuch war so dreist, dass er sie amüsierte, ja sie genoss ihn beinahe. Es war eine Weile her, dass man sie so umworben hatte. »Ein einziger Drink«, sagte sie daher. »Und ich bezahle ihn selbst.«

»Sie müssen nicht …«

»Ich bezahle für mich selbst«, beharrte sie, und er hob resignierend die Hände.

»Ich habe gehört, Sie sind Autorin«, sagte er.

»Wie haben Sie denn davon erfahren?«

Er nickte in Richtung einer Gruppe von Frauen, die noch immer an dem Tisch zusammensaß, an dem auch Delta zuvor Platz genommen hatte. Eine von ihnen hatte sich bei Delta erkundigt, womit sie ihren Lebensunterhalt bestreite, ob sie arbeite, und Delta hatte ihr erzählt, dass sie früher die Geschäftsbücher ihres Mannes geführt hatte, doch jetzt sei sie Vollzeitmutter, die sich als Romanautorin versuche. Sie fragte sich, ob der alleinerziehende Vater auch mitbekommen hatte, dass sie verheiratet war.

Er hatte keinen Gutenachtkuss bekommen, und er hatte es auch nicht weiter probiert. Stattdessen hatten sie ein lebhaftes Gespräch über ihre sechsjährigen Kinder geführt. Seine Tochter hieß Elsie. Am Ende hatten sie einander die Hand gereicht und waren als Freunde auseinandergegangen.

Die Begegnung hatte ein Lächeln auf Deltas Gesicht gezaubert, das die ganze Fahrt von Portland nach West Knoll anhielt, doch als sie sich der Stadtgrenze näherte, gefror es zu einer angestrengten Grimasse, bis der Anruf kam und es ganz verloren ging. Delta wischte über das Display, hielt sich das Handy kurz vors Gesicht, um es via Gesichtserkennung zu entsperren, dann steckte sie es in den Handyhalter am Armaturenbrett.

»Hallo?«

»Du musst sofort in die Klinik kommen«, schallte Tanners Stimme durchs Wageninnere.

»Warum?«

»Komm einfach«, erwiderte er kurz angebunden.

»Ich bin beschäftigt. Ich bin gerade auf dem Weg zu …«

»Verflucht noch mal, Delta. Komm zur Klinik! Ich muss dir etwas sagen, und das werde ich nicht am Telefon tun.«

*Ich glaube nicht, dass du mir irgendetwas zu sagen haben könntest, was ich wissen möchte.* »Okay, ich komme. Aber nur für ein paar Minuten. Meine Mom ist noch bei Owen, und sie muss nach Hause zu Dad, deshalb …«

*Klick.*

Er hatte einfach aufgelegt. Ihr Ehemann. Ihr ständig untreuer Ehemann. Tanner Stahd, der Junge, auf den alle weiblichen Teenies abgefahren waren. Der Gott ihrer Highschool-Zeit.

*Tja, das wusstest du, als du ihn geheiratet hast, richtig?*

Sie hatte jede Menge zu klären, noch mehr seit dem Klassentreffen zehn Jahre nach dem Highschool-Abschluss. Seit der verhängnisvollen Jubiläumsparty. Trotzdem stand sie ihm seit mittlerweile fünfzehn Jahren zur Seite, in guten wie in schlechten Zeiten. Ha. Schlechte Zeiten? Diese Bezeichnung war die reinste Untertreibung.

Aber … er hatte ihr Owen geschenkt. Ihr Kind. Die Liebe ihres Lebens. Das Lächeln kehrte auf ihr Gesicht zurück, doch dann wanderten ihre Gedanken erneut zu Tanner, und ihre Lippen wurden schmal. Ihr letzter Streit war der absolute Wahnsinn gewesen. Sie hatten einander lautstark angeschrien und beschimpft. Irgendwann schleuderte Delta, die herausgefunden hatte, dass er wieder einmal fremdgegangen war – diesmal mit einer seiner Sekretärinnen, wenn nicht gar mit beiden, womöglich sogar gleichzeitig –, das Hochzeitsfoto auf den Schlafzimmerfußboden, wo das Glas in tausend Scherben sprang. Er war so ausgerastet, dass er den Rahmen mit dem Foto darin gegen die Wand getreten hatte, in der sich nun eine hässliche Kerbe von der Metallkante befand. Der Lärm hatte Owen geweckt. Delta war zu ihm geeilt, um ihn zu trösten, und als er wieder eingeschlafen war, kehrte sie ins Schlafzimmer zurück, das sie noch immer mit Tanner teilte.

»Das ist das letzte Mal«, hatte sie ihm mit zusammengebissenen Zähnen mitgeteilt.

»Ich habe keine Affäre, weder mit Amy noch mit Tia«, schnauzte er wütend. »Und auf flotte Dreier stehe ich ganz und gar nicht. Die beiden arbeiten für mich, genau wie Candy, unsere Beziehung ist ausschließlich beruflich.«

Candy war die Ernährungsberaterin seiner Klinik, in der er die Gesundheitsprodukte seines Vaters vertrieb, die nach einem Skandal um Blei und andere obskure Inhaltsstoffe unter Beschuss geraten und aus den Regalen verschwunden waren. Lester Stahd hatte fast sein gesamtes Vermögen verloren, doch es war ihm gelungen, seine Geschäfte weiterbetreiben zu dürfen. Seine Frau Lori dagegen hatte ihr Glück bei einem älteren Herrn gefunden, der seine Finanzen besser unter Kontrolle hatte. Les hatte daraufhin wieder mit seiner ersten Frau, Tanners Mutter, angebandelt, die zunächst interessiert schien, sich dann aber doch anders entschieden hatte. Zu Les' Glück stellte sich kurze Zeit später heraus, dass bei Loris neuem Gönner doch nicht so viel zu holen war, wie sie es sich offenbar erhofft hatte, woraufhin sie zerknirscht und um eine Erfahrung reicher zu Les zurückkehrte. Delta war nicht ganz überzeugt von Loris Erleuchtung, aber es konnte ihr gleich sein. Les und Lori waren wieder ein Paar, alles andere interessierte sie nicht. Tanner kam ohnehin kaum noch mit seinen Eltern oder seiner Stiefmutter zusammen.

Wie auch immer: Tanner hatte bislang angeblich die Finger von seiner Ernährungsberaterin gelassen, vermutlich jedoch nur, weil Candy an die eins achtzig groß war und einen noch größeren, ausgesprochen kräftigen Ehemann sowie zwei große, kräftige Söhne im Teenageralter hatte. Amy und Tia dagegen waren jung und knackig, kaum älter, als Delta in ihrem Abschlussjahr auf der Highschool gewesen war. Der Typ Frau, der Tanner laszive Blicke zuwarf. Und die Schwestern und Physiotherapeutinnen, die Tanner in seiner Klinik beschäftigte, waren auch nicht gerade ohne.

Bis zu der Jubiläumsparty zum zehnjährigen Highschool-Abschluss hatte sich Delta eingeredet, Tanner und sie wären ein Team, doch diese Illusion war geplatzt. Amanda war aufgetaucht: kühl, blond und immer noch schön, mit einem reichen, nicht sonderlich attraktiven Ehemann an ihrer Seite, den sie beinahe durchgehend ignorierte und von dem sie mittlerweile geschieden war. Amanda hatte ihre Schauspielambitionen an den Nagel gehängt und war Anwältin geworden. Ihr Ehemann war ebenfalls Jurist. Delta hatte Tanner und Amanda bei einer innigen Umarmung erwischt, obwohl Tanner ihr damals hoch und heilig versichert hatte, er würde

Amanda hassen, weil sie ihn wegen der Schwangerschaft belogen hatte. Angeblich war sie niemals schwanger gewesen und auch der angebliche Abgang frei erfunden. Delta wusste nicht, was sie glauben sollte, und im Grunde war es auch egal. Tanner Stahd war ein notorischer Lügner und Betrüger.

Amanda hatte die Umarmung nie erklärt, aber sie erklärte nie etwas, und Tanner warf Delta vor, sie deute zu viel in die Wiedersehensfreude zweier ehemaliger Freunde hinein. Oh, dann handelte es sich also um reine Wiedersehensfreude? Delta hatte entscheiden müssen, wie sie darauf reagierte, aber da Owen zu jener Zeit erst ein Jahr alt gewesen war, konnte sie nicht mir nichts, dir nichts ihren Ehemann verlassen. Sie musste zumindest versuchen, die Familie zusammenzuhalten, also beschloss sie, mit ihm daran zu arbeiten.

An diesem Vorsatz hatte sie festgehalten. Bis jetzt. Tanners Seitensprünge waren seitdem immer häufiger geworden, fast so, als würde er sich keinerlei Mühe mehr geben, seine Fehltritte zu vertuschen. Er war einfach unverbesserlich. Ihre Ehe befand sich auf dem absteigenden Ast, und das war vermutlich von Anfang an so gewesen.

Na schön, dann würde sie eben bei der Klinik vorbeifahren und sich anhören, was er ihr zu sagen hatte, auch wenn sie nicht glaubte, dass es sie interessierte. Vermutlich hatte er vor, ihr irgendwelche Ausreden für irgendeine Affäre aufzutischen.

Leicht genervt bog sie zur Stahd-Klinik ab und lenkte den Audi auf den Parkplatz an der Rückseite, raus aus den hellen Lichtkegeln der Straßenlaternen, in eine reservierte Lücke gleich neben dem Hintereingang. Sie stellte den Motor ab, stieg aus und eilte die Stufen hinauf. Die Tür war verschlossen. Mist. Sie wusste, dass die Tagesklinik um neunzehn Uhr die Pforten schloss, aber da Tanner sie hergebeten hatte, war sie davon ausgegangen, dass die Tür noch offen war. Nun musste sie einmal rund ums Gebäude laufen und es am Haupteingang versuchen. Sollte dort ebenfalls abgesperrt sein, würde sie unverrichteter Dinge zurückfahren. Sie hatte keine Zeit für irgendwelchen Unsinn. Ihr Vater stand am Anfang einer Altersdemenz, und Mom ließ ihn nur ungern so lange allein. Die Informationsveranstaltung der Englewood Academy für die Eltern ihrer zukünftigen Schützlinge war seit Wochen geplant, Tanner hatte sich extra freigenommen, und Delta hatte ihrer Mutter versprochen, dass es nicht allzu spät werden würde. Dann hatte Tanner in letzter Sekunde abgesagt, unter dem Vorwand, er müsse sich dringend um eine Patientin kümmern, also war Delta allein nach Portland gefahren und hatte ein paar nette Stunden mit dem alleinerziehenden Vater Jonah Masters oder Masterer – wie auch immer – verbracht.

Gereizt legte sie sich den Riemen ihrer Handtasche über die Schulter und machte sich auf den Weg zur Vorderseite der Klinik. Der Haupteingang war geöffnet, die beiden vorderen Glastüren glitten auseinander, genau wie die beiden hinter dem Windfang. Schon stand sie im Warteraum, in dem sich linker Hand der Empfang befand. Das silbergraue Metallrollo war hinabgelassen, denn es war schon fast acht. Die grau gepolsterten Stahlrohrstühle standen an der Wand, eselsohrige Zeitschriften lagen sorgfältig gestapelt auf den Tischen oder steckten in ordentlichen Reihen in einem dafür vorgesehenen Wandregal. Weit und breit war niemand zu sehen, anscheinend waren alle bis auf Tanner nach Hause gegangen.

Delta ging einen kurzen Gang entlang zu der Tür, die ins Allerheiligste führte – Dr. Tanner Stahds Büro –, und drehte den Knauf, doch die Tür ließ sich nicht öffnen. Für einen Moment fragte sie sich, ob er sie absichtlich aussperrte, was ihr schlagartig die Zornesröte in die Wangen trieb. Hatte er bereits vergessen, dass er sie gebeten hatte, hier vorbeizuschauen? Sie probierte es noch einmal nachdrücklicher. Doch, der Knauf ließ sich drehen, aber die Tür ging nicht auf. Also lehnte sie sich gegen das Türblatt und schob. Die Tür gab einen Spaltbreit nach. Irgendetwas drückte offenbar von innen dagegen.

»Tanner!«, rief sie durch den Spalt und schnalzte missmutig mit der Zunge. Sie half mit der Schulter nach, verdoppelte ihre Anstrengung, um das aus dem Weg zu schaffen, was sie am Betreten des Zimmers hinderte. Plötzlich gab die Tür endgültig nach, und Delta verlor das Gleichgewicht. Sie versuchte noch, sich am Knauf festzuhalten, aber sie knickte auf ihren High Heels um und verdrehte sich den rechten Fuß. Mit einem leisen Aufschrei stürzte sie nach vorn in den Raum und griff mit der rechten Hand in einen dunklen, nassen Fleck auf dem Teppich. Als sie sich mit der linken Hand abfangen wollte, schnitt etwas tief in ihre Handfläche. Ein Messer. Hastig zog sie die Hand zurück. Im selben Moment sah sie ihn. Er lag auf dem Fußboden, eingeklemmt zwischen der Tür und der Wand.

Fassungslos starrte sie auf die zusammengekauerte, leblose Gestalt.

»Tanner«, flüsterte sie.

Seine Brust war voll Blut, sein weißes Hemd übersät mit immer größer werdenden roten Flecken an mindestens einem halben Dutzend Stellen. Stichverletzungen? Benommen hob sie das Messer auf, das ihre Handfläche zerschnitten hatte. Es stammte aus ihrem Messerblock bei ihnen zu Hause. Ein Steakmesser, das er zur Arbeit mitgenommen hatte, um die Äpfel und Birnen zu schneiden, die er nachmittags aß. Ihr Gehirn weigerte sich, einen Zusammenhang herzustellen.

»Tanner«, wimmerte sie. Sie ließ das Messer fallen. Ihr Puls schoss in die Stratosphäre. »Tanner!«

Seine Augen waren geschlossen, aber er atmete.

Sie zögerte. War das ein grausamer, perverser Scherz?

Nein. Das Blut sickerte aus seinen Wunden und durchtränkte seine Kleidung. Quoll aus den schmalen Schlitzen in seinem Hemd. Schlitze, verursacht von einem Messer. *Ihrem* Steakmesser. Es war echt. Alles war echt. O Gott. O *Gott!*

»Tanner!«, kreischte sie. Sein Atem ging flach. Angestrengt. Verlangsamte sich …

Handy.

Sie musste Hilfe rufen.

Mühsam richtete sie sich auf. Ihr rechter Knöchel pochte. Was war nur mit ihr los? Ständig zog sie sich irgendwelche Verletzungen zu!

Ihre Handtasche war von der Schulter gerutscht, als sie auf die Knie gestürzt war. Sie hob sie auf. Das Handy war darin … irgendwo … Es musste doch da sein!

*Jemand hat auf ihn eingestochen!*

Eiskalte Furcht machte sich in ihr breit. Sie fand das Smartphone, zog es aus der Tasche und warf einen Blick auf ihren Mann. Ihr Atem ging schnell, keuchend.

Plötzlich schlug Tanner die Augen auf und sah sich voller Panik um.

»Tanner! *Tanner!*«

Das Handy war rutschig. Es glitt ihr aus der Hand, landete auf seiner Brust, rutschte runter und prallte gegen das Messer. Sie griff danach, wobei sie mit dem Gehäuse gegen die blutige Klinge stieß, die über den Teppich rutschte und eine rote Spur auf dem groben Industrieflor hinterließ. London Fog, ein nebeliges Grau – die Farbe hatte sie selbst ausgesucht.

»D«, sagte Tanner benommen.

»Oh, Tanner. Ich bin hier. Direkt neben dir. Ich rufe die Neun-eins-eins. Was ist passiert? O Gott, was ist bloß passiert?«

»D?«

»Ich bin bei dir. Ich …«

»Neun-eins-eins, was für einen Notfall möchten Sie melden?«, kam eine Stimme aus dem Handy.

»Mein … meinem Ehemann wurde in seiner Klinik mit einem Messer in die Brust gestochen.« Sie hatte einen kurzen Aussetzer, dann ratterte sie die Adresse herunter. »Dr. Tanner Stahd von der Stahd-Klinik in West Knoll.«

»D!«

»Ich bin bei dir, Tanner«, sagte sie noch einmal mit zitternder Stimme. Sie liebte ihn. Sie liebte ihn wirklich. Hatte ihn immer geliebt. Oder?

Plötzlich kam sie sich vor wie eine Heuchlerin. Wie in Trance beantwortete sie die Fragen, die ihr die Frau von der Notrufzentrale stellte.

Nach drei Minuten traf der Rettungswagen ein, die Sanitäter stürmten ins Zimmer und beugten sich über Tanner, der wieder bewusstlos geworden war.

Delta trat zurück. Sie fühlte sich komplett ausgelaugt, die ganze Situation kam ihr surreal vor. Ihre Beine zitterten. Voller Furcht, sie könnte an Ort und Stelle zusammenbrechen, humpelte sie in den Wartebereich und ließ sich auf einen der Stühle fallen.

Die Polizei traf ein.

Bob »Quin« Quintar.

Baileys Dad.

Delta schloss die Augen und fing leise an zu weinen.

»Delta.«

Eine Stimme, die sie kannte, auch wenn sie sie seit der Highschool nur noch selten gehört hatte.

Sie öffnete die Lider und blickte in die kühlen blauen Augen von Chris McCrae.

»Oh, du bist es«, sagte sie.

Bailey war nicht die Einzige, die sich für die Polizeischule entschieden hatte, auch McCrae hatte beschlossen, Officer zu werden. Er hatte den Bart abrasiert, der ihn bei der Jubiläumsparty so verwegen hatte aussehen lasssen, und trug Jeans und ein graues Hemd. Sonst hatte er sich kaum verändert in den letzten fünf Jahren. Unweigerlich musste sie an den Waschbrettbauch denken, den er zu Highschool-Zeiten gehabt hatte, und auch jetzt, ganze fünfzehn Jahre später, schien er bestens in Form zu sein. Sein bleiches Gesicht verriet sein Entsetzen darüber, dass er gerade seinen ehemaligen Klassenkameraden mit zahlreichen Stichverletzungen in der Brust aufgefunden hatte.

Sie sah die unausgesprochenen Fragen in seinen Augen und stellte fest, dass er auf den blutigen Schnitt in ihrer Handfläche starrte. Er hielt eine Beweismitteltüte mit dem Steakmesser in die Höhe.

»Ich ... war's nicht«, stammelte Delta. »Ich bin in die Klinge gefallen. Ich habe ihn geliebt. Ich war es nicht, Chris. Wir ... wir haben uns geliebt. Immer.«

Das war die erste Lüge. Ja, sie hatte ihn geliebt, aber hatte er ihre Liebe wirklich erwidert?

Wie betäubt erzählte Delta McCrae von der verschlossenen Hintertür, die Tanner normalerweise für sie offen ließ, wenn sie nach den offiziellen Öffnungszeiten zu ihm kam. McCrae bat sie, bei den Sanitätern zu bleiben. Er wollte zusammen mit Quin die Klinik durchsuchen für den Fall, dass sich der Angreifer noch in der Nähe befand.

Delta blieb im Wartebereich sitzen. Als die beiden endlich zurückkehrten, hatten die Sanitäter Tanner bereits abgeholt. Einer von ihnen hatte den Schnitt in Deltas Handfläche versorgt. Quin sprach etwas in sein Handy, dann nickte er, legte auf und steckte es in seine Jackentasche.

»Hier ist keiner mehr«, sagte McCrae.

»Ich schließe ab und bestelle für morgen früh ein Team her«, beschloss Quin. »Portland sagt, sie haben einen anderen Einsatz und können momentan keine Techniker entbehren. Hoffentlich kostet das nicht zu viel Zeit.« Das WKPD arbeitete eng mit der Polizei von Portland zusammen, denn das Präsidium von West Knoll war nicht groß genug, um sich eine eigene Spurensicherung leisten zu können.

»Kann man nicht ändern«, sagte McCrae, die Augen auf Delta geheftet. »Geht es dir besser?« Er deutete mit dem Kinn auf den Verband an ihrer linken Hand.

Delta nickte.

»Sieht übrigens aus wie ein Steakmesser«, fügte er hinzu. »Es ist nicht von euch, oder?«

Sie schüttelte den Kopf, wenngleich sie genau vor Augen hatte, wie Tanner es aus dem Messerblock auf der Anrichte zog.

Das war ihre zweite Lüge.

Die nächsten Stunden verschwammen. Delta informierte mit knappen Worten ihre Mutter über den Messerangriff auf Tanner, dann fuhr sie zum Laurelton General Hospital ungefähr zwanzig Meilen östlich von West Knoll, wohin man ihren Mann gebracht hatte, und meldete sich in der Notaufnahme. Die Sanitäter hatten erst die Klinik von West Knoll angepeilt, in der früher Tanners Vater tätig gewesen war, aber die intensivmedizinische Betreuung war am LGH besser. Tanner lag in einem mit Vorhängen abgetrennten Abteil, wo er für die Not-OP vorbereitet wurde. Immer wenn die Doppeltüren auseinanderglitten, durch die man ins Innere der Klinik gelangte, konnte sie die grünen Stoffabteile sehen. Eine Schwester bat sie, im Wartezimmer zu warten.

Die Minuten verstrichen quälend langsam. Die ganze Zeit über rechnete sie damit, dass Quin und McCrae aufkreuzten, um sie weiter zu befragen. Die Lüge mit dem Messer machte ihr zu schaffen. Warum hatte sie nicht gesagt, dass es aus ihrem Messerblock zu Hause stammte?

Sie musste das klarstellen, sofort.

*Es ist immer der Ehepartner, nicht wahr?*

Hoffentlich überlebte Tanner den Angriff und kam schnell über den Berg, damit er der Polizei erzählen konnte, was passiert war! Er würde Quin und McCrae sagen, wer ihm das angetan hatte. Wer immer wieder auf ihn eingestochen hatte.

*Wer um alles auf der Welt mochte das gewesen sein?*

Delta schauderte. Jemand hatte ihn brutal attackiert. Jemand, der frei draußen herumlief. Vielleicht jemand, der ihn kannte, mit ihm zusammenarbeitete … Doch warum wollte derjenige, dass er tot war?

Delta zuckte zusammen. Beinahe wäre sie auf dem Stuhl im Wartezimmer eingeschlafen. Draußen hatte es angefangen zu regnen, die Tropfen prasselten gegen die Scheibe. Delta hatte das Gefühl, als würde sie persönlich unter Beschuss geraten.

*Du steckst in der Klemme, Mädchen.*

Sie hob den Kopf und sah sich um. Ihre Gedanken kreisten immer nur um ein und dieselbe Frage: Wer wollte Tanner tot sehen?

*Du.*

Nein, das war doch Unsinn.

*Möglich, dass er die Attacke nicht überlebt.*

Nein. Tanner durfte nicht sterben, und er würde nicht sterben. Nicht Tanner. Er hatte so vieles auf sich genommen, um seinen Berufswunsch, Mediziner zu werden, zu verwirklichen, wenn er denn schon den Traum, als Profi Football zu spielen, hatte aufgeben müssen. Seine Mühe hatte sich ausgezahlt, denn er war ein exzellenter Arzt, ein Gastroenterologe, der bei seiner Arbeit eine Kombination aus Ernährung, Bewegung, Medikamenten, Nahrungsergänzungsmitteln und operativen Eingriffen anwandte, um sowohl adipösen Menschen als auch denjenigen, die bloß ein paar Kilo abnehmen wollten, zu einem neuen, gesünderen Leben zu verhelfen. Von seinen Patienten wurde er heiß und innig geliebt.

*Was, wenn er die Nacht nicht überlebte?*

Nein, so etwas durfte sie nicht einmal denken.

Die Glasschiebetüren glitten auseinander, und McCrae betrat die Notaufnahme, gefolgt von Bob Quintar. Quin warf Delta einen durchdringenden Blick zu und trat an die Anmeldung.

»Delta«, sagte McCrae und nahm auf dem Stuhl neben ihr Platz. »Ist es okay, wenn ich dich bitte, nachher ins Präsidium zu fahren? Wir müssen dir ein paar Fragen stellen, um herauszufinden, was passiert ist.«

Sie nickte, dann schweiften ihre Gedanken ab zu jener tragischen Abschlussparty der Highschool, bei der Carmen ums Leben gekommen war. McCrae hatte darauf bestanden, dass sie die Polizei riefen, dann war er zusammen mit Amanda in den Golfkart gesprungen und zum Haus gefahren. Er hatte ihr vorgeworfen, genauso selbstgerecht zu sein wie Ellie, was sie ziemlich verletzte. Bei der Jubiläumsfeier hatte er eher am Rand gestanden, ein ganzes Stück entfernt von Tanner, der, umringt von seinen Jungs, Hof gehalten hatte wie früher.

»… ein ehemaliger Klassenkamerad und Freund, deshalb wird Officer Quintar die Ermittlungen leiten«, hörte sie ihn nun sagen.

»Wie bitte?«, fragte sie, da sie den Anfang des Satzes nicht mitbekommen hatte. »Quin übernimmt?«

Er hörte gewiss die Skepsis in ihrer Stimme. Sie wussten beide, dass Quin nicht mehr Distanz zu Tanner hatte als McCrae. Er war keineswegs unvoreingenommen.

»Wir sollten besser einen Ermittler von außerhalb anfordern«, gab McCrae zu. Deltas Herz zog sich schmerzhaft zusammen.

»Ich muss nach Hause zu meinem Sohn«, sagte sie leise. »Meine Mom passt auf Owen auf, doch sie muss sich auch um meinen Dad kümmern.« Sie wischte sich mit der Hand über die Augen. »Ich würde gern bei Tanner bleiben, aber es geht nicht. Ist es wirklich nötig, dass ich jetzt ins Präsidium fahre? Ich hab dir doch schon in der Tagesklinik alles erzählt, was ich weiß.«

McCrae warf einen Blick in Richtung Quin, der immer noch mit der Schwester an der Anmeldung der Notaufnahme sprach, doch sie gingen bereits auf die Doppeltüren zu, hinter der sich die Notaufnahmekabinen befanden. Die Schwester drückte auf einen großen Knopf an der Wand. Die Türen schwangen auf, und Quin folgte ihr hinein.

Delta seufzte. »Ich möchte auch zu ihm, doch sie lassen mich nicht.«

McCrae legte ihr die Hand auf den Unterarm. »Fahr nach Hause zu Owen, Delta. Du darfst ohnehin nicht mit Tanner reden – falls er denn überhaupt bei Bewusstsein ist. Wir müssen erst klären, was sich in der Klinik abgespielt hat.«

»Aber er ist mein Mann!«

Er sah sie nur an.

»Du glaubst, ich war's!«, stieß sie aufgebracht hervor, »und Quin denkt das Gleiche. Ich war es aber nicht, verdammt noch mal!«

»Komm, ich begleite dich zu deinem Wagen.« McCrae stand auf und fasste sie am Ellbogen. »Es wäre schön, wenn du mir unterwegs noch einmal erzählen könntest, was passiert ist. Vorhin in der Klinik sind wir ja nicht richtig dazu gekommen. Sag mir einfach alles, was dir einfällt, auch Dinge, die dir unwichtig vorkommen. Alles könnte von Bedeutung sein, jedes noch so kleine Detail. Vielleicht lässt sich Quin ja dazu überreden, dass wir deine Aussage erst morgen früh offiziell aufnehmen. Also: Wieso bist du zu Tanner gefahren, und was ist dann geschehen?«

»Ich dachte, Quin wäre der leitende Ermittler, und du unterstützt ihn bei dem Fall. Ihr zwei habt doch längst beschlossen, dass ich die Täterin bin«, sagte sie mit bitterer Stimme.

»Du wirst deine Version ohnehin mehrmals erzählen müssen, sollten wir jemanden von außerhalb anfordern«, sagte er. »Es wäre daher hilfreich, wenn du bei ein und derselben Aussage bleibst.«

Delta fühlte sich plötzlich so müde, dass sie fürchtete, jeden Moment umzukippen. Kurz vor dem Ausgang steuerte sie eine schmale Bank im Gang an, ließ sich darauf fallen und zog ihr Handy aus der Handtasche. »Lass mich kurz meine Mom anrufen«, bat sie. McCrae entfernte sich, um ihr ein wenig Privatsphäre zu verschaffen.

»Hi«, sagte sie gepresst, als ihre Mutter sich meldete. Mehr brachte sie nicht über die Lippen.

»Wie geht es Tanner?«, fragte ihre Mom besorgt, als sie Deltas erstickte Stimme hörte. »Ist er stabil?«

»Ich weiß es nicht!«, stieß Delta hervor. »Ich … ich darf nicht zu ihm. Die Polizei ist hier, Quin und McCrae. Sie wollen mir ein paar Fragen stellen, ich soll gleich vielleicht noch ins Präsidium fahren … es könnte eine Weile dauern.«

»Das ist kein Problem, Liebes. Mach dir keine Sorgen. Ich bleibe so lange, wie du mich brauchst.«

»Danke, Mom. Drück mir die Daumen, dass sie mich schnell wieder gehen lassen.«

Sie legte auf, stützte den Kopf in die Hände und weinte. Nach ein paar Minuten riss sie sich zusammen und schaute auf zu Chris, der zu ihr getreten war. Hoffentlich war ihre Wimperntusche nicht verschmiert. »Was willst du wissen?«

»Schieß einfach los.«

Delta berichtete ihm von der Veranstaltung im Bengal Room, überlegte kurz, ob sie Jonah Masterer erwähnen sollte, zumal sie sich nicht ganz sicher war, wie sein Nachname korrekt lautete, dann beschloss sie, darauf zu verzichten. Die Begegnung hatte keine Relevanz, nicht für sie, und erst recht nicht für den Übergriff auf Tanner.

Anschließend schilderte sie McCrae, wie sie Tanner gefunden hatte.

»Er hat mich mehrere Male beim Namen genannt, ›D‹ … ›D!‹, aber er hat nicht weitergesprochen.«

»Er nennt dich immer noch D?«

»Ja, du weißt schon, die Abkürzungen für die Namen der Fantastischen Fünf.« Sie kam sich plötzlich albern vor.

»Wie könnte ich das vergessen«, sagte er.

»Der Empfang war schon geschlossen, als ich eintraf«, erzählte sie weiter, bemüht, seinen Zynismus auszublenden. »Der Wartebereich war ebenfalls leer, die Klinik wirkte wie ausgestorben. Ich bin zu seinem Büro gegangen, aber ich konnte zunächst die Tür nicht aufbekommen, weil er direkt dahinter lag.« Sie holte tief Luft und verschränkte die zitternden Finger. »Ich hab mit aller Kraft dagegengedrückt, und dann bin ich ins Zimmer gestolpert, bin umgeknickt und zu Boden gestürzt, wobei ich in das Messer gefasst habe. Ich habe Tanner gesehen und Panik bekommen, und dann habe ich mich über ihn gebeugt, um festzustellen, ob er noch atmete. Danach hab ich die Neun-eins-eins gerufen.«

Sie schaute auf und sah, dass Quin den Gang entlang auf sie zukam.

McCrae wandte sich an Delta. »Ich werde kurz mit ihm reden. Vielleicht lässt er dich nach Hause fahren.«

»Das wäre großartig.«

Delta blieb sitzen und sah zu, wie McCrae mit seinem älteren Kollegen sprach. Sie wollte nicht von Quin befragt werden. Er war ein anständiger Mann, für den Gerechtigkeit an vorderster Stelle stand, aber er war kein Fan von Tanner. Tanner war bei fast allen beliebt, aber nicht bei Bob Quintar.

Sie wusste, dass Bailey ihm die Schuld an Carmens Tod gegeben hatte. Bailey hatte nie an einen Unfall geglaubt, und bis zu ihrem Tod in der Nacht der Jubiläumsparty hatte sie versucht, ihr Versprechen einzulösen, das sie ihrer besten Freundin bei dem Gedenkgottesdienst gegeben hatte: Sie würde herausfinden, was bei der Abschlussparty geschehen war und die wahren Umstände von Carmens Tod aufklären. Dass Tanner eine entscheidende Rolle dabei spielte, hatte für sie von Anfang an festgestanden.

McCrae kehrte zu Delta zurück. »Quin ist einverstanden. Du kannst nach Hause zu deinem Sohn. Bitte komm morgen früh ins Präsidium, so gegen zehn, halb elf. Ich glaube, es ist besser, wenn ich dich fahre, nicht dass du in deinem Zustand noch einen Unfall baust.«

»Ich lasse den Wagen auf dem Krankenhausparkplatz stehen und nehme mir ein Uber.«

»Sicher? Es ist kein Problem für mich, dich mitzunehmen.«

Sie schüttelte den Kopf. McCrae war nett zu ihr, aber das gehörte zu seinem Job, und sie wollte nicht mit ihm zusammen in seinem Wagen sitzen, zumal sie nicht wusste, was er wirklich über sie dachte.

Er nickte. Zusammen verließen sie das Krankenhaus. Während die beiden Officer durch den prasselnden Regen zu ihrem Dienstfahrzeug gingen, blieb Delta unter dem Vordach stehen und bestellte ein Uber.

Eine halbe Stunde später war sie endlich zu Hause. Mom überschüttete sie mit Fragen, die sie nicht beantworten konnte. Delta fühlte sich komplett ausgelaugt, und dann erkundigte sich ihre Mutter auch noch, ob sie der Polizei mitgeteilt habe, dass Tanner und sie dabei waren, sich zu trennen.

»Nein, Mom … es ist doch noch gar nichts entschieden.«

Die Sorgenfalten zwischen den Augen ihrer Mutter wurden noch tiefer.

»Hast du mit Dad telefoniert?«, wollte Delta wissen.

»Ihm geht es gut.«

»Es tut mir leid, dass du so lange hierbleiben musstest.«

»Ich möchte nur, dass alles wieder in Ordnung kommt.«

*Wenn das mal möglich ist …*

Delta nahm ihre letzten Kräfte zusammen und brachte ihre Mutter zum Wagen. »Kannst du noch fahren?«, fragte sie und zog den Kopf zwischen die Schultern, um sich vor dem peitschenden Wind zu schützen, der die Regentropfen beinahe vertikal vor sich hertrieb.

Mom nickte, stieg ein und ließ das Fahrerfenster hinunter. »Geh schnell zurück ins Haus, du trägst ja nicht mal einen Mantel!«

Delta drehte sich um und lief die Stufen hinauf zur Haustür. Unter dem Vordach blieb sie stehen und winkte ihrer Mutter zum Abschied, dann sah sie dem Wagen nach, bis die Rücklichter in der Dunkelheit nicht mehr zu sehen waren.

*Es ist Sommer,* dachte sie und strich sich mit der Hand über das regennasse Haar. *Aber anscheinend spielt momentan sogar das Wetter verrückt.*

Sie hörte das Quaken eines Ochsenfroschs im Teich neben dem Haus. Alles war so … normal. Bis auf die Tatsache, dass ihr Mann um sein Leben kämpfte. Ihr Mann, der sie immer wieder betrog, der Mann, den sie über alles geliebt hatte, das Arschloch, von dem sie sich scheiden lassen wollte.

Sie ging hinein, zog die Tür hinter sich zu und überprüfte die Terrassen- und die Hintertür, um sicherzugehen, dass ihre Mutter abgeschlossen hatte, dann trocknete sie sich im unteren Badezimmer ab und tauschte die nassen Sachen gegen einen Morgenmantel. Anschließend stieg sie die Treppe hinauf und warf einen Blick in Owens Zimmer. Im gelblichen Schein des Nachtlichts konnte sie sehen, wie er im Schlaf lächelte, einen Arm um einen Lego-Lastwagen geschlungen, im anderen seinen heiß geliebten Teddybären. Delta huschte ans Bett und nahm ihm vorsichtig den Lastwagen ab, bevor dieser auf den Fußboden fallen konnte. Lautlos stellte sie ihn auf das Regal über dem Kopfende, küsste den Kleinen sanft auf die Stirn und verließ sein Zimmer. Sie würde alles für Owen tun. Er war der Sinn ihres Lebens, der Sinn, den sie bis zu seiner Geburt vermisst hatte. Sie hatte nie den Wunsch gehabt, Karriere zu machen wie Amanda, Ellie und Bailey, ihr genügte es völlig, Owens Mom zu sein.

Unten in der Küche inspizierte sie den eleganten Messerblock aus blank geschliffenem Massivholz. Tranchiermesser, Brotmesser, Gemüsemesser, Allzweckmesser und eine Auswahl an Steakmessern. Ein Fach war leer.

Delta nahm den Block und stieg damit die Treppe hinauf in die große Abstellkammer. Dort angekommen, drückte sie auf einen Knopf. Mit einem leisen Summen fuhr die automatische Leiter zum Dachboden herunter. Vorsichtig kletterte sie nach oben und schaltete das Licht an. Morgen würde sie einen neuen Messerblock kaufen. Etwas Ähnliches, damit niemand etwas bemerkte.

Wenn Tanner sich von seinen Verletzungen erholt hätte – *falls Tanner sich von seinen Verletzungen erholen würde,* korrigierte sie sich –, würde er sicher bemerken, dass das Messer nicht passte, aber das war ihr gleich. Tanner konnte den Angreifer identifizieren und den Verdacht von ihr nehmen. *Wer hasste Tanner so sehr, dass er ihn töten wollte?*, überlegte sie wohl zum hundertsten Male. *Wer?*

»Wer macht so etwas?«, fragte sie laut und sah sich auf dem Dachboden um.

An der nackten Glühbirne hingen Staubfäden.

Delta versteckte den Messerblock unter einem Vorsprung und schob eine Kiste mit alten Büchern davor. Sie wollte gerade zur Leiter zurückkehren, als ihr Blick auf einen goldgeränderten, ledergebundenen Band im DIN-A4-Format fiel. *West Knoll High, Abschlussklasse 2005: 10-jähriges Jubiläum* stand darauf. Sie nahm ihn aus der Kiste und wischte mit der Hand den Staub ab, dann stieg sie damit die Leiter nach unten.

Fünfzehn Minuten später lag sie im Bett, den mit einem feuchten Lappen abgeputzten Jubiläumsband in den Händen. Sie warf einen Blick auf den Wecker auf ihrem Nachttisch. Punkt Mitternacht.

Mit hämmerndem Herzen klappte sie ihn auf. Die Erinnerungen an ihre Schulzeit und ihre Klassenkameraden überfluteten sie wie ein Tsunami. Sie alle hatten unterschiedliche und nicht immer erfreuliche Erfahrungen gemacht, und auch das Wiedersehen zehn Jahre nach dem Schulabschluss hatte sicher jeder von ihnen anders erlebt.

Für Delta war es schrecklich gewesen.

Doch jetzt war alles noch viel schlimmer.

# TEIL DREI

# DAS JUBILÄUM

# KAPITEL 9

*Fünf Jahre zuvor*
*West Knoll High School: Abschlussklasse von 2005*
*Klassentreffen zum zehnjährigen Jubiläum*

Zora schwankte leicht in ihren silbernen High Heels mit den zwölf Zentimeter hohen Absätzen. Bei den Fantastischen Fünf war sie die Kleinste gewesen, kleiner noch als Bailey. Sie wäre immer gern größer gewesen, so groß wie Delta oder Amanda. Seit der Highschool hatte sie ihre ehemaligen Freundinnen kaum zu Gesicht bekommen, mit Ausnahme von Delta. Sie hatten sich ein Apartment geteilt, als Zoras Eltern noch für die Miete und den Lebensunterhalt ihrer Tochter aufgekommen waren. Unglaublich, wie sich die Dinge verändert hatten. Zum Glück hatte sie Max gefunden, der sich Hals über Kopf in sie verliebte, genau zu jener Zeit, in der ihre Eltern sich scheiden ließen, das Haus verkauften, das gemeinsame Vermögen aufteilten und zusahen, dass das eigene Bankkonto so gut wie möglich gefüllt war. Keiner von beiden war sonderlich scharf darauf gewesen, mit ihrer Tochter zu teilen. Dummerweise hatte Zora zu Beginn nicht realisiert, wie schnell die finanziellen Mittel versiegen würden, deshalb hatte sie Delta angeboten, den Großteil der Miete zu übernehmen, und die beiden wohnten für ein Jahr in Portland, wo sie Seminare am Community College belegten. Delta hatte sich für Buchführung entschieden, Zora für Theater. Beide waren wenig begeistert gewesen über ihre Wahl. Zora wollte einfach nur berühmt sein, ohne dafür zu arbeiten, außerdem hoffte sie insgeheim, ihr Vater würde weiterhin für sie sorgen. Aber nein, Dad hatte sich mit einer neuen Freundin aus dem Staub gemacht, und

Mom war nach Bend in eine Eigentumswohnung gezogen und ein Skihase geworden, auch wenn sie gar nicht Ski fahren konnte. Dafür wusste sie umso besser, wie man sich in einem Skihotel herumdrückte und in eng anliegender Skikleidung präsentierte. Sie hatte sich einen Arzt auf Skihasenjagd geschnappt, mit dem sie seitdem zusammen war. Weder ihre Mutter noch ihr Vater schienen daran zu denken, dass sie eine gemeinsame Tochter hatten.

Zora war darüber zutiefst erschüttert gewesen und hatte das Jahr am PCC mehr oder weniger vertan, froh darüber, dass Delta ihre eigenen Probleme hatte – in erster Linie mit Tanner. Delta war fest entschlossen, die Beziehung zu retten, auch wenn Zora ihr mehrfach zu erklären versuchte, dass er die Mühe nicht wert war. Sie hatte selbst mit Tanner herumgemacht, und einmal waren sie fast bis zum Äußersten gegangen, allerdings hatte er kein Kondom bei sich gehabt, und seit dem Debakel mit Amanda achtete Tanner Stahd penibel darauf, keine unerwünschte Schwangerschaft zu riskieren.

Doch das war lange her. Zora und Max waren mittlerweile seit sechs Jahren verheiratet. Max hatte zunächst für das Bauunternehmen seines Vaters gearbeitet, Pilsberg Construction. Die Geschäfte liefen gut, doch dann geriet die Firma wegen der Rezession in Schieflage. Also hatte Max einen Job als Vorarbeiter bei einem größeren Bauunternehmen angenommen, damit sie das Haus behalten konnten, das sie in West Knoll gekauft hatten. Es war nicht das, was Zora sich für ihr Leben gewünscht hatte, aber es war okay. Sie hatte nach Portland ziehen wollen oder in die Nähe von Laurelton, auf alle Fälle in eine größere Stadt, aber das Haus war eine echte Gelegenheit gewesen. Mit dem Anwesen der Forsythes konnte es natürlich nicht mithalten, aber es lag in einem Teil von West Knoll, in dem die Immobilienpreise trotz der Rezession in die Höhe schnellten. Irgendwann hatten sie es trotzdem verkaufen müssen.

Inzwischen brachte es zweifelsohne ein kleines Vermögen, doch Max und sie waren gezwungen gewesen, es zu einem moderaten Preis abzugeben und in eine Mietwohnung zu ziehen. Nun versuchten sie, den Erlös zusammenzuhalten und etwas anderes zu finden, doch leider stiegen die Preise von Jahr zu Jahr, auch in weniger guten Vierteln. Wenn sie nicht bald zuschlugen, würden sie sich gar nichts mehr leisten können.

Gott, wie sie es hasste, sich wegen Geld den Kopf zerbrechen zu müssen!

Sie warf einen Blick in den Badezimmerspiegel und steckte die Haare im Nacken mit einem glitzernden Strasskamm hoch. Ihr Kleid war schwarz. Schlicht. Sie konnte es sich nicht leisten, etwas Farbenfrohes, Seidiges, Ausgefallenes zu kaufen, dabei hätte sie gern Rot getragen oder ein sattes Blau, Kobaltblau oder Himmelblau zum Beispiel.

Aber Max und sie mussten nicht nur auf ein neues Haus sparen, sie mussten auch die Kosten für die In-vitro-Fertilisation aufbringen, und die waren immens. Zora war sich sicher gewesen, dass sie mühelos ein Kind bekommen konnten, und reagierte überrascht und verunsichert, als sie einfach nicht schwanger wurde. Ein Jahr verstrich, dann wurden es drei. Nach vier Jahren machte sich Verzweiflung in ihr breit. Max hatte zu bedenken gegeben, dass sie sich die Behandlung nicht leisten konnten. Erst im vergangenen Jahr hatte sie ihn überreden können, das Geld dafür auszugeben. Doch bislang hatten sie kein Glück gehabt. Sie machte ihn für ihre Probleme verantwortlich, doch die Ärztin konnte nicht mit Sicherheit sagen, an wem es lag. Am Ende schlug sie vor, Zora solle sich entspannen und nicht ständig darüber nachdenken. Großartig. Als würde das helfen!

*Und wie viel hatte dieser Rat gekostet?*

Als sie bei der Jubiläumsparty hörte, dass Delta und Tanner einen kleinen Jungen bekommen hatten, Owen, den Tanner nur »O« nannte, hatte sie gelächelt und gelächelt, bis sie das Gefühl hatte, ihr Gesicht würde zur ewigen Grinsefratze erstarren. *Großartig!*, hatte sie innerlich getobt. *Einfach perfekt. Was für ein Glück für die beiden.*

Hätte sie im Leben doch nur auch so viel Glück gehabt.

Warum hatte sie damals nicht mit Tanner geschlafen und sich von ihm schwängern lassen? Doch Amanda, das Miststück, war ihr mit dem Schwangerschaftstrick zuvorgekommen. Zora konnte sich lebhaft vorstellen, wie sie die Kondome manipulierte, indem sie ein winziges Loch in die Latexspitze stach. Vielleicht war sie aber auch niemals schwanger gewesen. Zora wusste, dass Amanda eiskalt war, wenn es um ihren eigenen Vorteil ging. Sie würde alles tun, um zu bekommen, was sie wollte, und damals hatte sie es auf Tanner abgesehen. In ihrer gnadenlosen Zielstrebigkeit waren sie und Tanner gleich.

Dennoch hatte Delta am Ende gewonnen und Tanner geheiratet. Er hatte Medizin studiert und war Arzt geworden, und Delta hatte das Community College ohne Abschluss abgebrochen, um mit ihm zu gehen. Allerdings hatte sie genügend Buchhaltungskenntnisse erworben, um ihn während der Aufbauphase seiner Abnehmklinik zu unterstützen und auch die Gesundheitsprodukte seines Dads gewinnbringend einzusetzen. Als sich die Klinik einen Namen gemacht hatte und Tanner beruflich fest im Sattel saß, bekamen sie Baby Owen.

Zora hatte Fotos von dem Kleinen auf Facebook gesehen. Ein umwerfendes Kerlchen.

Zora spürte, wie ihr Magen übersäuerte und anfing zu brennen.

Eifersucht stieg in ihr auf. *Warum habe ich es nicht geschafft?*, fragte sie sich wieder und wieder. Immerhin stammte sie aus einem weitaus vermögenderen Elternhaus als Delta.

*Und was hat dir das gebracht? Deinen lieben Eltern bist du doch völlig egal, die sehen nur zu, dass sie selbst ein möglichst angenehmes Leben führen.*

Max konnte ihr leider nicht das Leben bieten, das sie sich wünschte, auch wenn sie sich genau das von ihrer Ehe mit ihm erhofft hatte. Woher hätte sie auch wissen sollen, dass es mit Pilsberg Construction bergab ging und nicht steil bergauf, wie sie gedacht hatte?

Sie trug mit dem kleinen Finger ein wenig Lipgloss auf und tupfte die Reste mit einem Kosmetiktuch ab. Dann machte sie sich auf die Suche nach ihrem Mann.

Er saß im Wohnzimmer vor dem Fernseher, in demselben Sweatshirt, derselben Jeans, die er jeden Tag trug.

»Ich gehe aber nicht allein zu dieser Jubiläumsparty«, sagte sie warnend und stützte die Hände in die Hüften.

»Da ist doch niemand, den ich kenne«, hielt er zum ungefähr fünfzigsten Mal dagegen.

»Du kennst Bailey Quintar.«

»Die Polizistin, die besessen ist vom Tod ihrer Freundin? Ja.«

»Und du kennst Amanda und Delta.«

»Die Fünf Fantastischen.«

Zora biss die Zähne zusammen, um ihn nicht zu korrigieren. Er zog sie ja doch nur auf. Machte sich lustig über ihre Freundinnen. Vielleicht hatte sie ihm zu viel von ihnen erzählt, aber damals hatten sie eben einen großen Einfluss auf ihr Leben genommen.

»Delta hat einen Sohn«, leierte Max. »Der kleine Owen ist inzwischen fast eins. Delta hat sich einen tollen Ehemann geschnappt, den fabelhaften Dr. Tanner Stahd von der Stahd-Klinik, der bleihaltige Nahrungsergänzungsmittel an seine adipösen Patienten verkauft. Quacksalber.«

»Das war sein Dad«, fiel Zora ihm ins Wort. »Außerdem wurden lediglich Spuren von Blei darin nachgewiesen. Wie dem auch sei, das Problem wurde behoben, die Klinik genießt einen ausgezeichneten Ruf. Du warst doch auch schon mal da!«

»Ja, aber nicht wegen Fettleibigkeit, sondern wegen meines nervösen Magens. Und ich werde mich ganz bestimmt nicht noch einmal dort behandeln lassen.«

Zora schluckte eine weitere ärgerliche Erwiderung hinunter. Max wusste so gut wie jeder andere, dass Tanner ein hoch angesehener Arzt war, der nicht für die Fehler seines Vaters geradestehen musste. Stahd senior hatte zwar seine Zulassung wegen gewisser Verstöße bei der Verordnung von verschreibungspflichtigen Medikamenten verloren, aber dann hatte er sein Leben umgekrempelt und war ganz neu durchgestartet – bis zur nächsten Krise. Schlussendlich war er ein Opfer der Firma geworden, die seine verunreinigten Nahrungsergänzungsmittel hergestellt hatte, und nun musste er ein weiteres Mal von vorn anfangen, wobei Tanner ihn nach Kräften unterstützte.

Zora vermutete, dass Neid hinter Max' Problem mit Tanner steckte.

Neid hatte auch Zora empfunden, als sie eines Tages Delta begegnete, die ungefähr im sechsten Monat schwanger war. D sah so gut aus wie immer, ihr vorgewölbter, runder Bauch machte sie nur noch schöner. Sie hatte tatsächlich *gestrahlt,* etwas, das Zora bislang stets für einen Mythos gehalten hatte.

Delta hatte allerdings zugenommen, nicht nur am Bauch, und Zora hoffte, dass sie die zusätzlichen Pfunde nach der Geburt nicht so schnell wieder verloren hatte. Es wäre fantastisch, wenn sie mit zehn, zwanzig Pfund mehr auf den Rippen bei der Jubiläumsparty erscheinen würde, dann läge die Messlatte bei dem unweigerlich erfolgenden »Wer hat es am besten getroffen?«-Ranking nicht ganz so hoch.

»Was ist so komisch?«, fragte Max, als er ihr hämisches Grinsen bemerkte.

Sofort machte Zora ein ernstes Gesicht. Max durfte nicht wissen, wie sie empfand. Er dachte, Delta wäre ihre Freundin, und das war sie ja auch. Zora wünschte ihr nichts Schlechtes, sie wollte einfach nur genau das haben, was Delta hatte.

»Also dann«, sagte sie und griff nach ihrer kleinen, silbernen Handtasche. Sie hatte sie günstig in einem Discounter erworben, was hoffentlich niemandem auffallen würde. Max hatte anscheinend nicht vor, sie zu begleiten, und wenn sie ehrlich war, hatte sie auch nicht damit gerechnet. Sie hatte es lediglich gehofft.

Als sie in ihrem uralten weißen Mazda saß, den sie schon zu Highschool-Zeiten gefahren hatte, wanderten ihre Gedanken zu dem bevorstehenden Wiedersehen mit ihren ehemaligen Schulkameraden. Sie war nervös, logisch, aber sie war auch gespannt auf die anderen. Vor allem aber war sie darauf bedacht, ihnen zu zeigen, dass sie alles richtig gemacht hatte. Vielleicht führte sie dank Mom und Dad kein so großartiges Leben wie früher, aber auch kein schlechtes. Nicht so schlecht wie das von Woody, der Automechaniker oder sonst was geworden war. Zwar hatte sie gehört, er hätte sich vor Kurzem selbstständig gemacht, aber das konnte auch ein Gerücht sein.

Zora schnitt eine Grimasse. Sie war ungnädig, und sie wollte nicht ungnädig sein. Und obwohl es oberflächlich und gemein war, war sie wütend darüber, dass die anderen ehemaligen Cliquenmitglieder plus Ellie all das bekommen hatten, was sie sich vom Leben erwarteten: Delta den heiß umkämpften Teeniegott und einen Sohn, Bailey einen Job als Officer, Amanda war eine erfolgreiche Anwältin, und Ellie war zwar nicht Journalistin geworden, aber immerhin arbeitete sie als Wetterfee beim Fernsehen. Warum war sie die Einzige, die nichts erreicht hatte?

*Du hast Max.*

Ja, sie hatte Max. Und am Anfang hatte er sie gerettet. Am Anfang hatte es so ausgesehen, als würde er es wirklich zu etwas bringen. Seltsam, wie sich die Dinge mitunter entwickelten. Seltsam, dass Amanda nach Oregon zurückgekehrt war, nachdem sie vergeblich versucht hatte, in Hollywood durchzustarten. Sie hatte an der Willamette University Jura studiert und war gleich im Anschluss von einer renommierten Kanzlei aus Portland eingestellt worden, angeblich weil sie so *brillant* war. Noch dazu war sie mit Hal Brennan verheiratet, einem der Kanzleipartner. Zora hätte gern geglaubt, dass Amanda sich hochgeschlafen hatte, aber dem war wohl nicht so. Sie hatte Layton, Keyes & Brennan mit ihrem entschiedenen Auftreten und ihrer Detailversessenheit für sich eingenommen. Dies hatte Zora von Rhonda Clanton, der Streberin, erfahren, der sie zufällig in dem einzig annehmbaren Restaurant von West Knoll begegnet war, einem italienischen Lokal namens Nona. Rhonda hatte Zora begeistert alles über die Freundin von früher erzählt.

»Mein Mann ist mit einem der Partner aus Amandas Kanzlei befreundet. Er schwärmt in den höchsten Tönen von ihr, aber Amanda war ja schon immer sehr zielstrebig«, berichtete Rhonda, und dann hatten sie noch ein wenig über die alten Zeiten geplaudert.

Zora konzentrierte sich auf die Straße, doch ihre Gedanken schweiften erneut ab. Sie gönnte Amanda ihren Erfolg – nun, vielleicht nicht ganz –, aber wirklich neidisch war sie auf Delta. Wie gern hätte sie auch ein Kind gehabt …

Max war das Problem.

Mittlerweile war sie der festen Überzeugung, dass sie nicht schwanger wurde, weil *er* unfruchtbar war, nicht sie. Was, wenn sie sich einfach den falschen Mann ausgesucht hatte? Was, wenn sie von jemand anderem schwanger werden konnte? Sie war achtundzwanzig. Wie viele Jahre sollte sie denn noch warten? Es wäre besser, sie würde ihre Ehe mit Max noch einmal überdenken. Sie hörte förmlich, wie ihre biologische Uhr tickte.

Ob sie sich nach einem anderen Mann umsehen sollte?

Alles, was sie brauchte, war Sperma. Vorzugsweise das Sperma eines reichen, cleveren Mannes. Nicht Max' Sperma.

Nun, sie fuhr zu einer Jubiläumsparty. Dort würde es jede Menge Männer geben, jede Menge Sperma.

Und sie war allein.

Delta kämpfte mit ihrer figurformenden Spanx-Unterwäsche. Ein Jahr, hatte es geheißen. Ein Jahr würde es dauern, bis die Pfunde, die sie während der Schwangerschaft zugelegt hatte, wieder runter waren. Nun, mittlerweile war deutlich mehr als ein Jahr vergangen, aber sie hatte leider nur die Hälfte davon verloren. Die andere Hälfte erwies sich als extrem hartnäckig. Ihre Mutter hatte abgewinkt, als sie sich darüber beschwerte. »Du siehst schön aus, Kind. Du warst immer viel zu dünn.«

Das war definitiv eine Lüge, aber Delta war ihrer Mutter dankbar dafür. Doch jetzt stand nach zehn Jahren das große

Wiedersehen an, und ihr wurde beinahe schlecht vor Furcht, wenn sie an das stumme Bodyshaming dachte, das sie von den verbliebenen Mitgliedern der Fantastischen Fünf über sich würde ergehen lassen müssen.

Resigniert blickte sie an sich hinab. Der Spanx-Body zauberte eine schlanke Taille, aber er war höllisch unbequem.

»Wer schön will sein, muss leiden Pein«, murmelte sie mit zusammengebissenen Zähnen.

»Was hast du gesagt?«, fragte Tanner aus dem angrenzenden Badezimmer. Er war halb angezogen, das Hemd aufgeknöpft, die Krawatte hing lose um seinen Hals. Hoffentlich waren sie nicht overdressed, dachte Delta, aber auf der Einladung hatte explizit »formelle Kleidung« für ein Dinner im Golfklub von West Knoll gestanden, auch wenn es dort für gewöhnlich eher leger zuging.

Es war ihr peinlich, in Spanx-Wäsche vor ihm zu stehen, deshalb huschte sie aus dem Zimmer in den Flur und nahm das Kleid mit, das sie sich für diesen Anlass gekauft hatte. Es war zitronengelb und unverschämt teuer, aber es brachte ihre dunklen Haare und den leicht gebräunten Teint hervorragend zur Geltung. Dazu hatte sie champagnerfarbene Riemchensandalen gewählt. Sie hätte einen höheren Absatz bevorzugt, aber die Farbe war einfach perfekt.

Draußen vor der Zimmertür zog sie sich rasch an und schlang ihre langen, weichen Locken zu einem losen Knoten, anschließend kehrte sie ins Schlafzimmer zurück und begutachtete das Resultat in dem großen Ganzkörperspiegel an der Wand gegenüber der Badezimmertür. Nicht schlecht. Die Spanx-Wäsche machte den Anblick erträglich.

Tanner kam aus dem Bad und knöpfte sein Hemd zu. Sein Aftershave duftete zitronig. Delta lächelte ihn an. Jetzt, da sie angezogen war, fühlte sie sich schon selbstsicherer. Seit

Owens Geburt tendierte ihr Sexualleben gegen null. Seit ihrer Schwangerschaft, um genau zu sein … vielleicht sogar schon vorher.

»Wer passt auf O auf?«, fragte er lässig.

Delta war erstaunt, dass er sich überhaupt danach erkundigte. Für gewöhnlich kümmerte er sich so gut wie gar nicht um den Kleinen. Er war nur glücklich gewesen, als Owen die ersten Schritte machte und auf ihn zugewankt kam. »Na, sieh mal einer an!«, hatte er gerufen, bevor er sich wieder in ein »berufliches« Telefonat vertiefte. Anscheinend arbeitete er nur mit Frauen zusammen, denn die Stimmen, die aus dem Handy drangen, wenn er es nicht mit der Hand abschirmte, waren allesamt weiblich.

Sie musste sich um alles kümmern, und irgendwie hatte sie mittlerweile das Gefühl, nicht nur Owens Mutter zu sein, sondern auch Tanners.

»Meine Mom kommt«, antwortete sie. *Wie immer. Was du sicher wüsstest, aber anscheinend interessiert es dich nicht.*

»Du siehst hübsch aus. Und wie gefalle ich dir?« Er legte den Kopf schräg und setzte das schiefe Grinsen auf, das sie einst so sexy gefunden hatte.

»Gut.«

»Nur gut?«, fragte er schmollend.

Delta brachte ein schwaches Lächeln zustande.

*»Superb«,* sagte sie.

Er lachte, band seine Krawatte und stellte sich neben sie vor den Spiegel, um sich selbst zu bewundern.

Tanner war eitel wie ein Pfau. Als sie jung gewesen waren, hatte sie das nicht bemerkt. Wie hatte ihr das bloß entgehen können? War sie wirklich so blind vor Liebe gewesen?

»Ich habe mit Woody gesprochen«, teilte er ihr mit. »Crystal und er werden ebenfalls da sein.«

Woody hatte seine On-and-off-Freundin von der Highschool geheiratet. Crystal Gilles, das Mädchen mit den vielen Tattoos und der Vorliebe für Gothic-Klamotten, das kurz vor dem Abschluss den Hippie in sich entdeckt hatte. Sie hatte nie viel am Hut gehabt mit den Highschool-Traditionen, deshalb war sie auch jener fatalen Abschlussparty auf dem Grundstück der Forsythes ferngeblieben. Trotzdem hatte sie damals jede Menge schlaue Bemerkungen fallen gelassen, wie sich die anderen hätten verhalten sollen, um jenen schicksalhaften Verlauf des Abends zu verhindern. McCrae hatte Delta vorgeworfen, genauso selbstgerecht zu sein wie Ellie, aber Crystal schlug sie beide um Längen.

»Vielleicht sollten wir uns mit ihnen an einen Tisch setzen«, schlug Tanner jetzt vor.

Delta gab einen unverbindlichen Laut von sich. Im Grunde sprach nichts dagegen, aber Crystal hatte eine ziemlich spitze Zunge, und vielleicht hatte Delta ein bisschen zu sehr damit angegeben, dass sie nun mit dem ach so angesehenen *Dr.* Tanner Stahd verheiratet war, der gleich nach dem Studium in der West-Knoll-Klinik mit seiner Facharztausbildung angefangen hatte. Tanner wurde von Dr. Gervais unter die Fittiche genommen, der in dem Sohn seines ehemaligen Kollegen einen ehrgeizigen Jungmediziner sah. Tanner arbeitete viel, und er schloss seine Facharztausbildung nach knapp drei Jahren erfolgreich ab.

Sie stiegen in Tanners zehn Jahre alten BMW, ein Geschenk, das ihm sein Vater zum Highschool-Abschluss gemacht hatte. Im rechten Kotflügel war eine Beule. »Bald ist es so weit«, sagte Tanner wieder einmal. »Bald führen wir das Leben, das wir immer schon leben wollten.«

Delta starrte aus dem Beifahrerfenster auf die Straßen von West Knoll. Sie wohnten in einer gemischten Wohngegend, die Rasenflächen vor den meisten Häusern waren sorgfältig getrimmt, aber es gab auch weniger gepflegte Vorgärten, in denen üppiger Löwenzahn blühte. Delta hatte im Laden ihrer Eltern gearbeitet und ihren Verdienst in die Tilgung des Kredits gesteckt, später hatte sie einen Teilzeitjob als Buchhalterin in der West-Knoll-Klinik übernommen – bis Owen auf die Welt kam. Auch jetzt erledigte sie, wann immer es ihr möglich war, den Großteil der Buchhaltung in der Stahd-Klinik. Die Arbeit machte ihr nichts aus, sie würde sich auszahlen, sobald sich Tanners Klinik endgültig einen Ruf gemacht hatte.

»Warum bist du so still?«, riss Tanner sie aus ihren Gedanken.

»Ich denke nach.«

»Worüber?«

»Ach, bloß über Berufliches.«

»Schluss damit! Wir sind auf dem Weg zu einer Jubiläumsparty, wo wir all unsere alten Freunde beeindrucken werden. Du bist die Frau eines Arztes, Delta Stahd. Zeigen wir ihnen, was wir draufhaben!«

Delta erwiderte nichts. Sie dachte an ihre früheren Freundinnen, dachte an Amanda und Tanner und daran, wie sie mit Tanner geschlafen hatte. Wie er nach Amandas vermeintlichem Abgang zu ihr zurückgekommen war und ihr versichert hatte, dass er nur sie allein liebte. Sie war noch Jungfrau gewesen. Wie würde das Wiedersehen zwischen den beiden ausfallen? Wie würde sie reagieren, wenn sie der Frau gegenüberstand, die ihr damals beinahe den Mann fürs Leben ausgespannt hatte?

Nervosität stieg in ihr auf, als sie auf den Parkplatz vor dem Golfklub einbogen. Tanner stellte den Motor ab, stieg aus und öffnete ihr die Tür. Sie nahm den Wagenschlüssel, den er ihr entgegenstreckte, und steckte ihn in ihre Handtasche, damit er seine Anzugtasche nicht ausbeulte, dann strebte sie mit ihm auf die breite Eingangstür zu, fest entschlossen, diesen Abend an seiner Seite zu genießen. Ja, sie war die Ehefrau von Dr. Tanner Stahd, seine große Liebe, schon seit der Highschool, und genau das würde sie allen zeigen.

In diesem Moment sah sie eine vertraute Gestalt die Stufen hinaufeilen: Bailey Quintar. Als Bailey Delta und Tanner bemerkte, blieb sie stehen und hielt ihnen die Tür auf. Der ehemalige Buchstabe Nummer zwei der Fantastischen Fünf trug einen blauen Rock mit passender Bluse und flache, schwarze Schuhe, dazu dezente silberne Ohrstecker. Ihre Haare waren wie immer straff zurückgebunden, anders als früher trug sie jedoch keinen Pferdeschwanz, sondern einen modischen Knoten. Und es gab noch einen Unterschied: Sie hatte Make-up aufgelegt, was zu Highschool-Zeiten so gut wie nie der Fall gewesen war.

»Hi«, begrüßte Delta ihre alte Freundin und spürte Wiedersehensfreude in sich aufsteigen.

»Hi«, erwiderte Bailey weit weniger herzlich und warf Tanner einen verhaltenen Seitenblick zu. Dann trat sie zurück und ließ die beiden eintreten.

»Wie geht es dir?«, fragte Delta.

»Besser«, antwortete Bailey.

Besser? Deutete sie damit etwa an, dass sie noch immer nicht über Carmens Tod hinweg war?

Sie hatten den Golfklub kaum betreten, als Tanner Delta seinen Arm entzog und sie mit Bailey stehen ließ. Delta schaute ihm nach. Er hatte offenbar seine frühere Truppe entdeckt, die sich rund um ein großes Bierfass versammelt hatte. Neben dem Fass sah Delta auf einem Tisch mit weißer Tischdecke eine riesige Bowleschüssel stehen.

»Du bist immer noch mit ihm zusammen«, stellte Bailey fest.

Ihre Stimme klang seltsam, fand Delta, nicht neidisch, nicht verärgert, eher … verblüfft. Delta musterte sie mit hochgezogener Augenbraue. »Wir sind verheiratet, und wir haben einen kleinen Sohn.«

»Oh, gratuliere.«

»Danke.«

Für einen kurzen Moment schwiegen beide, dann sagte Bailey: »Ich musste nur gerade daran denken, was du bei unserer letzten Unterhaltung gesagt hast.«

»Wann habe ich was gesagt?«, fragte Delta.

»Bei dem Gedenkgottesdienst für Carmen. Da hast du zu mir gesagt, du würdest dir manchmal wünschen, sie wären beide ertrunken: Tanner und Amanda.«

# KAPITEL 10

Ich kann mir nicht vorstellen, dass ich das gesagt habe, und wenn doch, dann habe ich es nicht so gemeint. Ich war verletzt, und ich war traurig wegen Carmen. Wir waren alle völlig durcheinander. Es war eine schreckliche Zeit damals.« Delta spürte, wie ihr Mund trocken wurde.

Bei der Erinnerung an Carmen huschte ein wehmütiges Lächeln über Baileys Gesicht. »Vermutlich brennen sich manche Dinge einfach unauslöschlich ins Gedächtnis ein, sodass man nie davon loskommt.«

»Hast du schon wen von den anderen gesehen?«, fragte Delta, um das Thema zu wechseln, und trat ein paar Schritte von Bailey weg.

»Zora.«

»Oh, da ist sie«, murmelte Delta, obwohl das nicht stimmte. Die zierliche Frau, die am gegenüberliegenden Ende des großen Raumes stand, konnte durchaus Zora sein, aber sicher war sie sich nicht. Trotzdem nickte sie Bailey zu und verschwand in die entsprechende Richtung.

Bailey sah ihr nach. Ihr war klar, dass Delta sie absichtlich stehen ließ, und sie wusste auch, warum. Sie, Bailey, war nachtragend und verbittert geworden. Delta war dies nicht entgangen, und vermutlich würden es alle bemerken, die zu dieser verfluchten Wiedersehensfeier erschienen. Warum um alles auf der Welt war sie hergekommen? War diese harte, unnachgiebige Bailey ihr neues Ich? Möglich. Die letzten zehn Jahre hatten ihren Tribut gefordert, genau wie die schrecklichen Ereignisse zuvor.

Sie schlenderte zu dem Tisch mit der Bowle und fragte sich kurz, ob einer der üblichen Verdächtigen dem mit Fruchtstücken gespickten Getränk heimlich einen ordentlichen Schuss verpasst hatte, genau wie früher. Unwahrscheinlich, wenn man sich an der Bar jeden Drink bestellen konnte, den das Herz begehrte.

Sie schenkte sich ein Glas ein, dann drehte sie sich um und ließ den Blick durch den Raum schweifen. Delta stand jetzt bei Zora, beide wirkten jedoch eher angespannt als glücklich darüber, einander wiederzusehen. Bailey wusste, dass sie sich ein Apartment in Portland geteilt hatten. Freundinnen waren sie offenbar nicht mehr.

Die Bowle war definitiv nicht mit irgendetwas Stärkerem versetzt, aber sie schmeckte furchtbar süß. Bailey nippte ein paarmal, dann sah sie sich nach einer Möglichkeit um, das quietschrosa Gebräu irgendwo abzustellen. Zum Glück hielt sie ihr Glas noch in der Hand, als Rhonda Clanton auf sie zukam, um mit ihr anzustoßen. »Schmeckt dir die Bowle? Es ist Kokoswasser darin, einfach köstlich! Ich habe mir das Rezept bei einer Babyparty geben lassen, göttlich, nicht wahr?«

»Die Bowle ist … umwerfend«, sagte Bailey zu der Streberin.

»Ja! Genau! Umwerfend ist das richtige Wort!« Rhonda strahlte, dann schlenderte sie weiter. Sie trug einen rosa Rock und ein passendes Twinset. Irgendwie wirkte sie, als stammte sie aus einem anderen Zeitalter, dachte Bailey, außerdem schien Rhonda seit der Highschool keinen Tag gealtert zu sein. Vielleicht lag das an der magischen Bowle.

Klammheimlich stellte sie ihr Glas am Ende des Tisches ab und durchquerte den Raum. Sie hatte die Polizeischule besucht und sich nach dem Abschluss beim West Knoll Police Department beworben, wo man sie nach einigem Hin und Her auch genommen hatte. Es war nicht ganz leicht gewesen, denn schließlich war es nicht so, dass man es in ihrer Kleinstadt tagtäglich mit Kapitalverbrechen zu tun bekam. Man hielt Bailey für überqualifiziert, aber ihre Hartnäckigkeit hatte sich bezahlt gemacht. Jetzt arbeitete sie mit ihrem Vater zusammen, der anfangs dagegen gewesen war, seine Meinung aber mittlerweile geändert hatte und beinahe platzte vor Stolz auf seine Tochter.

Das Präsidium war klein und hatte keine gesonderten Abteilungen für die einzelnen Gesetzesverstöße, weshalb sie alles bearbeiteten, ganz gleich, ob es sich um Bagatellvergehen, Einbruchsdelikte, häusliche Gewalt oder selbst Mord handelte. Mitunter sprang sie sogar als Verkehrspolizistin ein, obwohl sie eigentlich auf eine Beförderung zum Detective hinarbeitete. Eine eigene Spurensicherung gab es auch nicht, wenn sie einen Tatort sichern wollten, waren sie auf Unterstützung aus Portland angewiesen. Trotz dieser Einschränkungen gefiel ihr die Arbeit, obwohl sie sie nicht wirklich befriedigte. Carmen war keine Gerechtigkeit widerfahren, nur weil Bailey diesen Beruf ergriffen hatte, dabei war genau das ihr ursprüngliches Ziel gewesen. Sie konnte nicht akzeptieren, dass man den Tod ihrer geliebten Freundin als Unfall eingestuft hatte, wollte unbedingt jemanden dafür verantwortlich machen. Irgendwer musste doch dafür bezahlen!

Sie hatte ihren Vater fast in den Wahnsinn getrieben mit ihren Theorien, ihren Fragen und ihrem Zorn, und alle anderen, die ihr über den Weg liefen, ebenfalls. Es ging ihr um die Wahrheit, dabei hatte sie genau diese in alle möglichen Richtungen gedreht und gewendet, hatte sich eine Verschwörungstheorie nach der anderen zurechtgelegt, wobei die Suche nach der Wahrheit schlussendlich immer mehr in den Hintergrund getreten war. Jemand hatte Carmen ins Wasser gelockt. Jemand hatte sie hineingezwungen. Jemand hatte ihr heimlich etwas verabreicht, was beim Schwimmen einen Krampf auslöste. Fest stand allerdings nur eins: Carmen hatte etwas gesehen – etwas, das sie nicht hätte sehen sollen, etwas, weswegen man sie umgebracht hatte. Tanner und seine Freunde hatten Carmen getötet, davon war Bailey überzeugt.

Einige Wochen nach dem Schulabschluss war ihr Justin Penske über den Weg gelaufen. »Hast du eigentlich Selbstmord aus Liebeskummer in Betracht gezogen?«, hatte er sie lässig gefragt. »Carmens Vernarrtheit in Tanner hatte ja fast etwas Krankhaftes.«

Bailey hatte sich auf ihn gestürzt wie eine Wildkatze, was sie später fast ihre Karriere gekostet hätte, denn sie hatte Penske bei ihrem Angriff nicht nur die Wange zerkratzt, sondern auch seinen MP3-Player geschrottet, woraufhin seine Eltern ihn gezwungen hatten, Anzeige zu erstatten. Was sich überhaupt nicht gut in ihrer Bewerbung für die Polizeischule machte.

»Ich habe nach Antworten gesucht, obwohl es keine Antworten gab«, erklärte sie beim Bewerbungsgespräch. »Ich habe um meine beste Freundin getrauert, und ich wollte unbedingt einen Grund für ihren Tod finden.«

»Und jetzt?«, hatte ihr Gegenüber, eine Frau mittleren Alters mit durchdringendem Blick, skeptisch gefragt.

»Manchmal gibt es keinen Grund. Damit habe ich mich abgefunden.«

Sie hatte gelogen. Auch wenn sie der Ausbilderin das Gegenteil weismachte, war sie fest davon überzeugt, dass der Tod ihrer Freundin kein Unfall gewesen war. Aber handelte es sich wirklich um Mord?

Es musste einen Grund geben, warum Carmen Tanner unter dem Seil hindurch gefolgt war. Ja, sie war unglücklich in ihn verknallt gewesen, aber Selbstmord? Niemals. Vielleicht wollte sie etwas beweisen? Demonstrieren, wie stark ihre Liebe zu ihm war? Stärker als Deltas und Amandas Liebe, die sich nicht getraut hatten, hinter ihm herzuschwimmen?

Bailey hatte in ihrem Tagebuch sämtliche Erinnerungen an ihre Highschool-Zeit festgehalten. In den letzten Wochen des Abschlussjahrs, nach Carmens Tod, waren die Einträge immer länger geworden. Sie hatte Namenslisten angefertigt, jeden noch so kleinen Informationsschnipsel notiert, sämtliche Fakten sortiert und einen Zeitstrahl angefertigt. Noch heute brütete sie über ihren Ausführungen und suchte nach dem entscheidenden Hinweis, doch sie fand keinen.

Im Mittelpunkt stand Tanner Stahd. Hatte sie ihm früher offen Vorwürfe gemacht, behielt sie ihre Gedanken nun für sich. Von ihm gingen Pfeile aus, die auf all ihre Freunde zeigten, den Coach, die übrigen Lehrer, seine Eltern, auf alles und jeden, der irgendwie mit ihrer Kleinstadt und der West Knoll High in Verbindung stand.

Eines Tages hatte Greg, ihr Ex-Freund, das Tagebuch entdeckt, als Bailey in Eile gewesen war und es nicht in den Wandsafe in ihrer Wohnung eingeschlossen hatte. Er hatte es gelesen, und obwohl er nichts sagte, merkte sie ihm an, dass er befremdet war. Sie hatte ihm weismachen wollen, die Aufzeichnungen gehörten zu der Therapie, die sie gemacht hatte, um die furchtbaren Ereignisse zu verarbeiten, aber er glaubte ihr offenbar nicht. Kurz darauf waren sie übereingekommen, sich eine »Auszeit« voneinander zu nehmen, und diese Auszeit dauerte nun schon ein halbes Jahr an. Sie besaß einen Hund, Fido, einen kleinen, schwarz-weißen Mischling, der die schlechte Angewohnheit hatte, jeden von seinem Frauchen wegzubeißen. Angeblich war er der Grund, warum Greg gegangen war, doch Bailey glaubte ihm nicht. In Wirklichkeit war er wohl von ihrer Besessenheit abgeschreckt gewesen.

Hinter einem Vorsprung neben einem der Fenster blieb Bailey stehen und betrachtete ihre ehemaligen Klassenkameraden. Bei manchen zeigten sich die zehn Jahre deutlicher, bei anderen weniger. Tanner war kein Teenager mehr, doch anscheinend hielt er sich immer noch für einen Gott. Wie früher hatte er seine Kumpels um sich versammelt und hielt Hof. Diesmal hatte sich sogar Trent Collingsworth zu ihm gesellt, einer der damaligen Streber. Ihr Kollege vom WKPD, Chris McCrae, gehörte ebenfalls zu Tanners »Bros«, aber er hatte sich schon früher eher abseits gehalten. Sie hatte gesehen, wie er Tanner mit Handschlag und ein paar netten Worten begrüßte, doch dann war er weitergegangen.

Coach Sutton, der Trainer, der für das Spanferkel zuständig gewesen war und dem man »Vernachlässigung der Aufsichtspflicht« vorgeworfen hatte, obwohl er sich freiwillig zur Aufsicht an jenem Abend bereit erklärt hatte und ihn Baileys Meinung nach keinerlei Schuld an den Ereignissen traf, war nicht gekommen, dafür entdeckte sie Anne Reade, Brian Timmons und Clarice Billings. In letzter Sekunde hatten sie auch dem ehemaligen Lehrassistenten Freddie Mouton eine Einladung zukommen lassen, genau wie Amandas Eltern. Freddie war da und bediente sich gerade an der Bowle, während die Forsythes der Veranstaltung ferngeblieben waren, nicht zuletzt deshalb, weil sowohl Tanners Vater als auch Reverend Proffitt vor Gericht gezogen waren, um »Schmerzensgeld« zu erstreiten.

Als könnte Geld den Schmerz über den Verlust von Carmen mindern.

Alle anderen schienen dagegen einfach weitergemacht zu haben.

*Alle, außer dir, Bailey.*

Sie betrachtete die blonde, noch immer attraktive Clarice Billings, ihre ehemalige Beratungslehrerin. Sie hatte vor Kurzem an ein Junior College gewechselt, und es ging das Gerücht, dass sie bald an einer Sporthochschule anfangen würde – eine steile Karriere. Bailey sah sie immer noch vor sich, wie sie damals nass und voller Panik über den Felsenweg zum Grimm's Pond gelaufen war, nachdem sie vergeblich versucht hatte, Carmen aus dem reißenden Fluss zu retten. Neben ihr stand die frühere Englischlehrerin. Die dunkelhaarige Anne Reade gab sich alle Mühe, ein desinteressiertes Gesicht zu machen, aber Bailey entging nicht, dass ihre Augen immer wieder zu Brian Timmons huschten. Stand sie etwa noch auf ihn? Der Mathelehrer hatte ein paar Pfund zugelegt, aber sein Lächeln war noch genauso herzlich wie damals, ein bisschen trauriger vielleicht. Direktor Kiefer unterhielt sich mit Rhonda Clanton, die ihn anscheinend zu einem Glas Bowle überreden wollte. Sie sprach so laut, dass Bailey sie verstehen konnte. Wenn man ihr zuhörte, konnte man meinen, sie hätte die ganze Jubiläumsparty allein organisiert.

Direktor Kiefer … Bailey hatte noch ein Hühnchen mit ihm zu rupfen. Sie war so sauer, dass sie ihn kaum ansehen konnte. *Seinetwegen* hatte ihre Mutter damals ihren Vater verlassen – er war »der Typ«, den sie »von der Highschool« kannte. Joyce Quintar hatte ihre Tochter eiskalt belogen, wenn auch nur »zu deinem Besten, Schätzchen. Ich wollte nicht, dass du dich in der Schule seltsam fühlst, weil deine Mom in deinen Direktor verliebt ist.« Als die Proffitts nach Carmens Tod aus West Knoll weggezogen waren, hatte nicht nur Bailey, sondern auch Baileys Mutter ihre beste Freundin und Vertraute verloren. Elena und Esau Proffitt hatten sämtliche Brücken hinter sich abgerissen. Kurz darauf war Joyce' leidenschaftliche Affäre mit Kiefer in die Brüche gegangen, der dafür ebenfalls seine Ehe in den Sand gesetzt hatte.

Dass er mittlerweile grau und faltig geworden war, geschah ihm nur recht.

In letzter Zeit kursierten jedoch Gerüchte, dass Joyce und er wieder zusammengefunden hatten und sich näherstanden als je zuvor.

Anscheinend spürte Kiefer ihren Blick, denn er schaute in ihre Richtung. Bailey wandte sich ab. Sie wollte nicht mit ihm reden, nicht in diesem Umfeld.

Die Jungs um Tanner hatten mittlerweile neben der Tür Position bezogen, wo sie jede eintreffende Frau genauestens musterten, als wollten sie sich eine herauspicken – genau wie damals in der Highschool. Einer von ihnen stand etwas abseits. Justin Penske. Seine Schmachtlocke war ordentlich frisiert, seine Sommersprossen traten nicht ganz so stark hervor und schienen mit seinem sommerbraunen Teint zu verschmelzen. Er war nach Carmens Tod ungewöhnlich nett zu ihr gewesen, doch seine Freundlichkeit hatte ein abruptes Ende genommen, nachdem sie sich wegen seiner Selbstmordunterstellung mit ausgefahrenen Krallen auf ihn gestürzt hatte.

Er begegnete ihrem Blick und kam auf sie zu. »Bailey«, sagte er mit einem schiefen Grinsen.

»Penske«, erwiderte sie. Soweit sie wusste, hatte ihn auf der Highschool niemand beim Vornamen genannt.

»Warum versteckst du dich hier?«, wollte er wissen.

»Wieso sollte ich mich verstecken?«, gab sie zurück.

Er lehnte sich kopfschüttelnd gegen den kleinen Mauervorsprung neben dem Fenster und deutete mit dem Kinn auf

Zora und Delta. »Und warum bist du dann nicht bei deinen Freundinnen?«

»Warum bist du nicht bei deinen Freunden?«

»War ich doch die ganze Zeit. Magst du deine Freundinnen nicht mehr?«

»Was willst du, Penske?«, fragte Bailey genervt.

»Muss ich denn unbedingt etwas wollen? Ich dachte, wir wären Freunde.«

*Sind wir nie gewesen.*

Als sie nichts erwiderte, winkte er ab. »Ich habe in letzter Zeit viel an unsere Zeit in der Highschool gedacht«, wechselte er das Thema. »Zehn Jahre, das weckt Erinnerungen, und ich nehme an, nicht nur bei mir. Andauernd kommt mir deine Freundin Carmen in den Sinn und all das, was bei der Abschlussparty passiert ist ...« Er verstummte, doch er ließ ihren Blick nicht los.

Bailey nickte. »Ich habe versucht, das Ganze hinter mir zu lassen.«

»Unsinn, Quintar. Das würdest du niemals tun. Du bist damals vollkommen ausgetickt, und du warst echt fies. Hast so getan, als wäre alles unsere Schuld gewesen.«

*Es war eure Schuld. Ihr alle seid verantwortlich für ihren Tod. Allen voran Tanner.*

»Ich weiß, dass du immer noch so empfindest«, fügte er hinzu. »Ich habe mit Greg gesprochen.«

Sie spürte, wie ihr das Blut in den Adern gefror. Augenblicklich schaltete sie in ihren Cop-Modus. »Ich wusste nicht, dass du Greg kennst.«

»Wir befassen uns beide mit Immobilien. Da läuft man sich schon mal über den Weg.«

»Greg arbeitet für Cipole Industries, eine Firma, die sich mit Internetsicherheit befasst.«

»Die Firma besitzt Geschäftsimmobilien, die sie abstoßen will. Da komme ich ins Spiel. He, du warst diejenige, die mir den Tipp gegeben hat, mich an ihn zu wenden!«

Ja, das stimmte. Eines Abends hatte Bailey in einem Restaurant in Portland gesessen, als plötzlich Penske hereinspaziert war. Er hatte sie begrüßt, und weil sie allein da war, hatte er sie gefragt, ob er sich zu ihr setzen dürfe. Ein Olivenzweig nach ihrer Attacke auf ihn, den sie nicht ablehnen wollte.

*Greg hat nie erzählt, dass Penske Cipole Industries tatsächlich seine Dienste als Immobilienmakler angeboten hat, geschweige denn, dass er ihn persönlich kennt. Er hat noch nicht mal seinen Namen erwähnt.* »Dann ist eure Freundschaft noch ziemlich neu?«, wollte sie wissen.

»Wir haben uns erst in den letzten Monaten häufiger getroffen. Warum? Eifersüchtig?«

Bailey schnaubte und wandte sich ab. Es brachte nichts, dieses Gespräch weiterzuführen.

»Warte ...« Penske vertrat ihr den Weg und hob beschwichtigend die Hände. »Ich will dich nicht ärgern. Greg hat mir erzählt, dass du ... Nun, dass er dein Tagebuch gelesen hat.«

»Mein Tagebuch«, wiederholte sie ausdruckslos.

»Du hast es in dem Sommer nach Carmens Tod geschrieben ... und wohl noch lange darüber hinaus.« Er sah zu den Jungs aus seiner alten Clique hinüber. Bailey folgte seinem Blick. Tanner schien die Stimme zu senken, denn alle beugten sich vor, um ihn zu verstehen, dann warfen sie die Köpfe in den Nacken und lachten.

Amanda schlenderte an ihnen vorbei. Sie trug ein tief ausgeschnittenes, graues Kleid, zwischen ihren Brüsten baumelte ein silbernes Medaillon. Ihr Ehemann begleitete sie, doch er wirkte fehl am Platz zwischen den ehemaligen Klassenkameraden. Plötzlich ließ er seine Frau stehen und ging schnurstracks zur Bar, als würde er die Situation keine Sekunde länger ertragen.

»Sie hat dir erzählt, was sie gesehen hat«, sagte Penske.

Bailey riss den Blick von Amanda und ihrem Mann los und konzentrierte sich auf Penske. *Ich habe etwas gesehen …* Das hatte Carmen an jenem Abend geflüstert, und sie hatte dabei völlig verstört gewirkt. *Was* sie jedoch gesehen hatte, hatte sie Bailey nicht mehr mitteilen können. Und genau das war der Punkt. Würde Carmen noch leben, wenn sie sich Bailey rechtzeitig anvertraut hätte?

»Ja, sie hat etwas gesehen«, gab Bailey zurück. »Und warum interessiert dich das so brennend? Schuldgefühle?« Sie hatte ins Blaue hineingesprochen, aber seine Ohren, die sich langsam röteten, zeigten, dass sie einen Treffer gelandet hatte. Alle, die im Wald verschwunden waren, hatten irgendwie Mist gebaut, so viel stand fest, und es konnte sich dabei kaum nur um Alkohol, Drogen und Teenie-Sex handeln. Was also hatte Carmen gesehen?

Eine ganze Weile sagte keiner von ihnen ein Wort. Am liebsten hätte Bailey Penske angeschrien, er solle endlich mit der Sprache rausrücken, vielleicht wusste er ja, was Carmen derart aus der Fassung gebracht hatte, doch sie wollte nicht zu viel Interesse bekunden. Wenn Penske Bescheid wusste und so lange geschwiegen hatte, würde er es ihr mit Sicherheit auch jetzt nicht sagen. Sie tat das, was man ihr in der Polizeischule beigebracht hatte: Sie schwieg so lange, bis Penske es irgendwann nicht mehr aushielt und anfing zu plappern, als wäre ein Damm gebrochen. »Es war nicht zu übersehen, wie sehr sie auf ihn stand. Tanner wusste das. Alle wussten das. Du auch. Es hat sie fertiggemacht, als sie ihn mit ihr gesehen hat. Die zwei waren ordentlich zugange. Carmen hätte ihn nicht suchen dürfen.«

Bailey warf Amanda einen Blick zu, die jetzt an der Bar neben ihrem Ehemann stand und ein Glas mit einer durchsichtigen Flüssigkeit leerte. Es sah aus, als würde sie Wodka pur trinken, aber Bailey nahm an, dass es bloß Wasser war. Amanda hatte sich nie viel aus Alkohol gemacht.

»Tanner fand es schlimm, dass sie das mitbekommen hat, aber …« Er zuckte die Achseln.

Carmen hatte Tanner und Amanda beim Sex gesehen. Das war alles? Mehr steckte nicht dahinter?

»Ja. Vielleicht hat Carmen das einfach nicht ertragen und sich deshalb …«

»Nein.« Bailey schüttelte den Kopf. »Carmen hat auf keinen Fall Selbstmord begangen.«

*Tanner war mit … Er war nicht der Einzige. Sie haben alles Mögliche miteinander …*

»Ich hoffe, du rastest jetzt nicht wieder aus und zerkratzt mir das Gesicht, wenn ich dir sage, dass das durchaus eine Möglichkeit ist. Ms. Billings hat versucht, sie aus dem Wasser zu ziehen, doch sie hat sie weggestoßen, weil sie ihre Hilfe nicht wollte. Um ein Haar hätte Ms. Billings das Gleichgewicht verloren und wäre ebenfalls im Wasser gelandet. Dann wären beide ertrunken.«

»Sie hat sich nicht von Ms. Billings rausziehen lassen, weil sie gesehen hat, wie ich in den Fluss gestürzt bin. Sie wollte mir helfen!«

»Du hast überlebt. Sie nicht.«

»Vielleicht hatte jemand sie schachmatt gesetzt. Mit Drogen. Ihr habt doch im Wald geraucht, oder nicht? Hattet ihr noch etwas anderes dabei?«

»Bullshit.«

»Aber sie war fix und fertig … So hatte ich sie noch nie erlebt! Außerdem hätte sie sich doch denken können, dass Amanda und Tanner …«

»Amanda war nicht die Einzige, mit der Tanner es am Abend der Abschlussparty getrieben hat«, fiel Penske ihr ins Wort. »Vielleicht hat Carmen beobachtet, wie Tanner mit mehreren …«

»Mit mehreren?«

»Du weißt schon …«

»Nein, weiß ich nicht. Erklär's mir, Penske.«

»Na ja, Tanner war an dem Abend mit mehreren Mädchen zusammen.«

»*Gleichzeitig?*«

»Nein. Er war doch nicht lebensmüde.« Penske gab ein bellendes Lachen von sich und warf Tanner einen Blick zu, der jetzt neben seiner Frau stand. Delta wirkte so kalt und starr wie ein Gletscher. »Nun sei doch nicht so spießig, Bailey! Es war unsere Abschlussparty, alle wussten, dass sich unsere Wege trennen würden. So was senkt die Hemmschwelle! Er war nicht der Einzige, der das ausgenutzt hat, und auch das wussten alle. Sei nicht sauer, wenn ich das so direkt sage, aber Carmen war besessen von Tanner, und es war klar, dass er nichts von ihr wollte. Wenn sie mitbekommen hat, dass er wie wild durch die Gegend vögelte, sie dagegen verschmähte, ist bei ihr womöglich eine Sicherung durchgebrannt. Alle haben gesehen, dass sie absichtlich ins Wasser gegangen ist.«

»Das seid ihr auch, aber ihr seid nicht ertrunken.« Bailey spürte, wie sie die Finger automatisch zu Fäusten ballte.

Wieder hob Penske beschwichtigend die Hände.

»Carmen ist Tanner nur gefolgt, um zu beweisen, dass sie mit euch mithalten kann. Dass sie eine Sportlerin ist!«

»Wenn du meinst …« Er räusperte sich. »Ich habe mitbekommen, wie traurig sie war, Bailey. Abgrundtief unglücklich. Auch ich glaube nicht an einen Unfall, aber ich glaube auch nicht, dass irgendwer nachgeholfen hat.«

Bailey zuckte zusammen.

»Greg hat mir erzählt, dass du in deinem Tagebuch genau diese Vermutung aufstellst und dass du bis zum heutigen Tag versuchst, Beweise dafür zu finden.«

»Wer waren die anderen?«

»Willst du das wirklich wissen?«

Bailey nickte.

Penske streckte den Arm aus und machte eine ausladende Bewegung, die den ganzen Raum mit einschloss. »Es ist wohl einfacher, die aufzuzählen, mit denen er es nicht getrieben hat.«

»Eigentlich ist es mir egal, mit wie vielen Mädchen er Sex hatte – Fakt ist: Carmen hat sich nicht umgebracht. Sie wusste, dass er mit Delta zusammen war, die mir am Tag von Carmens Gedenkgottesdienst übrigens rundheraus erklärt hat, dass sie Tanner am liebsten tot sehen würde, genau wie Amanda.«

»Hör auf, dich so zu quälen, Bailey. Unfall oder Selbstmord, das ist doch gleich. Carmen ist tot – und Tanner hat sich immer schlecht deswegen gefühlt.«

»Ja, klar.«

»Er hatte doch keine Ahnung, dass so etwas passieren würde!«

Bailey schüttelte den Kopf und wandte sich zum Gehen.

»Du bist genauso schlimm wie McCrae, weißt du das eigentlich? Ist das so ein Cop-Ding? Keiner von euch beiden lässt auch nur ein gutes Haar an der Highschool-Zeit. Warum seid ihr eigentlich hier?«

Bailey schaute zu Chris McCrae hinüber, der sich neben dem Fass herumdrückte, ein Glas Bier in der Hand. Nicht zum ersten Mal stellte sie fest, dass er, genau wie Justin Penske, mit Ende zwanzig noch attraktiver geworden war. Sein volles, braunes Haar reichte ihm bis auf den Hemdkragen, und er trug einen kurz gestutzten Bart, was laut Baileys Dad gegen die Vorschriften verstieß. Unweigerlich musste sie schmunzeln. Ihr Vater konnte mitunter so ein Spießer sein!

»McCrae hat eben Verstand«, befand sie, ohne den Blick von ihrem Kollegen zu wenden.

»Das hast du in der Schule aber anders gesehen«, hielt Penske dagegen.

»Damals war das ja auch noch anders.«

»Sprichst du mit ihm über deine Carmen-Theorien?«

»Wir reden über Berufliches, Penske. Momentan sind die Crassleys unser Hauptthema, wenn du es genau wissen willst.« Damit ließ sie ihn stehen, und diesmal versuchte er nicht, sie aufzuhalten.

Wie alle anderen in West Knoll wusste er, dass die Familie Crassley aus Schlägern, aggressiven Streithähnen und Kleinkriminellen bestand. Immer wenn irgendwo in der Stadt eingebrochen oder ein Diebstahl begangen wurde, fiel der Verdacht zuerst auf sie. In Baileys Abschlussklasse war kein Crassley gewesen, aber das war eine Ausnahme, denn die Crassleys waren eine kinderreiche Familie. Mutter Crassley hatte insgesamt fünf Sprösslinge zur Welt gebracht, vier Jungs und ein Mädchen. Gale war zwei Klassen über ihnen gewesen, Harry eine darüber, Booker eine Klasse darunter. Alle drei hatten von Kindesbeinen an nichts als Scherereien gemacht, und mittlerweile waren sie endgültig auf die schiefe Bahn geraten. Ja, die Crassleys kosteten das WKPD jede Menge Zeit und Energie.

»Was machst du danach?«, fragte Penske, kurz bevor Bailey außer Hörweite war.

Sie blieb stehen und kehrte zu ihm zurück. »Wonach? Nach der Party? Gar nichts. Ich fahre nach Hause zu meinem Hund.«

»Lust, etwas zu unternehmen?«

»Nein. Aber ... danke«, erwiderte sie verwirrt. Nicht dass sie Zeit mit Penske hätte verbringen wollen, aber es war schon eine Weile her, dass ein Mann Interesse an ihr bekundet hatte.

»Ich würde gern etwas Richtiges essen. Nicht nur ›leichte Horsd'œuvres‹. Du könntest mich begleiten ...«

»Ich bin doch gerade erst gekommen.«

»Wie wäre es damit? Wir mischen uns ein bisschen unter die Gäste, plaudern mit allen, die wir vermisst haben, und machen uns anschließend aus dem Staub.« Seine Augen schweiften durch den Raum. Die Lautstärke hatte zugenommen, und Bailey musste sich zu ihm beugen, um ihn zu verstehen. Sie bemerkte, dass er die Augen zusammenkniff und länger in eine Richtung schaute, doch sie konnte nicht feststellen, wem genau sein Blick galt. Amanda und ihr Ehemann standen noch immer nebeneinander an der Bar, starr wie Roboter, McCrae ging auf Ellie zu, Zora und Delta hatten einander den Rücken zugewandt und unterhielten sich mit anderen Gästen. Anne Reade und Beratungslehrerin Billings sahen Direktor Kiefer und Mr. Timmons an, die beide todernste Gesichter machten, was bei einer Veranstaltung wie dieser irgendwie fehl am Platz wirkte.

»Ich weiß nicht ...«

»Schscht.« Er legte einen Finger auf ihre Lippen. »Wir drehen eine Runde und treffen uns in einer halben Stunde wieder, dann kannst du dir immer noch überlegen, ob du mir einen Korb gibst.«

Sie zögerte, aber er hatte sich bereits abgewandt und mischte sich unter die Menge. Bailey überlegte, ob sie einfach nach Hause fahren sollte. Was zum Teufel machte sie hier? Was hatte sie sich von dieser Veranstaltung erhofft? Allerdings hatte Penske sie neugierig gemacht, ob sie es sich eingestehen wollte oder nicht, also beschloss sie, noch einen Moment zu bleiben und ein wenig Small Talk zu machen. Was hatte sie zu verlieren? Zu einem weiteren Jubiläum würde sie ganz bestimmt nicht gehen.

Bailey holte tief Luft und schlenderte auf Zora, Delta und Amanda zu, die anderen Mitglieder der Fantastischen Fünf. Die, die noch am Leben waren.

# KAPITEL 11

Ellies Herz flatterte, als Chris McCrae auf sie zusteuerte. Langsam stieß sie die Luft aus, die sie bei seinem Anblick angehalten hatte, und atmete tief durch. Zehn Jahre. *Zehn Jahre.* Seit ihrem One-Night-Stand und dem anschließenden Schwangerschaftstest, der glücklicherweise negativ ausgefallen war, hatte sie nur noch selten an ihn gedacht. Nein, das stimmte nicht ganz. Sie hatte an ihn gedacht, aber als ihr klar geworden war, dass ihm ihr amouröses Erlebnis bei der Abschlussparty nichts bedeutete, verbannte sie ihn aus ihren Gedanken. Er war eine Highschool-Liebschaft. Mehr nicht. Vergangenheit. Sie waren kein Paar geworden, und niemand hatte je erfahren, dass sie miteinander geschlafen hatten, während sich der Rest der Abschlussklasse um Coach Suttons Spanferkel-Barbecue drängte. Nein, auch das stimmte nicht ganz. Die meisten drängten sich um das Spanferkel, aber es gab einige, die im Wald ganz andere Dinge anstellten. Außerdem hatte sie eh mehr auf Tanner gestanden als auf McCrae. Mit Tanner hatte sie im ersten Semester eine kurze Affäre gehabt, als Delta in Portland am Community College Buchführung lernte. Es war nichts Festes gewesen, nur Spaß. Etwas anderes hatte sie nie von ihm gewollt.

McCrae war ihre zweite Wahl gewesen. Ihn hatte sie bloß benutzt, um Erfahrung zu sammeln.

Dennoch … Er sah verdammt gut aus, keine Frage. Er war Polizist geworden. Ellie wusste nicht recht, was sie davon halten sollte. Die Zwillinge waren mittlerweile sechzehn, und wie so oft in diesem Alter hatte es den einen oder anderen Konflikt mit dem Gesetz gegeben. Auch wenn Oliver und Mom alles taten, um die Dinge wieder ins Lot zu bringen, waren die Jungs eifrig dabei, sich in West Knoll einen gewissen Ruf zu erwerben.

»Hi, Ellie«, sagte McCrae.

Überrascht stellte sie fest, wie sehr sie sich freute, ihn zu sehen. Nicht dass sie auf ihn stand, wie früher. Außerdem gab es in ihrem Leben jemanden, in den sie bis über beide Ohren verliebt war – ihre Affäre war heiß wie ein Flächenbrand. Unglücklicherweise war diese Beziehung tabu, sie durfte nicht darüber reden. Sie hatte Alton nicht zur Jubiläumsparty mitbringen können, außerdem hätte er die Veranstaltung ohnehin für einen Witz gehalten. Wenn jedoch herauskam, dass sie zusammen waren, wenn seine Frau davon erfuhr … *Kabumm!* Der Schaden wäre größer gewesen als bei einer Nuklearkatastrophe. Ellie hätte nicht nur ihn verloren, sondern auch ihre Arbeit und zudem vermutlich zukünftige Jobs in der Fernsehbranche.

»Hi, McCrae«, begrüßte sie ihn. »Chris.« Sie stöhnte innerlich, wenn sie daran dachte, wie sie damals versucht hatte, ihn in ihren Träumen beim Vornamen zu nennen. Als sie sich ausmalte, ihn zu heiraten, den Vater ihres ungeborenen Kindes. Und das nur, weil sie mit Amanda hatte gleichziehen wollen, die Tanner ihrer Freundin Delta mit einer – vermutlich erfundenen – Schwangerschaft ausspannen wollte. Herrgott, sie hatte sich offenbar nicht mal entjungfern lassen können, ohne dabei an die verfluchten Fantastischen Fünf zu denken!

»Ich sehe dich fast jeden Abend in den Nachrichten«, sagte er.

»Du schaust Channel Seven?« Sie arbeitete als Wettermoderatorin, was an und für sich ganz okay war, aber nicht der Posten, den sie sich eigentlich wünschte. Sie hatte immer im journalistischen Bereich arbeiten wollen – Reporterin zu sein wie Pauline Kirby, das News-Gesicht von Channel Seven, hätte ihr gut gefallen. Sie arbeitete hart, um auf der Karriereleiter eine Stufe höher zu klettern, bislang jedoch ohne Erfolg. Deshalb hatte sie ein Verhältnis mit Alton begonnen, dem Nachrichtenmoderator, ihrem Boss. Und dann hatte sie sich in ihn verliebt. Er wollte sich für sie von seiner Frau trennen. Ja, es war ein Klischee, aber daran konnten sie nun mal nichts ändern. Leider würde ihn seine Frau Coco, ein Miststück erster Güte, nicht so einfach gehen lassen.

»Im Präsidium läuft Channel Seven, und für gewöhnlich bin ich nach sechs Uhr abends noch da.«

»Ich hab gehört, dass Bailey und du beim WKPD arbeitet. Tolle Sache, nehme ich an.«

Er nickte. Sie überlegte, ob sie auf Joey und Michael und ihre wiederholten Konflikte mit der örtlichen Polizei zu sprechen kommen sollte, doch dann entschied sie sich dagegen.

»Wenigstens hast du mich nicht mit der Frage ›Und wie wird das Wetter morgen?‹ begrüßt, denn die kommt mir mittlerweile zu den Ohren raus.«

McCrae grinste, was ihn augenblicklich in einen anderen Menschen verwandelte. Zuvor ernst und fast ein wenig herablassend – möglich, dass das ihre eigene Schuld war, schließlich hatte sie ihn damals ziemlich brüsk abserviert –, strahlte er sie voller Wärme an.

»Und? Wie wird das Wetter morgen?«, fragte er, und beide prusteten los.

»Überwiegend sonnig, allerdings ist eine Regenfront im Anmarsch.«

»Typisch für diese Jahreszeit«, sagte er.

»Wie läuft's bei der Polizei von West Knoll?«, erkundigte sie sich. »Ich nehme an, du wohnst noch in der Gegend?«

»Im Haus von meinem Dad.«

»Ach, richtig. Irgendwer hat erzählt, du hast es ihm abgekauft?«

»Mein Dad ist gestorben, er hat mir das Haus vererbt.« Sein Blick schweifte an ihr vorbei und richtete sich auf etwas oder jemanden hinter ihr. »Ich hatte nicht vor, hierzubleiben, es hat sich einfach so ergeben.«

Ellie widerstand dem Drang, sich umzudrehen. Wenn er nach einem spannenderen Gesprächspartner Ausschau hielt, konnte sie es nicht ändern. Sie hatte auch nicht vor, den ganzen Abend mit ihm zu verbringen.

»Mr. Timmons' Vater ist ebenfalls vor Kurzem gestorben«, sagte er, und sie begriff, dass er nicht jemand anderen angeschaut, sondern ins Leere geblickt hatte. Anscheinend machte ihm der Tod seines Dads zu schaffen.

»Oh. Dann hört er vielleicht auf zu unterrichten.« Es ging das Gerücht, dass Mr. Timmons' Familie vermögend war.

»Das wäre schade. Ich fand seinen Unterricht gut.«

Ellie nickte. Die Stunden bei dem ehemaligen Mathelehrer waren anspruchsvoll gewesen, aber sie hatten wirklich etwas gebracht. Außerdem war sie immer gut mit Zahlen klargekommen. Seltsam, dass sie eine Karriere als Journalistin angestrebt hatte, während Delta, die in Mathe keinerlei Ambitionen gezeigt hatte, als Buchhalterin arbeitete.

»McCrae!«, rief eine dröhnende Männerstimme. Tanner. »Komm wieder zu uns, Kumpel.« Tanner schlang den Arm um McCraes Schultern. »Lass uns über die alten Zeiten sprechen!«

»Bis später«, sagte Ellie und entfernte sich.

*»Don't go away mad«,* stimmte Tanner den gleichnamigen Song von Mötley Crüe an.

*Just go away,* fügte sie in Gedanken hinzu.

*Arschloch.*

Sauer auf sich selbst, weil sie überhaupt gekommen war, strebte sie auf die Bar zu. Ganz in der Nähe entdeckte sie Bailey und Delta, die erstaunlicherweise mit Amanda redete. Mein Gott, wie gern hätte sie jetzt Mäuschen gespielt!

»... mit Jimmy Dewars in diesen Autounfall verwickelt«, hörte sie Amanda mit ihrer wohlartikulierten Stimme sagen. »Sie waren high.«

Ellie sah, dass sie vor dem Gedenktisch standen, der zu Ehren ihrer während der Highschool-Zeit verstorbenen Klassenkameraden errichtet worden war, und beschleunigte ihre Schritte, während sich Zora von der anderen Seite her der ehemaligen Clique näherte. Mit etwas Abstand zu den anderen blieb Ellie stehen und betrachtete die gerahmten Fotos auf dem Gedenktisch. Die beiden Freunde Jimmy Dewars und Howie Tuttle waren bei einem tragischen Autounfall ums Leben gekommen. Jenny Worthers war an Knochenkrebs gestorben, Jacob Corley bei einer aus dem Ruder gelaufenen Mutprobe.

Ihr Blick blieb an dem Rahmen mit Carmen Proffitts Bild hängen.

»Also, Bailey, glaubst du immer noch, dass Carmens Tod kein Unfall war?«, hörte sie Amanda fragen. Ellie meinte, einen missbilligenden Unterton zu vernehmen, aber sicher war sie sich nicht.

»Nein, tut sie nicht«, antwortete Zora an Baileys Stelle.

»Ich kann für mich selbst antworten«, sagte Bailey.

»Natürlich war es ein Unfall, was denn sonst«, mischte sich Delta ein. »Carmen ist ertrunken. Es war eine total dämliche, verantwortungslose Aktion, und sie hat den Preis dafür bezahlt.« Ihre Augen schweiften zu ihrem Mann. Ihr Mund wurde schmal.

»Diese Jubiläumsparty wühlt alles wieder auf«, sagte Bailey. »Oh, hi, Ellie.«

Sie traten einen Schritt zurück, damit sich Ellie zur Gruppe gesellen konnte – etwas widerwillig, wie diese fand. *Nett von euch. Genau wie in der Highschool.*

»Carmen hat an jenem Abend etwas gesehen, aber sie kam nicht dazu, mir zu erzählen, was.« Bailey sah Amanda an.

»Tja, das hast du schon öfter gesagt, doch es ändert nichts an der Tatsache, dass Carmen tot ist.« Amanda lächelte, um ihren Worten die Schärfe zu nehmen.

»Irgendetwas ist vorgefallen, was zu ihrem Tod geführt hat«, beharrte Bailey.

Delta nickte. »Mein Mann ist unter dem Seil hindurchgetaucht, und die anderen sind ihm gefolgt. Das ist tragisch, aber mehr steckt nun mal nicht dahinter. Du musst Frieden schließen, Bailey, das Ganze frisst dich noch auf.«

»Ich habe gesehen, dass du dich mit Penske unterhalten hast«, wandte sich Amanda an Bailey, bevor diese zu Deltas Worten Stellung beziehen konnte.

»Ja.« Bailey nickte.

Ellie sah Bailey fragend an, genau wie die anderen, aber offenbar wollte sie nichts weiter dazu sagen.

»Ihr habt über Carmen gesprochen«, fügte Amanda hinzu, und als Bailey nickte: »Und über dein *Tagebuch.*«

Der spöttische Ton war unüberhörbar. *Sie kann so ein Miststück sein,* dachte Ellie.

Röte kroch Baileys Hals hinauf bis ins Gesicht und ließ ihre Wangen brennen. »Ich habe aufgeschrieben, was passiert ist, und ich habe einige Vermutungen angestellt, Theorien festgehalten. Carmen hat sich nicht umgebracht.«

»Denkst du nicht, dass du schlicht und einfach an Schuldgefühlen leidest?«, fragte Amanda. »Ms. Billings hat doch gesagt, dass sie ihre Hand weggeschlagen hat, weil sie dir helfen wollte. So etwas nennt man Überlebendensyndrom – wirklich tragisch.«

»Carmens Tod war schrecklich, wir alle haben Schuldgefühle«, befand Ellie, die das Hickhack zwischen Amanda und Bailey satthatte.

Im selben Moment schallte eine Lachsalve von den Jungs zu ihnen herüber, die ihre Worte Lügen strafte.

Zora sah in ihre Richtung. »Ich hätte Max niemals heiraten sollen.«

Schlagartig richtete sich die Aufmerksamkeit der ehemaligen Freundinnen auf sie. Genau das war vermutlich ihr Plan gewesen, dachte Ellie, denn Zora liebte es, im Zentrum der Aufmerksamkeit zu stehen, was ihr nur selten gelang, wenn Amanda oder Delta in der Nähe waren.

»Lass dich scheiden«, sagte Amanda emotionslos. »Genau das habe ich auch getan.«

»Du bist geschieden?«, platzte Ellie überrascht heraus und warf Amandas Ehemann einen Blick zu. »Aber …«

»Er ist bloß mitgekommen, um mir auf die Nerven zu gehen«, sagte Amanda. »Das tut er immer. Er ist ein Blutsauger. Versucht ständig, an das Geld meiner Eltern heranzukommen. Zum Glück haben sie alles in einem Treuhandfonds für mich angelegt.«

Hatte Amanda nicht Hal Brennan, einen der Kanzleipartner von Layton, Keyes & Brennan, geheiratet?, fragte sich Ellie verwundert. Die Kanzlei mit einer der feinsten Adressen in der Innenstadt von Portland stand in einem ausgezeichneten Ruf und vertrat einige der wohlhabendsten Mandanten im ganzen Bundesstaat.

»Ihr seid beide Anwälte, oder?«, erkundigte sich Bailey.

»Ja, aber nur einer von uns hat Erfolg.«

Amanda ließ es so klingen, als wären die Referenzen ihres Ehemanns – Ex-Ehemanns – bestenfalls zweifelhaft, obwohl er einer der Partner war. Dahinter steckt eine Story, dachte Ellie und spürte, wie die Journalistin in ihr erwachte. Amanda war zwar noch jung, aber anscheinend hatte sie es in der Kanzlei schon weit gebracht. Ellie hatte ihren Namen beim Sender gehört, einer der Geschäftsführer hatte die Kanzlei engagiert. Sie hatte auch mitbekommen, dass einige von Amandas Kollegen sie auf eine eher despektierliche Art und Weise als »Miss Hollywood« bezeichneten. Sie mochte zwar erfolgreich sein, beliebt war sie jedoch nicht.

»Ich weiß nicht, ob ich mich von Max scheiden lassen könnte«, sagte Zora leicht befremdet.

»Was ist mit dir, Delta?«, fragte Amanda herausfordernd. »Bist du bereit, deinem verlogenen Gatten den Laufpass zu geben?«

In diesem Moment kam Mr. Timmons an der kleinen Gruppe vorbei und nickte freundlich grüßend in die Runde. Sein Blick blieb an Deltas zitronengelbem Kleid hängen. »Sie leuchten ja förmlich, Delta. Die Farbe steht Ihnen ausgezeichnet!« Er lächelte und strebte dann weiter zur Bar.

Deltas Mund, deren Kiefer wegen Amandas unverschämter Frage schockiert herabgesackt war, öffnete sich noch ein Stück mehr, aber sie brachte keinen Ton heraus. Ellie bewunderte Amanda beinahe. A nahm wahrlich kein Blatt vor den Mund, und es schien sie einen Scheißdreck zu kümmern, was die anderen über sie dachten.

»Ich habe nicht vor, ihn zu verlassen«, erwiderte Delta, als sie sich wieder erholt hatte, und riss den Blick von Mr. Timmons' Rücken los. »Die Ehe mag vielleicht nicht für jeden das perfekte Lebensmodell sein, aber wir haben uns füreinander entschieden. Ich musste keine Schwangerschaft vortäuschen, damit er um meine Hand anhält.«

Amandas selbstzufriedenes Lächeln erlosch. »Wenn du mich damit meinst: Ich habe nie eine Schwangerschaft vorgetäuscht. Ich *war* schwanger.«

»Wenn du meinst.« Delta glaubte ihr offenbar kein Wort.

»Er ist nur zu dir zurückgekehrt, weil ich einen Abgang hatte. Gott sei Dank, muss ich im Nachhinein sagen.« Amanda schien sich für das Thema zu erwärmen. »So habe ich mir ein Leben aufbauen können. Und was hast du? Tanner Stahd? Großartig.«

»Ich habe Owen«, gab Delta zurück. Der Zorn zwischen den alten Rivalinnen flammte mit solcher Wucht auf, dass Ellie unwillkürlich einen Schritt zurück machte.

»Ein Tanner-Klon. Hoffentlich besitzt er mehr Anstand als sein Vater. Frag doch mal Zora oder Ellie oder all deine ehemaligen Mitschülerinnen« – Amanda machte eine ausladende Armbewegung durch den großen Raum –, »wie es ist, mit deinem Ehemann zu vögeln. Sie wissen es alle, und vielleicht weiß es auch Bailey.«

*Er war damals noch nicht ihr Ehemann!*, hätte Ellie am liebsten geschrien, doch sie hielt den Mund. Sie würde sich bestimmt nicht verteidigen, war Delta keine Rechenschaft schuldig. Und Amanda erst recht nicht. Bailey dagegen begehrte auf: »Ich hatte nie etwas mit ihm!«, und Zora jammerte: »Das stimmt so nicht … wir haben nicht … Ach, Scheiße, du bist ein solches *Miststück*, Amanda!«

»Das finde ich auch«, pflichtete Delta ihr bei.

Amanda zuckte nur die Achseln. »Ich sage bloß die Wahrheit, aber damit haben manche Leute ja bekanntermaßen Probleme.« Sie warf ihrem Ehemann einen Blick zu, der sich großartig zu unterhalten schien, dann schaute sie mit verächtlich gekräuselten Lippen zu der Jungsgruppe hinüber. »Tanner ist ein Scheißkerl, aber das sind alle Männer.«

»Wow«, sagte Delta.

»Wann bist du zu einer solchen Männerhasserin mutiert?«, wollte Ellie wissen.

»Nach meiner Hochzeit. Ich will nicht sagen, dass sie keine Aufgabe haben – ohne sie ist Sex nicht dasselbe, zumindest meiner Meinung nach, und Tanner sieht immer noch gut aus. Nicht mehr so gut wie McCrae, aber ich würde ihn nach wie vor nicht von der Bettkante stoßen.«

Bailey zuckte zusammen, und Zora murmelte: »Ach du heiliger Strohsack.«

Delta zog scharf die Luft ein und bedachte Amanda mit einem Blick, in dem sich Entsetzen und Belustigung gleichzeitig spiegelten, dann sagte sie: »Vielleicht solltest du ihn einfach fragen. Er stünde dir bestimmt zur Verfügung.«

»Tatsächlich?« Ein kleines Lächeln umspielte Amandas Lippen.

»O bitte, hört auf zu streiten«, flehte Bailey, während Ellie den Atem anhielt.

»Nun, vielleicht tue ich das tatsächlich.« Amanda knallte ihren Drink auf den Gedenktisch, wobei sie gegen ein halb volles Bowleglas stieß, das irgendwer dort abgestellt hatte. Das Glas kippte um, die Bowle ergoss sich über den Tisch in Richtung der aufgestellten Fotos. Entsetzt starrte Ellie auf die Aufnahme von Carmen, die nun inmitten einer blutroten Pfütze stand.

»O mein Gott«, flüsterte Zora.

Im selben Moment drehte Amanda sich um, ging zu Tanner hinüber und tippte ihm auf die Schulter.

Die anderen Frauen sahen ihr sprachlos nach, dann stellte Delta ihr fast leeres Glas Weißwein neben Amandas Drink und folgte ihr.

Verdammt noch mal, dachte Delta. *Verdammt!* Amanda war das ultimative Miststück. Schamlos. Höhnisch. Rücksichtslos … ja, das war sie. Rücksichtslos. Amanda nahm auf niemanden Rücksicht, genau wie früher, und das war *zum Wahnsinnigwerden!* Sie zog ihren Egotrip durch und fühlte sich auch noch gut dabei. Sie wusste, dass Delta ausflippen würde, und tatsächlich hätte Delta beide, sowohl Amanda als auch Tanner, am liebsten erwürgt.

*Bleib ruhig. Bleib ganz ruhig.*

Doch wie sollte sie ruhig bleiben, wenn Amanda sich bei Tanner einhakte und ihn lachend von den anderen wegzog, die ihnen mit einem wissenden Grinsen nachschauten und sich dann nach Delta umsahen, um festzustellen, ob sie etwas bemerkte? Sie versuchte zu lächeln und hoffte inständig, dass sie nicht aussah wie der Joker.

*Stimmt es, was Amanda behauptet? Hat Tanner sie wirklich flachgelegt? Zora, Ellie … einfach alle?*

Aber jetzt war nicht der richtige Moment, um sich darüber den Kopf zu zerbrechen. Sie hatte immer gewusst, dass Tanner untreu war, doch dass er es auch mit ihren anderen Highschool-Freundinnen getrieben hatte, war ihr neu. War das Schnee von gestern, oder hatte er immer noch was mit ihnen?

*Jetzt mach dich nicht verrückt, Delta.*

Amanda hatte ihr Tanner von Anfang an ausspannen wollen, hatte immer so getan, als hätte Delta ihn nicht verdient. Aber sie hatte Tanner nie geliebt, nicht so wie Delta ihn geliebt hatte. Sie hatte ihn einfach nur haben wollen, damit Delta ihn nicht hatte, so wie sie immer alles haben wollte, was sie nicht ohnehin schon besaß. Immer hatte sie besser sein wollen als alle anderen, schöner, klüger, erfolgreicher. Das war ihr Naturell. Nur dass Delta ihr dieses eine Mal überlegen gewesen war. Dieses. Eine. Mal. Sie hatte Tanners Herz gewonnen. Amanda nicht.

*Liebst du ihn immer noch? Oder geht es dir lediglich um dein Ego? Möchtest du wirklich, dass diese Ehe funktioniert, oder ist sie in Wirklichkeit längst am Ende?*

»Ich will, dass meine Ehe funktioniert«, flüsterte sie.

»Was hast du gesagt?«, fragte Justin Penske, der hinter sie getreten war.

»Denkst du, ich sollte meinen Ehemann retten?«, erkundigte sie sich, um einen munteren Tonfall bemüht.

»Du meinst, vor Amanda?«

Delta nickte.

»Es ist ein Vollzeitjob, ihn im Auge zu behalten, stimmt's?« Er grinste.

Sie hatte Penske nie gemocht, genauso wenig wie Brad Sumpter, den Muskelprotz, Penskes Schatten. Sie hatte ohnehin nicht viele Jungs aus ihrer Klasse leiden können, aber vielleicht lag das daran, dass sie alle ständig versucht hatten, Delta außen vor zu lassen. Sie wollten, dass Tanner mehr Zeit mit seinen Bros verbrachte als mit ihr. »Bruder vor Luder« und anderer Schwachsinn. Es hatte sie unglaublich stolz gemacht, wenn sie ihn von den anderen loseisen konnte.

»Ich hab gehört, ihr habt jetzt ein Kind«, sagte Penske.

»Owen. Er ist vierzehn Monate alt.«

»Oh, ihr zählt noch in Monaten. Wann hört das auf?«

»Wahrscheinlich ab dem zweiten Geburtstag.«

»Ich bin froh, dass ich kein Kind habe. Wahrscheinlich wäre es genauso ein Arschloch wie ich.«

»Ich bin überrascht, dass du dir dieser Tatsache bewusst bist und noch dazu so offen darüber reden kannst.«

»Darüber, dass ich ein Arschloch bin?« Er lachte. »Sind

wir nicht alle Arschlöcher?« Er deutete auf die ehemalige Jungsclique.

»Davon gehe ich aus.« Mit Penske zu reden war nicht halb so schlimm, wie sie befürchtet hatte. Anders als Tanner schien er ein gewisses Maß an Selbstironie zu besitzen. Sie versuchte, sich an ihm vorbeizudrängen, um zu Amanda und Tanner zu gelangen.

»Liebst du den Schwachkopf etwa immer noch?«, fragte Penske.

»Ja«, sagte Delta automatisch. Sie sah, wie Amanda Tanner anlächelte und er dahinschmolz wie Wachs in der Sonne.

Ihre Brust zog sich schmerzhaft zusammen. Vielleicht war ja doch noch etwas zwischen ihnen, wofür es sich lohnte zu kämpfen. Vielleicht liebte sie ihren Ehemann tatsächlich noch. Tanner Stahd, den Teeniegott.

Sie schluckte.

*Ist er es wirklich wert? Willst du diese Ehe wirklich retten? Für Owen?*

»Hallo, Süße«, sagte Tanner und rückte von Amanda ab, als Delta zu ihnen trat.

»Ihr müsst meinetwegen nicht aufhören«, sagte Delta mit stahlharter Stimme. »Wir sind doch eine große, glückliche Familie, nicht wahr?«

»Was für eine fortschrittliche Einstellung«, sagte Amanda.

»Hast du nicht gerade behauptet, er habe all meine Freundinnen gevögelt, und mir geraten, mich von ihm scheiden zu lassen? Ich gehe davon aus, dass das ein gut gemeinter Ratschlag war.«

»Wie bitte?«, fragte Tanner. Er schwankte leicht und grinste dümmlich, doch nun zog er die Augenbrauen zusammen, als wappnete er sich vor dem, was folgte.

»Es war ein gut gemeinter Ratschlag«, bestätigte Amanda.

»Wovon redet ihr eigentlich?«, fragte Tanner.

»Hast du wirklich mit Zora, Ellie und Bailey geschlafen?«, wollte Delta wissen.

»Mit Bailey? *Was zur Hölle* … Nein!«

»Dann hat ja wenigstens sie die Wahrheit gesagt«, stellte Delta trocken fest.

Ihr Puls hämmerte, aber sie hatte nicht vor, aus der Rolle zu fallen. Sie würde Amanda nicht gewinnen lassen. Tanner mochte zwar ein Scheißkerl sein, aber er war *ihr* Scheißkerl.

»Okay, das war lustig, doch ich bin raus aus der Nummer«, sagte Amanda und entfernte sich mit einem tiefen Seufzer.

»Ich habe nicht mit ihnen geschlafen …« Tanner sackte mit dem Rücken gegen die Wand.

»Du bist betrunken. Vielleicht sollten wir besser nach Hause fahren.«

»Ich bin nicht betrunken, und ich will noch nicht nach Hause.«

»Aber ich.«

»Pech, Delta.«

»Ich gehe jetzt. Vielleicht findest du eine Mitfahrgelegenheit, oder du nimmst dir ein Uber, mir ist das gleich.« Sie drehte sich um, und er griff nach ihrem Ellbogen, bekam ihn aber nicht zu fassen. Beim zweiten Versuch erwischte er ihren Unterarm und klammerte sich daran fest, als hinge sein Leben davon ab, während sie dastand wie eine hölzerne Statue. Sie spürte, dass aller Augen auf sie gerichtet waren, und unterdrückte den Impuls, ihn wegzustoßen. Er war ein echter Fiesling, wenn er zu viel getrunken hatte, aber sie wollte keine Szene machen, nicht noch mehr Aufsehen erregen als ohnehin schon. Nicht hier, nicht bei dieser Jubiläumsparty.

»Es ist doch noch viel zu früh!«, brüllte er ihr ins Ohr.

»Ich würde eher sagen, es ist zu spät.«

»Aber du warst doch mit Amanda befreundet!«

»Was mir im Nachhinein ziemlich seltsam vorkommt.« Sie versuchte, sich aus seinem Griff zu befreien, aber er ließ sie nicht los.

»Komm schon, Delta. Wir sind doch gerade erst gekommen ...«

»Ist alles in Ordnung?«

Delta hätte beinahe gelacht. Direktor Kiefer stand vor ihnen, älter und grauer, aber so ernst und respekteinflößend wie eh und je und genau wie früher stets besorgt um »seine Schüler«.

»Es ist alles okay«, versicherte sie ihm.

Sie machte sich von Tanner los, ließ ihn bei Direktor Kiefer stehen und verabschiedete sich von Zora und Bailey, die mehrfach beteuerten, wie sehr sie das Wiedersehen gefreut habe. Dann verließ sie das Gebäude des West-Knoll-Golfklubs, ohne sich noch einmal nach ihrem Ehemann umzusehen.

Draußen schlug ihr eine angenehm kühle Brise entgegen. Die Nachtluft roch nach Regen. Sie ging einen rosengesäumten Fußweg entlang zum Parkplatz und entriegelte die Türen von Tanners BMW. Zum Glück hatte sie die Autoschlüssel in ihrer Handtasche verstaut. Hoffentlich hatte er genug Geld für ein Uber oder seine Kreditkarte dabei!

Vor dem Wagen blieb sie kurz stehen und dachte nach. Sie wollte noch nicht nach Hause fahren. Gerade als sie überlegte, ob sie an der Pizzeria haltmachen sollte, weil sie so gut wie gar nichts von den schicken Horsd'œuvres gegessen hatte, stürmte Amanda aus der Tür des Klubhauses und lief auf den Lexus zu, der neben Tanners BMW parkte.

»Was ist los?«, fragte Delta automatisch.

»Mein Bruder hatte einen Autounfall!«, stieß sie hervor, sprang in den Wagen und setzte mit quietschenden Reifen aus der Lücke, dann gab sie Gas und raste vom Parkplatz. Ihr Ehemann – Ex-Ehemann – kam nach ihr aus dem Gebäude, dann blieb er auf den Stufen vor dem Klubhaus stehen und blickte Amandas Wagen nach, von dem nur noch die roten Heckleuchten zu sehen waren.

# KAPITEL 12

Zora schüttete den Rest des grauenhaften Weißweins in sich hinein, der an der Bar ausgeschenkt wurde, und dachte an das Tanner/Amanda/Delta-Drama, das sich soeben im Klubraum entfaltet hatte. Sie stellte das Glas ab und schüttelte sich. Puh, wer mochte dieses Zeug bestellt haben?

Zum Glück hatte Delta nicht darauf bestanden, dass Zora Amandas Behauptung bestätigte, Ellie und sie hätten sich bei Tanner ebenfalls nicht geziert. Das hätte ihr gerade noch gefehlt.

Die Show war unterbrochen worden von Rhonda Clanton, verheiratete Sharpley, und ihrem Mann Eric, der genauso ernst und übereifrig war wie seine Frau, was durchaus etwas heißen wollte. Zora hatte sich nicht ablenken lassen, zumal das Drama immer spannender wurde, doch Rhonda und Eric waren so beharrlich, dass sie gezwungen gewesen war, einen Teil ihrer Aufmerksamkeit auf sie zu richten und mit halbem Ohr den begeisterten Versicherungen zu lauschen, wie wundervoll das Leben doch sei, so voller Möglichkeiten … Ob Zora das nicht genauso sehe?

Von ihrem Geschwätz hatte Zora Kopfschmerzen bekommen. Oder lag das am Weißwein?

Der Zickenkrieg zwischen Amanda und Delta, den sie erwartet hatte, schien auszubleiben. Delta war gegangen, kurz darauf hatte Amanda einen Anruf bekommen und das Klubhaus ebenfalls verlassen.

Zora versuchte gerade, sich von Rhonda und Eric loszueisen, als Rhonda mit traurigem Gesicht sagte: »Der arme Mr. Timmons. Sein Dad ist kürzlich gestorben. Es ist schrecklich. Sie standen einander sehr nahe, Mr. Timmons hat ihn gepflegt.«

»Das ist wirklich schrecklich«, pflichtete Zora ihr höflich bei.

»Parkinson«, ergänzte Eric mit ebenso traurigem Gesicht.

»Aber vielleicht kann er nun endlich mit Ms. Reade zusammenkommen!«, überlegte Rhonda und fing an zu strahlen. Ihre Stimmung schlug von einer Sekunde auf die nächste ins Gegenteil um, auf Trauer folgte Begeisterung. Als hätte sie einen inneren Schalter umgelegt.

»Ach Rhonda, hör auf zu kuppeln!«, schimpfte Eric liebevoll.

Rhonda versetzte ihm einen sanften Stoß mit dem Ellbogen. »Ich hab's dir doch gesagt. Seit Jahren schleichen sie umeinander herum, und jetzt ergibt sich endlich eine Gelegenheit. Brian – Mr. Timmons, meine ich – ist frei, und auch sie war nie verheiratet, also …«

»Nun, er ist sicher eine gute Partie, bei dem Erbe …«, überlegte Eric.

»Oh, sag so etwas nicht.« Rhonda kicherte. »Bei den beiden ist es wahre Liebe.«

»Du weißt, dass Mr. Timmons' Dad eine Firma besaß, die Zäune fertigt?« Rhonda sah Zora erwartungsvoll an.

»Zäune?«, fragte Zora verständnislos.

»Columbia Fence«, sagte Eric. »Industriezäune. Du hast die Schilder bestimmt schon gesehen.«

Zora überlegte, dann nickte sie. Ja, die Stabmattenzäune mit den kleinen Schildern zwischen den einzelnen Elementen gab es tatsächlich in der ganzen Gegend.

Eric beugte sich zu ihr und sagte leise: »Der alte Timmons hatte richtig viel Asche, das kannst du mir glauben.«

Rhonda schlug spielerisch mit der Hand nach ihm. »Schluss jetzt, Eric. Bei den beiden spielt Geld keine Rolle. Das ist wahre Liebe!«

Endlich sah Zora die Gelegenheit gekommen, sich zu entschuldigen. Auf dem Weg zur Bar wäre sie beinahe mit Woodys Frau Crystal zusammengestoßen, die mittlerweile als Kindergärtnerin arbeitete. Sie trug ein wollweißes, schlabberiges, ärmelloses Baumwollkleid. Die Tattoos auf ihren Armen hoben sich dunkel von ihrer hellen Haut ab.

»Entschuldige«, murmelte Zora höflich. Sie war überrascht, dass Crystal überhaupt erschienen war, da sie die Teilnahme an Schulveranstaltungen früher stets kategorisch abgelehnt hatte. Was mochte sie dazu bewogen haben, ihre Meinung zu ändern?

»Woody hat mir die Sache mit dir erzählt«, sagte Crystal mit einem geheimnisvollen Lächeln.

»Was hat er dir erzählt?«, wollte Zora irritiert wissen.

Immer noch lächelnd, drehte Crystal sich um und ging zu Woody, der die Jungsgruppe anscheinend mit einem seiner Scherze beglückte, denn sie platzten beinahe vor Lachen.

Zora sah ihr nach. Crystals Bemerkung verunsicherte sie mehr, als sie sich eingestehen wollte. Was glaubte sie, über Zora zu wissen? Ging es darum, dass sie mit Tanner rumgemacht hatte? Amanda hatte die Katze aus dem Sack gelassen, aber wie hatte Crystal so schnell Wind davon bekommen können?

»Verfluchtes Miststück«, murmelte Zora bei dem Gedanken an das A der Fantastischen Fünf und drängte sich durch die Menge, wobei sie schützend die Hand über ihr frisch aufgefülltes Glas mit dem nach Essig schmeckenden Wein hielt.

Mr. Timmons unterhielt sich mit Anne Reade, die ihm die Hand auf den Unterarm gelegt hatte und ihn mitfühlend ansah. Clarice Billings trat mit ernstem Gesicht zu ihnen, vermutlich wollte sie ebenfalls kondolieren, und die Englischlehrerin zog ihre Hand zurück. *Halte dich von ihm fern, du blonde Schlampe,* schien ihr Blick zu sagen. Anders als Anne Reade, die mit den Jahren weichere Formen angenommen hatte, besaß die ehemalige Beratungslehrerin noch immer den schlanken, durchtrainierten Körper einer Frau, die regelmäßig joggte. Ihr Gesicht war glatt und faltenlos – Botox oder gute Gene. Oder beides. Ihre hellen Haare glänzten im Schein der Deckenlampen. Clarice schien zu spüren, dass sie unerwünscht war, denn sie nickte Brian Timmons noch einmal zu und machte dann ein paar Schritte zurück. Zora trat an ihre Stelle, was ihr ein Stirnrunzeln von Anne eintrug.

»Mr. Timmons, hallo, ich habe vom Tod Ihres Vaters erfahren und möchte Ihnen mein Beileid aussprechen. Soweit ich weiß, standen Sie einander sehr nahe.« Sie legte so viel Mitgefühl in ihre Stimme, wie ihr möglich war.

Der Mathelehrer sah sie geistesabwesend an. Für einen Moment fragte sie sich, ob er zu viel getrunken hatte, dabei hielt er nicht einmal ein Glas in den Händen. Gefühle, beschloss sie, und hörte ihn antworten: »Danke, Zora. Ähm, nennen Sie mich doch Brian. Ihre Highschool-Zeit ist seit zehn Jahren vorbei.«

»Das kommt mir gar nicht so lange vor«, sagte Anne Reade.

»Mir auch nicht«, pflichtete Zora ihr bei. »Manchmal habe ich den Eindruck, es hätte sich rein gar nichts verändert.«

»Alles hat sich verändert«, hielt Brian dagegen. Als er merkte, wie deprimiert seine Worte klangen, schob er eilig nach: »Manches auch zum Guten.«

»Diese Jubiläumsparty lässt die ganzen traurigen Erinnerungen an die hochkommen, die es nicht bis zum Abschluss geschafft haben«, sagte Anne. »Vor allem der Tod von Carmen Proffitt ist immer noch sehr belastend.« Ihre Stimme klang hölzern.

»Besonders für Bailey.« Zora nickte.

»Sie waren eng befreundet«, sagte Brian.

»Beste Freundinnen.«

Zora wollte sich gerade von den beiden ehemaligen Lehrern verabschieden und weitergehen, als Anne hinzufügte: »Clarice hätte in der Lage sein müssen, Carmen aus dem Wasser zu ziehen, kräftig, wie sie ist. Ich verstehe noch immer nicht, wie das passieren konnte.«

Schwang da etwa Missgunst in Anne Reades Stimme mit? Es klang fast so, als sei sie eifersüchtig auf Miss Billings.

»Carmen war selbst groß und sehr kräftig. Eine Sportlerin. Außerdem war es rutschig auf dem Felsenweg, deshalb ist Bailey ja ebenfalls ins Wasser gefallen«, gab Zora zu bedenken.

»Ist Ihr Mann hier, Zora?«, fragte Mr. Timmons unvermittelt.

»Nein, er hatte leider keine Zeit.« Es überraschte sie, dass er von ihrer Ehe wusste.

»Klassentreffen sind für Klassenkameraden«, stellte Anne klar.

Zora merkte, wie etwas in ihr aufbegehrte. Anne bevormundete Brian, tat so, als würde er ihr gehören, ihr allein. Dabei hatte sie jahrelang Zeit gehabt, ihn sich zu angeln, doch das hatte sie nicht getan. Also …

»Erzählen Sie mir von Ihrem Vater, Brian«, forderte Zora ihn auf. Sie ließ sich seinen Namen auf der Zunge zergehen, allein schon, um Anne Reade zu foppen, aber auch um auszuprobieren, wie es sich anfühlte, ihm privat zu begegnen, nicht als Lehrer. Als Lehrer, der wusste, dass sie nicht gerade ein Zahlengenie war wie Amanda oder Ellie. »Meine Eltern haben sich kurz nach meinem Highschool-Abschluss getrennt, ich habe so gut wie keinen Kontakt mehr zu ihnen und weiß daher recht genau, wie es sich anfühlt, seine Familie zu verlieren.«

Anne schnaubte ungläubig, aber der Mathelehrer sah Zora mit feuchten Augen an. »Vielen Dank«, sagte er. Seine Worte kamen von Herzen.

»Ich hole mir etwas zu trinken.« Anne wandte sich an Brian. »Möchtest du auch etwas?«

Brian schüttelte den Kopf und machte einen Schritt auf Zora zu. Anne warf Zora einen vernichtenden Blick zu und verschwand in Richtung Bar.

Zora sah Brian in die Augen. Blau. Sie mochte blaue Augen. Sie mochte die Farbe Blau. Er sah nicht schlecht aus, und so alt war er auch noch nicht.

»Erzählen Sie mir von Ihrem Dad«, forderte sie ihn erneut auf.

»Sind Sie sicher, dass Sie das hören möchten?« Er schaute sie skeptisch an, doch sie spürte, wie sehr er darauf brannte.

»Ja.«

Er zuckte die Achseln, lächelte verhalten und fing an. Sein Großvater war arm gewesen und hatte sich halb zu Tode geschuftet, um eine kleine Firma zu erwerben, die sich in erster Linie auf die Herstellung von Zäunen für Farmer spezialisiert hatte. Sein Vater übernahm die Firma und baute sie auf. Heute verkaufte Columbia Fence nicht nur regional, sondern auf nationaler Ebene, der Absatz war in den vergangenen Jahren nahezu explodiert. Sein Vater war der geborene Geschäftsmann und noch dazu ein großartiger

Mensch gewesen. Während er sprach, führte Zora ihn zu einer Sitzgruppe etwas abseits des Trubels. Anne kehrte mit einem Glas Bowle zurück und warf ihnen einen Blick zu, der besagte, dass sie nicht recht wusste, ob sie sich zu ihnen gesellen sollte oder nicht. Auch Clarice Billings schaute mit leicht verengten Augen zu ihnen herüber, aber Zora beschloss, die beiden zu ignorieren. Sollten sie ruhig denken, dass Zora Annes Territorium annektierte – ihr war das gleich. Außerdem hatte sie noch keine Entscheidung getroffen.

Sie wusste nur, dass sie die Farbe Blau mochte.

»Bist du bereit?«, fragte Penske dicht an Baileys Ohr. Er hatte sich unbemerkt herangeschlichen, sodass sie nun erschrocken zusammenfuhr.

Sie hatte mit Direktor Kiefer, Anne Reade und Clarice Billings geplaudert, die allesamt einen angespannten Eindruck machten. Anne wirkte nahezu verkrampft. Stocksteif stand sie da, strich sich durch die glatten, braunen Haare und schaute immer wieder verstohlen zu Zora und Mr. Timmons hinüber, die sich zurückgezogen hatten und in ein intensives Gespräch verstrickt schienen. Nein, Brian Timmons redete, und Zora hörte zu.

Direktor Kiefer erzählte Ms. Billings, dass mehrere der neuen Highschool-Lehrer in Konflikt mit den Eltern ihrer Schüler geraten waren, da sie diesen erlaubt hatten, vom Unterricht fernzubleiben, um an einem Protestmarsch gegen das Waffengesetz teilzunehmen. Immer wieder kam es zu Amokläufen und Schießereien in Schulen, und das wollten die Schüler nicht länger hinnehmen.

»Ein ausgesprochen heißes Eisen«, sagte Kiefer, »richtig, Bailey?«

Bailey, die gerade daran dachte, wie Delta und Amanda kurz nacheinander das Jubiläumstreffen verlassen hatten, blickte auf und stellte fest, dass der Direktor sie ansah. Er hatte schon den ganzen Abend über versucht, sie in ein Gespräch zu verwickeln. Anscheinend wollte er so seine Schuldgefühle wettmachen, weil er ihr damals ihre Mom weggenommen hatte, dachte sie genervt.

»In der Tat: Das Waffengesetz ist ein brandheißes Eisen«, antwortete Penske an Baileys Stelle.

»Wie denken Sie darüber?«, wollte Ms. Billings von Bailey wissen. »Sie sind bei der Polizei. Sie tragen eine Waffe.«

»Es geht darum, sich an die Regeln zu halten«, erwiderte Bailey, die keine Lust hatte, sich in eine politische Diskussion hineinziehen zu lassen. Was zur Hölle machte Penske denn jetzt? Blies er tatsächlich sanft in ihren Nacken? Sie wusste nicht, ob sie genervt sein sollte oder ob es ihr gefiel. Sie stand nicht auf Justin Penske, aber es fühlte sich gut an, überhaupt einmal auf dem Radar eines Mannes zu erscheinen.

*Auf wen stehst du denn?*

»Aber was empfinden Sie beim Tragen einer Waffe?«, bohrte Ms. Billings weiter.

»Nun setzen Sie Bailey doch nicht so unter Druck«, sagte Penske gedehnt. »Wir wollen heute Abend unseren Spaß haben, oder etwa nicht?«

Direktor Kiefer warf Ms. Billings einen Blick zu, die etwas entgegnen wollte, doch dann lächelte sie nur und schwieg.

»Ganz schön stickig hier drinnen«, sagte Penske in die Runde. »Sie entschuldigen mich, ich schnappe ein bisschen frische Luft.« Er zwinkerte Bailey zu.

Bailey zögerte. Sie war sich nicht sicher, was das bedeutete. Würden sie irgendwo etwas essen gehen?

Egal. Sie hatte keine Lust, noch länger bei dieser Party zu bleiben, also verabschiedete sie sich und folgte ihm.

Penske wartete draußen auf sie. Als er Bailey sah, drückte er auf die Fernbedienung seines schwarzen SUV. Ein Piepsen ertönte, die Scheinwerfer blinkten auf.

»Wie wär's mit dem Danny O?«, fragte Penske, als Bailey bei ihm war.

Das Danny O war ein Pfannkuchenrestaurant am Stadtrand von West Knoll, das vierundzwanzig Stunden geöffnet hatte. Damals war es ein beliebter Treffpunkt für die Schüler der Highschool gewesen.

»Warum nicht?«, fragte Bailey leicht enttäuscht.

*Was hast du erwartet? Dass das hier ein Date ist?*

»Wir treffen uns dort«, sagte Penske und stieg ein.

Bailey folgte ihm in ihrem blauen Ford Explorer, den ihr ihr Vater geschenkt hatte. Ihre Gedanken wanderten zu Ronald Kiefer. Zum Glück war er nicht ihr Stiefvater geworden. Das Verhältnis zu ihrer Mom war nie wieder so gewesen wie früher, bevor sie seinetwegen die Familie verlassen hatte, und Bailey war immer noch sauer auf Joyce Quintar. Aber okay, man musste auch irgendwann loslassen, die Vergangenheit auf sich beruhen lassen können.

Genau das hatten ihr alle geraten – bei dem Verlust ihrer Mutter genau wie bei Carmens Tod –, und vielleicht hatten sie recht. Das Leben ging weiter, sie musste nach vorn blicken.

Das Danny O teilte sich den Parkplatz mit einem Irish Pub. Das Lundeen befand sich unter dem Restaurant. In den frühen Morgenstunden torkelten Betrunkene die Stufen hinauf auf den Parkplatz, und ein Großteil von ihnen fiel im Danny O ein, um sich vor der Heimfahrt mit Pfannkuchen zu stärken und wieder nüchtern zu werden. Damals hatten sie oft versucht, die Pubgäste zu überreden, ihnen alkoholische Drinks zu besorgen, doch die Polizei hatte dem schnell ein Ende bereitet.

Bailey stellte ihren Wagen auf der Rückseite des Gebäudes ab, ganz in der Nähe von Penskes SUV.

»He, lass uns vorher im Lundeen was trinken«, schlug er vor, als Bailey auf ihn zukam.

Sie verlangsamte ihre Schritte. Vielleicht wäre sie doch besser beim Jubiläumstreffen geblieben, als auch nur einen Schluck von dem Zeug zu nehmen, das sie im Lundeen ausschenkten ... Doch jetzt war sie hier, und sie wollte keine Spielverderberin sein.

Sie folgte Penske die Stufen hinunter und setzte sich neben ihn an den langen, zerschrammten Tresen, über dem gedimmte Lichter in Form altmodischer Laternen hingen. Penske bestellte sich einen Irish Whiskey, Bailey bat um ein Bier mit wenig Alkohol.

»Ach, echt?«, sagte er und bedeutete dem Barkeeper mit dem grauen Pferdeschwanz, ihr ebenfalls zwei Fingerbreit einzuschenken.

»Ich trinke keinen Whiskey«, sagte Bailey.

»Möchtest du lieber einen Wodka?«

»Ich möchte gar nichts Starkes«, entgegnete sie. »Im Grunde hab ich keine Ahnung, warum ich überhaupt mit dir hier sitze.«

»Weil dir langweilig war. Die Jubiläumsparty *war* langweilig. Zeit, dass endlich die richtige Wiedersehensfeier beginnt. In der Highschool hatten wir nicht gerade viel miteinander zu tun, das sollten wir nachholen.«

»Du warst in der coolen Jungsclique.«

»Und du warst eine von den Fantastischen Fünf«, erwiderte er.

»Ja, aber nur Amanda, Delta und Zora hingen mit den Jungs ab. Carmen und ich …«

»Ihr wart lesbisch«, fiel Penske ihr ins Wort. »Zumindest dachten wir das damals.«

Bailey schüttelte den Kopf. »Alle wussten, dass Carmen total auf Tanner abfuhr.«

»Vielleicht war sie bi«, räumte er ein, »aber du hast definitiv Mädchen bevorzugt.«

»Ich habe wirklich keinen blassen Schimmer, warum ich mit dir hierhergefahren bin.« Der Barkeeper stellte die beiden Whiskeygläser und Baileys Bier auf den Tresen. Bailey nahm einen Schluck, dann setzte sie ihr Bier wieder ab, rutschte vom Hocker und wandte sich zum Gehen. »Du zahlst.«

»Geh nicht«, bat er. »Okay. Ich soll dir also glauben, dass du die ganze Zeit über auf Jungs standest?«

»Ich hatte Freunde«, teilte sie ihm aufgebracht mit. *Einen* Freund. Nur für kurze Zeit. Nichts Festes.

»Tatsächlich? Wen denn?«

»Niemanden, den du kennst.«

Er schnaubte. »Oh, einen kenne ich. Greg. Und ich weiß, dass du immer noch besessen bist von Carmen. Dass du immer noch in dein Tagebuch schreibst.«

»Das Tagebuch ist meine Art und Weise, mit ihrem Tod klarzukommen«, erwiderte sie bemüht ruhig, obwohl sie am liebsten ausgerastet wäre. »Und ich habe schon lange nichts mehr hineingeschrieben.«

»Zeig es mir.«

»Auf keinen Fall.«

»Ach, komm schon, Bailey. Ich will wissen, was drinsteht.«

»Ob sie dich damals im Wald gesehen hat, zugedröhnt bei einer wilden Sexorgie mit deinen Klassenkameradinnen?« Sie schüttelte den Kopf. »Du bist doch nicht Tanner.«

Penske grinste, aber er ließ nicht locker.

»Weiß dein Vater davon?«

Sie nickte.

»Und was sagt er dazu?«

»Er denkt …« Sie verstummte. Fragte sich, ob sie Penske eine ehrliche Antwort geben sollte. Quin glaubte nicht an ihre Theorien, denen er das Label »Verschwörung« aufdrückte, aber er war beeindruckt von ihrer gründlichen Recherche.

»Du bist eine verdammt gute Ermittlerin«, hatte er seine Tochter gelobt, obwohl sie damals noch zur Polizeischule ging. Er war stolz darauf, dass ihr eine Laufbahn als Detective vorschwebte.

»Was denkt er?«, riss Penske sie aus ihren Gedanken.

»Er denkt, dass mir aufgrund meiner persönlichen Beziehung zu Carmen der neutrale Blick verstellt ist.«

»Hm. Das kann ich nachvollziehen.«

»Trotzdem ist er angetan von meiner Vorgehensweise und rät mir, mich um eine Stelle als Detective zu bewerben.«

Penske schob die Bierflasche weg und stellte das Whiskeyglas vor sie. »Und?«

»Momentan ist in West Knoll nichts frei, aber genau das habe ich vor. Ein Umzug ist für mich auch kein Problem.«

»Und wenn du erst einmal Detective bist, hast du ganz andere Möglichkeiten, Carmens Tod zu untersuchen«, schlussfolgerte er.

Bailey setzte ein schiefes Grinsen auf. »Ertappt.«

»Trink«, forderte er sie auf und deutete auf das Glas.

»Wie ich schon sagte: Ich mag keinen Whiskey.«

»Trink«, beharrte er.

»Das ist ja noch schlimmer als an der Highschool!«

»Irgendwie empfinde ich es als meine Pflicht, dafür zu sorgen, dass du Spaß hast. Du weißt, was das ist? Spaß?«

Bailey schüttelte den Kopf. Nicht weil sie nicht wusste, was Spaß war, sondern weil sie keine Ahnung hatte, warum zum Teufel sie hier mit ihm saß. Er war zu aufdringlich. Nur allzu bereit, dass Falsche zu tun. In den zehn Jahren, die seit der Highschool vergangen waren, schien er nicht erwachsen geworden zu sein. Dennoch …

»Du hast definitiv Potenzial, einen Orden für ›Schlechten Einfluss‹ zu bekommen«, sagte sie.

Er grinste. »Da magst du recht haben. Ich hatte schon immer einen schlechten Einfluss auf andere.«

»In der Highschool nicht.«

»Nicht?« Überrascht schaute er auf.

»Du und Sumpter habt das getan, was Tanner euch vorgemacht oder gesagt hat. Ihr wart Mitläufer, keine wirklich üblen Jungs.«

Ihre Worte waren kaum heraus, als sie merkte, was sie da gerade gesagt hatte. Insgeheim krümmte sie sich vor Verlegenheit. Kein Mann wurde gern ein Mitläufer genannt. Sie hätte erst nachdenken und dann reden sollen.

Aber Penske grinste nur. »Ja, wir waren echt bescheuert. Ich wollte so sein wie Tanner. Tanner, der Mädchenschwarm. Er schien einfach alles zu haben. Genau das wollte ich auch. Damals. Und ich glaube, das ist bis heute so geblieben.«

Sie war erleichtert, dass er nicht gekränkt war.

An den Billardtischen im hinteren Teil des Lundeen wurde es laut. Bailey warf einen Blick in die entsprechende Richtung und ging automatisch in Habtachtstellung. Dem Gebrüll nach zu urteilen musste sie damit rechnen, dass jeden Moment irgendwer seinem Gegenspieler den Queue über den Kopf zog. Sie hatte schon oft genug mit Typen wie den Crassleys zu tun gehabt, um zu wissen, dass sie etwas unternehmen musste, bevor die Lage außer Kontrolle geriet.

Sie spürte, wie Penske ihr das Whiskeyglas in die Hand drückte, und drehte sich wieder zu ihm um.

»Nimm einen Schluck oder zwei«, sagte er. »Das beruhigt die Nerven.« Er stieß sein Glas gegen ihres. »Nur so, zum Spaß.«

Die Billardspieler schienen sich zu beruhigen. Kein Blut. Keine Kneipenschlägerei. Bailey hob das Glas an die Lippen. »Auf den Spaß!«

»Auf den Spaß!« Er grinste und kippte den letzten Schluck, während Bailey vorsichtig nippte und prompt angewidert das Gesicht verzog.

»Igitt! Obwohl … so schlecht schmeckt es gar nicht.« Sie nahm einen zweiten kleinen Schluck, dann einen dritten.

»Ach, sieh an …«

»Essen wir etwas im Danny O?«

»Klar. Wie früher. Wir könnten aber auch einfach hierbleiben.«

Sie sah ihm in die Augen, die er ein klein wenig verengte, fast so als würde er ihre Reaktion abschätzen wollen.

»Hierbleiben«, beschloss sie.

Penskes Grinsen wurde breiter. Er gab dem Barkeeper ein Zeichen. »Noch zwei«, bestellte er und deutete auf die Gläser vor ihnen.

»Die wirst du beide trinken müssen«, warnte Bailey, woraufhin er selbstbewusst entgegnete: »Wir werden ja sehen.«

Sein Handy klingelte. Er zog es aus der Hosentasche und blickte mit zusammengekniffenen Augen aufs Display.

»Brauchst du eine Brille?«, zog sie ihn auf.

»Nein.« Ohne den Anruf entgegenzunehmen, schob er das Handy zurück in die Hosentasche.

Er leerte zügig das zweite Glas Whiskey, während Bailey noch am ersten nippte. Die bernsteinfarbene Flüssigkeit brannte in ihrer Kehle und rief ein warmes Gefühl in ihrer Brust hervor.

Die Musik wechselte zu einem langsamen Countrysong, und Penske zog sie von der Bar weg in seine Arme. Sie kam sich etwas albern vor, mit ihm zu tanzen, aber es machte Spaß.

Und das war es doch, was sie sich wünschte, oder?

»Lass uns abhauen«, flüsterte er ihr ins Ohr.

»Ich dachte, wir würden bleiben.«

»Darf man seine Meinung etwa nicht mehr ändern?«

Obwohl sie wusste, dass sie einen Riesenfehler machte, ließ Bailey sich von ihm zur Tür hinaus und auf den Parkplatz führen. Sie wollte die Stufen zum Danny O hinaufsteigen, aber Penske wirbelte sie herum und zog sie erneut in seine Arme.

»Lust, ein bisschen rumzumachen?«, fragte er und drückte sie an sich.

Sie spürte seinen harten Schwanz an ihrem Schritt. Begierde durchflutete sie. Sie ließ die Hände über seine Hüften gleiten, schmiegte sich an ihn und rieb sich an seiner Härte.

»Das klingt für mich wie ein Ja«, sagte er mit rauer Stimme und schob sie vor sich her zu ihren Fahrzeugen auf der Rückseite des Gebäudes.

# KAPITEL 13

Das A, das B und das D der Fantastischen Fünf hatten das Klassentreffen verlassen, nur Zora war geblieben. Mittlerweile herrschte allgemeine Aufbruchstimmung.

Ellie stand in der Damentoilette, leerte den Rest ihres Weißweins ins Waschbecken und sah sich um. Für die Innenausstattung würde der Golfklub sicher keinen Preis gewinnen. Verblasste Blümchentapete, rosa Bodenfliesen, schnörkelige, vergoldete Armaturen, die an manchen Stellen angelaufen waren. Augenscheinlich war hier seit den Achtzigerjahren nicht mehr renoviert worden.

*Du hättest nicht kommen sollen,* sagte sie zu ihrem Spiegelbild.

Für einen Moment hatte sie gedacht, Delta und Amanda würden sich richtig in die Haare geraten. Das wäre eine Story gewesen: alte Rivalinnen, die bei der Jubiläumsparty aufeinander losgehen. Zehn Jahre nach dem Highschool-Abschluss. Sie hätte einen ironischen Artikel über Schulfreundschaften schreiben können, denn sie wollte schreiben. Sie wollte sich ausprobieren, kreativ sein.

Nachdenklich verließ sie die Damentoilette. Es waren immer noch einige Gäste da, aber es wurde definitiv leerer. Fast alle waren darauf zu sprechen gekommen, dass sie sie im Fernsehen gesehen hatten, und fast alle hatten sie »Wetterfee« genannt. Dabei war sie gar keine Meteorologin, sondern bloß die Moderatorin. Vermutlich hätte sie sich über so viel Aufmerksamkeit freuen sollen, doch sie war bloß genervt. Als Journalistin hatte sie zahlreiche Zeitungsartikel verfasst, zunächst auf lokaler, dann auf regionaler Ebene. Sie hatte auf eigene Faust verschiedene, interessante Leute aus der Gegend um Portland interviewt und die Bänder an die dortigen Fernsehsender geschickt, aber niemand hatte sich dafür interessiert.

*Keine Chance.*

Dennoch würde sie nicht aufgeben. Alton hatte sie seinen »erbitterten, kleinen Chihuahua« genannt, was ihr gar nicht gefiel, aber er und seine Frau Coco besaßen einen Chihuahua namens Penny, der im wahrsten Sinne des Wortes hundsgemein war. Penny konnte nichts als knurren, schnappen und beißen, doch Ellie tat so, als fände sie sie süß, weil Alton nun mal ihr Boss war und eine Schwäche für Rothaarige hatte. Sie waren sich eines Abends »rein zufällig« in einer Bar in der Nähe des Senders begegnet, und er bekundete ein fadenscheiniges Interesse an ihrer Arbeit, während er in Wirklichkeit darauf aus war, sie ins Bett zu kriegen. Sie hatte mitgemacht, unter der Bedingung, dass er zuvor etwas las, was sie geschrieben hatte. »Das ist gut«, hatte er gesagt. Er hatte überrascht geklungen, und dann waren sie zusammen für ein paar Stunden in einem Hotelzimmer in der Innenstadt von Portland untergetaucht, bevor er nach Hause zu Coco musste.

Anschließend hatte Ellie darauf hingearbeitet, die Produzenten kennenzulernen. Einer von ihnen fand Gefallen an ihr, und beinahe hätte sie Alton zugunsten von Rob den Laufpass gegeben, doch zum Glück blieb sie bei Alton, der sich ernsthaft in sie zu verlieben schien – und sie sich in ihn. Rob war etwas jünger und forscher als Alton, und er war definitiv ein Macher, der vor Entscheidungen nicht zurückschreckte, aber er war laut Alton mit einer Frau verlobt, deren Familie Geld hatte – genau wie die Familie von Coco –, und das würde er sich bestimmt nicht entgehen lassen.

Es gelang ihr, Rob auf Armlänge von sich fernzuhalten, weiter jedoch nicht. Außerdem fand sie heraus, dass ihre Haarfarbe im Fernsehen ein Pluspunkt war. »Die Zuschauer merken sich Moderatorinnen mit roten Haaren«, erklärte Rob. »Und deine sind noch dazu echt.«

Es dauerte eine Weile, bis man sie vor die Kamera stellte. Ellie wollte als Reporterin arbeiten, aber Channel Seven war fest in der Hand von Pauline Kirby, ein überambitioniertes Miststück mit Haaren auf den Zähnen. Mittlerweile war sie schon etwas in die Jahre gekommen, aber sie hatte eine riesige Fangemeinde rund um Portland. Ellie träumte so manches Mal davon, dass Pauline einfach tot umfallen und sie, Ellie O'Brien, in ihre Fußstapfen als Nummer-eins-Reporterin bei Channel Seven treten würde. Aber nein. Sie war die Wettermoderatorin. In Teilzeit.

Aber sie hatte ja Alton. Er würde Coco verlassen. Ganz bestimmt. Er hatte es ihr versprochen. Ohnehin hing er sehr viel mehr an der Chihuahua-Dame Penny als an seiner durchgeknallten Frau. Penny war ein Taschenhund, und jedes Mal wenn Coco zum Sender kam, brachte sie den Chihuahua in ihrer großen Tasche mit. Ellie schnitt Penny Grimassen, wenn Coco nicht hinschaute, und der Hund drehte förmlich durch. Einmal hatte Rob sie dabei erwischt und ihr verstohlen grinsend mit dem Zeigefinger gedroht.

Bei der Erinnerung daran schüttelte Ellie den Kopf, dann durchquerte sie den großen Raum des Golfklubs in Richtung Ausgang. Von den Jungs waren die meisten noch da, drängten sich um die Bar und tranken Bier und Schnäpse. Tolle Kombination. Justin Penske war nicht dabei, Ellie hatte gesehen, wie er die Party vor einer Weile zusammen mit

Bailey verlassen hatte. Sonderbar, die zwei hatten sich doch nie besonders gut leiden können.

Sie blickte sich nach McCrae um, konnte ihn jedoch nirgendwo entdecken. Mist. Obwohl sie Alton hatte, war McCrae wie eine juckende Stelle, an der sie immer wieder kratzen wollte. Sein Körper war so durchtrainiert wie immer, vielleicht sogar noch mehr, und sie träumte kurz davon, Sex mit ihm zu haben, wie vor zehn Jahren, auf dem Waldboden.

Die Vorstellung, wie er in sie eindrang, immer wieder, bis sie beide zum Höhepunkt kamen, ließ Begierde in ihr auflodern.

»Hast du McCrae gesehen?«, fragte sie Crystal Gilles … Deavers? Ellie hatte gehört, dass die beiden verheiratet waren, aber sie wusste nicht, ob sie den Namen ihres Ehemanns angenommen hatte.

Crystal knabberte an einem gefüllten Champignon. Woody stand bei den Jungs, was ihr nichts auszumachen schien. Sie kaute, schluckte, dann fragte sie gedehnt: »Versuchst du, an die Abschlussparty anzuknüpfen?«

Ellies Herz machte einen Satz. Sie legte die Stirn in Falten. »Was meinst du damit?«

»Ach, du weißt schon. Du und McCrae …« Sie hob die Augenbrauen und grinste verschmitzt.

»Hat er etwas erzählt?«

»Um Himmels willen, nein. McCrae ist ein anständiger Kerl. Der erzählt nichts. Wir haben auch so davon erfahren, Ellie.«

»Du warst doch nicht mal da.«

»Woody hat euch gesehen, ich weiß es von ihm. Dachtest du etwa, ihr wärt allein im Wald gewesen?«

Ellie war sprachlos, was nicht oft vorkam. Damit hatte sie nicht gerechnet. Die Verlegenheit trieb ihr die Röte ins Gesicht.

»Ach, vergiss es. Interessiert eh keinen. McCrae ist heiß. Deshalb: Weidmannsheil.« Sie schnitt eine Grimasse und legte den halb gegessenen Champignon auf eine Platte mit Essensresten.

Am liebsten hätte Ellie geschrien: *Das stimmt doch alles gar nicht!,* aber ihr war klar, dass sie besser keinen Wirbel darum veranstaltete. Dennoch … Woody hatte sie gesehen?

Nervös beäugte sie ihre ehemaligen Mitschüler und fragte sich, ob sie der Anlass für deren Belustigung war. Nein, wahrscheinlich nicht, entschied sie dann. Es war nichts Neues, schließlich wussten sie schon seit Ewigkeiten darüber Bescheid.

»Du bist jetzt Wetterfee bei einem der regionalen Fernsehsender. Wie ist das so?«, wollte Crystal wissen.

An ihrem Ton erkannte Ellie, dass sie sich über sie lustig machte. Bestimmt hatte sie vor, für die nächste Anekdote in der Jungsrunde zu sorgen. »Genau so, wie du es dir vorstellst«, gab sie daher kurz angebunden zurück und ließ Crystal stehen.

Sie machte einen weiten Bogen um Woody und die Truppe und hielt weiter Ausschau nach McCrae. Ja, sie liebte Alton, aber er war abends meist zu Hause bei seiner Frau, während sie einsam, allein und … nun ja, ziemlich geil in ihrer Wohnung hockte.

Als sie sich zuvor unterhalten hatten, hatte McCrae nicht so gewirkt, als sei er an einer Fortsetzung ihrer Affäre interessiert, und auch sie hatte nicht unbedingt das Bedürfnis verspürt, hemmungslos über ihn herzufallen, doch genau das tat sie jetzt. Sie stellte sich vor, wie sie einander die Kleidung vom Leib rissen, aufs Bett fielen, auf die Couch, auf den Fußboden, wohin auch immer, wie er sie küsste, als hinge sein Leben davon ab, wie er in sie stieß, wieder und wieder, härter und härter, bis sie aufschrie und …

»Ellie?«

Schlagartig kehrte sie auf den Boden der Tatsachen zurück. Brad Sumpter, Anabolikawunder mit Miniaturhirn, stand vor ihr. Bei seinem Anblick verpuffte ihre Begierde im Bruchteil einer Sekunde. Sumpter war nicht schlank, muskulös und sexy wie McCrae, Sumpter war ... irgendwie zu groß. Ein einziger, großer Fake.

»Hast du Lust, anschließend noch irgendwohin zu gehen?«, fragte er.

»Ich kann nicht. Ich werde erwartet«, verneinte sie mit einem bedauernden Lächeln.

»Penske wollte ins Danny O. Wir überlegen, ob wir dort zusammen einfallen sollen, wie früher.«

»Wie ich schon sagte: Ich bin bereits verplant.« Sie schüttelte den Kopf. »Sag den anderen bitte, dass ich beim nächsten Mal gern dabei bin.« Sie hob die Hand, um sich zu verabschieden, dann strebte sie mit großen Schritten zum Ausgang.

*Als wenn es ein nächstes Mal geben würde.*

Auf den Stufen vor der Tür blieb sie stehen und tippte eine Textnachricht für Alton in ihr Handy. Vielleicht konnte er sich unter einem Vorwand davonstehlen. Sie wartete fünf Minuten. Für gewöhnlich stellte er sein Smartphone lautlos, damit seine Frau nicht hörte, wenn er eine Nachricht bekam, und manchmal dauerte es etwas, bevor er Gelegenheit fand, ihr unbemerkt zu antworten.

Diesmal schrieb er nicht zurück. Anscheinend ließ Coco ihn nicht aus den Augen.

Verflucht.

McCraes Handynummer hatte sie nicht. Sie hätte ihn darum bitten sollen. Er hatte natürlich eine Büronummer im Präsidium, aber das nützte ihr im Augenblick herzlich wenig.

Tanner war noch im Klubhaus und betrank sich mit seinen Kumpels. Sie überlegte, ob sie mit ihm schlafen sollte, aber das wäre ein ziemliches Risiko. Obwohl – Tanner hatte ohnehin so gut wie jedes halbwegs attraktive Mädchen flachgelegt, was Delta wusste, und zwar nicht erst seit vorhin. Er war eine männliche Hure, nicht mehr und nicht weniger, dachte Ellie.

»Und ich würde ihn trotzdem nehmen«, sagte sie laut, dann presste sie die Lippen zusammen und ging zu ihrem Wagen.

Bailey war betrunken. Sie konnte es selbst kaum glauben, dass ein einziger Whiskey derartige Folgen hatte. Bei dem Jubiläumstreffen hatte sie doch so gut wie nichts Alkoholisches zu sich genommen! Sie konnte kaum noch klar sehen. Ihr Herz raste. »Hast du etwas in meinen Drink getan?«, fragte sie Penske, der, wenn überhaupt, nur leicht angetrunken wirkte.

Sie standen vor ihrem Wagen. Bailey schloss die Türen auf, doch als sie die Hand nach dem Griff ausstreckte, geriet sie ins Wanken. Penske hielt sie am Arm fest und sah sie mit gerunzelter Stirn an. »Wovon redest du?«

»Hat der Barkeeper …?«, lallte sie.

»Ich will in dir sein«, raunte er, ohne auf ihre Worte einzugehen, und zog sie an sich.

Sie schmolz dahin. Sie wollte ihn ebenfalls spüren. Es war lange her, viel zu lange, seit sie das letzte Mal mit Greg im Bett gewesen war, und noch länger, dass sie den Sex mit ihm wirklich genossen hatte.

Penske öffnete die Tür ihres Ford Explorer für sie. »Rein mit dir!« Er stieß sie förmlich auf die Rückbank, dann schob er sich auf sie.

Bailey, die mit dem Rücken auf dem Polster lag, sah ihn entsetzt an. »Doch nicht hier!«, flüsterte sie, als er ihren Rock hochschob und sich an ihrem Slip zu schaffen machte. Anschließend zog er seine Jeans und die Boxershorts hinunter. Die Wagentür stand sperrangelweit offen.

»Warum nicht?«

»Ich bin … Polizistin!«

»Ich ficke einen Cop! Das gefällt mir.«

»Penske …« Sie versuchte, ihn von sich zu schieben, aber er war zu schwer. »Mach wenigstens die Tür zu!« Ihre Worte klangen erstickt unter seinen fordernden Lippen.

Zum Glück reagierte er diesmal und zog die Tür zu. Drinnen war es jetzt noch enger. Sie rangen mehr miteinander, als dass sie einander liebkosten, und Bailey war hin- und hergerissen zwischen blankem Horror und einer Art manischer Belustigung.

Und dann war er in ihr, pumpte wie verrückt, und sie drückte die Handflächen gegen die Tür, um sich nicht jedes Mal den Kopf anzustoßen. Es fühlte sich gut an, hmmm, so gut! Befeuert von Begierde, umfasste sie seine Pobacken und zwang ihn so, noch tiefer in sie einzudringen.

»Ja, Baby, ja«, keuchte er.

Plötzlich wurde ihr schwarz vor Augen, dann war sie wieder da. Hatte sie für einen Moment das Bewusstsein verloren? Penske schien nichts bemerkt zu haben, offenbar stand er kurz vor dem Höhepunkt.

Verhütung.

Herrgott. Verflucht.

*Was ist bloß los mit dir?*

»Du darfst nicht in mir kommen! Ich nehme nicht die Pille!«

»Oh, Baby«, stöhnte er und ergoss sich in sie.

»Oh, *Scheiße.*«

Er brach auf ihr zusammen. Sie versuchte, klar zu denken, doch um sie herum war nichts als Nebel. Undurchdringlicher Nebel. *Denk nach.*

Was war gerade passiert?

*Du hattest Sex auf dem Parkplatz.*

Sie stöhnte ungläubig. Irgendetwas stimmte nicht. Der Barkeeper *musste* ihr etwas in den Whiskey getan haben, anders konnte sie sich ihre Benommenheit nicht erklären.

Penske stützte sich auf die Hände und glitt aus ihr heraus, dann zog er Boxershorts und Jeans hoch.

»Du warst total nass«, stellte er genüsslich fest.

»Ich hab dir doch gesagt, dass du nicht in mir kommen sollst.«

»Ich konnte nicht anders. Du hast mich verrückt gemacht.«

»Irgendetwas stimmt nicht. Ich fühle mich total benommen.«

»Das liegt am Alkohol.«

»Nein … Ich denke, jemand hat mir was ins Glas getan.«

Er lachte ungläubig. »Unsinn. Dann wärst du längst bewusstlos.«

»Nicht unbedingt …«

»Komm. Gehen wir ins Danny O. Vielleicht geht es dir besser, wenn du etwas zu essen bekommst.«

»Ich glaube nicht, dass ich das schaffe.«

»Ach, stell dich nicht an. Obwohl … Ich bin auch ein bisschen betrunken. Vielleicht war der irische Whiskey etwas zu stark.«

Es fiel ihr schwer, sich zu bewegen, zu denken, überhaupt etwas zu tun. Sie schaffte es noch nicht einmal, ihren Rock herunterzustreifen. Ihr Slip lag noch im Fußraum, wo Penske ihn hingeschleudert hatte. »Mein … Höschen«, stammelte sie verlegen.

»Warte, ich helfe dir.«

Er hob ihren Slip auf und reichte ihn ihr. Nur unter größter Anstrengung gelang es ihr, sich aufzusetzen und ihre Unterhose anzuziehen.

»Ich … brauche … einen … Arzt …«, stammelte sie. »Muss … den … Notruf …«

»Ich fahre dich in die Notaufnahme«, bot er an.

»Was? Du kannst doch so nicht fahren. Wir … nehmen … ein … Uber …«

»Hast du eine Knarre im Wagen?«

»Ähm … was?«

Penske kletterte vom Rücksitz nach vorn auf den Fahrersitz und öffnete das Handschuhfach. »Tatsächlich«, sagte er und nahm ihre Dienstwaffe heraus.

»Stopp! Leg die Waffe zurück!« Für eine Sekunde fühlte sie sich klar und nüchtern.

»Soll ich ihn umbringen? Den Barkeeper? Nur für den Fall, dass er uns tatsächlich ausknocken wollte?«

»Nein! Bist du bescheuert?«

Sie stieg aus dem Wagen, machte ein paar unsichere Schritte und riss die Beifahrertür auf. Penske entsicherte ihre Pistole. Lautes Gelächter und Gegröle auf dem Parkplatz ließen vermuten, dass weitere Gäste das Lundeen verlassen hatten. Bailey ließ sich auf den Beifahrersitz fallen und knallte die Tür zu.

»Gib mir die Waffe«, sagte sie verschliffen und streckte die Hand nach ihrer Glock aus.

»Ist die geladen?«

»Klar.«

»Wow. Du schleppst wirklich eine Knarre mit dir rum.« Leicht zögernd drückte er ihr die Glock in die Hand. Das Handschuhfach stand offen, und er warf einen weiteren Blick hinein. »Ist das dein Tagebuch?«

Bailey nahm die Pistole an sich, legte sie zurück und drückte das Fach zu. »Ja.«

»Ohne Scheiß? Kann ich es sehen?«

»Nein.«

»Hast du Lust auf eine weitere Runde?«

Sie versuchte, den Fokus auf ihn zu richten, aber das war schwierig. Wieso war er so nüchtern? »Ich überlege noch, was ich tun soll.«

»Du meinst, ob du dir die Pille danach besorgen sollst? Wir könnten auch ein Baby machen. Wäre das so schlimm?«

»Du bist bekloppt, Penske.«

»Hast du Handschellen?«

»Im Präsidium. Ich dachte nicht, dass ich sie bei einem Klassen…«, sie verstummte und setzte erneut an. »Bei einem Klassen…treffen brauchen würde.« Ihr war schwindelig. Erneut wurde ihr schwarz vor Augen.

*Du brauchst Hilfe, Bailey. Einen Notarzt …*

»Du bist ja wirklich total blau«, hörte sie Penske wie durch Watte sagen. »Wie viel hattest du vorher schon getrunken?«

»Gar … nichts …«

Und dann küsste er sie, und sie verlor das Bewusstsein.

Delta warf einen Blick auf den Digitalwecker. Ein Uhr nachts.

Sie lag im Bett neben ihrem Ehemann, der ohrenbetäubend schnarchte, wie immer, wenn er zu viel getrunken hatte. Sie hatte die Jalousien offen gelassen und das Fenster einen Spaltbreit geöffnet, um den fahlen Dreiviertelmond zu betrachten, der hinter den schnell dahintreibenden Wolken Verstecken spielte. Wenn er wieder einmal hervorkam, tauchte er den Garten mit Owens Klettergerüst, für das er erst noch älter werden musste, in silbriges Licht.

Zehn Minuten später wurde ihr klar, dass sie ohnehin nicht einschlafen würde. Sie schlug die Bettdecke zurück und ging die Treppe hinunter in die Küche, um sich ein Glas Wasser und eine Kopfschmerztablette zu holen.

Ihre Gedanken schweiften zu den Ereignissen des Abends. Das Wiedersehen mit ihren ehemaligen Mitschülern war alles andere als angenehm verlaufen, vor allem ihre Begegnung mit Amanda. Nach der Jubiläumsparty war sie mit Tanners BMW nach Hause gefahren und hatte ihre Mutter zu Dad geschickt, anschließend hatte sie sich einen Kamillentee gemacht. Sie hatte kaum etwas getrunken, dennoch bahnten sich Kopfschmerzen an, die trotz des beruhigenden Tees nicht besser wurden. Als die Tasse leer war, hatte sie nach Owen gesehen, der auf dem Bauch schlief, den kleinen Windelpopo in die Höhe gereckt, einen Arm fest um seinen Lieblingsstoffhund Doggie geschlungen. Sie hatte versucht, ihn auf den Rücken zu legen, wie der Kinderarzt es ihr für nachts empfahl, aber sobald Owen sich drehen konnte, hatte er sich immer wieder in Bauchlage zurückgedreht. Sie lauschte seinem Atem, der ruhig und gleichmäßig ging, dann schlich sie ins Bad und machte sich bettfertig.

Sie war fast eingeschlafen, als Tanner hereingetorkelt kam und sich lauthals beschwerte: »Du hast mich allein gelassen!« Er warf ihr einen vernichtenden Blick zu und verschwand im angrenzenden Badezimmer. Wahrscheinlich war er nur sauer, dass sie den BMW genommen und ihn gezwungen hatte, sich ein Uber zu rufen oder um eine Mitfahrgelegenheit zu kümmern. Kurz darauf stieg er zu ihr ins Bett, schlang den Arm um sie und fing beinahe umgehend an zu schnarchen.

Delta hatte seine schlaffe Hand weggeschoben und versucht, ebenfalls einzuschlafen, doch es hatte einfach nicht mehr klappen wollen. Grübelnd hatte sie in der Dunkelheit gelegen, das Bild von Owen in seinem Bettchen vor Augen.

Die Liebe zu ihrem Ehemann mochte vergangen sein, doch die Liebe, die sie für ihren Sohn empfand, war gewaltig. Monumental. Owen war alles, wofür sie lebte.

Jetzt nahm sie einen großen Schluck Wasser, damit die Kopfschmerztablette besser wirkte, und fragte sich, ob sie sich ein Leben ohne Tanner, aber mit Owen vorstellen konnte. Würde Tanner das zulassen? Er beteuerte, seinen Sohn zu lieben, und das tat er, sofern er überhaupt jemand anderen lieben konnte als sich selbst.

Würde sie es ohne Tanner schaffen?

Ihr gefiel die Vorstellung, ihr Leben ohne ihn, nur mit Owen zu bestreiten.

Sie ertappte sich bei dem Gedanken, dass sie es ungleich leichter hätte, wenn Tanner einfach tot wäre.

*Tot.*

Wenn er sich in Luft auflöste, *puff!*, und sie endlich frei wäre, frei von seinen billigen Affären und seinem lächerlichen Gehabe. Als wäre er immer noch der Teeniegott von der Highschool! Vermutlich würde er niemals erwachsen werden.

Ihr Blick fiel auf einen Notizblock auf der Anrichte. Sekunden später öffnete sie die Schublade und kramte einen Kugelschreiber heraus, auf dem das Logo von Woodys Autowerkstatt prangte.

Sie setzte sich an den Küchentisch, überlegte einen kurzen Moment, dann fing sie an zu schreiben.

*Sie wünschte sich, er wäre tot. Das wäre so viel einfacher als eine Scheidung, so viel unkomplizierter, außerdem hätte sie dadurch viel mehr Geld, wenn sie*

*nicht alles aufteilen mussten, was sie besaßen. Sie überlegte, ob sie ihm Gift verabreichen sollte oder eine Überdosis Medikamente, doch das schien ihr zu riskant. Zu nachweisbar. Es würde nicht lange dauern, dann fiele der Verdacht unweigerlich auf sie. Nein. Ein Unfall wäre das Beste. Er besaß eine Waffe, auch wenn diese nicht geladen war, seit der Kleine auf der Welt war, Zachary. Allerdings ahnte niemand, dass er die Kugeln entfernt hatte. Er bewahrte die Pistole an seinem Arbeitsplatz auf, in einem Versteck in seiner Schreibtischschublade. Sie glaubte nicht, dass jemand in der Klinik davon wusste.*
*Sie plante seinen Tod. Jeden Tag, jede wache Minute brachte sie damit zu, sich zu überlegen, wie sie ihn am besten töten sollte. Und jeden Tag wuchs ihre Überzeugung, dass er sterben musste. Ihr Zorn auf ihn wurde immer größer. Eine Waffe erschien ihr plötzlich nicht mehr als das richtige Instrument. Sie wollte ihm einen Kerzenhalter auf den Kopf schlagen, den Schürhaken, den Baseballschläger aus längst vergangenen Zeiten, als er noch in der Little League gespielt hatte.*

Delta hörte auf zu schreiben und starrte auf den Notizblock, dann strich sie »Kerzenhalter« und »Schürhaken« durch. Zu altmodisch, zu theatralisch. Sie ging in Tanners Arbeitszimmer – *ihr* Arbeitszimmer, um genau zu sein, denn hier saß sie stundenlang und kümmerte sich um die Buchhaltung, aber natürlich beanspruchte er den Raum für sich. *Wie alles.* Missmutig öffnete sie den Laptop auf dem Schreibtisch und tippte das, was sie gerade zu Papier gebracht hatte, in das Textverarbeitungsprogramm ein.

Irgendwann nahm ihr Zorn gewaltige Ausmaße an, und sie wurde ungeduldig. Verspürte das Bedürfnis, sich selbst zu verletzen. Eines Tages zerteilte sie einen Apfel, rutschte mit dem Messer ab und schnitt sich in den Finger. Ein perfekter, runder Blutstropfen quoll aus der Wunde. Sie leckte ihren Finger ab, betrachtete die Klinge und fing an zu träumen.

Delta scrollte nach oben und tippte eine Überschrift ein:

*Blutige Träume.*
Von Delta Smith-Stahd

Bailey kam wieder zu sich. Sie spürte, wie sie über den Boden gezogen wurde, spürte, wie ihre Fersen über den rauen Asphalt schleiften. Sie versuchte, den Kopf zu heben, aber dazu fehlte ihr schlichtweg die Kraft. Sie konnte nicht verstehen, wie ihr geschah.

Penske ... Penske schleifte sie um den Explorer herum.

Es war spät. Dunkel. Kalt. Der Parkplatz war leer.

»Was machst du da?«, murmelte sie.

»Ich helfe dir.«

Er lehnte sie gegen die Fahrertür, doch sie sackte in sich zusammen. Blinzelte. Langsam schälten sich Umrisse heraus, Bäume, die hell erleuchteten Fenster des Pfannkuchenrestaurants, das blinkende Neonschild des Lundeen ...

Sie schaute an sich hinab auf ihre nackten Füße. »Wo sind meine Schuhe?«, krächzte sie und räusperte sich. »Was ist hier los, Penske?«

»Hier. Zieh sie an.«

Ihre Schuhe standen neben ihr auf dem Boden. Sie griff danach und zog sie an, was sie unglaublich viel Mühe kostete. Trotzdem ging es ihr jetzt etwas besser. »Jemand hat mir was in den Drink getan«, sagte sie wieder, diesmal mit mehr Nachdruck.

»Ich war's«, gab er zu. »Ich wollte Sex mit dir haben.«

»*Wie bitte?*«

»Ich hatte keine Ahnung, ob du auch willst, also hab ich dir etwas gegeben.«

»Das darf doch nicht wahr sein! Du Arschloch! Du kannst doch nicht einfach ...« Sie verstummte, als sie sah, dass er ihre Glock in der Hand hielt und auf sie zielte.

»Ich habe dein Tagebuch gelesen, während du weggetreten warst«, sagte er.

Bailey klappte den Mund auf.

»Wag es ja nicht zu schreien, sonst erschieße ich dich.«

»Was?«, stammelte Bailey, zu schockiert, um einen klaren Gedanken fassen zu können.

»Deinetwegen haben wir uns jahrelang Sorgen gemacht. Darüber, was Carmen dir erzählt haben könnte. Was sie gesehen hat.«

»Sie ... hat ... mir ... nichts ...«

Er sah an ihr vorbei über die Motorhaube und erstarrte. Bailey drehte den Kopf zur Seite, doch da war nichts. Gerade als sie sich hochrappeln wollte, um nachzuschauen, was seine Aufmerksamkeit so abrupt von ihr abgelenkt hatte, hörte sie Schritte. Dann ... einen Schuss.

*Blamm!*

Die Kugel traf sie mitten in die Brust.

*Blamm! Blamm!*

Zwei weitere Schüsse.

Penske machte einen Schritt auf sie zu, gerade als sie zur Seite rutschte und mit dem Kopf auf den Asphalt prallte.

»Hat ja lange genug gedauert«, hörte sie ihn zu demjenigen sagen, der offenbar auf der anderen Seite ihres Explorer gestanden hatte. »Ich dachte schon, ich müsste sie noch einmal vögeln.« Und nach einer kurzen Pause: »He! Was soll das? Scheiße!«

*Blamm!*

Penske krümmte sich, dann brach er neben ihr zusammen.

Sie blickte in seine Augen, in denen sich blanke Überraschung spiegelte.

Es folgten zwei weitere Schüsse. Penskes Körper zuckte.

Dann sah Bailey nichts mehr.

# TEIL VIER

# DER ÜBERGRIFF

# KAPITEL 14

*Jetzt*

*Tanner Stahd wurden mehrere Stichverletzungen zugefügt. Er kämpft im Laurelton General Hospital um sein Leben.*

McCrae schüttelte ungläubig den Kopf.

Diese Tatsache kam ihm immer noch unwirklich vor, obwohl er zum Tatort gerufen worden war und den Großteil des Abends dort verbracht hatte. Nach ein paar Stunden Schlaf war er aufgestanden und wollte sich gleich wieder auf den Weg ins Präsidium machen.

Keine vierundzwanzig Stunden zuvor hatte der Tag begonnen wie immer. Zaghafte Sonnenstrahlen waren in McCraes Küche gefallen und hatten Fido, seinen Hund, dazu gebracht, von Sonnenfleck zu Sonnenfleck weiterzuziehen, denn immer wieder ballten sich auch dichte Regenwolken am Himmel zusammen. Am Abend war McCrae dann von der Notrufkoordinatorin in die Stahd-Klinik bestellt worden und hatte feststellen müssen, dass das Opfer Tanner höchstpersönlich war. Seit man Bailey Quintar und Justin Penske vor mittlerweile fünf Jahren erschossen auf dem Parkplatz hinter dem Lundeen gefunden hatte, war McCrae nicht mehr so fassunglos gewesen. Sie waren unmittelbar nach der Jubiläumsfeier zum zehnjährigen Highschool-Abschluss umgebracht worden, sodass die gesamte Abschlussklasse jetzt nicht nur Carmen Proffitts Tod mit der Schulzeit verband, sondern noch dazu den Mord an Bailey und Penske. *Großartig*. Von den Mitschülern, die es nicht mal bis ins letzte Jahr geschafft hatten, ganz zu schweigen.

Bob Quintar und er hatten nicht ermitteln dürfen, da wegen ihrer engen Beziehung zu den Opfern Zweifel an ihrer Objektivität bestanden. Also hatte man einen externen »Sonderermittler« hinzugezogen, Timothy Hurston, einen Detective aus Portland mit hervorragender Aufklärungsquote und politischen Ambitionen, der Baileys und Penskes Tod als erweiterten Suizid – Mord mit anschließendem Selbstmord – eingestuft hatte. McCrae war sich sicher, dass Quin genauso wenig davon überzeugt war wie er.

Jetzt stand McCrae in der Küche, genau wie gestern Morgen. Eine Tasse Kaffee in der Hand, sah er zu, wie Fido, ein schwarz-weißer, langhaariger, mittelgroßer Mischling mit einem blauen Auge und einem braunen, auch heute wieder von Sonnenfleck zu Sonnenfleck wanderte.

McCrae holte tief Luft und dachte an gestern Abend. Delta war in der Klinik gewesen. Sie hatte Tanner in seinem Büro entdeckt und die Neun-eins-eins gerufen. Laut Aussage der Sanitäter hatte sie an der Seite ihres Mannes gewartet, bis Hilfe eintraf, dann hatte sie sich in den Wartebereich gesetzt, wo Quin und er sie gefunden hatten. Er dachte an Tanners blutüberströmten Körper, der von den Rettungskräften erstversorgt und dann mit blinkenden Lichtbalken und Sirenen ins Laurelton General Hospital verfrachtet wurde. Quin hatte Delta gestattet, zu ihrem Mann in die Notaufnahme zu fahren, dann hatte er zusammen mit McCrae die Stahd-Klinik gesichert. Die Spurensicherung wollte sich gleich in den frühen Morgenstunden an die Arbeit machen, Quin hatte die Schlüssel im Präsidium hinterlegt, sollte er nicht gleichzeitig mit ihnen vor Ort sein. Das WKPD hatte kein eigenes Kriminaltechnikerteam, es musste von Portland angefordert werden, weshalb sie kostbare Zeit verloren. Jeder wusste, wie wichtig die ersten vierundzwanzig Stunden nach einem

Mord waren, aber sie konnten es nun einmal nicht ändern. Eine gute kriminaltechnische Untersuchung war teuer, und nicht jede Kleinstadt konnte sich entsprechende Spezialisten und das erforderliche Equipment leisten.

*Tanner ist nicht tot,* rief er sich vor Augen, *es handelt sich also nicht um Mord. Noch nicht.*

Versuchter Mord war allerdings auch nicht viel besser.

McCrae wusste nicht, was er von dem brutalen Übergriff auf seinen ehemaligen Klassenkameraden halten sollte. Was war passiert? Hatte Delta auf ihn eingestochen? Unwahrscheinlich, doch bis sich eine andere Entwicklung abzeichnete, stünde sie ganz oben auf der Liste der Verdächtigen.

Fido gab die Sonnenanbeterei auf und trottete schwanzwedelnd über den Hartholzfußboden des alten Ranchhauses, das McCrae von seinem Dad geerbt hatte, auf ihn zu. Der kleine Mischling hatte herzzerreißend gejault, als McCrae an dem Morgen nach dem Mord an Bailey deren Wohnung betreten hatte. Er hatte schrecklichen Durst und schien sich zu schämen, weil ihm in der Küche ein Malheur passiert war. McCrae hatte seinen Wassernapf aufgefüllt und war anschließend mit ihm Gassi gegangen, wo sich Fido erneut erleichterte. Und als hätte er instinktiv begriffen, dass sein Frauchen für immer fort war, wich er McCrae fortan nicht mehr von der Seite. Er kannte ihn aus dem Präsidium, wohin Bailey ihn ab und zu mitgenommen hatte. Anfangs war er ziemlich verstört gewesen und hatte um sein Frauchen getrauert.

Bailey.

McCrae schüttete den restlichen Kaffee in den Ausguss und spürte wieder einmal den altbekannten Schmerz über den Verlust. Der Messerangriff auf Stahd brachte alles wieder hoch. Fünf Jahre war Bailey nun tot, doch es kam ihm so vor, als wäre es erst gestern passiert. Damals hatten Bailey und er beide versucht, sich vom Officer zum Detective hochzuarbeiten, doch nur einer von ihnen hatte es geschafft. Ihr hatte der Tod einen Strich durch die Rechnung gemacht. McCrae und Quin hatten keine Sekunde an die Theorie des externen Ermittlers geglaubt, Penske habe erst Bailey und dann sich selbst erschossen, genauso wenig wie an das Eifersuchtsdrama, das dieser ihnen angedichtet hatte. Angeblich hatte Penske Bailey im Eifer des Gefechts getötet. Es gab Hinweise darauf, dass sie zuvor Sex auf der Rückbank ihres Wagens hatten. Timothy Hurston ging davon aus, dass beide betrunken gewesen waren. Es kam zu einem Streit, vielleicht wegen eines anderen Mannes – immerhin hatten sie zuvor ihre ehemaligen Klassenkameraden wiedergesehen, und es gab andere, beliebtere Jungs als Justin Penske –, woraufhin Penske Baileys Dienstwaffe an sich genommen hatte. Sie war aus dem Wagen geflohen, doch er hatte sie erwischt. Ein Schuss in die Brust, um nicht zu sagen mitten ins Herz. Untermauert wurde Hurstons Schlussfolgerung von den Aussagen der ehemaligen Klassenkameraden, die angaben, Penske und Bailey seien sich schon auf der Jubiläumsparty nähergekommen und vorzeitig gegangen. Gemeinsam.

Das Problem war, dass das so gar nicht nach Bailey klang. Betrunken? Sex auf der Rückbank im Auto? Penske mit ihrer Dienstwaffe? Das konnte McCrae sich genauso wenig vorstellen wie Quin. Irgendetwas war faul, doch er konnte nicht genau sagen, was.

Penske und Bailey hatten seit der Schulentlassung keinen Kontakt zueinander gehabt, das hätte sie ihm erzählt.

McCrae hatte darauf bestanden, dass Baileys Todesumstände genauer untersucht wurden, und Quin hatte ihm energisch beigepflichtet. Doch anstatt ihrem Antrag stattzugeben, hatten ihre Vorgesetzten Bob Quintar für fast sechs Monate unbezahlten Urlaub verpasst, erst dann durfte er an seinen Arbeitsplatz zurückkehren.

McCrae hatte man mundtot gemacht, indem man ihm Voreingenommenheit unterstellte: Er war Baileys Klassenkamerad, Freund und Kollege gewesen und konnte die Dinge deshalb vermeintlich nicht objektiv beurteilen. Timothy Hurston war also nach Portland zurückgekehrt und hatte sich einen weiteren gelösten Fall auf die Fahne schreiben können.

Nach außen hin hatte sich McCrae damit zufriedengegeben und hakte nicht länger nach, doch in seinen Augen war der Fall noch offen, und er war fest entschlossen, Bailey Gerechtigkeit widerfahren zu lassen. Also recherchierte er heimlich weiter, und er stieß auf zwei interessante Informationen. Erstens: Der Barkeeper, der am Abend von Baileys Tod im Lundeen Schicht hatte, hatte Timothy Hurston mitgeteilt, dass es so ausgesehen habe, als hätte Penske Bailey zum Trinken verleitet. Drei Wochen nach dem Mord kündigte er und löste sich offenbar in Luft auf. Zweitens: Baileys Tagebuch war verschwunden. Quin hatte großes Aufhebens darum gemacht, hatte behauptet, sie habe es entweder in einem Wandsafe in ihrer Wohnung aufgehoben oder im Handschuhfach ihres Wagens, aber die Spurensicherung konnte noch so viel danach suchen – es tauchte einfach nicht auf. Er hatte allen, die ihm zuhörten, erzählt, seine Tochter habe kurz nach Carmen Proffitts Tod mit den Eintragungen begonnen. Es sei ihr darum gegangen, die Ereignisse jenes tragischen Abends, bei denen ihre beste Freundin ums Leben kam, minutiös zu rekonstruieren, weil sie nicht nachvollziehen konnte, warum eine sportliche junge Frau wie Carmen es nicht geschafft hatte, unbeschadet durch die Stromschnellen des West Knoll River zu schwimmen, so gefährlich diese auch sein mochten. Der externe Ermittler hatte Quin ausführlich zu dem Tagebuch befragt, weil er der Einzige außer Bailey gewesen war, der die Einträge je zu Gesicht bekommen hatte, obwohl bei dem Klassentreffen damals das Gerücht ging, ihr Ex-Freund habe es entdeckt und sie verlassen, weil er ihre Besessenheit von Carmen für mehr als sonderbar hielt. Dies hatte der Ex-Freund bestritten, er gab bei der Vernehmung persönliche Gründe für die Trennung an, außerdem habe er Fido nicht leiden können.

Anders als Bailey hatte McCrae nie geglaubt, dass Carmens Tod mehr war als ein Unfall. Doch wo war das Tagebuch jetzt? Bis heute war es nicht wieder aufgetaucht. Wer mochte es an sich genommen haben? Und vor allem: Was hatte darin gestanden? Hatte Penske sie deshalb erschossen? War es tatsächlich möglich, dass es einen Zusammenhang mit der Vergangenheit gab? Detective Hurston hatte behauptet, McCrae sehe Gespenster, als der ihm damals genau diese Fragen stellte. Am liebsten hätte er ihn geohrfeigt, um ihm das herablassende Lächeln aus seinem arroganten Gesicht zu wischen.

Seine außerdienstlichen Recherchen hatten nie etwas ergeben, doch ausgerechnet jetzt, nur wenige Stunden bevor Deltas Notruf wegen Tanner eingegangen war, war er auf eine vielversprechende Spur gestoßen, die ihn zu James Carville, dem damaligen Barkeeper aus dem Lundeen, führen sollte. Was für ein Zufall.

Sofort hatte er sich gefragt, ob die beiden Verbrechen miteinander in Verbindung standen. Bailey und Penske – und jetzt Tanner? Und was war mit Carmen? Alle vier waren ehemalige Schüler der West Knoll High, die gemeinsam ihren Abschluss gemacht hatten. *Alle, bis auf Carmen.* Nein, das war zu weit hergeholt. Er konnte sich nicht vorstellen, dass tatsächlich ein Zusammenhang zwischen den einzelnen Vorfällen bestand.

*Doch.*

*Das kannst du dir sehr gut vorstellen. Die Frage lautet eher: Wie kann zwischen den einzelnen Vorfällen* kein *Zusammenhang bestehen?*

Vielleicht hatte der überhebliche Detective aus Portland recht, und er sah wirklich Gespenster. Dennoch: Penske war zwar ein Maulheld gewesen, ein treuer Tanner-Anhänger, ein Trittbrettfahrer, der gern dieselbe Wirkung auf Frauen gehabt hätte wie sein großes Vorbild, aber dass er Bailey in einem Anfall von Eifersucht oder leidenschaftlichem Zorn erschossen und sich anschließend selbst gerichtet haben sollte, stand für McCrae nicht zur Debatte. In seinen Augen war das, unverblümt ausgedrückt, reinster Bullshit. Außerdem gab es ballistische Ungereimtheiten, sodass nicht hundertprozentig geklärt werden konnte, ob Penske tatsächlich selbst geschossen hatte. Auch hatte einer der Kriminaltechniker laut Bericht damals darauf beharrt, dass die Schusswunden der beiden gar nicht von den Projektilen aus Baileys Dienstwaffe stammten, obwohl diese definitiv abgefeuert worden war. Hurston war darüber hinweggegangen und hatte die Urteilsfähigkeit des Technikers nahezu höhnisch infrage gestellt.

Blieb die Frage nach einem Motiv, die womöglich zum wahren Täter führte. Vielleicht hatte man Bailey getötet, weil sie ein Cop war? McCrae hatte herausgefunden, dass Penske damals eine Beziehung mit Nia Crassley, der jüngsten Crassley-Tochter, hatte, die zu jener Zeit noch minderjährig war. Natürlich verlor niemand darüber ein Wort, schon gar nicht Nia, doch Bailey, die unermüdlich versuchte, dem üblen Treiben der Crassleys ein Ende zu bereiten, hatte womöglich über Informationen verfügt, die den letzten Nagel nicht nur in den Sarg der Familie Crassley getrieben, sondern auch Penske in echte Schwierigkeiten gebracht hätten. *Das* wäre ein Motiv gewesen, Bailey umzubringen, aber ganz bestimmt kein amouröses Drama. Möglicherweise hatte einer der Crassleys den Mord an Bailey mit Penske zusammen geplant. Ein Komplott. McCrae hatte versucht, mit den Mitgliedern der Familie zu reden, vorzugsweise allein, doch die Crassleys zogen es vor, als Gruppe aufzutreten. Sie hatten sich entweder schiefgelacht über seine Theorien oder sich dumm gestellt.

Einmal hatte einer von ihnen, Little Dan, Bailey in eine Seitenstraße gelockt, fest entschlossen, es ihr »mal so richtig zu besorgen«, doch Bailey hatte ihm ihr Knie in den Schritt rammen und die Ellbogen in den Nacken stoßen können. Was zu gegenseitigem Groll geführt hatte, doch das Problem hatte sich von selbst erledigt: Little Dan, über eins neunzig groß und rund hundertfünfzig Kilo schwer, war im Osten Oregons bei einer Auseinandersetzung im Straßenverkehr erschossen worden. Sein Gegner hatte ihn auf einem der langen, zweispurigen Highways wutentbrannt verfolgt, von der Fahrbahn abgedrängt und ihm eine Kugel in den fetten Wanst gejagt.

Little Dan hatte nicht überlebt.

Allerdings gab es noch genügend lebende Crassleys, die weder die Gesetze noch Gesetzeshüter schätzten und nicht vergessen konnten, wie Bailey ihren heiß geliebten, verstorbenen Bruder in die Mangel genommen hatte.

Doch laut Staatsanwaltschaft, die auf Hurstons Theorie des erweiterten Suizids ansprang, war es nicht nötig, weitere Ermittlungen einzuleiten beziehungsweise Anklage zu erheben, denn Baileys Mörder war tot. Justin Penske hatte sich umgebracht, die Crassleys hatten nichts damit zu tun.

*Wie praktisch, dass Penske keine Fragen beantworten konnte ...*

Fido verschwand durch die Hundeklappe, die McCrae für ihn an der Hintertür angebracht hatte, in den Garten. Die Klappe war groß genug für den Hund und möglicherweise für ein Kind, was ein Problem werden konnte, sollte jemand tatsächlich ins Haus eindringen wollen. Doch dann würde er zuerst an Fido vorbeimüssen, der seit Baileys Tod sehr besitzergreifend und ausgesprochen wachsam war. Er schützte das alte Ranchhaus, als wäre es Fort Knox, und auch wenn er Fremden gegenüber höflich war, ließ er sich nicht von ihnen einwickeln oder gar mit Liebkosungen oder Leckereien bestechen. Fido vertraute niemandem mehr, und es hatte lange gedauert, seine Abwehrhaltung zu durchbrechen. McCraes letzte Beziehung hatte ungefähr ein Jahr gehalten, und am Ende hatten Corinne, seine damalige Freundin, und Fido einen gesunden Respekt füreinander empfunden, allerdings nicht mehr.

»He, mein Junge«, sagte er, als der zottelige schwarz-weiße Mischling in die Küche zurückkehrte. Er nahm seine Brieftasche, die Glock und die Schlüssel. Als Detective benötigte er keine Uniform, deshalb trug er meist eine lockere Baumwollhose und ein Hemd mit offenem Kragen. Für den Fall, dass er eine Befragung oder Vernehmung durchführen musste, hatte er im Präsidium einen Anzug mit Krawatte im Spind hängen. Für gewöhnlich erwiesen sich die befragten Personen als weitaus kooperativer und respektvoller, wenn der Detective einen Anzug trug.

Fido sah McCrae bekümmert an. Der Mischling wusste, dass er allein zu Hause bleiben musste, wie immer. Er war kein Polizeihund, deshalb durfte er McCrae nur selten ins Präsidium begleiten.

»Pass gut auf, während ich weg bin«, trug McCrae ihm auf, ging in die Garage und stieg in seinen schwarzen Explorer. Fido gab ein kurzes, zustimmendes Bellen von sich, das McCrae zum Lächeln brachte. Ja, er liebte den kleinen Kläffer, und er war froh, dass er ihn nach Baileys Tod bei sich aufgenommen hatte.

Das Police Department von West Knoll verfügte über mehrere dunkelblaue Trailblazer mit den typischen goldenen Streifen und dem Namen des Präsidiums an den Seiten. McCrae zog seinen eigenen Wagen vor, doch genau wie bei der Kleidung zeigten die Leute mehr Respekt und Vertrauen, wenn er in einem offiziellen Fahrzeug vorfuhr. Er konnte es ihnen nicht verübeln. Bei all den Betrügern, die versuchten, gutgläubigen Menschen bestenfalls nur das Ersparte aus den Taschen zu leiern, wussten sie nicht, wem sie noch vertrauen konnten. Trotzdem war er froh, dass er heute Morgen in seinem eigenen Wagen saß.

Er hielt bei Smith & Jones, dem Lebensmittelladen von Delta Smith-Stahds Eltern. Im hinteren Bereich gab es eine Theke mit ein paar Stühlen, wo die Kunden Kaffee trinken und sich dazu Donuts oder andere Backwaren bestellen konnten. McCrae entschied sich für einen Krapfen zum Mitnehmen und füllte Kaffee in einen To-go-Becher, dann bezahlte er bei einer Kassiererin, die er nicht kannte, und wandte sich zum Gehen. Deltas Eltern sah er nicht. Er hätte sich gern erkundigt, ob es Delta so weit gut ging, aber er würde sie ohnehin gleich im Präsidium sehen.

Das WKPD war ein eingeschossiges, u-förmiges Gebäude mitten im Nichts. Brache Felder, die einst zu einer großen Farm gehört hatten, so weit das Auge reichte, teils erschlossenes, doch überwiegend ungenutztes Baugebiet. Ein findiger Landwirtschaftsstudent hatte die Gelegenheit genutzt und Reihe um Reihe Zwiebeln gepflanzt. McCrae war wie seine Kollegen davon ausgegangen, dass er die Flächen gepachtet hatte, doch das war nicht der Fall gewesen. Nach mehreren ertragreichen Jahren waren einige der Grundstücke verkauft worden und die Zwiebeln den Baumaschinen zum Opfer gefallen. Obwohl der Möchtegernfarmer das Land illegal bewirtschaftet hatte, schreckte er nicht davor zurück, wegen der verlorenen Ernte vor Gericht zu ziehen. McCrae hatte keine Ahnung, was dabei herausgekommen war, aber eins musste er dem Kerl lassen: Es bedurfte einer ziemlichen Dreistigkeit, direkt hinter dem Präsidium ein krummes Ding durchzuziehen, und das jahrelang.

McCrae verdrückte den Krapfen noch während der Fahrt zum Präsidium und spülte mit Kaffee nach. Den fast leeren To-go-Becher in der Hand, betrat er das Gebäude und blieb vor Quins offener Bürotür stehen. Baileys Vater trug den grauen Haarkranz kurz geschnitten, seine Glatze, die normalerweise von einem Hut bedeckt war, glänzte im Licht der Neonlampen. Jetzt drehte er sich auf seinem Schreibtischstuhl zu McCrae um und sagte: »Wir hätten sie gestern Abend mit ins Präsidium nehmen sollen.«

»Wie geht es Tanner?«, erkundigte sich McCrae, ohne auf Quins Bemerkung einzugehen. Hätte sich sein Gesundheitszustand verändert, hätte die Klinik ihn per Handy informiert, aber er wollte Quins Meinung hören.

»Er lebt, ist aber nicht bei Bewusstsein. Ich habe Corolla vor seiner Tür postiert.«

Jed Corolla ging auf die dreißig zu, benahm sich, als wäre er fünfzehn, und sah aus wie ein Cop aus den Siebzigern mit seinem riesigen Schnurrbart und dem wiegenden Gang, der

McCrae insgeheim zum Grinsen brachte. Sein Spezialgebiet war der Wachdienst, zu dem Quin ihn immer wieder verdonnerte.

Quin war der inoffizielle Leiter des WKPD, seit sie ihren Chief an das Büro des County-Sheriffs verloren hatten. McCrae war der inoffizielle stellvertretende Boss. Beide waren von der Bürgermeisterin für eine Ernennung auf Lebenszeit vorgeschlagen worden und sollten in Kürze bei einer Zeremonie vereidigt werden, auf die sie gut und gern verzichten konnten. Die Kleinstadt West Knoll war groß genug, um zwei weitere Officer und mehrere Verwaltungsangestellte zu beschäftigen, doch so klein, dass sie voll und ganz dem Büro der Bürgermeisterin unterstand, einer untersetzten Frau mit einem breiten Lächeln und strenger Hand, sollte diese erforderlich sein. Sie mochte Quin nicht sonderlich und McCrae sogar noch weniger. Früher hatte sie Hand in Hand mit dem ehemaligen Präsidiumsleiter zusammengearbeitet und schien nun das Gefühl zu haben, er wäre von ihr wegbefördert worden, was ihren Einfluss schmälerte. Ihren Frust darüber ließ sie an Quin und McCrae aus. Zum Glück war Quin dagegen immun. Seit Baileys Tod war er immun gegen alles, als hätte er seine Gefühle einfach abgeschaltet. Er hatte eine weitere Tochter, Lill, die er gelegentlich sah, aber angeblich war das Verhältnis gestört, seit sie sich bei der Trennung ihrer Eltern entschieden hatte, mit ihrer Mutter zu gehen.

Auch McCrae ließ sich von den Befindlichkeiten der Bürgermeisterin nur wenig beeindrucken. Er erledigte gewissenhaft seine Arbeit und ließ nichts nach außen dringen über die Ermittlungen, die er nebenbei führte.

Ein größeres Problem war das angespannte Verhältnis zu einer der Verwaltungsangestellten im WKPD – die Beziehung, die kein Jahr gehalten hatte. Corinne hatte sich etwas

Festes gewünscht, doch er war nicht bereit gewesen, ihr gleich einen Ring an den Finger zu stecken. Nach ihrer Trennung war sie binnen eines Monats mit einem neuen Freund zusammengezogen. Bis heute begegnete sie McCrae mit kühler Zurückhaltung, doch er spürte ihren stechenden Blick, sobald er ihr den Rücken zuwandte. Sie war ziemlich emotional, und er war erleichtert, dass sie mit jemand anderem zusammen war. Er hätte sie niemals daten dürfen. Hatte gewusst, dass man Beruf und Privatleben trennen sollte, und er hatte es trotzdem getan.

Ellie O'Brien kam ihm in den Sinn. Bei der Abschlussparty damals hatten sie im Wald der Forsythes Sex gehabt. Jedes Mal wenn er daran zurückdachte, trat ihm ein Lächeln auf die Lippen, doch das Ereignis war überschattet von Carmens Tod. Ellie beim Klassentreffen wiederzusehen hatte die Erinnerung weiter ruiniert. Sie war noch genauso wie damals auf der Highschool: ernst, emotional, reizbar. Er hatte trotzdem das Bedürfnis verspürt, irgendetwas zu sagen, und es war ganz gut gelaufen. Er hatte sie geneckt, weil sie jetzt als Wetterfee bei Channel Seven arbeitete. Jedes Mal wenn er sie auf dem Bildschirm entdeckte, sah sie gut aus, wenngleich ihr Lächeln stets ein wenig gezwungen wirkte, ihr Gesichtsausdruck getrieben. *Genau wie früher.* Er hatte gehofft, länger mit ihr reden zu können, doch dazu bekam er keine Gelegenheit, da er beschloss, die Party kurz nach Delta und Amanda zu verlassen. Die alte Clique war ihm auf die Nerven gegangen, vor allem Tanner.

McCrae ließ sich schwer auf seinen Schreibtischstuhl fallen. Er wartete auf die ersten Auswertungen der Kriminaltechniker, die seit Tagesanbruch in der Stahd-Klinik mit der Spurensicherung beschäftigt waren. Was war letzte Nacht geschehen? Wer hatte es auf Tanner abgesehen? Wer war so brutal, gleich mehrfach auf ihn einzustechen, und vor allem: Warum?

Er zog sein Handy hervor, legte es auf die Schreibtischplatte und warf einen Blick auf die Uhr. Gleich neun. Zeit, sich mit Quin abzusprechen, also stand er auf und ging zu dessen Büro, doch es war leer. Er fand Baileys Dad im Pausenraum, wo er wenig begeistert durch die Glasscheibe des Verkaufsautomaten starrte, offenbar mit der Frage beschäftigt, welche Wahl er treffen sollte. Wie auch immer er sich entschied: Es würde sowieso nicht schmecken.

»Ich fahre gleich zum Krankenhaus. Anschließend werde ich Delta befragen«, teilte McCrae seinem Boss mit.

Quin drehte sich zu ihm um. »Sag mir Bescheid, wenn sie eintrifft. Ich möchte, dass wir beide mit ihr reden. Finde heraus, wo Tanners Handy ist. Die Spurensicherung hat es nirgendwo entdecken können, weder in der Klinik noch im Wagen auf dem Parkplatz hinter dem Gebäude.«

Das war eine Auffälligkeit am Tatort: kein Handy. Entweder hatte der Angreifer es mitgenommen, oder Tanner bewahrte es anderswo auf. Was McCrae eher unwahrscheinlich erschien. Ja, es war durchaus möglich, dass er es zu Hause liegen gelassen hatte, aber McCrae tippte darauf, dass der potenzielle Mörder – die potenzielle Mörderin – es an sich genommen und dafür gesorgt hatte, dass es nicht geortet werden konnte.

»Wie hoch ist die Wahrscheinlichkeit, dass man uns einen Kollegen von außerhalb aufs Auge drückt, da wir beide Tanner kennen?« *Und Delta.*

»Willst du das wirklich noch mal mitmachen?«, fragte Quin. »Ich für meinen Teil lieber nicht.«

»Nein, ich auch nicht«, stimmte McCrae ihm im Brustton der Überzeugung zu.

»Nun, im Augenblick bin ich der leitende Ermittler, also gehen wir den Fall auf unsere Art und Weise an.«

McCraes Mundwinkel zuckten in die Höhe. Seit Baileys Tod hatte er Quin nicht mehr so entschlossen erlebt. »Einverstanden.«

»Natürlich hat Stahd senior bereits entsprechende Anrufe getätigt. Er ist der Ansicht, wir sollten jede Menge Dinge tun, die wir *nicht* tun werden, und er nimmt wie immer kein Blatt vor den Mund. Er will zeitnah über den Ermittlungsstand sowie sämtliche Ermittlungsfortschritte in Kenntnis gesetzt werden, sprich: Er will unsere Informationen haben.«

McCrae nickte. Dies war vermutlich der Grund dafür, dass Quin so entschlossen handelte.

»Stahd senior behauptet, die Ehefrau wär's gewesen. Ich hatte den Eindruck, dass er sie nicht besonders gut leiden kann.«

*Vielleicht mag er sie auch zu sehr? Der Apfel fällt bekanntermaßen nicht weit vom Stamm.*

Delta hatte diese Anziehungskraft auf Männer, wirkte trotz ihrer Schönheit bodenständig und authentisch. Gestern Abend war sie völlig verzweifelt gewesen, was McCrae berührt hatte. Vielleicht hatte sie auch Stahd senior berührt, dessen Vorliebe für junge Frauen allgemein bekannt war. Seine zweite Frau Lori konnte nicht viel älter als Delta sein.

»Channel Seven hat bislang nicht über den Messerangriff berichtet«, fügte Quin hinzu.

»Oh, es wird schon noch früh genug in den Nachrichten kommen.« Dafür würde Ellie sicher sorgen. Sobald sie herausfand, was geschehen war, würde sie schnurstracks zum Präsidium fahren und ihm die Hölle heißmachen, um an Informationen zu gelangen.

Quin nickte und machte sich auf den Weg zu seinem Büro.

Normalerweise lief der Fernseher im Pausenraum rund um die Uhr, doch heute Morgen war er überraschenderweise dunkel. Offenbar hatte sich niemand die Mühe gemacht, ihn anzuschalten, also griff McCrae nach der Fernbedienung und richtete sie auf den Bildschirm. Channel Seven erschien. Es lief eine Kochsendung. Zwei Frauen schnippelten eifrig um die Wette. McCrae wandte sich ab und kehrte ebenfalls in sein Büro zurück. Es war gerade groß genug für einen Schreibtisch nebst Stuhl, einen Garderobenständer und einen schmalen, hohen Aktenschrank. McCrae setzte sich, fuhr seinen Computer hoch und las ein paar E-Mails. Seine Gedanken wanderten zu Delta. An ihren Händen war Blut gewesen. Sie hatte das Messer angefasst, behauptete, gestolpert und versehentlich mit der Hand in die Klinge gefallen zu sein.

Sie hatte ein leichtes, zitroniges Parfüm aufgelegt, das nach Sommer duftete.

»Herrgott«, murmelte er und wandte sich kopfschüttelnd dem Anrufbeantworter seines Festnetztelefons zu. Tatsächlich war eine Nachricht von Ellie eingegangen.

»McCrae«, sagte sie mit ihrer eindringlichen Stimme. »Gestern Abend wurde Tanner Stahd Opfer einer Messerattacke.« Ihre Worte klangen vorwurfsvoll, als wäre es seine Schuld, dass sie gerade erst davon erfahren hatte. »Ich habe im Krankenhaus nachgefragt, aber man hat mich auflaufen lassen. Ruf mich an. Ich will wissen, was los ist. Wenn man mich nicht zu Tanner lässt, werde ich das Krankenhaus notfalls stürmen.« Sie hinterließ ihre Nummer.

McCrae rieb sich mit der Hand übers Gesicht. Normalerweise war Pauline Kirby bei Channel Seven die Hauptreporterin, aber Ellie schien fest entschlossen zu sein, in ihre Fußstapfen zu treten. Pauline war älter, neugierig, despotisch und heimtückisch, wenn es darum ging, sich eine Story zu sichern, eine echte Nervensäge, aber Ellie … Er spürte, dass sie noch schlimmer sein würde. Hoffentlich machte sie nicht ernst und versuchte tatsächlich, in Tanners Krankenzimmer vorzudringen.

Apropos Krankenzimmer. Es wurde Zeit, dass er selbst nach dem Patienten sah. Er musste mit eigenen Augen sehen, in welchem Zustand sich Tanner befand.

Er hörte die beiden anderen Nachrichten ab. Die erste war von Corolla, der ihm mitteilte, dass er Ellie O'Brien weggeschickt hatte, als sie vor der Tür zu seinem Zimmer auftauchte. »Eine Reporterin«, warnte ihn der Kollege.

Die zweite Nachricht stammte von Lester Stahd, der sichergehen wollte, dass das WKPD alles tat, um Delta Smith-Stahd von seinem Sohn fernzuhalten. Falls nicht, würde er das gesamte Präsidium und insbesondere Officer Christopher McCrae dafür verantwortlich machen, sollte sich Tanners Zustand verschlechtern.

McCrae schnaubte. Familienmitglieder behaupteten eine ganze Menge, wenn sie sich Sorgen um einen geliebten Menschen machten. Er hatte genug über Tanners Vater gehört, um zu wissen, dass der Kerl ein Riesenarschloch war, aber das zählte im Moment nicht. Was zählte, war, dass Tanner sich von seinen Verletzungen erholte und dass er, McCrae, alles gab, um den Täter so schnell wie möglich zu finden. Er warf einen Blick auf die Uhr, nahm sein Handy und rief die Nummer auf, die Delta ihm gestern Abend gegeben hatte. Es klingelte fünf Mal, dann wurde er an die Voicemail weitergeleitet. »Sie haben die Nummer von Delta Stahd gewählt«, teilte ihm Deltas Stimme mit. »Bitte hinterlassen Sie eine Nachricht nach dem Signalton.«

Es piepste, dann sagte McCrae: »Delta, hier spricht Chris McCrae. Wir müssen noch deine Aussage von gestern Abend aufnehmen. Denkst du daran, dass du in ungefähr einer Stunde im Präsidium erscheinen sollst? Könnte sein, dass ich mich etwas verspäte, weil ich noch etwas erledigen muss, aber um halb elf bin ich bestimmt wieder da.«

Delta starrte das klingelnde Telefon auf ihrer Küchenanrichte an. Die Nummer kannte sie nicht. Vor lauter Angst war sie wie paralysiert. Es war nicht das Krankenhaus. Die Nummer war gespeichert, auf dem Display würde LGH – Laurelton General Hospital – aufblinken. Wer konnte der Störenfried sein? Ein Reporter? Die Lokalpresse hatte irgendwie Wind von der Sache bekommen. Nun ja, die Sirenen und die blinkenden Lichtbalken von Polizei und Rettungswagen vor der Tagesklinik waren ja auch nicht zu übersehen gewesen. Ein angeblicher Freund? Es hatten doch ohnehin schon alle geschrieben, um ihr und Tanner Kraft zu wünschen und Delta anzubieten, ihr mit Rat und Tat zur Seite zu stehen. »Es tut mir unglaublich leid, Delta. Wir sind alle für Sie da. Wenn Sie irgendetwas brauchen, rufen Sie einfach an«, hatte ihr Ms. Billings, Clarice, in einer Mail geschrieben und ihre Handynummer hinzugefügt.

»Tragödien sind so schwer zu begreifen. Es braucht Zeit, aber irgendwann wird es besser«, lautete die Nachricht von Baileys Mom und Direktor Kiefer, die kurz nach Baileys Tod geheiratet hatten.

Überraschenderweise meldete sich auch Crystal Gilles bei ihr, die mittlerweile von Woody Deavers geschieden war, ebenfalls per E-Mail. »Lass dich nicht von den Cops schikanieren. So etwas können die gut«, lautete ihr unverblümter Ratschlag.

Auch die ehemaligen Streber hatten ihr Nachrichten geschickt. Gott möge ihr beistehen, es würden bestimmt wieder »bessere Tage« kommen, hatte Rhonda Clanton-Sharpley geschrieben.

Zögernd hörte sie die soeben eingegangene Nachricht ab. McCraes Stimme. Dann stammte die unbekannte Nummer von ihm. *Wir müssen noch deine Aussage aufnehmen. Denkst du daran, dass du in ungefähr einer Stunde ins Präsidium kommst?*

Brennende Tränen stiegen in ihre Augen. Ärgerlich wischte sie sie weg. Gestern Abend hatte sie sich in einem Schockzustand befunden. Heute hatte sie das Gefühl, eine tonnenschwere Last auf den Schultern zu tragen. *Jemand hat versucht, Tanner zu ermorden.* Das war unmöglich. Absolut unmöglich! Und doch war es passiert.

Bei der Erinnerung an seinen blutüberströmten, zusammengekrümmten Körper auf dem Fußboden vor der Tür fing sie am ganzen Leib an zu zittern. Als sie heute Morgen bei Tagesanbruch unter die Dusche gegangen war, hatte sie sich an die Wand lehnen müssen, um nicht zusammenzubrechen. Sie war so sehr mit sich und ihren durcheinanderwirbelnden Gedanken beschäftigt gewesen, dass sie beinahe vergessen hatte, nach Owen zu sehen und ihm das Frühstück zu machen. Sie verwarf die Idee, ihm ein Spiegelei zu braten, und ließ ihn stattdessen Frühstückszerealien vor dem Fernseher in sich hineinschaufeln – für gewöhnlich ein absolutes No-Go. Aber sie war am Ende und konnte sich kaum auf den Beinen halten. Owen hatte bemerkt, dass etwas nicht stimmte, also machte sie ihm weis, dass sie sich fühlte, als wäre ein Infekt im Anmarsch. Er hatte ihr geglaubt und sich wieder seiner Zeichentrickserie gewidmet. Als er zu Ende gefrühstückt hatte, hatte sie ihn in die Vorschule gebracht. Es hatte ihr gegraut vor den Blicken der anderen Eltern und des Personals, aber entweder hielten sie sich zurück, oder sie hatten noch nichts mitbekommen. Würden sie sie ebenfalls für verdächtig halten? Trauten sie ihr wirklich eine so entsetzliche Tat zu? Ein paar von ihnen wussten, dass zwischen Tanner und ihr in letzter Zeit nicht alles ganz rundgelaufen war – es war eben nicht immer möglich, heile Welt zu spielen.

Auf der Fahrt zur Vorschule hatte Owen wissen wollen, wo sein Dad war. Das war ungewöhnlich, denn da Tanner normalerweise sehr viel Zeit in der Tagesklinik verbrachte, schien Owen seine Abwesenheit sonst kaum zu bemerken.

»Wo ist Daddy?«, hatte er mit seiner hellen Stimme gefragt, und sie hatte im Rückspiegel seinen Blick gesucht.

Sein braunes Haar war leicht zerzaust, und obwohl sie ihm Jeans und sein Lieblings-T-Shirt angezogen hatte, das blaue mit dem Hai auf der Brusttasche, wirkte auch seine Kleidung nicht so ordentlich wie sonst. Sie überlegte, ob sie ihm einfach das sagen sollte, was der Wahrheit am nächsten kam: dass Tanner einen bösen Unfall gehabt hatte und nun im Krankenhaus lag – den brutalen Übergriff würde sie ihm selbstverständlich verschweigen –, oder ob sie damit warten sollte, bis er nach der Vorschule wieder zu Hause war und sie sich eine weniger beängstigende Geschichte überlegt hatte. Sie entschied sich für Letzteres, weshalb sie Owen weismachte, sein Vater habe aus beruflichen Gründen für eine Weile die Stadt verlassen. Wenn sie ihm sagte, dass er im Krankenhaus lag, würde er darauf bestehen, ihn zu besuchen, und das brachte Delta nicht über sich. Der Junge musste nicht sehen, wie schwer sein Dad verletzt war.

Nachdem sie ihn in der Vorschule abgegeben hatte, war sie selbst ins Laurelton General Hospital gefahren, nur um von einem Polizisten wieder weggeschickt zu werden. Keine Besucher, behauptete er, aber er war so freundlich, sie darüber zu informieren, dass Tanner stabil war, was ihr eine Krankenschwester bestätigte.

Sie war gerade nach Hause gekommen und wollte sich zwingen, vor ihrem Gespräch mit McCrae etwas zu essen, als das Handy klingelte und er ihr eine Nachricht hinterließ. *Denkst du daran, dass du in ungefähr einer Stunde im Präsidium erscheinen sollst?*

»O Gott.«

*Warum um alles in der Welt hast du wegen des Messers gelogen?*

Sie eilte die Stufen hinauf – zum Glück schmerzte ihr rechter Knöchel nicht so, wie sie befürchtet hatte, wahrscheinlich waren die Bänder nur leicht überdehnt – und verschwand im Bad, wo sie sich eingehend im Spiegel musterte. Sie sah völlig fertig aus, unter ihren Augen waren dunkle Ringe. Sie hatte sich alle Mühe gegeben, sie vor der Fahrt zur Vorschule zu überschminken, aber man sah sie trotzdem. Owen war nicht der Einzige, der an diesem Morgen einen leicht derangierten Eindruck machte. Sie zog eine dunkelblaue Bluse an und frischte ihr Make-up auf, wobei sie mehr Rouge auftrug, als sie für gewöhnlich benötigte. Anschließend band sie die Haare mit einer eleganten Spange im Nacken zu einem Pferdeschwanz zusammen. Schon besser, dachte sie kritisch. Wenn sie sich in die Höhle des Löwen begab, wollte sie zumindest ihre Rüstung tragen.

*Das Messer.*

Sie hätte zugeben sollen, dass es aus ihrem Messerblock stammte, dass Tanner es in die Klinik mitgenommen hatte. Das machte sie noch lange nicht zur Verdächtigen. Das Messer hatte stets griffbereit auf Tanners Schreibtisch gelegen – griffbereit auch für den Angreifer. Es konnte sich also durchaus um eine spontane Tat handeln. Doch wer war zu so etwas fähig? Wen mochte er derart auf die Palme gebracht haben und warum?

Sie stöhnte laut auf.

Es war klar, dass sie sich selbst in die Bredouille gebracht hatte. Sie hatte sich verdächtig gemacht, denn sie hatte das Messer mit ihren Fingerabdrücken darauf verschwinden lassen, und dann hatte sie die Polizei auch noch deswegen belogen.

*Wie konntest du nur so dumm sein? Sag die Wahrheit und stell dich den Konsequenzen, es wird sowieso herauskommen, und dann stehst du noch schlechter da.*

Entschlossen nahm sie all ihren Mut zusammen und rief McCrae zurück. Ihr Anruf wurde an sein Handy weitergeleitet. »Hi, hier spricht Delta«, sagte sie hastig. »Ich mache mich gleich auf den Weg. Hoffentlich schaffe ich es rechtzeitig, ich muss noch etwas besorgen … für Owen. Könnte sein, dass es später als halb elf wird, eher halb zwölf … Ist das auch okay?«

»Ja, klar, lass dir Zeit. Ich bin ja selbst noch unterwegs.« Beide zögerten, dann fügte er hinzu: »Die Presse ist übrigens informiert. Ellie hat mich angerufen.«

*Wer bist du – Ellie? Du klingst genauso selbstgerecht wie sie.*

McCraes Worte am Abend der Abschlussfeier.

»Wenn du möchtest, kann ich dich auch abholen, sobald du deine Besorgungen gemacht hast.«

»Nein, danke. Das ist nicht nötig. Ich fahre gleich anschließend ins Präsidium.«

# KAPITEL 15

Delta verließ das Haus, steuerte den nächsten Geldautomaten an und hob fünfhundert Dollar ab, dann fuhr sie weiter in die Mall. Bei Macy's erwarb sie ein Messerset und einen Messerblock aus Holz, die sie bar bezahlte. Zu Hause packte sie die Sachen aus, entsorgte die Verpackung und stellte den Holzblock nebst Messern auf die Anrichte. Beides sah so neu aus, so unbenutzt, dass sie die Spüle mit Wasser füllte, einen ordentlichen Schuss Spülmittel hinzugab und den Block einweichte. Dabei sagte sie sich die ganze Zeit, dass sie einen Riesenfehler machte. Sie ritt sich immer tiefer hinein, und das vollkommen grundlos.

*Wenn sie das Steakmesser finden, werden sie denken, du wärst es gewesen. Sie werden denken, du hättest versucht, deinen Mann umzubringen!*

Plötzlich zuckte sie zusammen, dann fing ihr Herz erschrocken an zu hämmern. Ihr E-Book! *Blutige Träume …* Ihre Protagonistin hatte ihren Ehemann mit einem Messer ermordet!

*Es ist ein E-Book, Delta, kein Print. Und ein Bestseller ist es schon gar nicht. Du hast doch bloß versucht, mit Tanners andauernder Fremdgeherei klarzukommen … Es ist nicht real!*

»O Gott, o Gott«, jammerte sie leise.

*Blutige Träume* war bei Amazon erhältlich, für jeden verfügbar, der das Werk lesen wollte. Jeden Monat wurde ihr dafür eine kleine Summe überwiesen, nicht viel, aber immerhin. Am liebsten wäre sie sofort an ihren Computer gestürmt, um sich an Amazon zu wenden, damit das E-Book aus dem Programm genommen wurde, doch sie zögerte. War das überhaupt möglich? Unwahrscheinlich. Außerdem würde sie damit nur unnötiges Aufsehen erregen.

Sie beschloss, das Buch Buch sein zu lassen, nahm seufzend den Messerblock aus dem Spülwasser, trocknete ihn ab und steckte die Messer hinein. Das Holz glänzte jetzt nicht mehr ganz so stark, das Spülmittel hatte ein paar dunklere Flecken hinterlassen, die vielleicht noch trockneten, aber Delta hoffte, dass sie bleiben und den Messerblock gebraucht aussehen lassen würden.

Erschöpft lehnte sie sich gegen die Spüle und atmete tief durch, dann sah sie an sich hinab und stellte fest, dass sie sich nass gespritzt hatte, also zog sie sich erneut um. Diesmal entschied sie sich für eine Bluse in einem tiefen Ockerton, die sehr gut zu ihrer Haarfarbe passte. Es war schon nach halb zwölf, und sie wollte gerade nach unten gehen, als es klingelte.

Delta zuckte zusammen, dann machte sie kehrt und eilte in Owens Zimmer, von wo aus man den besten Blick auf die Straße vor dem Haus hatte. Zwei Personen standen vor der Tür, ein Mann und eine Frau. Deltas Blick schweifte die Straße entlang und blieb an einem Nachrichten-Van hängen. Nicht Channel Seven. Nicht Ellie O'Brien. Trotzdem ein Fernsehteam, was nichts Gutes bedeutete.

Die Geier kreisten bereits.

Ob sie McCraes Angebot, sie abzuholen, doch annehmen sollte? Anscheinend gab es keine andere Möglichkeit, den Medienfuzzis zu entkommen.

Es klingelte erneut, dann ein drittes Mal. Nach einer Weile gaben die Reporter auf. Delta sah zu, wie sie zu dem

Nachrichten-Van zurückkehrten, wo ihnen ein Mann mit einer Kamera die Tür öffnete.

Delta ging erneut zur Treppe, doch ihr wurde schwindelig, weshalb sie sich auf die oberste Stufe sinken ließ und den Kopf zwischen die Knie legte. Sofort sah sie Tanner auf dem Boden seines Büros vor sich liegen, die blutenden Stichwunden. Sie atmete mehrfach tief durch.

Als es ihr etwas besser ging, stand sie vorsichtig auf, tappte erneut ins Badezimmer und erbrach den kleinen Blaubeermuffin, den sie sich aus dem Starbucks in der Mall mitgebracht hatte, in die Toilette. Sie spülte sich den Mund aus und blickte in den Spiegel. Ihr Make-up war noch intakt, auch wenn es nun einige Nuancen heller wirkte.

Mit zitternden Fingern zog sie ihr Handy aus der Hosentasche und tippte McCraes Nummer ein. Diesmal meldete er sich nach dem zweiten Klingeln.

»Könntest du mich doch bitte abholen?«, fragte sie.

»Bin in zwanzig Minuten da«, erwiderte er und legte auf.

Ellie bebte vor Zorn. »Sag das noch einmal«, bat sie einen der Regieassistenten mit einer Stimme, die Glas hätte schneiden können.

»Wir haben Pauline darauf angesetzt«, wiederholte Ed zögernd.

»Aber das ist *meine* Heimatstadt! Es geht um einen *meiner* Klassenkameraden. Um einen Typen, den ich verdammt gut kenne!« *Um einen Typen, mit dem ich geschlafen habe.* »Niemand ist besser geeignet für diese Story als ich!«

Er zuckte die Achseln und sah sich im Pausenraum des Studios um. Ellie hatte gewartet, kampfbereit, und Ed war der Erste, der hereingekommen war, seit sie den Anruf von

Rob, dem Regisseur, bekommen hatte: »Pauline Kirby übernimmt die Tanner-Stahd-Story. Sie ist bereits im LGH.«

»Das ist *meine* Story, Rob!«, hatte sie empört geantwortet. »Ich war längst im Krankenhaus, und ich habe das Police Department von West Knoll angerufen. Dort habe ich ebenfalls einen Kontakt – einen Officer, der in dem Fall ermittelt. Anders als Pauline Kirby *kenne* ich diese Leute!«

»Genau aus dem Grund haben wir beschlossen, Pauline darauf anzusetzen. Du hast zu wenig Distanz. Du kannst später ein ausführliches Interview führen.«

»Später?« Sie hatte förmlich ins Telefon geschrien.

»Später«, bestätigte er.

Früher einmal hatte Rob auf sie gestanden, jetzt aber hatte er sich mit Coco, Altons Ehefrau, verbündet. Im Grunde war klar gewesen, dass Alton nie ernsthaft in Erwägung gezogen hatte, Coco zu verlassen, das war reines Wunschdenken gewesen, und Ellie hatte seine Versprechungen nur allzu bereitwillig geglaubt. Rob und Alton waren aus demselben Holz geschnitzt: Beide waren mit Frauen aus reichen Familien verheiratet, und es war ja so viel leichter, die Bürde des Wohlstands zu schultern, als selbst etwas auf die Beine zu stellen.

Ellie hatte es Coco zu verdanken, dass man ihr die Tanner-Stahd-Story vorenthielt, so viel stand fest. Sie hasste Ellie wegen ihrer Affäre mit ihrem Ehemann, auch wenn diese längst vorbei war, und war fest entschlossen, Ellie zumindest beruflich so viele Steine wie möglich in den Weg zu legen. Zum Glück hatte Coco keinen allzu großen Einfluss beim Sender, auch wenn ihre Familie ein großes Aktienpaket besaß.

Tatsache war, dass Pauline Kirby in die Jahre kam, wodurch ihre Zuschauerzahlen sanken, wohingegen Ellie ein aufsteigender Stern war. Rob wusste das, er biederte sich bloß bei Coco und so auch bei seiner eigenen Frau an, die mit Coco befreundet war, doch damit tat er dem Sender keinen Gefallen.

»Das ist meine Story«, beharrte Ellie, fest entschlossen, sich nicht aufs Abstellgleis schieben zu lassen, doch Rob legte einfach auf.

*Scheiß auf Coco, Pauline und Rob. Das ist deine Story, also schnapp sie dir!*

Ihr Handy klingelte. Sie zog es aus der Tasche, warf einen Blick darauf und war nur halb überrascht, als sie sah, wessen Name auf dem Display aufblinkte.

»Ellie O'Brien«, meldete sie sich leicht außer Atem und verließ den Pausenraum.

»Berichtest du über den Messerangriff auf Tanner?«, fragte Amanda Forsythe, ohne sich mit einer Begrüßung aufzuhalten. Nach ihrer Scheidung von Hal Brennan, die sie noch reicher gemacht hatte, obwohl angeblich sie es gewesen war, die das Geld in die Ehe mitgebracht hatte, hatte sie wieder ihren Mädchennamen angenommen.

Am liebsten hätte Ellie gelogen. Sie wünschte sich so sehr, sie könnte mit Ja antworten, dass sie es beinahe getan hätte, aber sie konnte sich gerade noch bremsen. »Sie haben Pauline darauf angesetzt.«

»Wieso?«

»Was willst du, Amanda?«, fragte Ellie ungeduldig, ohne auf die Frage einzugehen.

»Ich will wissen, wer's getan hat.« Etwas schwang in ihren sorgfältig artikulierten Worten mit, was Ellie nicht recht zuordnen konnte. Amanda zeigte doch nicht etwa Gefühle? Unwahrscheinlich.

»Damit du ihn vor Gericht verteidigen kannst?«, fragte Ellie halb im Scherz. »Das hast du doch nicht nötig, Amanda.«

Amanda lachte nicht. »Unsere Klassenkameraden sterben, Ellie, einer nach dem anderen. Fällt dir das nicht auf?«

»Doch, schon, aber so etwas kann nun mal passieren. Seit der Highschool sind fünfzehn Jahre vergangen.«

»Unsinn. Zwei von uns wurden definitiv ermordet, wahrscheinlich drei, wenn man Baileys Tagebuch glauben kann.«

»Baileys Tagebuch? Moment mal, wovon redest du? Hast du es etwa gelesen?« Perplex blieb Ellie stehen.

»Das muss ich nicht. Wir wissen doch alle, was drinsteht. Vermutungen. Theorien.«

»Sie hatte ein gebrochenes Herz, weil ihre beste Freundin gestorben war!«, hielt Ellie dagegen.

»Ich will wissen, wer hinter dem Angriff auf Tanner steckt.«

»Tja, das will ich auch. Allerdings glaube ich nicht, dass die Antwort darauf in Baileys Tagebuch steht. In ihrem *verschwundenen* Tagebuch, wenn ich das richtig auf dem Schirm habe. Es ist doch immer noch weg, oder? Vielleicht sollten wir Tanner danach fragen, wenn er wieder aufwacht«, schlug Ellie vor.

»Hm«, sagte Amanda nur, als hegte sie Zweifel daran, dass das der Fall sein würde. »Hast du mit McCrae gesprochen?«

Ellie biss die Zähne zusammen. Amanda, die kaum je mit ihr geredet hatte, setzte *sie* unter Druck, nicht umgekehrt. »Ich habe ihm eine Nachricht hinterlassen.«

»Obwohl du nicht für die Story zuständig bist?«

»Ich bin auf dem Weg ins Krankenhaus, um Tanner, sobald es geht, persönlich zu sprechen«, erklärte sie entschlossen. Der Sender konnte sie mal. Sie würde tun, was sie für richtig hielt, notfalls auch ohne Robs und Altons Segen.

»Ich komme mit. Ich rufe nur schnell Zora an.«

»Zora?«

»Sie und Brian haben Beziehungen.«

*Bessere als du?*

»Ich wette, sie schafft es, zu ihm vorzudringen«, fügte Amanda hinzu.

Ellie überlegte nur kurz. Was war das Schlimmste, was ihr passieren konnte, wenn Rob herausfand, dass sie auf eigene Faust handelte? *Er wird dich feuern.*

Okay, vielleicht würde sie ihren Job verlieren, aber würde Alton sich nicht hinter sie stellen? Bestimmt, davon war sie überzeugt. Obwohl … *Coco hat großen Einfluss auf ihn. Wird er sich wirklich auf deine Seite schlagen? Alton hat kein Rückgrat, das hat er mehr als einmal bewiesen.*

Egal. Diese Gelegenheit durfte sie sich einfach nicht entgehen lassen.

»Lass uns versuchen, morgen zu ihm vorzudringen«, sagte sie zu Amanda.

»Okay«, erwiderte diese. Sie klang zufrieden, und Ellie fragte sich kurz, ob A sie vielleicht benutzte. Sie wusste nur nicht, wofür.

So schnell es die Geschwindigkeitsbegrenzungen zuließen, fuhr McCrae zum Haus der Stahds. Er hatte die Furcht in Deltas Stimme gehört, und er konnte sich gut vorstellen, wie beängstigend es war, sich der Medienmeute gegenüberzusehen. Dass Tanners Vater sie als Hauptverdächtige an den Pranger zu stellen versuchte, war auch nicht gerade hilfreich.

Als er in ihre Straße einbog, sah er den Nachrichten-Van und mehrere Leute vor ihrem Haus stehen. Sie starrten ihn an, als er in ihre Einfahrt einbog. Bislang ein Team, aber das war nur die Vorhut. Bald würden weitere folgen.

Er fuhr direkt vor die Garage, um Delta die Gelegenheit zu geben, das Haus durch die Seitentür zu verlassen, doch als er ausstieg, sah er sie plötzlich aus der Haustür treten. Sie trug eine weiße, flauschige Jacke, eine ockerfarbene Bluse, die ihr ausgezeichnet stand, dazu Jeans und Ballerinas. Eine verspiegelte Sonnenbrille auf der Nase, die Handtasche unter den Arm geklemmt, eilte sie die Stufen hinunter auf seinen Wagen zu. Sie erinnerte ihn an einen gehetzten Promi, der versuchte, den Paparazzi zu entkommen.

Er ging um den Wagen herum und öffnete ihr die Beifahrertür. Sie war noch nicht eingestiegen, als ein Mann mit einer Kamera auf der Schulter und eine Frau mit Mikro in der Hand zu ihnen traten.

McCrae zückte seine Dienstmarke. »Polizei«, sagte er.

Sie blieben stehen, aber sie gingen nicht.

»Bitte verlassen Sie unverzüglich das Grundstück.«

»Wurde Mrs. Stahd verhaftet?«

»Nein«, antwortete er knapp.

»Bringen Sie sie zur Vernehmung?«

McCrae stieg in seinen schwarzen Explorer, legte den Rückwärtsgang ein und setzte langsam zurück, dann ließ er das Fenster herunter und forderte die Reporter erneut auf, das Grundstück zu verlassen, wenn sie keine Anzeige wegen unbefugtem Betreten oder gar Hausfriedensbruch riskieren wollten. Zögernd traten die zwei den Rückzug an. Der Kameramann richtete die Kamera durchs Beifahrerfenster direkt auf Delta.

»Kannst du mich ins Krankenhaus zu meinem Mann bringen?«, fragte sie leise, als der Wagen auf die Straße rollte und McCrae den Vorwärtsgang einlegte.

»Momentan sind keine Besucher erlaubt, Delta.« McCrae drückte aufs Gas.

Sie nickte. »Das hab ich gemerkt. Wird er durchkommen?«

»Das weiß ich nicht.«

McCrae hatte erfahren, dass einer der Stiche Tanners Herz gestreift hatte, außerdem war die Lunge verletzt. Ein Lungenflügel war kollabiert, doch die Ärzte hatten den Schaden beheben können. Er lag auf der Intensivstation und wurde rund um die Uhr überwacht. Lester Stahd, Tanners Vater, war im Präsidium erschienen und hatte von Quin die Erlaubnis erhalten, seinen Sohn zu besuchen. Seine Haut wirkte grau, er schien um Jahre gealtert zu sein.

»Diese Reporter …«, riss Delta ihn aus seinen Gedanken. »Hast du schon die Nachrichten gesehen?«

»Sie haben berichtet, dass Tanner in seiner Tagesklinik niedergestochen wurde.«

»Ich war's nicht«, beteuerte sie erneut, kurz davor, in Tränen auszubrechen.

Er nickte. Aber solange er nichts Genaueres wusste, stand es ihm nicht zu, sich dazu zu äußern.

Sie schien zu erwarten, dass er etwas sagte, und als er das nicht tat, schwieg sie, bis sie vor dem Präsidium anhielten. Davor stand ebenfalls ein Nachrichten-Van. Von Channel Seven.

»Ellie?«, fragte Delta mit kläglicher Stimme.

Aber es war nicht Ellie. Pauline Kirby stand draußen vor dem Eingang und blickte in eine Kamera, als würde sie jeden Moment live auf Sendung gehen. Sie hatte auf die für sie typische arrogante Art und Weise das Kinn vorgereckt, eine Stylistin fuhr ihr mit einer Bürste durch das dunkle Haar. Pauline war seit Jahren eine Institution im Präsidium.

McCrae schmuggelte Delta durch die Hintertür hinein und brachte sie in das Zimmer, das im WKPD als Verhör- und gleichzeitig als Besprechungsraum diente, weil ein etwas größerer Tisch hineinpasste. Der einzige andere Raum mit einem größeren Tisch war der Pausenraum.

McCrae bot Delta einen Platz an, dann kam auch schon Quin herein, gefolgt von McCraes Ex, Corinne Esterly aus der Verwaltung, die ihnen Gläser und Flaschen mit kaltem Mineralwasser brachte.

Er sah, wie ihre Augen zu Delta schweiften, die die Sonnenbrille abgenommen hatte und zusammengesackt auf einem der Stühle saß. Corinne war hübsch mit ihrem lockigen, hellbraunen Haar, wie eine Elfe. Klein und drahtig, neigte sie dazu, sich aufzuspielen, wenn eine andere Frau in der Nähe war. McCrae entging nicht, wie sie Delta musterte, deren natürliche Schönheit sich trotz ihrer der Situation geschuldeten Blässe nicht leugnen ließ. Corinne straffte gerade die Schultern und drückte die Brust heraus, als Quin sich bei ihr bedankte – das Stichwort für sie, den Raum zu verlassen.

Als Corinne weg war, wandte sich Bob Quintar Delta zu und fragte: »Wie geht es dir, Delta? Darf ich überhaupt noch Du sagen?«

Delta nickte. »Sehr gern.« Ihre dunklen Augen glänzten vor Tränen. Sie griff nach ihrer Wasserflasche, schenkte sich ein und nahm einen großen Schluck. »Mir geht es so weit gut, danke.«

»Sobald Tanner stabil ist, darfst du zu ihm.«

»Danke.«

Quin zögerte. Auch für ihn war dies ein emotionales Gespräch, schließlich waren Bailey und Delta einmal eng befreundet gewesen.

»Wir wollen so schnell wie möglich herausfinden, wer deinen Mann angegriffen hat«, sagte McCrae.

»Das möchte ich auch«, erwiderte sie tonlos.

Quin erkundigte sich nach Tanners Handy, aber Delta hatte keine Ahnung, wo es sein konnte.

»Er hatte es immer bei sich«, sagte sie.

»Könnte es bei euch zu Hause liegen?«, überlegte Quin.

»Nein, denn er hat mich damit aus der Klinik angerufen, als ich auf dem Heimweg von dem Eltern-Infoabend war.«

Quin sah sie fragend an.

»Unser Sohn Owen wurde an der Englewood Academy angenommen«, erklärte sie. »Im Bengal Room in Portland fand am Nachmittag eine Informationsveranstaltung statt, die sich bis in den Abend hineingezogen hat. Ich war gerade auf dem Rückweg nach West Knoll, um meine Mutter abzulösen, die auf Owen aufpasste, als Tanners Anruf kam. Es klang wichtig, er wollte, dass ich unbedingt persönlich vorbeikomme, weil er mir irgendetwas sagen musste.«

Quin ließ ihre Worte sacken, dann fragte er: »Was ist passiert, als du bei der Klinik ankamst?«

Delta holte tief Luft, dann erzählte sie ihm von der verschlossenen Hintertür und dass sie den Haupteingang genommen hatte, der noch offen war, obwohl die Tagesklinik bereits geschlossen hatte. Am Empfang war niemand mehr gewesen, und auch der Wartebereich war leer. Sie war zu Tanners Büro gegangen, hatte zunächst vermutet, es sei abgesperrt wie der Hintereingang, weil sich die Tür nicht öffnen ließ, doch dann habe sie fest dagegengedrückt und Tanner auf dem Fußboden entdeckt, das Messer, die Stichwunden, das Blut …

Während sie die schrecklichen Momente noch einmal durchlebte, wich auch die letzte Farbe aus ihrem Gesicht.

McCrae, der fürchtete, sie könne jeden Augenblick zusammenbrechen, schaltete sich ein und sagte: »Wir würden uns gern ein Bild machen, wie Tanners Leben vor der Messerattacke aussah. Erzähl uns von den letzten Wochen – was er so gemacht hat, wie es für ihn lief, beruflich und privat, wie es um eure Ehe bestellt war, all das.«

Delta nickte und nahm einen weiteren Schluck Wasser. Sie wirkte verängstigt. McCrae konnte ihr das kaum zum Vorwurf machen. Es *war* beängstigend, von der Polizei vernommen zu werden. Er hoffte nur, dass nichts anderes dahintersteckte.

»Mein Mann und ich lieben uns«, fuhr sie leise fort, »aber in unserer Ehe lief es nicht mehr gut. Seit Tanner die Tagesklinik aufgebaut hat, fällt es uns schwer ... glücklich zu sein. Es gibt öfter Unstimmigkeiten und Streit, und genau aus diesem Grund möchte ich noch einmal betonen, dass ich ihn nicht attackiert habe.« Sie schüttelte den Kopf. »Ich bin gestolpert, als ich die Tür aufgedrückt habe, und ich bin gestürzt und habe mir dabei die Hand an der Messerklinge verletzt. Meine Fingerabdrücke, Hautpartikel und Blut werden also darauf zu finden sein.« Sie hob die verbundene Hand. »Das Messer lag auf dem Boden, als ich hereinkam.« Sie schluchzte auf. »Ich verstehe einfach nicht, wer so grausam sein kann! Wer tut so etwas?«

McCrae sah Quin an, der Delta aufmerksam beobachtete. Er konnte nicht sagen, ob er ihr ihre Verzweiflung abkaufte, sein Gesicht war jetzt völlig ausdruckslos.

»Genau das wollen wir herausfinden«, versicherte ihr McCrae mit beruhigender Stimme.

»Hast du irgendetwas Auffälliges bemerkt, sagen wir, während der letzten Monate oder, besser noch, im letzten Jahr? Etwas, was anders war als sonst?«, wollte Quin wissen.

Delta dachte nach, dann schüttelte sie langsam den Kopf. Sie klappte gerade den Mund auf, um Quins Frage zu verneinen, als ihr offenbar etwas einfiel. Vor ungefähr sechs Monaten war sie mit Tanner bei einer Party gewesen. Tanner und ein Mann waren wegen eines Einparkschadens aneinandergeraten. Tanner war mit seinem neuen BMW so schnell in die Parklücke gefahren, dass er den Pick-up ihm gegenüber touchiert hatte. Der Pick-up hatte minimalen Schaden davongetragen, Tanners Motorhaube war zerbeult, der Kühlergrill hatte erneuert werden müssen. »Sie haben sich angeschnauzt, aber nicht lange.«

Quin stellte weitere Fragen. McCrae wurde ungeduldig, da er immer mehr den Eindruck gewann, dass Delta ihnen nicht weiterhelfen konnte. Endlich schien der Detective zum Ende zu kommen. Delta schob ihren Stuhl zurück, als er plötzlich fragte: »Wo warst du noch mal, bevor du angeblich von deinem Mann in die Klinik gerufen wurdest?«

»Angeblich? Er hat mich aufgefordert zu kommen! Nur deshalb bin ich dorthin gefahren.« Sie sah Quin verwirrt an. »Zuvor war ich bei einer Informationsveranstaltung der Englewood Academy in Portland.«

»Im Bengal Room?«

»Ja. Die Eltern der angehenden Grundschüler waren dort zum Tee eingeladen. Es dauerte länger, deshalb gab es noch Cocktails.«

»Bist du Dean Sutton dort begegnet?«

»Coach Sutton?«, fragte Delta, die ihm anscheinend nicht ganz folgen konnte. »Nein. Ich verstehe nicht … War er dort? Im Bengal Room? Wieso?«

»Du hast mit Sutton gesprochen?«, fragte McCrae seinen Vorgesetzten, etwas verwundert, weil dieser ihm nichts davon erzählt hatte.

»Er hat mich angerufen, nachdem er von dem Angriff auf Tanner Stahd gehört hatte, und mir mitgeteilt, dass er Mrs. Stahd gestern Abend mit einigen Leuten im Bengal Room gesehen hat.«

»Und wieso hielt Sutton das für so wichtig, dass er das Department darüber informiert hat?«

»Vielleicht sollte Delta uns diese Frage beantworten«, schlug Quin vor.

Delta schüttelte den Kopf. »Ich habe ihn nicht gesehen, und ich verstehe wirklich nicht, warum er nicht zu mir gekommen ist, wenn er auch da war. Ich hätte gern mit ihm geredet.«

»Er meinte, du seist beschäftigt gewesen.« Quins Stimme klang sachlich und nüchtern.

*Worauf zum Teufel wollte er hinaus?* McCrae spürte, wie er sich verspannte. Er hasste es, im Dunkeln zu tappen, und er fragte sich, warum Delta auf einmal so schuldbewusst wirkte. Aber da offenbar keiner von beiden bereit war, ihm etwas mitzuteilen, würde er wohl selbst mit Dean Sutton reden müssen.

»Ich habe außerdem mit den Sekretärinnen der Tagesklinik gesprochen«, fuhr Quin fort, als Delta schwieg. »Tia Marvin und Amy Panterra.«

»Aha.«

»Du hast heute schon viel telefoniert«, stellte McCrae fest.

»Die beiden behaupten, deine Ehe sei am Ende. Anscheinend hat dein Ehemann beiden nachgestellt.«

Delta gab einen Laut von sich, der klang wie eine Mischung aus Lachen und Stöhnen.

»Sobald sie von dem Übergriff auf ihren Chef erfahren hatten, rief auch die Ernährungsberaterin an und bestätigte, was die anderen beiden Frauen über eure Ehe sagen.«

»Candy. Sie ist verheiratet und hat zwei Söhne, kräftige Burschen. Das hat Tanner davon abgehalten, es auch bei ihr zu versuchen.« Delta lächelte schief. »Sie gehen alle drei davon aus, dass es bei uns schon seit Jahren nicht mehr stimmt.«

»Und? Liegen sie richtig mit ihrer Vermutung?«

»Ich denke nicht. Ich habe meinen Mann nicht angegriffen, wie oft soll ich das denn noch sagen? Während ich hier herumsitze und eure Fragen beantworte, verliert ihr kostbare Zeit! *Ich. War. Es. Nicht.* Wenn Tanner wieder zu Bewusstsein kommt, wird er euch das bestätigen.«

»*Falls* er wieder zu Bewusstsein kommt«, betonte Quin.

Delta zuckte zusammen.

McCrae zog sein Handy aus der Hosentasche. »Ich war zwar gerade erst da, und man hat mir versichert, es sei alles im grünen Bereich, aber ich rufe gern noch einmal an und erkundige mich nach dem aktuellen Stand der Dinge.« Er war sauer auf Bob Quintar. Es passte nicht zu ihm, so kaltschnäuzig zu sein, aber vermutlich reagierte er so, weil ihn die Situation sehr an den Verlust seiner Tochter Bailey erinnerte. Delta und Bailey, das D und das B der Fantastischen Fünf. Trotzdem musste er das nicht an Delta auslassen.

Er rief gerade die Nummer des LGH auf, als Quin sagte: »Coach Sutton behauptete, du hättest im Bengal Room an der Bar mit einem Mann geflirtet.«

Delta zog scharf die Luft ein und stieß sie langsam wieder aus. »*Er* hat mit mir geflirtet«, stellte sie klar. »Es wäre nett von Coach Sutton gewesen, wenn er mir Hallo gesagt hätte, statt irgendeinen Unsinn in die Welt zu setzen.«

Quin wechselte den Kurs. »Du sagst, ihr liebt euch, obwohl du weißt, dass Tanner immer wieder fremdgeht?«

»Die Ehe ist mitunter … herausfordernd. Aber ja, wir lieben uns«, beharrte Delta.

Quin ließ die Leine locker, damit sie sich entspannte und womöglich etwas preisgab, was sie unter anderen Umständen für sich behalten hatte, dann ruckte er daran, in der Hoffnung, ihr den Boden unter den Füßen wegzuziehen. Diese Taktik hatte er schon häufiger angewandt, aber McCrae kam es falsch vor, dass er dies nun auch bei Delta tat.

Delta hingegen fing tatsächlich an zu plaudern. Anscheinend wollte sie klarstellen, wie es wirklich um ihre Ehe stand. Tanner blieb oft bis spätabends in seiner Abnehmklinik, sie sah ihn für gewöhnlich nur ein paar Stunden am Tag. Einmal hatte sie mitbekommen, wie er am Telefon ausrastete. Als sie ihn danach fragte, behauptete er, die Leute erwarteten Wunder von ihm, aber er sei nicht Gott, und die Patienten müssten schon selbst mitarbeiten, wenn sie Erfolg haben wollten. Er hatte sich außerdem des Öfteren mit seinem Vater getroffen, der sich beschwerte, dass seine Nahrungsergänzungsmittel in der Klinik seines Sohnes nicht den finanziellen Erfolg brachten, den er sich erhoffte. Die beiden Stahds hatten anschließend fast einen Monat lang nicht mehr miteinander gesprochen.

Quin stellte noch ein paar weitere Fragen, dann kam er auf das Thema außereheliche Beziehungen zurück und erkundigte sich unverblümt, ob Delta sich mit einem anderen Mann traf. Delta beantwortete seine Frage mit einem klaren Nein.

Endlich ließ er von ihr ab und wollte von McCrae wissen, ob er noch irgendwelche Fragen hatte.

»Ich denke, du hast sämtliche Themenbereiche abgedeckt«, erwiderte McCrae trocken.

Einige Minuten später konnte Delta endlich gehen. McCrae bot an, sie nach Hause zu fahren, aber sie winkte ab und sagte, sie würde sich ein Uber bestellen.

Anscheinend hatte sie die Nase gestrichen voll vom WKPD.

»Ach, eine allerletzte Sache«, rief Quin ihr nach, als sie schon an der Tür des Verhörraums stand. »Alle drei Angestellten deines Mannes behaupten, das Messer, mit dem auf Tanner eingestochen wurde, habe er von zu Hause mitgebracht. Sagtest du nicht, du hättest es noch nie zuvor gesehen?«

Langsam drehte sie sich um. »Ja, das ist richtig …«

»Er hat ihnen offenbar erzählt, dass du nicht wolltest, dass er es mitnimmt, weil dann der Messerblock nicht vollständig ist. Angeblich habt ihr euch sogar deswegen gestritten. Es lag immer auf seinem Schreibtisch, weil er damit das Obst für seine Zwischenmahlzeiten klein schnitt.«

Delta schwieg lange, dann sagte sie: »Nein, das stimmt so nicht. Ich würde jetzt gern gehen und mich einen kurzen Moment ausruhen, aber ich sehe gern zu Hause nach, ob tatsächlich eines der Messer fehlt. Wenn ja, ist es mir wohl noch nicht aufgefallen.«

Quin starrte sie durchdringend an, als wollte er bis in ihr Innerstes blicken. »Ich hoffe, dein Mann erholt sich, damit er uns unsere Fragen beantworten kann«, sagte er dann.

Delta hielt seinem Blick stand. »Das hoffe ich auch«, sagte sie, dann trat sie hinaus in den Gang und machte sich auf den Weg zum Ausgang.

»Das war heftig«, sagte McCrae, als sie weg war.

Quin nickte. »Es bringt uns nicht weiter, wenn wir sie mit Samthandschuhen anfassen. Du bist viel zu nachsichtig mit ihr.«

*Du solltest sie nicht für Baileys Tod verantwortlich machen,* dachte McCrae, doch laut sagte er: »Du hast vermutlich recht, aber von jetzt an würde ich doch gern vorab informiert werden.«

Quin überlegte einen Moment, dann nickte er bedächtig. »Sie wird einen Anwalt brauchen.«

»Einen guten«, pflichtete McCrae ihm bei.

# KAPITEL 16

Mit offenem Mund starrte Zora auf den Fernseher. Die Zwölf-Uhr-Nachrichten liefen. Amanda hatte sie angerufen und ihr von Tanner erzählt, dann hatte sie sie um Hilfe gebeten. Sie wollte zu ihm ins Krankenhaus, und Zora versprach, mit Brian zu reden, damit dieser seine Connections spielen ließ. Nach dem Tod seines Vaters hatte er nicht nur dessen Firma und Vermögen, sondern auch jede Menge soziale Kontakte geerbt. Anschließend hatte sie das Internet nach Informationen durchforstet, und nun blickte sie ungläubig auf den Fernsehschirm. Die Live-Berichterstattung machte alles so real.

*Es ist real,* rief sie sich vor Augen.

Sie saß auf dem weißen Ledersessel in Brians Arbeitszimmer. Er hatte einen schwarzen Sessel haben wollen oder einen dunkelbraunen, aber sie hatte auf Weiß bestanden, und er hatte wie immer nachgegeben. Brian war ein liebenswerter Mann, wenn auch ein Weichei. Der Tod seines Vaters hatte ihn aus der Bahn geworfen, aber mittlerweile hatte sie begriffen, dass er schon immer ein Schwächling gewesen war. Glücklich war er nur, wenn er unterrichtete, doch als er die Firma seines Vaters geerbt hatte, war es damit vorbei gewesen.

»Lass uns ein Kind bekommen«, hatte sie ihm vorgeschlagen, kaum dass sie ein paarmal miteinander ausgegangen waren.

»Wie bitte?«, hatte er erschrocken gefragt.

»Ich bin überzeugt, wir würden wunderschöne Kinder machen.«

Bei ihrem dritten Date hatte sie ihn ins Schlafzimmer gelockt, wohin er ihr amüsiert und unter lachendem Protest folgte. Am liebsten hätte sie gleich nach dem Klassentreffen mit ihm geschlafen, doch er hatte sich die ganze Zeit Gedanken wegen Anne Reade gemacht. Zora hatte ihre wütenden Blicke bemerkt, auch Clarice Billings und Direktor Kiefer hatten verwundert zu ihnen hinübergesehen, als sie sich immer intensiver unterhalten und schließlich miteinander geflirtet hatten. Es war ihr gelungen, ihn dazu zu bringen, sie nach Hause zu bringen, auch wenn sie in Wirklichkeit längst nicht zu betrunken gewesen war, um Auto zu fahren. Sie konnte die anderen locker unter den Tisch trinken, hatte schon früher ordentlich über die Stränge geschlagen.

Er hatte sie vor ihrer Haustür abgesetzt und ihr aus dem Wagen geholfen. Sie hatte seine Hand genommen, ihm in die Augen gesehen und vorgeschlagen, den Abend bald zu wiederholen. »Ich könnte wirklich jemanden zum Reden gebrauchen. Max und ich sind seit Jahren getrennt (eine Lüge, die sie bald wiedergutgemacht hatte), unsere Beziehung ist längst zerbrochen. Im Grunde hat sie von Anfang an nicht funktioniert. Manchmal macht man einen Fehler, und es dauert eine Weile, bis man den Mut findet, ihn zu beheben.«

Brian fiel auf ihre Geschichte herein und biss an, also provozierte sie einen gewaltigen Streit mit Max und war bis zum Wochenende aus dem gemeinsamen Haus ausgezogen. Von da an traf sie sich regelmäßig mit ihrem ehemaligen Mathelehrer. Amanda hatte behauptet, sie sei lediglich auf eine Hauruckhochzeit mit seinem Geld aus, was sie verletzte, aber Amanda sagte immer gemeine Dinge. Vielleicht hatte sie ihn ja tatsächlich ein wenig unter Druck gesetzt. War das ein Verbrechen? Letztendlich zählte nur, dass Max und sie am Ende des Jahres geschieden waren und Brian und sie heirateten und stundenlang im Bett blieben, um es miteinander zu treiben wie liebestolle Karnickel.

Sie war sich so sicher gewesen, dass es funktionierte! Sie würde ruckzuck schwanger werden – doch bislang war das nicht der Fall. Dieselbe Enttäuschung stieg in ihr auf, die sie schon in ihrer Ehe mit Max verspürt hatte. Derselbe Frust.

Ihre Gynäkologin konnte keinen körperlichen Grund finden, der gegen eine Schwangerschaft sprach. Weder bei ihr noch bei Brian. Beide waren gesund. Brians Spermien waren gesund. Trotzdem kam kein Baby zustande.

Anders als Max hatte Brian jedoch tonnenweise Geld geerbt. Schon vor der Hochzeit hatte Brian sie einigen einflussreichen Leuten vorgestellt, Leuten mit kaltem, hartem Cash. Sie hatten viel Spaß, Brian verwöhnte sie mit teuren Geschenken, und eine Zeit lang schien alles perfekt. Doch während sich Zora jeden Wunsch erfüllte, saß ihr Ehemann immer länger in seinem Arbeitszimmer und ließ sich nur noch am Wochenende herauslocken, für gewöhnlich in ein gutes Restaurant. Manchmal blieben sie das ganze Wochenende über zu Hause, die ganze Woche … Es war zum Wahnsinnigwerden.

Sie fixierte sich immer mehr auf Delta und ihren kleinen Sohn Owen. Sie träumte davon, den Jungen zu entführen – nur für einen Nachmittag –, damit sie auch ein Kind hatte. Als ihr bewusst wurde, wie gefährlich ihre Fantasien waren, hatte sie voller Verzweiflung eine Psychologin aufgesucht. Judy, ein grauhaariger Großmuttertyp mit einem schrecklichen Klamottengeschmack, dafür jedoch sehr einfühlsam, hatte ihr zu einer Adoption geraten. Zora hatte versucht, sich mit der Vorstellung anzufreunden, doch es wollte ihr nicht recht gelingen, und als sie mit Brian darüber sprach, reagierte er sogar noch weniger begeistert als sie.

Was also hatte sie im Leben, was sie wirklich glücklich machte?

Sie ertappte sich dabei, ziellos durch die Malls zu schlendern und mit dem Gedanken zu liebäugeln, Dinge einzustecken wie eine Kleptomanin, auch wenn sie wusste, dass es ihr lediglich um Aufmerksamkeit ging. Sie war unglücklich, interessierte sich für gar nichts und hatte nur wenig echte Bindungen zu anderen Menschen. Im Grunde war es so, als wäre sie schon tot.

Und jetzt hatte jemand auf Tanner eingestochen.

Endlich passierte etwas in ihrem Leben.

Aufgeregt wählte sie Amandas Nummer. Wer war für die Tat verantwortlich und vor allem: Warum? Das Ganze war einfach entsetzlich.

Amanda ging nicht dran. Stattdessen sagte eine nervtötend kühle Frauenstimme: »Sie haben die Nummer von Amanda Forsythe gewählt. Bitte hinterlassen Sie eine Nachricht am Empfang.« Es piepste, dann wurde sie mit einer ebenso kühlen Stimme verbunden, die Zoras Namen und Telefonnummer notierte und Zora versicherte, Ms. Forsythe ihre Bitte um Rückruf auszurichten.

Ungefähr zehn Minuten saß Zora reglos da, dann hielt sie es nicht länger aus und rief Ellie an.

Sie hatte ihre Handynummer seit dem Jubiläumstreffen, aber sie hatte sie noch nie benutzt. Hoffentlich war sie noch aktuell!

»Ellie O'Brien«, meldete sich Ellie mit schroffer Stimme. Zora zuckte zurück.

»Hi, Ellie, hier spricht Zora. Ich habe gerade die Nachrichten gesehen und von dem Übergriff auf Tanner erfahren …«

Sie brach abrupt in Tränen aus.

»Ich werde versuchen, mit ihm zu reden«, sagte Ellie, ohne sich zu Zoras Geschniefe zu äußern. »Ich war heute schon einmal da, aber man hat mich weggeschickt. Das passiert mir morgen nicht noch einmal. Ich wollte dich eh deswegen anrufen. Amanda hat gesagt, du hättest Beziehungen.«

»Ähm ... nun ja ... ich könnte Brian fragen, aber ...«

»... ich soll mich besser nicht darauf verlassen?«, beendete Ellie den Satz für sie. »Na schön. Ich schaffe es auch so.«

Sie klang so selbstsicher, dass Zora sagte: »Ich möchte mitkommen. Bitte, sag nicht Nein.«

Ellie gab einen verächtlichen Laut von sich, der genauso gut ein unterdrückter Fluch hätte sein können, dann murmelte sie irgendetwas Abfälliges über Amanda und legte auf. Obwohl die Highschool-Zeiten längst Vergangenheit waren, hatte Ellie ihr herrisches Verhalten nicht abgelegt. Damals war sie so geworden, nachdem man sie bei den Fantastischen Fünf ausgegrenzt und statt des E ein Z wie Zora aufgenommen hatte. Oder war sie schon immer so gewesen, und Amanda hatte sie deshalb nicht in der Clique haben wollen?

Gegen siebzehn Uhr kam Brian aus dem Arbeitszimmer gestolpert – was zum Teufel machte er eigentlich den ganzen Tag lang da drinnen? In den Nachrichten lief erneut der Bericht über Tanner. Brian blickte vorwurfsvoll vom Bildschirm zu ihr. »Warum hast du es mir nicht erzählt?«, wollte er wissen.

»Ich habe es auch gerade erst erfahren«, behauptete sie.

»Ach du lieber Himmel«, murmelte er, während ihm die Farbe aus dem Gesicht wich.

»Ich weiß. Es ist einfach schrecklich.« Sie zögerte, dann fügte sie hinzu: »Wir wollen versuchen, ihm morgen einen Besuch abzustatten.«

»Wer ist ›wir‹?«

»Ellie, Amanda und ich.«

»Lasst den Mann in Ruhe. Er soll sich erholen, da braucht er keine Entourage, die um ihn herumschwirrt.«

Das klang für Brians Verhältnisse ungewöhnlich wenig einfühlsam.

»Tanner wird sich erholen, gerade wenn wir ihn besuchen. Wahrscheinlich freut er sich sogar!«

»Das klingt im Fernsehen aber anders. Es ist anscheinend nicht einmal sicher, ob er überhaupt durchkommt.«

»Tanner wird nicht sterben!«

Er sah sie an, und sie meinte, Verachtung in seinem Blick zu erkennen. Er verachtete sie? Warum? Weil ihre Ehe nicht funktionierte? Er war doch derjenige, der nie etwas unternahm! Der sich in seinem Arbeitszimmer einschloss. Der sie kaum noch berührte. Aus dem einst so leidenschaftlichen Paar waren höfliche Fremde geworden. Mein Gott, es war wirklich schwierig, einen guten Mann zu finden! Die meisten waren schlichtweg Loser. »Ich wollte dich bitten, die Rawlings anzurufen und dich zu erkundigen, ob sie dafür sorgen können, dass wir zu ihm dürfen …« Sie wusste, dass Gene Rawling im Klinikvorstand war.

Brian schüttelte den Kopf und schnaubte abschätzig, dann verschwand er wieder in seinem Arbeitszimmer. Mit brennenden Wangen schlich Zora zu der geschlossenen Tür und lauschte. Sie hörte ihn reden und vermutete, dass er telefonierte.

»… ich weiß es nicht! Herrgott, es könnte ein Drogenabhängiger gewesen sein, nein … nein … Auf keinen Fall! … Nein, es ist keiner von … Ich sage doch nur, dass das Pech war. Ganz großes Pech. Ich hoffe, er wird wieder, dann kann er uns selbst erzählen, was passiert ist … Natürlich meine ich das ernst. Ich weiß, dass es nichts damit zu tun hat, dass … Du machst dir einfach zu viele Gedanken … Ich …«

Zora drückte das Ohr so fest gegen das Türblatt, dass sie beinahe ins Zimmer stürzte, als Brian die Tür plötzlich aufriss. Er funkelte sie aufgebracht an, das Handy noch in der Hand, das Display dunkel.

»Ich dachte, wir wollten heute Nachmittag shoppen gehen«, stieß sie verlegen hervor. »Ich wollte dich gerade fragen …« Sie verstummte. Brian begleitete sie nie, außer es ging darum, sich mit alten Freunden zu treffen. Er stand noch immer mit Anne Reade in Kontakt. Wahrscheinlich war sie am Telefon gewesen.

»Nein.« Als hätte er selbst bemerkt, wie brüsk das klang, fügte er schnell hinzu: »Aber geh du ruhig. Ich bleibe zu Hause und schaue mir die Nachrichten an.«

»Machst du dir wirklich so große Sorgen um Tanner?«, fragte sie kleinlaut. Sie war einfach davon ausgegangen, dass Tanner bald wieder auf die Beine kommen würde. Tanner, der Teeniegott, der Unbezwingbare. Offenbar sah Brian das anders.

»Machst *du* dir etwa keine Sorgen?« Er sah sie an, als käme sie von einem anderen Planeten.

»Doch, doch, durchaus. Ich frage mich, ob es vielleicht ein Drogensüchtiger war, der Medikamente entwenden wollte …«

»Hast du mich belauscht? Genau das habe ich gerade am Telefon gesagt.«

»Mit wem hast du denn gesprochen?«

»Mit Ron.«

Ronald Kiefer. Ehemaliger Direktor der West Knoll High. Sie glaubte ihm nicht. Aus irgendeinem Grund war sie überzeugt, dass eine Frau am anderen Ende der Leitung gewesen war. Anne Reade.

Es gefiel Zora gar nicht, dass Brian noch immer so eng mit ihr befreundet zu sein schien. Brian war *ihr* Mann, und sie hatte keine Lust, sich von ihrer ehemaligen Englischlehrerin dazwischenfunken zu lassen. Anne war mit Sicherheit auf Brians Geld aus, hatte gewusst, dass es nach dem Tod seines Vaters etwas bei ihm zu holen geben würde.

*Genau wie du. Du wolltest doch auch bloß sein Geld. Und du wolltest ein Kind, was ja leider nicht geklappt hat.*

Brian zog die Augenbrauen in die Höhe, als wollte er sie fragen: Ist sonst noch etwas?, und Zora schüttelte automatisch den Kopf und ging in Richtung Garage. Sie hörte, wie er die Arbeitszimmertür hinter sich zuzog. Am liebsten hätte sie kehrtgemacht und das Ohr erneut gegen das Türblatt gedrückt, aber er würde auf der Hut sein, und ein zweites Mal wollte sie sich nicht beim Lauschen erwischen lassen.

Morgen, sagte sie sich. Morgen würde sie Tanner aufsuchen, ganz gleich ob mit Brians Unterstützung oder ohne.

Ellies Handy summte. Sie saß in einem kleinen Vorraum des Senders, der Mitarbeitern ohne eigenen Schreibtisch vorbehalten war, und arbeitete an ihrem Laptop. Ein ruhiger Ort war hier heiß begehrt, und schon zweimal hatte jemand den Kopf zur Tür hereingesteckt, um nachzusehen, ob der Raum frei war. Am liebsten hätte sie abgeschlossen, aber das war nicht möglich, da es sich um einen Gemeinschaftsraum handelte.

Sie warf einen Blick aufs Display. Joeys Nummer blinkte auf. »Herrgott«, murmelte sie und schaute von ihrer Arbeit auf – eine chronologische Zusammenfassung von Tanners bisherigem Leben. Sie wollte die Erste sein, die über seinen persönlichen Werdegang berichtete, und damit den schlagenden Beweis liefern, dass *sie* die richtige Reporterin war, nicht Pauline Kirby. Aus diesem Grund hatte sie momentan keine Zeit für Joey.

Sowohl Joey als auch Michael steckten ständig in Schwierigkeiten, und Mom und Oliver hatten es mittlerweile aufgegeben, die beiden auf den rechten Weg zurückführen zu wollen. Die Zwillinge hatten sich bis über beide Ohren in Nia Crassley verknallt und sich ihretwegen beinahe die Köpfe eingeschlagen. Zum Glück hatte Nia sie in guter, alter Crassley-Manier beide abserviert, nachdem sie mit Michael *und* Joey geschlafen hatte, und sich einen Geschäftsmann aus dem Ort gekrallt, mit dessen Gewinnen es seitdem steil bergab ging. Nia und ihre langfingrige Familie saugten ihn förmlich aus, und es würde nicht lange dauern, bis sie ihn in den Ruin getrieben hätten. Das war das Problem mit den Crassleys: Sie waren allesamt grauenhaft. Ellie hatte ihren Brüdern dringend geraten, die Finger von Nia zu lassen und sich schleunigst aus dem Staub zu machen, West Knoll am besten ganz den Rücken zu kehren, aber sie war sich ziemlich sicher, dass sie ihren Rat nicht befolgt hatten.

*Bzzz. Bzzz. Bzzz.*

Das war der Klingelton, den sie für ihre Brüder gewählt hatte. Aufdringlich und irgendwie nervenaufreibend.

»He«, meldete sie sich schließlich, bemüht, sich ihren Unmut nicht anmerken zu lassen. Ihre Augen ruhten noch immer auf dem gerade verfassten Text. Zu jovial? Sie hatte nie ein herzliches Verhältnis zu Tanner gehabt, aber sie wollte der Story Wärme geben. Sie dachte an Delta und runzelte die Stirn. Selbst wenn sie nicht persönlich auf ihn eingestochen hatte, hing sie irgendwie mit drin, das wusste Ellie.

»Scheiße, Ellie, dieser Doktor, mit dem du befreundet bist, wurde in seiner Klinik fast abgemurkst!«

»Ich weiß. Gibt es sonst noch was? Ich muss noch den letzten Schliff ...«

»Nia ist schwanger. Sie weiß nicht, ob von Michael oder mir.«

Ellie setzte sich aufrecht hin. »Was ist mit dem anderen Typen, diesem Geschäftsmann, mit dem sie zusammen ist?«

»Den hat sie schon vor drei Monaten verlassen.«

»Und ihr zwei habt euch wieder mit ihr abgegeben?« Sie schrie förmlich. Ihre Brüder waren solche Vollidioten! *Absolute Trottel!* Sie liebte sie inbrünstig, trotzdem waren sie einfach nur dämlich.

»Sie ist heiß«, lautete Joeys missmutige Antwort. »Was hätten wir denn tun sollen? Sie in die Wüste schicken, als sie heulend vor unserer Tür stand?«

»Nein, natürlich nicht. Auf die Idee wäre ich niemals gekommen«, erwiderte sie sarkastisch.

Die Zwillinge teilten sich ein Apartment. Sie hatten beide das College geschmissen und einen Job bei einem Logistikunternehmen in West Knoll gefunden. Die Vorstellung, dass sie eine Ménage-à-trois mit Nia führten, war grauenhaft, aber ein durchaus denkbares Szenario.

»Wir haben vor, es Mom und Dad zu erzählen. Ich wollte dir nur Bescheid geben: Falls du nichts mehr von uns hörst, hat Dad uns umgebracht.«

»Ihr solltet einen Vaterschaftstest machen«, riet Ellie mit eindringlicher Stimme. »Bei diesem Mädchen weiß man nie … Ihr müsst wissen, ob das Kind wirklich von einem von euch ist. Bitte seid einmal in eurem Leben vernünftig!«

Damit legte sie auf. Sie hatte jetzt keine Zeit für diesen Mist. Tanner lag im Krankenhaus, und Delta war dafür verantwortlich. Sie musste es nur noch beweisen.

»Lies das«, sagte sie wenig später, als sie mit ihrer Story in Robs Büro marschierte, und warf ihm die ausgedruckten Blätter auf den Schreibtisch.

Rob nahm sie, überflog die ersten Sätze und hob die Brauen. »Okay«, sagte er.

»Okay?«, wiederholte sie skeptisch. »Bedeutet das, ich habe grünes Licht?«

»Sieht bisher ganz gut aus. Fahr ins Krankenhaus und lass dich auf den neuesten Stand bringen. Vielleicht wacht Stahd auf und ist ansprechbar. Vielleicht ist er sogar bereit, dir als seiner alten Freundin ein Interview zu geben.« Er grinste anzüglich.

Ellie ignorierte seine Anspielung. Sollte er doch denken, was er wollte. Sie hatte viel zu hart gearbeitet, als dass man ihr nachsagen konnte, sie habe sich hochgeschlafen. Und die Sache mit Alton ... Nun, manche Chancen musste man eben nutzen.

»Ich werde sehen, was ich tun kann«, sagte sie und dachte an Zoras Anruf, bei dem sie ihr mitgeteilt hatte, dass Brian vermutlich nicht viel für sie ausrichten konnte. Egal. Irgendwie würde sie schon zu Tanner vordringen, bisher hatte sie doch immer erreicht, was sie sich in den Kopf gesetzt hatte.

»Wenn einer es schafft, zu ihm vorzudringen, dann du, Ellie«, sagte Rob, als hätte er ihre Gedanken gelesen. Er tippte mit dem Finger auf eine der Seiten. »Nimm ein paar von deinen ehemaligen Freundinnen mit. Ein Klassentreffen im Krankenhaus. Das wäre mal eine Story.«

# KAPITEL 17

*PIIEP!*

Das schrille, Unheil verkündende Geräusch, das die Nulllinie des Überwachungsmonitors auslöste, ließ Zoras Puls in die Höhe schnellen. Zusammen mit Ellie und Amanda stand sie im Gang vor Tanners Krankenzimmer im Laurelton General Hospital. Das Personal der Intensivstation war herbeigeeilt und hatte sie aus dem Raum gescheucht.

»Sie hat versucht, ihn umzubringen«, zischte Ellie.

Der Warnton und die hektischen Bemühungen von Arzt und Schwestern, Tanner zurückzuholen, machten Zora wahnsinnig. Am liebsten hätte sie sich die Ohren zugehalten. Ellie wollte unbedingt Delta die Schuld für den Angriff auf Tanner in die Schuhe schieben. »Das wissen wir nicht«, erklärte sie daher mit Nachdruck.

»Lasst uns doch einfach abwarten, bis wir Näheres in Erfahrung gebracht haben«, schaltete sich Amanda ein. Sie trug einen grauen Anzug und eine weiße Bluse mit einer großen Schleife am Hals, was völlig aus der Mode war und ihr trotzdem fantastisch stand. Zora fragte sich, ob sie etwas anderes hätte anziehen sollen; verglichen mit ihren Freundinnen kam sie sich etwas overdressed vor. Obwohl … *Freundinnen* war wohl nicht ganz der richtige Ausdruck. Ellie hatte eine lockere Baumwollhose und eine konservative, dunkelblaue Bluse gewählt, während Zora in einem schwarzen Rüschenkleid von Yves Saint Laurent und Louboutins aufgekreuzt war. Ach, im Grunde war das völlig egal. Es achtete ohnehin niemand darauf.

*PIIIEP!*

*Tanner ... bitte, er darf nicht sterben ... nicht Tanner ...*

»Ich finde heraus, wer ihm das angetan hat«, erklärte Ellie.

»Sagtest du nicht gerade, es sei Delta gewesen?«, erinnerte Amanda sie.

»Dann werde ich das eben beweisen«, korrigierte sie sich.

Der Polizist, der sie nach einem kurzen Telefonat mit dem Präsidium in Tanners Zimmer gelassen hatte, weil Dr. Evanston, der für Tanner zuständige Arzt, Ellie als Channel-Seven-Reporterin fünf Minuten zugestanden hatte, sah sie ehrfürchtig an. Ellie hatte behauptet, Amanda und Zora seien ihre Assistentinnen, und er hatte es ihr abgekauft. Ellie wusste, wie sie sich durchsetzen konnte, dachte Zora, während Brian mal wieder nichts erreicht hatte. Vielleicht hatte er auch gar nicht bei Gene Rawling angerufen.

Die Intensivschwester – »Alice Song« stand auf ihrem Namensschild – war dagegen gewesen, dass sie das Krankenzimmer gemeinsam betraten. Zu viel Aufregung für den Patienten, hatte sie behauptet, und offenbar hatte sie recht behalten. Weshalb Baileys Dad damit einverstanden gewesen war, konnte sich Zora nicht erklären, doch anscheinend ging er davon aus, dass von Tanners ehemaligen Schulkameradinnen keine Gefahr drohte.

Was, wenn Delta dabei gewesen wäre?

Dann hätten sie vermutlich keine Chance gehabt, an dem Polizisten vorbeizukommen, der vor der Tür Wache hielt, denn mit Sicherheit galt die Ehefrau wie in jedem Buch oder Film als Hauptverdächtige. Hatte Delta nicht auch allen Grund dazu, Tanner nach den vielen Seitensprüngen in einem Anfall von Eifersucht zu töten?

Das schrille Piepen hörte nicht auf. Zora war froh, der Enge des Krankenzimmers entkommen zu sein.

Die Warterei zog sich in die Länge und zerrte an ihren Nerven, ließ ihr Herz so heftig hämmern, dass sie meinte, es würde aus ihrer Brust springen. Kurz wurde ihr schwarz vor Augen, und sie musste sich an der Wand abstützen, damit sie nicht zu Boden sackte.

»Wird er durchkommen?«, fragte sie mit zitternder Stimme.

»Jetzt reiß dich mal zusammen!«, blaffte Ellie.

»Sei nicht so gemein. Ich möchte bloß wissen, was du denkst.«

»Wenn er stirbt, wird er nicht mehr erzählen können, was passiert ist«, sagte Amanda, kaltschnäuzig wie immer.

»Wir können ja Delta fragen«, erwiderte Ellie sarkastisch.

»Du solltest versuchen, auf den Einsatz von Folter zu verzichten, wenn du mit ihr sprichst«, schlug Amanda vor.

Ellie schnaubte.

»Denkt ihr, man wird sie verhaften?«, fragte Zora besorgt.

»Wenn es so etwas gibt wie Gerechtigkeit, dann ja«, erwiderte Ellie kurz angebunden und fing an, ihre Handtasche zu durchwühlen. »Wo ist bloß dieses blöde Handy …«, murmelte sie.

Zora schwieg eine Weile, dann wischte sie sich mit der Hand den dünnen Schweißfilm ab, der sich auf ihrer Stirn gebildet hatte. »Glaubt ihr, wir sind … verflucht?«, flüsterte sie.

»Ach, um Himmels willen!« Ellie entfernte sich kopfschüttelnd, das Telefon ans Ohr gedrückt.

Zora sah ihr nach. Ellie wirkte ziemlich angespannt, während Amanda wohl niemals die Kontrolle verlor. Zora fühlte sich elend. Sie hätte dringend jemanden zum Reden gebraucht, aber Ellie und Amanda waren ganz sicher nicht die richtigen Ansprechpartnerinnen. *Bailey.* Ja, mit Bailey hätte sie reden können, aber Bailey war tot.

»Erst ist Carmen gestorben, dann Bailey, und jetzt kämpft Tanner um sein Leben. Ach ja, nicht zu vergessen Penske und sein vermeintlicher Suizid im Rausch der Leidenschaft.« Amanda schnaubte erneut. »Ich würde sagen, wir sind mit Pech gesegnet.«

Zoras Blick schweifte zu Ellie, die anscheinend darauf wartete, dass ihr Gesprächspartner den Anruf entgegennahm.

»Glaubst du auch, dass Delta es getan hat?«, fragte sie Amanda.

»Ich bin da nicht so überzeugt wie Ellie.«

»Er hat ›D‹ gesagt«, gab Zora zu bedenken. »Du hast es auch gehört, oder?«

»Ja.«

Ellie machte kehrt. Hastig fragte Zora: »Bleibst du noch, A?« Unbewusst hatte sie Amanda bei ihrem alten Cliquennamen genannt.

Amanda schien es nicht zu bemerken.

»Ich würde gern wissen, ob er überlebt oder stirbt«, antwortete sie.

»Er wird nicht sterben«, wisperte Zora.

»Hörst du nicht den Monitor?«

»Doch …«

»Und? Was hörst du jetzt?«

Meinen eigenen Herzschlag, hätte Zora antworten können, so laut hallte er in ihrem Kopf wider. »Das Piepen«, erwiderte sie stattdessen. »Es ist schrecklich laut.«

»Sie versuchen, ihn zurückzuholen.«

Im selben Moment verstummte das Piepen.

Zora schlug entsetzt die Hand vor den Mund.

Die plötzlich eingetretene Stille war ohrenbetäubend, weit quälender als das schrille Geräusch.

»Sie haben ihn aufgegeben«, stellte Amanda sachlich fest.

»Aber ... das geht nicht! Tanner darf nicht sterben!«, stieß Zora hervor und fing an zu schluchzen.

»Mein Gott«, sagte Ellie zutiefst schockiert.

Amanda sah Zora an. »Alles okay? Du siehst aus, als würdest du jeden Augenblick umkippen.«

»Es geht schon«, flüsterte Zora, obwohl ihr erneut schwarz vor Augen wurde.

»Ich fahre dich nach Hause.«

»Ich ...«

Die Tür von Tanners Krankenzimmer öffnete sich. Schwester Alice trat mit resigniertem Gesichtsausdruck in den Gang. Zora, Ellie und Amanda umringten sie.

»Ist er ...?«, fragte Zora mit zitternder Stimme.

Die Schwester sah sie an und antwortete sachlich: »Dr. Evanston wird die Familie informieren.«

»Er ist tot«, stellte Ellie tonlos fest.

»Kommt«, sagte Amanda grimmig, fasste Zora beim Arm und zog sie in Richtung Ausgang. Als sie merkte, dass Ellie ihr nicht folgte, blieb sie stehen. »Was ist?«, fragte sie unfreundlich. »Willst du hier Wurzeln schlagen?«

»Das nicht unbedingt«, erwiderte Ellie, »aber ich will mich noch ein wenig umsehen. Vielleicht kann ich Dr. Evanston zu einem Interview überreden. Aber ihr, meine lieben *Assistentinnen*« – sie verzog die Lippen zu einem schiefen Grinsen –, »seid selbstverständlich entlassen.«

So schnell sie konnte, fuhr Delta zum Krankenhaus, nachdem sie Owen zu ihrer Mutter gebracht hatte. Sie hatte sich dafür entschieden, ihn heute nicht in die Vorschule zu bringen, da sie vermeiden wollte, dass er etwas über Tanner erfuhr. Gestern hatte sie es einfach nicht übers Herz gebracht, ihm zu sagen, dass sein Dad schwer verletzt im Krankenhaus lag, sie wollte zunächst sichergehen, dass er es schaffen würde, bevor sie mit dem Kleinen sprach. Sie bog gerade auf den Parkplatz des LGH ein, als Amanda das Gebäude verließ. Sie hatte Zora untergehakt und führte sie zu einem schwarzen Lexus-SUV. Amandas Wagen, nahm Delta an, denn Amanda entriegelte die Türen und begleitete Zora zur Beifahrertür, bevor sie um die Motorhaube herumging und auf der Fahrerseite einstieg.

Was mochte das bedeuten? Bestimmt nichts Gutes.

Sie schloss die Hände ums Lenkrad. Ihre Finger verkrampften, der Rest ihres Körpers ebenfalls. Gestern war sie nach der Befragung im WKPD zu Smith & Jones gefahren. Ihr Dad hatte sie in seine Arme gezogen, um seine »Delli« zu trösten, und sie war zusammengebrochen und hatte hemmungslos geweint. Zum Glück hatte die beginnende Demenz ihres Vaters durch den Stress nach dem Übergriff auf Tanner keinen Schub bekommen. Ihre Mutter hatte sie ebenfalls getröstet und angeboten, Owen über Nacht zu sich zu nehmen, aber Delta brauchte die Nähe ihres Sohnes, auch wenn es ausgesprochen schwer war, ihm etwas vorzumachen. Beim Abendbrot – es gab Owens Lieblingsgericht: Makkaroni mit Käse – hatte er sich plötzlich suchend in der Küche umgesehen und gefragt: »Was ist mit den Messern passiert, Mommy?«

»Was meinst du?«, hatte sie schockiert erwidert.

»Das sind nicht unsere Messer.«

Er war sechs. Wie viel bekam er tatsächlich mit? Jede Menge, wurde ihr klar, und sie spürte, wie sich die Schlinge zusammenzog. »Die sind neu«, sagte sie zögernd und hoffte inständig, er würde nicht wissen, *wann* sie den Messerblock ausgetauscht hatte. Es war lächerlich. Sie hätte niemals so dumm sein dürfen. Lynda, ihre Protagonistin in *Blutige Träume,* wäre niemals derart in Panik verfallen.

Die Polizei wusste, dass sie wegen des Messers gelogen hatte, dafür hatten Tia und Amy gesorgt. Sie würde reinen Tisch machen müssen. Vielleicht sollte sie den ursprünglichen Messerblock aus seinem Versteck auf dem Dachboden holen und wieder auf die Anrichte stellen. Sie könnte behaupten, sie habe das Messer vor lauter Stress nicht erkannt, doch jetzt hatte Owen die Veränderung bemerkt. Was, wenn er sich verplapperte, sollte die Polizei mit ihm reden?

»Wie konntest du nur so dumm sein?«, schalt sie sich selbst, während sie beobachtete, wie Amandas schwarzer Lexus aus der Parklücke rollte. War sie etwa mit Zora bei Tanner gewesen? Zweifellos. Doch wie waren sie hereingekommen? Hatte der Wachposten die beiden tatsächlich zu ihm gelassen?

Ihr Handy klingelte. »LGH« blinkte auf dem Display auf.

Einen Moment starrte sie wie gelähmt auf den kleinen Bildschirm. Ein Teil von ihr wusste, was nun kommen würde. Ihr Herz setzte zu einem harten, ungleichmäßigen Stakkato an. »Hallo?«, meldete sie sich.

»Mrs. Stahd? Spreche ich mit der Ehefrau von Dr. Tanner Stahd?«, fragte eine Frauenstimme.

»Ja«, stieß Delta erstickt hervor.

»Hier spricht Schwester Alice Song. Ich rufe im Auftrag von Dr. Evanston an. Ist es möglich, dass Sie ins Krankenhaus kommen?«

»Er ist tot, nicht wahr?«

»Sie sollten kommen und mit Dr. Evanston sprechen.«

»Das mache ich. Bitte sagen Sie mir, dass er lebt.«

»Es wäre das Beste, wenn Sie …«

Delta hörte nicht länger zu. Blendete die Stimme am anderen Ende der Leitung aus. Durch die Windschutzscheibe beobachtete sie, wie der Wind eine Plastiktüte über den Parkplatz wehte. Auf und ab, bis sie auf dem Boden landete und nach einem kurzen Moment erneut in die Höhe wirbelte.

Es war nicht nötig, dass Schwester Alice zu Ende sprach. Delta wusste längst, was sie ihr sagen wollte.

»Ich komme«, sagte sie. »Ich komme.«

Sie wischte das Gespräch weg, blieb im Wagen sitzen und sah weiter der Plastiktüte zu.

McCrae wachte auf, weil Fidos nasse, raue Zunge über sein Gesicht leckte. Schlaftrunken warf er einen Blick auf die Uhr. »Wieso weckst du mich so spät?«, fragte er den Hund, sprang aus dem Bett und stürmte unter die Dusche. Als er aus dem Bad kam, wartete Fido bereits vor der Tür auf ihn. Er wirkte leicht ungeduldig, weil sich sein Frühstück verspätete.

McCrae fütterte ihn und schnitt eine Grimasse, als er erneut auf die Uhr blickte. 9.50 Uhr. Niemand würde ihm einen Vorwurf machen, wenn er heute später kam; er hatte während der letzten beiden Tage beinahe durchgehend gearbeitet.

Als er endlich im Auto saß und zum Präsidium fuhr, hörte er, wie eine Nachricht einging. Gleichzeitig klingelte sein Handy. Quin war am Apparat.

»Tanner Stahd ist gerade gestorben«, teilte ihm der Detective mit.

»Scheiße.«

»Kommst du ins Department?«

»Bin schon unterwegs.«

»Corolla hat gerade angerufen. Bestimmt hat er dir eine Nachricht geschickt.«

»Hat er«, sagte McCrae und versuchte, die Neuigkeit zu verarbeiten, dass sein ehemaliger Klassenkamerad tot war. Er warf einen Blick auf seine Nachrichten und stellte fest, dass es tatsächlich Corolla war, der ihm geschrieben hatte. Er teilte ihm mit, dass Tanner trotz etlicher Wiederbelebungsversuche verstorben war. Ellie O'Brien von Channel Seven sei mit ihren beiden Assistentinnen Zora DeMarco-Timmons und Amanda Forsythe in Tanners Krankenzimmer gewesen, als der Überwachungsmonitor Alarm schlug. Quin und Dr. Evanston hatten Ms. O'Brien fünf Minuten bei dem Schwerverletzten gestattet. Er sei die ganze Zeit über dabei gewesen, die drei Frauen seien nicht in die Nähe von Tanners Krankenbett gekommen.

*Ellie O'Brien und »ihre Assistentinnen«.*

Wäre die Situation nicht so traurig gewesen, hätte McCrae laut gelacht.

Aber nun war Tanner tot, und sie hatten es definitiv mit Mord zu tun.

*Wer hat ihn getötet? Und warum?*

Er musste unbedingt ein mögliches Motiv in Erfahrung bringen. McCrae glaubte nicht daran, dass Delta ihren Mann ermordet hatte, auch wenn Quin sie nach wie vor für die Hauptverdächtige zu halten schien. Ja, die zahlreichen brutalen Stichverletzungen wiesen auf ein Verbrechen aus Leidenschaft hin – enttäuschte Erwartungen, Eifersucht, Wut. Dennoch … Tanner hatte Delta schon auf der Highschool hintergangen, er glaubte nicht, dass ihre Emotionen ausgerechnet jetzt außer Kontrolle gerieten, erst recht nicht, da sie mittlerweile Mutter eines Sohnes im Vorschulalter war. Hatte sie nicht ausgesagt, Tanner habe sie zu sich in die Klinik bestellt, weil er ihr »etwas sagen« wollte?

Kurze Zeit später steckte er den Kopf durch die offene Tür von Quins Büro. »Ich will nur kurz Hallo sagen. Bin gleich wieder weg, ich fahre ins Krankenhaus.«

»Setz dich eine Minute.«

McCrae, der sich schon wieder abgewandt hatte, drehte sich um und betrat den Raum.

»Aber wirklich nur für eine Minute«, sagte er und nahm auf einem der beiden Stühle vor Quins Schreibtisch Platz. Es war ungewöhnlich, dass sein Vorgesetzter ihn um ein Gespräch unter vier Augen bat. Für gewöhnlich pflegten sie einen eher lockeren Umgang.

»Ich weiß, wie du für Delta empfindest«, begann Quin, »aber ich empfinde nicht dasselbe. Sie ist schön, doch sie ist aller Wahrscheinlichkeit nach eine Mörderin. Sie ist nicht mehr die Delta, mit der du zur Schule gegangen bist.«

»Das habe ich auch nie behauptet.«

»All diese Mädchen ... Baileys Freundinnen ...« Sein Blick wurde finster.

Der Übergriff auf Tanner ließ Quin den Tod seiner Tochter erneut durchleben, das verstand McCrae. Er war noch nicht dazu gekommen, ihm mitzuteilen, dass er endlich den Barkeeper ausfindig gemacht hatte, James Carville, der Bailey und Justin Penske am Abend ihres Todes bedient hatte, und das holte er jetzt nach.

»Wo ist er?«, wollte Quin wissen und stand bereits von seinem Stuhl auf.

»Er ist vor Kurzem nach Eugene gezogen, wo er bei seiner Schwester wohnt und in einer Bar arbeitet, dem Duck-Duck Inn. Ich werde ihn aufsuchen, sobald es die Ermittlungen im Mordfall Tanner Stahd zulassen.«

»*Ich* sollte ihn befragen!«, stieß Quin angespannt hervor.

»Du solltest ihn ganz bestimmt nicht vernehmen«, hielt

McCrae dagegen. »Du bist Baileys Vater, du bist zu nah dran. Wenn der Kerl irgendetwas weiß, werde ich es in Erfahrung bringen, versprochen.«

Quin sah aus, als wollte er widersprechen, aber er hielt sich zurück. McCrae stand auf und ging zur Tür.

»Corinne hat Hurston angerufen.«

McCrae erstarrte, dann drehte er sich langsam zu Quin um. »*Wie bitte?*«

»Du hast ihr nichts von Carville erzählt, oder?«

»Nein, zum Teufel.«

Die Vorstellung, dass der Superdetective aus Portland in Kontakt mit Corinne stand, bereitete ihm Bauchschmerzen. Er wollte nicht, dass der Mann erneut in West Knoll und Umgebung herumschnüffelte, wenn er dabei war, einer Spur zu folgen, die Hurstons Theorie des erweiterten Selbstmords zunichtemachte. Hurston war ein ehrgeiziger Mensch, der nicht einfach zusehen würde, wenn andere ihm einen Fehler nachweisen wollten. Er interessierte sich weniger für Recht und Unrecht als vielmehr dafür, wie er dastand, und ein Fehler dieser Größenordnung würde ihn schlecht dastehen lassen.

Während McCrae zum Krankenhaus fuhr, schweiften seine Gedanken von Hurston zu Corinne. Gegen Ende ihrer Beziehung, während einer ihrer mittlerweile zur Regel gewordenen Streitereien, hatte sie ihn angeschrien: »Du scherst dich doch einen Dreck um irgendwas, Chris! Dir ist alles egal, total egal!«

So brachte sie ihren Unmut zum Ausdruck, wenn sie sich nicht genügend von ihm beachtet fühlte, was mit der Zeit immer häufiger der Fall gewesen war. »Ich schere mich um sehr viele Dinge«, hatte er widersprochen, da er ihre Beschuldigungen satthatte.

»Ich meine aber nicht Dinge, ich meine *Menschen,* Chris. Menschen interessieren dich nicht. Obwohl ... Nein, das ist nicht richtig«, stellte sie klar, als sie sah, dass er erneut widersprechen wollte. »Du interessierst dich für Menschen, *die du nicht kennst.* Sobald irgendwer ein Problem hat, bist du genau der Richtige. Ein Fremder, der gebraucht wird ... Officer Chris McCrae, stets zu Diensten!«

»Das ist mein Job, Corinne. Ich ...«

»Menschen, die dir *nahestehen,* sind dir dagegen gleichgültig«, fauchte sie. »Für dich zählt nur, in den Augen der anderen ein Held zu sein. Du saugst die Anerkennung auf, als wäre sie ein Lebenselixier. Nein, nein ...« Sie hob warnend den Finger, als er den Mund öffnete. »Sag nichts. Ich weiß eh, dass nur noch mehr Bullshit dabei rauskommt.«

»Ich rede keinen Bullshit.«

»Doch!«, brüllte sie.

Und dann hatte sie ihren Pulli genommen, der über der Lehne eines der Küchenstühle hing, und war zur Tür hinausmarschiert. Zwei Tage später kehrte sie zurück, als er nicht da war, sammelte ihre Habseligkeiten ein und zerschmetterte ein Foto von ihnen beiden, das sie eingerahmt auf den kleinen Tisch neben der Couch gestellt hatte. Er hatte die Einzelteile und Scherben aufgefegt und in den Müll geworfen.

Das war das Ende ihrer privaten Beziehung gewesen, nicht aber ihrer beruflichen. Sie arbeiteten zusammen, obwohl sie nur noch selten ein Wort miteinander wechselten.

Und jetzt rief sie Hurston an?

Aufgewühlt setzte McCrae seinen schwarzen Explorer in eine freie Parklücke vor dem Laurelton General Hospital. Er war nicht eifersüchtig, weil Corinne und Hurston sich offenbar gut verstanden, aber er fühlte sich hintergangen. Sie hatte sich hinter seinem Rücken mit dem Feind verbündet, und das bedeutete nichts Gutes.

Mit großen Schritten überquerte er den Parkplatz und betrat den Eingangsbereich. Vor den Aufzügen blieb er stehen und drückte auf *Untergeschoss*. Er war sich sicher, dass sich Tanner bereits in der Leichenhalle befand.

Unten angekommen, ging er den Gang entlang in die entsprechende Richtung. Vor der Tür stieß er auf Delta, die mit einem Mann in einem weißen Kittel sprach, laut Namensschild ein gewisser Dr. Evanston. Delta drehte sich um und sah ihn an, und McCrae wusste augenblicklich alles, was er wissen musste.

»Er ist tot!«, stieß sie tonlos hervor.

Automatisch streckte er die Hand nach ihr aus und zog sie in seine Arme.

*Das darf doch nicht wahr sein,* dachte Ellie und blieb wie angewurzelt stehen, als sie auf der Suche nach der Leichenhalle auf Delta und Chris McCrae in inniger Umarmung stieß. Der Arzt, der bei ihnen stand, entdeckte Ellie und machte ein paar Schritte in ihre Richtung, doch sie warf einen Blick auf die Uhr und schüttelte den Kopf, als sei ihr gerade ein wichtiger Termin eingefallen, dann drehte sie sich um und ging zurück zum Aufzug. Sie würde warten, bis Delta und McCrae weg waren, da sie auf keinen Fall wollte, dass die beiden zugegen waren, wenn sie versuchte, Dr. Evanston zu einem Interview zu überreden.

Der Aufzug pingte, die Türen glitten auseinander, Ellie setzte sich in Bewegung, um die Kabine zu betreten – und wäre beinahe mit Tanners Vater zusammengeprallt. Lester Stahds Gesicht war dunkelrot vor Zorn. Eine interessante

Gefühlslage für einen Mann, der soeben seinen Sohn verloren hatte.

Er schien sie nicht einmal zu bemerken, doch seine Frau, die ihm auf den Fersen folgte, erkannte sie und warf ihr einen undeutbaren Blick zu.

»Mr. Stahd«, sagte Ellie.

Stahd senior blieb stehen und drehte sich zu ihr um. Jetzt schien auch er sie zu erkennen. »Sie sind diese Reporterin.«

*Wow,* dachte Ellie, *er hat dich nicht »Wetterfee« genannt. Deine gelegentlichen Einsätze als Pauline-Kirby-Vertretung zahlen sich aus. Du machst dich!*

»Ja.« Sie bemühte sich, einen toughen Gesichtsausdruck aufzusetzen, was ihr nicht sonderlich schwerfiel, obwohl sie gerade Tanners Tod miterlebt und Delta und McCrae Arm in Arm gesehen hatte.

»Dann sagen Sie es ihnen! Sagen Sie der Polizei und der Öffentlichkeit, dass sie es war! Sie hat meinen Sohn erstochen.«

»Sie meinen Delta?«, hakte Ellie vorsichtig nach.

»Er hätte sie niemals heiraten dürfen!«, tobte Lester Stahd. »Sie hat so getan, als wäre sie schwanger von ihm. Hat ihn reingelegt, ja, das hat sie. Wollte nur an sein Geld, und dann wollte sie sich scheiden lassen. Mein Enkel wird bei mir aufwachsen, lassen Sie sich das gesagt sein!«

»Ich glaube, Sie irren sich«, entgegnete Ellie vorsichtig. »Das war nicht Delta.« Sie wollte ihn nicht direkt korrigieren, zumal auch sie Delta für schuldig hielt, aber Amanda war diejenige gewesen, die Tanner angeblich geschwängert hatte.

»Sie hat ihn sich hörig gemacht.« Stahd senior ließ sich nicht bremsen. »Hat ihre Schönheit benutzt, um ihn auszutricksen!«

Seine Frau fasste ihn am Arm und warf Ellie einen finsteren Blick zu.

»Jetzt schrei doch nicht so«, sagte sie zu ihrem Mann. »Es ist alles schrecklich genug, da musst du nicht auch noch laut werden.«

»Ist sie bei ihm?«, fragte er und deutete mit dem Daumen in Richtung Leichenhalle.

»Ich … ähm … ja, Delta ist da«, stammelte Ellie und überlegte kurz, ob sie ihn warnen sollte, dass er seine Schwiegertochter in den Armen des ermittelnden Detectives vorfinden würde. »Wären Sie bereit, mir ein Interview zu geben?«, fragte sie stattdessen. »Wie Sie sicher wissen, arbeite ich für Channel Seven.«

»Meine Schwiegertocher hat meinen Sohn ermordet, mehr gibt es dazu nicht zu sagen.«

»Oh, Schatz«, gurrte seine Frau und presste die Hand auf ihren ausladenden Busen, ohne Ellie aus den Augen zu lassen. »Oje, oje.«

Lori, erinnerte sich Ellie. Die ihn wegen eines reicheren Mannes verlassen hatte und reumütig zurückgekommen war.

*Wenn das mal kein Fehler gewesen war.*

Tanners Dad hielt einen Moment inne, als würde er langsam begreifen, dass sein Sohn wirklich tot war, dann setzte er seinen Weg zur Leichenhalle fort.

»Vielleicht möchten Sie mir doch ein Interview geben?«, rief Ellie ihm nach. So schnell würde sie nicht lockerlassen.

Tatsächlich blieb Stahd senior ein weiteres Mal stehen und überlegte kurz. »Ja«, sagte er dann. »Warten Sie hier auf mich. Ich bin gleich wieder da.«

Ellie sah ihm nach, wie er schnellen Schritts durch den Gang eilte. Lori trippelte ihm hinterher, in Manolo Blahniks, die Ellie sich schon seit Ewigkeiten wünschte, sich aber niemals würde leisten können. Als die zwei außer Sichtweite waren, fuhr sie nach oben und trat hinaus auf den Parkplatz, um Rob anzurufen und ihm mitzuteilen, dass Tanners Vater ihr ein Interview geben würde.

»Okay«, sagte Rob. »Hol raus, was du rausholen kannst.«

Anschließend kehrte sie ins Untergeschoss zurück. Während sie auf Lester Stahd wartete, verspürte sie einen Anflug von schlechtem Gewissen, den sie augenblicklich zurückzudrängen versuchte. Ja, es tat ihr sehr leid, dass Tanner tot war, und sie wollte ganz bestimmt, dass der Verantwortliche dafür zur Rechenschaft gezogen wurde – ob es sich nun um Delta handelte oder nicht. Es gab allerdings keinen Grund, tatenlos herumzusitzen und zu trauern. Es wartete Arbeit auf sie, wichtige Arbeit. Sie würde die Öffentlichkeit informieren – und ja, gleichzeitig ihre Karriere vorantreiben.

# KAPITEL 18

Tot. Tanner war tot. Nicht verletzt und auf dem Weg der Besserung. Tot.

Delta hätte sich am liebsten in McCraes Armen vergraben, doch diese waren ein *trügerischer* sicherer Hafen. Sie spürte die Distanz zwischen ihnen, obwohl er sie an sich gezogen hatte, um sie zu trösten.

»Ich … habe ihn gesehen«, stammelte sie, nachdem sie sich von ihm gelöst hatte.

McCrae schaute auf die Tür mit der Aufschrift *Leichenhalle*.

»Sind Sie ein Verwandter?«, fragte Dr. Evanston McCrae und warf einen Blick auf die Uhr.

»Nein«, antworteten Delta und McCrae gleichzeitig.

»Ich bin ein alter Freund«, erklärte McCrae. Anscheinend kam es ihm seltsam vor, in dieser Situation seine Dienstmarke zu zücken.

»Dann darf ich mich verabschieden«, sagte der Arzt und reichte erst Delta, dann McCrae die Hand. »Die Pflicht ruft.«

Er war kaum außer Sichtweite, als Tanners Vater und Lori auf der Bildfläche erschienen.

»Lester!«, stieß Delta mit zusammengeschnürter Kehle hervor.

Stahd senior musterte McCrae durchdringend, dann wandte er sich seiner Schwiegertochter zu.

»Das ging aber schnell, Mädchen«, stellte er abschätzig fest.

»Lester«, protestierte Lori schwach.

»Es tut mir so leid«, flüsterte Delta.

Es war kein Geständnis, aber Stahd schien es so aufzufassen. Er plusterte sich auf und schien sich auf sie stürzen zu wollen.

Vorsichtshalber trat McCrae dazwischen.

»Sie!« Stahd stieß mit zitterndem Zeigefinger in McCraes Richtung. »Ich werde die Polizei verklagen, weil sie eine Mörderin deckt! Sie werden Ihren Job verlieren. Vielleicht stecken Sie ja mit ihr unter einer Decke!«

Lori stöhnte.

»Ist alles in Ordnung?«, fragte McCrae, an Lesters Frau gewandt.

»Lassen Sie meine Frau in Ruhe!«, knurrte Stahd.

»Es geht schon«, sagte Lori, obwohl sie aussah, als würde sie jeden Augenblick von ihren hohen Absätzen kippen.

»Ich fahre jetzt zu meiner Mutter«, teilte Delta McCrae mit. »Die Presse ...« Sie hob die Hand und ließ sie kraftlos wieder fallen. »Wenn die Medien davon erfahren, wird vor dem Haus sicher noch mehr los sein.«

»Du denkst wie immer nur an dich«, schnauzte Stahd und reckte angriffslustig das Kinn vor. Offenbar war Zorn für ihn die einzige Möglichkeit, mit seinem Verlust umzugehen.

»Ich kann nicht glauben, dass er tot ist.« Deltas Worte waren kaum mehr als ein Flüstern.

Lester spuckte ihr förmlich vor die Füße. McCrae zog Delta zurück, was ihn anscheinend noch wütender machte.

»Ich kriege Owen, wenn du ins Gefängnis wanderst. Mein Enkel braucht ein anständiges Zuhause.«

»Ich werde weder ins Gefängnis wandern, noch wirst du Owen bekommen. Er ist mein Sohn.«

»Du hast seinen Vater umgebracht!«

»Wag es ja nicht, mir das zu unterstellen. Du weißt genau, dass ich es nicht war. Ich wäre niemals zu einer so entsetzlichen Tat fähig. Mir ist bewusst, dass du außer dir bist vor Kummer, aber hör auf, mich zu beschuldigen. Das hilft keinem von uns weiter.«

»Ich werde dich verklagen!«, tobte er, dann wiederholte er die Worte wie ein Mantra, als würden sie ihm Kraft spenden.

»Wir sollten jetzt alle mal tief durchatmen«, schlug McCrae vor.

»Lester, lass uns nach Hause fahren«, bat Lori.

»Ich will erst zu meinem Sohn«, beharrte Stahd senior. »Und anschließend werde ich dafür sorgen, dass ihm Gerechtigkeit widerfährt.«

Deltas Augen fingen an zu brennen. Sie wollte noch einmal ihre Unschuld beteuern, doch Tanners Vater hörte ohnehin nicht zu.

»Du hast ihn mir weggenommen«, geiferte er. »Und dafür wirst du bezahlen!«

»Lester!«, ließ Lori sich erneut vernehmen, diesmal lauter.

Delta wandte sich ab und rannte blind vor Tränen zum Aufzug. Sie schlug zum wiederholten Male die Handfläche gegen den Knopf, als McCrae neben ihr auftauchte.

»Ich war's nicht.« Inzwischen wusste sie nicht mehr, wie oft sie diese Worte schon gesagt hatte.

»Soll ich dich zu deiner Mutter bringen?«, bot McCrae an.

»Nein, danke, ich schaffe das schon.«

»Sicher?«

»Klar.« Sie brachte ein schiefes Lächeln zustande. »Ich kann doch nicht ständig West Knolls besten Ermittler von der Arbeit abhalten.«

»Keine Widerrede, Delta«, sagte er ernst. »Ich fahre dich zu deinen Eltern. Du solltest in deinem Zustand nicht ins Auto steigen.«

Diesmal zuckte sie nur die Achseln. Was für einen Sinn machte es, sich gegen sein freundliches Angebot zu wehren? Außerdem hatte er recht. Nicht dass sie noch einen Unfall baute.

Er brachte sie zu Smith & Jones, wo sie ihren Eltern in die Arme fiel und in Tränen ausbrach.

Owen kam aus dem Hinterzimmer, einen Plastikdinosaurier in der Hand. Er musterte McCrae mit stummem Misstrauen. McCrae verabschiedete sich und stieg wieder in seinen Wagen.

Delta fühlte sich seltsam leer, als er weg war. Vielleicht hatte Lester Stahd ja recht, vielleicht suchte sie tatsächlich Trost bei einem anderen Mann, noch bevor Tanner unter der Erde war. Sie wusste selbst nicht mehr, was sie denken sollte. Schluchzend zog sie Owen in ihre Arme und drückte ihn an sich, dann schloss sie die Augen und atmete tief seinen süßen Kinderduft ein.

Als McCrae ins Präsidium zurückkehrte, fand er eine Nachricht von Dean Sutton auf seinem Anrufbeantworter vor. Bevor er ihn zurückrief, las er den Bericht der Spurensicherung, um herauszufinden, ob sich am Tatort irgendwelche neuen Hinweise ergeben hatten. Dies war nicht nicht der Fall, und die einzigen Fingerabdrücke, die man sicherstellen konnte, stammten von Delta und dem Personal der Tagesklinik.

Der Mörder hatte anscheinend Handschuhe getragen, trotzdem beschloss McCrae, Tia Marvin, Amy Panterra und Candy, die Ernährungsberaterin, zu durchleuchten. Quin hatte bereits den Rest des Teams überprüft, das hauptsächlich aus Physiotherapeutinnen und einigen Schwestern bestand, aber er hatte nichts Auffälliges finden können. Anders als sein Boss, der sich auf Delta eingeschossen hatte, genau wie Lester Stahd, wollte McCrae sich nicht festlegen.

»Hallo, Coach«, begrüßte McCrae den ehemaligen Footballtrainer, als dieser ans Telefon ging, »hier spricht Chris McCrae.«

»Chris!«, rief Sutton, als würde er mit einem Freund sprechen, den er seit Ewigkeiten nicht mehr gesehen hatte.

Sie plauderten ein paar Minuten miteinander, oder vielmehr: Der Coach schwelgte in Erinnerungen, während McCrae nur mit halbem Ohr zuhörte. Er musste sich alle Mühe geben, nicht ungeduldig zu werden, denn er wusste, dass ihnen die Zeit davonlief, und er hatte noch einiges auf dem Zettel. Endlich ergab sich die Gelegenheit, Sutton ins Wort zu fallen. »Quin sagt, Sie hätten Delta gesehen, kurz bevor Tanner in seiner Klinik angegriffen wurde?«

»Das ist richtig«, bestätigte der Coach. »Sie war im Bengal Room. Waren Sie schon mal dort? Früher lag da ein echtes Tigerfell auf dem Boden, aber das ist lange her. Heute ist alles modern, schick, aber nett. Es ist nicht weit entfernt von meiner aktuellen Arbeitsstelle, deshalb bin ich manchmal dort. Auch meine Wohnung ist ganz in der Nähe.«

»Sie haben gar nicht mit Delta gesprochen«, stellte McCrae fest.

»Nein. Sie war zu beschäftigt damit, mit einem Mann zu flirten. Jonah Masterer. Ich kenne den Kerl. Kommt oft her, um Frauen abzuschleppen.«

»Sie hat *geflirtet?*«, wiederholte McCrae gedehnt. Er wusste, dass Delta bei der Informationsveranstaltung mit einem Mann gesprochen hatte, aber Sutton rückte die Begegnung in ein anrüchiges Licht.

»Ja. Mehr war da aber nicht. Delta ist noch genauso hübsch wie früher, und sie hat förmlich gestrahlt im Schein seiner Aufmerksamkeit. Anscheinend bekommt sie die in ihrer Ehe nicht mehr, zumindest nicht in dem Maße, wie sie es sich wohl wünscht. Ich hoffe, Tanner ist netter zu ihr, wenn er aus dem Krankenhaus entlassen wird.«

McCrae teilte ihm nicht mit, dass die ehemalige Footballhoffnung bereits in der Leichenhalle lag. Seiner Ansicht nach musste die Familie entscheiden, wann und wie sie seinen Tod publik machen wollte.

»Wie dem auch sei: Nachdem Delta weg war, hat sich Masterer damit gebrüstet, er würde sich später noch mit ihr treffen. Ich bin mir allerdings nicht sicher, ob es je dazu gekommen ist.«

»Eher nicht.«

»Hören Sie, Chris, ich möchte ganz bestimmt nicht schlecht über Delta sprechen. Nettes Mädchen, immer schon gewesen. Trotzdem dachte ich, dass ihr das wissen solltet. Ich glaube zwar nicht, dass sie etwas mit der Attacke zu tun hat, aber immerhin passt wohl das Zeitfenster genau.« Er wartete kurz ab, ob McCrae etwas dazu sagen würde, und als er das nicht tat, schwärmte er noch eine Weile von Tanner – was für ein Ausnahmesportler er doch gewesen sei und was für ein talentierter Arzt. »Ich bin mir sicher, dass er bald wieder auf die Beine kommt«, schloss er sein Loblied. McCrae fühlte sich schlecht, weil er ihm nicht die Wahrheit sagte, aber der Coach würde sie ohnehin bald erfahren.

McCrae notierte sich Masterers Namen. Nur weil er Delta nicht für eine Mörderin hielt, würde er diese Spur nicht kalt werden lassen.

Er wollte das Telefonat gerade beenden, als Sutton vorschlug: »Treffen wir uns im Bengal Room, dann können wir ein Bier zusammen trinken und über alte Zeiten plaudern …«

»Ich bin im Augenblick ziemlich beschäftigt«, lehnte McCrae höflich ab.

»Sie wollen doch bestimmt mit Masterer sprechen, Chris. Seien Sie gegen halb acht da, dann werden Sie ihn höchstwahrscheinlich antreffen. Außerdem würde ich gern noch ein paar andere Dinge mit Ihnen besprechen.«

»Worum geht es denn?«, fragte McCrae, unentschlossen, ob er sich die Zeit für seinen ehemaligen Highschool-Footballtrainer nehmen sollte.

»Na schön, wenn Sie unbedingt am Telefon darüber reden wollen … Es geht um eure Abschlussparty, damals, bei den Forsythes. Man hat mir die Schuld an all dem zugeschoben, was an jenem Abend passiert ist, und glauben Sie mir, auch ich mache mir deswegen bis heute große Vorwürfe.«

McCrae warf einen ungeduldigen Blick auf die Uhr. Es war sicher interessant, zu erfahren, welche Sicht der Coach auf die Dinge hatte, aber er erinnerte sich nur allzu gut daran, wie leicht Sutton abschweifte, wenn er einmal angefangen hatte, zu reden.

»Ich bin euch damals nicht in den Wald gefolgt, obwohl ich mir schon denken konnte, was dort abging, aber Genaues weiß ich natürlich nicht. Ich wollte euch ein bisschen Freiheit zugestehen, und ich hätte nicht damit gerechnet, dass die Dinge derart aus dem Ruder laufen. Allerdings ist mir zu Ohren gekommen, dass Sie auch dort waren … mit Ellie O'Brien.«

»Nun ja …«, erwiderte er leicht verlegen.

»Das muss Ihnen nicht peinlich sein, Chris. Den Rest erzähle ich Ihnen später. Bis morgen Abend.« Der Coach legte auf. Ausnahmsweise schien er gespürt zu haben, dass er McCrae auf unangenehmes Terrain geführt hatte.

McCrae betrachtete nachdenklich den Hörer. Er hoffte, dass Coach Sutton mehr zu bieten hatte als einen Ausflug in eine Vergangenheit, die er am liebsten in den tiefsten Tiefen seines Gedächtnisses vergraben hätte.

Zora stand zu Hause im Badezimmer und starrte blicklos in den Spiegel. Sie konnte nicht klar denken. Tanner war tot. Erst Carmen, dann Bailey und jetzt auch noch Tanner. Ihre Freunde. Und Penske. Ihr Klassenkamerad. Zwei von den Fantastischen Fünf, der Junge, für den alle geschwärmt hatten, und ein Mitläufer.

Wieder einmal dachte sie an die heimliche Zeit mit Tanner und an Amanda, die behauptet hatte, ein Kind von ihm zu bekommen. Oh, wie gern hätte sie ein Baby mit ihm gemacht! Aber dieses Glück war Delta vorbehalten gewesen.

Bei der Hochzeit von Delta und Tanner hatte sie geweint, und auch wenn sie schwor, dass es Glücktränen gewesen waren, hatte sie das Gefühl gehabt, etwas Bedeutendes zu verlieren.

*Er sollte der Vater deiner Kinder werden. Owen sollte dein Sohn sein.*

Er war es aber nicht, und nun war Tanner tot.

Sie zupfte ein Kosmetiktuch aus dem Spender, tupfte ihre Tränen ab und putzte sich die Nase. Beim Anblick ihres Spiegelbilds lief ihr ein Schauder den Rücken hinunter. Sie sah fürchterlich aus.

Gequält erneuerte sie ihr Make-up und trug jede Menge Rouge auf, weil sie so blass aussah, beinahe grau. Endlich war sie mit dem Ergebnis zufrieden, trat vor den Kleiderschrank und entschied sich nach einigem Hin und Her für ein hellgraues Mantelkleid mit aufgesetzten Taschen. Sie schlüpfte in schwarze Ballerinas von Manolo Blahnik und schob sich die feine Kette ihrer superweichen, schwarzen Lederhandtasche auf die Schulter.

Das Haus kam ihr leer vor, obwohl Brian wie immer in seinem Arbeitszimmer saß. Es fühlte sich kalt an. Sie wünschte sich, sie könnte ins Auto steigen und losfahren, irgendwohin, aber ihr Wagen stand noch vor dem LGH. Sie hätte Amanda nicht erlauben sollen, sie nach Hause zu bringen.

Auto hin oder her – sie musste hier raus.

Kurz entschlossen rief sie sich ein Uber und war fünfzehn Minuten später unterwegs zum Krankenhaus. Sie bezahlte den Fahrer und ging zu ihrem Wagen, eine weiße Mercedes-Limousine. Brian besaß genau das gleiche Modell, nur in Schwarz.

Zora fuhr zur Mall und schlenderte ziellos umher, bis sie eine Handtasche entdeckte, die ihr gefiel. Ein weiteres Tausend-Dollar-Stück für ihre Taschenkollektion, dazu passend Hut, Schal und Handschuhe. Daneben befand sich ein hübscher Schmuckladen, wo ihr ein Silberarmband ins Auge fiel. Das Armband sah nett aus, es war nicht teuer. Zora sah sich um, dann schlenderte sie weiter. Jetzt kam ein Schuhladen mit hochpreisigen Modellen, und sie brauchte ganze zehn Minuten, um sich zwischen einem Paar feuerroter High Heels von einem aufstrebenden italienischen Jungdesigner und einem weiteren Paar Manolos, diesmal in Silber, zu entscheiden.

Am Ende beschloss sie, beide Paare zu nehmen. Sie stand gerade an der Kasse, als eine Frau mit einem ungefähr fünfjährigen Jungen hereinkam. Der Kleine hüpfte hinter ihr her. Zora bezahlte. Als sie sah, dass die Frau sich auf die Schuhe konzentrierte, ging sie in die Knie und sprach ihn an.

»He, du«, sagte sie und stellte ihre Tüten neben sich auf dem Boden ab.

Er starrte sie an. »Du hast ja viel gekauft!«

»O ja. Möchtest du mal sehen?«

Er nickte.

Sie öffnete die Tüte mit der Handtasche. Sie war dunkelgrün. »Ich glaube, sie hat dieselbe Farbe wie Dinosaurier.«

»Nein.« Er schüttelte den Kopf.

»Nicht? Nur ein kleines Stück weiter vorn ist ein Spielzeugladen. Wir könnten nachschauen, ob wir einen in derselben Farbe finden.«

Zoras Herz hämmerte. Was tat sie da? Der Kleine erinnerte sie an Owen. Sie hatte die Fotos gesehen, die Delta auf Facebook gepostet hatte.

»Den Laden kenne ich!«, sagte er begeistert.

Zora sah sich um. Niemand beachtete sie, am wenigsten die Mutter des Jungen. Wie konnte sie nur so nachlässig sein?

»Hast du Lust?«

»Ja! *Rrraaarrr!*«, machte er und ahmte wohl einen Tyrannosaurus Rex nach.

»Wie heißt du?«

»Tyler.«

»Okay, Tyler. Mal sehen, was wir im Spielzeugladen so finden.«

»Ich sage nur schnell meiner Mom Bescheid!« Er rannte zu seiner Mutter, noch bevor Zora ihn aufhalten konnte. Eilig hob sie ihre Tüten auf und ging zum Ausgang des Schuhladens, von wo aus man auf die breite Flaniermeile der Mall gelangte. Ihr Herz hämmerte. Sie würde jetzt einfach in den Spielzeugladen gehen, und wenn jemand sie ansprach, würde sie behaupten, er habe mitkommen wollen.

Sie hörte, wie er mit lauter Stimme verlangte, dass seine Mom ihn mitgehen ließ. Ohne sich umzudrehen, schlenderte sie weiter.

»Sie hat gesagt, sie würde mich mitnehmen!«, jammerte er.

*Mist.*

»Wer?«, fragte seine Mutter misstrauisch.

»*Sie!*«

Und dann hörte Zora hinter sich eilige Schritte. Der Junge lief ihr nach. Er schloss zu ihr auf und sah sie vorwurfsvoll an. »Du hast nicht auf mich gewartet!«

»Entschuldigen Sie«, sagte seine Mutter, die ihm gefolgt war. Zora blickte sie an, darum bemüht, einen gelassenen Eindruck zu erwecken. »Ich untersage Ihnen, mit meinem Sohn zu sprechen. Wenn ich möchte, dass er in den Spielzeugladen geht, dann tut er das mit mir.«

»Ich weiß nicht, wovon Sie reden«, gab Zora mit gerunzelter Stirn zurück.

In Tylers kleinem Gesicht spiegelte sich Zorn. »Du hast gesagt, du nimmst mich mit«, beharrte er.

»Ich habe keine Ahnung, was hier vorgeht. Halten Sie sich einfach von uns fern.« Die Mutter fasste ihren Sohn bei den Schultern.

Zora war so erschüttert, dass sie sich beinahe in die Hose gemacht hätte. Wortlos wandte sie sich ab und verließ die Mall mit steifen Schritten durch eine Seitentür. Auf dem Parkplatz stieg sie in ihren Mercedes und legte den Kopf aufs Lenkrad. Tränen traten in ihre Augen.

Einige Momente später ließ sie den Motor an und fuhr nach Hause. Brian war noch immer in seinem Arbeitszimmer. Fast hätte sie an seine Tür geklopft, doch sie konnte sich gerade noch bremsen.

Stattdessen ging sie ins Schlafzimmer und zog eine bequeme Sporthose mit passendem Oberteil an, dann machte sie es sich mit einer Pico de Gallo und ein paar Nachos vor dem Fernseher bequem.

Während sie die Nachos aß, sah sie sich eine Haus-und-Garten-Sendung an und wartete auf die Abendnachrichten. Bald würde die ganze Welt erfahren, dass Tanner Stahd tot war.

Als die beiden Schalen leer waren, brachte sie sie in die Küche, dann ging sie ins Schlafzimmer und sah das Mantelkleid, das sie in der Mall getragen hatte, auf der Seidendecke liegen. Sie fasste in eine der Taschen und holte das Silberarmband heraus, das ihr vorhin im Laden so gut gefallen hatte.

Sie öffnete die untere Kommodenschublade in ihrem begehbaren Kleiderschrank und warf es auf den kleinen Haufen mit Aufmerksamkeiten, die ihr die Einzelhändler in der Mall »geschenkt« hatten. Sie passte stets extrem auf, sich nicht erwischen zu lassen, aber heute war sie kurz davor gewesen, unvorsichtig zu sein.

Jetzt hörte sie, wie sich die Tür von Brians Arbeitszimmer mit einem leisen Quietschen öffnete. Hastig schob sie die Schublade zu und schloss die Schranktür. Sie hängte gerade das Mantelkleid auf einen Bügel, als Brian in der offenen Tür erschien.

»Ich muss mit dir reden«, sagte er. Erst dann schien er zu bemerken, wie erschüttert sie war.

»Ich war im Krankenhaus, als es passiert ist«, sagte sie, den Tränen nahe.

»Wie bitte?«

»Als er gestorben ist. Ich war da.«

Brian klappte die Kinnlade herab. »Tanner?«

»Ja. Darüber wolltest du doch mit mir reden, oder?«

Er starrte sie verblüfft an. »Nein.«

»Worüber denn dann?«

»Herrje, das nenne ich schlechtes Timing, aber wann ist schon der richtige Zeitpunkt?« Er strich sich mit der Hand durchs Haar, dann fuhr er fort: »Ich wollte dir sagen, dass ich mich von dir scheiden lassen werde.«

Zora zuckte zusammen. »Mit wem hast du telefoniert, bevor ich zum Krankenhaus gefahren bin, Brian?«, fragte sie mit brechender Stimme.

»Jetzt mach bitte keine Szene, Zora«, entgegnete er ruhig. »Du weißt genauso gut wie ich, dass wir nie wirklich zusammengepasst haben.«

»Du hast eine andere, gib es zu!« Rote Flecken krochen an Zoras Hals hinauf. »Wer ist es? Wer ist die Schlampe, die unsere Ehe zerstören will?«

Er streckte die Hand nach ihrem Unterarm aus, doch sie stieß sie weg und fing an, hysterisch zu schluchzen. »Ist es Anne Reade? Was willst du mit dieser langweiligen Lehrerin, wenn du mich an deiner Seite hast?«

Brian schüttelte den Kopf. »Ich kenne sie schon sehr lange, Zora, und ich werde mich von dir nicht mehr umstimmen lassen.«

»Dann geh doch zu ihr, vielleicht wird sie ja glücklich mit dir. Mich hast du nie wirklich glücklich gemacht!« Damit stürmte sie aus dem Schlafzimmer, schnappte sich ihre Wagenschlüssel und schlug die Haustür hinter sich zu.

Deltas Eltern hatten beschlossen, den Lebensmittelladen wegen des Notfalls in der Familie heute früher zuzumachen, zumal auch ihre langjährige Aushilfe am Abend einen Termin hatte, den sie nur schlecht absagen konnte. Jetzt saßen sie alle zusammen in Deltas Elternhaus, wo Mom Spaghetti mit Fleischklößchen zubereitete, Owens Lieblingsessen. Sie überlegten immer noch, wie sie dem Kleinen schonend beibringen konnten, dass sein Vater tot war, als über den Mord an Tanner in den Lokalnachrichten berichtet wurde.

»... bekannte Gastroenterologe aus West Knoll, Dr. Tanner Stahd, erlag heute früh seinen schweren Verletzungen. Auf Stahd wurde in seiner Tagesklinik ein brutaler Messerangriff verübt ...«

Owen schaute mit gerunzelter Stirn von seinen Legos auf. »Was haben die gesagt?«

»Komm in die Küche, Owen!«, rief Deltas Mom eilig. »Ich brauche dringend deine Hilfe beim Auftragen!«

»Aber …«

Delta suchte nach der Fernbedienung, die nirgendwo in Sichtweite lag. Schließlich gab sie auf und ging zum Fernseher, aber sie konnte den AUS-Knopf nicht finden. Ihr Vater sagte eine Spur zu munter: »Ich möchte das größte Fleischklößchen. Du wirst mit mir darum kämpfen müssen.«

»Haben die über Dad geredet?«, wollte Owen wissen.

Delta wusste, dass sie sich nun nicht länger davor drücken konnte, ihm die Wahrheit zu sagen. Sie räusperte sich. »Er hatte einen Unfall. Einen schlimmen Unfall, Owen.«

»Ist er tot?« Die Stimme des Jungen wurde schrill vor Panik.

»Ich fürchte ja.« Sie streckte die Hand nach ihm aus, aber er rannte in die Küche und umklammerte seine Großmutter, die ihn fest an sich drückte.

Delta wollte sich gerade zu ihm knien, als Lester Stahds Stimme durchs Wohnzimmer dröhnte. Sie wirbelte zum Fernseher herum und sah, dass er Ellie ein Interview auf dem Parkplatz vor dem Krankenhaus gab.

»… hat meinen Sohn umgebracht. Dafür habe ich Beweise«, tönte er gerade.

»Was für Beweise?«, hakte Ellie nach.

»Sie war schon immer hinter dem Geld her. Das wussten alle, auch mein Junge. Ja, mein Junge wusste es auch.« Seine Stimme brach. »Ich verlasse mich allerdings nicht darauf, dass die Polizei die Sache aufklärt und das Miststück hinter Gitter bringt. Aus dem Grund werde ich selbst Anzeige erstatten und hoffen, dass die Staatsanwaltschaft Anklage erhebt.«

»Herrgott«, sagte Dad und strich sich mit der Hand über das Gesicht.

Delta starrte mit glasigem Blick auf den Bildschirm. Tanners Vater beging Rufmord an ihr, und anscheinend war er tatsächlich von ihrer Schuld überzeugt. Wie um alles auf der Welt konnte er denken, dass sie seinen Sohn wegen des Geldes oder seiner sozialen Stellung geheiratet hatte?

»Kennst du einen guten Anwalt?«, fragte ihr Vater. Seine Stimme zitterte leicht.

Delta starrte weiter auf den Fernseher, unfähig, ihn abzuschalten. Es war faszinierend, um nicht zu sagen paralysierend, als würde man eine Giftschlange dabei beobachten, wie sie lebende Beute verschlang. Grauenhaft, und doch wandte man den Blick nicht ab.

»Amanda«, sagte sie und wandte sich Owen zu, der sich mit tränenüberströmtem Gesicht von ihrer Mutter löste und die Arme nach ihr ausstreckte.

»Glaubst du, sie kann dich da raushauen?«, fragte ihr Vater besorgt.

Delta zog ihren Jungen an sich, der seine kleinen Arme fest um ihren Nacken schlang. Sie vergrub ihr Gesicht an seiner schmalen Schulter und sagte mit erstickter Stimme: »Sie ist eine der besten Strafverteidigerinnen weit und breit.«

*Und früher einmal waren wir Freundinnen.*

# KAPITEL 19

Endlich hörte Amanda Deltas Nachricht ab.

Der Anruf war gegen 18.30 Uhr eingegangen, aber Amanda hatte den Anrufbeantworter übernehmen lassen und absichtlich bis einundzwanzig Uhr gewartet. Sie hatte gewusst, dass Delta anrief, ihre Nummer war seit der Highschool in ihrer Kontaktliste gespeichert, dennoch hatte sie es nicht über sich gebracht, einfach dranzugehen. Jahre waren verstrichen, aber der Wettstreit mit ihrer ehemals besten Freundin war präsent wie eh und je.

*Du bist immer noch sauer, dass sie Tanner bekommen hat, obwohl du ihm tausendmal mehr zu bieten hattest als sie.*

Wenn Delta sie jetzt anrief, musste es um Tanner gehen, und Amanda hatte keine Lust, ausgerechnet mit seiner Witwe über ihn zu sprechen.

Obwohl … Wenn sie ehrlich war, verging sie fast vor Neugier. Allein diese Tatsache brachte sie dazu, Deltas Nachricht erst später abzuhören. Disziplin. Disziplin war das A und O des Erfolgs, und Amanda war äußerst diszipliniert. Und entsprechend erfolgreich. Also hatte sie ihr Handy stumm geschaltet und war zu ihrem Bruder nach Woodview Village gefahren, eine Pflegeeinrichtung, in der er seit fünf Jahren lebte. Ihre Eltern hatten die Verantwortung für ihn von dem Moment an abgegeben, in dem sie erfuhren, dass ihn der Autounfall, bei dem er beinahe ums Leben gekommen war, von einem Erwachsenen in ein Kind verwandelt hatte. Sein Gehirn hatte irreparablen Schaden genommen, sodass er sich nun auf dem geistigen Niveau eines Zehnjährigen befand. Mom und Dad hatten ihr die Villa mitsamt Grundstück überschrieben unter der Bedingung, dass sie sich um Thom kümmerte. Was sie seit nunmehr fünf Jahren tat – ohne große Begeisterung.

Zu ihren Eltern hatte Amanda kaum noch Kontakt. Nachdem Marilyn Forsythe begriffen hatte, dass ihrem blonden Liebling keine große Schauspielkarriere bevorstand, hatte sie das Interesse an Amanda verloren. Für Thom hatte sie sich ohnehin nie wirklich interessiert, also hatte sie ihren Mann überredet, mit ihr nach Palm Desert zu ziehen, ins Rentnerparadies, wo er als Immobilienanwalt arbeitete und sie die Königin der Wüste war. Sie hatten ihre Kinder in West Knoll zurückgelassen und die Bande mehr oder weniger durchtrennt. Jetzt gab es nur noch Thom und Amanda, und Amanda war die Erwachsene in dieser Geschwisterbeziehung.

Schön. Sie hatte ihre Eltern auch nicht gemocht.

Im Pflegeheim hatte Thom sich aufgeführt wie immer, hatte sich über das Abendessen beschwert, das sie gemeinsam zu sich nahmen, hatte das Gemüse verweigert und ihr von den Charakteren seiner Videospiele erzählt, als wären sie seine Freunde. Und wie immer hatte Amanda ihn ermahnt, auf seine Ernährung zu achten, ohne auf sein Geplapper zu hören. Sie hatte schon vor längerer Zeit sämtliche Vorkehrungen für seine Betreuung getroffen und musste sich jetzt nur noch ab und an blicken lassen und so tun, als würde sie sich um ihn kümmern. Früher hatte sie ihren großen Bruder vergöttert. Sie hatten oft zusammengesteckt, er hatte sie mit zur Schule genommen und oft den Chauffeur gespielt, als sie noch kein eigenes Auto besaß. Sein Unfall, ausgerechnet am Abend der Party zum zehnjährigen Jubiläum ihres Highschool-Abschlusses, hatte sie zutiefst erschüttert. Sie hatte das Klassentreffen Hals über Kopf verlassen, um ihm beizustehen, doch mittlerweile war sie sich ihrer Geschwisterliebe nicht mehr ganz so sicher. Die Person, die sie jetzt vor sich sah, war ihr fremd. Mom und Dad waren davon ausgegangen, dass sie das Familienanwesen verkaufte, doch sie hatte sich entschieden, es zu behalten und Thoms Pflege stattdessen mit ihrem eigenen Einkommen zu bestreiten. Noch hatte sie es dank ihres verabscheuenswerten Ex-Manns, der mit seiner Eifersucht auf ihren Erfolg seine eigene Unfähigkeit kaschierte, nicht zur Partnerin in ihrer Kanzlei gebracht. Er selbst hatte es nur zum Partner gebracht, weil er von Haus aus Geld hatte, das in die Kanzlei geflossen war. Mit ebendiesem Geld hatte er es geschafft, ihr den begehrten Posten vorzuenthalten. Jedes Mal wenn sie damit drohte, Layton, Keyes & Brennan zu verlassen, taten sich die anderen Partner zusammen und boten ihr mehr Geld. Hal musste dies gezwungenermaßen akzeptieren, und seine missmutig zu einer schmalen Linie zusammengepressten Lippen waren es wert, zu bleiben. Betrüger. Scheißkerl. Ja, sie hatte ihn wegen seines Geldes und seiner Beziehungen geheiratet, also musste sie nun die Konsequenzen in Kauf nehmen.

Amanda stieg die Betonstufen vor dem Pflegeheim hinunter und zog ihr Handy aus der Handtasche. Sie war heute Abend länger als sonst bei Thom geblieben, damit sie Delta nur ja lange schmoren ließ, bevor sie sie zurückrief. Inzwischen ging die Sonne unter. Es war erstaunlich, wie lange sie Ende Juli am Himmel zu sehen war. Als Deltas Name auf dem Display erschienen war, hatte Amanda ihre Neugier kaum zügeln können. Sie wusste, dass Delta sie hasste, auch wenn sie nicht so für ihre ehemalige Freundin empfand. Sie wollte einfach immer nur besser sein als Delta, denn Delta war stets die Hübschere gewesen, und sie war es auch jetzt noch, obwohl sie bei der Jubiläumsparty ein paar Pfunde mehr auf den Rippen gehabt hatte, sehr zu Amandas Freude. Extrapfunde hin oder her – Delta hatte toll ausgesehen an jenem Abend. Hal hatte sie *appetitlich* genannt, wohl wissend, dass er Amanda damit auf die Palme bringen würde. Daraufhin hatte Amanda Tanner benutzt, um sowohl Delta als auch Hal eins auszuwischen, und Tanner hatte sich sehr leicht ködern lassen. Gegen Ende ihrer Highschool-Zeit hatte sie gedacht, sie sei von ihm schwanger – ein prickelndes Gefühl –, dabei hatte sie ihr Leben nie wirklich mit Tanner teilen wollen. Er war zu leicht zu haben, in jeder Hinsicht, außerdem war er leicht zu durchschauen. Man musste nur mit dem Finger schnipsen, und schon war er bereit, mit einem ins Bett zu steigen. Sicher, er sah gut aus, seine Familie war vermögend – zumindest war sie es damals vor dem Skandal um die gesundheitsschädigenden Zusätze in den Nahrungsergänzungsmitteln seines Vaters gewesen –, und Tanner hatte es irgendwie durchs Medizinstudium geschafft. Wie ihm das gelungen war, war Amanda ein Rätsel, denn der Hellste war Tanner in ihren Augen nie gewesen. Der Fleißigste auch nicht. Vermutlich war Geld geflossen. Mit Geld ließ sich vieles regeln, und so schienen auch die Produkte seines Vaters in Tanners Abnehmklinik weiterhin Absatz zu finden.

Bei der Jubiläumsparty war es ihr um Wettbewerb gegangen. Amanda wollte gewinnen und hatte irgendwie den Eindruck, Delta sei ihr voraus. Wie immer. Wenngleich Delta wahrscheinlich nicht einmal wusste, dass sie sich in einem Wettbewerb befand.

Im Grunde war es von jeher Ellie gewesen, die sich mit Amanda messen wollte. Genau wie Amanda tat sie alles, um erfolgreich zu sein, und sie schubste gnadenlos jeden zur Seite, der ihr in die Quere kam.

Fünf Jahre waren seit der Jubliäumsparty vergangen, fünf Jahre seit Thoms Unfall. Fünf Jahre, seit ihre Eltern das Weite gesucht hatten. Fünf Jahre, seit sie von Hal geschieden war.

Amanda drehte sich um und warf einen letzten Blick auf Woodview Village, dann entriegelte sie ihren Lexus und stieg ein, um Deltas Nachricht abzuhören.

»Hi, Amanda, hier spricht Delta.« Ihre Stimme zitterte leicht, doch wer Delta kannte, ließ sich nicht täuschen. Das D der Fantastischen Fünf konnte hart sein wie Stahl. »Tanner ist tot, und ich bin vorhin seinem Vater begegnet, der mir die Schuld dafür gibt. Ich habe der Polizei mitgeteilt, was ich weiß, aber mittlerweile denke ich, dass ich einen Anwalt brauche. Einen guten Anwalt. Soweit ich weiß, bist du einer der besten. Können wir uns treffen und über meinen Fall reden? Falls du Interesse hast, ruf mich bitte an. Ich gebe dir meine Handynummer. Vielen Dank.« Eine Pause, dann ratterte sie die Nummer herunter und legte auf.

Amanda blieb sitzen, ohne die Zündung zu betätigen, und ließ Deltas Worte einsickern. Delta bat sie um Hilfe? Ausgerechnet *sie?* Sie musste ziemlich verzweifelt sein.

Das Handy klingelte in ihrer Hand. Sie blickte auf das kleine Display und war für einen Moment genervt, als sie Zoras Nummer aufblinken sah. Sie hätte im Krankenhaus nicht so nett zu ihr sein dürfen. Es war unklug gewesen, Zora zu versichern, sie könne sie jederzeit anrufen.

»Hi, Zora«, meldete sie sich mit abweisender Stimme.

»Hast du die Nachrichten gesehen?«, plapperte Zora ohne Begrüßung los. »O mein Gott! Ellie war im Fernsehen. Sie hat Tanners Dad interviewt, und er hat ziemlich bösartige Dinge von sich gegeben. Er behauptet, Delta habe Tanner umgebracht! Hat mit Beschuldigungen nur so um sich geworfen. Ich konnte es kaum mit ansehen. Selbst Ellie wirkte irgendwie aufgewühlt.«

»Ellie hält Delta für schuldig.«

»Ich weiß, aber der alte Stahd war so *gemein.*« Sie zögerte, dann fragte sie: »Glaubst du, sie war's?«

Amanda steckte das Handy in den Halter am Armaturenbrett und schaltete den Lautsprecher ein, dann ließ sie den Motor an und fuhr vom Parkplatz. Die untergehende Sonne tauchte die vorbeiziehenden Häuser in goldenes Licht. »Das letzte Wort ist noch nicht gesprochen.«

»Ach, hör doch auf mit dieser Anwaltssprache. Ich will deine Meinung wissen! Weißt du noch, was ich dir erzählt habe? Was sie bei dem Gedenkgottesdienst für Carmen gesagt hat?«

Amanda hasste Ratespielchen. »Hilf meinem Gedächtnis auf die Sprünge.«

»Sie sagte … Weißt du es wirklich nicht mehr?«

»Zora!« Langsam verlor sie die Geduld.

»Delta hat gesagt, sie würde sich wünschen, ihr wäret beide tot. Du und Tanner.«

*Oh, richtig.* Jetzt fiel es Amanda wieder ein, sie hatte nur vergessen, dass Zora diejenige war, die ihr das damals erzählt hatte. Sie war verwundert gewesen, denn für gewöhnlich war Delta eher der Typ, der einem solche Dinge ins Gesicht sagte. Aber nach Carmens Tod waren sie alle neben der Spur gewesen, anders als davor, als sie selbst sich noch eingeredet hatte, die Anführerin der coolsten Freundinnenclique der ganzen Highschool zu sein.

»Vielleicht hat sie es ja tatsächlich so gemeint …«, überlegte Zora.

»Und wartet fünfzehn Jahre, bis sie uns umbringt? Unsinn. Wegen Delta mache ich mir keine Gedanken.«

»Nicht? Dann denkst du also nicht, dass sie es war?«

»Ich weiß es nicht.«

»Was soll denn nur aus ihrem kleinen Jungen werden, wenn sie es doch war? Er ist so süß! Ich würde alles geben, um einen Sohn zu haben wie ihn.«

»Du kennst Deltas Sohn?«, fragte Amanda überrascht.

»Ich habe Fotos gesehen. Ich … ich mache mir nun mal Sorgen, und ich würde sie gern unterstützen. Vielleicht rufe ich Delta an und rede mit ihr. Ich könnte babysitten. Das würde ihr bestimmt helfen.«

Irgendwie klang Zora verzweifelt, fand Amanda, doch Zora hatte schon immer einen Hang zum Drama gehabt. »Dann ruf sie doch an«, schlug sie vor, ehe sie auf den eigentlichen Grund von Zoras Anruf zu sprechen kam: »Du hast Ellie im Fernsehen gesehen?«

»Ja, auf Channel Seven. Hast du die Nachrichten verpasst? Ich glaube, sie bringen das Interview um dreiundzwanzig Uhr noch einmal.« Als Amanda nichts darauf erwiderte, fügte Zora hinzu: »Ich wollte noch über etwas anderes mit dir reden.«

»Zora, ich habe zu tun.«

»Es dauert nicht lange. Weißt du, was Brian mir aus heiterem Himmel verkündet hat? Ich hätte nie damit gerechnet, aber …«

»Komm zur Sache«, drängte Amanda. Zoras Geschwätz ging ihr dermaßen auf die Nerven, dass sie sich alle Mühe geben musste, nicht einfach aufzulegen.

»Er will sich von mir scheiden lassen!«, platzte Zora heraus. »Ich denke, er meint es ernst. Wahrscheinlich wollte er gar kein Kind, vielleicht bin ich deswegen nicht schwanger geworden. Ich bin völlig am Boden, A.«

»Zora …« Amanda wusste nicht, was sie sagen sollte.

»Was soll ich denn jetzt tun? Ich nehme an, er hat eine andere, aber er will mir nicht verraten, wer sie ist.«

»Das musst du mit ihm ausmachen, Zora.«

»Herrgott, Amanda, erst bist du so nett zu mir, und jetzt plötzlich nicht mehr.«

»Ich biege gerade in die Zufahrt zu meinem Haus ein, es ist schon spät, und ich muss gleich noch arbeiten.«

»Okay, tut mir leid.«

»Wenn ich die Dreiundzwanzig-Uhr-Nachrichten sehen will, muss ich mich beeilen.«

Zora schwieg. Amanda spürte, dass sie ihre Gefühle ernsthaft verletzt hatte, und fügte eilig hinzu: »Falls es dich tröstet: Meiner Meinung nach war Brian nie in Anne Reade verliebt. Er hat dich geheiratet, nicht sie.«

»Ich glaube nicht, dass es Anne ist. Ich denke, es ist Clarice Billings. Ist dir nicht aufgefallen, wie bewundernd er sie angesehen hat? Ms. Reade hat ziemlich sauer gewirkt deswegen ...«

»Ach, komm!« Amanda fing an zu lachen.

»Ich meine es ernst. Ms. Billings ist sehr attraktiv, zumindest war sie das bei der Jubiläumsfeier.«

»Clarice Billings interessiert sich nur für ihre Karriere. Lass dir das von jemandem gesagt sein, der sich damit auskennt. Erinnerst du dich, wie sie sich an Direktor Kiefer rangeschmissen hat? Wie sie um ihn herumscharwenzelt ist, nachdem seine Beziehung mit Baileys Mom in die Brüche gegangen war? Ich habe sie damals bei einem Date gesehen, und es sah nicht so aus, als würde sie sich sonderlich dabei amüsieren. Wahrscheinlich hat er sie tödlich gelangweilt. Und dann hat sie diesen tollen Job bekommen, an diesem Junior College – aufgrund seiner Empfehlung, nehme ich an –, und war ruckzuck aus West Knoll verschwunden. Brian kann froh sein, dass er dich hat. Wir sind jünger, liebenswerter und sehen besser aus.«

»Findest du wirklich?«, fragte Zora kleinlaut.

»Ja.«

»Vielleicht ist es ja auch eine Frau in unserem Alter. Weißt du noch, wie er Delta bei dem Jubiläumstreffen beäugt hat? Er hat ihr sogar Komplimente gemacht …«

Amanda hielt auf der Rückseite des Hauses an. Die große Doppelgarage ein Stück vom Haus entfernt wirkte eher wie ein Nebengebäude und war vollgestellt mit den Sachen ihrer Eltern, die sie aus den Wohnräumen verbannt hatte. Auch der elektrische Golfkart, mit dem sie früher so oft über das Gelände gefahren waren, stand darin – fahrbereit und doch nie benutzt. Sie zog es vor, auf der asphaltierten Fläche für Besucherfahrzeuge hinter der Villa zu parken.

»Ich habe ihn beim Telefonieren belauscht. Es war ganz sicher eine Frau dran.«

»Dann frag ihn! Sprich mit deinem Ehemann! Es gibt Millionen Gründe, warum Menschen behaupten, sich von ihrem Partner scheiden lassen zu wollen. Bring ihn dazu, Klartext zu reden. Und wenn du schon dabei bist: Sag ihm, er soll endlich erwachsen werden!«

Amanda legte auf. Es war anstrengend, sich mit verunsicherten, hilfsbedürftigen Menschen wie Zora herumzuschlagen.

Sie dachte daran, wie die einstigen Streber und heutigen Gutmenschen Rhonda und Trent nach Thoms Unfall ihre Hilfe angeboten hatten, auf die sie während der schlimmsten Phase tatsächlich zurückgekommen war. Beide hatte ihr keineswegs selbstlos und aus reiner Menschenliebe geholfen, nein, sie hatten versucht, eine enge Freundschaft mit ihr aufzubauen, was sie weder wollte noch brauchte. Also hatte sie sie beide aus ihrem Leben verbannt. Erneut dachte sie wehmütig an die Zeiten zurück, in denen sie die unangefochtene Königin der Fantastischen Fünf gewesen war. Ja, das hatte ihr tatsächlich etwas bedeutet.

Sie hatte Zora belogen, als sie behauptete, sie müsse noch arbeiten. Für gewöhnlich erledigte sie sämtliche dringenden Arbeiten im Büro, wo sie so lange blieb, bis sie damit fertig war. Als sie aus dem Wagen stieg, überlegte sie, ob sie noch auf dem Klippenpfad oberhalb des Flussen joggen gehen sollte, was sie normalerweise mittags machte, dann kam sie zu dem Schluss, dass es zu spät und zu dunkel war.

Im Haus stellte sie den Fernseher an und schaltete den Videorekorder ein, um die Nachrichten mit Ellies Interview aufzuzeichnen. Anschließend zappte sie durch hirnlose Fernsehsendungen, bis es so weit war. Dann hatte es Ellie also endlich von der Wetterfee zur Primetime-Reporterin gebracht. Bislang war sie noch nie in den Hauptnachrichten zu sehen gewesen. Sie hatte versucht, sich hochzuschlafen, was Amanda ihr nicht verübelte. Sie selbst hatte dasselbe getan, und vermutlich war Ellie genau wie sie der Überzeugung gewesen, dass sie in das Arschloch verliebt war, das ihr den Karriereweg ebnen sollte. Liebe gab es nicht, das hatte Amanda mittlerweile begriffen, zumindest nicht für sie. Die sogenannte Liebe war nichts als Begierde und Lust – eine chemische Reaktion.

Als die Nachrichten endlich begannen, war Ellies Interview mit Lester Stahd der Aufmacher. Zora hatte Stahds Äußerungen als »bösartig« bezeichnet, und sie hatte recht. Er sah aus wie ein Irrer, außer sich vor Trauer um seinen Sohn. Seine aufgedonnerte Frau hielt sich im Hintergrund.

Amanda sah sich den Beitrag an, dann spulte sie den Videorekorder zurück und ließ ihn noch einmal ablaufen. Am Ende schaute sie sich das Interview fünf Mal an, um sich ein genaues Bild von Stahd senior zu machen. Kein Wunder, dass Tanner so verkorkst gewesen war. Sein Vater war ein noch rücksichtsloserer Loser als ihre eigene Mutter.

*Ein Wunder, dass aus uns halbwegs vernünftige Erwachsene geworden sind. Eltern können wahrhaft zerstörerisch sein.*

Nur Deltas Eltern nicht. Deltas Eltern waren normal und liebenswert. Wirklich nette Leute. Amanda hatte Delta stets um sie beneidet.

Es war fast Mitternacht, als sie Delta eine Textnachricht schickte:

Bin dabei. Treffen wir uns morgen gegen fünf bei mir zu Hause.

Sie wollte nicht, dass Delta in der Kanzlei von den Partnern und ihrem Ex gesehen wurde, denn sie musste sich erst sicher sein, wie sie mit ihrer ehemaligen besten Freundin verfahren wollte. Ob sie sie vertreten, ihr helfen wollte oder nicht.

Nachdem sie die Nachricht abgeschickt hatte, stieg Amanda die schmiedeeiserne Wendeltreppe zu ihrem ganz privaten Reich hinauf, das sie schon als Kind so geliebt hatte. Für ein paar Minuten beugte sie sich über die Brüstung vor dem offenen, bodentiefen Fenster und atmete tief den Duft des frisch gemähten Rasens und den dumpfigen Geruch des Flusses am Grund der Schlucht ein. Vor ihrem inneren Auge sah sie die Stelle vor sich, an der Carmen Clarice Billings' Hilfe ausgeschlagen hatte und in die Stromschnellen getrieben worden war – nur ein Stück von der Stelle entfernt, an der Bailey den Halt verloren hatte, doch sie hatte das Wildwasser überlebt.

*Ihr wart dumme Kinder, so überheblich, dass ihr meintet, selbst den Elementen trotzen zu können.*

Sie trat vom Fenster zurück, zog sich aus und wusch sich das Gesicht, dann schlüpfte sie nackt unter die Bettdecke. Das Handy auf ihrem Nachttisch leuchtete auf, eine Nachricht von Delta ging ein.

Okay,

schrieb sie.

»Okay«, flüsterte Amanda und starrte in der tintenblauen Dunkelheit an die Decke, vor der das Gesicht von Delta Smith-Stahd auftauchte.

Am nächsten Morgen brachte Delta Owen zur Vorschule. Sie spürte die verstohlenen Blicke der Betreuerinnen und der anderen Eltern, aber zum Glück sagte niemand etwas, und alle waren ausgesprochen freundlich zu Owen. Mit einem beklommenen Gefühl im Magen kehrte sie nach Hause zurück. Noch immer kampierten keine Reporter vor ihrer Tür, was gleichzeitig eine Überraschung und eine Erleichterung war, doch seit Ellie den Bericht über Tanner gebracht und mit seinem tobenden Vater, der im Interview ihren Kopf forderte, gekrönt hatte, würde es sicher bald dazu kommen.

Sie stellte den Wagen ab, betrat das Haus und ging unter die Dusche. Nachdem sie eine halbe Ewigkeit unter dem heißen Strahl gestanden hatte, fühlte sie sich etwas besser. Ihre dunklen Haare klebten nass an ihrem Rücken. Scheinbar über Nacht hatten sich feine Linien um ihren Mund und die Augen gebildet. Ihre Stirn war vor Sorge gefurcht.

Sie warf einen Blick aufs Handy und sah, dass eine Nachricht von Candy eingegangen war.

Wann darf die Tagesklinik wieder öffnen?

Eigentlich hatte sie diese Frage von Amy oder Tia erwartet, da sie sich um die Verwaltungsangelegenheiten kümmerten, aber die zwei waren von Tanner wohl eher wegen ihrer optischen Erscheinung eingestellt worden. Candy dagegen war eine gestandene Mutter, da lag es auf der Hand, dass sie in Krisenzeiten die Organisation übernahm.

Delta stöhnte leise auf. Es war ein Schock, zu realisieren, dass die Stahd-Klinik jetzt ihr gehörte, vorausgesetzt, Tanner hatte während der letzten Wochen nicht heimlich sein Testament geändert. Abgesehen von der Buchhaltung hatte er sich stets allein darum gekümmert, die Klinik war von Anfang an sein Baby gewesen.

*Das wird seinen Vater noch mehr auf die Palme bringen.*

Ich werde mich bei der Polizei erkundigen,

antwortete sie Candy.

Anschließend machte sie sich Toast und einen Tee. Die Himbeeren, die sie vor ein paar Tagen gekauft hatte, wurden langsam trocken. Sie würde eine neue Routine für sich und Owen finden müssen, das war wichtig für das Kind. Es war ein seltsames Gefühl, nicht länger zu dritt, sondern nur noch zu zweit zu sein.

Plötzlich wurde sie von Emotionen überwältigt.

*Wer hat dir das angetan, Tanner? Kanntest du den Täter? Oder war es eine Täterin? Galt der Angriff dir persönlich, ging es um Drogen oder etwa um die Klinik?*

All die Stichwunden, mit ihrem Steakmesser …

Sie warf einen Blick auf den neuen Messerblock, der immer noch auf der Anrichte stand. Entschlossen nahm sie ihn, ging die Treppe hinauf in die Abstellkammer und ließ die Leiter zum Dachboden herab, dann kletterte sie vorsichtig nach oben und tauschte ihn gegen den alten Messerblock mit dem fehlenden Messer aus. Jetzt brauchte sie nur noch eine glaubwürdige Erklärung, warum sie erst jetzt bemerkte, dass zu Hause ein Messer fehlte und dass es sich dabei offenbar um die Waffe handelte, mit der Tanner erstochen worden war. Owen wusste, dass sie den Block vorübergehend ausgetauscht hatte, aber vielleicht gelang es ihr, ihn von Bob Quintar und McCrae fernzuhalten.

*Herrgott, was für eine verzwickte Situation!*

Vielleicht sollte sie McCrae die komplette Geschichte erzählen? Nein, bestimmt würde man ihr daraus einen Strick drehen. Es wäre besser, zunächst mit Amanda zu sprechen.

*Was, wenn sie deinen Fall nicht übernimmt?*

Delta riss sich zusammen und zog eine Jeans, die auf einmal spürbar lockerer saß, und eine weiße Bluse an, dann spähte sie durch die Wohnzimmerjalousien. Anders als vorhin standen nun mehrere Nachrichtenteams auf dem Gehsteig vor dem Haus. Erschrocken zuckte sie zusammen. Verdammt. Sie waren schneller zurückgekehrt, als sie gehofft hatte. Ihr Blick schweifte über die versammelten Reporter. Ellie war nicht darunter, Gott sei Dank.

Sie dachte an die Befragung im Präsidium und daran, was sie Quin und McCrae erzählt hatte. An die Auseinandersetzungen mit Tanner. Den Streit mit seinem Vater, weil die hippen Nahrungsergänzungsmittel von Stahd senior in Tanners Klinik nicht den reißenden Absatz fanden, den dieser sich erhofft hatte, an das lautstarke Wortgefecht zwischen Tanner und dem Pick-up-Fahrer, dessen Motorhaube Tanner mit seinem neuen BMW touchiert hatte. Sie konnte sich nicht an den Namen des Mannes erinnern, doch sie wusste, dass er den Pick-up in Woodys Werkstatt gebracht hatte. Woody hatte Tanner angerufen und ihm geraten, er solle besser nicht in der Werkstatt auftauchen, bis er mit der Reparatur des Pick-ups fertig sei. »Der Kerl ist stinksauer«, hatte Woody ihn gewarnt.

»Was für ein Schwachkopf«, hatte Tanner geblafft. »Als wäre der Unfall meine Schuld gewesen. Warum stellt der seine Kiste auch ausgerechnet da ab, wo ich einparke?« Dann hatte er gelacht, da er die Situation anscheinend nicht ernst nahm. Aber hatte er überhaupt je etwas ernst genommen?

Dennoch bezweifelte Delta, dass ein geringfügiger Blechschaden in Mord ausartete. Außerdem war das Ganze mindestens ein halbes Jahr her.

*Du solltest trotzdem mit Woody reden.*

Das Summen ihres Handys riss sie aus ihren Gedanken. Sie warf einen Blick darauf. Zora. Hm.

»Hi, Zora«, sagte Delta, ohne die Augen von den Medienleuten vor ihrem Grundstück zu wenden.

»Oh, Delta!«, stieß Zora hervor. »Es tut mir schrecklich leid wegen Tanner. Ich habe es in den Nachrichten gesehen. Kann ich irgendetwas für dich tun? Brauchst du etwas?«

»Nein, danke. Ich fühle mich im Augenblick ... wie betäubt.«

»Habt ihr genug zu essen? Ich könnte euch etwas vorbeibringen. Was isst Owen denn gern? Ich ... ich könnte auch auf ihn aufpassen. Der Kleine ist doch erst sechs, oder?«

»Owen ist in der Vorschule. Danke, Zora, im Moment komme ich klar.«

»Soll ich dir Gesellschaft leisten? Ich habe selbst eine unschöne Zeit hinter mir und könnte eine Freundin gebrauchen.«

»Ähm ...« Zora schien sich nicht abwimmeln zu lassen. Delta würde sich erst gegen fünf mit Amanda treffen, und ihre Mom hatte angeboten, Owen von der Vorschule abzuholen. »Vor dem Haus lauert die Presse, deshalb wollte ich mich verdrücken. Ich möchte einfach nur weg von hier.«

»Komm zu mir nach Hause«, lud Zora sie ein.

»Danke, aber ich glaube, ich gehe ins Kino. Eine Doppelvorstellung ist im Augenblick genau das Richtige. Damit kann ich die Zeit bis heute Abend totschlagen.«

»Ich begleite dich, wenn du nichts dagegen hast. Kino klingt großartig.«

Seit dem Ende der Highschool und damit auch der Fantastischen Fünf hatte sich Zora noch nie so sehr um Deltas Freundschaft bemüht. »Gern«, sagte Delta daher und verabredete sich mit ihr vor dem Kino in der Mall.

Delta betrat die Garage durch die Seitentür und stieg in ihren Audi, dann fuhr sie mit der Fernbedienung das Tor hoch und gab Gas, vor Aufregung etwas mehr als beabsichtigt. Zum Glück waren die Reporter klug genug, diesmal nicht die Einfahrt zu blockieren. Als sie den Blinker setzte, um vorsichtig auf die Straße einzubiegen, klopfte der junge, zur Glatze neigende Reporter von Channel Four ans Fahrerfenster.

»Ihr Buch *Blutige Träume* beginnt damit, dass eine Frau ihren Ehemann ersticht!«, rief er durch die geschlossene Scheibe. »Das ist entweder ein makaberer Zufall oder ein Mordplan. Möchten Sie sich dazu äußern?«

»O nein«, wisperte Delta schockiert. Sie waren auf ihr E-Book gestoßen.

Sie beschleunigte, aber der Mann trabte neben ihrem Audi her.

»Wird es im echten Leben zu weiteren Szenen aus dem Buch kommen?«

*Arschloch*, dachte Delta und drückte das Gaspedal durch.

# KAPITEL 20

Quin war bereits bei der Arbeit, als McCrae am frühen Morgen durch die Hintertür des Präsidiums marschierte und schnurstracks auf den Pausenraum zustrebte, in Gedanken bei Delta Stahd. Noch bevor er sich mit einer Tasse Kaffee an den Tisch setzen konnte, kam Quin herein und bat ihn, mit ihm in sein Büro zu kommen.

»Hast du die Nachrichten gesehen?«, fragte Quin McCrae. Im selben Moment schaute Corinne zur Tür herein.

»Ja«, antwortete McCrae knapp. Ellie O'Briens Bericht, der außer dem Interview mit Lester auch einen Kurzabriss über Tanners Leben enthielt, war gut gewesen, doch die wüsten Beschuldigungen des alten Stahd hätte sie den Zuschauern gut und gern ersparen können. Er fragte sich, was Delta davon halten mochte.

»In den sozialen Medien wird heiß diskutiert«, ließ Corinne sich vernehmen, »eine Hälfte hält die Ehefrau für schuldig, die andere für unschuldig.«

»Stehst du immer noch auf ihrer Seite?«, wollte Quin von McCrae wissen.

»Ich werde sie ganz bestimmt nicht vorverurteilen, weil irgendwer Stimmung gegen sie macht«, gab McCrae mit ruhiger, aber entschiedener Stimme zurück. »Zunächst einmal nehme ich mir die Klinikunterlagen vor. Rede mit sämtlichen Angestellten und finde heraus, ob es irgendwelche Unstimmigkeiten gibt. Denkbar ist auch, dass eingebrochen wurde und Tanner den Täter überrascht hat. Die Stahd-Klinik ist eine Abnehmklinik, aber es gibt dort nicht nur Ernährungsberatung und Sport. Tanner war Gastroenterologe und hat seine Patienten wenn nötig auch operiert. Ein Drogensüchtiger dürfte durchaus fündig werden, wenn es um Narkosemedikamente und Ähnliches geht. Wichtig ist doch, dass wir erst einmal mögliche Motive ausmachen!«

»Mr. Hurston kommt heute vorbei«, teilte Corinne ihnen mit.

»Warum?«, wollte McCrae wissen.

Corinne zuckte nur die Achseln und ging.

Als sie weg war, sah McCrae Quin an. »Vielleicht solltest du nach Eugene fahren.«

»Mitten während der Ermittlungen? Nein. Wieso kommt der Kerl überhaupt her?«

»Bist du dir sicher, dass du Corinne gegenüber nichts von Carville hast verlauten lassen?«

»Absolut. Außerdem geht es jetzt nicht um Bailey und Penske. Was sollte der Barkeeper mit Tanner zu tun haben?«

»Fahr, bevor Hurston einen Riegel davorschiebt und womöglich auch noch den Stahd-Fall übernimmt.«

»Der Stahd-Fall gehört uns.« McCrae war zuversichtlich. »Ich fahre nach Eugene, sobald sich die Wogen ein bisschen geglättet haben.«

»Dann fahre *ich*«, verkündete Quin entschlossen. »Ehe uns Hurston in die Quere kommt.«

McCrae wusste besser als jeder andere, wie ehrgeizig Timothy Hurston war. Er liebte Zweckmäßigkeit, Ordnung und ordentlich abgeheftete Fälle, die ihn gut aussehen ließen. Der Mann kandidierte für den Senat, ein echter Politiker. Er hatte entschieden, dass es sich bei Baileys und Penskes Tod um erweiterten Suizid handelte, und deshalb hatte er jeglichen Widerspruch von McCrae und anderen Mitarbeitern des WKPD im Keim erstickt. Was er nicht wollte, konnte nicht sein. Die Vorgesetzten liebten ihn, und genau deshalb war er damit durchgekommen. Fall abgeschlossen. Hurston konnte stolz auf sich sein. Offenbar hatte er inzwischen auch Corinne überzeugt, dass er mit seiner Einschätzung richtiglag, und sie auf seine Seite gezogen.

Vielleicht stand Corinne aber auch nur deshalb hinter Hurston, weil sie McCrae wegen ihrer gescheiterten Beziehung wehtun wollte.

»Okay, du hast mich überzeugt«, sagte er zu Quin und stand auf. »Ich fahre nach Eugene, aber ich kann nicht allzu lange bleiben, denn heute Abend habe ich noch einen Termin mit Coach Sutton. Wir treffen uns im Bengal Room in Portland. Er will mir irgendetwas Wichtiges mitteilen – mal sehen, ob er uns weiterhelfen kann.«

»Okay. Dann hake ich im Labor nach, ob es inzwischen etwas Neues gibt, und nehme mir noch einmal die Klinikangestellten vor.«

»Da würde ich gern dabei sein«, wandte McCrae ein.

»Wir reden später, bevor du nach Portland fährst, und bringen uns gegenseitig auf den neuesten Stand«, schlug Quin vor. Dann schaute er zur offenen Tür und senkte die Stimme. »Ich sorge dafür, dass Hurston nicht erfährt, wo du bist.«

»Gut.« Sollte der Sonderermittler auch nur ansatzweise mitbekommen, dass jemand einen seiner so glorreich abgeschlossenen Fälle hinterfragte, würde er Himmel und Hölle in Bewegung setzen, um ihn daran zu hindern.

Er wandte sich schon zum Gehen, als Quin ihm nachrief: »Übrigens, gestern Nacht hat es eine Kneipenschlägerei mit den Crassleys gegeben! Ich habe Corolla darauf angesetzt.«

McCrae schnaubte. Es gab andauernd Kneipenschlägereien mit den Crassleys.

Auf dem Wag zu seinem Explorer rief er Delta an. Als sie nicht dranging, hinterließ er ihr eine Sprachnachricht und teilte ihr mit, dass er heute sehr beschäftigt wäre, aber sie solle ruhig versuchen, ihn telefonisch oder per Textnachricht zu erreichen, sollte es etwas Dringendes geben, er würde sich so bald wie möglich bei ihr melden. Sie könne sich natürlich auch an Quin wenden. Baileys Dad war vielleicht nicht Deltas größter Fan, aber er war ein fairer Mann, dem es ganz und gar nicht gefallen hatte, wie Stahd senior seine Schwiegertochter vor laufender Kamera zerfleischte.

Auf der Fahrt Richtung Süden schweiften seine Gedanken zu Jed Corolla, der Ellie, Amanda und Zora mit Quins und Dr. Evanstons Einverständnis in Tanners Krankenzimmer gelassen hatte.

*Ich war die ganze Zeit über dabei, Chris. Die drei Frauen sind nicht in die Nähe von Tanners Krankenbett gekommen, das schwöre ich dir. Er muss einen Herzinfarkt bekommen haben. Er hat sich aufgesetzt und »D!« gerufen, dann ist er bewusstlos zurückgesackt.*

Als McCrae nachgehakt hatte, hatte er ihm berichtet, dass die Schwester die drei Frauen aus dem Raum gescheucht hatte, als der Alarm losging, und er war ihnen gefolgt. Der zuständige Arzt und mehrere Schwestern hätten Wiederbelebungsmaßnahmen eingeleitet, aber McCrae wisse ja, mit welchem Ergebnis.

Er ließ sich von seinem GPS nach Eugene hineinleiten und hielt ein paar Blocks vom Campus der University of Oregon entfernt am Straßenrand an. Von hier aus war es nur ein kurzer Fußweg zum Duck-Duck Inn. Vielleicht würde er in dem Lokal tatsächlich auf Carville treffen oder zumindest etwas über den Aufenthaltsort des Barkeepers herausfinden.

Das Duck-Duck Inn war zweifelsohne nach dem Maskottchen der Universität benannt, einer Ente, die Walt Disney der Uni als Glücksbringer zur Verfügung gestellt hatte. Überall schmückten Bilder von Donald Duck die holzverkleideten Wände.

McCrae setzte sich an die Bar und bestellte ein Bier. Mittlerweile war es eins. Von Carville war weit und breit nichts zu sehen. Vielleicht war er einer Falschinformation aufgesessen, vielleicht hatte Carville eine spätere Schicht übernommen. McCrae wandte sich seinem Handy zu und überprüfte seinen Nachrichteneingang. Nichts Neues. Er hoffte, Delta würde ihn kontaktieren, aber seit er sie zu ihren Eltern gebracht hatte, hatte sie sich nicht mehr gemeldet.

*D* war das Letzte gewesen, was Tanner gesagt hatte. Klar, D konnte für Delta stehen, aber es gab auch noch andere Möglichkeiten. Der Vorname des Coachs begann mit einem D, genau wie Zoras Nachname, DeMarco. Außerdem musste es sich nicht zwingend um einen Namen handeln.

Nachdem er ungefähr zwanzig Minuten am Tresen gesessen hatte, rief er die Barkeeperin zu sich, eine junge Frau in einem ärmellosen Shirt, deren Arme fast vollständig tätowiert waren. Ein Nasenloch war halbkreisförmig mit kleinen, roten Glitzerpiercings verziert. »Ich suche jemanden«, sagte er.

»Sind Sie ein Cop?«, fragte sie.

McCrae trug Jeans und ein blaues Hemd mit aufgekrempelten Ärmeln. Er war fast ein wenig beleidigt, weil sie ihn so schnell enttarnt hatte. »Sie haben recht, ich bin Polizist, aber es geht nicht um Berufliches. Meine Vorgesetzten wären gar nicht begeistert, wenn sie wüssten, dass ich hier bin.«

Jetzt wirkte sie interessiert. »Kann man Sie deswegen feuern?«

»Möglich.«

»Also dann: Wen suchen Sie?«

»James Carville.«

»Den Alten. Hm.«

»Den Alten?«, wiederholte McCrae.

»Graue Haare, Pferdeschwanz?«

McCrae nickte. Genau so hätte er den Mann beschrieben, nur dass er vor fünf Jahren noch nicht ganz grau gewesen war.

»Er kommt gegen zwei. Pünktlichkeit ist nicht seine Stärke. Meine übrigens auch nicht.«

McCrae zwang sich, nicht auf die Uhr zu schauen. »Vielleicht sollte ich mir etwas zu essen bestellen. Was ist das beliebteste Gericht auf der Karte?«

»Duck Burger. Mit Rindfleisch«, fügte sie erläuternd hinzu, womit sie der Frage zuvorkam, die man ihr wahrscheinlich schon mehr als einmal gestellt hatte. »Ansonsten die üblichen Verdächtigen: Tomaten, Zwiebeln, Salat, Avocado und Käse.«

»Gebongt.«

Sie ging durch eine Schwingtür nach hinten in die Küche, um seine Bestellung weiterzugeben. Als sie wiederkam, stellte sie ihm ein zweites Bier hin, auch wenn er protestierte.

»Geht auf mich. Es ist immer gut, bei den Cops einen Stein im Brett zu haben«, sagte sie.

»Ich bin aber nicht aus der Gegend.«

»Egal. Karma funktioniert überall.«

Nach und nach kamen ein paar Gäste. McCrae trank sein zweites Bier und arbeitete sich durch den turmhohen Burger mit Pommes frites, die Marla – so hieß die junge Frau mit den tätowierten Armen – vor ihn auf den Tresen gestellt hatte. Etwa alle fünf Minuten warf er ungeduldig einen Blick auf die Uhr, und irgendwann kam endlich Carville durch die Tür geschlendert. Sein Pferdeschwanz war tatsächlich um einiges grauer – und um einiges länger –, als er es vor fünf Jahren gewesen war.

Er bemerkte McCrae sofort und sah aus, als hätte er am liebsten Reißaus genommen.

»Erinnern Sie sich an mich?«, fragte McCrae, obwohl er den Mann nur ein einziges Mal gesehen hatte. Kurz darauf hatte Hurston die Ermittlungen an sich gerissen, und McCrae und Quin waren raus gewesen.

»Sie waren mit dem Vater dieser Polizistin da.«

Ja, er war mit Quin im Lundeen gewesen. Quin hatte um Bailey getrauert und entweder geschwiegen oder lautstark herumgebrüllt.

»Ich konnte leider kaum mit Ihnen reden, da ein anderer Ermittler den Fall übernommen hat.«

Carville gab einen Laut von sich, der McCrae an ein Knurren erinnerte. »Dieses Arschloch, das mir meine Antworten suggerieren wollte.«

»Wie meinen Sie das, ›suggerieren‹?«

»Na, er hat zum Beispiel gesagt: ›Sie haben nichts bemerkt, was darauf hindeutete, dass er ihr K.-o.-Tropfen verabreicht hat, richtig?‹ Ich habe erwidert: ›Ich bin mir ziemlich sicher, dass ich gesehen habe, wie er ihr etwas in ihren Drink gemischt hat‹, woraufhin er behauptete: ›Nun, es war dunkel, und Sie konnten kaum etwas sehen.‹ Ich konnte sehr wohl etwas sehen, denn so dunkel war es nun auch wieder nicht, und das habe ich ihm gesagt, was ihm allerdings gar nicht gefallen hat. So ging es die ganze Zeit über. Unheimlich.«

»Haben Sie deshalb gekündigt und West Knoll verlassen?«

Carville nickte. »Das war ein Grund. Der Cop war nur der letzte Tropfen, der das Fass zum Überlaufen brachte. Zuvor hatte mir mein Vermieter eine ordentliche Mieterhöhung aufs Auge gedrückt.«

»Dann haben Sie also beobachtet, wie Penske an jenem Abend etwas in den Drink der Frau gemischt hat.«

»Wenn der Kerl, der mit der Polizistentochter da war, Penske hieß, ja. Sie hat es nicht mitbekommen. Ich wollte sie warnen, aber da sind sie auch schon gegangen, und alles schien in Ordnung zu sein. Und dann hab ich nicht mehr daran gedacht … Man sieht viel in einer Bar.« Er schnitt eine Grimasse. »Als ich nach meiner Schicht nach Hause gefahren bin, hab ich mir keine Gedanken wegen des Wagens gemacht, der ein Stück weiter hinten auf dem Parkplatz stand. Unsere Gäste lassen oft ihre Autos über Nacht stehen, wenn sie zu viel getrunken haben. Außerdem ist über uns das Danny O, das hat rund um die Uhr geöffnet, auch wenn so spät kaum jemand Pfannkuchen isst. Ich hab erst am nächsten Tag von den tödlichen Schüssen erfahren.«

»Ist Ihnen irgendetwas aufgefallen, als die zwei bei Ihnen an der Bar saßen? Haben sie mit jemandem gesprochen?«

Er zuckte die Achseln. »Ich habe sie bedient, mehr weiß ich nicht. Dieser Cop hat angeblich mit allen geredet, die an dem Abend da waren, aber soweit ich weiß, wollte ihm keiner etwas sagen.«

Das konnte McCrae sich nur allzu gut vorstellen. Hurston hatte seine Geschichte längst fertig gehabt und versuchte nur noch, die Fakten anzupassen, nicht andersherum. »Woran erinnern Sie sich sonst noch? Ist Ihnen irgendetwas aufgefallen, was Ihnen merkwürdig erschien oder anders war als sonst, ganz gleich für wie unbedeutend Sie es halten?«

»Darüber habe ich mir lange Zeit den Kopf zerbrochen, das können Sie mir glauben. Tracy sagte, es sei ein Typ hereingekommen, der die beiden beobachtet habe, doch kurz darauf sei er wieder gegangen.«

»Tracy hat auch dort gearbeitet?«

»Sie war erst ein paar Wochen da, als ich gekündigt habe. Sie hatte eine blühende Fantasie, deshalb habe ich nicht allzu viel auf ihre Worte gegeben.«

»War Tracy die Blonde oder die andere mit dem langen, braunen Zopf?«, fragte er.

»Die mit dem langen, braunen Zopf. Tracy Gillup. Wir nannten sie ›Gilly‹.« Er schüttelte den Kopf. »Mehr fällt mir wirklich nicht dazu ein.«

McCrae bedankte sich bei ihm, legte ein paar Scheine nebst großzügigem Trinkgeld auf den Tresen und blickte ein weiteres Mal auf seinen Nachrichteneingang. Delta hatte sich nicht gemeldet.

Er verließ das Duck-Duck Inn, machte sich auf den Weg zu seinem Wagen und rief Quin an, der jedes Detail wissen wollte, das er in Erfahrung gebracht hatte. Als McCrae fertig war, teilte Quin ihm mit, dass Hurston im Präsidium aufgekreuzt war.

»Er hat sich nach dir erkundigt. Ich habe gesagt, du würdest den Stahd-Mord bearbeiten, was ja auch stimmt. Ich denke, er ist zu sehr damit beschäftigt, uns den Fall wegzuschnappen, als dass er meine Info hinterfragen würde, aber wir sollten vorsichtig sein.« Mit gesenkter Stimme fügte er hinzu: »Er darf auf keinen Fall erfahren, dass wir uns immer noch Mühe geben, Baileys und Penskes Mörder zu finden.«

»Als Nächstes versuche ich, diese Tracy Gillup ausfindig zu machen.«

»Gut.«

Zwischen ihnen entstand ein kurzer Augenblick des Schweigens, dann sagte Quin: »Delta hat angerufen und sich erkundigt, wann die Tagesklinik wieder öffnen darf. Selbst wenn Tanner als Gastroenterologe nicht mehr da ist, brauchen die Patienten ihre Ernährungsberatung, Physiotherapie und weiß der Geier, was die da sonst noch so machen.«

»Ich kümmere mich darum«, sagte McCrae und legte auf.

Es störte ihn, dass Delta nicht ihn angerufen hatte, andererseits hatte er ihr selbst vorgeschlagen, sich an Baileys Dad zu wenden.

Gegen vier Uhr am Nachmittag bog er gerade auf den Parkplatz des Präsidiums ein, als sein Handy klingelte. *Delta?* Leicht verwundert stellte er fest, dass er sich über ihren Anruf freute, sich darauf freute, ihre Stimme zu hören. Er hatte sie immer gemocht, und er hatte sich immer gefragt, was sie all die Jahre über zu Tanner hingezogen hatte. Aber was wusste er schon? Er kannte sie ja kaum.

Ein Blick aufs Handy zeigte ihm, dass er sich irrte: Es war Ellie, die anrief.

»Hast du vor, sie zu verhaften?«, wollte sie wissen.

»Ich nehme an, du meinst Delta«, gab er zurück.

»Habt ihr genügend Beweise?«

»Darüber solltest du besser mit dem Staatsanwalt reden.«

»Ich bin an der Sache dran, und ich habe nicht vor, mich von dir ausbremsen zu lassen, McCrae. Es muss ja nicht gleich ein Interview vor laufender Kamera sein, aber mit Ja oder Nein könntest du schon antworten. Also: Wirst du sie verhaften?«

»Dann willst du den Mord an Tanner also dazu benutzen, in den Nachrichten zu landen, am besten als feste Reporterin oder Sprecherin?«

»Ja oder nein?«, blaffte sie.

»Das ist echt mies, selbst für deine Verhältnisse.«

»Du bist ein Arsch, McCrae.«

»Möglich«, sagte er liebenswürdig. »Komm mir bei meinen Ermittlungen aber bitte nicht in die Quere.«

»*Deine* Ermittlungen?« Sie schnaubte. »Ich habe jede Menge Hinweise, und die werde ich nutzen.«

»Was für Hinweise?«

»Kenntnisse, die im wahrsten Sinne des Wortes darauf hinweisen, dass Delta Tanner erstochen hat. Hinweise, die ich in Beweise umwandeln werde.«

»Überlass das der Polizei, Ellie«, warnte er sie.

»Der Polizei … Meinst du damit dich und Baileys Dad? Ihr habt doch noch nicht mal den mysteriösen Tod von B und Penske aufklären können. Erweiterter Selbstmord … Das ist Unsinn, und das weißt du.«

McCrae verengte die Augen. Er spürte, dass mehr hinter ihrem Hohn steckte. »Und was weißt *du,* Ellie?«

Sie schnaubte erneut. »Vielen Dank für nichts, McCrae«, sagte sie und legte auf.

»Ich könnte ihn für dich von der Vorschule abholen«, bot Zora an, als sie aus dem Kino schlenderten. Sie hatten sich zwei langweilige, romantische Komödien angesehen, die Delta die Tränen in die Augen getrieben hatten, während Zora ein Gähnen unterdrücken musste.

»Nein, das ist nicht nötig«, lehnte sie ab. »Meine Mom holt ihn heute ab, und du stehst nicht auf der Liste der befugten Personen. Nur ich, meine Mom, mein Dad … und natürlich Tanner dürfen ihn mitnehmen.«

»Ach, D, es tut mir so leid.« Zora strich mitfühlend über Deltas Unterarm.

»Danke.« Delta holte tief Luft. Sie hatte schreckliche Angst vor dem, was auf sie zukommen würde. Was, wenn man tatsächlich ihr den Mord an ihrem Ehemann in die Schuhe schob? Sie musste etwas tun. Handeln. Musste herausfinden, warum man Tanner getötet hatte, um vom Motiv auf den Täter schließen zu können. Oder war es eine Täterin gewesen? Vielleicht sollte sie selbst Nachforschungen anstellen, einen Detektiv einschalten oder zunächst einmal mit den Freunden von früher sprechen, zu denen Tanner noch immer ein enges Verhältnis gehabt hatte. Woody Deavers, zum Beispiel.

»Hast du Lust, etwas essen zu gehen?«, fragte Zora.

»Nein, danke. Ich habe wirklich keine Zeit, und sonderlich viel bringe ich momentan ohnehin nicht runter.«

»Verständlich.« Zora nickte, aber sie wirkte geknickt.

Zora war so nett zu ihr, dachte Delta mit schlechtem Gewissen. Was irgendwie seltsam war. Früher hatte es immer wieder Spannungen zwischen ihnen gegeben, aber im Rückblick hatte Delta ohnehin den Eindruck, dass die Fantastischen Fünf eine explosive Clique gewesen waren, echte Freundschaft schien nur zwischen Bailey und Carmen bestanden zu haben. Vor dem Film hatte Zora Delta gestanden, dass ihr Mann sie verlassen hatte und die Scheidung verlangte. »Ich glaube, er hat eine andere«, sagte sie mutlos. »Ständig telefoniert er mit ihr, auch wenn er behauptet, es wäre geschäftlich. Ich spüre, dass er lügt.«

»Und wer ist sie?«

»Ich weiß es nicht.« Zora warf Delta einen verlegenen Blick zu. »Eine Zeit lang dachte ich, du wärst es.«

»*Ich?*« Delta sah sie verblüfft an.

»Bitte sei nicht sauer, ich weiß ja, dass das Unsinn ist. Er hat behauptet, er würde sie schon lange kennen, und da dachte ich, weil er dir bei dem Jubiläumstreffen so ein nettes Kompliment gemacht und dich auch damals in der Schule schon immer so komisch angesehen hat …«

Beinahe hätte Delta gelacht. »Wohl kaum, weil er mich so bewunderte, sondern aus Verzweiflung, weil ich mal wieder den Stoff nicht kapierte.« Sie schüttelte den Kopf. »Ich war Tanner immer treu. Auf der Highschool genau wie auf dem College und in der Zeit danach, als er an seiner Karriere gebastelt hat.«

Zora sah sie unglücklich an. »Ich dachte, Brian würde mir gestehen, dass er in Clarice Billings verliebt ist, aber ich weiß nicht recht ... Damals hieß es immer, er wäre heimlich mit Anne Reade zusammen, und Amanda meinte, Clarice wäre eh viel zu ehrgeizig für ihn.«

»Du hast mit Amanda darüber gesprochen?«

Zora nickte. »Gestern Abend am Telefon. Vielleicht dachte er, Clarice sei außerhalb seiner Liga, weshalb er sich mit Anne begnügt hat, die ja ständig um ihn herumschwarwenzelte. Vielleicht hat er Clarice immer schon geliebt und sieht jetzt eine Chance, sie zu kriegen, weil er durch das Erbe seines Vaters so reich ist ...«

»Das klingt ziemlich weit hergeholt«, befand Delta. »Und er hat dir nicht verraten, wer sie ist?«

»Nein. Wie gesagt, ich weiß nur, dass er sie schon sehr lange kennt. Deshalb bin ich ja auf Ms. Billings und Ms. Reade gekommen. Ich wüsste nicht, welche alten Kontakte er sonst gepflegt hätte ...«

»Er hat *dich* geheiratet, nicht eine seiner beiden Kolleginnen«, sagte Delta, die langsam keine Lust mehr auf dieses Gespräch hatte. Sie hatte momentan wirklich andere Probleme.

»Amanda findet, dass ich viel jünger und hübscher bin als die zwei.« Zora warf Delta einen Seitenblick zu.

»Amanda hat recht.«

Zora lächelte. »Sie sagt, er soll endlich erwachsen werden und Klartext reden.«

»Das ist typisch für sie.«

»Ich weiß, dass ihr keine Freundinnen mehr seid, aber manchmal wünsche ich mir, es wäre alles noch so wie früher – die unschlagbaren Fantastischen Fünf.«

*Die Fantastischen Fünf gibt es nicht mehr.*

»Ich bin um fünf mit Amanda verabredet«, sagte Delta. »Ich möchte, dass sie meine Verteidigung übernimmt.«

Zora klappte überrascht der Unterkiefer runter. »Du machst Witze.«

»Nein. Mein Ehemann ist tot, ich bin die Hauptverdächtige. Ich brauche den besten Anwalt, den ich kriegen kann, und ich denke, das ist Amanda.«

»Ist sie bereit, die Verteidigung zu übernehmen?«

»Das werde ich nachher erfahren.« Sie verließen die Mall und gingen zu ihren Fahrzeugen. Delta blieb vor ihrem Audi stehen und drehte sich zu Zora um. »Danke, dass du mit mir ins Kino gegangen bist.«

»Gern. Ich könnte dich auch morgen unterstützen, Owen beaufsichtigen. *Nach* der Vorschule, versteht sich«, bot sie noch einmal an. »Du könntest Termine wahrnehmen oder dich auch nur einfach mal hinlegen – was immer du möchtest. Ich mache ihm Abendessen, spiele mit ihm, bade ihn und bringe ihn ins Bett …«

»Das ist lieb von dir Zora, aber ich komme schon klar.«

»Bitte.« Zoras Stimme klang beinahe flehend. »Ich wünsche es mir so sehr, weil ich Kinder liebe und weil ich so meinem eigenen Leben für eine Weile entfliehen kann. Die Kleinen bieten einem stets die größte Ablenkung. Wie du wahrscheinlich weißt, haben Brian und ich versucht, Kinder zu bekommen, aber es hat nicht geklappt.«

»Ich hole ihn morgen erst gegen fünf ab.«

»Großartig. Dann bin ich um Viertel nach fünf bei dir, okay?«

Delta zuckte die Achseln. Warum sollte sie Zora verbieten, mit Owen zu spielen, wenn sie es sich so sehr wünschte?

McCrae ließ sich von Quin einen kurzen Abriss über Tim Hurstons Abstecher zum Präsidium geben. Er hatte ein wenig herumgeschnüffelt, aber ansonsten nichts weiter unternommen. Am liebsten hätte McCrae Corinne ausgequetscht, ob der eifrige Sonderermittler ihr gegenüber verlauten lassen hatte, dass man ihn wieder in West Knoll einsetzen wollte, aber das wäre dem Geständnis gleichgekommen, dass ihm der Besuch von Mr. Superdetective Kopfzerbrechen bereitete.

Also hatte er so getan, als wäre nichts gewesen, und war in sein eigenes Büro gegangen, um Tracy Gillups aktuellen Aufenthaltsort herauszufinden. Er landete sofort einen Treffer, doch als er die unter der Adresse angegebene Festnetznummer wählte, teilte man ihm mit, dass sie dort seit einiger Zeit nicht mehr wohnte. Ihre neue Adresse hatte sie nicht hinterlassen. Er versuchte, eine Handynummer ausfindig zu machen, irgendeine andere Telefonnummer – vergeblich. Anschließend rief er die Beschäftigungsnachweise auf und stellte fest, dass Tracy von einem Job zum nächsten wechselte und überall nur wenige Monate arbeitete. Allerdings blieb sie stets in einem bestimmten Gebiet im Westen Portlands, und wenn sie nicht mit dieser Gewohnheit gebrochen hatte, konnte er sie dort gewiss ausfindig machen. Er warf einen Blick auf die Uhr. Halb fünf. Ihm blieb also noch ein wenig Zeit bis zu seinem Treffen mit Dean Sutton.

»Wohin gehst du?«, fragte Corinne, als er am Pausenraum vorbeilief, um das Department durch die Hintertür zu verlassen.

Er hatte sie gar nicht gesehen. Seltsam, dass sie sich danach erkundigte, zumal sie sonst kaum noch miteinander sprachen.

»Arbeiten«, erwiderte er kurz angebunden.

»Am Stahd-Fall?«

Er nickte. Ganz bestimmt würde er ihr nicht erzählen, dass er Nachforschungen über den Mord an Bailey anstellte, bevor er sich mit Sutton traf. »Warum fragst du?«

»Ich bin mir sicher, du weißt, dass Tim heute hier war. Er wollte mit dir reden.«

»Tim Hurston?«

»Du weißt genau, wen ich meine.«

»Ich glaube nicht, dass wir etwas zu besprechen haben.«

»Du musst nicht so sauer auf ihn sein. Das zwischen uns beiden ist lange vorbei.«

McCrae brachte ein schiefes Grinsen zustande. »Solange er sich aus meinen Angelegenheiten heraushält, könnt ihr machen, was ihr wollt.«

»Genau wegen dieser Scheiß-Einstellung habe ich dich verlassen!«, rief sie ihm nach, als er die Tür öffnete und hinaus auf den Parkplatz trat.

*Und den Typen, mit dem du direkt nach mir zusammen warst, anscheinend auch.*

Mit großen Schritten ging er zu seinem Explorer, dann brach er in schallendes Gelächter aus.

Delta bog in die lange Zufahrt zu Amandas Villa ein, die diese nach dem schweren Autounfall ihres Bruders von ihren Eltern überschrieben bekommen hatte. Als sie davon hörte, hatte sich Delta gewundert, warum die Eltern ihre Kinder einfach so im Stich ließen, aber sie war damals so wütend auf Amanda gewesen, weil diese sich selbst zehn Jahre nach der Highschool bei der Jubiläumsparty so rücksichtslos an Tanner herangeschmissen hatte, dass es ihr schlicht und ergreifend egal gewesen war.

Aber jetzt brauchte sie sie. Ausgerechnet Amanda. Es gab bestimmt noch andere Anwälte, die sie anrufen konnte, aber sie wusste nicht, wen, und Amanda stand nun einmal in dem Ruf, so gut wie immer zu gewinnen.

Sie fuhr ums Haus herum auf die asphaltierte Parkfläche, auf der sie früher so oft den Wagen ihrer Mom abgestellt hatte. Während ihrer Highschool-Zeit hatten nur Amanda und Zora ein eigenes Auto besessen. Überrascht stellte Delta fest, dass Amandas schwarzer Lexus-SUV ebenfalls dort stand, nicht in der geräumigen Doppelgarage ein Stück vom Haus entfernt. Davor hatte bei der schicksalhaften Abschlussparty der Golfkart geparkt, mit dem sie die Sachen für das Spanferkel-Barbecue vom Haus zum Grillplatz am Steilufer oberhalb des Flusses transportiert hatten.

Delta parkte den Audi neben dem Lexus. Ihr Wagen war fast abbezahlt, ein Segen, denn sie hatte keine Ahnung, wie ihre Zukunft aussah – schon gar nicht in finanzieller Hinsicht. Sie hatte sich bei der Polizei erkundigt, ob sie die Tagesklinik wieder aufmachen dürfe; Candy, die Ernährungsberaterin, würde zusammen mit den anderen Angestellten die dringendsten Tagesgeschäfte übernehmen, die keiner ärztlichen Behandlung bedurften. Allerdings benötigten sie zeitnah einen neuen Gastroenterologen. Kurz überlegte sie, Dr. Gervais aus dem Ruhestand zu holen und ihn zu bitten, vorübergehend einzuspringen, bis ein neuer Facharzt gefunden war, doch sie hatte keine Ahnung, ob das eine gute Idee war. Aber damit wollte sie sich morgen befassen, zunächst einmal musste sie sich um juristischen Beistand bemühen.

Sie stieg die Stufen zur Veranda hinauf und klingelte an der Hintertür. Schon damals hatte kaum jemand den Vordereingang benutzt. Ein paar Minuten später sah sie durch die verglasten Ausschnitte, wie Amanda sich der Tür näherte. Sie trug eine hellgraue Bluse und eine schwarze Baumwollhose. Die Hitze des Julitags, die noch immer in der Luft hing, schien ihr nichts auszumachen.

Amanda öffnete die Tür und begrüßte Delta mit einem freundlichen »Hallo«, dann bedeutete sie ihr, hereinzukommen.

Deltas Puls beschleunigte leicht, als sie eintrat. Es war lange her, seit sie das letzte Mal hier gewesen war.

Amanda führte sie ins Esszimmer. Sie setzte sich auf den Stuhl vor dem Kopf der langen Tafel, Delta nahm zu ihrer Rechten Platz. Der Tisch wirkte viel zu groß und leer für sie beide.

»Darf ich dir etwas zu trinken anbieten?«, fragte Amanda. »Wasser oder eine Limo? Kaffee oder Tee?«

»Gar nichts, danke.«

»Dein Anruf gestern Abend klang ziemlich dringlich.«

Delta brachte ein leises Lachen zustande. »Nun ... ja.«

Amandas Gesichtsausdruck wurde ernst. »Ich werde dir jetzt eine Frage stellen, und ich erwarte eine ehrliche Antwort. Viele Strafverteidiger wollen nicht wissen, ob ihr Mandant das ihm zur Last gelegte Verbrechen begangen hat oder nicht. Ich bin da anders. Ich will die Wahrheit erfahren, will genau wissen, womit ich es zu tun habe, wenn ich deinen Fall übernehme.«

»Okay.«

»Hast du deinen Ehemann umgebracht?«

»Nein.«

Amandas blaue Augen blickten direkt in Deltas. »Ich bin mir nicht sicher, ob ich dir glaube.«

Delta spürte, wie ihr die Röte ins Gesicht schoss. »Ich habe ihn geliebt. Ich kann nicht fassen, dass du tatsächlich denkst, ich wäre dazu fähig, Tanner zu töten, noch dazu auf so brutale Art und Weise.«

»Hast du gestern Abend Ellies Reportage auf Channel Seven gesehen?«

»Wenn du das Interview mit Lester Stahd meinst, in dem er mich förmlich in der Luft zerreißt – ja.«

»Davor. Ellies … ›Totenrede‹. Ich glaube, sie hat versucht, warmherzig und innig zu klingen, aber das sind Attribute, die jenseits ihrer emotionalen Reichweite liegen.«

»Ich habe nur Bruchstücke davon gesehen.«

»Sie hat Tanner als großartigen Menschen dargestellt, aber wir beide wissen, dass das nicht wahr ist, oder?«

Delta beäugte Amanda misstrauisch. Sie wusste nicht recht, was sie auf diese Frage erwidern sollte, also ging sie nicht darauf ein und fragte stattdessen: »Wirst du mir nun helfen oder nicht?«

»Wir müssen erst ein paar Dinge klären. Finanzielles und anderes. Zum Beispiel ist mir klar, dass du mich seit Jahren hasst. Ich frage mich, ob ich das so einfach beiseiteschieben kann.«

»Ich hasse dich nicht«, entgegnete Delta automatisch.

»Ich werde dir jetzt etwas sagen, und dann werden wir weitersehen.«

»Okay …«, erwiderte Delta vorsichtig.

»Ich bin ausgesprochen ehrgeizig.«

»Ach was«, sagte Delta trocken.

»Nein, ich meine *wirklich* ehrgeizig. Krankhaft … ehrgeizig.«

»Du tust gerade so, als wäre das etwas Neues.«

Amanda lachte überrascht auf. »Okay, du hast recht. Ich wollte dich von Anfang an übertrumpfen. Alle, versteht sich, aber dich ganz besonders. Ich wollte Tanner, weil du ihn wolltest. Ich musste ihn haben, weil er dir gehörte, nicht weil ich wirklich mit ihm zusammen sein wollte. Damals habe ich das nicht so gesehen, erst später bin ich zu dieser Einsicht gekommen.«

»Warum?«, fragte Delta entgeistert.

»Weil du die Beste von uns warst und bist«, antwortete Amanda schlicht. »Das wusste ich schon immer, und ich nehme an, auch Ellie spürt es. Hüte dich vor ihr ... und vor Zora.«

»Zora? Wie meinst du das?«

»Trau keiner von uns. Wir lügen. Du lügst nicht. Zumindest nicht oft.«

»Ich weiß nur, dass ich eine Strafverteidigerin brauche. Ich bin hier, weil du genau das bist, und du bist gut. Mir ist bewusst, wie eng sich die Schlinge um meinen Hals zuzieht, und ich muss mich um meinen kleinen Sohn kümmern, der gerade erst erfahren hat, dass sein Dad nicht mehr lebt.« Ihre Stimme zitterte leicht. Sie riss sich zusammen. »Es geht ihm gut. Er wollte heute wieder in die Vorschule gehen, also habe ich ihn hingebracht. Ich wusste nicht, was ich sonst hätte tun sollen, aber ich bin mir sicher, dass schon bald die nächste Hiobsbotschaft auf mich wartet.«

Amanda nickte bedächtig. »Ich sehe meine Aufgabe darin, alles dafür zu tun, dass du nicht ins Gefängnis kommst, aber du musst Vorkehrungen treffen für den Fall, dass mir das nicht gelingt.«

»Meine Eltern werden für ihn sorgen«, erwiderte Delta zögernd. Amanda hatte ihren wundesten Punkt getroffen: Owen. Sie durfte auf keinen Fall im Gefängnis landen, denn der Kleine brauchte sie.

Mehrere lange Augenblicke verstrichen, in denen Amanda scharf nachzudenken schien. »Okay«, sagte sie schließlich.

»Okay?«, wiederholte Delta.

»Ich vertrete dich.«

Delta stieß die Luft aus. »Oh … gut. Danke. Brauchst du einen … Vorschuss? Ich kann dir einen Scheck ausstellen.«

*Solange du nicht zu viel verlangst …*

Amanda nannte eine ziemlich faire Summe. Delta zog fragend die Augenbrauen hoch.

»Ich tue das als Freundin«, sagte Amanda zu ihr.

Deltas Kehle schnürte sich zusammen, und sie war froh, dass sie den Blick senken und auf ihre Handtasche richten konnte. Amanda sollte nicht sehen, wie ihr die Tränen in die Augen schossen. Sie füllte den Scheck aus und legte ihn auf den Tisch.

Amanda griff nicht danach. Stattdessen stützte sie sich mit verschränkten Armen auf die Tischplatte und richtete konzentriert den Blick auf Delta. »Nachdem wir das geklärt haben, sollten wir die vergangenen Monate durchgehen, vielleicht sogar das letzte Jahr. Erzähl mir von deiner Beziehung mit Tanner, deinem Sohn und allen, die du in deinem Leben für wichtig hältst, deine Eltern, deine Freunde. Versuch, nichts auszulassen. Erzähl mir von Streitigkeiten, die ihr hattet, und worum es dabei ging – Geld, Alltagsabläufe …«

»Andere Frauen«, fiel Delta ihr ins Wort.

»Andere Frauen«, wiederholte Amanda, dann nahm sie den Faden wieder auf. »Ich will wissen, was du der Polizei gesagt hast, außerdem benötige ich umfangreiche Informationen über seine Tagesklinik und sein Einkommen. Über *dein* Einkommen. Was machst du beruflich? Wie sieht es finanziell aus?«

»Ich habe kein Einkommen.«

»Du hast ein Buch geschrieben.«

»Ja, aber das hat kaum jemand gelesen.«

»Wovon handelt es?«

Delta zog scharf die Luft ein. »Es ist … ein Thriller.«

»Bei dem die Ehefrau gleich zu Beginn ihren Ehemann ersticht.«

»Du hast es gelesen?«, fragte Delta erstaunt.

»Ich habe davon gehört. Gib mir doch eine kurze Zusammenfassung.«

»Also, meine Hauptfigur, Lynda, wird von ihrem Ehemann schlecht behandelt. Niemand hilft ihr, also nimmt sie die Sache selbst in die Hand. Sie … ersticht ihn und kommt mit dem Mord durch. Und bevor du fragst: Nein, es ist *kein* autobiografisches Werk.«

Amanda verengte die Augen. »Aha. Dein Buch kennen immerhin einige, und auch die Polizei wird davon erfahren. Ich selbst werde es übrigens ebenfalls lesen.«

Delta nickte. Ihre Wangen brannten.

»Also gut. Belassen wir's dabei. Fang einfach an zu reden. Wenn es irgendetwas gibt, was dich verdächtig machen oder in ein schlechtes Licht rücken könnte, solltest du es mir sagen.«

*Das Messer …*

»Was ist?«, fragte Amanda, die Deltas Gesichtsausdruck bemerkte. »Raus mit der Sprache!«

Delta schloss die Augen und nahm all ihren Mut zusammen, doch als sie zu sprechen begann, platzte aus ihr heraus: »Warst du damals wirklich von Tanner schwanger?«

Amanda lehnte sich auf ihrem Stuhl zurück und sah sie lange an. Delta hielt den Atem an und fragte sich, ob sie es vermasselt hatte. *Hoffentlich nicht. Hoffentlich musst du dir jetzt keine andere Strafverteidigerin suchen!* Endlich beugte Amanda sich wieder vor. Leise sagte sie: »Ich dachte, ich wäre es, aber ich hatte mich wohl getäuscht.«

Schweigen senkte sich zwischen ihnen herab, dann holte Delta tief Luft und fing an zu reden.

# KAPITEL 21

McCrae warf einen Blick auf die Handy-Uhr. Schon nach sieben. Soeben betrat er die dritte Bar im Westen von Portland, in der Tracy Gillup gearbeitet hatte. Er bat darum, dass man ihm den Geschäftsführer holte, und sah sich kurz darauf Jimmy gegenüber, einem Mann Mitte, Ende zwanzig mit kahl rasiertem Kopf und dem muskulösen Oberkörper eines Gewichthebers. Als McCrae ihn darauf ansprach, fing Jimmy sofort an zu reden und prahlte damit, wie viel Pfund er stemmen konnte. Informationen über Tracy Gillup hatte er jedoch nicht.

»Und Sie können sich ganz bestimmt nicht an sie erinnern?«, hakte McCrae nach.

»Tut mir leid, Mann. Die Bar hat vor drei Monaten den Besitzer gewechselt. Ich habe keine Unterlagen, wer früher hier gearbeitet hat.« Er blickte zur Seite. McCrae nahm an, dass er log.

»Zapfen Sie mir ein Bier?«, fragte er, obwohl ihm eigentlich nicht danach zumute war, aber er hatte noch etwas Zeit bis zu seinem Termin mit Sutton, und vielleicht rückte der Kerl ja doch mit irgendwas raus. Er deutete auf einen der Zapfhähne, und Jimmy rief dem Barkeeper etwas zu. Dann verschwand er im Hinterzimmer.

Es gab zwei Kellnerinnen, eine hatte dunkle, fast schwarze Haare, die andere war blond gefärbt. Kein Mittelbraun, kein Zopf, aber seit Baileys Tod waren fünf Jahre vergangen, und möglicherweise hatte Tracy inzwischen eine neue Frisur.

McCrae nahm einen Schluck von dem Bier, das der Barmann ihm hinstellte, und sah, wie Jimmy wieder nach vorn kam und sich umschaute. Es gefiel ihm nicht, dass der Cop noch da war, das konnte McCrae an seiner Körpersprache erkennen. Einen Moment später verschwand er erneut nach hinten.

Ein weiterer Blick auf die Handy-Uhr. McCrae beschloss, dass die Zeit knapp wurde, wenn er herausfinden wollte, warum der Geschäftsführer so nervös war, und stand auf. In dem Moment rief ein Gast am Ende des Tresens: »Gilly, bringst du mir noch eine Cadillac Margarita? Ohne Salz, bitte!«

*Tracy Gillup. Wir nannten sie »Gilly«.*

McCrae starrte die blonde Bedienung an, die dem Mann signalisierte, dass sie seine Bestellung verstanden hatte. Er war Tracy Gillup nur einmal begegnet, deshalb war er sich nicht ganz sicher, ob sie es wirklich war. »Tracy?«, fragte er.

Sie drehte sich um und sah ihn an. »Ja?«

Jimmy kam aus dem Hinterzimmer geschossen, als hätte er McCrae heimlich beobachtet, was er vermutlich auch getan hatte. »Du musst nicht mit ihm reden«, sagte er. »Er ist ein Cop.«

Tracy warf ihm einen gelangweilten Blick zu. »Du bist nicht mein Dad, Jimmy«, sagte sie, dann wandte sie sich McCrae zu. »Was wollen Sie von mir?«

»Ich würde gern wissen, ob Sie sich noch an den Abend vor fünf Jahren erinnern, als vor dem Lundeen zwei Menschen ums Leben kamen.«

»Heilige Scheiße«, murmelte Jimmy.

»Ich dachte, der Fall wäre abgeschlossen.« Tracy sah ihn verwundert an.

»Die Polizistin, die ermordet wurde, war eine Freundin von mir«, sagte McCrae.

»Gilly!«, meldete sich ein weiterer Gast zu Wort. »Ich möchte auch noch eine Cadillac Margarita.«

»Jimmy, könntest du ihnen die Cocktails bringen, bitte?« Tracy deutete mit dem Daumen auf die lärmende Gruppe, die sich um das hintere Ende der Bar drängte. Dann stützte sie sich auf dem Tresen ab und sah McCrae direkt in die Augen. »Ich habe mich schon gefragt, ob jemals irgendwer an diesem Cop oder Ermittler oder was auch immer vorbeikommt. Dem war die Wahrheit scheißegal.«

»Tim Hurston.«

»Möglich. Keine Ahnung, wie er hieß.« Sie zögerte kurz, dann sagte sie: »Sie kommen mir bekannt vor.«

»Ich hatte zuerst mit Ihnen im Lundeen gesprochen. War der erste Ermittler in dem Fall. Man hat mich abgezogen, weil ich mit Bailey, der getöteten Polizistin, befreundet war. Zu nah dran, Sie verstehen.« Er räusperte sich. »Sie hatten damals mittelbraune, längere Haare. Einen geflochtenen Zopf, stimmt's?«

»Hm.« Sie nickte. »Ich habe dem arroganten Scheißkerl gesagt, was ich gesehen hatte, aber der hat mich nicht ernst genommen.«

»Tracy«, drängte Jimmy, der sich immer noch in ihrer Nähe herumdrückte. Sie ignorierte ihn. Anscheinend mochte sie es nicht, wenn er ihren Beschützer spielte.

»Der Kerl, mit dem Ihre Freundin da war, hat telefoniert. Hat irgendwelche Pläne geschmiedet. Sie hat nichts davon mitbekommen, konnte sich ja kaum noch auf ihrem Hocker halten. Ich glaub, sie hat nicht mal bemerkt, dass er nicht mit ihr, sondern in sein Handy gesprochen hat.«

»Laut Anruferliste hat er an jenem Abend nicht telefoniert«, wandte McCrae ein. Carville hatte Tracy eine Lügnerin genannt. Vielleicht hatte er recht.

Sie sah ihn kopfschüttelnd an. »Er hat ein Prepaid-Handy verwendet, irgendein schlichtes, altes Modell. Ich weiß genau, was los ist, wenn ich solche Teile sehe. Die meisten Kerle, die sie benutzen, dealen mit Drogen oder drehen irgendwelche anderen krummen Dinger. Wenn sie sie nicht mehr brauchen, werfen sie sie einfach weg und besorgen sich ein neues. Die Dinger sind nicht zurückverfolgbar.«

»Sie sagen also, Justin Penske, der Mann, der mit Officer Quintar im Lundeen war, hat ein Prepaid-Handy benutzt, nicht sein eigenes?«

»Exakt. Außerdem war da noch ein anderer Typ.«

»Wer?«

»So ein großer, massiger Kerl. Er ist reingekommen, hat sich umgeschaut und die beiden an der Bar sitzen sehen, dann hat er sich eilig wieder umgedreht und ist rausgegangen. Als ich kurz vor der Tür war, um eine zu rauchen, habe ich gesehen, wie er sich draußen auf dem Parkplatz herumdrückte, darum bemüht, möglichst unauffällig zu sein. Wahrscheinlich hat er auf etwas oder jemanden gewartet.«

»Das stand in keinem einzigen Bericht«, stellte McCrae fest.

»Ich hab damals nicht weiter daran gedacht, und warum hätte ich das dem Scheißkerl erzählen sollen, der mir eh nicht zugehört hat?«

»Sind Sie sicher, dass der große Typ Penske und Bailey im Visier hatte?«

»Nein. Und genau das ist der Punkt. Es ist mir bloß aufgefallen, dass er länger in ihre Richtung geschaut hat, aber ob er wirklich die beiden im Blick hatte, kann ich nicht beschwören. Keine Ahnung. Aber he, scheiß drauf. Es ist besser, wenn Sie mir nicht glauben. Tut sowieso keiner.«

Sie machte einen Schritt zurück und wäre beinahe gegen Jimmy geprallt. »Herrgott, Jimmy!«, schimpfte sie leise. Damit wandte sie sich ab und bediente weiter ihre Gäste.

McCrae musste eine ganze Weile warten, bis sie wieder zu ihm kam. »Ich glaube Ihnen«, sagte er, als sie endlich Zeit für ihn hatte.

»Gratuliere«, sagte sie, stellte einem älteren Mann ein Bier hin und lehnte sich dann neben McCrae an den Tresen.

»Wissen Sie noch, wie er aussah, der Kerl, der die beiden beobachtet hat?«

»Ja. Er trug Trenchcoat und Sonnenbrille, hatte ein riesiges Muttermal auf der Stirn, sechs Finger an jeder Hand und roten Lippenstift aufgelegt.«

Der Gast neben McCrae kicherte.

»Sonst noch etwas?«, fragte McCrae, der den Spott ignorierte.

Tracy schwieg eine Weile. McCrae wollte gerade von seinem Barhocker rutschen, um sich auf den Weg zum Bengal Room zu machen, als sie sagte: »Er war ziemlich nervös. Trat von einem Fuß auf den anderen. Ich meine, ich hätte ihn in einen Wagen steigen und eine Zeit lang mit jemandem reden sehen, als ich mit meiner Zigarette draußen vorm Eingang stand. Eine alte Karre, keine Ahnung, welches Fabrikat, aber so ein komischer Limousinen-Pick-up, wie man sie kaum noch sieht. Verblichenes Rot. Die Motorhaube eher schmutzig rosa als rot.«

»Ein El Camino vielleicht?«, fragte der ältere Mann neben McCrae.

»Keine Ahnung«, wiederholte Tracy.

»Chevy produziert schon seit 1987 keine El Caminos mehr«, fügte der Mann hinzu.

»Mehr weiß ich echt nicht«, sagte Tracy, dann drehte sie

sich um und ging zu einer Gruppe von Gästen, die lautstark nach Nachschub verlangte.

McCrae legte ein paar Scheine samt Trinkgeld auf den Tresen, die sein Nachbar sehnsüchtig beäugte. McCrae belehrte ihn freundlich, dass Diebstahl Diebstahl bleibe, auch wenn es sich nur um ein, zwei Dollar handelte, und verließ die Bar.

Der Bengal Room war genau so, wie Coach Dean Sutton ihn beschrieben hatte, mit täuschend echt aussehenden künstlichen Tigerfellen an der Wand. McCrae musste zweimal hinschauen, um sich zu vergewissern, dass es sich um Fakes handelte. Die seidig glänzende Mahagonibar war indirekt beleuchtet, das Licht gedämpft, blutrote Klubsessel aus Leder standen um mehrere Tische – ein elegantes Ambiente, das eine betuchte Klientel von Ü-Vierzigern anzog.

»Meine Wohnung liegt in der Richtung«, sagte der Trainer und deutete nach Westen, dann reichte er McCrae die Hand. Er trug seine mittlerweile grauen Haare kurz geschnitten und war so hager, dass seine Wangen eingefallen wirkten. Sein Körper war noch immer durchtrainiert, die leicht füllige Mitte verschwunden. Mit einem verhaltenen Lächeln deutete er auf einen der Klubsessel in der Nähe der Bar. Als McCrae sich setzte, nahm er selbst Platz.

»Das mit Tanner ist schrecklich«, sagte er. Sein Gesicht spiegelte Betroffenheit. »Ich habe in den Nachrichten gesehen, dass er es nicht geschafft hat. Schlimm. So viel Potenzial …«

»Ich weiß, was Sie meinen.«

Sutton schüttelte bekümmert den Kopf, dann atmete er tief durch und ließ den Blick durchs Lokal schweifen. »Ich hoffe, es stellt sich nicht heraus, dass es Delta war.«

McCrae nickte.

»Masterer ist noch nicht hier, aber ich wette, er kommt bald.«

»Sie wollen, dass ich ihn sehe.«

»Sie hat ziemlich heftig mit ihm geflirtet.«

McCrae hatte Mühe, sich auf dieses Gespräch zu konzentrieren. Immer wieder schweiften seine Gedanken zu Tracy Gillup. Er spürte, dass er mehr tun musste, als Klinken zu putzen. Er brauchte etwas Handfestes, um endlich voranzukommen.

»Sie wollten mir etwas mitteilen«, sagte er schließlich zu seinem ehemaligen Trainer. »Etwas über die Abschlussparty bei den Forsythes, was Sie mir nicht am Telefon erzählen wollten.«

»Ach ja, richtig. Da wusste ich noch nicht, dass er sterben würde.«

»Macht es einen Unterschied, ob Tanner tot ist oder nicht?«, wollte McCrae wissen.

Coach Sutton nickte. »Es kommt mir nicht richtig vor, Schlechtes über einen jungen Mann zu verbreiten, der gerade gestorben ist. Aber es geht ja nicht nur um ihn, es geht um alle. Ich habe viel über Carmen Proffitt nachgedacht. Sie war ein nettes Mädchen. Wirklich sehr nett. Kannten Sie sie näher?«

»Na ja, sie war in meiner Klasse.«

»Ich meine, ob ihr befreundet wart.«

McCrae schüttelte den Kopf. Carmen war die Tochter des Reverends gewesen, weshalb sich die meisten Jungs von ihr ferngehalten hatten. Sie war groß, schlaksig und Baileys siamesischer Zwilling gewesen. Für Jungs interessierte sie sich nicht, abgesehen von Tanner.

»Carmen war besessen von Tanner, aber damals standen fast alle Mädchen auf ihn«, fuhr Sutton fort.

*Tanner, der Teeniegott.*

»Stimmt«, pflichtete McCrae ihm bei.

»Sogar die Mütter ... Wissen Sie noch, wie sie Tanner angestarrt haben? Wie alberne, verliebte Gören.« Er sah McCrae Bestätigung heischend an und schien darauf zu warten, dass er sich dazu äußerte, und als es nicht tat, fügte der Trainer hinzu: »Baileys Mom konnte kaum die Augen von ihm abwenden.«

Mit einem leicht unangenehmen Gefühl entgegnete McCrae: »Mrs. Quintar war damals mit Direktor Kiefer zusammen.«

*Und jetzt sind sie verheiratet.*

»Damals hatte sie sich noch nicht auf Ronald festgelegt. Das kam erst später. Ist Ihnen bekannt, dass sie sich getrennt hatten und erst kurz vor Baileys Tod wieder zusammenkamen?«

»Ja.«

»Nun, davor hatte sie eine Affäre nach der anderen – genau wie Ronald. Für eine Weile soll er sogar Clarice Billings und Anne Reade gleichzeitig gedatet haben.«

»Das wusste ich nicht.«

»Nun, er war echt peinlich. Rief sie einfach an und bat sie um ein Date, und wenn sie Nein sagten, dann bearbeitete er sie so lange, bis sie irgendwann einwilligten. Entweder kapierte er es nicht, oder er wollte es nicht kapieren. Ich habe sowohl mit Clarice als auch mit Anne gesprochen. Beide behaupteten, es sei unmöglich gewesen, ihn abzuwimmeln. Ich hätte nie gedacht, dass er jemals wieder mit Baileys Mutter zusammenkommen würde.« Er zuckte die Achseln. »Nun, man sollte wohl niemals nie sagen ...«

»Sie wollen jetzt aber nicht andeuten, dass Joyce Quintar eine Affäre mit Tanner hatte?«

»Nein, ich glaube nicht«, wehrte der Coach ab, »auch wenn damals viel darüber getratscht wurde. Nein, ich fürchte vielmehr, dass Carmen am Abend der Abschlussparty mit ihm im Wald war, um … Sie wissen schon, was. Dann hat sie von dem Gerücht erfahren und sich schuldig gefühlt. Ich denke, sie hat sich das Leben genommen.«

McCrae schnitt eine Grimasse. »Weil er mit ihr und der Mutter ihrer besten Freundin zusammen war? Und wo kommt Delta bei alldem vor? *Sie* war damals seine Freundin, und sie hat zu ihm gehalten, obwohl er sie immer wieder demütigte und betrog.«

»Ich wollte Ihnen am Telefon lediglich vorschlagen, Tanner auf Mrs. Quintar, ähm … Kiefer, anzusprechen, Chris. Das meinte ich damit, als ich sagte, ich wolle nichts Schlechtes über einen Toten verbreiten, denn Tanner kann sich ja nun nicht mehr dazu äußern. Der Reverend hat offenbar ganz Ähnliches vermutet. Baileys und Carmens Moms waren enge Freundinnen, doch nach Carmens Tod ist die Freundschaft zerbrochen. Möglicherweise wegen Tanner? Als ich von dem Übergriff auf ihn hörte, wollte ich unbedingt, dass Sie davon wissen.«

McCrae hörte im Kopf Baileys Stimme: *Carmen behauptete, sie habe etwas gesehen … Ich denke, es hatte etwas mit Tanner zu tun … Sie hatte keine Chance mehr, mir zu sagen, was … Sie hat sich nicht umgebracht, das hätte sie niemals getan …* So oder so ähnlich hatte sie sich immer wieder ihm gegenüber geäußert, als sie beim WKPD zusammenarbeiteten, und auch vorher schon, direkt nach Carmens Tod, war sie fest davon überzeugt gewesen, dass die Suizidtheorie blanker Unsinn war.

»Ich glaube nicht, dass sie Selbstmord begangen hat«, entgegnete McCrae nachdenklich.

Der Trainer legte den Kopf schief. »Sie sind der Cop.«

»Denken Sie, Carmens Tod hat etwas mit dem zu tun, was Tanner zugestoßen ist?«

»Darüber zerbreche ich mir schon die ganze Zeit den Kopf. Keine Ahnung, wie Tanner da reinpasst, aber Bailey, Gott hab sie selig, war überzeugt davon, dass Carmens Tod weder ein Suizid noch ein Unfall war. Ich bin ihr ein paar Mal begegnet, auch als ich schon nicht mehr in West Knoll lebte, und sie hat jedes Mal sofort davon angefangen. Der Eindruck, ihrer besten Freundin wäre keine Gerechtigkeit widerfahren, machte ihr schwer zu schaffen.«

McCrae dachte daran, wie Tim Hurston Baileys und Penskes Fall an sich gerissen und so zurechtgebogen hatte, dass der vermeintliche Erfolg seine politische Karriere befeuerte. *Ich habe denselben Eindruck,* dachte er.

»Da ist er«, murmelte der Coach. »Jonah Masterer.«

Ein hochgewachsener Mann kam ins Lokal geschlendert und orderte einen Martini, dann drehte er sich um, stützte die Ellbogen auf die Bar und ließ selbstbewusst den Blick über die Menge schweifen. Eine Brünette löste sich von ihrer Freundinnenclique und ging zur Bar, um etwas zu bestellen, und Masterer rückte prompt ein Stück zu ihr und sprach sie an. McCrae konnte nicht verstehen, was er sagte, aber es zauberte ein Lächeln auf ihre Lippen, auch wenn sie den Kopf schüttelte.

»Der Kerl kommt gut an bei den Damen. Dunkle Haare, gut aussehend … riecht nach Geld. Schiebt seine kleine Tochter vor, um bei ihnen zu punkten«, sagte der Coach trocken. »Als ich mitbekam, wie er sich an Delta ranschmiss, hätte ich ihm am liebsten eine reingehauen, deshalb bin ich gegangen, bevor noch etwas Schlimmes passierte.«

McCrae nickte.

»Werden Sie mit ihm reden?«, fragte Sutton hoffnungsvoll.

»Vorerst sehe ich keinen Grund dazu«, befand McCrae und stand auf.

»Bleiben Sie doch noch etwas, Sie haben ja nicht mal etwas zu trinken bestellt.«

»Heute Abend geht's nicht. Vielen Dank, es war schön, Sie wiederzusehen, Coach.«

Auf dem Weg zur Tür, spürte er, wie der Trainer ihm nachsah. Er wusste, wie gern Sutton ihm Masterers Jagdstrategie vorgeführt hätte, aber er wollte lieber persönlich mit Delta über den Mann sprechen.

*Als würde sie mit dir darüber reden,* dachte er und wählte Deltas Nummer.

Als Delta bei Amanda gewesen war, hatte zweimal das Handy gesummt, doch sie hatte den Anrufbeantworter drangehen lassen. Jetzt stand sie in ihrer Küche und hörte die Nachrichten ab, die Augen auf Owen geheftet, der bereits in seinem Schlafanzug vor dem Fernseher saß und Apfelschnitze mit Zimt aß, seinen Lieblingssnack nach dem Abendessen. Seit Tanners Tod waren sie völlig aus dem Rhythmus, für gewöhnlich hätte er längst im Bett gelegen. Delta konzentrierte sich auf die Sprachnachrichten. Beim ersten Anruf hatte jemand aufgelegt. Der zweite kam von dem Beerdigungsinstitut, an das sie Tanners Leichnam nach der Obduktion hatte überstellen lassen. Sie hatte sich eine Feuerbestattung für ihn gewünscht, aber man teilte ihr mit, dass ein gewisser Doktor Lester Stahd mit einer Klage gedroht hatte, sollte man Deltas Wunsch nachkommen.

*Von wegen »Doktor«. Diese Zeiten sind längst vorbei, Lester.*

Sie seufzte und wollte das Telefon gerade aus der Hand legen, als es erneut klingelte. Sie blickte aufs Display und sah, dass McCrae dran war. Am liebsten hätte sie sofort über den grünen Hörer gewischt, aber sie zwang sich, kurz zu warten, bevor sie das Gespräch annahm.

»He«, begrüßte sie ihn.

»Wo bist du?«, fragte er.

»Bei mir zu Hause.«

Pause. »Ich wollte nur sicher sein, dass bei dir alles halbwegs in Ordnung ist.«

»Es geht schon.« Eine weitere lange Pause, dann hörte sie sich plötzlich sagen: »Hast du Lust, vorbeizukommen?«

Sie ging fest davon aus, dass er ihr einen Korb geben würde, konnte die Ablehnung förmlich *spüren*, doch dann hörte sie ihn sagen: »Ich bin in ungefähr fünfundvierzig Minuten bei dir.«

Sie beendeten das Gespräch, dann legte Delta das Handy auf die Anrichte und rannte nach oben unter die Dusche. Mit frischer Kleidung und makellos geschminkt kehrte sie ins Wohnzimmer zurück und griff nach der Fernbedienung, doch Owen protestierte, er wolle nicht ins Bett. Normalerweise ließ Delta ihm ein solches Verhalten nicht durchgehen, doch heute war es ihr gleich. Sollte er ruhig noch aufbleiben, sie würde morgen früh entscheiden, ob sie ihn in die Vorschule brachte oder einfach ausschlafen ließ. Der Junge war sehr schweigsam seit Tanners Tod, hatte ein paar Fragen gestellt und sich ansonsten in sich selbst zurückgezogen. Anscheinend erdrückte sie ihn momentan mit ihrer Liebe, denn mittlerweile wedelte er mit der Hand, wenn sie ihn wieder einmal in die Arme schließen wollte, als versuchte er, eine lästige Fliege zu verscheuchen. Sie war bereit, ihm seinen Freiraum zu lassen, doch nun verspürte sie Gewissensbisse, weil sie McCrae eingeladen hatte.

»Möchtest du noch etwas?«, fragte sie ihn.

»Nein.«

»Der … Detective … ähm, der Polizist, der herausfinden will, wer deinen Dad …«

»Ich weiß, was ein Detective ist.«

Sie setzte sich neben ihn auf die Couch. »Gut. Also, der Detective kommt vorbei, um nachzusehen, ob es uns gut geht.«

Owen schüttelte den Kopf. »Nein. Er versucht herauszufinden, wer Daddy getötet hat.«

Diese nüchterne Feststellung brachte Delta aus der Fassung. Natürlich. Er hatte es in den Nachrichten gesehen. Er kannte die Fakten. Sie hatte bloß keinen blassen Schimmer, was er darüber dachte.

»Ist es okay, dass er kommt?«

Owen zuckte die Achseln. »Wird er den Mann umbringen, der es getan hat?«

»Ähm, nein … das nicht. Er wird ihn verhaften und ins Gefängnis sperren. Oder sie …«, stotterte Delta.

Owen ließ ihre Worte eine Weile einsickern, dann nickte er ernst, stellte den Teller mit den restlichen Apfelschnitzen zur Seite und rückte näher an sie heran. Delta zog ihn an sich und drückte ihn so fest, als wollte sie ihn nie wieder loslassen.

# KAPITEL 22

Zora kam nach Hause, warf einen Blick in den Kühlschrank, nahm sich einen Joghurt und schenkte sich ein Glas Wein ein. Dann noch eins. Und plötzlich war die Flasche zu drei Vierteln leer. Sie versuchte, sich Owen in ihrer Obhut vorzustellen, was ihre Stimmung ein klein wenig hob, wenigstens für eine kurze Zeit. Aber sie musste sich nichts vormachen. Owen war Deltas Sohn. Und Tanners. Nicht ihrer.

Owen würde niemals ihr Kind sein. Und sie konnte ihn wohl kaum entführen und für sich behalten – damit würde sie niemals durchkommen. Allein die Vorstellung war verrückt. Verrückt, genau wie sie. Selbst wenn Delta Tanner tatsächlich ermordet hätte, was Zora für durchaus denkbar hielt, hatte der Junge immer noch seine Großeltern.

Sie ging ins Wohnzimmer, ließ sich auf die Couch fallen und schluchzte leise in eines der Kissen. Sie würde nie ein Kind haben. Nie. Es war so unfair! Wieso durfte Delta ein Kind haben, obwohl sie vielleicht eine Mörderin war, und sie nicht?

Nach ein paar Minuten hob Zora den Kopf und wischte sich die Tränen ab. Bestimmt waren ihre Wangen fleckig … Sie wollte nicht, dass Brian sie so sah, auch wenn er wahrscheinlich ohnehin nicht aus seinem Arbeitszimmer kommen würde, wo er mit Ms. Billings, Anne Reade oder wem auch immer telefonierte. Mit dieser Frau, die er »schon sehr lange kannte«. *Amanda?*

Zora zwang sich, aufzustehen, dann sackte sie zurück in die Polster. Sie würde ihn zur Rede stellen, aber erst wenn sie noch ein Glas Wein getrunken hatte …

Zehn Minuten später saß sie noch immer auf der Couch und starrte auf den ausgeschalteten Fernseher. Wie spät war es? Zu spät für die Nachrichten? Brian zeichnete sie für gewöhnlich auf.

Sie brauchte ungewöhnlich lange, um die Fernbedienung zu finden, dann stellte sie den Fernseher an und klickte sich durch das Menü, bis sie die Aufzeichnungen entdeckte und abspielte. Auf dem Bildschirm erschienen die Lokalnachrichten. Ellies Sender? Nein, ein anderer. Brian schaltete Channel Seven grundsätzlich nicht an.

Ein Reporter erschien, der über Delta sprach. Zora blinzelte, spulte zurück, konzentrierte sich und ließ den Beitrag noch einmal ablaufen. Der Reporter redete über Deltas Buch, über die Handlung, und … Was sagte er da?

Zora fuhr sich mit der Hand über die Augen und spulte erneut zurück.

»Ach du meine Güte«, flüsterte sie und versuchte, einen klaren Kopf zu bekommen. Angeblich fand Deltas Buch reißenden Absatz, es war von Abertausenden verkauften Exemplaren die Rede.

»Brian!«, rief sie, stoppte den Beitrag und vergaß für einen Moment, wie wütend und verletzt sie war. »Brian! *Brian!*«

»Was ist denn?«, fragte er, während er aus seinem Arbeitszimmer kam, und trat zu ihr.

»Hast du schon die Nachrichten gesehen?« Sie deutete auf den Bildschirm und wollte gerade auf die Play-Taste drücken, als ihr die Fernbedienung aus der Hand glitt und auf den Holzfußboden fiel. Die schwarze Plastikrückwand sprang ab.

»Wie viel hast du getrunken?«, wollte Brian wissen und bückte sich, um die Fernbedienung aufzuheben.

Sie ging nicht auf seine Frage ein. »Delta ... ihr Buch ... sie macht Geld ... richtig viel Geld ...«

Brian drückte die Rückwand auf die Fernbedienung und ließ den Beitrag weiter ablaufen. Die flackernden Bilder bereiteten Zora Kopfschmerzen. Sie hatte wirklich zu viel getrunken.

Und dann spielte Brian die Aufzeichnung erneut ab.

»Abertausende verkaufte Exemplare ...«, murmelte Zora.

»Die Leute halten das Buch für eine Art Mordleitfaden ...«

»Was ihr ein Mordsvermögen beschert!« Sie hatte gar nicht lustig sein wollen, aber jetzt musste sie lachen. Sie kicherte so heftig, dass sie beinahe vergessen hätte, wie traurig sie war. »Du liebst mich nicht mehr«, jammerte sie.

»Verdammt noch mal, Zora. Es geht nicht immer nur um dich!« Er schwieg einen Moment, dann fügte er hinzu: »Ich glaube trotzdem nicht, dass Delta ihn umgebracht hat.«

Zora starrte ihren Mann mit zusammengekniffenen Augen an und fand, dass er irgendwie ... merkwürdig aussah. »Und wieso nicht, bitte schön? Das wäre doch ein tolles Motiv!«

Er wandte sich wortlos ab und schickte sich an, in sein Arbeitszimmer zurückzukehren.

»Bleib bei mir, Brian«, jammerte Zora. »Ich will mit dir reden.«

»Du kannst dich später ja doch nicht daran erinnern.«

»Doch, das kann ich.« Sie setzte sich aufrecht hin, verschränkte die Hände im Schoß und schaute ihn konzentriert an.

Was ihr nicht leichtfiel.

»Also«, sagte Brian ungeduldig. »Worüber willst du reden?«

»Über uns. Ich will nicht …«

»Aber ich«, fiel er ihr ins Wort, und dann teilte er ihr mit, dass er heimlich zu Judy, *ihrer* Therapeutin, gegangen war, die ihm geholfen hatte, »die Probleme in ihrer Beziehung zu verstehen«.

War das in Ordnung? Sich eine Therapeutin zu teilen? Zora überlegte kurz, ob sie das alte Klatschweib verklagen sollte.

Es war *Judy* gewesen, die ihm zu der Erkenntnis verholfen hatte, dass er sich in Wirklichkeit gar keine Kinder wünschte. *Judy* hatte ihn dabei unterstützt, seine Jugend und die Jahre danach zu verarbeiten. *Judy* hatte ihn an sein Faible für Ms. Billings erinnert und ihm geraten, mit ihr und Anne Reade in Kontakt zu treten, um »herauszufinden, was vielleicht hätte sein können«.

»Will sie etwa, dass du mit ihnen schläfst?«, kreischte Zora entrüstet. »Was stellt sie sich vor? Vielleicht eine Ménage-à-trois? Findet sie das okay?« Ihre Nase fühlte sich heiß an. Sie war den Tränen nahe.

»Ich wusste, dass du so reagieren würdest. Du bekommst das in den falschen Hals, wie immer.« Brian presste die Lippen zusammen. Jetzt wirkte er ernsthaft verärgert. »Hier geht es um meinen Versuch, glücklich zu werden.«

»Ach, hör doch auf.« Zora lehnte sich gegen die Polster.

Wie immer verpuffte sein Zorn, als wäre nie etwas gewesen. Er setzte sich neben sie auf die Couch.

»Hör mir zu«, bat er. »Wir haben nur ein Leben, und ich habe mir etwas vorgemacht, genau wie du. Ich würde gern wieder unterrichten, aber ich möchte keine eigenen Kinder, anders als du.«

Ihr Herz zog sich zusammen. Was würde jetzt kommen?

»Wir brauchen eine Auszeit, Zora.«

»Ich möchte mich nicht scheiden lassen!«

»Ich schlage vor, wir machen einen Schritt nach dem anderen. Ich habe viel über Tanner nachgedacht, genau wie über Delta. Ich glaube nicht, dass sie jemals wirklich glücklich miteinander waren, und wäre ihnen das früher klar geworden, hätte die Sache womöglich nicht ganz so tragisch enden müssen.«

»Dann denkst du also doch, dass sie ihn umgebracht hat?«

»Nein. Hätte Delta ihn umbringen wollen, hätte sie das schon vor Jahren getan. Damals, als er sie wirklich in Verlegenheit gebracht hat.«

»Was meinst du?« Zora gab sich alle Mühe, seinen Worten zu folgen.

»Ich habe Tanner am Abend der Abschlussparty zusammen mit Amanda im Wald gesehen. Genau wie Carmen. Sie hat mitbekommen, wie Amanda es ihm … besorgt hat.«

Zora sah ihn fassungslos an.

»Amandas blonder Schopf hüpfte in der Dunkelheit auf und ab, wenn du verstehst, was ich meine. Carmen war wie … paralysiert.«

»O Gott, *das* hat sie also gesehen.« Zora seufzte. »Bailey hat gesagt, sie hätte etwas beobachtet, aber sie habe ihr nicht mehr mitteilen können, was.«

»Vielleicht ist sie Tanner deshalb in den Fluss gefolgt. Sie wollte ihn herausfordern, ihm zeigen, dass sie auch etwas zu bieten hat.«

Zora schüttelte den Kopf. Ihr Blickfeld verschwamm bei den abrupten Bewegungen. »Hast du das irgendwem erzählt?«

»Nein«, antwortete er leise. »Wir mussten alle mit Carmens Tod klarkommen, da wollte ich nicht noch Öl ins Feuer gießen.«

»Ihr hattet die Aufsicht, deine Freundinnen und du.«

Er funkelte sie an. »Meine Freundinnen … Du hast mich doch nur wegen meines Erbes geheiratet.«

»Das ist nicht wahr!«

»Doch, ist es. Vielleicht hätte ich etwas sagen sollen, vielleicht nicht. Ich weiß nur, dass ich nicht länger unglücklich sein möchte. Und ich möchte nicht, dass du unglücklich bist. Wir müssen diese Ehe beenden.«

»Nein.«

Er stand auf, warf resignierend die Hände in die Luft und verschwand wieder in seinem Arbeitszimmer. Zora hörte, wie die Tür hinter ihm zuklappte.

Er suchte nach Vorwänden, wie immer. Nun, mit einer Sache hatte er recht: Sie *war* unglücklich. Aber sie wollte ihn nicht verlieren. Durfte ihn nicht verlieren.

Wieder spürte sie, wie ihr die Tränen kamen, und sie schloss die Augen und drückte das Gesicht in die Kissen.

Sie musste eingeschlafen sein, denn als sie die Augen wieder öffnete, war es stockdunkel im Raum. Sie ging zu Brians Arbeitszimmer. Die Tür war angelehnt, aber er war nicht da. Plötzlich hörte sie aus der Küche seine Stimme und schlich auf Zehenspitzen durch den Flur. Kurz vor der Küchentür blieb sie stehen. Im Haus war es still, seine Worte waren klar und deutlich zu vernehmen. Er telefonierte.

»… habe ihr mitgeteilt, dass ich mich scheiden lassen möchte … Nein, sie ist betrunken … Keine Namen. Schscht, bleib ganz ruhig … Es ist Zeit, das nächste Kapitel unseres Lebens aufzuschlagen … Sicher. Ich bin gleich da.«

Zora lehnte sich gegen die Wand. Zorn stieg in ihr auf. Sollte sie ins Wohnzimmer zurückkehren, oder sollte sie ihn sofort zur Rede stellen? Inzwischen war sie verdammt nüchtern. Sie hörte, wie er leise die Tür zur Garage öffnete.

Er war auf dem Weg zu *ihr*.

Zora rannte ins Wohnzimmer und schlüpfte in die schwarzen Ballerinas, die sie im Kino getragen hatte, dann sah sie aus dem Esszimmerfenster und wartete, bis sie seinen schwarzen Mercedes in der Einfahrt sah. Als er losfuhr, lief sie ebenfalls in die Garage, sprang mit hämmerndem Herzen in ihren weißen Mercedes, ließ den Motor an und gab Gas. Beinahe wäre sie gegen das Garagentor gefahren, das sich stockend herabsenkte. Anscheinend hatten sie gleichzeitig auf die Fernbedienung gedrückt – einmal aufwärts, einmal abwärts.

»Scheiße!«, schrie sie und latschte auf die Bremse. Sie atmete tief durch, dann drückte sie erneut auf den Knopf. Das Tor fuhr hoch.

Endlich auf der Straße, trat sie das Gaspedal durch, um zu Brian aufzuschließen. Sie fürchtete, dass er zu viel Vorsprung hatte, doch sie holte ihn schneller ein als erwartet. Wie immer hielt er sich strikt an die Geschwindigkeitsbegrenzung, und sie musste sich zurückfallen lassen, damit er sie nicht entdeckte.

Er konnte reden, so viel er wollte, unter dem Strich kam nur dabei heraus, dass er sich in eine andere verliebt hatte. Sie bedeutete ihm nichts. Hatte ihm nie etwas bedeutet.

Warum war er auf Amanda zu sprechen gekommen? Amanda und Tanner … und Carmen. Nur um von der Tatsache abzulenken, dass er die Scheidung wollte?

War Amanda die Frau, in die er schon so lange verliebt war?

Nein, das schien ihr doch zu weit hergeholt. Trotzdem angelte sie ihr Handy aus der Handtasche auf dem Beifahrersitz und wählte ihre Nummer. Als Amanda nicht dranging, legte sie nicht auf, sondern wartete darauf, dass der Anrufbeantworter ansprang. Vielleicht hatte Brian ja recht und es war an der Zeit, endlich offen miteinander zu reden.

»Hier ist der Anrufbeantworter von Amanda Forsythe. Bitte hinterlassen Sie eine Nachricht nach dem Signalton ...«

*Piiiep ...*

»Hi, hier spricht Zora.« Ihr Ärger fiel in sich zusammen wie ein Ballon, aus dem die Luft wich. Sie musste sich zwingen, weiterzusprechen. »Ich habe mich gerade mit Brian unterhalten. Er behauptet, er habe damals gesehen, wie du es Tanner im Wald besorgt hast, am Abend unserer Abschlussparty. Carmen hat es ebenfalls mitbekommen. Brian will mich verlassen, wegen einer anderen Frau, in die er schon länger verliebt ist. Deshalb frage ich mich – hast du auch mit ihm rumgemacht?« Sie räusperte sich. »Nur damit du's weißt: Ich werde nicht zulassen, dass er mich verlässt.« Damit legte sie auf und konzentrierte sich aufs Fahren.

Den ganzen Heimweg über fragte sich McCrae, ob es richtig war, später noch zu Delta zu fahren.

*Triff dich nicht mit ihr. Das ist eine dumme Idee. Bleib zu Hause.*

Dort füllte er Fidos Wasserschüssel, kraulte den Hund hinter den Ohren und aß einen Energyriegel, dann schob er sein schlechtes Gewissen beiseite und ging zu seinem Wagen.

Delta erwartete ihn bereits. Am liebsten hätte er sie in seine Arme gezogen und sie an sich gedrückt – natürlich rein freundschaftlich.

*Wem machst du eigentlich etwas vor? Du standest doch schon früher auf sie. Hast nie kapiert, was sie an Tanner, diesem Arsch, fand.*

Sie begrüßte ihn eher zurückhaltend und bat ihn herein. Als er das Wohnzimmer betrat, verstand er, warum: Owen, ihr Sohn, saß im Schlafanzug auf der Couch vor dem Fernseher.

»Hi«, sagte er zu dem Jungen.

»Das ist McCrae«, machte Delta die beiden bekannt. »Chris McCrae. Und das ist mein Sohn Owen.«

»Hi«, erwiderte Owen zögernd.

Delta ging in die angrenzende Küche und öffnete die Kühlschranktür. »Möchtest du etwas trinken?«

»Wasser wäre schön.«

»Okay …«

»Es war ein langer Tag«, sagte er.

Der Junge stand von der Couch auf und setzte sich strategisch auf den Hocker an der Kücheninsel zwischen McCrae und seine Mom.

Delta reichte ihm ein Glas Wasser, sie selbst schenkte sich ein Glas Rosé ein. Einen Moment lang schwiegen sie verlegen. »Zeit, ins Bett zu gehen«, sagte sie dann zu Owen.

Owen ignorierte sie. »Mommy hat Daddy nicht umgebracht«, erklärte er mit sachlicher Stimme.

»Wir sind dabei, herauszufinden, was passiert ist«, sagte McCrae zu dem Jungen.

»Warum hast du das gesagt?«, wollte Delta von ihrem Sohn wissen.

Owen zuckte die Achseln und ließ die Augen durch die Küche wandern, doch plötzlich hielt er inne und schien sich auf etwas zu fokussieren. »Die Messer sind wieder da!«, rief er.

McCrae folgte seinem Blick. Der Junge betrachtete den Messerblock neben der Spüle. Auch Delta starrte darauf. Sie griff nach ihrem Weinglas und nahm einen großen Schluck. Ihre Hand zitterte.

McCrae fasste den Messerblock näher ins Auge. Sieben Steakmesser steckten nebeneinander aufgereiht in den dafür vorgesehenen Schlitzen, eins fehlte.

»Was hast du mit den neuen gemacht, Mom?«, fragte Owen.

McCrae sah Delta an. Sie wich seinem Blick aus.

*Verdammt,* dachte er, als ihm klar wurde, dass sie ihn belogen hatte.

Brian fuhr zu Anne Reade. Zumindest nahm Zora an, dass sie in einem der Häuser hier wohnte. Irgendwie war das ernüchternd. Dann war Anne die Frau, wegen der er sie verließ?

Hier draußen, am Stadtrand von West Knoll, herrschte nicht viel Verkehr. Zora fuhr an der Abzweigung – ganz in der Nähe des Grimm's Pond – vorbei, die Brian genommen hatte. Hier irgendwo verlief die Grenze zum Grundstück der Forsythes. Kurz überlegte sie, ob sie in Amandas langer Zufahrt wenden sollte, aber dazu hätte sie noch ungefähr eine Meile der Straße folgen müssen. Sie warf einen Blick in den Rückspiegel, und als sie sah, dass kein anderes Fahrzeug in der Nähe war, drehte sie um und kehrte an die Stelle zurück, wo Brian abgebogen war. Sie setzte den Blinker und bog ebenfalls ab, dann fuhr sie rechts ran und ließ den Wagen ausrollen. Sollte sie zu Fuß weitergehen? Sie hatte eine schwarze Windjacke mit Kapuze im Kofferraum, mit der man sie nicht sofort sehen würde.

Nach etwa dreißig Sekunden stieg sie aus, nahm die Windjacke aus dem Wagen und zog sie an. Sie war jetzt gut getarnt, doch ihr weißer Mercedes strahlte förmlich im silbernen Mondlicht. Sie zögerte und überlegte, ob sie noch weiterfahren und den Wagen hinter ein paar Büschen verstecken sollte, falls Brian überraschend zurückkam, dann entschied sie sich dagegen.

Bestimmt würde er über Nacht bei Anne Reade bleiben.

Schnellen Schritts ging sie die Straße entlang.

*Das ist so albern! Was willst du tun, wenn du seinen Wagen vor ihrem Haus parken siehst? Die beiden herausklingeln und dem Miststück die Augen auskratzen?*

Sie war erstaunt über diesen Gefühlsausbruch, aber Brian gehörte ihr, und sie würde ihn nicht kampflos aufgeben.

Die Häuser in dieser Gegend lagen weit auseinander, lange Zufahrten schlängelten sich durch die tintenschwarze Nacht. Sie bog in eine davon ein und blieb stehen, als der dazugehörige Bungalow in Sicht kam. Kein schwarzer Mercedes. Sie machte kehrt und joggte die nächste Zufahrt entlang. Wieder kein Mercedes. Beide Häuser waren dunkel, hinter keinem der Fenster brannte Licht.

Wohnte Anne Reade tatsächlich hier? Vielleicht irrte sie sich ja.

Sie unternahm einen weiteren Versuch, und vor dem nächsten Haus parkte Brians Wagen, mit laufendem Motor.

Zora brach der Schweiß aus.

Und jetzt? Was konnte sie in dieser Situation tun, um ihre Ehe zu retten? Vielleicht hätte sie doch lieber zu Hause bei ihrem Wein bleiben sollen.

Plötzlich spürte sie etwas Hartes im Rücken und wirbelte mit einem erstickten Aufschrei herum. »Was zum Teufel …?«

Die Pistole zielte nun direkt auf ihr Gesicht. Automatisch hob sie die Hände.

»Wer … wer sind Sie?«, stammelte sie und starrte den schwarz gekleideten Mann an, der sie bedrohte. Er kam ihr irgendwie bekannt vor. »Wo ist Brian?«

»Drinnen.«

Seine Stimme klang heiser und eiskalt.

»Was soll das? Was haben Sie mit mir vor?«

Er riss den Arm in die Höhe und machte einen Schritt auf sie zu. Zora stieß einen Schrei aus, der die nächtliche Stille zerriss, dann fuhr die Hand mit der Pistole nieder. Die Waffe prallte gegen ihren Schädel. Zora sackte zu Boden.

Ihr Sichtfeld verschwamm.

Leise pfeifend packte der Angreifer ihre Füße, wobei er sorgfältig darauf achtete, dass sie ihre Ballerinas nicht verlor, und schleifte sie zum Haus.

Gegen dreiundzwanzig Uhr sperrte McCrae die Haustür auf und hörte das eilige Klick-klick-klick von Fidos Krallen auf dem Holzfußboden. Der kleine schwarz-weiße Mischling stürmte fröhlich auf sein Herrchen zu, um ihn zu begrüßen. McCrae bückte sich und kraulte ihm die Ohren, genau wie er es getan hatte, bevor er zu Delta gefahren war. Er hatte es kaum erwarten können, endlich bei ihr zu sein, hatte sich wer weiß was erhofft. *Gib's zu, du warst schon auf der Highschool scharf auf sie.* Ja, er hatte sie begehrt, begehrte sie noch immer. Dennoch …

Er stieß einen unterdrückten Fluch aus. Fido winselte leise und schlabberte mit der Zunge sein Gesicht ab. »Schon gut, schon gut, es ist alles okay«, beruhigte er den Hund, der offenbar spürte, wie aufgewühlt sein Herrchen innerlich war.

Nachdem sie Owen ins Bett gebracht hatte, hatte Delta ihm erzählt, was sie getan hatte. Die Worte waren förmlich aus ihr herausgesprudelt. Ja, sie wusste, dass die Tatwaffe aus ihrem Messerblock stammte. Ja, sie hatte einen neuen Block mit neuen Messern gekauft und die beiden Blöcke ausgetauscht, aber das war Owen aufgefallen, deshalb hatte sie den alten Block wieder hingestellt, obwohl das Steakmesser fehlte. Sie kam sich vor wie eine Idiotin. Und nein, sie hatte das Messer nicht als Mordwaffe benutzt. Vielmehr hatte Tanner es in die Klinik mitgenommen, um damit Obst zu schneiden, was Tia und Amy bestätigt hatten. Später, als sie sich in Tanners Zimmer drängte, war sie gestolpert, zu Boden gestürzt und hatte in die Klinge gefasst. Und dann hatte sie in ihrer Panik gelogen, war total überfordert gewesen mit der Situation und voller Angst, man könnte ihr unterstellen, auf ihren Mann losgegangen zu sein. Man könnte ihr Owen wegnehmen.

Sie hatte nicht gewusst, wie sie aus dieser Nummer wieder herauskommen sollte.

»Ich habe mich Amanda anvertraut«, hatte sie noch hinzugefügt.

»Amanda«, hatte er überrascht wiederholt.

»Sie ist seit heute meine Anwältin.«

McCrae gab sich alle Mühe, ihr zu folgen, aber er konnte die Lücken nicht schließen. Wieso hatte sich Delta ausgerechnet an ihre Erzfeindin gewandt? »Erzähl mir, wie es dazu kommen konnte«, bat er sie daher, und sie erklärte, dass sie Amanda wegen ihres ausgezeichneten Rufs um Unterstützung gebeten hatte. »Das war etwas unangenehm, aber ich glaube, sie versteht was von ihrem Job, außerdem weiß sie, dass ich ihn nicht getötet habe.«

»Woher will sie das wissen?«

»Ich habe es ihr gesagt. Bevor sie einen Mandanten übernimmt, besteht sie darauf, dass er ihr die Wahrheit sagt. Sie will genau wissen, womit sie es zu tun hat. Okay, okay, ich weiß, das klingt lahm, und man könnte sie auch anlügen«, ergänzte sie hastig, als sie seinen skeptischen Gesichtsausdruck bemerkte. »Ich gebe nur wieder, was wir besprochen haben.«

McCrae hatte sie weiter gegrillt, und sie hatte seine Fragen in aller Ausführlichkeit beantwortet. Hatte ihm geschworen, dass sie sämtliche Karten auf den Tisch legen würde.

Trotzdem hatte er nicht recht gewusst, was er glauben sollte. Er hatte immer weitergebohrt, bis sie irgendwann beide völlig erschöpft waren.

»Was hast du jetzt vor?«, hatte sie sich erkundigt, als er sich zum Gehen anschickte.

Er hatte keine Antwort auf ihre Frage gewusst.

Fido sprang an ihm hoch, damit er ihm seinen Fressnapf füllte.

»Ist es nicht schon ein bisschen spät dafür?«, fragte er den Hund, der eifrig mit dem Schwanz wedelte, doch er schlenderte in die Küche und nahm eine Packung Trockenfutter aus dem Schrank. Nachdem er etwas davon in Fidos Napf gefüllt hatte, ging er unter die Dusche und anschließend ins Bett. Wieder schweiften seine Gedanken zu Delta.

McCrae nahm sein Handy vom Nachttisch und beschloss, ihr Buch aufzurufen. *Blutige Träume.* Er war kein Technikfreak, aber es gelang ihm, die entsprechende App runterzuladen und das E-Book zu kaufen.

Plötzlich klingelte das Handy in seiner Hand. Er warf einen Blick auf die Zeitanzeige. 00.50 Uhr.

*Delta?*

Ein Name blinkte auf dem Display auf. Nicht Delta, sondern Quin.

»Was gibt's?«, fragte er, nachdem er über den grünen Hörer gewischt hatte.

»Ein Wagen ist auf Höhe des Grimm's Pond von der Straße abgekommen und den Steilhang hinuntergestürzt. Genau auf der gegenüberliegenden Seite des Flusses, auf der … auf der wir Carmen aus dem Wasser gezogen haben …« Seine Stimme bebte. »Bei den Insassen des Fahrzeugs handelt es sich um Brian Timmons und Zora Timmons-DeMarco. Ich brauche dich vor Ort, McCrae. Sie sind beide tot.«

# KAPITEL 23

Es war Freitagmorgen, 05.30 Uhr, ein weiterer trüber, verhangener Julitag brach an. Ellie war bereits angezogen und auf dem Weg zur Tür. Heute stand vieles auf ihrem Plan, das Wichtigste aber war, ein Interview mit Delta zu bekommen, auch wenn McCrae, dieser Spielverderber, sie vermutlich davon abhalten würde, mit Ellie vor der Kamera zu sprechen. Alle wollten ein Interview mit Delta, aber bislang hatte sie mit niemandem geredet. Hatte er eigentlich schon immer auf Delta gestanden? Wahrscheinlich. Alle Jungs hatten auf Delta gestanden.

*Mit dir hat er bei der Abschlussparty eh nur Sex gehabt, weil er betrunken war.*

Ellie verdrängte die Erinnerung daran, verließ das Haus und stieg in ihren Ford Escort. Sie war kaum losgefahren, als auch schon das Handy auf dem Beifahrersitz summte. Sie warf einen Blick aufs Display. Amanda.

Sie tippte auf Lautsprecher und nahm das Gespräch an. »Was gibt's, A?«

»Ich möchte, dass du ein Interview mit mir führst. Ich vertrete Delta, und das will ich öffentlich machen, am besten in den nächsten Nachrichten. Schaffst du es heute Morgen?«

»Du vertrittst …?« Ellies Augenbrauen schossen erstaunt in die Höhe. »Delta hat Tanner *umgebracht,* Amanda!«

»Das glaube ich nicht.«

»Wirklich nicht?«

»Machst du das Interview, oder soll ich Channel Four anrufen?«

»Ähm, ja … Komm zum Sender. Alles, was mit dem Mord an Tanner zu tun hat, wird heiß gehandelt.« Amanda würde doch nicht wirklich mit Phil, diesem Arschloch von Channel Four, reden, oder? Er klebte an Deltas Fersen, aber bislang hatte ihm das nichts gebracht. Sie selbst hätte auch lieber mit Delta persönlich gesprochen anstatt mit Amanda. Was um alles auf der Welt mochte Delta geritten haben, ausgerechnet sie mit ihrer Verteidigung zu beauftragen?

»Warum bist du dir so sicher, dass sie es nicht war?«, wollte Ellie wissen.

»Weil sie es mir gesagt hat.«

»Oh. Der war gut.«

»Ich muss noch kurz etwas erledigen, aber dann komme ich zu dir, sagen wir in einer halben bis Dreiviertelstunde?« Noch bevor Ellie etwas erwidern konnte, legte Amanda auf.

Ellie schüttelte den Kopf. Sollte sie das wirklich machen? Peter, der mit Ed, dem Regieassistenten, zusammenarbeitete, würde schon da sein. Die Morgennachrichten wären bis dahin durch, aber sie könnten das Interview aufzeichnen und in den Elf-Uhr-Nachrichten bringen. Nach ihrem Beitrag und dem emotionsgeladenen Interview mit Tanners Vater war ihr Ansehen bei Channel Seven rapide gestiegen. Hohe Einschaltquoten. Die Zuschauer liebten es, jemanden zu sehen, der am Rand des Wahnsinns stand.

Amanda nahm den Aufzug in den sechzehnten Stock des modernen Gebäudes aus Beton und Glas, das im Westen Portlands in die Höhe ragte. Die Kanzlei von Layton, Keyes & Brennan blickte auf den Willamette River mit seinen zahlreichen Brücken. Eiligen Schritts durchquerte sie die Räumlichkeiten, betrat ihr Eckbüro im Südosten, wo der Ausblick nahezu atemberaubend war, und stellte ihre Handtasche ab. Sie strich ihren Rock glatt, dann marschierte sie zum Büro ihres Ex-Manns mit seiner beeindruckenden Fensterfront und der exquisiten Ausstattung – Vorzüge, die man genoss, wenn man einer der Partner war.

Unterwegs warf sie einen Blick auf ihr Handy, um ihren Nachrichteneingang zu überprüfen. Keine E-Mails. Keine Textnachrichten. Allerdings hatte Zora gestern am späten Abend angerufen und ihr auf die Mailbox gesprochen. Amanda überlegte, ob sie die Nachricht abhören sollte, dann entschied sie sich dagegen. Sie war auf einer Mission und durfte sich nicht ablenken lassen.

Vor dem Büro ihres Ex blieb sie stehen und klopfte verhalten an. Sie sah, dass er mit Merl Keyes, einem der Partner, sprach, denn sämtliche Wände waren aus Glas. Früher hatten sie richtige Wände gehabt, doch seit man Herb Layton, den dritten Partner, wegen sexueller Belästigung verklagt hatte, war alles transparent. Keine Geheimnisse. Dennoch war Hal während ihrer Ehe ein mieser Betrüger gewesen, und Amanda hatte keinen Grund zu der Annahme, dass er sich geändert hatte.

Hal sah zu ihr herüber. Sein Gesicht verfinsterte sich. Es war ihm peinlich, dass seine Ex-Frau diejenige war, die der Kanzlei die besten Mandanten brachte. Amanda hoffte, er würde vor Verlegenheit sterben. Er bedeutete ihr, einzutreten.

»Was treibt dich zu mir, außer dass du mir den Tag vermiesen willst?«, fragte er mit einem humorlosen Lächeln.

Merl Keyes hob abwehrend die Hände und ging auf die Tür zu, doch Amanda verstellte ihm den Weg.

»Du solltest bleiben, es wird dich ebenfalls interessieren, was ich zu sagen habe.«

»Ich brauche nicht noch mehr Trennungskrach, als ich ohnehin schon habe«, sagte Merl mit einem gequälten Lächeln.

»Ich habe Delta Stahd als Mandantin angenommen, und es ist mehr als wahrscheinlich, dass sie wegen Mordes an ihrem Ehemann, Dr. Tanner Stahd, vor Gericht muss.«

»Der Mord in West Knoll?«, fragte Merl.

»Deine ehemalige beste Freundin«, sagte Hal überrascht.

»Ja«, bestätigte Amanda knapp.

»Hat der Vater des Opfers nicht bereits mit einer Klage gedroht?«, wollte Merl wissen.

»Ich glaube schon.«

»Ich finde nicht, dass das ein passender Fall für dich ist«, sagte Hal.

Das hatte sie erwartet. Er konnte es nicht ertragen, wenn sie im Zentrum der Aufmerksamkeit stand, und dieser Fall würde definitiv hohe Wellen schlagen. Sie sah Hal kampflustig an.

Merl nutzte die Gelegenheit, um sich an ihr vorbeizudrücken und aus Hals Büro zu verschwinden.

Amanda würde sich nicht unterkriegen lassen. Die abweisende Art ihres Ex war eine seiner am wenigsten attraktiven Eigenschaften. Das und seine Fremdgeherei. Und dass er Stammgast in Oben-ohne-Bars war. Erotik-Etablissements. Während der schlimmsten Zeit ihrer Scheidung hatte sie einen Privatdetektiv angeheuert, der Hal beschatten sollte, und es hatte sich herausgestellt, dass er den Schwanz einfach nicht in der Hose lassen konnte. Seine bevorzugte Wahl waren Prostituierte.

»Ich habe einen Vertrag unterschrieben, und sie hat mir einen Vorschuss bezahlt«, sagte Amanda. »Das solltest du wissen.«

Hal war von seiner äußeren Erscheinung her nie besonders ansprechend gewesen, aber er war klug und gewitzt. Als Amanda bei der Kanzlei angefangen hatte, war er ihr aus ebendiesen Gründen ins Auge gesprungen, wenngleich ihre Mutter behauptet hatte, er erinnere sie an einen Teufelsfisch. Das zurückgegelte Haar hatte ihn nicht attraktiver gemacht, doch jetzt, mit beginnender Glatze und den zunehmend wulstiger wirkenden Lippen, die sein Lächeln zur grotesken Fratze verzerrten, sah er wirklich so aus. Was die jüngeren Mitarbeiterinnen nicht abzuschrecken schien – sie umschwirrten ihn, weil sie unbedingt die Aufmerksamkeit eines der Partner erhalten wollten, genau wie sie damals.

»Wie hoch ist der Vorschuss?«

»Hoch genug.«

Er schnaubte. »Du hast wirklich ein Händchen für prekäre Fälle.«

»Ich nehme an, deswegen habe ich hier auch die meisten Mandanten.«

»Richtig. Du hast genug Fälle am Hals«, blaffte Hal. Er hasste es, wenn sie Entscheidungen über seinen Kopf hinweg traf.

»Nein. Du hast sie mir ja alle weggenommen.«

»Tja, ich halte es trotzdem für keine gute Idee. Hier geht es um einen Sensationsprozess, den wir höchstwahrscheinlich verlieren werden.«

»Ich gehe davon aus, dass ich gewinne.«

Er lachte herablassend und schüttelte den Kopf, wie er es immer tat, wenn er keine andere Möglichkeit sah, sie in die Schranken zu weisen.

Amanda ließ ihn stehen und nahm den Aufzug hinunter in die Tiefgarage. Sie würde jetzt zum Sender fahren und aller Welt verkünden, dass sie Delta Smith-Stahds Anwältin war und Deltas Unschuld beweisen würde.

Ein gewisser Ruf half bei ihrem Job immer, fand Amanda. Und wenn es ihr gelang, einen wirksamen Medienauftritt hinzulegen, dann wäre sie vielleicht in der Lage, diese beschissene frauenfeindliche Kanzlei zu verlassen und sich auf eigene Füße zu stellen.

Als Ellie beim Sender eintraf, erkundigte sie sich als Erstes am Empfang, ob Nachrichten für sie eingegangen waren. Die meisten Leute riefen sie auf ihrem Handy an oder schickten ihr Textnachrichten, aber es gab immer noch einige, die versuchten, über die Zentrale mit ihr in Verbindung zu treten.

Keine Nachrichten.

Sie trug Amanda auf der Besucherliste ein und machte sich auf die Suche nach Peter. Sie fand ihn im Pausenraum, wo er sich eine Tasse Kaffee einschenkte. Es war kein Problem, ein freies Studio zu finden.

Amanda erschien, kurz nachdem Ellie aus der Maske kam, wo Char sie für die Kamera fertig gemacht hatte. Char war ein spitzzüngiges Miststück, aber sie verstand ihren Job.

Als Ellie sich mit Amanda zusammensetzte, um das Interview mit ihr aufzuzeichnen, fragte sie sich, was Amanda an sich hatte, das die Leute dazu brachte, ihr ständig nachzugeben. Amanda hatte stets bekommen, was sie wollte, das war schon in der Grundschule so gewesen.

Es war ein ungewöhnliches Interview, das sie da führten, ein Interview, bei dem Amanda das Sagen hatte. Ellie bekam nur wenig Gelegenheit, Fragen zu stellen, stattdessen betonte Amanda Deltas Unschuld und kam auf ihre jahrelange Freundschaft zu sprechen – haha! –, bevor sie mit ihren eigenen Leistungen als Strafverteidigerin prahlte. Sie endete mit einer unerwarteten Bemerkung über Lester Stahd und den Verlust seiner Zulassung, betonte, wie Tanner das Ruder herumgerissen und eine eigene Tagesklinik aufgebaut hatte, in der er die Produkte seines Vaters rehabilitieren und ihn somit vor dem Ruin bewahren konnte. Es war eine subtile Warnung an Stahd senior, sich gut zu überlegen, ob er wirklich auf Delta losgehen wollte. Ellie war angefressen, weil sie wusste, dass Stahd sie dafür in die Mangel nehmen würde.

»Mal sehen, ob sie das senden«, murmelte sie, als sie fertig waren. »Rechne frühestens am Mittag damit.«

»Oh, ich dachte, ihr würdet es schon in den Elf-Uhr-Nachrichten bringen, aber dann muss ich mich wohl gedulden.« Amanda stand auf.

»Weshalb machst du das oder, besser gesagt: für wen?«

»Für Delta.«

»Nein, ich denke, das machst du ganz allein für dich.«

»Publicity ist immer gut. Mein Ex mag da zwar anderer Meinung sein, aber ich höre nicht auf ihn.«

»Du arbeitest immerhin mit ihm zusammen.«

»Noch.« In ihrem Ton schwang eine tiefe Genugtuung mit, die sie nicht einmal zu verbergen versuchte. Im Gegenteil, sie schien zu wollen, dass Ellie dies bemerkte.

»Du willst die Kanzlei verlassen«, stellte Ellie fest. »Und die Mandanten deines Ex-Manns mitnehmen.«

Amandas schmallippiges Lächeln war Antwort genug.

Ellie brachte sie zur Tür und wollte sich gerade verabschieden, als Ed hereingestürmt kam. »Ellie!«, rief er. »Ich glaube, bei dem Autounfall hat's deine Freundin erwischt!« Als sie ihn verständnislos anblickte, fügte er hinzu: »Es läuft in den Nachrichten. Hast du die nicht gesehen?«

»Nein ... ich habe ein Interview aufgezeichnet. Welche Freundin?«

»Die mit dem Z – Zora oder so ähnlich.«

Amanda schnappte nach Luft, während Ellie ihr Handy hervorzog. Auch Amanda griff in ihre Handtasche.

»Wir reden später«, sagte Amanda und machte sich auf den Weg zum Ausgang.

Ellie tippte auf den Newsfeed. Sah einen verbeulten schwarzen Mercedes. Brians Wagen. Beide waren tot. Wie betäubt blickte sie auf und schaute Ed an.

»Wo ist Rob?«, flüsterte sie tonlos. »Ich muss mit ihm reden.«

»Ähm ... keine Ahnung, wo der Herr Regisseur steckt. Wahrscheinlich ist er noch nicht im Haus. Wende dich doch an Alton«, schlug er vor.

»Alton kommt immer erst später.« Das hatte ihre jahrelange Beziehung mit diesem Mann sie gelehrt.

»Nein, er ist schon da.«

»Wie bitte?« Ellie konnte es nicht fassen. Anscheinend geriet die Welt heute völlig aus den Fugen. »Wo ist er?«

Ed deutete den Gang hinunter in Richtung der Büros. Ellie machte sich auf den Weg zu Alton und blieb vor Robs offener Tür stehen. Ein Mann, den sie nicht kannte, saß hinter seinem Schreibtisch.

»Was ist denn hier los?«, fragte sie überrascht.

»Ellie O'Brien«, sagte der Mann mit einem wohldosierten Lächeln. »Ich bin Russ Niedermeyer, der Produktionsleiter.«

»Wo ist Rob?«

»Rob ist nicht länger bei uns. Es tut mir leid, dass ich Ihnen diese Nachricht überbringen muss, aber wir werden Sie ebenfalls entlassen.«

Ellie starrte ihn an. Das waren zu viele niederschmetternde Neuigkeiten auf einmal. »Wie bitte? Ich ... ich habe doch gerade diesen Beitrag ...«

»Der war gut, aber Pauline ist unser Zugpferd, und wir halten an ihr fest«, sagte er mit einer so gekünstelten Jovialität, dass Ellie ihm am liebsten die Augen ausgekratzt hätte. »Ich bin mir sicher, Sie wissen, dass der Sender verkauft wurde und dass …«

»Das war vor mehreren Monaten!«, fiel sie ihm ins Wort.

»… wir nach wie vor Veränderungen vornehmen. Wir bemühen uns, das ideale Tätigkeitsfeld für all unsere Mitarbeiter zu finden.«

Ellie starrte ihn ungläubig an. Niedermeyer sah gut aus in seinem frisch gebügelten weißen Hemd und mit dem sorgfältig getrimmten Bart, und das wusste er. Er lächelte erneut, aber das Lächeln erreichte seine Augen nicht. Sie wollte ihn daran erinnern, dass er ihr ein Ausfallhonorar zahlen musste, eine Abfindung, doch im Grunde wollte sie ihn nur anflehen, sie ihren Job behalten zu lassen, was er selbstverständlich nicht tun würde. Also schwieg sie, drehte sich um und verließ wortlos das Büro. Ihr Atem ging schwer, ihre Augen brannten. Sie wusste, dass sie unter Schock stand. Zora und Brian waren tot, und jetzt verlor sie auch noch ihren Job.

Verdammt. Verdammt. Verdammt. Sie hatten sie gefeuert. *Gefeuert!*

Mit Sicherheit steckte Coco dahinter. Sie war eng mit Pauline befreundet, und sie hatte Alton, diesen Warmduscher, unter ihrer Fuchtel.

*Wieso habe ich bloß mit ihm geschlafen? Wieso habe ich gedacht, wir wären ein Power-Paar, obwohl ich genau wusste, dass er schon lange keinen Saft mehr hat?*

Sie schüttelte sich.

*Aber was ist mit Rob? Hat sein reiches Frauchen etwa herausgefunden, dass er mal auf mich stand, und ihn vorsichtshalber aus der Gefahrenzone entfernen lassen?*

Sie konnte nur spekulieren, aber das brachte sie nicht weiter. Sie musste handeln, wenn sie weiter ihre Brötchen verdienen wollte. Bestimmt würde ein anderer Sender sie mit offenen Armen willkommen heißen. Sie würde persönlich bei Channel Four vorstellig werden und Phil rausschubsen. So schwer konnte das doch nicht sein. Sie würde Delta dazu bringen, ihr ein Interview zu geben. Das Interview, das sie Phil verweigert hatte. Das bedeutete allerdings nicht, dass sie von Deltas Unschuld überzeugt war, D stand auf ihrer Verdächtigenliste noch immer an erster Stelle. Vielleicht konnte sie Lester Stahd zu einem weiteren Interview bewegen. Oder aber beide zusammenbringen, eine Art Gegenüberstellung.

Ihre Gedanken schweiften von Delta zu dem, was sie gerade eben aus den Nachrichten erfahren hatte. Zora.

*Zora ist tot.*

»Herr im Himmel«, murmelte sie und stürmte den Gang entlang, um ihre Sachen zu holen, doch plötzlich stand sie Alton und Coco gegenüber. Penny, der kleine Chihuahua, steckte wie immer in Cocos Handtasche und kläffte aufgebracht, als er sie sah. Alton wandte rasch den Blick ab, aber Coco bedachte sie mit einem breiten Lächeln.

»Hi, Ellie«, sagte sie strahlend.

Ellie schaute erst Coco, dann Alton an.

»Fahrt zur Hölle«, fauchte sie, »und nehmt euren kleinen Kläffer gleich mit.« Damit eilte sie weiter. Die beiden sollten nicht sehen, wie ihr die Tränen in die Augen schossen.

Delta fuhr mit Owen zur Vorschule. Sie lieferte ihn später ab als üblich, da sie es nicht geschafft hatte, nach einer weiteren schlaflosen Nacht die morgendliche Routine einzuhalten. Außerdem war Owen viel zu spät ins Bett gekommen.

»Bist du sicher, dass du hinmöchtest?«, fragte sie ihren Sohn zum zehnten Mal, als sie den Blinker setzte, um auf den Parkplatz einzubiegen.

»Ja, ich will in die Vorschule gehen.«

Im Rückspiegel sah Delta, wie er ihr einen störrischen Blick zuwarf. »Ich möchte ja bloß sicher sein, dass es uns beiden … gut geht.«

»Es geht mir gut.«

»Okay.« Sie wollte in Wahrheit, dass er bei ihr blieb. Vor allem nach dem Debakel von gestern Abend.

»Ist der Mann die ganze Nacht bei dir gewesen?«, wollte Owen wissen.

»Nein. Er hat sich eine gute Stunde, nachdem du ins Bett gegangen bist, verabschiedet.«

»Ich mag ihn nicht.«

Delta suchte erneut seinen Blick im Rückspiegel. »Du hast doch kaum mit ihm geredet. Er wird uns helfen.«

»Er denkt, du hast Daddy mit dem Messer getötet.«

»Nein, das denkt er nicht. Er ist Polizist, er muss solche Dinge untersuchen. Alles wird gut, Owen, das verspreche ich dir.«

Plötzlich füllten sich Owens Augen mit Tränen. »Es tut mir leid, dass ich ihm gesagt habe …«

»Das ist nicht schlimm, Owen! Es ist wirklich nicht schlimm.«

Deltas Kehle brannte, als sie sah, wie sehr ihr Sohn sich bemühte, die Tränen zurückzudrängen. Sie versuchte ein letztes Mal, ihn davon zu überzeugen, die Vorschule heute ausfallen zu lassen, während sie in eine freie Parklücke fuhr und den Motor ausschaltete. Sie spürte, dass sie ihn fast so weit hatte, doch dann tauchte einer seiner Freunde an der Hand seiner Mutter auf dem Gehsteig auf, riss sich los und sprang die Stufen zur Eingangstür hinauf. Als Owen ihn sah, wischte er sich mit dem Handrücken über die Augen und stieg aus dem Wagen.

Bevor er seinem Freund nachlief, sah er Delta duch das geöffnete Autofenster ernst an und sagte: »Ich werde nicht mehr mit dem Mann reden.«

»Aha ...«

»Ich werde ihm nicht verraten, dass du Daddy umgebracht hast.«

»Owen!« Delta schnappte schockiert nach Luft. »Ich habe deinen Vater nicht getötet!«

Er wirkte nicht überzeugt.

»Glaubst du das wirklich?«

Er zuckte die schmalen Schultern, dann rannte er seinem Freund nach, ohne sich noch einmal umzusehen. Sie folgte ihm, gab ihn bei der zuständigen Erzieherin ab und wartete, bis er sich zu den anderen Kindern gesellt hatte, dann kehrte sie zu ihrem Audi zurück.

Ihre Beine fühlten sich an, als wären sie aus Blei. Sie war vollkommen kraftlos und spürte dennoch den Druck, etwas unternehmen zu müssen, irgendetwas. Sie musste dafür sorgen, dass ihr Sohn ihr glaubte, auch wenn niemand anderes es tat. Anscheinend hatte sie nach dem Angriff auf Tanner alles falsch gemacht, was man nur falsch machen konnte.

Delta stieg ein, schloss die Finger ums Lenkrad und widerstand dem Drang, laut loszuschluchzen. Nein, sie würde nicht weinen. Sie hatte genug Tränen vergossen. Sie musste endlich handeln. Sich überlegen, wie sie aus diesem Desaster herauskommen konnte.

Ihr Blick wanderte voller Sehnsucht zu der verschlossenen Tür der Vorschule. Wie gern wäre sie jetzt bei Owen gewesen. Aber zunächst einmal würde sie zu Smith & Jones fahren und ihren Eltern einen Besuch abstatten.

Jeder Nerv in Ellies Körper kribbelte, als sie Richtung West Knoll fuhr. Ihre Gedanken wirbelten wild durcheinander. Immer wieder musste sie an Zora und Brian denken und anschließend daran, dass man sie mir nichts, dir nichts gefeuert hatte.

Wie um Himmels willen hatte es zu diesem Unfall kommen können? War es wirklich ein Unfall, oder steckte mehr dahinter? Gab es einen Zusammenhang mit dem, was Tanner zugestoßen war?

Nein, das war eindeutig eine Eifersuchtstat gewesen. Delta oder eine andere Frau hatte ihn getötet. Zora und Brian jedoch waren verunglückt, etwas anderes kam nicht infrage.

»McCrae wird an der Sache dran sein«, sagte sie laut.

Langsam dämmerte ihr, dass von den Fantastischen Fünf nur noch zwei übrig waren.

*Jetzt kannst du froh sein, dass sie dich damals nicht dabeihaben wollten.*

Sie griff nach ihrem Handy, scrollte durch die Favoritenliste, unter der sie auch McCrae gespeichert hatte, und tippte aufs Display.

McCrae war beschäftigt. Nach dem Anruf von Quin war er aus dem Bett gesprungen und zum Unfallort gefahren. Als Ellies Anruf einging, wehrte er gerade eine Schar von Reportern ab, die seit Tagesanbruch zur Unfallstelle strömten. Er warf einen kurzen Blick aufs Display und beschloss, die Mailbox drangehen zu lassen, doch das Handy verstummte nur kurz, dann rief sie erneut an. »Wende dich ans Präsidium«, knurrte er.

»Was zur Hölle ist passiert?«, schrie sie ihn förmlich an.

»Wenn du eine Stellungnahme haben willst, ruf im Department an«, wiederholte er.

»Ich will, dass *du* mir sagst, was los ist! Komm schon, McCrae. Das waren *unsere Freunde!*«

Er schloss die Augen. Ihre Worte gingen ihm unter die Haut. Er war wie ein Verrückter zur Unfallstelle gerast, hatte sich zwischen den Streifenwagen der Polizei von West Knoll mit ihren blinkenden Lichtbalken hindurchgeschlängelt und war zur selben Zeit vor Ort gewesen wie der Van des Gerichtsmediziners.

Kurz darauf hatten die Rettungswagen die Unfallstelle verlassen – leer. Die Helfer des Gerichtsmediziners luden die beiden Leichen in den Van.

McCrae hatte sich zusammennehmen müssen, damit er nicht von seinen Emotionen überwältigt wurde, als er Zora im Licht der starken Scheinwerfer betrachtete, die man sowohl oben auf der Straße als auch unten am Flussufer aufgestellt hatte. Sie sah beinahe so aus, als würde sie schlafen, trotz des vielen Bluts. Brian hatte es dem äußeren Anschein nach schlimmer erwischt – seine Beine waren gebrochen, auf seiner Stirn prangte eine klaffende Wunde. Mit stumpfen, blicklosen Augen starrte er McCrae an. McCrae schauderte. Zum Glück war in diesem Augenblick Corolla zu ihm gekommen und hatte ihm mitgeteilt, dass es einen Zeugen gab.

Er war zu dem Mann gegangen, der etwas abseits stand und mit großen Augen das Geschehen um ihn herum beobachtete. Er sah aus wie ein Wanderer mit seinen Shorts, dem kurzärmeligen Hemd und den Wanderschuhen. Er teilte McCrae mit, dass er am West Knoll River sein Lager aufgeschlagen und plötzlich einen lauten Knall oben auf dem Steilhang gehört hatte. Dann sei ein Fahrzeug in die Tiefe gerast. Es habe sich mehrfach überschlagen und sei schließlich mit dem Fahrgestell nach oben am Flussufer liegen geblieben. »Der Fahrer hat anscheinend nicht einmal versucht zu bremsen«, sagte er fassungslos. »Die sind mit voller Geschwindigkeit durch die Leitplanke geschossen.«

Es hatte drei volle Stunden gedauert, bis man den Mercedes mit einer Seilwinde den Hang hinaufgezogen hatte.

McCrae ließ den Blick über die Felder auf der anderen Seite des Grimm's Pond schweifen, die nicht zum Besitz der Familie Forsythe gehörte.

Er verspürte so etwas wie ein Déjà-vu. Dort unten an dem großen Becken hatten sie sich am Abend von Carmens Tod versammelt. Er wusste noch genau, wie hilflos er sich damals gefühlt hatte, wie wütend er gewesen war. Jetzt stiegen dieselben Emotionen in ihm auf.

Die Techniker von der Spurensicherung durchkämmten das Gelände noch immer nach Hinweisen, die Aufschluss darüber geben konnten, was um alles auf der Welt zu dem Unfall geführt hatte, die meisten von ihnen oben auf der Straße. Warum hatte Mr. Timmons nicht gebremst? Ein weiterer »Selbstmord«? Oder waren die Bremsen defekt gewesen? Manipuliert?

»McCrae?«, riss Ellies Stimme ihn aus seinen Gedanken.

Er schnitt eine Grimasse. Quin hatte Zoras Eltern informiert und mit Brian Timmons' Schwester gesprochen, die in British Columbia lebte und wegen der Formalitäten nach West Knoll kommen wollte.

»Wir wissen noch nichts Genaueres«, teilte er Ellie nach einer scheinbar endlosen Pause mit. »Anscheinend sind sie in der Kurve von der Fahrbahn abgekommen und ungebremst durch die Leitplanke gesegelt.«

»Waren sie betrunken?«

»Wie ich schon sagte: Wir wissen es nicht.«

»Aber Brian saß am Steuer?« Ohne McCraes Antwort abzuwarten, fuhr sie fort: »Ist er ohnmächtig geworden? Hatte er Medikamente genommen, Drogen?«

Diesmal machte er sich nicht die Mühe, etwas zu erwidern, und Ellie schien auch nicht damit zu rechnen, denn sie redete weiter auf ihn ein: »Ich kann es nicht fassen. Es ist einfach nicht zu glauben. Erst Tanner und nur wenige Tage später Zora und *Mr. Timmons?* Das kann doch kein Zufall sein. Aber wenn es jemand auf die Abschlussklasse von damals abgesehen hat, warum dann auch auf den Lehrer? Oder geht es gar nicht darum?«

»Keine Ahnung.«

»Verdammt noch mal, McCrae! Was weißt du überhaupt?«

»Nichts«, antwortete er, und das meinte er ernst. Er hatte keine Antworten auf ihre Fragen, wusste selbst nicht, wie er mit alldem umgehen sollte.

Sie keuchte, als würde sie rennen. »Was für ein Scheißtag. Ich fahre jetzt zur Unfallstelle.«

»Ich denke, die Spurensicherung dürfte bald fertig sein, trotzdem muss ich dich bitten …«

»Ich werde mich zurückhalten«, versprach sie. »McCrae …?«

Die erwartungsvolle Pause, die auf seinen Namen folgte, erinnerte ihn an das abrupte Ende ihres letzten Gesprächs. Sie hatte behauptet, sie habe jede Menge Hinweise, die darauf deuteten, dass Delta Tanner erstochen hatte. Doch auf seine konkrete Frage, wie diese Hinweise aussahen, war sie ihm eine Antwort schuldig geblieben. »Du hast kürzlich behauptet, du würdest gewissen Hinweisen nachgehen, um zu beweisen, dass Delta schuldig ist«, sagte er nun.

»Nun ja, seitdem ist viel passiert, und ich … gehe diesen Hinweisen nicht mehr nach.« Jetzt klang sie so, als würde sie mit den Tränen kämpfen. »Ich muss auflegen. Ach, weißt du schon, dass Amanda Deltas Anwältin ist?«

»Ja.«

»Natürlich, wie hätte es anders sein können?«, murmelte sie sarkastisch, dann fügte sie hinzu: »Ich habe ein Interview mit Amanda gemacht, falls sie es senden, müsste es in den Mittagsnachrichten sein.«

Beinahe im selben Moment, in dem Delta den Rückwärtsgang einlegte, um aus der Parklücke vor der Vorschule zu setzen, klingelte ihr Handy. Sie zog es aus der Handtasche und steckte es in den Handyhalter am Armaturenbrett, dann konzentrierte sie sich darauf, sich in den Verkehr einzureihen.

Das Display blinkte. McCrae.

Delta stöhnte laut.

Sie hatte noch immer ihre panischen Erklärungsversuche wegen des Messers von gestern Abend im Ohr. Die Erinnerung daran schnitt ihr ins Herz. Er hatte ihr nicht geglaubt. Ja, er hatte ihr glauben wollen, das spürte sie, aber er konnte es nicht. Der Abend war grauenhaft gewesen, nachdem Owen den Tausch des Messerblocks aufgedeckt hatte. Sie hatte den Kleinen ins Bett gebracht und war anschließend ins Wohnzimmer zurückgekehrt, um zu ihren lahmen Ausreden anzusetzen. Warum hatte sie ihn bloß eingeladen? Sie hatte sich auf seinen Besuch gefreut, und dann passierte so etwas.

»Wie konntest du nur so dämlich sein?«, schalt sie sich.

Das Telefon klingelte noch immer. Für einen Moment überlegte sie, den Anruf einfach an die Mailbox gehen zu lassen, aber das würde das Unvermeidliche nur hinauszögern. Außerdem hätte sie gern gewusst, warum er sie anrief. Hoffentlich musste sie nicht wieder ins Präsidium kommen!

Egal. Sie würde tun, was nötig war. Entschlossen nahm sie den Anruf an und stellte auf Lautsprecher.

»Hallo … Chris.«

»Delta! Ich habe keine Ahnung, ob du es schon weißt … Es hat einen Unfall gegeben.«

Erschrocken trat sie auf die Bremse. Beinahe hätte sie ein Stoppschild überfahren. Sie konnte keinen klaren Gedanken fassen. »Nein … ich habe Owen gerade erst in die Vorschule gebracht. Was denn für einen Unfall?«

»Beruhige dich, Delta. Es geht nicht um Owen. Zora und Brian Timmons …«

»Was ist mit ihnen?«, fiel sie ihm ins Wort und überquerte die Kreuzung.

Und dann erzählte er es ihr. Sie fuhr rechts ran und hörte zu. Der Unfall war in der Nähe vom Grimm's Pond passiert – ausgerechnet. Delta starrte durch die Windschutzscheibe auf den vorbeiziehenden Verkehr, doch alles, was sie sah, war Zora, ihre ehemalige Mitbewohnerin, flatterhaft, manchmal albern, oft unbedacht, ein bisschen zu sehr aufs Geld aus, aber eine Freundin, die sie viele Jahre ihres Lebens über begleitet hatte, das Z der Fantastischen Fünf …

McCrae redete noch immer. Sie konnte nicht nachdenken. Bekam kaum noch mit, was er sagte.

»Denkst du, es war Mord?«, unterbrach sie ihn schließlich.

Er verstummte, und es dauerte eine ganze Weile, bis er sagte: »Es sieht aus wie ein Unfall.« Er klang nicht überzeugt.

»Besteht ein Zusammenhang?«, wisperte sie.

»Zwischen?«

»Zwischen dem Unfall und den anderen Todesfällen?«

»Das kann ich dir nicht sagen. Sobald wir die Berichte der Spurensicherung vorliegen haben, wissen wir mehr. Ich hoffe, ich bekomme im Laufe des Tages erste Ergebnisse, aber du weißt ja: Das Team fährt aus Portland hierher, hoffen wir mal, es kommt kein anderer Fall dazwischen …«

»Das sind unsere Klassenkameraden, Chris, und es sterben immer mehr! Und jetzt auch noch ein Lehrer!« Delta fing an, hysterisch zu schluchzen. »Vielleicht gibt es eine Verschwörung, und man will uns alle aus dem Weg räumen! Ganz gleich was du und Quin und Ellie – und keine Ahnung, wer sonst noch – denken: Ich habe nichts damit zu tun, und ich habe auch Tanner nicht getötet. Wer weiß, wer als Nächster dran ist! Ich? Du?«

»Wo bist du?«, fragte er ruhig.

»Ich stehe am Straßenrand in der Nähe der Vorschule.« Sie schniefte. »Es gibt nicht so große Zufälle, Chris, und ich habe Angst.«

»Ich komme zu dir.«

»Das musst du nicht. Es ist alles in Ordnung.«

»Leg jetzt nicht auf, Delta.«

»Versprich mir, dass du herausfindest, was das Ganze zu bedeuten hat«, sagte sie, bemüht, ihrer Stimme einen festen Klang zu verleihen.

»Das mache ich, versprochen.«

»Gut.«

Sie legte auf und steckte das Handy zurück in ihre Handtasche, dann legte sie die Stirn aufs Lenkrad. Sie musste nachdenken. Dringend.

Ein paar Minuten später ließ sie den Motor an und fuhr vorsichtig zum Lebensmittelladen ihrer Eltern.

# KAPITEL 24

Amanda war wieder zu Hause, in ihrem Schlafzimmer, und blickte über die Wiesen zu der Schlucht, an deren Grund der West Knoll River floss – eine von hier aus kaum erkennbare gezackte dunkle Linie, die ihren Besitz von dem Land dahinter trennte.

Zora.

Nach ihrem Interview mit Ellie bei Channel Seven war sie nicht ins Büro zurückgekehrt. Der Tag hatte seine Schwungkraft verloren, sobald sie die Nachrichten gehört hatte. Zoras Tod war ein Schlag in die Magengrube gewesen, und auch das Interview, das in den Mittagsnachrichten ausgestrahlt werden sollte, brachte sie nicht länger zum Lächeln. Ihr Spiel mit Hal schien der Mühe nicht wert zu sein.

Sie hatte ihr Handy unten liegen lassen, doch Zoras Nachricht wollte ihr trotzdem nicht aus dem Kopf gehen. Sie hatte Amanda mehr oder weniger direkt für Carmens Tod verantwortlich gemacht. Wegen etwas, das vor vielen Jahren bei der Abschlussparty passiert war. War sie eigentlich die Einzige, die sich klar an jenen Abend erinnerte? Alle taten so, als wären die Ereignisse ein einziges ominöses Mysterium, dabei waren sie lediglich die logische Folge des Verhaltens – Fehlverhaltens – einer Horde von betrunkenen, bekifften Idioten, die genau das taten, was man von betrunkenen, bekifften Idioten gemeinhin erwartete.

Trotzdem schob Zora ihr die Schuld in die Schuhe.

Doch was bedeutete das jetzt noch?

Ihr Blick schweifte in Richtung Grimm's Pond. Laut Newsfeed auf ihrem Handy hatte dort der Unfall stattgefunden. Was hatte dazu geführt, dass Zora und Brian den Steilhang hinunter in den Tod gestürzt waren?

Schaudernd rieb sie sich die Arme. Immer wieder hatte sie Zoras vorwurfsvolle Nachricht auf ihrer Mailbox abgespielt, und jetzt ließ sie sie nicht mehr los. Normalerweise war sie immun gegen jegliche Art von Anfeindungen, doch Zoras Worte gingen ihr an die Nieren.

Unten klingelte ihr Handy, aber Amanda hatte keine Lust, die schmiedeeiserne Wendeltreppe hinabzuhasten, um rechtzeitig dranzugehen, also versuchte sie es erst gar nicht.

Sie wollte ohnehin mit niemandem reden.

*Ich habe mich gerade mit Brian unterhalten. Er behauptet, er habe damals gesehen, wie du es Tanner im Wald besorgt hast, am Abend unserer Abschlussparty. Carmen hat es ebenfalls mitbekommen.*

Zora hatte mit Brian Timmons über die Abschlussparty geredet, und kurz darauf starben beide bei einem Autounfall. War es möglich, dass eins mit dem anderen zu tun hatte, oder sah sie mittlerweile Zusammenhänge, wo gar keine waren?

Sie seufzte. Unfassbar, dass nun auch Zora tot war.

Amanda zog ihre Laufkleidung an, verließ das Haus und joggte über den Klippenpfad oberhalb des Flusses in Richtung Grimm's Pond. Vielleicht würde sie dort begreifen, dass ihre früheren Mitschüler nach und nach aus ihrem Leben verschwanden, denn mit Carmen hatte alles angefangen, so viel stand fest.

An der Unfallstelle brachte Ellie kaum etwas Neues in Erfahrung, außerdem waren jede Menge Nachrichtenteams vor Ort, darunter auch Pauline und ihr Lieblingskameramann Darrell. Pauline durchbohrte Ellie mit finsteren Blicken. Ellie spürte, dass sie sie am liebsten gefragt hätte, was sie hier zu suchen hatte, aber dazu wollte Ellie ihr keine Gelegenheit geben. Sie war stinksauer. Man hatte sie grundlos gefeuert, wahrscheinlich wegen irgendeiner miesen Intrige, in die Coco und Alton verstrickt waren, dabei war ihre Affäre mit dem Nachrichtenmoderator schon seit geraumer Zeit vorbei. Es war einfach nicht fair.

Finster entschlossen fuhr sie zum WKPD. Sie hatte auch das letzte Telefonat mit McCrae abrupt beendet, doch nun wurde ihr klar, dass das ein Fehler gewesen war. Sie brauchte ihn. Sie würde diese Story kriegen, ganz gleich ob sie für Channel Seven arbeitete oder nicht.

Der Unfall von Zora und Brian hatte den Mord an Tanner auf Platz zwei in den Nachrichten verdrängt, was Delta eine Verschnaufpause verschaffte. Ellie gedachte, diese Pause zu nutzen, um die ehemalige Nummer vier der Fantastischen Fünf zu einem Interview zu überreden.

*Aber selbst wenn du das Interview bekommst, wer wird es senden?*

Darüber würde sie sich später Gedanken machen. Erst einmal ging es darum, den Coup zu landen und die Aufmerksamkeit wieder auf den Stahd-Fall zu lenken. Kein feiner Schachzug, aber hier ging es nun einmal um ihren Job.

Ihr Handy summte. Sie beäugte es argwöhnisch, wollte nicht mit weiteren Hiobsbotschaften konfrontiert werden.

Ihr Halbbruder Joey war dran.

Ellie ignorierte den Anruf. Heute hatte sie einfach keinen Nerv für weitere Probleme, denn etwas anderes als Probleme machen konnten ihre Brüder nicht. Das Telefon verstummte, dann fing es erneut an zu klingeln.

Als Joey zum dritten Mal anrief, ging sie dran und knurrte: »Was willst du?«

»Nia und Michael wollen heimlich heiraten«, presste er mit zusammengeschnürter Kehle hervor.

Ellie biss die Zähne zusammen, damit sie nicht laut losprustete. Das Ganze war so lächerlich. »Sag mir, dass du mich auf den Arm nimmst.«

»Leider nicht.«

»Dann seid ihr also wieder mit ihr zusammen … beide?«

»Nein …«

»Das klingt nicht überzeugend.« Sie seufzte. »Weißt du, wo sie sind?«

»In unserer Wohnung.«

»Und wo bist du?«

»Draußen. Wir haben uns gestritten.«

»Bleib, wo du bist. Ich komme.« Sie legte auf und warf das Handy auf den Beifahrersitz. Es fühlte sich irgendwie gut an, eine Aufgabe zu haben, auch wenn diese alles andere als toll war. Sie hoffte bei Gott, dass sie Michael aufhalten konnte, bevor er eine nicht wiedergutzumachende Dummheit anstellte – denn genau das würde er tun, wenn er eine Crassley heiratete.

Als sie vor dem Gebäudekomplex anhielt, in dem die Zwillinge wohnten, ein grauer Betonbau mit fünfzig Apartments, der dringend einen frischen Anstrich benötigte, sah sie Joey auf dem Gehsteig davor auf und ab gehen. Ellie eilte die Stufen hinauf. Ihr Halbbruder folgte ihr, doch sie wies ihn an, vor dem Haus zu bleiben. Dass die Brüder sich beide mit Nia eingelassen hatten, war schlimm genug, dass Nia schwanger war, noch viel schlimmer. Nia war das jüngste Mitglied des Crassley-Clans und das einzige Mädchen. Von den Zwillingen wusste Ellie, dass Nia mit ihren drei noch lebenden leiblichen Brüdern in ihrem ehemaligen Elternhaus zusammenwohnte. Wie ihre Brüder war auch Nia seit Jahren ein Fluch für West Knoll. Ihre Eltern, die mittlerweile beide tot waren, hatten eine Dynastie des Verbrechens und üblen Benehmens begründet, und Nia, Gale, Booker und Harry Crassley führten ihr Erbe glorreich fort.

Die Apartmenttür war verschlossen. »Lass mich rein, Michael, sonst trete ich die Tür ein, ich schwör's dir!«, rief Ellie. »Heute ist ein Scheißtag, und ich bin kurz davor, auszurasten!«

Die Tür schwang auf, und Nia stand auf der Schwelle, einen ungläubigen Ausdruck in ihrem schmalen Gesicht. »Was ist dein Problem?«, wollte sie wissen. Michael tauchte hinter ihr auf, mit schuldbewusstem Blick, als wollte er sagen: »Ich weiß, dass ich in Schwierigkeiten stecke.«

Ellie richtete ihre Aufmerksamkeit auf das Mädchen vor ihr. Nia war hübsch, klein, geheimnisvoll und sinnlich. Aber sie hatte es nicht leicht gehabt im Leben, und das zeigte sich an den feinen Linien um ihre Augen und ihren Mund. Sie musterte Ellie herausfordernd durch ihre Ponyfransen, die dringend geschnitten gehörten.

»Ich denke, ihr solltet einen Vaterschaftstest machen, bevor ihr zum Altar rennt«, sagte Ellie ruhig.

»Halte dich da raus, Ellie«, knurrte Michael.

Nia grinste.

»Ich will nicht lange drum herumreden«, fuhr Ellie fort. »Wenn du wirklich schwanger bist, Nia – und das ist ein großes *Wenn* –, dann wissen wir alle, dass jeder der Vater sein könnte.«

»Ellie …«, sagte Michael empört.

»Wäre Justin Penske noch am Leben, stünde er wohl ganz oben auf der Liste der potenziellen Daddys, aber er ist momentan der Einzige, den wir definitiv ausschließen können. Ich glaube jedoch nicht, dass es Michael ist.«

Die Luft knisterte vor Spannung. Nia riss die Augen auf und starrte Ellie drohend an, doch Ellie ließ sich nicht einschüchtern.

»Joey hätte dich nicht anrufen dürfen«, jammerte Michael.

»Halt die Klappe«, sagte Nia.

»Halt du doch die Klappe«, gab Michael gekränkt zurück.

»Du darfst sie nicht heiraten!«, schrie Joey von den Stufen aus.

Ellie drehte sich um und warf ihm einen finsteren Blick zu, damit er sich zurückzog. »Niemand heiratet«, erklärte sie mit fester Stimme.

»Du hältst dich wohl für eine ganz Schlaue«, zischte Nia. »Dabei weiß ich so vieles, wovon du nicht den leisesten Schimmer hast …«

»Mir ist nie aufgefallen, dass du überhaupt etwas weißt.«

Michael fing an zu husten, als müsse er ein Lachen unterdrücken.

Nia wirbelte zu ihm herum. Kurz fürchtete Ellie, sie würde ihm mit ihren langen Fingernägeln die Augen auskratzen.

»Schluss jetzt«, befahl sie mit kalter, harter Stimme. Nia erstarrte, anscheinend hatte sie gemerkt, dass mit Ellie nicht zu spaßen war. »Soll ich euren Vater anrufen, Michael? Soll Oliver sich doch mit euch herumschlagen!«

»Das willst du bestimmt nicht!«, rief Joey vom Gehsteig aus.

Ellie zog das Handy aus der Tasche.

Nia reckte das Kinn vor. »Willst du gar nicht wissen, was ich weiß? Schade.«

»Ich will, dass du aus dem Leben meiner Brüder verschwindest, etwas anderes interessiert mich nicht.«

»Ich weiß, dass Penske diese Polizistin, Bailey Quintar, nicht umgebracht hat«, sagte Nia schnell.

Ellie spürte, dass sie tatsächlich kurz davorstand, auszurasten. Am liebsten hätte sie Nia Crassley bei den Haaren gepackt und aus der Wohnung gezerrt.

»Sie hatte es verdient, zu sterben. Das Miststück hat meinen Bruder auf dem Gewissen. Ich war froh, als ich hörte, dass sie tot ist. Wir haben uns alle gefreut. Ich … *Au!*« Sie schnappte nach Luft, als Ellie ihr in die Haare griff.

»Halt die Klappe!«, schrie Ellie ihr ins Gesicht. »Bailey hat deinen Bruder nicht getötet. Er wurde Opfer seiner eigenen scheißaggressiven Fahrweise. Schon mal was von gewalttätigen Auseinandersetzungen im Straßenverkehr gehört? Die Kugel, die er sich eingefangen hat, hatte er sich wohl verdient. Ich bringe dich jetzt nach Hause, und unterwegs halten wir an und besorgen einen Schwangerschaftstest. Du wirst vor meinen Augen auf den Streifen pinkeln, ob es dir passt oder nicht, und wenn der Test positiv ist, sorge ich dafür, dass ein Vaterschaftstest gemacht wird, bevor du dir einen meiner Brüder unter den Nagel reißt!«

»Ich werde dich verklagen! Du hast mich tätlich angegriffen!«, kreischte Nia.

»He«, sagte Michael.

Ellie funkelte ihn an. »Du streitest dich mit deinem Bruder um *dieses* Mädchen? Wie bescheuert seid ihr eigentlich?«

Nia versuchte, Ellie zu ohrfeigen, aber Ellie packte ihr Handgelenk und fing den Schlag ab.

»Hör auf, Nia«, beschwor Michael sie. »Oder willst du deinen Brüdern in der Zelle Gesellschaft leisten?«

Das weckte Ellies Interesse. »Nias Brüder wurden verhaftet? Welche?«

»Booker und Harry. Sie waren gestern Nacht in eine Kneipenschlägerei verwickelt«, sagte Michael düster.

Nia wand sich unter Ellies festem Griff. »Früher hat sich diese Cop-Schlampe immer eingemischt, keine Ahnung, wer jetzt schon wieder etwas gegen uns hat.«

»Pass auf, wie du über Bailey sprichst«, fauchte Ellie und riss erneut an Nias Haaren.

»Auuu!«, jammerte sie. Die folgenden Worte spie sie förmlich aus: »Er wollte sie nicht vögeln! Es war ein *Job!*«

»Penske? Es wundert mich, dass Bailey sich überhaupt mit ihm abgegeben hat. Sie war nicht gerade ein Fan von ihm«, stellte Ellie klar. Bei ihr schrillten sämtliche Alarmglocken.

Nia fauchte wie eine Wildkatze. »Er wollte sie nicht! Sie war im Weg und musste beseitigt werden. Wir haben sie alle gehasst. Sie hat uns einfach nicht in Ruhe gelassen.«

»Klar, und deswegen hat er sich dann selbst erschossen«, knurrte Ellie sarkastisch.

»Er hat sich nicht umgebracht! Das war so nicht geplant. Er gehörte *mir!*«

Ellie spürte, wie Nias Kampfgeist wich, und ließ ihre Haare los. Nia stöhnte.

Joey war erneut die Stufen hinaufgesprungen und schaute verdutzt einen nach dem anderen an.

Keiner sagte ein Wort.

Ellie versuchte zu verdauen, was sie gerade erfahren hatte, dann fragte sie: »Welcher deiner Brüder hat ihn erschossen?«

Nias Lippen zitterten. Für einen kurzen Moment dachte Ellie, sie würde tatsächlich den Namen preisgeben, doch stattdessen jammerte sie: »Du versuchst, mir die Worte im Mund umzudrehen, du Miststück! Ich rede nicht mehr mit dir.« Sie wirbelte herum. »Verdammt noch mal, Michael, ich hab die Schnauze voll!«

»Was hab ich denn getan?«, fragte er kleinlaut.

»Gar nichts, das ist es ja gerade!« Damit drängte sich Nia an Ellie vorbei und stürmte zur Wohnungstür hinaus.

Für einen kurzen Augenblick sah es so aus, als wollte Joey ihr den Weg versperren, aber sie schubste ihn zur Seite und sprang in einen uralten grünen Chevy, der am Straßenrand parkte.

»Verflucht, Ellie, was sollte das?« Michael machte Anstalten, Nia hinterherzulaufen, aber sie ließ bereits den Motor an und gab Gas.

»Ich habe dir den Hintern gerettet, wie immer.«

»Du bist echt ein Scheißkerl, Michael.« Joey kam die Stufen herauf und wollte auf seinen Bruder losgehen, aber Ellie stellte sich dazwischen.

»Hört auf. Beide. Ihr müsst endlich über sie hinwegkommen.«

»Aber sie ist …«, begann Michael zu widersprechen, doch Ellie brachte ihn mit einem strengen Blick zum Schweigen.

»Sie ist eine Crassley, und die Crassleys sind Abschaum. Das weißt du genauso gut wie ich.«

»Du bist echt krass«, stellte Joey fest.

»Hast du nicht gehört, was sie über Bailey gesagt hat?«

»Aber Bailey hat sie schikaniert«, wandte Michael ein.

»Vorsicht«, warnte sie. »Dan Crassley hat sie in eine Seitenstraße gelockt, um sie zu vergewaltigen, und die anderen sind auch nicht besser.«

Die beiden schwiegen. Michael drehte sich um und schlurfte zurück in die Wohnung. Joey folgte ihm. »Musst du heute nicht zur Arbeit?«, fragte er seinen Zwillingsbruder.

»Nee, hab gekündigt«, gab Michael zurück.

»Hast du Bock, ein bisschen zu zocken?« Joey steuerte auf die Spielekonsole zu.

»Heilige Madonna«, murmelte Ellie und kehrte zu ihrem Wagen zurück. Fürs Erste war die Krise überwunden, aber nur solange Nia nicht wirklich schwanger war. Vielleicht hatte sie ja ausnahmsweise mal die Wahrheit gesagt. Wenn ja, würde sich die unschöne Szene von vorhin über kurz oder lang wiederholen.

Immerhin hatte Ellie für einen Moment ihre eigenen Probleme vergessen können.

Nias Worte drängten ihre Sorgen um ihre Entlassung zurück und stellten selbst die Nachricht von Zoras und Brians Tod in den Schatten.

*Er wollte sie nicht vögeln. Es war ein Job!*

Und: *Er hat sich nicht umgebracht! Das war so nicht geplant. Er gehörte mir!*

Hatte tatsächlich einer ihrer Brüder Penske erschossen? Wer? Booker, Harry oder Gale? Und hatte er womöglich auch Bailey auf dem Gewissen? Es hieß, sie seien beide mit derselben Waffe getötet worden, aber Ellie wusste von einer ihrer Quellen bei der Spurensicherung, dass dies keineswegs feststand. Die ballistischen Untersuchungen hatten gewisse Ungereimtheiten aufgezeigt, weshalb nie wirklich geklärt werden konnte, wer wie oft mit welcher Waffe gefeuert hatte. Nur aus dem Grund war der leitende Ermittler, ein gewisser Detective Hurston aus Portland, mit seiner Theorie vom erweiterten Suizid durchgekommen. Ellie war schon damals nicht davon überzeugt gewesen, und jetzt war sie es erst recht nicht mehr.

Ihre Gedanken überschlugen sich. Zwei Crassleys saßen in Haft, es blieb also nur einer: Gale. Der Schlimmste von allen. Und Nia. Sie überlegte, ob sie zu Gale fahren und ihn mit ihrem Verdacht konfrontieren sollte. Das war *die* Gelegenheit, ihre journalistischen Fähigkeiten unter Beweis zu stellen und vielleicht die ganz große Story zu landen. Aber war es auch sicher?

Was, wenn die Crassleys tatsächlich Penske und Bailey auf dem Gewissen hatten? Bailey hatte sie schikaniert, das war ein Motiv – aber Penske? War er ein Kollateralschaden, oder hatten sie ihn abgeknallt, weil er mit Nia ins Bett ging, die damals noch minderjährig war?

»Du forderst es heraus«, murmelte sie, aber zum Teufel: Die Story war heiß, wenn sie denn stimmte, und sie könnte sie, Ellie, auf der Karriereleiter ein ganzes Stück weiter nach oben befördern. Und vielleicht fände Baileys Familie dann endlich Frieden, vor allem ihr Dad.

Ellie wusste, wo das Haus der Crassleys stand, eine großflächige, eingeschossige Bruchbude mit unkrautüberwucherter Einfahrt und einem Stacheldrahtzaun für die Rostlauben der Brüder, die meisten davon in schrottreifem Zustand. Sie fuhr in die entgegengesetzte Richtung, doch nun warf sie kurz entschlossen einen Blick in den Rückspiegel, wendete und machte sich auf den Weg dorthin.

Eine lange, schlaglochübersäte Zufahrt führte zu einer Rasenfläche an der Seite des Hauses, wo sie ihren Ford Escort so parkte, dass sie notfalls schnellstmöglich die Flucht ergreifen konnte. Sechs oder sieben große Hunde in einem Verschlag bellten wie verrückt, als sie aus dem Wagen stieg. Prompt trat sie in einen Hundehaufen. Wutschäumend versuchte sie, die stinkende Kacke an den Kieselsteinen abzustreifen, die aus dem Gras herausragten, dann ging sie auf die durchhängende Eingangsveranda zu.

Von drinnen waren laute Stimmen zu hören. Zornige Stimmen. Von einem Mann und einer Frau. Wahrscheinlich Gale und Nia. Die Haustür flog auf, und Nia rannte heraus. Sie tat so, als würde sie Ellie nicht sehen, stapfte zu den etwa zwanzig Fahrzeugen hinter dem Stacheldrahtzaun – Pkw, Pick-ups, sogar ein Traktor befand sich darunter –, sprang in ihren grünen Chevy und raste davon. Ihr Auspuff qualmte.

Hoffentlich fuhr sie nicht zu Michael und Joey.

Beinahe hätte Ellie kehrtgemacht, aber dann wurde ihr klar, dass jetzt nur noch ein Crassley zu Hause war. Entschlossen ging sie aufs Haus zu und klopfte an die rostige Fliegengittertür. Plötzlich wusste sie nicht mehr, was sie sagen sollte, doch für einen Rückzieher war es zu spät.

Sie hörte schwere Schritte, dann stieß Gale die Fliegengittertür auf und stand vor ihr – ein Gewehr unter dem Arm.

»Sie sind diese Reporterin«, stellte er fest.

Ihr Herz setzte einen Moment aus, dann fing es an, wie verrückt zu hämmern. *Heiliger Strohsack,* dachte sie und nickte zögernd.

»Kommen Sie rein.« Er hielt ihr die Fliegengittertür auf.

Gale Crassley ... Penskes mutmaßlicher Mörder ... der womöglich auch Bailey auf dem Gewissen hatte ... ein Mann, der das Innere einer Gefängniszelle besser kannte als seine eigenen vier Wände ...

Vor Angst versagten Ellie beinahe die Beine, aber sie ließ sich nichts anmerken und trat ein.

McCrae stieß sich das Knie an, als er sich vom Schreibtisch erhob. Nur mit Mühe konnte er einen Fluch unterdrücken. Er war wütend auf sich selbst. Wegen seiner Gefühle für Delta.

*Nur weil sie dich belogen hat, ist sie aber noch lange keine Mörderin.*

Quin kam herein. »Wir haben eine Menge zu besprechen.«

McCrae nickte. Er war seinem Vorgesetzten mit Absicht aus dem Weg gegangen, doch nun konnte er einem Gespräch nicht länger ausweichen. Es war einfach zu viel passiert.

»Gehen wir nach draußen.«

Sie verließen das Gebäude durch die Hintertür und blieben am Rand des ehemaligen Zwiebelfelds stehen. Ein Falke kreiste langsam am Himmel, auf der Suche nach Beute, die Sonne streckte ihre wärmenden Finger durch die dichten Wolken.

»Der Bericht der Spurensicherung ist da«, sagte Quin. »Die Kriminaltechniker haben in Timmons' Wagen einen Betonklotz entdeckt. Alles deutet darauf hin, dass er auf dem Gaspedal lag.«

McCrae runzelte die Stirn. »Dann waren Brian und Zora wahrscheinlich bewusstlos, als sie die Leitplanke durchbrochen haben.«

Quin nickte. »Sieht ganz danach aus.«

»Aber warum, zum Teufel? Wem sollte ihr Tod nützen?«

»Die Spurensicherung sucht den Wagen ein weiteres Mal nach Fingerabdrücken, Fasern, was auch immer ab, um herauszufinden, ob noch jemand im Fahrzeug saß.«

McCrae nickte.

»Etwa eine halbe Meile von der Unfallstelle entfernt befinden sich mehrere Häuser. Die Grundstücke sind groß genug, um eine gewisse Privatsphäre zu gewährleisten, dennoch begegnet man ab und an seinen Nachbarn. Eines dieser Häuser wird seit einiger Zeit nicht mehr bewohnt. Auf der Zufahrt sind Reifenspuren, die zu Brian Timmons' Wagen passen.«

»Dann ist er also dorthin gefahren? Oder saß jemand anderes am Steuer des Mercedes?«

»Bei dem Haus handelt es sich um Anne Reades ehemaliges Elternhaus.«

McCrae starrte ihn ungläubig an. »Anne Reade. Unsere frühere Englischlehrerin. Dann stimmten die Gerüchte über die beiden also?«

Quin schüttelte bedächtig den Kopf. »Keine Ahnung. Ms. Reade ist momentan nicht in der Stadt und hat schon seit Jahren nicht mehr dort gewohnt. Sie hat sich um ihren Vater gekümmert, aber er ist Anfang des Jahres in ein Pflegeheim gezogen. Seit Februar steht das Haus leer. Ich habe mit ihr telefoniert. Sie ist in South Carolina. Sie hat dort einen Freund und wird am Ende des Sommers zu ihm ziehen. Eine neue Stelle hat sie anscheinend auch schon. Laut Anne Reade wusste Timmons, dass das Haus unbewohnt ist.«

»Dann hat er sich also mit jemand anderem dort getroffen. Wer wusste sonst noch davon?«

»Sie sagt, niemand. Die Spurensicherung ist vor Ort, aber wenn ich es richtig verstanden habe, ist alles völlig verstaubt und unberührt, als habe schon lange keiner mehr das Haus betreten.«

»Dann haben sie sich also außerhalb getroffen? *Vor* dem Haus? Das ergibt doch keinen Sinn. Man könnte fast annehmen, dass Brian ein Doppelleben führte, aber er hatte Zora bei sich.«

»Wir haben heute Morgen das Haus von Brian und Zora durchsucht. Nichts Außergewöhnliches, nur dass Zoras Wagen nicht da ist.«

McCrae runzelte die Stirn. »Vielleicht hat sie ihn verliehen oder bei einer Freundin stehen lassen. Haben wir schon in den Werkstätten angerufen?«

Quin verneinte. Sie überlegten eine Weile hin und her, dann beließen sie es dabei und gingen wieder hinein.

Quin wechselte das Thema – endlich kam er dazu, McCrae nach seinen Gesprächen mit Tracy Gillup und Dean

Sutton zu fragen. McCrae erzählte ihm, dass Tracy einen Mann gesehen hatte, der Bailey und Penske beobachtete, allerdings hätte Carville, ihr früherer Kollege im Lundeen, ihn gewarnt, dass sie nicht immer die Wahrheit sagte. Anschließend berichtete er, dass er von Coach Sutton nichts erfahren hätte, was sie nicht schon wussten, wobei er verschwieg, was Sutton über Quins Ex-Frau gesagt hatte. Solange er Baileys Mutter nicht selbst nach ihrem Verhältnis mit Tanner Stahd gefragt hatte, würde er die Vergangenheit nicht wieder aufkochen.

Ein Besuch bei Joyce Kiefer-Quintar stand ganz oben auf seiner Liste, außerdem wollte er bei Delta vorbeischauen und mit Zoras und Brians Familienangehörigen und Freunden reden, während Quin auf weitere Ergebnisse aus dem Labor wartete.

McCrae kehrte in sein Büro zurück, nahm seine Waffe aus der Schublade und machte sich erneut auf den Weg zur Hintertür.

»Mr. McCrae!«, hörte er eine Männerstimme rufen, als er gerade nach dem Türknauf griff.

Langsam drehte er sich um und sah, dass Tim Hurston mit ausgestreckter Hand auf ihn zukam, das graue Haar sorgfältig geschnitten. Messerscharfe Bügelfalten, kämpferisch vorgerecktes Kinn, raubtierhaftes Lächeln.

Was hatte das zu bedeuten?

Zögernd schüttelte McCrae die ihm dargebotene Hand. »Kann ich etwas für Sie tun?«

»Ich würde mich gern mit Ihnen über die Witwe von Tanner Stahd unterhalten. Delta, wenn ich richtig informiert bin.«

McCrae sah ihn abwartend an.

»Sollten Sie sie nicht langsam verhaften?«

»Wir haben nicht genügend Beweise, dass sie für Tanners Tod verantwortlich ist«, entgegnete McCrae ruhig.

»Ist das tatsächlich der Grund?« Sein Ton legte nahe, dass er die Antwort zu kennen glaubte.

»Ja.«

»Nun, mir sind da andere Dinge zu Ohren gekommen, daher schlage ich vor, Sie fahren zu ihr und schaffen Sie ins Präsidium. Falls sie eine Schwarze Witwe sein sollte, muss sie dringend aus dem Verkehr gezogen werden.«

»Das hat Detective Quintar zu entscheiden«, erwiderte McCrae. Sein Mund fühlte sich staubtrocken an.

»Eher nicht«, hielt Hurston dagegen. »Ich als zuständiger Sonderermittler …«

»Das waren Sie bei einem anderen Fall. Außerdem leitet Bob Quintar mittlerweile dieses Department.«

»Die Bürgermeisterin hat mich für diesen Fall angefordert. Wenn Sie von den Ermittlungen zurücktreten möchten, bitte sehr.«

McCrae hätte ihm gern die Meinung gesagt, aber er wusste, dass die Bürgermeisterin dazu neigte, sich von Personen mit großem Ego wie Hurston beeindrucken zu lassen. Sie drehte ihr Fähnlein gern mit dem Wind, und es war durchaus möglich, dass sie ihm eine Art Freifahrtschein gegeben hatte, um Quin auszuhebeln. Wie dem auch sei, McCrae würde sich nicht mit ihm anlegen. Es gab andere Wege, um zum Ziel zu kommen.

Aus dem Augenwinkel sah er Corinne hinter Hurston in den Flur treten. Sie tat so, als wäre sie ganz und gar nicht interessiert an dem, was sich hier abspielte.

»Ich muss arbeiten«, erklärte McCrae dem ach so ehrgeizigen Detective und öffnete die Hintertür. Er warf Corinne einen Blick zu. *Du hast eine schlechte Wahl getroffen,* dachte er.

Als hätte sie ihn gehört, straffte sie die Schultern und stolzierte von dannen.

»Bringen Sie sie ins Präsidium, bevor ich es tue«, drohte Hurston.

McCrae blieb ihm eine Erwiderung schuldig. Der Kerl bekam mit Sicherheit einen Ständer vor Freude darüber, dass er das WKPD nach seiner Pfeife tanzen lassen konnte. Was McCrae aber ganz bestimmt nicht tun würde.

# KAPITEL 25

Gale Crassley folgte Ellie ins Haus. Sie zog ihr Handy hervor und tippte eine Nachricht an McCrae ein.

»Her damit«, sagte er und riss ihr das Telefon aus den Händen.

»Ich habe bloß meinem Chef geschrieben, wo ich bin«, behauptete Ellie. Eine Lüge. Gale musste ja nicht wissen, dass sie ausgerechnet mit seinem größten Feind, den Cops, Kontakt aufnehmen wollte.

Anstelle einer Antwort hob er das Gewehr und zielte auf sie. Sie fing an zu zittern, obwohl sie sich alle Mühe gab, sich ihre Angst nicht anmerken zu lassen.

»Zieh deine Klamotten aus und setz dich aufs Sofa.«

»Wie bitte?« Sie hätte beinahe gelacht, doch dann sah sie in seine kalten, stechenden Augen. Er war nur ein Jahr älter als sie, vielleicht zwei, aber zwischen ihnen lagen Lichtjahre mit völlig unterschiedlichen Lebenserfahrungen.

»Du hast grüne Augen«, stellte er lächelnd fest. Überhaupt schien er permanent zu lächeln, was ziemlich unheimlich war. Er erinnerte sie mit seinem starren Gesichtsausdruck an ein Reptil.

Er stupste sie mit der Mündung des Gewehrs an, und Ellie taumelte nach hinten und sackte auf die Couch. Eine kaputte Sprungfeder bohrte sich schmerzhaft in ihre Kehrseite.

»Ich glaube nicht …«

»Halt die Klappe. Zieh dich aus«, forderte er sie auf. »Außer uns beiden ist hier niemand weit und breit. Sobald du deine Sachen ausgezogen hast, kannst du sagen, was du von mir willst.«

Sie hob abwehrend die Hände und versuchte, einen klaren Gedanken zu fassen. »Ich würde gern vorher etwas sagen.«

»Du redest nur, wenn ich es dir erlaube, klar?« Ohne sie aus den Augen zu lassen, klemmte er sich das Gewehr unter den Arm und rieb sich das Kinn. »Zieh deine Klamotten aus, bevor ich sie dir vom Leib reiße.«

»Und dann … können wir reden?«

»Nicht wenn du noch lange quasselst.«

*Bitte, McCrae, lies meine Nachricht,* flehte sie stumm, dann öffnete sie langsam, Knopf für Knopf, ihre Bluse.

McCrae bekam eine Nachricht von Ellie.

Bin bei den Crassleys. Komm und hol

Anscheinend hatte sie nicht zu Ende schreiben können.

Er war auf dem Weg zu den Kiefers, um Coach Suttons Theorie begraben zu können, dass Baileys Mom etwas mit Tanner Stahd gehabt hatte und dass dies der Grund für Carmens angeblichen Suizid war. Was für ein Unsinn! Mit Masterer musste er auch noch sprechen, nicht weil er glaubte, dass Delta Tanner seinetwegen aus dem Weg geräumt hatte, sondern weil es diesen Punkt auf seiner Liste abzuhaken galt, damit es nicht hieß, er würde Delta schützen. Hurston hatte Blut geleckt, und Corinne tat alles, um sich an ihm wegen ihrer gescheiterten Beziehung zu rächen.

Er durchschaute nicht ganz, welchen Vorteil sich Hurston von Deltas Verhaftung versprach, außer dass er wieder einmal die Lorbeeren für einen Fall einheimsen konnte, an dem sich die Polizei von West Knoll angeblich die Zähne ausbiss, während er für Sonderermittler Hurston ein Kinderspiel war.

Aber Tanner hatte sie »D« genannt, ihr Spitzname bei den Fantastischen Fünf, und er hatte im Krankenhaus »D!« gerufen, bevor er seinen schweren Verletzungen erlag. Außerdem hatte sie gelogen, was das Messer anging, aber das konnte Hurston nicht wissen. Und dann war da noch dieses E-Book, dessen Verkaufszahlen gerade durch die Decke gingen, Blutige Träume. Er hatte zwei Kapitel gelesen, und die Parallelen waren nicht zu übersehen. Unheimlich …

Er konzentrierte sich wieder auf Ellies Nachricht. *Komm und hol*

… was?

Alles, was mit den Crassleys zu tun hatte, war unerfreulich.

»Verdammt.«

Er stieg in einen der Streifenwagen des WKPD und fuhr zum Haus der Crassleys. Die Strecke hätte er blind zurücklegen können, ständig machte eines der Familienmitglieder Ärger, hauptsächlich wegen irgendwelcher Bagatelldelikte, aber auch wegen üblerer Straftaten. Er fragte sich, was Ellie mit den Krawallbrüdern zu tun hatte.

Als er in die Zufahrt einbog, entdeckte er einen blauen Ford Escort, der vor dem Haus parkte. Ellies Wagen? Er überprüfte das Nummernschild und stellte fest, dass er tatsächlich ihr gehörte. In einem Verschlag neben einer Art Autofriedhof – oder waren diese Rostlauben etwa noch fahrbereit? – geiferte eine Hundemeute. McCrae war froh, seine Glock bei sich zu haben, wenngleich er Hunde liebte.

Vorsichtig ging er auf die Haustür zu. Er wollte gerade die letzte Stufe zur Eingangsveranda hinaufsteigen, als einer der Crassleys aus der Tür trat, groß, bullig, mit fettem Gesicht und

Hängebacken. Er nahm lediglich an, dass es Gale war, denn die Crassley-Brüder sahen alle gleich aus, hatten alle denselben verschlagenen Blick. Gale war an der Highschool ein oder zwei Klassen über ihnen gewesen. McCraes Blick schweifte zu dem Gewehr unter Gales Arm. Unweigerlich fuhr seine Hand zu seiner Pistole, die in einem Holster am Gürtel steckte.

»Wo ist Ellie O'Brien?«, wollte er wissen.

»Wer?« Gale kratzte sich fragend hinterm Ohr und stellte das Gewehr mit der Mündung nach unten neben sich auf den Holzboden.

»Die Besitzerin dieses Fahrzeugs.« McCrae deutete hinter sich, ohne den Mann aus den Augen zu lassen.

»Keine Ahnung.«

Von drinnen hörte er Geräusche und erstickte Schreie.

»Ich denke, das wissen Sie sehr wohl«, entgegnete McCrae, der spürte, wie sein Puls in die Höhe schnellte. Wenn dieser Scheißkerl ihr etwas angetan hatte …

»Hilfe! Hilfe!«, rief eine Frauenstimme.

»Halt die Fresse, Nia«, sagte Gale über die Schulter.

»Hilfe!«

»Das ist Ellie«, stellte McCrae grimmig fest und machte einen Schritt auf die Tür zu.

»Sie dürfen das Haus nicht betreten«, behauptete Gale und versperrte ihm den Weg. »Sie brauchen einen Durchsuchungsbeschluss.«

»Nicht wenn jemand um Hilfe ruft.« McCrae zog seine Glock und richtete sie auf Gale, wohl wissend, dass dieser vermutlich versuchen würde, sein Gewehr hochzunehmen und auf ihn zu feuern. Er war schon oft in angespannte Situationen wie diese geraten. Zum Glück hatte er noch nie jemanden erschießen müssen, aber es gab immer ein erstes Mal.

Gale musste seine Entschlossenheit spüren, denn er drehte sich zur Seite und lehnte das Gewehr gegen die Wand, hob die Hände und öffnete die Fliegengittertür. »Wir hatten nur ein bisschen Spaß«, erklärte er. »Ein kleines Spielchen, nichts, wobei wir die Cops brauchen würden …«

»Hilfe!«

»Wo bist du?«, rief McCrae, die Glock noch immer auf Gale gerichtet, der jetzt die Hände hinter dem Kopf verschränkte. Ein Stück den Flur entlang hämmerte jemand gegen eine Tür, die offenbar verschlossen war. »Mach die Tür auf«, wies er Gale an.

»Sie ist gerade erst gekommen. Konnte es kaum erwarten, sich die Sachen vom Leib zu reißen. Wollte, dass ich es ihr mal so richtig besorge. Sie wissen doch, wie Frauen sind.«

Gale ging McCrae voran zu der verschlossenen Tür, nahm einen Schlüssel vom Türrahmen und sperrte auf. Ellie stürmte heraus, in BH und Höschen. Bevor McCrae reagieren konnte, stürzte sie sich auf Gale und zog ihm ihre Fingernägel durchs Gesicht. Gale stieß sie von sich und verpasste ihr eine Ohrfeige. McCrae zog ihm die Pistole über den Kopf. Gale jaulte auf vor Schmerz und ging zu Boden, wo er sich schreiend hin und her wälzte und über die Brutalität der Polizei schimpfte.

McCrae zielte mit der Glock auf ihn. »Wag es ja nicht, aufzustehen, sonst erschieße ich dich«, knurrte er.

»Bastard!«, kreischte Ellie, holte mit dem Fuß aus und trat Gale in die Seite.

»Hat er dir was angetan?«, fragte McCrae.

»Nein«, fauchte sie.

Gale fing an zu lachen. »Sag's ihm, Süße. Sag ihm, dass du dich vor mich gekniet und meinen Schwanz gelutscht hast.«

»Schluss damit!«, rief McCrae, als er bemerkte, dass Ellie erneut ausholte, um ihm ins Gesicht zu treten.

Gale packte ihren nackten Fuß, sie verlor das Gleichgewicht und landete unsanft auf dem Hintern. Eilig versuchte sie, sich hochzurappeln.

Auch Gale machte Anstalten, aufzustehen, aber sie rammte ihm ihr Knie in den Schritt.

»Aufhören!«, befahl McCrae erneut. Ellie kam auf die Füße, sah McCrae mit blitzenden Augen an, dann lief sie wieder in das Zimmer, um ihre Sachen einzusammeln, die auf der Couch lagen.

»Das hat Konsequenzen«, knurrte Gale, die Hände auf seinen Schritt gepresst. »Ich werde meinen Anwalt anrufen. Du bist in mein Haus eingedrungen und hast mich belästigt. Erst willst du mir einen blasen, dann trittst du mich.«

»Du wolltest mich vergewaltigen!«, zischte Ellie und hob ihre Hose auf.

»Man kann wohl kaum von Vergewaltigung sprechen, wenn etwas in gegenseitigem Einvernehmen geschieht.«

»Sag nichts, Ellie«, warnte McCrae. »Er will dich nur provozieren.«

»Wie ich sehe, sind deine roten Haare echt.« Gale starrte auf Ellies hauchdünnen Spitzenslip.

Ellie gab ein ersticktes Knurren von sich.

»Ellie, er wird dich verklagen. Er *will* doch nur, dass du auf ihn losgehst.«

Tränen schossen in ihre Augen. »Das dürfte es wert sein«, stieß sie keuchend hervor, doch sie trat ein paar Schritte zurück und fing an, sich anzuziehen.

McCrae legte Gale Handschellen an, zerrte ihn vom Boden hoch und führte ihn zum Streifenwagen.

Gale war noch nicht eingestiegen, als ein grüner Chevy durch die Schlaglöcher in der Zufahrt holperte und auf dem Autofriedhof neben einer roten Pick-up-Limousine mit völlig verschossener Motorhaube stehen blieb. Ellie, die gerade aus der Haustür kam, erstarrte, dann ging sie mit hölzernen Schritten zu ihrem Escort. Nia, Booker und Harry stiegen aus, die Blicke auf ihren Bruder und McCrae geheftet.

McCrae öffnete die hintere Tür und schob Gale auf die Rückbank.

»Was hat die Schlampe hier zu suchen?«, rief Nia.

Anstelle einer Antwort schürzte Gale die Lippen und gab schmatzende Geräusche von sich.

»So einfach kommst du mir nicht davor, du krankes Arschloch!«, schrie Ellie. »Ich zeige dich an, wegen versuchter Vergewaltigung.«

»Leck mich«, erwiderte er grinsend.

McCrae schlug die Wagentür zu.

»He«, rief Booker plötzlich. »Ihr zwei habt's damals bei der Abschlussparty miteinander getrieben! Woody hat mir davon erzählt.«

»Richtig.« Harry klatschte ihn ab. »Eine echte Rothaarige!«

»Soll ich Unterstützung anfordern und dich nach Hause fahren?«, fragte McCrae an Ellie gewandt.

»Nein. Nimm diesen Abschaum mit und bring ihn hinter Gitter, wo er hingehört. Ich fahre selbst.« Sie wandte sich Booker und Harry zu und zischte: »Wie schön, dass ihr schon wieder draußen seid. Ich wünsche mir nichts sehnlicher, als dass alle Crassleys in der Hölle verrotten, und wenn nicht dort, dann wenigstens in einer dreckigen Gefängniszelle!«

McCrae wartete darauf, dass sie in ihren blauen Ford stieg, aber sie trat ans Seitenfenster des Streifenwagens, das wegen der Hitze einen Spaltbreit geöffnet war, und sagte mit stahlharter Stimme zu Gale: »Nia behauptet, es sei bloß ›ein Job‹ gewesen.«

»Hör nicht auf sie!«, schrie Nia. Ihre Brüder sahen sie fragend an.

»Ich kriege euch«, fügte Ellie hinzu, dann setzte sie sich ans Steuer ihres Escort, ließ den Motor an und gab Gas. Unter ihren Reifen spritzten Kies und Erde auf.

Ohne die Geschwister eines weiteren Blickes zu würdigen, stieg McCrae in den Streifenwagen und fuhr ebenfalls los. Sie holperten über die Zufahrt und waren gerade auf die Straße eingebogen, als Gale sich zu Wort meldete.

»Dann hast du sie also auch gehabt. Das macht uns auf gewisse Weise zu Brüdern.«

»Halt den Mund, Crassley.«

»Das muss ja damals bei eurer Abschlussparty eine Mordsorgie gewesen sein. Legendär. Jeder mit jedem, sogar die Lesbe mit Tanner. Anscheinend hat der Typ jede flachgelegt und selbst vor der Tochter des Reverends nicht haltgemacht. Angeblich hat sie sich anschließend umgebracht, weil er sie entjungfert hat. Ich wette, ihr heiliger Daddy wollte Stahd deshalb töten. Ich hätte es getan, wäre sie meine Tochter gewesen.«

McCrae schüttelte den Kopf. Gale war der Erste, der behauptete, Carmen habe Sex mit Tanner gehabt. Plötzlich musste er an Ellies Worte denken.

»Was hat Ellie gemeint, als sie von dem ›Job‹ gesprochen hat?«, fragte er Gale.

»Keine Ahnung, was du meinst.«

»Sie sagte: ›Nia hat behauptet, es sei bloß ein Job gewesen‹«, zitierte er.

»Die Schlampe weiß nicht, wovon sie spricht«, murmelte Gale.

Den Rest der Fahrt über sagte er kein Wort mehr.

Delta sah das Interview in den Mittagsnachrichten. Es fühlte sich seltsam an, Gesprächsthema zu sein, auch wenn sie den Eindruck hatte, dass Ellie ausnahmsweise einmal nicht das Ruder in der Hand hielt. Amanda war geschickt, das musste man ihr lassen. Delta hatte versucht, sie anzurufen, doch sie hatte sie wie immer nicht erreicht. Amanda war ausgesprochen fordernd, wenn sie etwas von einem brauchte, und schwer zu erreichen, wenn dies nicht der Fall war.

Anschließend schaltete Delta auf Channel Four um. Sofort erschien der junge, zur Glatze neigende Reporter auf dem Bildschirm, der ihr so hartnäckig an den Fersen geklebt hatte. Und er sprach … über *sie!*

»… seit ein paar Tagen schießen die Verkaufszahlen durch die Decke und katapultieren *Blutige Träume* an die Spitze der E-Book-Charts. Ich habe versucht, mit Delta Stahd über ihren Thriller zu sprechen, aber sie ist nicht bereit, meine Fragen zu beantworten. Die Story weist frappierende Parallelen zu dem grausigen Schicksal ihres Ehemanns, Dr. Tanner Stahd, Leiter der bekannten Abnehmklinik, auf. Im Buch schmiedet die Ehefrau eines notorischen Fremdgängers, der ebenfalls Arzt ist, den Plan, ihren Mann zu erstechen und so an sein Vermögen zu kommen. Doch während die Hauptfigur des Buches damit durchkommt, sorgt im echten Leben der Vater von Tanner Stahd, Lester, dafür, dass Delta Stahd nicht vom Tod seines Sohnes profitiert. Aber was ist mit dem plötzlichen Erfolg von *Blutige Träume?* Ist es falsch, dass Delta davon profitiert? Tanner und Delta Stahd haben einen kleinen Sohn, Owen Stahd, für den Lester Stahd das Sorgerecht erstreiten will – eine Familientragödie, die von Tag zu Tag komplizierter wird …«

Delta stellte den Fernseher ab und drehte sich um. Ihre Mutter stand in der Tür zum Wohnzimmer. Sie hatte mitbekommen, was dieses Arschloch von Reporter gesagt hatte. »Mom, ich habe ihn nicht umgebracht.«

»Ich weiß.« Ihre Mutter trat auf sie zu und schlang die Arme um sie. Delta legte den Kopf auf ihre Schulter. Sie schloss die Augen und dachte an ihr Treffen mit Amanda. Amanda musste geahnt haben, dass so etwas passieren würde, denn sie hatte sie auf das Buch angesprochen. *Dein Buch kennen so einige, und auch die Polizei wird davon erfahren. Ich selbst werde es übrigens ebenfalls lesen.* Delta hätte nie im Leben damit gerechnet, dass die Verkaufszahlen derart in die Höhe schnellen würden.

Sie löste sich von ihrer Mutter und versuchte zu lächeln. Ihr Vater war im Laden, und ihre Mutter wäre normalerweise ebenfalls dort gewesen, hätte Delta nicht ihre Unterstützung gebraucht. Delta wusste, dass sie sich nicht ständig eine Aushilfe leisten konnten.

»Kommt Dad allein klar?«, fragte sie daher.

»Eine kurze Zeit schon«, versicherte ihre Mutter.

»Okay, ich fahre trotzdem lieber mal.«

»Bist du sicher?«, fragte Mom mit gerunzelter Stirn. »Die Vorstellung, dass du jetzt allein bist, gefällt mir gar nicht.«

»Ich komme zurecht, ehrlich.« Sie konnte nicht einfach nur still dasitzen und Däumchen drehen. Das Fernsehinterview mit Amanda hatte es nicht besser gemacht. Mittlerweile fühlte sie sich schon selbst wie eine Kriminelle.

Gegen eins verließ Delta das Haus ihrer Eltern. Sie kam sich verloren vor. Einsam.

Nervös kehrte sie nach Hause zurück. Zum Glück lauerten keine Reporter vor ihrer Tür. Sie sperrte auf, ging in die Küche und nahm sich Sprudelwasser aus dem Kühlschrank. Gern hätte sie sich ein Glas Rosé eingeschenkt, aber sie musste nachher Owen von der Vorschule abholen. Plötzlich fiel ihr ein, dass sie

Woody nach dem Pick-up-Fahrer fragen wollte, mit dem sich Tanner gestritten hatte, obwohl eindeutig er für den Zusammenstoß in der Parklücke verantwortlich gewesen war.

Eine Weile lauschte sie der Stille des Hauses, dann beschloss sie, zu Woody zu fahren. Sie hatte ohnehin nichts Besseres zu tun, außerdem hatte sie den ehemaligen Klassenkameraden seit einer Ewigkeit nicht mehr gesehen, bis auf ein paar Zufallstreffen in der Innenstadt oder bei Danny O, wenn sie Owen nach der Vorschule zu einem Pfannkuchen eingeladen hatte. Jedes Mal hatte Woody sie mit einem schiefen Grinsen gegrüßt und sich nach Tanners Abnehmklinik erkundigt. Wenn die Leute weiter ordentlich Pfannkuchen in sich reinschaufelten, hatte er gescherzt, würde Tanner sicher bald im Geld schwimmen.

Apropos Klinik ... Candy hatte sich wie versprochen um das Tagesgeschäft gekümmert, doch da ohne Tanner der Arzt im Haus fehlte und Lester Delta des Mordes an seinem Sohn beschuldigte, waren keine neuen Patienten gekommen.

Delta hoffte inständig, dass mit Tanners Tod nicht auch noch sein Lebenswerk unterging – ein deprimierender Gedanke.

Sie fuhr zu Woody, doch die Werkstatt war geschlossen. Ein Schild an der Tür verkündete, dass er um drei wieder aufmachen würde.

»Ziemlich lange Mittagspause, Woody«, murmelte sie, aber vielleicht arbeitete er ja irgendwo außerhalb.

Sie zog ihr Handy aus der Handtasche und probierte es noch einmal bei Amanda. Wieder wurde sie an den Anrufbeantworter weitergeleitet. Diesmal hinterließ sie eine Nachricht. »Hi, Amanda, hier spricht Delta. Ich habe dein Interview mit Ellie gesehen, und ich bin froh, dass du mich verteidigst. Ich ... ähm ... ich habe McCrae die Wahrheit über das

Messer erzählt. Ich weiß nicht, warum ich das getan habe … es ist einfach passiert. Ruf mich an, wenn du Zeit hast.«

Sie legte auf und beschloss, sich einen Pfannkuchen im Danny O zu gönnen. Irgendwie musste sie die Zeit ja totschlagen.

Amanda kam von ihrer Laufrunde zurück und leerte mit großen Schlucken ein Glas Wasser. Plötzlich meinte sie, ein Geräusch zu hören, und legte den Kopf schief. Es kam von draußen, vielleicht aus der Garage. Sie trat auf die Veranda hinter dem Haus und schaute zur Garage hinüber. Nichts. In der Ferne brummte ein Mähdrescher, der die Felder auf der anderen Seite der Schlucht mähte. Die Wolken waren verschwunden, der Himmel leuchtete strahlend blau. Amanda schloss die Augen und atmete tief die klare, warme Luft ein, doch dann wanderten ihre Gedanken zu Zora, und sie spürte, wie sich Traurigkeit in ihr breitmachte.

Kurz darauf kehrte sie ins Haus zurück und ging die Treppe hinauf nach oben, um zu duschen. Sie würde heute nicht in die Kanzlei zurückkehren, vielleicht nie mehr. Hal wollte sie nicht bei Layton, Keyes & Brennan haben, und sie wollte nicht dort sein.

Es war ihr gelungen, seine Mandantenliste auszudrucken, als er nicht da war. Sie hatte vor, sie zu ihren eigenen Kontakten hinzuzufügen, und trug zu diesem Zweck nach dem Duschen ihren Laptop hinunter ins Esszimmer, wo sie sich an den Tisch setzte, die Liste durchging und sich Notizen machte. Anschließend tippte sie die Informationen ein und speicherte sie ab.

Als sie damit fertig war, arbeitete sie einen Plan aus, wie sie in Deltas Fall vorgehen wollte. Zunächst würde sie sich mit McCrae oder Quin treffen, um herauszufinden, was die Polizei gegen D in der Hand hatte. Sie kannte zahlreiche Staatsanwälte;

einer von ihnen war mit Sicherheit mit Tanners Fall betraut. Ob er Delta strafrechtlich verfolgen würde oder nicht, konnte man zu diesem Zeitpunkt nicht sagen. Zumindest McCrae stand laut Delta auf ihrer Seite, aber er würde nicht viel ausrichten können, sollte man sich auf sie einschießen.

Und dann war da noch die Sache mit dem Messer.

Seltsamerweise glaubte sie Tanners Witwe die abstruse Geschichte, auch wenn diese bei den Geschworenen bestimmt nicht gut ankommen würde, sollte Delta tatsächlich vor Gericht gestellt werden. Weit mehr Kopfzerbrechen bereitete Amanda allerdings das Buch, das D geschrieben hatte. Der Mord an Tanner hatte dem Thriller zu ungeahntem Erfolg verholfen und würde Delta dadurch mit Sicherheit ein kleines Vermögen bescheren. Aber der Inhalt …

Amanda schnaubte. Hal hatte ihr vorgeworfen, ein Händchen für prekäre Fälle zu haben, und er hatte nicht ganz unrecht. Mit einer Mandantin wie Delta würde sie es jedoch bis ganz nach oben schaffen – wenn sie es nur richtig anfasste.

Ellie duschte ausgiebig, um sich die Begegnung mit Gale Crassley, diesem widerlichen Fettsack, vom Leib zu waschen. Zum Glück hatte er sie nicht angefasst. Sie hatte sich vor ihm entkleiden müssen, aufreizend langsam, genau wie er es sich wünschte, und sie hatte die Minuten gezählt, in der Hoffnung, dass McCrae ihre Nachricht las und ihr zu Hilfe eilte. Sie mochte sich gar nicht vorstellen, was für ein Ende das Ganze genommen hätte, wäre er nicht rechtzeitig erschienen!

Doch er war gekommen, ihr Held, ihr strahlender Ritter, und Crassley hatte sie auf die Couch gestoßen und im Wohnzimmer eingesperrt. Hatte er wirklich geglaubt, sie würde nicht um Hilfe rufen? Vielleicht hatte er gehofft, dass McCrae ihre Schreie nicht hörte.

Sie griff erneut nach der Seife und schäumte sich ein. Fühlte sich immer noch beschmutzt. Und verängstigt. Und wütend. Am liebsten hätte sie Gale Crassley umgebracht.

Sie war gerade aus der Dusche gestiegen und trocknete sich die Haare, als ihr Handy klingelte. McCrae. »Hi«, sagte sie kurz angebunden.

»Crassley hat einen Anwalt bestellt, und zwar keinen Pflichtverteidiger. Er wusste genau, wen er anrufen wollte. Ich fahre jetzt zurück zum Präsidium.«

»Diebstahl scheint ein profitables Geschäft zu sein«, erwiderte Ellie sarkastisch.

»Alles klar bei dir?«

»Du musst nicht immer wieder nachfragen. Mir geht es gut. Ich habe eine Mordswut, aber ansonsten ist alles okay.«

»Tu nichts Unüberlegtes.«

»Oh, hast du Angst, ich könnte noch einmal zu den Crassleys fahren und ihren rostigen Fuhrpark abfackeln, zusammen mit den Kötern?«

»Die Hunde können nichts dafür, Ellie.«

»Ich weiß, McCrae«, sagte sie erschöpft. »Tut mir leid, aber ich brenne auf Rache. War ein Scheißtag.«

»Über was für einen Job hast du gesprochen?«

»Wie bitte?«, fragte sie zurück.

»›Nia hat behauptet, es sei bloß ein Job gewesen.‹ Genau das waren deine Worte.

Sollte sie es ihm sagen? Ein Teil von ihr sträubte sich dagegen. Es war immer gut, einen Trumpf im Ärmel zu haben. *Aber du brauchst keinen Trumpf, du bist doch nicht mal mehr Reporterin … außerdem hat er dich gerettet …*

»Wir hatten eine Auseinandersetzung, Nia und ich. Lange Geschichte, aber sie ist der Grund dafür, dass ich zu den Crassleys gefahren bin. Nia hat Penske erwähnt, mit dem sie früher mal zusammen war. Hat behauptet, er habe nur ›einen Job‹ gemacht. Ich wollte mit Gale reden, herausfinden, was er darüber weiß, aber mit einem Crassley kann man nicht reden.«

»Nia und Penske, davon hab ich gehört.«

»›Er wollte sie nicht vögeln. Es war ein Job‹, hat sie gesagt. Ich dachte, sie meint damit, dass Penske nicht freiwillig mit Bailey Sex hatte.«

»Aha.«

»Aha. Mehr fällt dir dazu nicht ein?«

»Du glaubst, Nias Familie ist in den Tod der beiden verwickelt? Dann war Penske also auf Anweisung der Crassleys mit ihr im Lundeen. Vielleicht hatten sie etwas gegen ihn in der Hand. Vielleicht haben sie ihn damit unter Druck gesetzt, dass er Sex mit der damals noch minderjährigen Nia hatte. Irgendwas in der Art. Die Crassleys haben Bailey für Little Dans Tod verantwortlich gemacht, und nicht nur das. Bailey hat sich ihnen entgegengestellt und viele ihrer kriminellen Machenschaften unterbunden. Würde mich nicht wundern, wenn sie Penske dazu benutzt hätten, sie aus dem Weg zu räumen.«

»Beeindruckend, McCrae. Du scheinst genau zu wissen, was ich denke. Und was machen wir nun?«

»Du hältst dich von den Crassleys fern.«

»Und was ist mit dir?«

Er blieb ihr eine Antwort schuldig. »McCrae?«, fragte sie, aber er hatte schon aufgelegt.

Das Danny O war gut besucht. Die Bedienungen trugen Tabletts mit Pfannkuchen und anderen Gerichten aus der Küche – riesige Portionen zum kleinen Preis, die vor allem die Bauarbeiter anlockten, die in der Gegend beschäftigt waren.

Delta war schon länger nicht mehr hier gewesen. Sie nahm in einer der kleineren Sitznischen Platz und studierte die Speisekarte, hauptsächlich, um Zeit totzuschlagen. Plötzlich fiel ein Schatten auf ihren Tisch. Sie drehte sich um und sah Brad Sumpter hinter ihrer Schulter stehen, massig wie eh und je.

»Brad«, sagte sie überrascht.

»Hi, Delta.«

Er war nervös, genau wie sie. Damals in der Highschool war er eng mit Justin Penske befreundet gewesen, wobei Penske eher der Macher und Sumpter der Mitläufer gewesen war.

»Darf ich mich setzen?«, fragte er. Als sie nickte, nahm er ihr gegenüber Platz und musste den Tisch dazu ein gutes Stück in ihre Richtung schieben. Delta stellte fest, dass er einen ordentlichen Bauch hatte, fast so, als wäre er schwanger. Anscheinend hatte er aufgehört zu trainieren.

»Wie geht es dir so?«, fragte sie ihn.

»Ich habe das Interview mit Amanda auf Channel Seven gesehen, und ich bin froh, dass sie dich verteidigt. Ich weiß, dass du Tanner nicht umgebracht hast. Ich hatte Sorge, Amanda und du würdet euch noch immer hassen. Gut, dass das vorbei ist.«

»Ja, das ist es … Danke.«

Die Kellnerin kam, um ihre Bestellung aufzunehmen. Deltas Appetit war verschwunden, und am liebsten wäre sie gegangen, doch dann entschied sie sich für einen Eistee. Brad schüttelte den Kopf, und die Kellnerin ging weiter an den nächsten Tisch.

»Wenn du irgendetwas brauchst …«, sagte er und verstummte.

»Danke, Brad. Ich komme klar. Auch wenn es … sehr schwer für uns ist.«

Er ließ den Blick durchs Restaurant schweifen. Delta sah, dass er mit seinen Gefühlen kämpfte. Seine Lippen zuckten, in seinen Augen spiegelte sich Trauer. »Wenn das Ganze erst einmal geklärt ist und sich die Wogen glätten, wird es besser.«

»Ja«, erwiderte Delta gedehnt.

Ihr Eistee wurde serviert, und sie schloss die Finger ums Glas.

»Möchtest du Zucker?«, fragte er.

»Nein.«

Er blieb noch einen Moment sitzen, dann stand er auf. »Ich gehe dann mal wieder.« Er zögerte. »Ich wollte nie, dass Tanner und dir etwas so Schreckliches zustößt.«

Und dann war er weg, noch bevor sie ihn fragen konnte, was genau er damit meinte.

Der Wind frischte auf. Amanda blickte von ihrem Laptop hoch und sah eine Papiertüte vor den großen Esszimmerfenstern herumwirbeln. Auf einmal hörte sie von der Vorderseite des Hauses her ein Geräusch. Einen dumpfen Knall. Eine zuschlagende Autotür? Ein Ast, der gegen das Vordach der Eingangsveranda prallte? Nicht dass er gegen eines der Sichtfenster in der Haustür schlug! Das war schon einmal passiert bei einem Sturm, und die Reparatur war aufwendig und teuer gewesen.

Amanda stand auf und ging durchs Wohnzimmer zu der nur selten benutzten Eingangstür. Sie konnte sich gar nicht mehr daran erinnern, wann sie sie zuletzt geöffnet hatte.

Jetzt blickte sie aus den beiden schmalen Sichtfenstern auf die beiden schlanken Bäume rechts und links der Stufen, doch sie konnte nichts Auffälliges entdecken. Im Grunde hätte sie auch auf ihrem Laptop einfach die Bilder der Überwachungskameras aufrufen können, aber daran hatte sie nicht gedacht, und wenn sie schon einmal da war ... Sie drehte den Knauf und zog die Tür auf. Ein brauner DIN-A4-Umschlag lag auf der Schwelle, mit ein paar Kieselsteinen beschwert. Amanda bückte sich und hob ihn auf, dann schloss sie die Tür wieder und brachte den Umschlag ins Esszimmer. »Für dich«, hatte jemand mit Kugelschreiber auf die Vorderseite gekritzelt.

Sie öffnete den Umschlag und zog den Inhalt heraus.

Baileys Tagebuch.

# KAPITEL 26

McCrae überlegte es sich anders. Statt zum Präsidium fuhr er noch einmal in die Bar zu Tracy Gillup, aber ihre Schicht war bereits zu Ende. Jimmy, ihr Chef und vermutlich ihr Lover, musterte McCrae mit unverhohlenem Misstrauen. Aus ihm war nichts herauszukriegen, außer der offensichtlichen Tatsache, dass Tracy nicht da war.

McCrae wollte gerade gehen, als er daran dachte, wie Tracy sich gegen den Tresen gelehnt und ihm von Penskes Prepaid-Handy erzählt hatte und von dem Kerl, der Penske und Bailey beobachtet hatte. Sie hatte eine »alte Karre« mit »schmutzig rosa Motorhaube« vor dem Lundeen erwähnt, in die der Typ eingestiegen war, um mit dem Fahrer zu reden.

Genau so eine Karre hatte er heute schon einmal gesehen. Auf dem Rostlaubenfriedhof der Crassleys.

Im Laufschritt verließ er die Bar und sprang in seinen Wagen.

Als Delta das Danny O verließ, klingelte ihr Handy. Sie zog es aus der Handtasche und warf einen zögerlichen Blick darauf.

Ellie.

»Hat McCrae dir erzählt, was passiert ist?«, fragte sie, nachdem Delta sich gemeldet hatte.

»Ähm, nein … ich weiß nicht, wovon du sprichst.«

»Hast du noch nicht mit ihm geredet?«

»Nein, wir telefonieren ja nicht ständig miteinander. Was ist passiert?« Sie überquerte den Parkplatz und blieb vor ihrem Audi stehen.

Am anderen Ende der Leitung entstand eine Pause, dann sagte Ellie: »Darf ich dich interviewen? Ich bin nicht mehr bei Channel Seven. Es wäre wahrscheinlich für die Zeitung. Keine Kamera, aber wenn du das lieber möchtest, kann ich sicher etwas arrangieren.«

»Nein.«

»Es wäre eine Chance für dich, deine Unschuld zu beweisen.«

Delta öffnete die Fahrertür. »Kein Interesse, Ellie.«

»Jetzt, da die Verkaufszahlen deines E-Books sämtliche Rekorde brechen, könnte das eine große Sache werden. Wir könnten das Interview auf verschiedenen Onlineplattformen einstellen. Hast du eigentlich eine Website?«

Delta legte auf. Ellies übereifriger Ton machte sie sauer. Sie war nicht mehr bei Channel Seven ... Ob sie die Wahrheit sagte? Egal. Sie gab keine Interviews, schon aus Prinzip nicht. Amanda hatte ihr davon abgeraten, und ihr stand ebenfalls nicht der Sinn danach.

Apropos Amanda ... Sie stieg in den Wagen, wählte As Nummer, und überraschenderweise ging Amanda schon nach dem zweiten Klingeln dran. »Ich habe gerade einen Anruf von Ellie bekommen, die fragt, ob ich ihr ein Interview gebe«, sagte Delta ohne Begrüßung.

»Nein«, erwiderte Amanda prompt.

»Genau das habe ich auch gesagt.« Delta seufzte. »Du weißt sicher von der Sache mit Zora und Brian. Ich kann kaum noch an etwas anderes denken. Zora wollte heute Abend auf Owen aufpassen, damit ich mal durchschnaufen kann.«

»Sie hat dir angeboten, den Babysitter zu spielen?«

»Ja. Das war wirklich sehr nett von ihr.«

»Delta ... Du bist viel zu vertrauensselig. Zora hatte ... Probleme. Sie versucht seit Jahren, schwanger zu werden.«

»Ich weiß. Deshalb dachte ich, es würde ihr Freude machen ...«

»Sie hat mir gesagt, dass sie gern deinen Sohn bei sich haben würde, solltest du wegen des Mordes an Tanner verurteilt werden. Tut mir leid. Man soll nicht schlecht über Tote reden, aber das ist eine Tatsache.«

Delta schwieg schockiert.

»Du darfst niemand anderem vertrauen als mir«, sagte Amanda ernst. »Und komm bitte später bei mir vorbei. Ich muss dir etwas zeigen.«

»Was denn?«

»Komm einfach nach dem Abendessen zu mir, sagen wir gegen acht? Ich muss noch ein paar Dinge erledigen, aber vielleicht habe ich bis dahin die Antworten auf ein paar Fragen aus der Vergangenheit.«

»Ich muss mich erst um einen Babysitter kümmern.«

»Tu das«, sagte Amanda und legte auf.

Großartig. Amanda wollte, dass sie einen Babysitter für Owen besorgte, dabei hatte sie ihr gerade eben mitgeteilt, dass Zora – ihre einstige Highschool-Freundin – es auf Owen abgesehen hatte. Kopfschüttelnd ließ Delta den Motor an und wählte die Nummer ihrer Eltern. Hoffentlich hatte ihre Mom heute Abend Zeit.

»Mom«, sagte sie einen Moment später, als sie vom Parkplatz des Danny O fuhr. »Könntest du heute Abend bitte auf Owen aufpassen? Ich muss mich mit Amanda treffen.«

»Selbstverständlich«, hörte sie die Stimme ihrer Mutter über die Freisprechanlage.

»Vielen Dank, Mom«, sagte Delta aus tiefstem Herzen. »Kommst du später zu mir?«

»Okay, Liebes.«

Delta drückte das Gespräch weg und fuhr zu Woodys Autowerkstatt. Sie hatte schon mehrere Meilen zurückgelegt, als sie feststellte, dass ein großer, schwarzer SUV auch immer dann den Blinker setzte, wenn sie die Spur wechselte. Sie hob erneut zum Überholen an, und der schwarze SUV folgte ihr.

Ihr Herz fing an zu hämmern.

Woodys Autowerkstatt lag außerhalb der Stadtgrenze, etwa eine halbe Stunde Fahrt von West Knoll entfernt. Der SUV blieb an ihr dran. Delta überlegte, ob sie lieber umkehren sollte, doch als sie sich bei der nächsten Ampel auf der Abbiegerspur einordnete, zog der Wagen an ihr vorbei. Ein Mann saß am Steuer. Brad Sumpter?

Genervt setzte sie ihren Weg fort und bog schließlich auf den Parkplatz von Woodys Werkstatt ein. Die Nachricht hing noch immer an der Tür, doch hinter der Scheibe sah sie, dass jemand da war. Die Tür war unverschlossen. Delta betrat einen kleinen Vorraum mit einem Tresen und zwei Metallstühlen. An den Wänden hingen Fotos von verschiedenen Autos und Werbeplakate für Autopflegeprodukte: Chrompolitur, Fensterleder, Lederreinigungstücher, Flaschen und Sprays für alles Mögliche, Duftbäume, Motoröl und vieles mehr.

Woody stand hinter dem Tresen. Seine immer noch langen Haare waren grau gesträhnt und zu einem Man Bun geschlungen. Er trug ein ärmelloses Hemd, und sie konnte die Tätowierung mit dem landenden Adler erkennen, die sich über seine linke Schulter erstreckte. Ihre Abneigung gegen Tattoos hatte mit den Jahren nachgelassen, und als sie den

Adler wiedersah, musste sie lächeln. Fast war es so, als hätte sie einen alten Freund wiedergefunden.

Woodys Gesicht sah aus wie immer – eher verschmitzt als attraktiv, die untere Hälfte war verdeckt von einem kurzen, ungepflegten Bart. Es war ein vertrautes Gesicht, und als Woody ihr Lächeln erwiderte, freute sie sich aufrichtig, ihn zu sehen. »Hi, Woody«, begrüßte sie ihn.

»Mrs. Stahd«, erwiderte er gedehnt.

Entsetzt stellte sie fest, dass ihr die Tränen in die Augen schossen. Sie tupfte mit den Fingerspitzen ihre Augenwinkel ab und versuchte, nicht loszuheulen. »Entschuldige … Erst Tanner, jetzt Zora und Mr. Timmons …«

»Schwer zu glauben, dass keine böse Absicht dahintersteckt, findest du nicht?«

Sie nickte.

Er zuckte die Achseln. »Was führt dich zu mir?«

»Keine Ahnung«, gab sie zu. »Ich glaube, ich bin auf der Suche nach Antworten.«

»Hier?« Er runzelte verblüfft die Stirn.

Sie schüttelte den Kopf. Jetzt, da sie Woody gegenüberstand, wusste sie nicht recht, wo sie anfangen sollte, also ruderte sie erst einmal zurück. »Crystal hat mir eine E-Mail geschickt. Ich hatte sie seit dem Klassentreffen nicht mehr gesehen.«

»Sie hat dir eine E-Mail geschickt?«, wiederholte Woody, noch verblüffter als zuvor.

»Sie hat mir geraten, mich nicht von der Polizei schikanieren zu lassen. Ist sie immer noch Kindergärtnerin?«

»Nein … Sie ist, ähm … Du weißt, dass wir geschieden sind?«

Delta nickte.

»Sie ist im Marihuana-Geschäft«, sagte er.

»Wirklich?« Jetzt war Delta diejenige, die Woody verdattert anstarrte.

»Ich weiß, was du denkst, denn alle anderen denken das auch. Das wäre eher *mein* Part, richtig? Nun, das war es zunächst auch, und sie hat mit den Kids gearbeitet. Wir haben uns schrecklich gestritten deswegen. Mit Marihuana kann man viel Geld verdienen, aber letztendlich hat uns das auseinandergebracht. Nach der Scheidung hat sie damit weitergemacht. Was soll man davon halten?«

»Wow.«

»Ja genau, wow. Wenn du zu ihr möchtest, gebe ich dir ihre neue Adresse.«

»Um ehrlich zu sein, würde ich gern mit dir über den Mann reden, dem Tanner auf dem Parkplatz reingefahren ist. Soweit ich weiß, hast du beide Fahrzeuge repariert. Der Kerl hat sich furchtbar aufgeregt, dabei hatte sein Wagen nur einen Kratzer.«

»Nur einen Kratzer? Hat Tanner das gesagt?«

Delta nickte.

»Nun, Tanner ist tot, und ich mochte ihn, aber reden wir nicht lange drum herum: Tanner war ein Lügner.« Woody kratzte sich den Bart. »Was glaubst du, wer ihn erstochen hat?«, fragte er dann.

Delta empfand seine direkte Art als angenehm, auch wenn sie erst einmal schlucken musste. »Viele denken, ich wär's gewesen«, sagte sie leise.

»Ich weiß, wer's war.«

Sie grinste schief, dann merkte sie, dass er es todernst meinte. »Okay, wer?«

»Eine seiner Freundinnen. Tanner hatte immer einen kleinen Harem. Eine Vorzeigefrau ...«– er deutete auf Delta – »... und die anderen für ... andere Dinge.«

»Möglich. Kannst du mir auch verraten, wer diese Freundinnen waren?«

»Eine von ihnen ist deine Anwältin«, sagte er mit bedeutungsschwerer Stimme. »Ich hab sie heute im Fernsehen gesehen. Konnte nicht fassen, dass du ausgerechnet Amanda Forsythe engagiert hast.«

»Ich brauche jemanden, der was von seinem Job versteht.«

»Klar. Sie ist gut, trotzdem bin ich überrascht. Ich denke nur an den Abend unserer Abschlussparty ...«

»Du warst ziemlich stoned.«

»Trotzdem habe ich so einiges gesehen, was ich nicht hätte sehen sollen und was ich lieber für mich behalte.« Er legte den Finger auf die Lippen. »Ich sage nur: blondes Gift, und nicht nur das ... Aber du wolltest etwas über Josh McGill wissen, den Kerl, dessen Pick-up Tanner gerammt hat. McGill ist ein Hitzkopf. Die zwei sind wohl schon auf dem Parkplatz aufeinander losgegangen, aber Tanner hat einen Rückzieher gemacht. Er wusste immer genau, wann es zu heiß wurde.«

Noch nie hatte jemand die Dinge so unverblümt beim Namen genannt wie Woody.

»Die Polizei hat mich auch schon danach gefragt«, fügte er hinzu. »Baileys Dad war bei mir.«

»Oh.« Damit hätte sie rechnen müssen. »Mit wem war Tanner sonst noch zusammen, außer mit Amanda?«

»Ach, Delta, das weißt du doch längst. Zora, Ellie ...«

»Und das hast du alles am Abend unserer Abschlussparty im Wald gesehen?«

»Nein, davon hab ich im Laufe der Zeit erfahren. Tanner und ich hatten eine ... sagen wir ... gemeinsame Bekannte.«

»Aha. Und was ist mit dir? Warst du Crystal immer treu?«

»Was wird das hier? Wahrheit oder Pflicht? Oder bist du etwa an meiner Wenigkeit interessiert?«

Sie musste gegen ihren Willen grinsen. Er war noch genauso unmöglich wie früher.

»Nein, wir spielen nicht Wahrheit oder Pflicht, und ich bin auch nicht daran interessiert, etwas mit dir anzufangen, aber was weißt du sonst noch über Tanners Freundinnen?«

»Möglicherweise haben wir ab und an das eine oder andere Erotik-Etablissement aufgesucht ...«

Delta musste daran denken, wie sie Tanner einst bei einer faustdicken Lüge ertappt und erfahren hatte, dass er in Wirklichkeit nicht bei seinen Kumpels, sondern in einem Sexklub gewesen war. Nun wusste sie auch, mit wem. Er hatte Delta ins Gesicht gegrinst und gesagt: »Da hat mich wohl der Teufel geritten.« Eine seiner Lieblingsphrasen.

»Wie heißt Tanners und deine gemeinsame ›Bekannte‹? Wenn sie schon so viel weiß, dann weiß sie vielleicht auch etwas über den Mord an meinem Mann.«

Woody sah sie nachdenklich an. »Sag McCrae, er soll vorbeikommen. Ich würde ihm gern ein paar Dinge erzählen, die möglicherweise interessant für ihn sein könnten.«

»Über Tanner?«

»Über die West Knoll High School. Wir reden hier nicht nur über die Schüler, musst du wissen.«

»Was willst du damit sagen?«

Er zögerte einen Moment, dann zuckte er die Achseln. »Timmons lief doch auch der Sabber aus dem Mund, wenn er die Girls ansah.«

»Ach, komm schon.«

»Er war ein geiler Bock. Vielleicht hat er das vor euch Mädchen verbergen können, aber den Jungs konnte er nichts vormachen. Ich weiß, dass Zora ihn wegen des Geldes geheiratet hat, aber er hat sie genommen, weil er nicht über die eine hinwegkam, die er wirklich wollte. Mehr habe ich dazu nicht zu sagen.«

Das Telefon auf dem Tresen fing an zu klingeln. Woody griff nach dem Hörer. Er nickte Delta zu, sagte: »War schön, dich zu sehen. Pass auf dich auf«, und nahm dann das Gespräch entgegen.

McCrae holperte ein zweites Mal über die unkrautüberwucherte Zufahrt der Crassleys. Er hatte keinen Durchsuchungsbeschluss, aber er hatte auch nicht vor, das Haus noch einmal zu betreten. Stattdessen stellte er den Wagen außerhalb des Grundstücks ab, ignorierte die kläffenden Hunde in ihrem Verschlag und ging auf die geparkten Rostlauben zu.

Er war gerade bei der ersten Reihe staubbedeckter Fahrzeuge angekommen, als Booker und Harry aus dem Haus gestürmt kamen.

»Was zur Hölle machst du da? Verzieh dich von unserem Grundstück!«, schrie Booker, der sich nicht mal mehr die Mühe machte, ihn zu siezen. Vielleicht hätte er Anzug oder Uniform tragen sollen, dachte McCrae.

»Ich hole das Gewehr«, knurrte Harry, aber er rührte sich nicht vom Fleck.

McCrae beäugte sie wachsam und schlenderte langsam von einem Wagen zum nächsten. Keiner davon sah fahrtüchtig aus. Die Luft flirrte vor Hitze. Sein Blick fiel auf die verschossene schmutzig rosa Motorhaube. »El Camino«, murmelte er. Der Chromschriftzug war noch da. Wenn der alte Kerl in der Bar recht hatte – und es gab keinen Grund, dies zu bezweifeln –, war der Limousinen-Pick-up von 1987, wenn nicht sogar noch älter.

»Was soll das?«, fragte Booker mit gefährlich leiser Stimme, als McCrae zum Streifenwagen zurückkehrte.

McCrae antwortetete nicht. Den beiden Schwachköpfen war nicht klar, wonach er gesucht hatte, und er würde es ihnen bestimmt nicht auf die Nase binden. Er zog sein Handy aus der Hosentasche und rief seinen Boss an.

»Ich bin's, McCrae«, sprach er auf den Anrufbeantworter und hoffte, Quin würde drangehen. »Auf dem Grundstück der Crassleys steht ein Fahrzeug, das sich die Spurensicherung mal genauer ansehen soll. Ein Chevy El Camino in verblasstem Rot.« Er wollte Quin die möglichen Zusammenhänge erklären, sobald er wieder im Präsidium war.

Auf dem Weg dorthin rief Delta an. Etwas überrascht meldete er sich.

»Hi«, sagte sie schüchtern. »Ich möchte dich darüber informieren, dass ich gerade bei Woody war. Du sollst ihn anrufen. Schätze, er denkt, ich habe einen direkten Draht zu den Cops.«

»Du warst bei Woody?«

»Ich habe ihn wegen des Streits auf dem Parkplatz befragt, in den Tanner mit einem gewissen Josh McGill geraten ist, aber er sagte, er habe Quin – also Detective Quintar – bereits alles darüber erzählt.«

»Und ich soll ihn anrufen?«, fragte McCrae verwirrt.

»Ja. Er will dir irgendetwas erzählen. Keine Ahnung, was genau. Vielleicht geht es wieder mal um Tanner und seine Frauengeschichten, vielleicht darum, dass Brian Timmons ein geiler Bock war, der auf Teenies stand.«

»Das ist mir damals gar nicht aufgefallen«, murmelte McCrae verwundert. »Ich rufe ihn an«, versprach er. »Aber du, Delta, hältst dich bitte von ihm und allem fern, was mit dem Mord an Tanner zu tun hat. Überlass die Ermittlungen uns.«

»Ich kann nicht einfach nur herumsitzen«, gab sie streitlustig zurück. »Außerdem glaube ich, dass mir jemand gefolgt ist, als ich zu Woody gefahren bin.«

»Dir ist jemand *gefolgt?*«, fragte er.

»Möglich … ich weiß es nicht genau«, ruderte sie hastig zurück.

McCrae bremste ab, um auf den Parkplatz des Präsidiums einzubiegen, doch dann gab er Gas und fuhr daran vorbei. »Du weißt, wo ich wohne? Im Haus von meinem Dad.«

»Ja, ich weiß, wo das ist.«

»Wir treffen uns dort.«

»Hältst du das für eine gute Idee?«, fragte sie nach einer langen Pause.

*Nein, zum Teufel, ganz und gar nicht.* »Komm einfach da hin, okay?«

»Okay«, sagte sie.

*Was soll der Scheiß, McCrae? Was machst du da bloß?*

Sein Handy klingelte. Quin. »He«, begrüßte er seinen Boss. »Hast du meine Nachricht wegen des Chevys bekommen?«

»Ja. Was ist denn damit?«

McCrae fasste kurz zusammen, was er über das Fahrzeug erfahren hatte und wie es möglicherweise mit Baileys Fall zusammenhing. »Die Crassleys stecken da mit drin. Keine Ahnung, wie, aber das werde ich herausfinden.«

»Verdammt«, sagte Quin ernst.

»Das kannst du laut sagen. Immerhin kommt endlich etwas in Bewegung. Und da ist noch mehr.« Er erzählte ihm von Ellies Zusammenstoß mit den Crassleys und dass er Gale in eine Zelle verfrachtet hatte.

»Tut mir leid, dass ich nicht zur Stelle war«, sagte Quin entgeistert. »Ich war damit beschäftigt, die Wogen zu glätten. Hurston hat eine ganze Liste mit Gründen vorgelegt, warum er Delta wegen des Mordes an ihrem Ehemann vor Gericht bringen und dich von dem Fall abziehen will.«

»Dazu hat er doch gar keine Befugnis. Das ist doch noch nicht mal sein Fall!«, explodierte McCrae.

»Das habe ich auch gesagt und ihn daran erinnert, dass *ich* der leitende Ermittler sowie der Leiter dieses Departments bin. Er hat die Bürgermeisterin um den Finger gewickelt, aber solange man mich nicht offiziell aus meinem Büro scheucht, kann er meinetwegen herumflattern wie eine kopflose Gans – was er auch tut. Komm bloß nicht ins Präsidium, sondern zieh das durch, womit du beschäftigt bist. Er wartet schon den ganzen Tag darauf, sich endlich auf dich stürzen zu können.«

»Okay.«

»Übrigens: Gute Arbeit, McCrae. Die Sache mit Ellie tut mir leid. Geht es ihr den Umständen entsprechend gut?«

»Ich glaube schon. Ich werde später noch mal nachhaken.«

»Diese Crassleys …«, murmelte Quin voller Abscheu.

»Ich mache sie fertig«, versprach McCrae. »Und bringe in Erfahrung, was damals wirklich passiert ist. Erweiterter Suizid, das glaubt Hurston doch selbst nicht.«

Quin schwieg, dann sagte er: »Ach, McCrae …«

»Hm?«

»Pass auf mit Delta Stahd. Ich bin nicht gerade einer Meinung mit Hurston, aber er hat ein paar gute Argumente angebracht. Es ist nicht ausgeschlossen, dass sie ihren Mann auf dem Gewissen hat. Ich weiß, dass du sie magst, aber halte trotzdem Augen und Ohren offen. Sei einfach vorsichtig.«

Mit trockenem Mund legte McCrae auf. Quin wusste nicht einmal was von dem Messer. Er wusste auch nicht, dass McCrae sich gleich mit Delta bei ihm zu Hause treffen würde.

Ellie zermarterte sich den Kopf, doch ihr wollte partout nicht einfallen, wie die Crassleys in den Mord an Bailey verwickelt sein könnten. Penske hatte einen »Job« erledigt. Sie kannte nicht die ganze Geschichte, aber sie kannte einen Teil davon.

Sie fuhr zu Channel Four, um mit Andy zu sprechen, einem Produzenten, der schon länger auf sie stand. Sie hatte ihn letztes Jahr bei einer Veranstaltung kennengelernt und bemerkt, wie er sie ansah, aber sie war damals mit Alton zusammen gewesen.

Sie bog auf den Parkplatz ein, stellte den Motor ab und rief ihn an. Der Anrufbeantworter bat sie, Namen und Telefonnummer zu nennen, sie werde baldmöglichst zurückgerufen. Das Übliche. Er filterte die Anrufe.

»He, Andy, hier spricht Ellie. Ich stehe draußen auf dem Parkplatz«, sagte sie, bemüht, ein Lächeln in ihre Stimme zu legen. »Ich würde gern für dich arbeiten, und ich habe ein paar richtig gute Storys im Gepäck.«

Schon ging er dran. »Ich hab gehört, bei Channel Seven sind Köpfe gerollt«, sagte er anstelle einer Begrüßung. »Tut mir leid.«

Es klang nicht so, als würde es ihm wirklich leidtun.

»Ich kann ein Interview mit Delta Stahd kriegen«, log sie. »Sie will mir ihre Version von der Ehe mit Dr. Tanner Stahd erzählen.«

»Das klingt gut.«

»Außerdem hab ich eine Story, die mich persönlich betrifft. Ich wurde heute von Gale Crassley mit einer Schusswaffe bedroht. Er hat mich gezwungen, mich auszuziehen, weshalb er momentan in einer Gefängniszelle sitzt.«

»*Du* wurdest mit einer Schusswaffe bedroht?«

»Ja. *Ich* wurde mit einer Schusswaffe bedroht.«

Er stieß einen Pfiff aus. »Wow. Spannende Geschichte.«

»Ich brauche einen Job, und ich will für Channel Four arbeiten.«

»Mensch, Ellie, du weißt, dass ich dafür nicht zuständig bin. Du musst mit dem Big Boss reden, aber er hasst es, wenn man sich mit einem Anliegen direkt an ihn wendet. Vielleicht solltest du einfach bei der Personalabteilung nachfragen.«

»Ich habe außerdem neue Informationen über den Polizistinnenmord vor fünf Jahren – du weißt schon, die Tochter des aktuellen Leiters vom WKPD, die auf dem Parkplatz vor dem Lundeen abgeknallt wurde.« Ellie ließ sich nicht abwimmeln.

Er lachte etwas verlegen. »Das wäre in der Tat interessant.«

»Du glaubst mir nicht«, stellte sie genervt fest.

»Wir haben hier einige gute Reporter, und ich kann mir nicht vorstellen, dass weitere Stellen frei sind. Du weißt doch, wie das läuft: Überall wird gekürzt.«

»Du redest Unsinn, von wegen ›Big Boss‹. Du willst mich abwimmeln und hast nicht genug Mumm, mir das direkt zu sagen.«

»Ellie …«, erwiderte er gequält. »Ich will ehrlich sein: Du stehst in dem Ruf, eine schwierige Mitarbeiterin zu sein.«

»Wer sagt das? *Alton?*«

»Na ja, und da ist noch etwas: Der heilige Bund der Ehe scheint dir nicht viel zu bedeuten.«

»Du Scheißkerl.«

»Du bist eine verflucht gute Reporterin, Ellie, aber es ist deine Einstellung, die dir im Weg steht. Bei Channel Four machen wir echte Nachrichten. Wir bringen Fakten. Keine manipulativen Anspielungen, keine Tricks, keine …«

»*Tricks?*«, wiederholte sie ungläubig.

»… keine lückenhaften Geschichten mit halb garen Theorien.«

»Ich war in *echter* Gefahr, du Arschloch.«

Er schnalzte mit der Zunge.

»Beschimpfungen sind kontraproduk…«

Sie legte auf und wollte das Handy auf den Beifahrersitz schleudern, doch es prallte gegen die Scheibe, fiel auf den Sitz und rutschte von dort aus in den Fußraum. *Echte Nachrichten?* Beinahe hätte sie laut gelacht, doch sie schäumte vor Wut.

Gale hatte sie bedroht. Ihr Leben war in Gefahr gewesen, und Andy redete von *Tricks?*

Sie stieß eine Art Urschrei aus, der ihre Ohren klingeln ließ, und hämmerte mit den Fäusten aufs Lenkrad. Sie brauchte einen Job, und um daran zu kommen, brauchte sie einen Plan. Sie würde Delta – D – dazu bringen, ihr ein Interview zu geben, und während ihr Handy auf Aufnahme gestellt war, würde sie ein Geständnis aus ihr herauspressen, notfalls mit Gewalt.

Wie spät war es? 16.30 Uhr. Der längste Tag ihres Lebens. Um diese Zeit holte Delta wahrscheinlich ihren Sohn von der Vorschule ab.

Und Ellie würde vor ihrem Haus auf sie warten.

# KAPITEL 27

Delta war noch nie bei McCrae zu Hause gewesen. Sie hatte sich ein in die Jahre gekommenes Ranchhaus vorgestellt, doch die Küche war warm und hell, eingerichtet mit aufgearbeiteten honigfarbenen Schränken und glänzenden, frisch eingelassenen Eichenböden. Er hatte behalten, was noch gut war, und eine Spüle im Landhausstil und Quarz-Arbeitsplatten ergänzt.

»Da hat aber jemand gute Arbeit geleistet«, lobte sie.

Der Hund beäugte sie misstrauisch, doch er rührte sich nicht vom Fleck. Knurrte nicht. Trotzdem gab er ihr klipp und klar zu verstehen, dass er ihre Anwesenheit hier nicht schätzte.

McCrae schnippte mit den Fingern, und der Mischling kam zu ihm, ohne den Blick von Delta zu wenden.

Er hatte gerade den Motor des blau-goldenen Streifenwagens ausgestellt, als sie die Zufahrt hinaufkam. Verlegen schweigend waren sie zur Haustür gegangen. McCrae hatte aufgesperrt, seinen übermütigen schwarz-weißen Hund begrüßt und Delta in die Küche geführt.

»Beachte Fido gar nicht«, sagte McCrae nun zu ihr. »Er kriegt sich schon wieder ein.«

»Fido?«

»Er war Baileys Hund. Ich habe ihn nach ihrem Tod zu mir genommen.«

»Oh.«

Er ließ den Blick durch die Küche schweifen, als sähe er sie zum ersten Mal. »Nach Dads Tod musste ich erst mal alles herrichten. Ich habe einen Innenausstatter beauftragt, der jede Menge Ideen mitbrachte. Wir haben hin und her überlegt und irgendwann einen gemeinsamen Nenner gefunden.«

»Es ist wirklich schön geworden«, versicherte Delta ihm.

»Nach unserem Telefonat habe ich Woody angerufen.«

»Was hat er gesagt?«, wollte sie neugierig wissen.

»Er hat mir nicht wirklich etwas erzählt ...«

»Glaubst du, er weiß etwas?«

McCrae schüttelte den Kopf. »Ich hatte das Gefühl, er ...«

»Was?«

Er sah sie an, und sie stellte wieder einmal fest, wie blau seine Augen waren.

»... er will die anderen in den Schmutz ziehen. Brian Timmons. Seine Ex-Frau. Tanner.«

»Tanner ganz sicher. Dabei sollte er eigentlich wissen, dass er damit nichts Neues erzählt.«

»Er hat Sexklubs erwähnt.«

Delta wandte den Blick ab. »Immer wenn Tanner Mist gebaut hat, hat er behauptet, der Teufel habe ihn geritten. Als würde das unweigerlich die Absolution nach sich ziehen.«

McCrae runzelte die Stirn. Fido sah zu ihm auf und fing an zu winseln, und McCrae streckte abwesend die Hand aus und tätschelte seinen wuscheligen Kopf. Der Kleine schloss die Augen und hechelte glücklich.

»Möchtest du etwas trinken? Wasser ... oder Kaffee, Tee, Bier? Und setz dich doch bitte.« Er zog einen Stuhl unter dem Küchentisch aus polierter Eiche hervor und deutete darauf.

»Danke, nein.« Delta lächelte und nahm Platz. »Es ist einfach schön, mal für eine Minute abzuschalten. Ach, ich bin heute Brad Sumpter begegnet. Ich war im Danny O, um etwas zu trinken, und er hat mich gesehen und hat sich zu mir gesetzt. Er hat gesagt, er weiß, dass ich Tanner nicht getötet habe. Hat gutgetan, das zu hören.« Sie lachte freudlos auf. »Und dann hat er noch gesagt, er hätte nie gewollt, dass Tanner und mir etwas so Schreckliches zustößt.«

Fido machte ein paar Schritte nach vorn, und Delta beugte sich vor und streckte ihm ihre offene Hand entgegen, damit er daran schnuppern konnte. Er sah sie mit seinen treuen Hundeaugen an und drückte den Kopf gegen ihre Hand. Delta streichelte ihn.

»Das ist ein gutes Zeichen«, befand McCrae. »Er ist ziemlich wählerisch, wenn es um Besuch geht. Duldet nicht jeden im Haus.« Er schmunzelte.

»Ich muss gleich los, meinen Sohn abholen. Ich werde ihn nachher zu meiner Mom bringen. Heute Abend treffe ich mich mit Amanda. Sie will einiges mit mir besprechen.«

»Du vertraust darauf, dass sie das Richtige für dich tut?«

»Ja. Warum? Du nicht?«

»Na ja, es ist ihr Job, und sie hat einen Ruf zu verlieren.«

»Sie war gut in dem Interview mit Ellie. Apropos Ellie: Was war das eigentlich damals zwischen euch? Es heißt, ihr wart am Abend der Abschlussparty zusammen …«

»Ähm, ja. Und das war keine gute Idee. Seitdem ist es irgendwie seltsam. Wenn wir uns mal über den Weg laufen, streiten wir uns.«

»Das ist wahre Liebe.«

Er lachte. »Bestimmt nicht!«

Seine Worte wärmten Deltas Herz. Sie wusste, dass es viel zu früh war für die Gefühle, die sie McCrae entgegenbrachte, aber sie waren nun mal da, und sie kam nicht dagegen an.

»Du hast am Telefon gesagt, dir wäre jemand gefolgt, als du zu Woody gefahren bist«, riss er sie aus ihren Gedanken.

Delta nickte. »Ja, das dachte ich, aber ich bin mir nicht sicher. Ein schwarzer SUV hat den Großteil der Fahrt über an meiner Stoßstange geklebt und jedes Mal die Spur gewechselt, wenn ich rübergezogen bin. Erst als ich mich auf der Abbiegerspur zu Woodys Werkstatt einordnete, ist er geradeaus weitergefahren. Vielleicht bin ich einfach nur paranoid. Mittlerweile habe ich das Gefühl, wirklich jeder hätte es auf mich abgesehen.«

»Wenn du den Wagen noch einmal siehst, ruf mich an.«

Sie nickte erneut, dann schob sie ihren Stuhl zurück und stand auf. »Ich muss jetzt los. Es ist schön, sich mit dir zu unterhalten ... privat, nicht im Präsidium oder im Krankenhaus oder wenn du mich bei einer Dummheit ertappst.«

»Das finde ich auch.«

Er erhob sich ebenfalls. Sie setzten sich gleichzeitig in Bewegung, um zur Haustür zu gelangen, und prallten zusammen. Delta geriet ins Taumeln, und er fasste sie am Arm, um ihr Halt zu geben. Seine Hand versetzte ihrer nackten Haut einen kleinen Stromschlag. Sie dachte daran, wie er sie vor der Leichenhalle des Laurelton General Hospital in seine Arme gezogen hatte, und wollte noch einmal von ihm gehalten werden. Als sie aufschaute, sah sie direkt in seine blauen Augen, die auf sie herabblickten.

»Du darfst mich küssen«, wisperte sie mit klopfendem Herzen.

Er zögerte, doch sie legte einen Finger auf seine Lippen. Sie wollte jetzt keine Einwände hören, wollte, dass er sie küsste.

Zögernd brachte er seine Lippen an ihre. Sie schlang die Arme um seine Taille und erwiderte seinen Kuss, der immer dringlicher wurde, voller Begierde. Hätte Fido sich nicht laut kläffend zwischen sie gedrängt, hätte sie an Ort und Stelle auf dem Küchentisch mit ihm geschlafen.

Leise keuchend lösten sie sich voneinander.

»Ich … ich wollte nicht …«, stammelte McCrae.

»… dass das passiert?«, beendete Delta atemlos den Satz für ihn.«

Seine Lippen verzogen sich zu einem schiefen Grinsen. »… dass das aufhört.«

Sie sahen einander an.

»Du musst los«, sagte er schließlich.

»Ich muss los«, pflichtete sie ihm bei.

Er nickte. Diesmal ging Delta ihm voran zur Tür. Er brachte sie zu ihrem Wagen. Der Wind spielte mit dem dünnen Stoff ihrer Bluse, zauste ihre langen, glänzenden Haare.

Delta stieg ein, wendete und fuhr zur Straße. Im Rückspiegel sah sie, wie er ihr nachschaute, die Hand zum Abschied erhoben.

»Ach du heilige Scheiße«, flüsterte sie.

»Ach du heilige Scheiße«, murmelte er, als er ins Haus zurückkehrte und sich mit der Hand durch die Haare fuhr. Das hätte nicht passieren dürfen.

Fido sprang um ihn herum und jaulte. McCrae stellte fest, dass es Zeit war, ihn zu füttern, und füllte Trockenfutter in seine Schüssel. Der kleine Hund fiel darüber her, als wäre er am Verhungern. Typisch.

Alles andere als typisch war es, dass er Delta geküsst hatte, dachte McCrae.

Er durfte sie nicht so nah an sich heranlassen, musste sich Quins Warnungen vor Augen führen, die durchaus berechtigt waren.

Zur Hölle damit. Es würde eh nicht funktionieren. Stattdessen konzentrierte er sich darauf, herauszufinden, warum er ein derart mulmiges Gefühl in der Magengrube hatte. Hatte es etwas mit ihr zu tun? Nein, eher mit etwas, was sie gesagt hatte.

Der schwarze SUV. Zora und Brian waren von der Straße abgekommen ... Allerdings legten die vorläufigen Untersuchungen der Kriminaltechniker nahe, dass sie bereits tot oder aber bewusstlos gewesen waren. Jemand musste einen Betonklotz auf das Gaspedal gelegt haben, damit sie die Leitplanke durchbrachen und in den Abgrund stürzten.

Jemand hatte Delta verfolgt. Sie war sich nicht sicher gewesen, doch je mehr sie sich bemüht hatte, vom Gegenteil auszugehen, desto mehr Sorgen hatte er sich gemacht, auch wenn er versuchte, sich seine Gefühle nicht anmerken zu lassen.

Er dachte an Woody. Er hatte seinen ehemaligen Klassenkameraden seit der Jubiläumsparty nicht mehr gesehen. Sie waren nie enge Freunde gewesen. Woody, der Anarchist, während McCrae für Recht und Ordnung stand ... das, was gerade mit Delta passiert war, mal ausgenommen.

*Komm bloß nicht ins Präsidium,* hatte Quin gesagt. Hurston schwebte über dem WKPD wie eine schwarze Wolke. Warum? Warum wollte er Delta unbedingt den Mord an Tanner in die Schuhe schieben?

Es gab eine neue Spur, die nahelegte, dass die Akte Bailey Quintar/Justin Penske keineswegs geschlossen bleiben durfte, dass es sich nicht, wie Hurston behauptete, um erweiterten Suizid handelte. Dennoch würde der Sonderermittler weiterhin alles daransetzen, das Gegenteil zu beweisen. Nicht um der Gerechtigkeit willen, sondern nur, um keinen Fehler einräumen zu müssen. Aber wieso hatte er sich auf

Delta eingeschossen? Er hatte doch noch gar nicht offiziell mit den Ermittlungen begonnen, worum also ging es ihm wirklich?

McCrae rief Quin an, der sich förmlich mit »Robert Quintar am Apparat« meldete, obwohl er McCraes Nummer sehen musste. Es war also jemand in der Nähe, der nicht mitbekommen sollte, dass er mit ihm sprach. Hurston? War der Kerl etwa immer noch im Präsidium? Oder drückte sich Corinne vor seinem Büro herum und spitzte mal wieder die Ohren?

»Wir treffen uns am Gefängnis. Ich möchte, dass wir mit Gale Crassley über den Wagen sprechen«, sagte McCrae. »Er ist der Anführer des Clans.«

»Selbstverständlich. Ich werde mich darum kümmern.«

»Schaffst du es in einer halben Stunde?«

»Ja, das ist durchaus möglich. Vielen Dank und auf Wiederhören!«

»Okay, bis gleich, Quin. Beeil dich.«

»Ich hab aber keine Lust, Grandma und Grandpa zu besuchen! Ich will nach Hause fahren und mit dir spielen«, quengelte Owen.

»Ich habe einen Termin, mein Schatz«, erklärte Delta ihm mit schmeichelnder Stimme. »Ich hole dich ab, sobald ich damit fertig bin.«

»Ich will meine Kuscheldecke«, beharrte er störrisch.

Sie verstand, warum er sich sträubte, und sie hätte es kommen sehen müssen. Owen hatte ausgeprägte Antennen für Gefühle. Wenn sie mit ihm zusammen sein wollte, schob er sie weg. Wenn sie etwas zu erledigen hatte, klammerte er sich häufig an sie. Je älter er wurde, desto besser wurde es zwar, jetzt aber befanden sie sich auf unbekanntem emotionalem Territorium. Auf gewisse Weise war sie dankbar, dass er sich ihr zuwandte, ihre Nähe suchte.

»Okay«, lenkte sie daher ein. »Wir fahren jetzt nach Hause und holen deine Decke, aber dann bringe ich dich zu Grandma und Grandpa.«

»Versprochen?«

»Klar.«

Der Umweg kostete sie Zeit, und als sie endlich bei ihren Eltern ankamen, war es schon fast halb sieben.

Ellie war erschöpft. Reglos saß sie am Straßenrand im Wagen und beobachtete Deltas Haus – eine nervtötende Aufgabe. Es war ein langer, aufreibender Tag gewesen, und langsam machte ihr Körper schlapp. Zum Glück war sie zuvor noch auf der Toilette gewesen, sonst hätte sie die Sache abblasen müssen. Wo blieb Delta? Wieso zum Teufel kam sie nicht nach Hause?

Sie fürchtete schon, sie wäre eingeschlafen und hätte Delta verpasst, aber anders als ihr Körper war ihr Gehirn hellwach.

Sie dachte an all die Leute, die ihr Leid zugefügt hatten. Oliver, ihr Stiefvater. Mom, die den miesen Typen geheiratet hatte. Joey und Michael, die nichts auf die Reihe bekamen, obwohl sie immer noch alles für die beiden tat. Vollidioten. Wenn Nia wirklich schwanger war … Nein. Daran durfte sie gar nicht denken. Darum würde sie sich später kümmern. Alton und Coco … und Niedermeyer, der Scheißkerl. Andy, der windige, kleine Arschkriecher.

Und McCrae.

Er passte nicht recht zu den anderen, trotzdem war sie sauer auf ihn. Er hatte sie zurückgewiesen, denn er liebte Delta. Vielleicht war »lieben« ein etwas zu starkes Wort.

Aber er *sorgte* sich um Delta, wie er sich niemals um sie sorgen würde.

Dabei wünschte sich Ellie so sehr, dass er sich um *sie* sorgte! Dass er sie liebte. Dass er auf einem weißen Ross angeritten kam und sie mit in seine Burg nahm.

Sie schnaubte. Okay, er hatte sie heute gerettet, aber womöglich hätte sie es auch ohne ihn geschafft. Sie hätte diesem fiesen Crassley nur das Gewehr abnehmen müssen.

Dennoch …

Sie *wollte,* dass Delta Tanners Mörderin war, nur so würde sie von der Bildfläche verschwinden.

*Aber ist sie das tatsächlich? Glaubst du das wirklich, Ellie?*

Sie kämpfte mit ihrem Gewissen. Nein, gab sie sich schließlich selbst die Antwort. Das war reines Wunschdenken.

»Verdammt«, flüsterte sie und spürte, wie ihr vor lauter Frust die Tränen in die Augen schossen.

Sie hatte sie alle gehasst, die Fantastischen Fünf, allen voran Delta. Amanda war am gemeinsten, Delta die Beste. Carmen zählte nicht. Sie war schon so lange tot, und sie war so besessen von Tanner gewesen, dass Ellie sie nie als ernst zu nehmende Konkurrentin betrachtet hatte, genauso wenig wie die kleine, drahtige Bailey. Zora war nervig gewesen, aber sie hatte Ellie nie so herausgefordert, wie Amanda und Delta es getan hatten. Trotzdem hatte sie sie dafür gehasst, dass sie in der Clique waren und sie bewusst außen vor ließen.

Jetzt gab es nur noch Amanda und Delta, und wenn Ellie ehrlich war, hasste sie Amanda nicht mehr. Nicht so wie damals – und nicht so wie Delta. Amanda war ein eiskaltes Miststück, immer schon gewesen, das wusste jeder. Delta dagegen war charmant und wurde von allen gemocht – wenn man sie nicht gerade des Mordes verdächtigte.

Ellie dachte an das, was Andy behauptet hatte, und presste die Lippen zusammen. *Du bist eine verflucht gute Reporterin, Ellie, aber es ist deine Einstellung, die dir im Weg steht. Du stehst in dem Ruf, eine schwierige Mitarbeiterin zu sein.* Nun, manchmal musste man eben ein Miststück sein, genau wie Amanda, wenn man sich im Berufsleben behaupten wollte. Gerade Frauen mussten beweisen, dass sie im Job »ihren Mann standen«.

Delta hatte nichts beweisen müssen. Sie hatte einfach den Teeniegott geheiratet und war Mrs. Delta Stahd geworden. Gattin von Dr. Tanner Stahd, Leiter seiner eigenen Abnehmklinik. Wie hatte Ellie sie darum beneidet!

*Und jetzt hat sie McCrae.*

Sie versuchte, nicht an ihn zu denken, weil sie dann doch nur wütend wurde. Manchmal hatte sie den Eindruck, dass sie auf ihn am meisten sauer war. War das Liebe, die in Hass umschlug?

*Denk an etwas anderes, Ellie! Zerbrich dir nicht schon wieder den Kopf über ihn, das ist er nicht wert.*

Entschlossen wandte sie sich einem anderen Thema zu, das nicht angenehmer war als ihre Gefühle für McCrae: ihrem Job. Den sie nicht mehr hatte. Wovon sollte sie die Miete bestreiten? Lebensmittel kaufen? Strom, Gas bezahlen? Was, wenn sie länger arbeitslos wäre?

Gerade als sie überschlug, wie lange ihre mageren Ersparnisse ausreichen würden, sah sie Deltas Wagen in die Einfahrt fahren. Das Garagentor rollte automatisch hoch, und der Audi verschwand in der Garage. Endlich. Ellie warf einen Blick auf die Uhr und stellte überrascht fest, dass sie nur eine Stunde und zehn Minuten gewartet hatte. Die Zeit war ihr sehr viel länger vorgekommen.

Sie wollte schon aussteigen und laut an Deltas Haustür klopfen, als plötzlich die Rücklichter des Audi aufleuchteten. Delta setzte wieder zurück auf die Straße, dann gab sie Gas und fuhr davon.

*Warum hast du es so eilig? Hast du deinen Sohn bei dir?*

Fragen über Fragen.

Ellie ließ den Motor an und beschleunigte, doch dann trat sie abrupt auf die Bremse. Ein großer schwarzer SUV, ein Chevrolet Tahoe, fuhr vom Gehsteig weg, setzte den Blinker und verschwand um dieselbe Ecke wie Deltas Audi.

»Wer bist du?«, fragte Ellie laut, dann nahm sie die Verfolgung auf.

Amanda ließ Baileys Tagebuch sinken, nachdem sie es von der ersten bis zur letzten Zeile gelesen hatte. Sie hatte Hunger. Diesmal war sie nicht zum Abendessen geblieben, als sie Thom besucht hatte. Er hatte lieber mit ein paar anderen Bewohnern der Pflegeeinrichtung essen wollen, eine positive Entwicklung. Je weniger er sie brauchte, desto besser für sie beide.

Außerdem hatte sie gleich noch einen Termin.

Sie stand vom Esszimmertisch auf und streckte den Rücken durch. Mittlerweile ahnte sie, wer Tanner Stahd getötet haben könnte. Baileys Aufzeichnungen gaben keinen konkreten Hinweis darauf, aber sie, Amanda, war auf eine seltsame Ungereimtheit gestoßen. Carmen hatte behauptet, sie habe Tanner im Wald mit jemandem gesehen, der dort nicht hätte sein dürfen, worüber Bailey die wildesten Spekulationen angestellt und alle Personen aufgeführt hatte, die dafür infrage kamen. Am Ende war sie immer wieder bei der einen Schlussfolgerung gelandet, die sie wiederholt hatte wie ein Mantra: Carmen war ermordet worden. Trotzdem war Amanda bei der Lektüre stutzig geworden und noch stutziger, als sie über etwas nachdachte, was Zora ihr erzählt hatte. Zora, die jetzt ebenfalls tot war.

Amanda seufzte. Es gab noch einige offene Fragen. Fragen, über die sie mit Delta sprechen wollte, Fragen, auf die sie Antworten finden musste, und sollte sie richtigliegen mit ihrer Vermutung, würde sie sich so schnell wie möglich mit der Polizei in Verbindung setzen. Vielleicht spielte sie mit dem Feuer, vielleicht gingen ihre Gedanken auch in die völlig falsche Richtung.

Sie warf einen Blick auf die Uhr. Bald würde Delta eintreffen, und sie hatte seit ihrer Laufrunde noch nichts gegessen außer ein paar Karottenstäbchen und Hummus.

Wieder hörte sie draußen ein Geräusch. Diesmal kam es aus Richtung der Garage. Sie dachte an den Unbekannten, der ihr Baileys Tagebuch vor die Haustür gelegt hatte. Die vordere Überwachungskamera hatte einen Mann mit grauem Hoodie aufgenommen, der sein Gesicht unter der Kapuze verbarg. War er zurückgekommen, oder war er etwa immer noch da?

Eine Böe wehte ums Haus, etwas klapperte laut. Amanda stand auf und schaute aus dem Fenster zur Garage. Eines der Garagenfenster schwang im Wind auf und schlug mit einem Knall gegen die Wand, bevor es wieder zuklappte. Die Scheiben klirrten.

Das Garagentor war geschlossen, die Tür abgesperrt. Amanda bewahrte den Schlüssel in einer Kommodenschublade neben der Hintertür auf. Wenn sie nicht wollte, dass das Glas zersprang, würde sie das Fenster schließen müssen.

Seufzend holte sie den Schlüssel, ging zur Garage und sperrte die Tür auf. Sie trat ein und wollte gerade das Fenster schließen, als sie wie angewurzelt stehen blieb.

»Was zur Hölle …?«, fragte sie laut.

Eine schwarz gekleidete Gestalt schoss hinter dem Golfkart hervor auf sie zu. Amanda schrie auf und wirbelte herum, doch der Angreifer packte sie und schlug ihren Kopf gegen die Wand. Vor Amandas Augen tanzten Sterne. Sie versuchte, etwas zu sagen, aber ihre Zunge wollte ihr nicht gehorchen, fühlte sich dick an und unbeweglich.

Verzweifelt bemühte sie sich, sich zu wehren, und verlor einen Schuh bei dem Kampf. Der Angreifer hob ihn auf und steckte ihn ihr wieder an den Fuß, dann schleifte er sie durch die Garagentür ins Freie und über das Pflaster zur Rückseite des Hauses.

»Ist alles okay?«, fragte Deltas Mutter besorgt, als diese Owen mitsamt seiner Kuscheldecke in ihrem Elternhaus absetzte.

Sie nickte. »Es wird nicht lange dauern. Ich treffe mich bloß mit Amanda. Sie will etwas mit mir besprechen, wahrscheinlich wegen der Verteidigungsstrategie.«

»Ist wirklich alles gut?«

»Warum fragst du? Sehe ich so schlimm aus?«

Ihre Mutter schüttelte den Kopf. »Im Gegenteil. Du wirkst ... erleichtert? Nicht mehr ganz so bedrückt?« In ihrer Stimme schwang Hoffnung mit.

»Tatsächlich? Nein, das kann ich leider nicht behaupten.« Sie strich ihrem Sohn liebevoll mit der Hand über die weichen Haare. »Hast du etwas zum Abendessen für Owen da, Mom? Ich bin spät dran, deshalb habe ich leider nichts mitgebracht.«

Ihre Mutter winkte ab. »Das ist auch nicht nötig, Kind. Dad ist noch im Laden. Owen und ich nehmen uns etwas mit, wenn wir ihn abholen.«

Delta bückte sich, um dem Kleinen einen Abschiedskuss zu geben, doch er weigerte sich, ihre Hand loszulassen.

»Bitte geh nicht weg, Mommy.«

Sie spürte, wie sich ihr Herz schmerzhaft zusammenzog. Wie musste er sich fühlen? Erst der Verlust seines Vaters, und nun gab seine Mutter ihn ständig ab, anstatt sich um ihn zu kümmern.

»Bitte, Mommy.«

Delta zögerte noch einen Moment, dann zog sie mit der freien Hand ihr Handy aus der Tasche und fing an zu wählen. Sie würde Amanda Bescheid geben, dass sie sich verspätete. »Okay«, sagte sie zu Owen. »Lass mich nur kurz telefonieren.«

Amandas Telefon klingelte. Das Geräusch drang so gedämpft und verzerrt zu ihr durch, dass sie meinte, sich unter Wasser zu befinden. Sie lag auf dem Boden. Auf einem Holzboden mit einem Teppich darauf. Ihrem Esszimmerteppich.

Als sie den merkwürdigen Geräuschen aus der Garage nachgegangen war, hatte sie das Handy auf dem Tisch vergessen.

Geräusche ... Garage ... *Du bist überfallen worden!*

Bei der Erinnerung an die schwarz gekleidete Gestalt, die sie gepackt hatte, zuckte sie zusammen. Beinahe hätte sie die Augen aufgerissen, aber sie zwang sich, die Lider geschlossen zu halten, sich nicht zu bewegen, Ohnmacht vorzutäuschen, falls der Angreifer in der Nähe war.

Von der hinteren Veranda waren gedämpfte Stimmen zu vernehmen.

»... sollten wir sie hierherlocken«, sagte eine ihr unbekannte Männerstimme.

Eine Frauenstimme antwortete, aber Amanda konnte nicht verstehen, was sie sagte. Sie sprach leise. Zu leise.

»Was soll ich mit ihr machen?«, fragte der Mann.

Wieder die leise Frauenstimme.

Das Handy klingelte noch immer. Wenn sie doch nur drangehen könnte!

Amanda hob vorsichtig den Kopf. Er fühlte sich an, als würde er platzen. Sie streckte die Hand aus, versuchte, sich aufzurichten und an das Telefon zu gelangen. Wischte mit den Fingern über die Tischplatte. Ein Blatt Papier flatterte zu Boden. Ihr Kugelschreiber folgte und landete mit einem leisen Plopp auf dem weichen Teppich.

Amandas Hand schloss sich um den Stift, dann zog sie mit der freien Hand das Blatt Papier zu sich heran. Ohne hinzusehen, kritzelte sie etwas darauf. Ihre Hand wurde schlaff. Sie hatte kaum noch Kraft, aber sie wollte ihrer Nachricht an Delta unbedingt noch etwas hinzufügen. Eine Entschuldigung für den Fall, dass … für den Fall, dass …

Wo sollte sie das Blatt verstecken? Unter dem Teppich? *Ratttsch* … Sie riss das beschriftete Stück ab und schob den Schnipsel kurz entschlossen unter die Kante.

Gerade noch rechtzeitig. Sie hörte Schritte. Der Mann und die Frau kamen ins Esszimmer.

Amanda schloss die Faust um den Rest des Blatts. In der anderen hielt sie nach wie vor den Kugelschreiber.

»Die Schlampe versucht, eine Warnung zu hinterlassen«, sagte die Frau, die sich keine Mühe gab, ihre Stimme zu verstellen.

Amanda fuhr zusammen.

*Kann das wirklich wahr sein?*

»Bedank dich bei deinem Mann – er hat mir die Schlüssel gegeben«, flüsterte die Frau in Amandas Ohr und bog ihre Finger auseinander. »Wem wolltest du schreiben, Miststück?«, fragte sie mit einem Blick auf das leere Blatt. »Tja, Pech gehabt.«

»Sind wir hier fertig?«, fragte der Mann.

»Bring es zu Ende«, lautete die eiskalte Antwort.

*Bamm!* Amanda verspürte einen grauenhaften Schmerz, als etwas auf ihren Kopf prallte, dann spürte sie nichts mehr.

Sie war tot.

# KAPITEL 28

Gale Crassley weigerte sich, mit ihnen zu reden, aber Quin bestand darauf und ließ ihn in Handschellen in den Verhörraum führen. »Ich will telefonieren. Ohne meinen Anwalt sage ich gar nichts.«

»Wer ist Ihr Anwalt?«, fragte McCrae.

»Brennan.« Er grinste, wobei er Zähne entblößte, die dringend einer professionellen Zahnreinigung bedurft hätten.

»Hal Brennan?«, fragte McCrae überrascht nach. »Amandas Ex-Mann?«

»Ich habe Freunde in hohen Positionen.« Das Grinsen wurde breiter.

»Wir werden Sie wegen des Mordes an meiner Tochter drankriegen.« Quins Stimme war kalt.

Das Grinsen wurde ein klein wenig schmaler. »Mord? An Ihrer ... Was sagen Sie da? Haben Sie den Verstand verloren?«

Quin lehnte sich ziemlich weit aus dem Fenster, fand McCrae. Sie hatten bei Weitem nicht genug Beweise, um Crassley zu überführen, aber das musste er ja nicht wissen. Also spielte McCrae Quins Spielchen mit, indem er hinzufügte: »Du oder einer deiner Brüder habt sie erschossen.«

»Du hast ja keine Ahnung.« Auch Gale machte sich nicht länger die Mühe, die Form zu wahren und ihn zu siezen, aber darüber konnte McCrae unter diesen Umständen hinwegsehen. Wichtig war nur, dass der Kerl redete.

»Und dann habt ihr Penske abgeknallt«, übernahm Quin. »Ihr habt ihn benutzt und anschließend beseitigt. Ihr wart wütend auf meine Tochter, weil sie euch nicht so gewähren ließ, wie ihr es wolltet, deshalb musste sie sterben.«

Gale Crassley hob abwehrend die Hände. »Da liegen Sie völlig daneben, Detective. Soweit ich weiß, ist der Fall längst aufgeklärt. Erweiterter Suizid.«

»Sie wurden am Tatort gesehen.«

»Das ist nicht möglich, denn ich war nicht da.«

»Dein Auto war da«, hielt McCrae dagegen. »Einer von euch Crassleys saß darin.«

Gale erstarrte. McCrae sah, wie er sich kurz verspannte, doch dann machte er sich wieder locker und sagte grinsend: »Wir haben ziemlich viele Autos.«

»Wer saß am Steuer?«, hakte McCrae nach. »Du? Booker? Oder Harry?«

»Keiner von uns. Und komm mir nicht mit Überwachungsvideos. Das Lundeen hatte damals keine Kameras.«

»Interessant, wie genau du informiert bist.«

»Das weiß doch jeder.«

»Dann weiß auch jeder, dass es der perfekte Ort für einen Mord war.« Quin musterte ihn durchdringend. Seine Augen blitzten.

»Eine Zeugin hat dich gesehen«, teilte McCrae ihm mit. »Außerdem wissen wir, dass Penske mit einem Prepaid-Handy telefoniert hat. Ihr habt versucht, unter dem Radar zu bleiben, aber das ist euch leider nicht gelungen.«

»So ein Blödsinn, es gibt keine Zeugin«, behauptete Gale, doch er klang nicht ganz überzeugt.

»Ihr habt Penske dazu gebracht, Bailey zu töten, indem ihr ihm mit einer Anzeige gedroht habt: Sex mit einer Minderjährigen«, legte McCrae nach.

Gales Lächeln kehrte zurück. »Du hältst dich wohl für besonders schlau, dabei weißt du gar nichts.«

»Dann sag du's mir: Wie habt ihr ihn dazu gekriegt?«

Gale drehte sich um und rief nach der Wache, dann wandte er sich an Quin und McCrae. »Ich rede nicht mehr mit euch.«

Quin nickte. »Beim nächsten Mal reden Sie mit dem Staatsanwalt. Wenn Hal Brennan erfährt, was wir gegen Sie in der Hand haben, wird ihm klar werden, dass er alles geben muss, damit Sie nicht ›lebenslänglich‹ bekommen.« Quin stand vom Tisch auf.

»Das hier war erst der Anfang«, fügte McCrae hinzu. »Blöd von dir, dass du heute auf Ellie O'Brien losgegangen bist.«

»Ich konnte einfach nicht widerstehen ... diese roten Haare.« Gale fuhr sich mit der Zunge über die Lippen.

»Du weißt, dass sie dich anzeigen wird. Du bist zu schlau, um so etwas grundlos zu riskieren, und wie ich dich kenne, wirfst du eher deine ganze Familie den Wölfen zum Fraß vor, als selbst gefressen zu werden. Also: Warum hast du das getan?«

»Ich finde, du hast eine ziemlich schlechte Meinung von mir, noch dazu liegst du falsch.«

»Warum?«, beharrte McCrae.

Gale spreizte die Finger. »Der Teufel hat mich geritten«, antwortete er mit einem provozierenden Lachen. Ehe McCrae etwas erwidern konnte, betrat die Wache den Verhörraum und brachte Gale zurück in seine Zelle.

Draußen vor dem Gefängnis blieb Quin stehen und fragte: »Was denkst du?«

»Einer von den Crassleys war's«, antwortete McCrae im Brustton der Überzeugung.

»Aber?«, hakte Quin nach, der spürte, dass er mit etwas hinterm Berg hielt.

»Sex mit einer Minderjährigen ist definitiv nicht alles, was sie gegen Penske in der Hand hatten. So etwas ist Typen wie denen völlig egal, und ihre Schwester Nia interessiert die drei ohnehin nicht besonders. Nein, dahinter steckt etwas ganz anderes.«

Quin sah ihn fragend an. »Aber was?«

»›Der Teufel hat mich geritten.‹ Delta hat mir erzählt, dass Tanner genau diese Redensart als Ausrede vorschob, wann immer er sich einen seiner Fehltritte geleistet hatte.«

»Das sagen viele Leute.«

McCrae nickte. Er wusste selbst nicht, warum ihm die Phrase nicht aus dem Kopf ging. Die Antwort auf die Frage schien nahezu greifbar, aber er bekam sie einfach nicht zu fassen. Hatte sie etwas mit der Highschool-Zeit zu tun? Mit den Crassleys? Mit Tanner?

»Ich werde mit den Vorgesetzten in Portland über Hurston reden«, sagte Quin plötzlich. »Es nervt mich, dass er mir ständig vor der Nase herumtanzt.«

»Meinst du, ich kann morgen ins Präsidium kommen?«

»Ich habe bereits mit der Bürgermeisterin gesprochen und ihr nahegelegt, sich aus unserer Arbeit rauszuhalten. Sie geht fälschlicherweise davon aus, dass Hurston den Fall meiner Tochter gelöst hat, deshalb will sie, dass er auch Tanners Fall so schnell wie möglich aufklärt, damit in ihrer Stadt wieder Recht und Ordnung herrschen. Jede Verzögerung schadet angeblich ihrem Image. Sie hat mir außerdem mitgeteilt, dass sie Stahd senior dazu aufgefordert hat, sich mit seinen wilden Drohungen gegen alles und jeden zurückzuhalten.«

»Sie fürchtet um ihr *Image?* Weil wir nicht schnell genug arbeiten? Wir sind doch erst seit ein paar Tagen dran«, sagte McCrae entrüstet.

»Sie sieht anscheinend zu viel Fernsehen. Da werden alle Fälle binnen fünfundvierzig Minuten aufgeklärt«, erwiderte Quin sarkastisch, nickte McCrae zu und ging zu seinem Wagen.

Als sich Delta endlich aus dem Haus ihrer Eltern stahl und auf die Fernbedienung für ihren Audi drückte, war es bereits kurz vor acht. Sie fuhr los und schaute in kurzen Abständen in den Rückspiegel, da sie fürchtete, der schwarze SUV könnte sich erneut an sie hängen. Kein schwarzer Wagen weit und breit. Gut. Sie nahm die Straße, die zum Anwesen der Forsythes führte. Es war noch hell. Um diese Jahreszeit ging die Sonne nicht vor einundzwanzig Uhr unter.

Sie entschied, über die Brücke zu fahren, die das konisch zulaufende Ende des Grimm's Pond überspannte. Gleich dahinter waren Zora und Brian in den Abgrund gestürzt. Kurz vor der entsprechenden Kurve ging sie vom Gas. Zu ihrer Linken sah sie das Polizeiband, mit dem die Unfallstelle abgesperrt war, den aufgeworfenen Kies auf dem Bankett unter der fehlenden Leitplanke, das zertrampelte Gras, die abgeschrammte Rinde der Bäume.

Im selben Moment tauchte das schwarze Fahrzeug in ihrem Rückspiegel auf. Delta gab Gas. Ihr Audi machte einen Satz nach vorn. Sie raste die Straße entlang, vorbei an der Zufahrt zu Amandas Haus und etwa zwanzig Meilen weiter nach Westen, bevor sie die Abzweigung nahm, die sie auf den Highway 26 brachte. Die Strecke führte in einem Bogen nach West Knoll zurück. Eine Hand fest ums Lenkrad geschlossen, durchwühlte sie mit der anderen die Handtasche auf der Suche nach ihrem Handy. Natürlich fand sie es nicht.

Sie kramte weiter, bis sich endlich ihre Finger darum schlossen. Nervös zog sie es hervor und wählte McCraes Nummer, aber es meldete sich nur der Anrufbeantworter.

»Ich habe den schwarzen SUV gesehen!«, stieß sie atemlos hervor. »Er ist mir gefolgt. Ich bin gerade …«

*Piep. Piep. Piep.* Die Verbindung riss ab. Kein Empfang.

»Verdammt!«, rief sie und schlug frustriert den Handballen aufs Lenkrad, dann lachte sie hysterisch auf. Sie warf einen Blick in den Rückspiegel. Kein schwarzer SUV in Sicht.

Der schwarze Tahoe vor ihr verlangsamte abrupt das Tempo. Ellie machte eine Vollbremsung und konnte gerade noch verhindern, dass sie gegen seine Stoßstange prallte. Anscheinend war Delta vom Gas gegangen, um die Unfallstelle zu betrachten, doch jetzt beschleunigte sie und raste davon. Was sollte das? Spielte sie mit dem SUV eine Art Katz-und-Maus-Spiel?

Der Tahoe folgte ihr nicht. Stattdessen wendete er mit drei Zügen und fuhr denselben Weg zurück, den er gekommen war. Direkt auf sie zu. Ellie verharrte paralysiert. Sollte sie Gas geben wie Delta und versuchen, ihre Haut zu retten? Die Polizei anrufen, McCrae, um genau zu sein?

Sie blieb, wo sie war, die Augen auf den riesigen Geländewagen geheftet. Als sie auf gleicher Höhe waren, blieb der SUV stehen. Der Fahrer sah zu ihr herüber.

Ellie erkannte, wer am Steuer saß, und ließ die Scheibe hinunter. Der Fahrer des schwarzen Tahoe tat dasselbe.

»Brad«, sagte sie.

»Ellie«, sagte er.

»Was zur Hölle soll das? Du hast Delta einen Riesenschreck eingejagt. Hast du gesehen, wie sie abgezischt ist?«

Er sah sie verständnislos an, dann fragte er: »Und was machst du hier?«

»Dir folgen! Ich habe auf Delta gewartet, und dann habe ich gesehen, wie du ihr hinterhergefahren bist. Du hast dich immer wieder zurückfallen lassen, in der Hoffnung, dass sie dich nicht bemerkt. Also, was soll das?« Plötzlich fiel ihr etwas ein. »Für wen arbeitest du?« Aus irgendeinem Grund hatte sie keine Angst vor ihm, doch was wusste sie eigentlich über Brad Sumpter? Wenn sie ehrlich war, nichts. Damals in der Highschool war er stets im Hintergrund geblieben, hatte mit den Jungs abgehangen, ohne selbst groß aufzufallen.

»Ich versuche, sie zu retten.«

»Ach? Vor wem?«

»Vor meinen Cousins.«

»Vor deinen *Cousins?* Wer sind …« Plötzlich fiel es ihr wie Schuppen von den Augen. »Du meinst *die Crassleys?* Du gehörst zur Familie?«

»Meine Mutter war eine Crassley.«

Ellie schluckte und strich sich mit der Hand über die Augen. »O Mann. Okay, Brad. Fahr in die Stadt … zum Präsidium. Ich rufe McCrae an.«

»Ich will nicht in Schwierigkeiten geraten.« Ein besorgter Ausdruck trat auf sein Gesicht.

»Nein, nein, keine Sorge. Du bekommst keinen Ärger. Du willst Delta schützen, richtig? Vor deinen Cousins. Was haben sie mit ihr vor?«

»Das kann ich dir wohl kaum verraten. Du wirst mich dranhängen. Bei den Cops. Wirst mir die Schuld für alles in die Schuhe schieben, dabei kann ich gar nichts dafür. Das schwöre ich.«

»Ich glaube dir, Brad. Ehrlich.«

»Nein, das tust du nicht.« Damit legte er den Gang ein und steuerte sein Ungetüm von SUV zurück nach West Knoll.

»Verfluchter Mist.« Ellie wendete ebenfalls und folgte ihm, doch er war ein ganz schönes Stück vor ihr. Sollte sie ihm wirklich nachjagen?

Sie war hin- und hergerissen.

Sollte sie McCrae anrufen? Ja oder nein? Es war ihre Story, und sie wollte nicht, dass er ihr in die Quere kam. Brad war harmlos. Er versuchte, Delta vor seinen Cousins zu retten. Aber wieso? Warum hatten es die Crassleys auf sie abgesehen? Bailey, ja, sie hatte ihnen wohl etwas zu oft auf den Zahn gefühlt, aber Delta?

Sie würde Brad anrufen und ihn fragen. Hatte sie Brads Nummer? Da sie schon in der Highschool kaum etwas miteinander zu tun gehabt hatten, wusste sie nicht, wo er wohnte. Bestimmt war er ohnehin längst umgezogen.

Ellie überlegte, was sie tun sollte. Sie musste mit Delta reden, sie warnen und herausfinden, was die Crassleys von ihr wollten. Wohin fuhr Delta wohl? Nach Hause?

Nein. Zumindest nicht sofort. Sie musste erst ihren Sohn abholen.

Entschlossen lenkte Ellie ihren blauen Ford Escort zum Haus von Deltas Eltern.

Delta traute sich nicht, durch die Stadt zu fahren, daher kurvte sie auf verschlungenen Wegen um die Innenstadt herum. Sie warf einen Blick auf die Balken auf ihrem Handydisplay. Voller Empfang. Sie versuchte, Amanda anzurufen, aber die meldete sich nicht. »Geh ans Telefon, verdammt noch mal!«, rief sie und warf das Handy ein weiteres Mal frustriert auf den Beifahrersitz. Vielleicht sollte sie einfach zu ihren Eltern zurückkehren. Zeit mit ihnen und Owen verbringen. Auf McCraes Rückruf warten. Er hatte sich noch immer nicht gemeldet.

Sie war jetzt wieder kurz vor der Abzweigung zu Amandas Haus. Sollte sie es wagen, zu ihr zu fahren? Was, wenn der Fahrer des schwarzen SUV *wusste,* dass sie dorthin wollte, und ihr in der Zufahrt oder am Haus auflauerte? Das Anwesen der Forsythes war sehr weitläufig, die Zufahrt von Bäumen, Hecken und Sträuchern gesäumt – jede Menge Möglichkeiten, selbst ein großes Fahrzeug zu verstecken.

Ihr Handy klingelte. Sie starrte einen Moment aufs Display, dann fragte sie vorsichtig: »Hallo?«

»Delta, hier spricht Ellie. Ich habe den Kerl in dem schwarzen Tahoe gesehen, der dich verfolgt. Es ist Brad Sumpter. Er behauptet, er wolle dich beschützen.«

»Was sagst du da?« Delta hielt vor einer Kreuzung an, doch hier draußen an der Stadtgrenze war kaum Verkehr.

»Bist du auf dem Weg zu deinen Eltern? Ich würde gern mit dir reden, das ist eine Megastory! Stell dir vor, Brad Sumpters Mom ist eine Crassley! Und einer von den Brüdern ist heute auf mich losgegangen.«

*»Wie bitte?«*

»Wo bist du? Ich möchte persönlich mit dir sprechen. Können wir uns nicht irgendwo treffen? Vielleicht bei dir zu Hause?«

»Ich fahre gerade zu Amanda. Mandantengespräch.«

»Oh. Dann sehen wir uns eben danach. Ich würde zu gern wissen, was du mit den Crassleys zu tun hast.«

Delta schwieg. Ihre Gedanken wirbelten wild durcheinander. »Ellie, bist du dir sicher wegen Brad?«, fragte sie zögernd.

»Ja. Bei dir zu Hause? Um wie viel Uhr?«

»Ich ... ich rufe dich an. Danke.« Damit legte sie auf.

Herr im Himmel! Das durfte doch nicht wahr sein! Ihr Puls raste. Sie versuchte, das Gehörte zu verdauen. So viele Informationen in so kurzer Zeit. Folgte Brad ihr, seit sie einander im Danny O begegnet waren? Er war mit den *Crassleys* verwandt? Warum wollte er sie vor denen beschützen? Nein, die Frage lautete eher: Warum sollten die Crassleys hinter ihr her sein? Sie hatte ihnen nie etwas getan, war ihnen, wenn möglich, aus dem Weg gegangen.

Die Abzweigung kam näher. Erneut fuhr sie am Unfallort vorbei und blickte prompt auf die Stelle, an der Zora und Brian die Leitplanke durchbrochen hatten. Sie hatte McCrae gesagt, dass sie mittlerweile an eine Verschwörung glaubte. Ihre Freundinnen starben eine nach der anderen – das konnte unmöglich ein Zufall sein.

»D«, sagte McCrae laut. Irgendetwas hatte ihn an Tanners Spitznamen für Delta denken lassen. An ihr Kürzel bei den Fantastischen Fünf. *D.* Dabei konnte D für vieles stehen. Dean Sutton. DeMarco. Deavers … Vielleicht hatte Tanner einfach nicht mehr zu Ende sprechen können.

Er schnitt eine Grimasse, spürte, dass sein Gehirn ihm irgendeinen Hinweis geben wollte, aber worauf? Hatte es etwas mit ihrer Highschool-Zeit zu tun?

Im Gefängnis hatte er sein Handy ausgeschaltet, weil sein Akku fast leer war. Das Ladegerät lag in seinem Explorer, nicht im Streifenwagen. *Verdammt.* Jetzt gab er die PIN ein und stellte fest, dass der Akku nur noch sieben Prozent hatte. Gerade genug für die Fahrt zum Präsidium, wo sein Auto stand.

Er warf einen Blick aufs Display.

Es waren zwei Nachrichten eingegangen. Die erste kam von Ellie. »Ich muss mit dir reden. Ich habe wichtige Informationen für dich, aber es muss klar sein, dass ich die Story bringe. Eine Sache vorab: Brad Sumpter ist Delta in einem schwarzen Tahoe gefolgt. Er behauptet, dass er sie im Auge behält, weil er sie vor seinen Cousins, den Crassleys, schützen will. Ruf mich an, wenn du Genaueres wissen willst.«

McCraes Finger schwebte bereits über dem Display, um auf Rückruf zu tippen, doch dann beschloss er, zunächst die zweite Nachricht abzuhören.

Deltas Stimme drang aus dem Lautsprecher. »Ich habe den schwarzen SUV gesehen! Er ist mir gefolgt. Ich bin gerade …« Die Verbindung riss ab.

Eilig rief er sie zurück.

Delta fuhr auf die asphaltierte Parkfläche auf der Rückseite von Amandas Haus und stellte ihren Audi neben dem Lexus ab. In der Küche brannte Licht. Delta stieg aus und stieg die Stufen zur hinteren Veranda hinauf. Es wehte eine angenehm milde Brise, die ihre Haare aufwirbelte und ihren Nacken kühlte. Erinnerungen kamen in ihr hoch, und sie blickte unweigerlich auf ihren Fuß. An ihren Zehen waren immer noch die Narben von der Verletzung zu sehen, die sie sich am Abend der Abschlussparty unten am steinigen Flussufer zugezogen hatte.

Sie klopfte an die Hintertür, und als sie keine Antwort erhielt, drehte sie den Knauf. Die Tür schwang auf. »Amanda?«

Keine Antwort.

Delta betrat die Küche und lauschte. Nichts.

Sie ging ins Esszimmer hinüber, wo sie Amandas Laptop, einen Notizblock und Unterlagen auf dem Tisch liegen sah. Und ein Tagebuch. *Baileys* Tagebuch? Sie hatte es damals oft genug gesehen, um es sofort wiederzuerkennen. Amanda hatte Baileys verschwundenes Tagebuch? Wie war sie denn daran gekommen?

»Amanda?«, rief sie noch einmal. Langsam wurde ihr unheimlich. Irgendetwas stimmte nicht, das spürte sie genau.

Sie streckte die Hand nach dem Tagebuch aus, dann zog sie sie wieder zurück und wartete. Zählte ihre Herzschläge.

Nichts passierte. Amanda tauchte nicht auf. Zögernd drehte Delta sich um und ließ den Blick durchs Esszimmer schweifen. Ihre Augen blieben an etwas Rotem auf dem Teppich hängen. War das etwa Blut? Mit trockenem Mund beugte sie sich vor, um besser sehen zu können. Der Holzboden sah aus, als hätte jemand eilig etwas aufgewischt. Sie kniff die Augen zusammen. Blassrote Schlieren. Eindeutig. Und rote Tropfen auf dem Teppich. War das *Amandas* Blut?

Ein Papierschnipsel ragte unter dem Teppichrand hervor. Delta bückte sich und hob ihn auf.

*Nicht ich & T auf Abschlusspa*

Hatte Amanda das geschrieben? Eine Nachricht an *sie?*

Ihre Haut fing an zu kribbeln. Sie fröstelte.

Das Tagebuch. War A darin auf etwas gestoßen, was sie zu dieser Nachricht veranlasst hatte?

Aber wo war Amanda überhaupt?

*Ist das eine Falle?*

Ohne länger nachzudenken, rannte Delta zur Hintertür hinaus und zu ihrem Wagen. Sie hatte ihn abgesperrt, und nun konnte sie vor lauter Hektik den Schlüssel nicht finden. Panisch durchwühlte sie ihre Handtasche.

Plötzlich hörte sie ein Geräusch. Schritte?

*Was für ein Spiel spielt Amanda mit dir?*

Die Dämmerung senkte sich herab, die Schatten wurden länger. Der auffrischende Wind strich durch die Bäume. Die Äste ächzten unheimlich. Delta konnte den Fluss riechen. Das Gras.

*Reiß dich zusammen. Sieh zu, dass du den Schlüssel findest und ins Auto steigst. Dort bist du in Sicherheit und kannst McCrae anrufen.*

Von der Garage drang ein Rattern zu ihr herüber. Eines der Tore fuhr langsam in die Höhe. Delta erstarrte. Eine blonde Frau trat heraus. Amanda. Endlich.

Hinter der Frau sah Delta das Heck eines weißen Wagens. Ein Mercedes?

»Amanda?«, fragte sie unsicher.

»Amanda ist im Schlafzimmer«, teilte die Frau ihr mit kalter Stimme mit.

Delta wirbelte herum und schaute an der Fassade hinauf zu As Schlafzimmer.

Amanda hing aus dem offenen Fenster. Schlaff, mit baumelnden Armen. Die Augen weit geöffnet.

Tot.

Aus Deltas Kehle drang ein erstickter Schrei.

Im selben Augenblick wurde sie von hinten an den Schultern gepackt und festgehalten. Sie roch Schweiß, vermischt mit einem strengen Rasierwasser.

Die Frau aus der Garage trat vor sie. Clarice Billings, aber nicht die Ms. Billings, die Delta von der Highschool kannte. Die Beratungslehrerin mit den blonden, im Nacken zusammengefassten Haaren, den eleganten Hosenanzügen und dem warmen Lächeln. Diese Clarice war kalt und berechnend. Zu allem fähig.

»Bring sie in die Garage«, befahl sie dem Mann hinter Delta.

# KAPITEL 29

McCrae versuchte drei Mal, Delta zu erreichen, bevor er schließlich aufgab. Er hinterließ ihr eine Nachricht auf dem Anrufbeantworter, dann versuchte er es bei Ellie, die ebenfalls nicht dranging.

Brad Sumpter war also ein Crassley.

Vor dem Präsidium hielt er an, tauschte den Streifenwagen gegen seinen Explorer und steckte sein Handy an die Ladestation. Ohne das Gebäude zu betreten, rief er eine Kollegin an und ließ Sumpter zur Fahndung ausschreiben, dann fuhr er weiter zu den Crassleys. Die Sonne war schon fast untergegangen, als er bei dem verwahrlosten Grundstück ankam. Die Hunde bellten wie verrückt, als er aus dem Wagen stieg und an ihrem Verschlag vorbei zur Haustür ging, die weit offen stand. Nur die Fliegengittertür war geschlossen, wenngleich unverriegelt. McCrae hämmerte mit der Faust gegen den Türrahmen. »Booker? Harry?«

Keine Reaktion.

Er zog seine Glock aus dem Holster und durchkämmte die Räume. Sauber. Sauber. Sauber. Huschte die Treppe hinunter in den Keller. Sauber. Überall lagen Autoteile und Werkzeug herum – und Waffen. Ein ganzes Arsenal.

Zurück ins Erdgeschoss und nach draußen. Die letzten Sonnenstrahlen tauchten die Rostlauben in ein goldenes Licht, was angesichts der allgegenwärtigen Verwahrlosung völlig unpassend wirkte. Kopfschüttelnd kontrollierte er ein güldenes Fahrzeug nach dem anderen. Nichts.

McCrae kehrte zu seinem Wagen zurück, glitt hinters Lenkrad und durchforstete sein Handy nach der Nummer von Deltas Eltern. Als er sie endlich gefunden hatte, rief er sie an.

»Hallo?«, meldete sich Deltas Mutter.

»Hi, hier spricht Chris McCrae. Ist Delta da?«

»Nein.« Sie klang alarmiert. »Sie wollte sich mit ihrer Anwältin treffen, aber sie müsste bald zurück sein.«

»Ist das Mommy?«, hörte er Owens Stimme im Hintergrund.

»Nein, Schatz. Das ist ein Freund von Mommy«, antwortete Karen Smith bemüht ruhig. »Ist alles in Ordnung?«

»Soweit ich weiß, ja.« McCrae versuchte, überzeugend zu klingen. »Hat Delta gesagt, wo sie sich mit Amanda trifft?«

»Oh, das weiß ich nicht. Vielleicht in der Kanzlei?«

»Rufen Sie mich an, wenn Sie etwas von ihr hören?«

»Das mache ich«, versprach sie.

McCrae verabschiedete sich und legte auf, bevor er zu viel preisgab. Er wollte Deltas Mutter nicht beunruhigen. Die Kanzlei, in der Amanda arbeitete, befand sich in der Innenstadt von Portland. Ob sich die beiden Frauen tatsächlich dort trafen? So spät am Abend? Möglich. Vielleicht hatten sie längst alles besprochen, und Delta war bereits auf dem Heimweg.

Delta. D.

*D.*

Plötzlich fiel ihm etwas ein. Eine Erinnerung kam ihm in den Sinn, aus der Highschool-Zeit. Tanner und Woody, die auf ihn einredeten.

Tanner: »Lass uns in einen Sexklub gehen.«

Woody: »Den besten haben sie zugemacht.«

Tanner: »Es gibt auch andere.«

Woody: »Gute?«

Tanner: »Richtig gute.«

Woody: »Vielleicht sollten wir McCrae mit Diabla bekannt machen.«

Tanner, plötzlich sauer: »Kommt nicht infrage. Lass Diabla da raus. Das ist eine andere Nummer.«

McCrae: »Ich hab eh keinen Bock auf den Scheiß.«

Woody: »Ach, komm schon …«

Tanner: »Sei nicht so ein Weichei. Wird Zeit, dass du mal eine richtige Frau vögelst.«

Er war hart geblieben, hatte abgelehnt, und Tanner hatte ihn noch Wochen später deswegen verhöhnt. McCrae hatte sich gefragt, ob er Delta davon erzählen sollte, die zu jener Zeit noch fest daran glaubte, dass Tanner ihr treu war. Allerdings hatte sein irriges Verständnis von »Loyalität unter Kumpels« dazu geführt, dass er schwieg. Mittlerweile war er sich nicht mehr so sicher, ob er das Richtige getan hatte.

Diabla. Die Teufelin.

*Der Teufel hat mich geritten.*

Ein weiblicher Teufel?

Vor ein paar Stunden hatte ein grinsender Gale Crassley genau diesen Satz gesagt. Woody hatte Delta daran erinnert, dass Tanner gern Sexklubs aufgesucht hatte, und Delta hatte daran denken müssen, wie Tanner sich immer wieder mit der Phrase »Der Teufel hat mich geritten« herausgeredet hatte, als wäre das eine alles umfassende Entschuldigung.

Gab es diese Teufelin wirklich, oder war Diabla ein Mythos?

Er rief Woody an, zum zweiten Mal an diesem Tag.

»He, McCrae, Kumpel«, begrüßte Woody ihn, der offenbar die Nummer erkannt hatte. »Sind wir plötzlich beste Freunde?«

»Der Teufel hat mich geritten«, sagte er nur.

Woody fing schallend an zu lachen. »Dann weißt du also Bescheid?«

»Was Diabla betrifft? Noch nicht ganz.«

»Du weißt, wer sie ist, oder?«

McCrae überlegte. Jemand, der älter war als sie. Jemand, der in einem Sexklub arbeitete. Jemand, der bei ihrer Abschlussparty gewesen war.

Er erstellte im Kopf eine Anwesenheitsliste, und plötzlich fügte sich eins zum anderen.

Bailey hatte behauptet, Carmen habe im Wald etwas gesehen, doch sie sei nicht mehr dazu gekommen, ihr zu sagen, was. Oder wen. Sie sei völlig außer sich gewesen, habe Angst gehabt, denn sie hätte nicht dort sein dürfen, nicht sehen dürfen, was sie gesehen hatte, und man hatte ihre Anwesenheit bemerkt.

Carmen war gestorben, weil es Clarice Billings nicht gelungen war, sie aus dem Wasser zu ziehen. *Angeblich* nicht gelungen. Es musste Clarice Billings gewesen sein, die Carmen im Wald mit Tanner gesehen hatte, Clarice Billings, die nicht zulassen konnte, dass aufflog, wer oder was sie in Wirklichkeit war.

»Ms. Billings.«

»Bingo, Bruder. Ich wollte sie dir vorstellen, an dem Abend, als Tanner und ich mit dir in einen Sexklub gehen wollten – aber du hast dich ja geziert. Sie wäre sozusagen das Sahnehäubchen auf dem Dessert gewesen.«

»Clarice Billings hat als *Prostituierte* gearbeitet?«

»In einem Sexklub, ja. So hat sie das Geld fürs College zusammengebracht. Sie wollte unbedingt Lehrerin werden. Als sie es geschafft hatte, hat sie ihren alten Job dennoch nicht ganz an den Nagel gehängt. Als Beratungslehrerin verdient man sich keine goldene Nase, und der Aufstieg auf der

Karriereleiter so ganz ohne Vitamin B ist hart. Deshalb hat sie etwas nachgeholfen.«

»Wie meinst du das?«

»Sie hat sämtliche Lehrer an der West Knoll gevögelt und sich damit den einen oder anderen Vorteil erkauft. Brian Timmons ist nie über sie hinweggekommen, und Tanner war fest davon überzeugt, dass sie es auch mit Direktor Kiefer trieb. Deshalb hat der gute, alte Ronald sie ja auch für den Job am Junior College empfohlen. Mittlerweile hat sie es bis an eine Sporthochschule gebracht – sie hat den Wind stets im Rücken, wenn du mich fragst.« Woody schnalzte anerkennend mit der Zunge.

»Und Tanner zählte auch zu ihren … Kunden?«, fragte McCrae. »Welchen Vorteil hatte sie davon?«

»Er hatte einen mega Körper, und er war jung. Hatte Ausdauer. Vielleicht gefiel es ihr, dass sie ihn mehr aufgeilte als Mädchen in seinem Alter.«

»Hm.«

»He, Mann, er war volljährig«, verteidigte Woody seinen verstorbenen Freund. »Außerdem konnten wir ihr damals einfach nicht widerstehen. Glaub mir, du hättest es auch nicht geschafft, wenn du die Chance dazu bekommen hättest!«

McCrae schwieg eine Weile. »Tanner ist am Montag gestorben«, sagte er dann. »Du hattest die ganze Woche über Zeit, mir das zu erzählen.«

»Nun, Diabla hat ihn nicht getötet«, entgegnete Woody. »Sie ist keine Mörderin.«

»Und das weißt du … woher? Carmen hat Clarice Billings mit Tanner im Wald gesehen, als sie ihm einen geblasen hat, da bin ich mir ganz sicher. Kurz darauf war sie tot.«

Woody schwieg. Dann sagte er vorsichtig: »Glaubst du, Carmen hat sich deshalb umgebracht?«

*Ich glaube, dass Ms. Billings sie deshalb nicht gerettet hat,* dachte McCrae, aber er sagte nichts.

Wortlos legte er auf und rief Quin an.

Delta saß auf einem harten Metallstuhl. Sie hatte versucht, sich dem Griff des Mannes, der sie von hinten gepackt hatte, zu entwinden, aber er hielt ihre Arme so fest, dass sie sich kaum regen konnte. Er hatte sie in die Garage geschoben, sie auf den Stuhl gedrückt und stand jetzt irgendwo hinter ihr. Zu ihrer Linken parkte der Golfkart, und vor dem offenen Tor stand Ms. Billings.

»Du hattest deinen Spaß, Harry«, sagte die ehemalige Beratungslehrerin zu dem Mann. »Und jetzt schubs die Leiche aus dem Fenster.«

Harry lachte leise, dann fragte er: »Und was ist mit der hier?«

Clarice sah Delta an. »Ich kümmere mich um sie.«

Delta spannte die Muskeln an, bereit, aufzuspringen, aber Clarice zog eine Pistole aus dem Hosenbund und richtete sie auf Delta. »Wenn du dich bewegst, erschieße ich dich«, sagte sie im Plauderton. »Es wäre mir lieber, ich müsste das nicht tun, aber ich habe kein Problem damit.«

»Harry« trat in Deltas Blickfeld – ein fetter, aufgedunsener Kerl, der Delta irgendwie bekannt vorkam. Er verzog die wulstigen Lippen zu einem fiesen Grinsen und verließ die Garage.

»Das ist Zoras Wagen«, sagte Delta mit heiserer Stimme. Ihre Kehle war staubtrocken.

Clarice betrachtete den weißen Mercedes. »Ja, das stimmt«, sagte sie. »Wir wussten nicht, was wir damit tun sollten. Zora ist Brian zu Annes Elternhaus gefolgt. Es steht seit einiger Zeit leer. Ich weiß das, denn Anne erzählt mir alles. Wir sind gute Freundinnen. Alle hielten uns für Rivalinnen, aber … na ja, Brian ist schließlich kein Preis, den man gewinnen kann. Für mich wurde er ohnehin erst interessant, nachdem er geerbt hatte, aber die süße kleine Zora hat ihn mir direkt vor der Nase weggeschnappt. Anne kennt mich nicht. Sie kennt nur die *Pädagogin und Beratungslehrerin* Clarice.«

Delta konnte ihr nicht folgen. Ohnehin brachte sie kaum einen klaren Gedanken zustande, denn immer wieder sah sie vor ihrem inneren Auge Amandas leblosen Körper aus dem Fenster hängen. Sie musste weg von hier. Sofort! Musste fliehen, solange Harry damit beschäftigt war, Amandas Leiche zu entsorgen.

»Nachdem ich das kleine Miststück beseitigt hatte, haben wir ihren Wagen zu Amanda gebracht. Ich hatte die Schlüssel zum Haus und zur Garage … ein kleines Präsent von ihrem Ehemann, den ich schon seit Jahren kenne. Hal Brennan ist ein Betrüger, ein notorischer Fremdgänger, genau wie Tanner.«

*Lass sie reden. Nur so kannst du Zeit gewinnen.*

»Sie haben Zora und Brian umgebracht«, stellte Delta nüchtern fest. Sollte sie sich auf sie stürzen? Eine Schusswunde in Kauf nehmen?

*Nein, du musst an Owen denken. Lass dir etwas anderes einfallen!*

»Brian wurde zum Problem«, plapperte Clarice weiter, die Gefallen an ihrem Geständnis zu finden schien. »Er hat sich in mich verliebt, und er hat Zora von mir erzählt. Indirekt. Wollte sich sogar von ihr trennen. Das hätte er nicht tun dürfen. Wir haben ihn zu Annes Haus bestellt. Nur ihn. Aber dann ist Zora aufgekreuzt, und wir mussten improvisieren. Wir haben die zwei in Brians Wagen verfrachtet und den Steilhang hinuntergeschickt.« Sie lächelte mit schmalen Lippen. »Ihr verfluchten Fantastischen Fünf … Clarice fand euch so lächerlich.«

»Sie sind nicht Clarice?«, fragte Delta vorsichtig.

»Das hab ich doch gerade gesagt. Clarice ist ein Konstrukt. Ich bin nicht verrückt, und ich habe auch keine multiple Persönlichkeitsstörung oder weiß Gott was für einen Unsinn. Clarice ist mein Taufname, aber ich bin nicht sie. Sie ist bloß der Engel, den ich spiele.«

»Wer sind Sie dann?«

»Ich bin der Teufel, Schätzchen.«

Delta erstarrte. »Warum tun Sie das?«, fragte sie mit gepresster Stimme.

»Männer sind leicht zu kontrollieren, aber Frauen sind gnadenlos.« Sie schüttelte den Kopf. »Ich musste Dinge tun, die ich ganz und gar nicht tun wollte. Es hat schon vor langer Zeit angefangen. Deine Klasse … Ich habe Fehler gemacht, das gebe ich zu. Damals war ich noch sehr viel leichtsinniger, war nicht vorausschauend genug. Und genau aus diesem Grund musste ich einmal gründlich aufräumen.«

»Sie haben Tanner ermordet.«

»Er wollte mich outen. Nach all den Jahren. Ich war schockiert. Zutiefst schockiert. Das Kapitel ›West Knoll High‹ war längst abgeschlossen. Dieser Kerl, dieser verlogene, arrogante Bastard, hatte plötzlich ›Gewissensbisse‹? Er hatte jetzt einen Sohn, wollte ›ein besserer Mensch‹ werden. So ein Schwachsinn! Ich habe ihn ausgelacht, aber er war fest entschlossen, dir alles zu erzählen. Wollte dir gestehen, mit welchen Frauen er dich betrogen hatte, reinen Tisch machen und dich um Verzeihung bitten. Auch wenn ich nicht glaube, dass er abschließend nicht doch genauso weitergemacht hätte wie zuvor. Tanner konnte einfach den Schwanz nicht in der Hose lassen. Dennoch … das Risiko durfte ich nicht eingehen. Ich bin mir sicher, das verstehst du. Ich habe die Klinik beobachtet und gewartet, bis alle anderen nach Hause gegangen waren. Dann habe ich ihn in seinem Büro aufgesucht und zur Rede gestellt. Ich habe ihn gewarnt, dass er nicht nur mich, sondern aller Wahrscheinlichkeit nach auch sich selbst ruinieren würde, aber er wollte nicht auf mich hören. Auf seinem Schreibtisch lag ein Messer. Fast so, als sollte es dort liegen. Ich hab es genommen, als er nicht hinschaute und dann …« Sie seufzte. »Ich wollte ihm eine letzte Chance geben, hatte vorher mit ihm telefoniert, doch er war störrisch. Ich hab ihn förmlich angefleht, sich zu besinnen, aber nein. Ich musste sein Handy an mich nehmen und im Grimm's Pond versenken, damit keiner meinen Anruf zurückverfolgen konnte.« Sie seufzte erneut, als würde ihr der Gedanke an Tanners Tod tatsächlich Kummer bereiten. »Mit seiner Sturheit hat er sein Schicksal sozusagen selbst besiegelt. Dass du unmittelbar danach auftauchen, den Notruf wählen und noch dazu deine Fingerabdrücke auf dem Messer hinterlassen würdest, konnte ich ja nicht ahnen!«

Delta hörte einen dumpfen Aufprall. Ihr wurde übel. Das musste Amandas Leiche gewesen sein, die auf dem Boden aufschlug.

Kurz darauf gab es einen lauten Knall, der nicht nur Delta, sondern auch Clarice zusammenzucken ließ, gefolgt von einem Klirren.

*Die Scheibe? War Amandas Fenster mit zu Bruch gegangen?*

»Rühr dich nicht vom Fleck«, wies Clarice sie an und drückte die Mündung der Pistole gegen ihre Stirn.

*Bring sie dazu, dass sie weiterspricht. Wer redet, schießt nicht …*

»Woher … woher wissen Sie, dass ich das Messer berührt habe? Diese Information war nicht für die Öffentlichkeit bestimmt«, fragte Delta und leckte sich über die trockenen Lippen.

»Hal Brennan ist nicht mein einziger einflussreicher Freund.«

Es gab ein Leck im Department? *Bitte lass es nicht McCrae sein,* flehte sie inständig. McCrae hatte viel zu viel Ehrgefühl, aber Sorge bereitete ihr Ms. Billings' Andeutung trotzdem. Was war mit Quin? Nein, Baileys Dad hatte sich stets für Gerechtigkeit eingesetzt, und nach dem Tod seiner Tochter noch viel mehr.

»Der Sonderermittler«, sagte Delta, der es plötzlich wie Schuppen von den Augen fiel.

»Du bist ziemlich clever. Ich bin überrascht – in der Highschool habe ich dich für ein hübsches Dummchen gehalten. Clarice war immer klug und schön, und damit hat sie es weit gebracht.«

Draußen waren Schritte zu hören. Harry kehrte zurück.

Das war Deltas Chance.

*Jetzt oder nie!*

Sie sprang vom Stuhl auf.

*BLAMM!*

Die Kugel pfiff an Deltas Ohr vorbei. Sie schrie auf und erstarrte.

»Setz dich wieder hin«, befahl Ms. Billings mit kalter Stimme und drückte sie mit der freien Hand auf den Stuhl zurück.

»Was zur Hölle …?«, rief Harry und kam in die Garage gestürmt.

Doch es war gar nicht Harry. Es war ein anderer Mann, der ihm verblüffend ähnlich sah. Aufgeschwemmt und brutal.

Die Crassleys. Deshalb war Harry ihr so bekannt vorgekommen. Die Brüder waren ebenfalls in der West Knoll High gewesen, Harry eine Klasse über ihr, Booker eine darunter. Außerhalb der Schule hatte sie nie etwas mit der Familie zu tun gehabt.

»Wo ist Harry?«, wollte Clarice wissen.

»Es gab ein paar Probleme, aber jetzt ist er hier.«

»*Wo*, Booker?«, blaffte sie.

Er drehte sich halb um, und Clarice folgte seinem Blick.

Sie hörten ein Schnaufen, dann ein schleifendes Geräusch, als würde jemand über den Asphalt gezogen. Eine Leiche? Amandas Leiche?

*O Gott, bitte nicht.*

Delta wappnete sich, doch dann sah sie, dass es nicht Amanda war, die Harry auf dem Garagenboden ablegte.

Es war Ellie.

Ellie hatte keine Lust gehabt, noch länger auf Delta zu warten. Ihr war klar, dass D sie schon wieder versetzt hatte, aber das würde sie nicht länger hinnehmen.

Innerlich brodelnd hatte sie sich auf den Heimweg gemacht, aber nach ein paar Minuten hatte sie es sich anders überlegt und gewendet. Dann würde sie eben in die Besprechung mit Amanda hereinplatzen, Delta wollte es offenbar nicht anders. Ihr Magen knurrte. Ihr Kühlschrank war ohnehin leer, deshalb beschloss sie, beim einzigen Drive-in von ganz West Knoll vorbeizufahren – einem Coffeeshop, der bis 21.30 Uhr geöffnet hatte.

Ellie warf einen Blick auf die Uhr am Armaturenbrett, gab Gas und ordnete sich vor dem Coffeeshop auf der Spur ein, die zum Drive-in-Schalter führte. Dort hielt sie an, streckte die Hand aus dem Fenster und klopfte an die Scheibe. Die Angestellte sah sie kopfschüttelnd an und deutete auf ihre Armbanduhr.

»Es ist drei Minuten vor halb!«, rief Ellie.

Zögernd schob die junge Frau die Scheibe zurück und nahm Ellies Bestellung auf: ein Ahorn-Scone, das einzige Gebäckstück, das noch in der Auslage lag. Ellie stopfte es in sich hinein, ohne auf die Krümel zu achten, die auf ihre Bluse rieselten.

Kurz darauf erreichte sie die Zufahrt zum Anwesen der Familie Forsythe, das mittlerweile Amanda allein gehörte. Sie hatte das Haus beinahe erreicht, als plötzlich eine massige, schwarz gekleidete Gestalt mit einer Kapuze über dem Kopf vor ihre Motorhaube sprang.

»Scheiße!« Ellie trat auf die Bremse. Der Rest des Scones flog in den Fußraum. Im selben Moment klirrte es. Der Kerl hatte das Fahrerfenster eingeschlagen. Ellie gab Gas. Der Escort machte einen Satz nach vorn, doch der Angreifer griff bereits ins Wageninnere und packte Ellie am Nacken. Sie wehrte sich, versuchte, ihm ihre Fingernägel durchs Gesicht zu ziehen, aber er zerrte sie so weit nach hinten, dass ihr Fuß vom Gaspedal rutschte. Der Wagen blieb stehen. Ellie spürte, wie sich starke Finger um ihren Hals schlossen, dann wurde ihr schwarz vor Augen.

»Du hast sie *umgebracht?*«, flüsterte Delta entsetzt.

»Nein, sie lebt noch«, sagte Harry.

»Was hat da so geknallt?«, blaffte Clarice.

»Ich musste ihr Autofenster einschlagen.«

»Verdammt noch mal, Harry. Noch ein Fahrzeug …« Sie sah aus, als stünde sie kurz vorm Explodieren.

»Die Anwältin von der Schlampe liegt unten vorm Fenster«, teilte er ihr mit einem gleichgültigen Achselzucken mit.

Clarice überlegte einen Moment. »Gut. Selbstmord.« Sie deutete mit dem Kinn auf Delta und befahl ihm: »Fessele sie an den Stuhl.«

Delta sprang erneut auf, doch Booker machte einen Schritt auf sie zu und drückte sie mit stahlharten Fingern auf die Sitzfläche. Es entbrannte eine kurze Diskussion darüber, womit man sie fesseln sollte, doch Harry stöberte ein wenig in den Kartons, die in der Garage lagerten, dann zog er ein Springseil hervor und hielt es in die Höhe.

Delta traten die Tränen in die Augen. Sie erinnerte sich noch genau daran, wie sie mit Amanda seilgesprungen war. Auf den Holzgriffen prangten in Knallrosa Amandas Initialen. Delta hatte ihre Eltern angefleht, auch so ein Springseil für sie anfertigen zu lassen, doch Mom und Dad hatten ihr diesen Wunsch nicht erfüllt.

Harry reichte Booker das Seil, der damit Deltas Arme zurückbog und ihren Oberkörper an der Stuhllehne festband. Sie schrie auf, als er zu fest daran ruckte, und er grinste zufrieden und verknotete die Enden hinter ihrem Rücken. Ellie lag ein kleines Stück von Delta entfernt auf dem Fußboden. Delta sah, wie sich ihr Brustkorb kaum merklich hob und senkte.

*Gott sei Dank, sie atmet noch!*

»Ich dachte, Gale würde kommen«, schnauzte Clarice die beiden Männer an.

»Ihm ist etwas dazwischengekommen«, sagte Harry entschuldigend.

»Er ist der Einzige in eurer Familie, der ein Hirn im Kopf hat, und das wisst ihr«, fauchte sie.

»Er ist der Einzige, der *bezahlt* wird«, bemerkte Booker mit einem lüsternen Blick.

»Er wusste, dass du ihn heute Abend brauchen würdest, aber er hat sich lieber einen kleinen Striptease gegönnt.« Harry deutete mit dem Kinn in Ellies Richtung.

»Es ist besser, wenn sie stirbt«, sagte Booker. »Sonst zeigt sie ihn noch an deswegen.«

»Wir sind für dich da, D«, versicherte Harry.

*D?*

»Hol das Benzin«, befahl Clarice.

*Was?* Delta starrte sie entsetzt an.

»Verteilt es gründlich rund ums Haus und die Garage. Wir werden ein wahres Höllenfeuer entzünden!«

Harry und Booker verließen die Garage.

»Was haben Sie vor?«, fragte Delta mit piepsiger Stimme.

Clarice ließ die Waffe sinken. »Wonach sieht es denn aus?«, fragte sie mit eiskalter Stimme zurück. »Ich werde alle ausschalten, die mir gefährlich werden könnten, und das sind so einige. Die Vergangenheit wird mich nicht einholen, das kannst du mir glauben.« Ihre Lippen verzogen sich zu einem boshaften Grinsen. »Außerdem konnte ich die Fantastischen Fünf noch nie leiden, und diese kleine Schnüfflerin« – sie stieß Ellie mit der Schuhspitze an – »auch nicht. Arrogante, selbstgerechte Gören.«

Delta ruckte an ihren Fesseln, die fest waren, aber nicht so fest, dass sie nicht die Hand bewegen konnte, um an ihr Handy zu kommen. Sie musste McCrae erreichen, musste ihn warnen und darauf hoffen, dass er ihr zu Hilfe kam. Vorsichtig schob sie die Hand in ihre Hosentasche, doch das Handy war nicht da. Natürlich nicht. Es steckte in ihrer Handtasche, und die lag auf dem Boden neben dem Audi. Sie hatte sie fallen lassen, als Harry sie von hinten überraschte.

»Du ziehst genauso ein Gesicht wie Carmen, als sie mich mit Tanner erwischt hat.« Clarice verzog die Lippen zu einem bösartigen Schmunzeln.

Schaudernd dachte Delta an Amandas Nachricht. *Nicht ich & T auf Abschlusspa.* Jetzt war ihr klar, warum sie das geschrieben hatte.

»Amanda hat begriffen, dass Carmen Sie mit Tanner ertappt hat«, stellte Delta fest und schnappte angewidert nach Luft.

Clarice lachte. »Alle dachten, ich wäre Amanda. Das blonde Haar … Nur Carmen nicht. Sie hat mich mit ihm im Wald gesehen, in einer … kompromittierenden Position. Carmen war die Tochter des Geistlichen, sie wäre nie und nimmer in der Lage gewesen, dieses Geheimnis für sich zu behalten. Ich wusste, dass sie mich verraten würde. Es war pures Glück, dass sie mir einen Ausweg geboten hat, und ich habe die Gelegenheit beim Schopf ergriffen.«

»Sie haben nicht versucht, ihr zu helfen, Sie haben sie *umgebracht!*«

»Bailey wollte sie retten, aber Carmen wurde von der Strömung mitgerissen. Als sie kurz vor der Flussbiegung auf mich zutrieb, habe ich ihr die Hand entgegengestreckt, doch ich habe sie nicht festgehalten, sondern mit dem Kopf unter Wasser gedrückt, bis sie nicht mehr zappelte. Es musste sein, ich hatte keine Wahl.«

Sie sagte das so sachlich-nüchtern, dass Delta fröstelte.

Vor ihrem inneren Auge sah sie sich in Clarice Billings' Büro sitzen und mit ihr über ihre Pläne für die Zeit nach dem Highschool-Abschluss sprechen. Sie hatte Tanner Stahd heiraten wollen. Andere Wünsche und Pläne für die Zukunft hatte sie nicht gehabt.

Schwere Schritte näherten sich der Garage. Die Crassleys kehrten zurück. Die beiden Männer waren sauer. Aufeinander und auf Gale.

»*Er* sollte hier sein. Du bist ja echt zu gar nichts zu gebrauchen.« Das klang nach Harry.

»Fick dich, du Arsch.« Booker kam in die Garage und stellte mehrere große Kanister voll Benzin ab. »Das Haus wird in die Luft gehen wie ein Vulkan«, sagte er, an Clarice gewandt.

»Muss ich denn alles allein machen?«, beschwerte sich Harry und trat ebenfalls ein. »Wenn Gale hier wäre …«

»Ist er aber nicht, also halt einfach die Fresse.«

Harry stellte weitere Benzinkanister auf den Garagenboden und ging auf Booker los.

Die beiden rangen miteinander.

Plötzlich schrie Booker: »Nein!«

*BLAMM!*

Er fasste sich an die Brust, taumelte und stürzte vornüber zu Boden.

»Ihr verdammten Idioten!«, kreischte Clarice und stürmte aus der Garage, die Pistole in der Hand.

Delta ruckelte panisch an ihren Fesseln, doch sie gaben nicht nach. Ellie regte sich und öffnete einen Spaltbreit die Augen. »Wir müssen hier raus«, flüsterte sie, und Delta erkannte, dass sie ihre Bewusstlosigkeit lediglich vorgetäuscht hatte.

»Booker!«, rief Harry verzweifelt, als hätte er nicht soeben noch mit seinem Bruder gerungen, der sich nun stöhnend am Boden wand.

Ellie robbte vorsichtig auf Delta zu, ein kleines Stück nur, doch Harry war viel zu aufgelöst, um dies zu bemerken.

Ein weiteres Stück.

Zentimeter für Zentimeter.

»Kannst du die Fesseln lösen?«, wisperte Delta.

Ellies Finger tasteten nach dem Knoten.

»Ich hab's gleich.«

*BLAMM! BLAMM!*

Delta zuckte zusammen und schnappte nach Luft. Hatte Clarice Billings erneut abgedrückt?

Ellie ließ sich blitzschnell zu Boden sacken und nahm dieselbe Position ein wie zuvor. Sekunden später erschien die Blondine mit vorgehaltener Waffe wieder in der Garage. Booker stöhnte noch immer, doch Harry gab keinen Laut von sich. Sie hatte ihn durchs offene Garagentor hindurch erschossen.

»Sie haben sich gegenseitig abgeknallt«, sagte sie und ließ sich die Worte auf der Zunge zergehen, als wollte sie ausprobieren, wie sie klangen. Dann steckte sie die Pistole in den Hosenbund, hob einen der Kanister auf und fing an, das Benzin zu verteilen.

Delta ruckte fieberhaft an dem Knoten, den Ellie gelockert hatte.

Plötzlich hielt Clarice inne, schlenderte auf Ellie und Delta zu, den halb leeren Kanister in der Hand. Delta beobachtete entsetzt, dass sie Ellie erneut mit der Schuhspitze anstieß.

Im nächsten Moment holte sie aus und schmetterte ihr den Kanister auf den Kopf.

»Wohin fahren wir?«, fragte Quin ins Telefon.

»Zu Amanda Forsythe. Ich glaube nicht, dass Delta sich in der Kanzlei mit Amanda trifft. Wahrscheinlich sind sie bei Amanda zu Hause. Ich bin schon unterwegs.« McCrae war zunächst in Richtung Portland gefahren, doch dann hatte er mit Woody telefoniert und kehrtgemacht. Quin hatte Officer zu Brad Sumpters Haus geschickt, und Brad hatte sofort zugegeben, dass er derjenige gewesen war, der Bailey und Penske ausspioniert hatte. Er hatte sich vergewissert, dass Penske Bailey etwas in den Drink geschüttet hatte. Seine Cousins wollten sie unbedingt bewusstlos machen, um an ihr Tagebuch heranzukommen, und Penske als ihr früherer Klassenkamerad war ihnen als das beste Mittel zum Zweck erschienen, zumal auch er unbedingt wissen wollte, was darin stand. Es konnte schließlich auch über ihn etwas Kompromittierendes enthalten.

Es hatte funktioniert. Als die Crassley-Brüder in Händen hielten, was sie wollten, hatten sie keine Ahnung, was sie mit Penske anfangen sollten. Er wusste zu viel, also hatte Gale ihn abgeknallt. Brad schwor, dass das nicht geplant gewesen war, und dass er seitdem von seinem schlechten Gewissen zerfressen wurde. Er schwor außerdem, dass er sich danach nie mehr in die Schandtaten der Crassleys hatte hineinziehen lassen. Nach Tanners Tod hatte er Gale Crassley das Tagebuch geklaut, um es Delta zu geben. Als er hörte, dass Amanda sie verteidigte, hatte er es auf deren Türschwelle gelegt. Amanda würde schon wissen, was sie damit anzufangen hatte, hatte er gedacht.

»Bis gleich«, hörte McCrae nun Quins Stimme über Lautsprecher.

»Ruf beim Portland PD an, sie sollen in Amandas Kanzlei fahren und nachsehen, ob die beiden dort sind. Nur für den Fall, dass ich mich irre. Layton, Keyes & Brennan.« Ein weiteres Team war bereits auf dem Weg zu Clarice Billings' Haus.

Quin knurrte »Okay« und legte auf.

McCrae trat aufs Gas und überlegte, ob er Lichtbalken und Sirene einschalten sollte. Vielleicht reagierte er über, doch wenn er ehrlich war, glaubte er das nicht. Weder Ellie noch Delta gingen ans Telefon. Irgendetwas stimmte nicht.

Clarice packte Booker und Harry an den Fußknöcheln und zerrte sie zu Zoras Mercedes. Inzwischen gab auch Booker keinen Laut mehr von sich. Delta konnte weder sehen noch hören, ob er noch atmete. Es kostete Clarice gewaltige Kraft, die beiden feisten Kerle in den Wagen zu hieven – einen vorn, einen hinten –, aber irgendwie schaffte sie es. Anschließend nahm sie einen weiteren Kanister und verteilte das Benzin auf dem Mercedes und darum herum. Der beißende Geruch füllte die Garage. Delta würgte.

Die Platzwunde an Ellies Hinterkopf blutete heftig.

»Ich brauche mehr Benzin, ich brauche mehr Benzin«, murmelte Clarice vor sich hin, als würde sie ein Mantra aufsagen.

Nachdem sie vier Kanister geleert hatte, blieb sie neben dem Golfkart stehen. Delta reckte den Hals und sah, dass der Schlüssel steckte. Die ehemalige Beratungslehrerin stieg über Ellie hinweg, setzte sich ans Lenkrad und drückte auf die Zündung. Das Elektrofahrzeug erwachte zum Leben, und Clarice legte den Rückwärtsgang ein und holperte über Ellies Beine.

Das Ladekabel, das den Golfkart mit der Station an der Wand verband, straffte sich, dann wurde es aus der Steckdose gerissen. Funken stoben.

*Wusch!*

Ein merkwürdig zischendes Geräusch hallte durch die Garage. Die Wand mit der Ladestation ging in Flammen auf. Sofort bereitete sich eine schier unerträgliche Hitze aus, die Delta den Atem raubte. Sie musste hier raus, und zwar sofort! Ellie hatte den Knoten des Springseils so weit gelöst, dass sie eine Hand befreien konnte, wenn sie nur fest genug zog. Delta biss die Zähne zusammen. Das Seil schürfte ihr Handgelenk auf, und sie hatte das Gefühl, sie würde sich die Hand abreißen, aber es gelang ihr, sie aus der Schlinge zu ziehen. Mit zitternden Fingern befreite sie auch die andere Hand und löste die Fesseln. Endlich war sie frei.

Panisch sah sie sich um. Ellie und sie waren von Feuer umgeben, der Benzinkreis, den Clarice um sie herumgezogen hatte, brannte lichterloh. Sie musste hier weg, aber sie konnte doch Ellie nicht zurücklassen!

Delta sprang vom Stuhl auf und packte Ellie unter den Achseln. Offenbar hatte Clarice, die gerade vor dem offenen Garagentor aus dem Golfkart stieg, um ihr grausiges Werk am Haus fortzusetzen, die Bewegung bemerkt, denn sie wirbelte herum und starrte Delta verblüfft an. Doch ihre Verwirrung dauerte nur eine Sekunde, dann stürmte sie in die Garage, sprang über die brennende Benzinspur und packte Deltas Haare.

»Du Miststück! Ihr alle seid Miststücke! Verfluchte Bitches!«

Delta stieß ihr den Ellbogen in die Seite.

Clarice holte mit der freien Hand aus und verpasste ihr eine kräftige Ohrfeige. Außer sich vor Zorn, rammte Delta ihr den Kopf in den Magen, worauf Clarice ihre Haare losließ. Die zwei Frauen gerieten ins Taumeln und stürzten zu Boden. Es fehlten nur wenige Zentimeter, und sie wären beide in Flammen aufgegangen. Es gelang Delta, Clarice' Kopf auf den Boden zu schlagen. Clarice heulte auf vor Schmerz, doch sie schaffte es, sich aufzurappeln und erneut auf Delta zu stürzen.

»Ich bringe dich um!«, kreischte sie und zog die Pistole aus dem Bund, doch plötzlich tauchten von hinten wie aus dem Nichts Arme auf, die ihr die Waffe aus der Hand schlugen und sie umklammerten, wie zuvor Harry Delta umklammert hatte. Im zuckenden Schein der Flammen war hinter Clarice' Schulter ein Gesicht zu sehen. Ein ernstes Gesicht mit gefährlich blitzenden Augen. Quin.

Und dann war plötzlich McCrae da, half Delta auf und drückte sie an sich.

»Ellie!«, schrie Delta.

»Raus hier!« McCrae schob sie vor sich her zur offenen Garagentür, die näher war als das Garagentor. Die Flammen breiteten sich immer schneller aus, prasselten und fauchten, leckten am Türrahmen. Delta zögerte. »Nun geh schon! Raus!«, brüllte McCrae und gab ihr einen Schubs in den Rücken. Delta rannte ins Freie, dann drehte sie sich um und sah, wie McCrae zurücklief und Ellie hochhob. Quin zerrte Clarice durchs offene Garagentor und am Golfkart vorbei.

Auf einmal vernahm Delta ein lautes Knacken und sah, wie sich ein brennender Deckenbalken löste und McCrae und Ellie nur um Haaresbreite verfehlte.

Entsetzt schrie sie auf, doch da war McCrae auch schon bei ihr. Ein langer, gezackter Holzsplint steckte in seiner Schulter.

Vor der Garage hielt ein Rettungswagen mit heulender Sirene. »Chris ... Ellie«, stöhnte Delta. Mehrere Sanitäter sprangen heraus, hoben Ellie auf eine Bahre und kümmerten sich um McCraes Schulter.

Wie aus weiter Ferne hörte Delta Clarice husten und schluchzen. Sie flehte Quin an, sie loszulassen, da sie selbst nur unschuldiges Opfer in einem abgekarteten Spiel sei, aber Detective Quintar ließ sich nicht beeindrucken von ihrem Gejammer und übergab sie Officer Corolla, der mit mehreren Kollegen als Verstärkung eingetroffen war. Corolla legte Ms. Billings Handschellen an.

»Bringt sie ins Bezirksgefängnis. Ich komme gleich nach«, wies Quin ihn an. »Und passt bloß auf, dass sie euch nicht entwischt.«

»Geht klar, Boss«, erwiderte Corolla und schnallte Clarice Billings auf dem Rücksitz des Streifenwagens fest.

Deltas Blick schweifte zurück zu den Sanitätern. »Es ist besser, wenn Sie uns begleiten«, hörte sie einen von ihnen zu

McCrae sagen. »Sie sollten Ihre Schulter von einem Arzt anschauen lassen.«

»McCrae ... Chris ...«, stammelte Delta.

»Kannst du mich ins Krankenhaus fahren?«, fragte er sie ruhig.

»Ja ... ja ... Das geht schon. Ich schaffe das.«

»Gut.«

Es war die längste und gleichzeitig die kürzeste Fahrt zum Laurelton General Hospital. McCrae hatte eigentlich in die West-Knoll-Klinik gebracht werden wollen, aber Ellie benötigte intensivmedizinische Versorgung, und Delta wollte sich vergewissern, dass sie durchkam. Am LGH angekommen, lieferte sie McCrae in der Notaufnahme ab, dann rief sie ihre Mutter an und erzählte ihr in knappen Worten, was passiert war. Mom wollte sofort ins Krankenhaus fahren, aber Delta bat sie, bei Owen zu bleiben. Der Kleine sollte nicht mitbekommen, dass schon wieder etwas Schlimmes passiert war. »Mir geht es gut«, versicherte sie ihr, »aber da bin ich wohl die Einzige.«

»Möchten Sie sich ein bisschen säubern?«, fragte eine Krankenschwester und deutete mit einem freundlichen Lächeln auf die Damentoilette.

Delta nickte, legte auf und betrat den Waschraum. Aus dem Spiegel über dem Waschbecken blickte ihr ein rußverschmiertes Gesicht entgegen, über dessen Wangen sich helle Tränenspuren zogen. Ihr dunkles Haar war grau vor Asche, ihre Kleidung schmutzig und versengt.

Sie wusch sich Gesicht und Hände und trocknete sich mit Papiertüchern aus dem Handtuchspender ab. Das musste fürs Erste genügen. Mit unsicheren Schritten verließ sie die Damentoilette und erkundigte sich bei der Anmeldung für die Notaufnahme nach McCrae und Ellie. Man erlaubte ihr, sich zu McCrae zu setzen, der nach der Erstbehandlung in einem mit grünen Vorhängen abgetrennten Abteil auf einem Rollbett hockte und darauf wartete, dass seine Schulter geröntgt und genäht wurde.

Es war McCrae gelungen, Auskunft über Ellies Zustand zu erhalten. Das rechte Wadenbein war gebrochen, das rechte Schienbein ebenfalls, doch es war die Kopfverletzung, die den Ärzten am meisten Sorge bereitete.

»Du hast Ellie das Leben gerettet«, flüsterte sie mit rauer Kehle, setzte sich zu ihm auf die Bettkante und nahm seine Hand. »Und mir ebenfalls.«

»Ich finde, du hast dich ausgesprochen tapfer geschlagen. Du hättest Diabla fast ausgeschaltet.«

*D – Diabla.* Ihr hatte Tanners letztes Wort gegolten, er hatte Amanda, Zora und Ellie einen Hinweis geben wollen, wer ihn auf dem Gewissen hatte, womit er Delta ganz schön in Schwierigkeiten gebracht hatte.

Nachdenklich strich sie mit dem Daumen über McCraes Finger. »Diabla? So hat sie sich genannt?«

McCrae nickte. »Das war ihr professioneller Name. Du hast den Teufel besiegt, Delta, und du hast überlebt.«

Er drückte ihre Hand.

Sie wusste, dass es zu früh war, ihm zu gestehen, dass sie sich in ihn verliebt hatte … aber sie tat es trotzdem.

# EPILOG

Drei Wochen später saß Ellie in Russ Niedermeyers Büro. Ihr rechtes Bein steckte bis übers Knie in Gips, weshalb sie es seitlich abwinkeln musste. Die Knochen würden wieder heilen, es war ihr Kopf, der größeren Schaden genommen hatte. Die Ärzte hatten eine Gehirnerschütterung sowie eine Hirnprellung festgestellt und zum Glück gleich behandeln können, sodass lediglich eine kleine Lücke in ihrem Kurzzeitgedächtnis bleiben würde. Sie konnte sich nicht erinnern, was genau geschehen war, aber Delta hatte ihr alles erzählt, und nun brannte ein abgrundtiefer Hass auf Clarice Billings alias Diabla in Ellies Seele.

»... war vielleicht etwas voreilig, Sie gehen zu lassen«, sagte der Produktionsleiter jetzt. »Channel Seven kann eine weitere Reporterin gut gebrauchen, und Pauline Kirby wird froh über ein wenig Unterstützung sein.«

*Aber sicher. Pauline wird in die Luft springen vor Freude, wenn sie erfährt, dass sie Sendezeit an dich abtreten muss.*

»Ich möchte die Abendnachrichten moderieren«, teilte Ellie ihm mit. Der Diabla-Fall war eingeschlagen wie eine Bombe und hatte rund um West Knoll und weit darüber hinaus einen tiefen Krater hinterlassen. Die Namen hochrangiger Klienten der einstigen Luxusprostituierten, die gegenwärtig an einem renommierten privaten College unterrichtete, waren an die Öffentlichkeit gedrungen – einflussreiche Männer aus allen Bereichen der Gesellschaft. Diabla hatte die Betten zahlreicher Führungskräfte erobert und mit den

Jahren eine ansehnliche Who's-who-Liste zusammengetragen.

»Wie Sie wissen, ist Alton bei uns für die Nachrichten zuständig …«

»Kein Problem. Ich werde mit ihm zusammenarbeiten.«

»Nun, das besprechen wir, sobald Sie bereit sind, Ihre Arbeit bei uns wieder aufzunehmen.«

»Nächste Woche bin ich einsatzbereit«, versicherte Ellie ihm lächelnd, stand auf und stützte sich auf ihre Krücken.

Ihr Stern war mit dem Untergang von Diabla aufgegangen, die sich nun für die Morde an Tanner Stahd, Amanda Forsythe, Zora DeMarco, Brian Timmons, Harry und Booker Crassley, Justin Penske, Bailey Quintar und Carmen Proffitt verantworten musste. Gale Crassley als Mittäter stand ebenfalls vor Gericht.

Delta hatte den Medien mitgeteilt, dass Ellie bei dem Versuch, sie zu retten, schwer verletzt worden war, weshalb Ellie nun als Heldin gefeiert wurde. Ein Wermutstropfen war, dass Delta McCrae bekommen hatte, aber das verwand Ellie gewiss mit der Zeit, zumal so einiges auf sie zukommen würde – nicht nur ihr »neuer alter« Job bei Channel Seven. Ellie wurde Tante. Nia war tatsächlich schwanger und schwor, dass das Kind von Michael war, vielleicht auch von Joey, auf jeden Fall von einem der Zwillinge. Der Vaterschaftstest würde zeigen, wer von den beiden der Daddy war. Momentan lebten die drei unter einem Dach, und niemand wollte hören, wie Ellie darüber dachte. Außerdem war sie fest entschlossen, die Liste der kleineren und größeren Vergehen, die Gale Crassley vor Gericht abzuarbeiten hatte, um die Punkte »sexuelle Belästigung« und »Freiheitsberaubung« zu ergänzen.

Auf ihre Krücken gestützt, verließ sie den Sender und humpelte über den Parkplatz, wo Delta in ihrem Audi auf sie wartete. Ein Range Rover fuhr vor, Alton stieg aus und strich sich die Haare glatt. Als er Ellie sah, blieb er wie angewurzelt stehen. »Hi, Partner«, sagte sie grinsend. »Ich freue mich auf Montag.«

Fido tanzte um Owens Beinchen herum. Der kleine Junge kicherte und gluckste und versuchte, den quirligen Hund zu fassen. Delta saß auf McCraes Couch, eine Tasse Kaffee in den Händen, die sie in seiner Küche gekocht hatte, und sah ihnen lächelnd zu.

McCrae hatte es sich neben ihr bequem gemacht, den unverletzten Arm lose um ihre Schultern gelegt.

»Der übereifrige Sonderermittler wurde also gefeuert?«, fragte Delta.

McCrae nickte. »Diabla hat Buch über ihre Klienten geführt. Tim Hurstons Name taucht darin auf, genau wie Hal Brennans. Brennan wollte sich das Anwesen der Forsythes unter den Nagel reißen, deshalb sollte Amanda aus dem Weg geschafft werden. Diabla hat ihm nur zu gern dabei geholfen – wegen des finanziellen Profits und auch, weil sie die Fantastischen Fünf noch nie ausstehen konnte. Offenbar war sie schon während der Highschool-Zeit krankhaft neidisch auf euch.«

»Und was ist mit Thom, Amandas Bruder?«

»Oh, die Eltern laufen wahrhaftig zur Hochform auf. Sie haben einen Cousin zu seinem Vormund erklären lassen.«

»Hoffentlich ein besserer Cousin als Brad Sumpter«, murmelte Delta.

»Sumpter kommt wahrscheinlich mit einer milden Strafe davon«, sagte McCrae. »Er zeigt aufrichtige Reue und fühlt sich verantwortlich für das, was Bailey und Penske zugestoßen ist, obwohl er nicht unmittelbar an der Tat beteiligt war.«

Delta nickte und stellte nachdenklich die Kaffeetasse vor sich auf den Couchtisch. »Wie ist dein Tag sonst so gelaufen?«, fragte sie nach einer Weile.

McCrae hatte heute zum ersten Mal seit seiner Entlassung aus dem LGH wieder den ganzen Tag im Präsidium verbracht. Zu seiner Überraschung hatte er Joyce Kiefer-Quintar in Quins Büro angetroffen, wo sie nach der ganzen Aufregung ihrer verstorbenen Tochter gedachten. McCrae schoss kurz Coach Suttons Bemerkung durch den Kopf, Joyce habe zu Highschool-Zeiten den Blick nicht von Tanner wenden können, aber das behielt er für sich. Vielleicht entsprach es der Wahrheit, vielleicht war es bloß ein Hirngespinst des eifersüchtigen Trainers? Egal, es war ohnehin nicht mehr von Bedeutung.

»Eigentlich ganz gut. Die Bürgermeisterin wird Quin endlich als offiziellen Leiter des WKPD vereidigen.«

»Quin wird Chief … Das hat er verdient.« Sie sah ihn lächelnd an, und er hielt ihren Blick fest.

»Und was nun?«, fragte er in die nun folgende Stille hinein.

»Du meinst … mit uns?«

»Ihr heiratet!«, rief Owen, der anscheinend nicht nur mit Fido gespielt, sondern auch die Ohren gespitzt hatte, um bloß nichts von dem Erwachsenengespräch zu verpassen. »Es sei denn, ihr wollt in Sünde leben wie Caras Mom und D.J.s Dad«, erklärte er weise.

»Ich würde nicht unbedingt von ›Sünde‹ sprechen …«, entgegnete Delta gedehnt.

Owen streckte die Hände mit gespreizten Fingern vor sich aus. »Ich sage doch bloß, was ich gehört habe. Ich möchte gern bei Fido leben, das ist bestimmt keine Sünde. Komm her, mein Kleiner!« Er öffnete die Hintertür und ging mit dem Mischling hinaus in den Garten.

Delta schaute ihm verblüfft nach. »Nach dem Tod seines Vaters war er am Boden zerstört, und jetzt das ... Es geht alles so schnell. Ich weiß nicht, was ich von diesem neuen Owen halten soll – nicht dass doch noch ein Zusammenbruch folgt.«

»Das ist nicht ausgeschlossen«, pflichtete McCrae ihr bei. Er schwieg eine Weile, dann fragte er: »Also, was hältst du davon?«

Delta sah ihn fragend an. »Wovon?«

»Dass wir zusammenleben, in Sünde oder sonst wie.«

»Meinst du das ernst?«

»Owen scheint fest entschlossen zu sein, zu Fido zu ziehen. Sieht so aus, als wüsste er genau, was er will.«

»Er will den Hund, aber was ist, wenn es mit uns nicht klappt?« Delta drückte McCraes Hand. »Allerdings hätte ich nichts gegen einen Versuch einzuwenden. Ein paar Nächte hier, dann bei mir zu Hause? Finden wir heraus, wie wir alle mit der neuen Situation klarkommen.« Sie lächelte schwach. »Owen weiß, dass du mir das Leben gerettet hast.«

»Das hast du doch selbst erledigt«, hielt er dagegen. »Ich denke, es täte dir und Owen gut, einen Neuanfang zu machen. Warum nicht hier? Mein Haus liegt näher an der Grundschule, es sei denn, du hast noch immer vor, ihn zur Englewood Academy zu schicken.«

»Nein, das ist vorbei. Außerdem könnte ich einen Mitbewohner gut gebrauchen, schon aus finanziellen Gründen. Tanners Vater will die Stahd-Klinik kaufen und wieder als Arzt arbeiten. Keine Ahnung, wie das ohne Zulassung funktionieren soll, aber einem arroganten Scheißkerl wie ihm fällt sicher etwas ein. Immerhin scheint er langsam, aber sicher zu begreifen, dass ich seinen Sohn nicht umgebracht habe.«

»Finanzielle Probleme dürftest du doch wohl kaum haben, dein Buch scheint reißenden Absatz zu finden …«

»Das Geld ist nicht für mich. Es ist für Owen, damit er später aufs College gehen kann.«

Owen kam aus dem Garten zurück, dicht gefolgt von Fido. Der kleine Mischling sprang ihm übermütig in die Kniekehlen, und Owen stürzte vornüber und rollte lachend über den Holzfußboden. Delta hatte ihn noch nie so ausgelassen erlebt. Fido bellte und leckte ihm mit der Zunge quer durchs Gesicht.

»Ich hätte da noch eine Frage«, sagte McCrae und zog sie enger an sich. »Was hast du noch gleich im Krankenhaus zu mir gesagt?«

»Ich kann mich nicht erinnern.«

»Das glaube ich dir nicht.«

»Es ist viel zu früh dafür, findest du nicht?«

Er blickte in ihr besorgtes Gesicht und schüttelte schmunzelnd den Kopf. »Nein, das finde ich ganz und gar nicht.«

Sie betrachtete ihren Sohn, dann lehnte sie den Kopf gegen seine Schulter. »Was hab ich noch gesagt? Ich glaube, es war so etwas wie …«

»Ich liebe dich«, flüsterte er.

»Ja … richtig.« Sie verzog die Lippen zu einem breiten Lächeln. »Ich liebe dich.«

**Brillant, weiblich, rasant:**
**authentische Hochspannung aus der Feder**
**einer Autorin, die selbst Anwältin ist**

**BONNIE KISTLER**

# DIE ANWÄLTIN

**... und plötzlich ist sie selbst das Opfer**

THRILLER

Kelly McCann ist eine brillante und knallharte Anwältin. Ihr Spezialgebiet: die Verteidigung von Männern, denen Sexualverbrechen vorgeworfen werden – fälschlicherweise, so stets ihr Plädoyer. Bis sie die grauenvolle Wahrheit über einen ihrer Mandanten aus erster Hand erfahren muss. Darüber sprechen kann sie mit niemandem. Nicht, ohne alles zu verlieren. Aber ihren Peiniger deshalb ungestraft davonkommen zu lassen, ist für Kelly keine Option. Gemeinsam mit seinen anderen Opfern schmiedet sie einen Plan. Und auf diesem steht nur eines: Rache! Doch irgendjemand, so scheint es, hat es auf die Frauen abgesehen …

»Ein explosiver Page-Turner!« *Publishers Weekly*